第六〇册 宋元入藏諸大小乘經（二）

五經同卷

清刻龍藏佛說法變相圖

五經同卷

佛說聖莊嚴陁羅尼經上下卷

佛說聖六字大明王陁羅尼經

千轉大明陁羅尼經

佛說華積樓閣陁羅尼經

佛說勝旛瓔珞陁羅尼經

佛說聖莊嚴陀羅尼經卷上

宋西天譯經三藏朝散大夫試鴻臚少卿明教大師施護奉　詔譯

如是我聞一時世尊在迦毗羅城無憂樹園與阿難陀等大比丘衆及慈氏菩薩摩訶薩俱會一處是時復有天衆龍衆夜叉衆羅刹

衆阿脩羅衆迦樓羅衆乾闥婆衆緊曩羅衆毗舍遮衆畢哩多衆鳩槃荼衆布單曩衆執魅衆二十八大藥叉軍主衆四大藥叉軍主衆一切星曜衆乃至雪山苦行諸仙衆如是等衆皆來集會復有他方一切羅刹等衆所謂護迦你隷布寫那哩枳吒迦囉拏穌摩娜摩賀賀哩摩怛哩衆如是等衆亦來集會復有四方四大羅刹所謂東方賀哩羅刹南方虞拏羅刹西方枳設哩羅刹北方摩尼袒哆羅刹比四羅刹性極暴惡各有六十眷屬是等羅刹亦來在會爾時淨飯王宮羅睺羅童子於夜卧時爲惡羅刹而來嬈亂數數驚怖不得安隱時羅睺羅母耶輸陀羅及諸眷屬悉知世尊與諸聖衆在無憂樹園去宮城不遠於夜後分令羅睺羅與衆童子及諸侍人前後導從往詣佛所時羅睺羅童子至佛會已頂禮佛足獨於佛前涕泣而住爾時世尊告阿難言阿難汝見羅睺羅童子來詣我所涕泣以否阿難言唯然已見佛言阿難羅睺羅童子於夜卧時爲惡羅刹及種種鬼神而來嬈亂不得安隱故來我所而求擁護阿難非獨今日羅睺羅童子被此嬈亂不得安隱我滅度後末世之時一切衆生福力微劣於不善業增益熾盛由是諸惡羅刹及鬼神等遊行世間恒與衆生作不饒益種種嬈亂使無安隱我觀是事深可憐愍阿難我今爲擁護羅睺羅童子及愍念未來衆生説大莊嚴陀羅尼汝當諦聽是時阿難及會大衆咸各默然願佛宣説爾時世尊即説大莊嚴陀羅尼曰

怛你也引二合他引伽你引誐囉引二合伽曩鉢底具弥引誐囉引二合具摩鉢底瑟波二合哩引迦伽哩尼伽囉鉢底娑引囉鉢底馱曩鉢底酥囉鉢底阿隸半阿隸半鉢底摩鉢底阿鉢底嚩

護鉢底護羅賀囉引二合呬隸誐囉二合護嚕烏底隸普呬隸唵引唧致隸鉢哆二合鉢致引吒吒吠引賀囉引二合唵引羅吠引摩尾娑哩引護摩賀引呬隸護護三滿多娑娑哩阿三滿多娑哩波隸佉娑哩引阿引挽哩哆二合摩賀引挽哩帝引二合伽你引彌佉隸引賀囉引二合娑嚩引二合賀引

阿難此大莊嚴陀羅尼乃是過去諸佛之所宣說我今爲擁護羅睺羅童子亦復利益末世衆生今復宣說阿難若有衆生被諸羅刹及惡鬼神種種嬈亂者當以此莊嚴陀羅尼書於紙素作彼隨求戴於身臂當令諸惡羅刹乃至世間一切食膏血者惡鬼神類不敢侵近悉皆奔走四方四維十由旬外遠避而去當令衆生得安隱樂阿難若有衆生恒常讀誦此大莊嚴陀羅尼者所有一切刀杖毒藥不能爲害乃至邪明呪術罥索繫縛人及非人一切惡事悉皆解脫乃至十由旬內一切衆生皆蒙擁護一切災沴咸皆殄滅阿難若有衆生欲持念此大莊嚴陀羅尼擁護自身及爲饒益一切衆生者先當擇取清淨勝地預立幖幟然自齋戒香水澡浴當令身心內外清淨以線結界香泥塗地作曼拏羅於曼拏羅中備諸名花塗香燒香然燈種種供養面北端坐正念想佛世尊來降曼拏羅已

然後奉獻種種供養歸命讚嘆發堅固心勇猛不退爲欲饒益擁護諸衆生故及求現前所作成就故先當持誦結界莊嚴陀羅尼驚覺召請梵王帝釋及一切天龍夜叉羅刹諸鬼神等皆來集會當令世間一切惱害衆生諸惡夜叉羅刹部多等聞此陀羅尼已驚怖退散無諸障難得願圓滿即說結界陀羅尼曰

怛你也(二合)他你隸你隸尾摩隸(引)怛摩隸(引)護唧護唧悉哩底哩怛哩(二合)娑你(引)囉普莎賀(引)

阿難若誦此結界莊嚴陀羅尼已然後誦彼聖大莊嚴陀羅尼一切所作無不成就爾時慈氏菩薩摩訶薩從座而起住立佛前白言世尊我亦爲欲擁護羅睺羅童子令得安隱亦復爲欲利益未來一切衆生所有被諸嬈惱及一切惡人刀杖毒藥諸惡禁呪罥索繫縛如是等事悉令解脫於晝夜中安隱快樂亦說莊嚴陀羅尼惟願世尊許我宣說佛言當隨汝意爾時慈氏菩薩即說莊嚴陀羅尼曰

怛你也(二合)他(引)阿嚩那(引)底播那(引)你阿尾那(引)努祖嚕祖嚕惹哩馱(二合)難尼(引)難尼(引)阿馱難尼(引)三滿哆難尼(引)你哩曹(二合)尼(引)你哩弭(引二合)目你(引)扇(引)底娑縛(二合)悉怛也(引三合)野喃摩摩薩哩嚩(二合)薩怛嚩(引二合)喃(引)左洛乞叉(引二合)俱嚕娑嚩(引二合)賀(引)

爾時娑婆世界主大梵天王前白佛言我亦爲欲擁護羅睺羅童子及擁護未來一切衆生說自莊嚴明惟願如來許我宣說佛言善

哉善哉當隨汝意時大梵天王即説莊嚴明
曰
三野體難盎虞哩引半虞哩引阿努哩引嫩
努哩引尸契孕合二迦尸佉哩引嫩度哩引努
哩努合二囉野底阿左阿左尾目左扇引底孕
合二娑嚩合二悉怛野合三野喃俱嚕摩摩薩哩嚩
合二薩怛嚩引二合喃引左娑嚩引二合賀引
爾時世尊知彼天衆龍衆夜叉等衆及諸鬼
神各各爲欲擁護羅睺羅童子及未來衆生
皆悉欲説自明佛言汝等天衆龍衆及諸鬼
神等欲説自明爲擁護諸衆生者隨汝等意
各各説之爾時善時分天即於佛前説自明
曰
三野體難囉瑟致哩引二合波那引瑟致哩合二
引嚕地囉迦囉尼引二合儼鼻哩引努哩努合二
哩毋唧引設引訖哩合二囉引濟曳引二合扇引
底孕合二娑嚩合二悉怛也合三野喃迦嚕弭摩摩
洛乞叉引二合俱嚕娑嚩引二合賀引

佛説聖莊嚴陀羅尼經卷上

佛說聖莊嚴陀羅尼經卷下

宋西天譯經三藏朝散大夫試鴻臚少卿明教大師施護奉　詔譯

爾時帝釋天主說自莊嚴明曰

三野體難難左引度努嚩穌引那帝引穌引
那帝引帝引那帝引帝引那帝引努哩彌二合
引酥彌引那摩彌引那彌引底隸彌隸摩摩
薩哩嚩二合薩怛嚩二合引喃引洛乞叉二合引迦
嚕引引扇引底娑嚩二合悉怛也三合野喃野引
嚩切摩引滿鄧迦嚕彌娑嚩二合引賀引

爾時毗沙門天王說自莊嚴明曰

三野體難難尼引馱努史引迦你愈二合引哆
訖哩二合目枳引入嚩二合隸引那彌引尾貭隸
娑引哩引娑囉嚩底扇引底娑嚩二合悉怛也
三合野喃摩摩薩哩嚩二合薩怛嚩二合引喃引左
夜引嚩切摩引滿度引娑挽覩娑嚩二合引賀
引

爾時持國天王說自莊嚴明曰

三野體難馱哩引難馱哩引馱囉尼馱哩引
阿左愈二合帝布嚕毋嚕扇引底孕二合娑嚩二合
悉怛也三合野喃摩摩薩哩嚩二合薩怛嚩二合喃
引左洛羼迦嚕引彌夜嚩切摩滿度引娑挽
覩娑嚩二合引賀引

爾時增長天王說自莊嚴明曰

三野體難暗拏哩引半多哩引迦囉引帝引
迦囉半帝引迦囉嚕鼻引迦哩馱哩引迦曩
迦鉢怛哩二合引嚕嚕彌乞叉二合乞叉二合彌引
阿引乞叉二合彌引波乞叉二合扇引底孕二合娑
嚩二合悉怛也三合野喃摩摩薩哩嚩二合薩怛嚩
二合喃引左洛乞叉二合引俱嚕夜引嚩切摩引
滿鄧娑嚩覩娑嚩二合引賀引

爾時廣目天王說自莊嚴明曰

三野體難摩惹羅惹羅惹惹摩羅地哩地哩迦哩迦哩三滿哆枳哩枳哩扇引底娑嚩二合悉怛也三合野喃摩摩薩哩嚩二合薩怛嚩二合引喃引左夜引嚩切引麼滿鄧迦嚕引彌娑嚩二合引賀引

爾時妙月天子說自莊嚴明曰

三野體難唵引嚩引祢引尾摩隸引鉢囉二合娑引娑嚩二合哩引設多囉濕彌二合引娑賀娑囉二合囉濕彌二合引鉢囉二合底娑囉底娑嚩二合底娑嚩二合悉怛也三合野喃俱嚕摩摩薩哩嚩二合薩怛嚩二合引喃引夜嚩切摩引滿鄧迦嚕引彌娑嚩二合引賀引

爾時一切天衆異口同聲說莊嚴明曰

三野體難俱嚕俱嚕酥嚕酥嚕布嚕布嚕扇引底孕二合娑嚩二合悉怛也三合野喃俱嚕摩摩薩哩嚩二合薩怛嚩二合喃引左野引嚩切摩滿鄧迦嚕引彌娑嚩二合引賀引

爾時諸星宿天異口同聲說莊嚴明曰

三野體難哆隸引哆摩隸引阿隸引那隸引阿引迦引舍尾摩隸引扇引底孕二合娑嚩二合悉怛也二合野喃迦嚕引彌摩摩薩哩嚩二合引薩怛嚩二合喃引左野引嚩切摩引滿鄧迦嚕引彌娑嚩二合引賀引

爾時一切龍衆異口同聲說莊嚴明曰

三野體難嚩隸摩隸阿左隸麼地引阿引戍麼地引布引計扇引底孕二合娑嚩二合悉怛也三合野喃俱嚕摩摩薩哩嚩二合薩怛嚩二合喃引左野引嚩切摩滿鄧迦嚕引彌娑嚩二合引賀引

爾時二十八大藥叉軍主衆異口同聲說莊嚴明曰

三野體難涅哩二合荼鉢底鉢底嚕嚕達囉達囉扇底孕二合娑嚩二合悉怛也三合野喃迦嚕引彌摩摩薩哩嚩二合薩怛嚩二合喃引左野引嚩切摩引滿鄧迦嚕引彌娑嚩二合引賀引

爾時畢隸多毗舍遮鳩槃荼等衆異口同聲說莊嚴明曰

三野體難尼部底三挽哩哆引曩引尾部底扇底孕二合娑嚩二合悉怛也三合野喃摩摩薩哩嚩二合引薩怛嚩二合引喃引左野引嚩切摩滿鄧迦嚕引彌娑嚩二合引賀引

爾時布單曩羯吒布單曩衆異口同聲說莊嚴明曰

三野體難波努彌引迦囉引帝引烏馱野二合哆祖囉拏二合娑彌囉尼引醋半底扇底孕二合娑嚩二合悉怛也二合野喃迦嚕引彌摩摩薩哩嚩二合薩怛嚩二合引室左二合野引嚩切摩引滿鄧迦嚕引彌娑嚩二合引賀引

爾時一切末怛哩二合衆異口同聲說莊嚴明曰

三野體難迦隸摩計引隸引哆哩引哆摩哩引扇引底孕二合娑嚩二合悉怛也三合野喃迦嚕引彌摩摩薩哩嚩二合薩怛嚩二合引喃引野引嚩切摩滿鄧迦嚕彌娑嚩二合引賀引

爾時四方四羅刹異口同聲說莊嚴明曰

三野體難阿你引播引你引佉濟引佉嚩濟引祛祛哩隸閉波哩賀引哩扇底娑嚩二合悉怛也三合野喃迦嚕引彌摩摩薩哩嚩二合薩怛嚩二合引喃引左野引嚩切摩引滿鄧迦嚕引

彌娑嚩(二合引)賀(引)

爾時捺囉彌多羅刹女說莊嚴明曰

三野體難那那哩(引)那哩(引)賀賀賀賀呬呬呬呬護護護護尸枳枳枳唧枳唧尾目契摩佉惹佉喫吒彌致桉吒桉吒吒囉吒吒訖囉(二合)摩惹俱儒俱儒努努努努嚕(二合)努嚕(二合)怛嚕(二合)切彌隸彌彌隸阿曩過過欠彌努努努底體底彌底你體隸彌致唧底彌致隸致閉致閉怛哩(二合)閉怛哩(二合)尼努呬你毋呬你羅呬(引)嚩呬(引)那姹閉(引)曳

爾時娑婆世界主大梵天王前白佛言世尊我等天衆龍衆夜叉衆乃至捺囉彌帝如是等衆悉於此時對世尊前各說自明爲欲擁護羅睺羅童子不令一切惡鬼神類侵近惱亂得晝安隱得夜安隱及一切時獲住快樂世尊我等所說自明不唯擁護羅睺羅童子亦與未來一切衆生而作擁護世尊若有衆生得聞我等如是諸明當須至心憶念受持當令彼等一切行不饒益種種之類或一由旬或二由旬或三四由旬乃至十由旬內不敢侵近驚怖退散遠避而去能令如是十由旬內諸惡消滅疾沴不行刀兵毒藥皆悉遠離亦復不爲一切天龍夜叉羅刹乾闥婆阿脩羅迦樓羅緊曩羅摩睺羅伽等而爲障礙亦復不爲一切部多非人之類而爲障礙世尊如是等衆若有違逆不隨順者彼衆不容斥令離族爾時世尊告阿難言此大梵天王而於我前說是誠實之言我已證知阿難我所宣說大莊嚴陀羅尼有大力勢能伏諸惡有所饒益我已先說阿難若復有人以彼一

切人非人等邪明呪術欲於衆生執持繫縛種種惱亂或在地上或在虛空或在山際或在山頂及一切處以我聖莊嚴陀羅尼威德力故悉皆破滅於諸衆生不能爲害佛復謂阿難言佛眞實法眞實僧眞實天眞實仙眞實如是五者不可違逆阿難如我所說汝善受持使於未來流行世間與諸衆生爲大饒益佛說是經已時羅睺羅童子得聞世尊說大莊嚴陀羅尼及承一切明而擁護故不離是會得安隱樂心意快然歡喜踊躍以頭著地禮如來足與諸侍人還復王宮慈氏菩薩阿難陀乃至天龍夜叉及一切人非人等聞佛所說歡喜信受禮佛而退

佛說聖莊嚴陀羅尼經卷下

佛說聖六字大明王陀羅尼經

宋西天譯經三藏朝散大夫試鴻臚少卿傳教大師施護奉　詔譯

如是我聞一時世尊在舍衛國祇樹給孤獨園爾時世尊告尊者阿難言阿難汝當諦聽我有六字大明王陀羅尼乃是過去無量諸佛爲諸大士之所宣說阿難我今復爲汝等及末世有情宣說是陀羅尼當使有情於未來世得此陀羅尼者而得大利爾時阿難及娑婆世界主大梵天王帝釋四天大王等白世尊言世尊大慈大悲願爲宣說當令我等及末世有情於長夜中得利益安樂爾時世尊即說六字大明王陀羅尼曰

怛你也(二合)他(引一)難底隸(引二)摩度摩底(三)曼拏哩(引)計(引四)布哩(引)曩祢計(引)娑嚩(二合引)賀(引五)

爾時佛告阿難言若有衆生得聞此大明王陀羅尼章句名字信心受持憶念讀誦及以香花種種供養者是人所有王怖水火等怖乃至盜賊怨家之怖如是諸怖悉皆解脫又復毒藥乃至刀兵亦不能傷害又復天人非人夜叉羅刹俱畔拏乃至羯吒布單曩等所持所魅亦不能侵害又復瘧病一日二日三日四日或復多日或復須臾又復頭痛耳痛背痛腹痛乃至水腫諸惡病苦皆不能侵害於其晝夜常獲安隱一切所求皆得如願爾時世尊又說陀羅尼曰

怛你也(二合)他(引一)阿拏哩(引二)波拏哩(引三)那彌(引)那摩你(四)嚩迦細(引五)俱酥計(引六)句(引)迦切計(引七)部多誐囉(二合)切(引八)帝濟(引)嚩底(九)野舍嚩底娑嚩(二合引)賀(引十)

佛告阿難若有衆生得聞是陀羅尼者我不

見有一切天龍夜叉羅刹畢哩多毗舍遮部多俱畔拏布單曩羯吒布單曩乃至人非人等一切行不饒益者敢有違逆阿難如是等行不饒益者若有違逆我如是陀羅尼者當頭破七分如阿梨樹枝爾時世尊復告阿難言如是陀羅尼功德力勢無量無邊利益衆生無有窮盡汝當受持廣令流布於後後世勿令斷絶佛說是經已阿難及大梵天王天帝釋四天大王等聞佛所說歡喜信受禮佛而退

佛說聖六字大明王陀羅尼經

千轉大明陀羅尼經

宋西天譯經三藏朝散大夫試鴻臚少卿傳教大師施護奉　詔譯

如是我聞一時世尊在忉利天中波利質多羅樹下爾時帝釋天主及與一切天人軍衆前後圍繞來詣佛所各各至誠合掌歸依瞻仰如來次第而住爾時帝釋天主前白佛言世尊我有陀羅尼名千轉大明是陀羅尼於諸世間為大饒益所有一切天龍夜叉餓鬼鳩槃荼等乃至人非人等聞此陀羅尼者悉皆降伏於諸衆生所有一切不饒益事悉皆除殄惟願世尊大慈大悲許我宣說佛言天主善哉善哉如汝所說彼大千轉大明陀羅尼能於世間作大饒益汝欲說者當隨汝意

爾時帝釋天主即說千轉大明陀羅尼曰

怛你也(二合)他(引一)曩(口四)怛寫婆帝(引二)婆誐嚩覩(引三)三野體難野過覩(引四)

一切部多聞此所說驚怖迷悶狂惑退散賓賢夜叉主及輪成就等現衆色像使諸部多諸鬼神等及彼遊方空行起屍瘧病諸惡鬼等乃至一切行毒根本邪法惱害衆生不饒益事悉皆解脫

阿曩(引)鉢帝(引一)烏播曩(引)鉢帝(引二)盎誐商迦哩(引三)儗哩(二合)恨拏(二合)哩(引)娑嚩(引二合)賀(引四)曩謨(引)沒馱(引)野曩謨(引)達哩摩(引二合)野曩謨(引)僧伽(引)野(五)曩謨(引)阿(引)哩野(引二合)嚩路枳帝(引)濕嚩(二合)囉(引)野(六)冒地(引)薩埵(引)野(七)摩賀(引)薩埵(引)野(八)摩賀(引)迦(引)嚕尼迦(引)野(九)曩謨(引)阿(引)哩野(二合)摩賀(引)薩嗟(二合引)摩波囉(引二合)鉢多(引二合)野(十)怛你也(二合)他(引十一)目訖帝(引二合)尾目訖帝(十二二合)(引)鼻(引)那

你引尾鼻引那你引十三你哩摩二合隸引十四尾
摩隸引十五穌目契引尾目契引十六嚕誐隸引
穌嚕誐隸十七
一切王怖解脫一切星曜變怪怖解脫一切
自他軍衆鬪戰怖解脫一切兵仗怖解脫一
切水火漂焚怖解脫一切惡病苦惱怖解脫
一切毒惡傷害怖解脫師子怖象怖熊怖虎
怖一切惡獸等怖大海漂溺怖深山閒寂怖
乃至諸水灘難怖如是諸怖悉皆解脫
曩謨娑引訖哩引二合一商迦致引商迦致引二迦
嚕引致引迦嚕致引你曳引娑嚩引二合賀引三
入王宮時見大臣時行軍中時逢怨對時見
毒蛇毒龍時遇夜叉毗舍遮羅刹烏鉢娑摩
二合引羅所魅時乃至山海險難中時如是怖
畏悉皆解脫

曩謨引怛囉引二合赦婆嚩室囉引二合野赦一
四隸四隸二唧隸唧隸三迦引播隸四摩引
鄧霓娑嚩引二合賀引五
又復王法所執或被枷鎖杻械牢固其身一
切枉横憂苦逼切悉皆解脫
曩謨引多引哩引多引哩引一烏哆引哩引二覩
哩引娑嚩引二合賀引三
又復星曜所持或惡夢變怪致諸病苦夭枉
至死乃至鬪諍論理互相恐逼如是諸怖悉
皆解脫
曩謨引左囉左囉一娑囉娑囉二尾娑囉尾
娑囉三没馱野二合没馱野二合四冐引馱引野
彌底娑嚩引二合賀五洛乞叉二合洛乞叉二合鉿
六薩哩嚩二合薩哩嚩二合引喃引左娑嚩引二合
賀引七阿引哩野二合室哩二合滿哩馱二合覽八布

瑟致二合俱嚕娑嚩引二合賀引九摩麼引布哩嚩二合羅滿哩馱二合喃十扇引底孕二合俱囉娑嚩引二合賀引十一曩謨引賀帝引你賀帝引十二薩哩嚩二合努瑟噹引二合鉢囉二合底孕二合惹你十三謨引賀你謨引乞叉二合尼娑嚩引二合賀引十四曩謨引迦致引你致迦吒致引娑嚩引二合賀引十五曩謨引阿引囉尼嚩引囉尼十六薩哩嚩二合你哩嚩引二合囉尼娑嚩引二合賀引十七

又復一切惡人行不善事持邪禁呪作諸禰禱當令衆生迷癡狂惑如是等事悉皆解脫

嚕嚕計一哩嚕計二底瑟姹二合滿馱夜引弭三夜嚩誐囉二合切四尾蔓賛底五唖隸唧隸六迦引播引隸七迦瑟跕引二合誐薩哩嚩二合哆八薩哩嚩二合婆戢毗藥二合娑嚩引二合賀引九

世尊我此千轉大明譬如轉輪聖王有摩尼寶名曰如意凡諸所欲自然現前我此千轉大明亦復如是若有得者凡諸苦惱悉皆解脫世尊末世之時衆生薄福於三寶尊不知歸依恣身口心常造過惡是故世間諸惡鬼神伺得其便隱自形質假託變現於晝夜中惱害衆生使諸衆生得種種苦惱世尊若有衆生遇斯惡鬼種種惱亂苦惱之時乃至世間一切不可意時當於清淨之地取土七把每一一把誦此大明加持七徧和作七丸繫於衣角當令一切行不饒益惡鬼神等不敢侵近恐怖退散當令是人晝夜安隱一切不祥悉皆殄滅爾時帝釋天主説此千轉大明陀羅尼已踊躍歡喜與諸天衆禮佛而退

千轉大明陀羅尼經

佛說華積樓閣陀羅尼經

宋西天譯經三藏朝散大夫試鴻臚少卿傳教大師施護奉　詔譯

如是我聞一時世尊在阿耨達池無熱惱龍王宮與大比丘衆四百五十人俱復有師子遊戲菩薩等大菩薩衆具足千人一切皆得陀羅尼十地圓滿得灌頂巳位居補處被大甲冑趣諸佛德心不退轉名稱普聞如是等菩薩摩訶薩悉從他方而來集會爾時師子遊戲菩薩摩訶薩從座而起偏袒右肩詣世尊前右膝著地合掌恭肅而白佛言世尊如佛福蘊當云何得又於如來作供養者云何因果無量無邊唯願如來慈悲開示作是說巳凝心而住爾時佛告師子遊戲菩薩摩訶薩言善哉善哉善男子汝今問我如來福蘊云何而得又於如來作供養者云何因果無量無邊汝當諦聽今爲汝說佛言善男子如來有五法具足功德無量無邊云何五法所謂戒定慧解脱解脱知見善男子如來具足如是五法無量功德是故獲得福蘊無量無邊善男子若於如來作供養者當得涅槃若彼三乘隨其發心各各所見而得涅槃善男子若見如來應正等覺以清淨心諦信歸命尊重稱讚又以衣服卧具病緣醫藥一切所須而供養者所獲果報無量無邊善男子若復如來般涅槃後有得如來舍利如芥子等而供養者所獲果報於一切中最又復作種種福若於如來舍利作供養者其福最上師子遊戲若復有人持於寶聚如妙高山等布施供養聲聞及辟支佛所獲果報不如在家及出家菩薩發無上正等覺心以一金錢布

施供養如來應正覺以前方便善根於後方便善根百分不及一千分不及一百千分不及一乃至筭分數分譬喻分譬喻轉分乃至筭數譬喻所不能及善男子又復如來住世百年千年乃至百千年應化畢已般涅槃後以佛舍利而起妙塔若復有人於此塔所以香泥塗地作曼拏羅施設花鬘塗香燒香然燈志心供養乃至持一花一燈以爲供養或持帚拂除去塵坌或以一掬水用爲灑淨如是之人以至心故獲福無量是人先世所有罪業當墮阿鼻地獄以於塔所作供養故先世罪報皆悉除滅善男子若復有人發一念心歸命於佛又不中退復不輕慢是人當來於百劫千劫乃至百千劫中常感勝福生於人天不復墮落一切惡趣善男子我今說此華積樓閣陀羅尼經爲欲利益安樂天上人間一切衆生故善男子若復有人得此華積樓閣陀羅尼經至心受持讀誦供養又復演彼眞實義趣廣爲人說是人永不墮一切惡趣亦不生卑下種族常生人天殊勝之處諸根圓滿獲宿命通具足種種甚深辯才恒得值遇佛法僧寶又得如來憶念覆護得菩提心永不退轉爾時世尊即說陀羅尼曰

怛你也(二合)他(引一)馱囉尼馱囉尼(二)毋你(引)鉢囉(二合)婆(引)娑嚩(二合)哩(引三)悉地(引)賛捺哩(二合引四)曩(引)他唧你哩賀(二合引)哩(引五)阿(引)嚕(引)誐也(二合)嚩底(六)没馱嚩底(七)尾哩(引)烏迦致囉祖波誐帝(引八)帝(引)祖嚩底(九)尾捨(引)羅没地達哩麼(二合引)嚩娑(引)細(引十)阿乞叉(二合)野羯臘閉(二合引十一)羯臘波(二合)嚩底(十二)阿竇哩(二合)哆羯臘

閉二合引十三護哆引舍你引十四帝引祖嚩底你怛也二合三摩引呬四帝引十五帝引祖嚩底底乞叉赦二合捺哩二合野沒地娑嚩引二合賀引十六

善男子此陀羅尼乃是十方無量無邊諸佛如來同共宣說若復有人聞此陀羅尼經名字發至誠心恭信供養是人當來獲得無量無邊功德又復若人持此陀羅尼成先行已於二月三月或八月取白月八日起首發至誠心於一晝夜中六時念此陀羅尼及憶念諸佛如來心不散亂復以塗香妙花燒香然燈種種供養心不間斷至十五日決定得見世尊坐蓮花藏座說陀羅尼法持呪之人應時獲得意願圓滿心垢悉除證宿命通得諸禪定住四聖諦解諸法義論及工巧事業乃至臨命終時耳根不壞悉能了別一切勝事乃至或聞如來爲說四聖諦等無漏爾時世尊說是陀羅尼經已師子遊戲菩薩摩訶薩及諸大菩薩大比丘衆天人阿脩羅乾闥婆等聞佛所說皆大歡喜禮佛而退

佛說華積樓閣陀羅尼經

佛說勝旛瓔珞陀羅尼經

宋西天譯經三藏朝散大夫試鴻臚少卿傳教大師施護奉　詔譯

如是我聞一時佛在喜樂山頂天宮不遠仙人住處與大比丘衆千二百五十人俱復有菩薩摩訶薩文殊師利童子及賢護菩薩等十六大士皆來集會爾時世尊三昧正受觀彼天上人間而欲說法平等施與當使有情得聞法已稱讚殊勝咸令歡喜爾時大梵天王及天龍夜叉乾闥婆阿脩羅迦樓羅緊曩羅摩睺羅伽人非人等亦來集會是時大梵天王前詣佛所稽首佛足合掌恭肅而白佛言世尊一切有情造種種罪業身壞命終墮於惡趣或墮燄魔界或墮餓鬼界或墮畜生界既墮如是諸惡趣已受種種苦及彼色等輪迴亦然世尊大慈大悲無量善巧願施方便破壞如是一切有情罪業果報使得解脫

爾時觀世音菩薩摩訶薩與無數持明天前後圍繞亦來集會至佛所已五輪著地禮佛雙足合掌肅恭而白佛言世尊大威德者十力具足惟願方便施諸善巧救拔一切輪迴有情令得出離佛言善哉善男子汝等諦聽今爲汝等及未來世一切有情宣說最上勝旛明王若有得聞此名能稱念者當得無量無邊功德果報即說陀羅尼曰

怛你也(二合)他(引)迦囉迦囉枳哩枳哩俱嚕俱嚕娑囉娑囉悉哩悉哩酥嚕酥嚕薩哩嚩(二合)没馱(引)嚩路(二合)枳帝(引)嚩囉嚩囉達哩摩(二合)目契(引)左囉左囉僧伽(引)地瑟恥(二合)帝(引)娑囉婆囉阿你迦没馱俱(引)胝娑(引)史帝(引)刹拏(引)刹拏(引)薩哩嚩(二合)羯哩麽(二合)嚩囉拏你

薩哩嚩二合播引波你薩哩嚩二合耨佉引你阿波曩野部哩二合吒部哩二合吒度哩二合吒度哩二合吒怛吒怛吒薩普二合吒野薩哩嚩二合羯哩麼二合引嚩囉拏引播引野訥哩誐二合底你薩哩嚩二合薩怛嚩二合引南引左娑嚩二合訶

善男子此勝旛瓔珞陀羅尼是彼恒河沙等諸佛同共宣說我爲汝等今復宣說善男子此陀羅尼希有難遇譬彼如來出興於世難得值遇此陀羅尼得值遇者倍復甚難若有善男子善女人得聞是勝旛瓔珞陀羅尼名字信心受持恒常讀誦者是人所有五逆重罪悉皆滅盡得見果報獲大富貴於當來世得生上族若復善男子善女人以此陀羅尼殊勝功德廣宣流布爲人解說或勸人書寫受持讀誦我即遙知乃至毗婆尸佛尸棄佛毗舍浮佛拘留孫佛羯諾迦牟尼佛迦葉佛如是過去恒河沙等如來應正等覺皆悉聞知是人功德無量無邊爾時觀世音菩薩妙吉祥菩薩賢護菩薩等及大比丘衆乃至一切天及天人阿脩羅乾闥婆人非人等聞佛所說皆大歡喜信受奉行

佛說勝旛瓔珞陀羅尼經

音釋

嬈爾沼切苛擾也　挽武遠切　沴郎計切妖氣也　殄徒典切盡也　瞢蒙弄切　羼初澗切　赧乃版切　懵陟孟切　站知陷切

衆許摩訶帝經

宋西天譯經三藏朝散大夫試鴻臚少卿明教大師法賢奉　詔譯

清刻龍藏佛說法變相圖

衆許摩訶帝經卷第一 第二同卷

宋西天譯經三藏朝散大夫試鴻臚少卿明教大師法賢奉　詔譯

如是我聞一時佛在迦毗羅國尼俱陁林中

爾時迦毗羅國有大釋衆而自思惟我佛世尊於過去世何處所生何姓何族有何因緣而思惟已告諸衆曰釋迦世尊於過去世何處所生何姓何族有何因緣我等今者欲往佛所而問此義如佛所說依教受持如是言已與大釋衆即往佛所頭面禮足依位而坐

爾時迦毗羅國大釋衆白佛言世尊我等大釋衆住迦毗羅國精舍之中而忽思惟我佛世尊於過去世何處所生何姓何族有何因緣我等不知今與釋衆來詣佛所而問此義唯願世尊爲我宣說我等得聞依教受持爾時世尊爲斷衆疑即說此義告釋衆曰我先

不欲宣説此義何以故所有諸魔外道若聞此事而復謗言沙門憍答摩自説其美所樂即説非樂不説有何所益爾時大目揵連在大衆中即從坐起瞻仰尊顔目不暫捨世尊告曰目連彼諸釋衆樂聞於我過去之事所生之處何姓何族有何因緣汝今志心而爲宣説爾時會中大目揵連黙然思惟經須臾頃收僧伽梨衣安在頭邊右脅枕臥累足不動入三摩地而復觀察世尊過去之世所生之處若姓若族及因緣事如實了知無其錯謬即便出定於大衆前復坐本座尊者大目揵連告釋衆曰我於三昧觀彼憍答摩往昔之事世界壞時彼諸衆生命終之後而得往生徧淨天中生彼天已諸根圓滿身相端嚴衆苦不生身心適悦色相光明騰空自在以天甘味而爲飲食壽量長時無中夭者爾時大地大水所生滿虛空中猶如大海風吹波浪如煎熟乳其水清涼爲彼後時一切衆生所食清淨最上地味爾時大目揵連復告衆言當爾劫壞衆生生徧淨天者以彼天中福壽俱盡捨徧淨天生於人間所生之身亦如天界身相端嚴諸根無缺妙色廣大自有身光恒常照曜長壽喜樂騰空自在於其爾時無日月星辰無歲數月時等亦無男女衆生之相出生地味以爲飲食如是地味甘美細妙有情食已而生愛著於其後時貪味轉盛忽令身體而得沉重所有身光忽然不見於是世間普皆黑暗爾時有情見是世間普皆黑暗種種驚惶心生憂惱由是世間出現日月及星曜等始分晝夜及其時候如是有情

壽命長遠無諸病惱於其地味貪著多者色相損減而獲醜惡貪著少者其身色相恒自端嚴如是隨心分別二相黑白果報而彼衆生互相憎嫉而成不善以不善故由此地味即便隱没以隱没故令諸衆生心生熱惱作如是言今無所食深苦深苦又復思惟最上地味云何隱没未來衆生云何得食令生苦惱疲乏之患而不可知不可言説爾時大地之中不久之間即生地餅其味殊妙馨香甘美如迦梨尼迦羅華而諸衆生食此地餅充益身體長壽安樂身相端嚴氣力增盛若諸衆生貪食多者色相損減貪食少者色相如故無其損減由此分別二相黑白而互相非行不善業令彼地餅隱没不見以不見故而諸衆生復生苦惱作如是言深苦深苦又復思惟所生地餅云何隱没其義不知而諸有情即得飢困疲乏之苦未來衆生當於何食由是不久爲彼衆生復生林藤其色殊妙香味甘美如是有情食此林藤氣力增盛壽量長遠形色端嚴人相具足又彼衆生貪食多者色相損減貪食少者色相如故如是有情分別二相黑白而互相非行不善業由是林藤隱没不見既不見已令諸衆生心生熱惱作如是言苦哉苦哉如是美味云何隱没其義不知我等云何而得飲食由是不久大地之中出生自然上味香稻其稻依時自然成熟爾時衆生即取食之亦甚香美充溢肢體壽量長遠由是爾時食於香稻漸覺腹内有所妨礙而即思惟云何除去作是念已即生二根男女差别形相各異爾時有情於色香

味展轉愛著於自親愛而以香花衣服種種供養復以軟言慰喻歡喜令彼忻慶若有衆生於已非愛即便輕毀種種訶責或以瓦石互相鬭打行不善行又彼衆生所有過去正法令爲非法過去律儀令爲非律儀乃至晝夜時分亦顛倒分別譬如有人以斗量炭而爲平滿不正之行亦復如是以倒想故正法爲邪由是香稻亦復隱没爾時大目揵連告釋衆言由香稻隱没故令彼衆生逐日諸處尋求稻種而欲種之時有一人其性慵懶貪著財利雖有稻種而不能種此人知已而告之言汝有稻種與我少分我要種之彼人言曰我有香稻自要受用汝今若要我即與汝於後一日二日乃至七日却還我稻此人言曰善哉善哉若一日二日乃至七日或未得還如至半月一月即得還之作是言已即自思惟自前香稻非種自生不假勤力自在受用今得稻種須住田野廣施勤力晝夜相續方得生長如是念已心生苦惱涕淚悲泣又復思惟過去之世所有衆生色相端正諸根圓滿人相具足身心適悦身有光明騰空自在壽命長遠所食地味猶如天饌而於後時於此美食生貪著故身即沉重光明即滅於是世間普皆黑暗又彼有情貪食少者身相不減貪食多者身相損減由此分别二相黑白互相輕毀行不善行由是爾時地味即滅地餅復生色相殊妙甘美馨香增益諸根身心適悦壽命長遠貪食少者身相不減貪食多者身相損減由此分别二相黑白互相輕毀行不善行爾時地餅亦復不見由此非久

復生林藤色相殊妙其味甘美亦如天食充益肢體壽命長遠貪食少者身相不減貪食多者身相損減由此分別二相黑白互相輕毀行不善行爾時林藤亦復不見於是世間有自然香稻從地出生其味香美可長四指依時成熟其味甘美充益肢體壽量長遠由是衆生貪愛增故所有香稻亦沒不見是故今者求此稻種住於田野廣施勤力方得成熟雖生稻米其米漸小於是衆生貪著地利廣占田野競多種植而行非法生賊盜想於他田種復行偷盜時有一人見是偷米如是一徧二徧乃至三徧而告言曰汝自有米何不自用云何於他而行偷盜從今之後勿更盜米賊聞是言猶不改過復於後時又行偷盜前人復見而責之曰前已誡汝勿行偷盜何故此時又亦作賊即集多人共以責斷復於彼時於衆人中揀一具福德者立爲田主均分田土各令平等有不依法者令彼調伏田種若熟輸其少分以賞田主如是田主受行戒行安慰世間依法決斷合調伏者即便調伏由此世間立刹帝利姓名三摩達多王王有大臣名爲有情其王後時生一太子名爲愛子王有大臣名伊賀迦時愛子王生一太子名曰善友彼有大臣名帝羅迦時善友王復生一子名曰最上彼有大臣名阿跋羅建姹最上王有子名曰戒行彼有大臣名哆羅惹伽其王頂上生一肉皰其皰柔軟常以兜羅綿拂拂於肉皰無諸疼痛其皰後熟自然破裂生一童子福德端嚴具三十二相衆所愛重因以立名名頂生王纔下王頂即入

內宮爾時戒行王內宮之中有六萬宮人各有妳乳俱白王言我有妳乳願妳太子由此因緣亦名我妳王爾時世間所有衆生智慧漸增能細思惟稱量分別微細之事或是或非及工巧等是故立名號摩努沙爾時六大天子壽命無量有六大臣一名有情二名伊賀羅三名帝羅迦四名阿跋羅建姹五名哆羅惹伽六名摩努惹如是六大臣聰明多智能治世間有大威德時頂生王於其右股生一肉皰其皰柔軟常以兜羅綿拂拂於肉皰無諸疼痛於後皰熟自然開裂生一童子身相端嚴具三十二相名爲尼嚕有大智慧福德無量爲金輪王統四天下尼嚕輪王於其後時在左股上亦生一皰其皰柔軟常以兜羅綿拂拂於肉皰無諸疼痛皰後還熟自然開裂生一童子端正殊妙具三十二相名烏波尼嚕智慧深遠福德無量爲銀輪王統三天下烏波尼嚕王還於後時向右足上生一肉皰其皰柔軟亦以兜羅綿拂拂於肉皰無諸疼痛於後皰熟自然開裂生一童子身相端嚴具三十二相名室尼嚕福慧深厚爲銅輪王統二天下室尼嚕王於左足上有一肉皰其皰柔軟以兜羅綿拂拂於肉皰無諸疼痛於後皰熟自然開裂生一童子色相端正具三十二相名摩尼嚕福慧深厚爲鐵輪王統一天下爾時大目揵連告釋衆言如是王位相繼至今其數極多如是衆許王有子名爲愛王愛王有子名善友王善友王有子名最上王最上王有子名戒行王戒行王有子名頂生王頂生王有子名尼嚕王尼嚕王有

子名烏波尼嚕王烏波尼嚕王有子名室尼嚕王室尼嚕王有子名摩尼嚕王摩尼嚕王有子名嚕唧王嚕唧王有子名酥嚕唧王酥嚕唧王有子名毋唧王毋唧王有子名毋唧鱗捺王毋唧鱗捺王有子名阿誐王阿誐王有子名阿儗囉他王阿儗囉他王有子名娑儗囉他王娑儗囉他王有子名娑誐囉王娑誐囉王有子名摩賀娑誐囉王摩賀娑誐囉王有子名舍矩禰王舍矩禰王有子名摩賀舍矩禰王摩賀舍矩禰王有子名矩舍王矩舍王有子名烏波矩舍王烏波矩舍王有子名摩賀矩舍王摩賀矩舍王有子名酥捺哩舍曩王酥捺哩舍曩王有子名摩賀酥捺哩舍曩王摩賀酥捺哩舍曩王有子名鉢囉拏耶王鉢囉拏耶王有子名摩賀鉢囉拏耶王

摩賀鉢囉拏耶王有子名鉢囉拏那王鉢囉拏那王有子名摩賀鉢囉拏那王摩賀鉢囉拏那王有子名鉢囉半迦囉王鉢囉半迦囉王有子名鉢囉多波王鉢囉多波王有子名嚩彌嚕王嚩彌嚕王有子名彌嚕摩多王彌嚕摩多王有子名阿哩唧王阿哩唧王有子名囉哩唧瑟摩王囉哩唧瑟摩王有子名曩哩唧瑟摩多王曩哩唧瑟摩多王有子名阿哩止娑滿多王如是等王子孫相繼共有一百大國王皆都布多羅迦城於最後王生其一王名降怨王彼王有大威德能降諸怨是故名降怨王如是此王子孫相繼帝位不絕有五萬四千王都阿喻馱也城又此最後王復生一子名無能勝王彼王子孫相繼帝位相承有六萬天子都波羅奈國於最後王又

生一子名耨鉢囉娑訶王子孫相繼有八萬四千王都緊閉羅城於最後王復生一子名梵授王子孫相繼有三萬二千王都賀悉帝曩布里城於最後王復生一子名賀悉帝捺多王子孫相繼有五千王都怛叉尸羅城於最後王復生一子名娑多黎薩王子孫相繼有三萬二千王都烏囉娑大城於最後王復生一王名曩誐曩吩曩王子孫相繼有三萬二千王都無能大城於最後王復生一王名勝軍王子孫相繼有一萬八千王都瞻波大城於最後王復生一子名龍天王子孫相繼有二萬五千王都怛摩黎多城於最後王復生一子名爲仁王子孫相繼有一萬二千王亦都怛摩黎多城於最後王復生一子名爲海王子孫相繼有一萬八千王都難多布里也城於最後王復生一子名妙意王子孫相繼有二萬五千王都王舍城於最後王復生一子名娑多謨努那王子孫相繼有一百王亦都波羅柰國於最後王復生一子名大軍王子孫相繼有一千王都矩舍嚩帝大城於最後王復生一子名海軍王子孫相繼有一千王都補多羅迦城於最後王復生一子名娑多半尼囉王子孫相繼有八萬四千王都矩舍嚩帝城於最後王復生一王名摩呬目佉王子孫相繼有十萬王亦都波羅柰國於最後王復生一王名摩呬鉢帝王亦名地主王子孫相繼有一百王都阿喻馱大城中於最後王復生一王名持世王子孫相繼有八萬四千王都彌體羅城於最後王復生一王名大天王梵行清淨子孫相繼有八萬四千

王亦都彌體羅城於最後王復生一王名你彌王彼王復生摩娛努王摩娛努王復生涅里姹你彌佉努王涅里姹你彌佉努王復生嚕波佉努王嚕波佉努王復生佉努摩曩王佉努摩曩王復生佉努滿多王佉努滿多王復生酥涅里舍王酥涅里舍王復生娑涅里舍王娑涅里舍王復生酥嚕多細曩王酥嚕多細曩王復生達摩細曩王達摩細曩王復生尾你多王尾你多王復生摩賀尾你多王摩賀尾你多王復生尾你多細曩王尾你多細曩王復生阿輸迦王阿輸迦王復生尾誐多輸迦王尾誐多輸迦王復生頗羅娑埵王頗羅娑埵王復生惹羅娑埵王惹羅娑埵王復生沒度摩囉王沒度摩囉王復生阿嚕拏王阿嚕拏王復生你扇波帝王你扇波帝王復生里娛王里娛王復生商迦囉迦王商迦囉迦王復生阿難那王阿難那王復生阿那里舍目佉王阿那里舍目佉王復生惹那迦王惹那迦王復生散惹曩佉王散惹曩佉王復生惹曩沙婆王惹曩沙婆王復生案曩播曩王案曩播曩王復生鉢囉祖囉曩播曩王鉢囉祖囉曩播曩王復生阿吟多王阿吟多王復生波羅吟多王波羅吟多王復生鉢囉底瑟恥多王鉢囉底瑟恥多王復生酥鉢囉底瑟恥多王酥鉢囉底瑟恥多王復生摩賀摩羅王摩賀摩羅王復生嚩賀曩王嚩賀曩王復生酥摩帝王酥摩帝王復生涅里姹嚩賀王涅里姹嚩賀王復生捺捨馱努王捺捨馱努王復生設多馱努王設多馱努王復生曩嚩帝馱努王曩嚩帝馱努王復生室左怛

囉馱努王室左怛囉馱努王復生尾吤多馱努王尾吤多馱努王復生涅里姹馱努王涅里姹馱努王復生捺捨囉他王捺捨囉他王復生設多囉他王設多囉他王復生曩嚩帝囉他王曩嚩帝囉他王復生唧怛囉囉他王唧怛囉囉他王復生涅里姹囉他王如是等子孫相繼七萬七千王都僧迦大城又最後王復生一王名阿末麗沙王彼王有子名龍護王子孫相繼一百王都波羅奈國又於最後王生其一子名訖哩吉王爾時迦葉如來應供正徧知明行足善逝世間解無上士調御丈夫天人師佛世尊出見世間彼佛世尊爲菩薩時持戒梵行發大誓願求無上覺於兜率天而爲補處機緣成熟下生於訖哩吉王宫捨位修行而成佛道爾時訖哩吉王有一太子名曰善生此善生王復生王子如是子孫相繼有一百王其最後王復生一子名迦囉拏王於其後時生二王子一名瞿曇二名婆囉捺嚩惹此之王子愛樂王宫貪於國位恒自思惟安慰世間行於王事爾時瞿曇王子恒復思惟衆生生死沉没三塗苦惱輪廻而難出離作是念已即詣父王稽首拜跪而白王曰我今不樂王宫欲於山野修習梵行而求出家王即告言汝爲我子所有國土及於王位宰輔大臣如在指掌何故輕棄而求出家瞿曇白言大王我觀三界如幻如化無其堅實念念無常何堪愛樂我於今日辭王出家王既聞已知子志意即便聽許爾時山中有一仙人名訖哩瑟拏吠波野拏於其山間以草爲菴居止修行時瞿曇童子即往

彼處踊躍歡喜五體投地頂禮仙足而白仙
曰我别王宫來於此處奉事仙人願賜攝受
如是仙人觀於太子志意堅固即便攝受爾
時童子即於山間採果給水奉事仙人如是
辛勤累經歲月師以彼童精勤不退即爲立
號亦名仙人於後父王迦囉拏而乃命終時
弟婆囉捺惹即紹王位行其國事時瞿曇仙
人知王命終告本師曰我今不能於其山中
採果給水欲往城中而自住止師即告言瞿
曇汝先來此善住山野何故於今却往城邑
汝今去時勿往城内只於補多落迦城側近
寂靜之處卓菴居止守護諸根精進梵行瞿
曇童子聞是語已即往補多落迦大城之外
寂靜之處卓菴結志崇修梵行

衆許摩訶帝經卷第一

衆許摩訶帝經卷第二

宋西天譯經三藏朝散大夫試鴻臚少卿明教大師法賢奉　詔譯

爾時補多落迦大城有一婬女色相端嚴形體殊妙時有一人名彌里拏羅於此女人而生躭染即以金銀珠寶上妙衣服而給與之忽於後時復有一人於此婬女亦生愛著告婬女言我以金錢五百與汝受用汝可隨吾同爲娛樂婬女聞已即與同行乃令侍婢往白彌里拏羅令有他適未遑相就拏羅聞言即告婢曰彼若歸家速令來至我住園林之中婢迴本舍具以其事白於婬女婬女聞已略無行意婢知不允復往彌里拏羅處具說婬女違背之事彼人聞已心生忿怒遣婢勸説速令至我園林之中婢既受教以種種方便誘引婬女婬女遂行彼人見已訶責之曰我自昔來恒以衣服寶貨財物而常給濟何故於今棄背於我即持利劒殺彼婬女爾時瞿曇菴舍近彼園林彌里拏羅潛將所執利劒送置菴内而遂逃去時婬女婢高聲唱言此處殺人衆多聞已俱詣仙人所居菴舍獲彼利刃鮮血尚存衆人責言汝是仙人何故於今而行殺害作是語已即以繩索縛仙人手送往城中至王殿前衆人告曰此是出家仙人棄背梵行行不淨行復以利劒斷婬女命王聞是事心生忿怒即遣出城令以木簽貫其支體王宣令已是時仙人頂戴華鬘身著青衣從者周迴手執器仗高聲唱言此是犯戒殺人之賊爾時仙人都無怯怖至城門外即依王法爾時本師訖里瑟拏吠波野曩仙人來至菴中不見弟子即往隣近漸次尋

訪忽見弟子縛其手足在木簽上受如是苦師既見已身毛驚竪悲淚涕泣問其弟子汝何如是有斯過罪又汝此身受諸苦惱晝夜疼痛云何當忍弟子白言大仙我於此身求諸疼痛都不可得師曰汝何如是離其苦惱弟子白言我對師前發誠實願若吾此身實無疼痛即令我師身爲金色作是願已經刹那頃師自變身作眞金色一切人衆皆悉見之是故立名金色仙人爾時弟子復問師曰我此命終當生何處師曰准婆羅門法若絶嗣子即無生處弟子白言我作童子不樂王宮捨位出家豈有子耶師即告曰汝於今者何不思念在王宮時娛樂之事弟子白言我今此身見受王法苦相如是云何而能思前娛樂爾時金色仙人具大神通經刹那間於虛空中降大風雨淋弟子身即得清涼離諸苦惱平復如故由是弟子思前快樂而生欲心滴二滴精墮地面上爾時瞿曇仙人有四思惟一思惟自身二思惟衆生三思惟衆生成佛四思惟一切佛刹如是思已其二滴精結成二卵每日出時被日所照不久之間其卵自破生二童子色相端正瞿曇仙人將此二童子入甘蔗園棲泊居止瞿曇因日所炙尋即命終爾時金色仙人來入園中問言童子汝誰人耶童子答言我即瞿曇所生之子金仙聞已心生歡喜因挈二童歸菴養育以初生時卵因日照乃爲立名名爲日族爲第一姓復是瞿曇所生之子因立瞿曇爲第二姓又是自身所生因立阿儗囉娑爲第三姓由於甘蔗園中收得養育因立甘蔗爲第四

姓爾時有大國王名婆羅捺嚩惹其王命終無子嗣位輔相大臣共議斯事未委何人可當灌頂王位有一大臣白群臣言先迦囉拏王有一太子名曰瞿曇捨父王位於山林間事訖里瑟拏吠波野曩仙人彼是釋種可得紹嗣灌頂王位群臣聞已即往山中詣仙人所頭面禮足白言大仙過去迦囉拏王有一太子名曰瞿曇今在何處大仙白言久已命終復爲群臣具說上事大臣聞已心生懊惱我等今者甚得大罪作是語已見二童子身相端嚴問是誰耶金仙答言此即瞿曇所生之子群臣聞已俱懷踊躍令此童子是王種族即令繼紹灌頂王位是故立姓名甘蔗王此王之後子孫相繼有一百甘蔗王都補多落迦城其最後甘蔗王生其四子一名烏羅迦目佉二名迦羅尼三名賀悉帝曩野四名蘇曩布囉迦生四王子已於其後時妃后命終王即愁惱以手搘頤情懷悲痛時有大臣見王不樂而共奏言大王云何而懷愁惱神情不悅王即答言我爲妃后今忽無常有斯痛苦大臣聞已而白王言我聞隣國小王王有一女具大福德端正殊妙堪爲國后王語群臣彼小國王欲侵我境云何成親大臣白言別有小國亦生端正殊勝之女若納爲妃甚適王情王既聞已即遣使臣往彼小國具述王意欲娉其女立爲妃后小王聞已歡喜慶慰乃告使臣若大國王欲娉我女立爲妃后如生男子令紹灌頂王位我即許之使臣廻國具奏上事王聞所奏深情不悅我有長子合紹王位云何幼小而得立耶大臣白言

但且娉納後時有子男女未定王聞是語即以金銀珍寶羅紈疋帛嚴身之具迎娶歸國於後懷妊凡經九月載生一子身相端嚴乃於生辰群臣慶賀王曰今我是子當立何名大臣奏言彼小國王納女爲妃貴生太子繼王寶位令請立名名爲樂王命八夫人而爲乳毋養育太子爾時大王欲令長子紹嗣王位其小國王知是事已心生忿怒即遣使臣具論前事先許我女生子爲王何故於今自違言約脱或如是我即廣將兵衆討滅汝國時大國王聞此語已即生愁惱告大臣言棄長立幼於理非宜群臣奏言彼小國王心力豪强善於兵戰舉戈犯境必貽敗衂若遣長子速疾出外即我家國當免兵禍王問是語默然未允爾時大臣共設權謀即於近郊造一御園亭池華果林巒池沼流泉飛閣處處徧滿復以沉檀香木雜寶瓔珞種種嚴飾殿宇樓觀爾時大王長子與諸臣僚出城遊賞見此園林訪問左右是誰所有從臣對曰此是御園太子聞已即時迴馬左右勸請暫入觀覽太子告曰皇王御苑我何敢往從臣復曰若是臣下及諸庶民即不得入國王長子遊翫無妨是時太子即便入園作樂嬉戲有一大臣上請於王先造御園今已成就請王觀看王聞所奏即時臨幸俯近苑囿忽聞作樂王心疑慮大臣白言太子先是在此作樂王遂赫怒我造此園未曾遊觀云何太子先入作樂其罪難捨即令出國大臣諫諍王怒不已尋下詔命許將僕從及其眷屬與限七日出離國城太子承父王勑即與臣僚及諸

親愛出補多落迦大城去城匪遥而自安止王復遣令遠處居住時雪山側婆凝囉河岸邊有一仙人名迦毗羅淨持梵行菴居修道太子復將眷屬依止仙人採獵禽獸以活其命於後太子億念色慾顏容瘦悴仙人疑問太子具言我思婬樂而致斯苦仙人白言勿於親姊而行欲事餘可隨意太子耽著男女衆多稚戲喧鬧日月滋甚仙人心不虚靜根識散亂即告太子我今欲往別處營居太子聞之深自慙感大仙於此修行歲久道果已就不可遷移我於今辰將領眷屬別求住止仙人聞已甚適本心即於菴居側近之處揀殊勝地以金瓶水澆地爲界令太子住其後人民熾盛眷屬繁多依界修城因建國土名迦毗羅國復於後時有賢人指引別造一城名曰指城王於此城亦號都邑爾時尾嚕茶迦王問　臣曰我之太子今在何處大臣白言今在雪山南婆凝囉河側迦毗羅城建二大城以爲都邑臣僚士庶骨肉眷屬富盛繁多有如大國時尾嚕茶迦甘蔗王曲躬俛首問六臣言我之童子能有此事大臣白言太子仁德致兹雄盛因立姓氏尾嚕茶迦甘蔗王命終之後能仁嗣位能仁有子名烏羅迦目迦王烏羅迦目迦王有子名若迦捉王若迦捉王有子名賀悉帝王賀悉帝王有子名努布囉迦王努布囉迦王有子名烏布囉迦王如是子孫相繼有五萬五千王都迦毗羅大城於後復有一王名十車王十車王後有九十車王九十車王後有百車王百車王後有畫車王畫車王後有最勝車王最勝車王

後有牢車王牢車王後有十弓王十弓王後有九十弓王九十弓王後有百弓王百弓王後有最勝弓王最勝弓王之後有畫弓王畫弓王之後有牢弓王此王於南閻浮提弓射第一時牢弓王有其二子一名星賀賀努王二名師子吼王爾時星賀賀努王生其四子一名淨飯王二名白飯王三名斛飯王四名甘露飯王淨飯王有二子一名悉達多二名難陁白飯王有二子一名娑帝踈嚕二名娑捺哩迦斛飯王有二子一名摩賀曩麼二名阿你樓馱甘露飯王有二子一名阿難陁二名提婆達多淨飯王有女名蘇鉢囉白飯王有女名鉢怛囉摩黎斛飯王有女名跋捺黎甘露飯王有女名細嚩羅悉達多有子名羅怙羅此之佛子是過去衆許王種族今值佛世隨佛出家了悟生死善斷輪廻契證眞空而成聖位爾時大目揵連說是語已即從座起合掌向佛佛言汝復本座善哉善哉汝能爲諸苾芻說於釋種過去所生種姓之事令諸苾芻快得善利長夜安隱時諸釋衆皆大歡喜信受奉行爾時迦毗羅國主星賀賀努王具大福德資財無量人民熾盛國土豐實去此不遠有一國土名曰天指城有王名酥鉢囉沒馱其國大富金銀珍寶處處盈滿彼王有妃名龍弭禰身色端嚴諸相具足於其國內有一長者宿植善本福德純厚眷屬熾盛庫藏衆多如毗沙門天王爾時長者有一園苑衆卉名華流泉浴池亭臺樓閣異獸靈禽無不具足時酥鉢囉沒馱王與其妃后及其眷屬來於此園作樂遊戲時彼妃后見此

園林種種華煥心生愛樂即告於王我要此園恒以遊戲王白妃言惟此園林長者所有云何能得我爲國王當自刱造即命國人大興園苑泉池臺觀勝絶第一名龍弭禰園爾時酥鉢囉没䭾王長夜思惟我今云何得生一子爲金輪王如是思念忽於後時妃乃有娠懷妊九月誕生一女顔貌端正諸相具足福德智慧於其世間最爲殊勝如是衆人觀斯福相俱言希有應是毗首羯摩天所作或是幻化所成女生之後一日二日至三七日王爲此女集諸戚里及群臣等慶賀作樂即爲立名名爲摩耶其女身相而有八乳相師占曰此女後時當生貴子紹灌頂王位又於後時復生一女端嚴福相最爲其上初生之時有大光明徧照國城祥瑞非常因慶賀日

即爲立名名摩賀摩耶相師占曰此女生男具三十二相爲金輪王爾時酥鉢囉没䭾王聞彼星賀賀努王太子具有賢德即遣使人告彼國王我有二女一名摩耶二名摩賀摩耶初生之時師占言此之二女若後生子具三十二相爲金輪王星賀賀努王聞已告淨飯太子曰酥鉢囉没䭾王欲娉二女與汝爲妻若後生子必作輪王即遣釋種五百人等往彼迎女爾時邊國別有一族名半拏嚩幸領兵衆於其要路欲行劫奪釋衆知已慮遭患害具述上事請王同行時王即白言我今年老猒於戎事令子淨飯躬自討伐如獲勝捷當自立願爾時星賀賀努王選練四兵付釋種等與子淨飯同殺惡族迎女迴歸即白王言王先所宣令別立願其義云何王即告

言汝於今者當納一女以爲已妻如後有子
善加保護令嗣國位及王歿後其大臣等共
立淨飯太子即紹王位時王國界人民豐盛
王與夫人及諸宮嬪恒受快樂時釋迦菩薩
在兜率天宮欲生人間作五種觀察一觀種
姓菩薩思惟若婆羅門吠舍首陁種姓非上
非我所生若刹帝利我即當生以彼時人重
富貴故若生下姓人所不重今爲攝化衆生
令彼歸依是故當生刹帝利家二觀國土若
其國土最上殊勝有上味甘蔗香美稻米肥
力大牛無諸貧乞及鬪諍事如是國土名爲
中國我即往生恐彼有情而興毀言菩薩過
去修大勝因云何於今却生邊地三觀時分
若有增劫八萬歲時有情根鈍智慧愚劣非
爲法器是故不生若於減劫百歲之時雖近

五濁彼時衆生根性猛利機器成熟是故菩
薩即乃下生四觀上族若淨飯王自過去世
成劫之初衆許王後子孫相繼至淨飯王俱
是輪王之族是故菩薩即往受生五觀母身
若是女人智慧甚深福德無量諸相端嚴持
戒清潔過去諸佛同與授記我即受生今見
摩耶具上功德復是王種即乃生彼爾時菩
薩作是觀已復告六欲天子汝今諦聽我當
下生南贍部洲託質摩耶汝等爲我降甘露
雨令我受樂天子告言南贍部洲有六大惡
人一老迦葉二摩娑迦梨虞娑子三娑惹野
尾囉致子四阿吩多繼捨迦摩羅五迦⿸底也（底也
切）野六你誐囉儗（倪也切）帝子南贍部洲復有
六裸形外道一俱吒多努婆羅門二酥噜拏
多努婆羅門三摩儗婆羅門四梵受婆羅門

五布娑迦囉婆羅門六路呬底也切底也婆羅門南贍部洲復有六大力士一烏捺囉矩囉摩子二阿囉拏三迦羅摩四酥跋捺囉五波里沒囉惹迦六散耶摩拏縛迦如是一十八種難可調伏爾時人間有一仙人年已衰老名烏盧尾羅迦葉思惟言曰當此國土福勝之地可十二由旬於其中間堪爲菩薩安坐說法之處願得菩薩速降人間爲我說法令我長夜甚得善利爾時菩薩告兜率天子汝今爲我動一切樂諸天聞已競奏音樂爾時菩薩吹大法螺其聲高遠過於天樂一切音韻如是南贍部洲一十八種難調有情菩薩以無礙辯震大法音令彼有情自然降伏亦復如是而說偈言

師子一吼衆獸伏　金剛一杵群峯碎
修羅無數一輪降　世間黒暗一日破

爾時六欲天子及天帝釋觀見菩薩乘六牙白象下兜率天處摩耶腹即降甘露守護毋腹清淨安隱而說偈言

我觀天子下閻浮　甘蔗王宮而受生
爲利有情酬宿願　如日初出放光明

衆許摩訶帝經卷第二

音釋

姹陟嫁切　靤蒲教切氣靤也　妳女蟹切乳母也　儗語綺切　禰乃禮切　呩人者切　呬謂器切　簽七廉切正作籤貫也　鬟胡關切亦鬘爲髻也　挈詰結切提挈也　娉匹正切娉問也　紈胡官切素也　貽余支切遺也　衄女六切敗北也　悴秦醉切憂瘠也　底也底切

衆許摩訶帝經卷第三第四同卷

宋西天譯經三藏朝散大夫試鴻臚少卿明教大師法賢奉 詔譯

爾時摩賀摩耶作四種夢一夢白象口有六牙二夢白象從天來下入於腹中三夢自身上大高山四夢衆多豪貴大人俱來拜跪作是夢已即以上事告淨飯王王以此夢問其相師相師告王令此夫人必生太子具諸相好若在王宮作轉輪王若是出家修諸梵行成正等覺號天人師爾時菩薩降生之時大地震動放大光明衆生覩之歎未曾有帝釋天主護世四王各持刀劒羂索及弓箭等守護菩薩所有一切魔及非魔諸鬼神等而不能害如摩尼珠及迦葉迦實所有一切穢惡塵垢而不能染菩薩之身亦復如是又令母身內外瑩淨猶如瑠璃能見菩薩色相諸根如彼水精貫五色線分明顯露又令母身氣力增盛無諸疾苦志意堅固受持五戒精進無犯離諸過失爾時摩賀摩耶告淨飯王我於今日忽自思飲四大海水王以是語問諸相師相師答言摩賀摩耶必生太子具諸相好修無上道成等正覺若不飲海水太子身相而不圓滿時迦毗羅國有一人名囉羯多芻善解幻術王即召至於正殿內化四大海水取此海水與夫人飲飲此水已告於王曰所有一切牢獄禁繫苦惱衆生請王放免所有一切衣食貧乏寒餒衆生願王布施如是種種作諸福業爾時摩賀摩耶告淨飯王我今思於園苑住止王即告彼酥鉢囉沒馱王汝女摩賀摩耶樂住園苑酥鉢囉沒馱王即遣工人大興營繕地位寬博樓觀華煥名龍

弭禰園時摩賀摩耶與諸宮嬪同往園内見無憂樹芬芳茂盛布葉開華即以右手攀彼樹枝欲生太子覩諸人衆四邊圍繞示有慚色天主知巳乃作風雨令彼人衆四散馳走爾時天主復自化身爲一老母在夫人前欲收太子是時太子初出母胎身如金山如真金色令其老母收捧不及太子告言放放憍尸迦我自出生是時大地即大震動放大光明普照世間衆生見之歎未曾有時淨飯王見斯祥瑞於太子前旋繞三帀禮太子足歎言善哉善哉我於今日生大丈夫福德之子令我長夜快得善利爾時太子身相圓滿内外瑩淨猶如瑠璃塵垢雜穢一切不著於其四方各行七步東方表涅槃最上南方表利樂群生西方表解脱生死北方表永斷輪迴時諸天人於虛空中持白傘蓋覆菩薩頂又復諸天降二種雨或冷或温灌頂沐浴又復空中諸天及龍作天伎樂雨曼多羅華優鉢羅華俱母那華奔拏里迦華及雨沉香檀香末香多摩羅香上妙衣服等爾時諸天於虛空中而説偈言

善生大牟尼　百福莊嚴相　斷盡煩惱塵
而證無上覺　能於圓滿身　放大光明色
遍照於世間　一切愚癡暗

爾時天子説此偈巳有四國王各生一子舍衛國阿羅拏王生一太子王思惟曰我子生時世界清淨湛然安隱立名鉢囉洗曩喻那王舍城摩訶鉢那王生一太子王思惟曰我子生時有大光明能照世間立名尾弭娑囉俱尸那城設多你迦王生一太子王思惟曰

我子生時世界光明天地朗然立名烏那野曩烏惹你國阿難多你弭努王生一太子王思惟曰我子生時有大光明無諸幽暗立名鉢囉愈多如是王子皆是菩薩聖感來生復次去城不遠有一大山名緊使吉陁山中有一仙人名阿私陁恒處其山修持梵行爾時仙人有一外甥名曩羅那承事仙人求聞法要仙人即爲説善惡法因此出家菩薩生時有大光明照耀世間曩羅那見之驚疑不測即入菴中問其師曰今此光明照耀世間猶如聚日云何而來師曰今此光明如眞金色清涼寂靜照於三界此是佛生之瑞曩羅那告於師曰我今往彼禮拜菩薩仙人告言彼有大威德諸天龍神圍繞守護無能得見候佛世尊入迦毗羅國聞名之時汝可詣彼大得勝利復次菩薩生時有五百白象有五百從人同時而生地中寶藏自然出現天降甘露諸小國王並來慶賀爾時淨飯王見此祥瑞種種殊勝而自言曰我子降生具大吉祥能圓滿一切福德能成就一切善事應爲立號名一切義成復次迦毗羅城有夜叉神名舍迦嚩馱曩若諸衆生所有男女初生之後將詣神廟令拜夜叉求其守護時淨飯王亦令太子乘四寶車詣彼神祠將至廟庭夜叉出迎拜於車前淨飯王曰天神至尊禮重菩薩應爲立號名爲天子又釋衆等輩氣志剛强難以調伏見此菩薩身相端嚴威容和雅人天仰重即自廻心捨其憍慢情性柔順默然瞻仰因斯立名名爲寂默爾時淨飯王告諭宮人與我勤力養育太子依時乳哺洗浴

莊嚴用心保愛不令失所我子生時天降甘露相師視之有三十二大丈夫相若得在家作轉輪王乃有金輪寶象寶馬寶摩尼寶玉女寶主藏寶主兵寶如是七寶悉皆具足千子圍繞甚爲希有勇猛無畏能破他寃爾時相師而說偈言

千輻金輪寶　轂輞相周圓　飛空行四方
須臾復本處　象寶最殊勝　白類於珂雪
巡遊贍部洲　隨處而無礙　馬寶足威勢
青頸世希有　常往虛空行　往來如風轉
最上摩尼寶　光照一由旬　如夜黑暗中
當天出明月　女寶世希有　微妙甚端嚴
親侍於輪王　能知所思事　藏寶大威德
能主世間寶　海中地下珍　王須即令現
主兵臣巨力　能使於四兵　象馬步兼車
所到無違背

爾時淨飯王復問相師云何我子三十二相相師答言三十二相者一太子足下有千輻輪紋轂輻輞三悉皆圓滿二太子手足皆悉柔軟如兜羅綿三太子手足猶如鵝王而有網縵如眞金色四太子手足諸指纖長五太子足跟與趺相稱六太子足下平滿如香奩底七太子雙腨漸次纖圓如金色鹿王腨八太子雙臂修直如象王鼻垂手過膝九太子陰相藏密不見亦如龍馬及其象王十太子身諸毛孔各一毛生紺青旋轉十一太子髮毛端直上靡嚴金色身衆所愛樂十二太子身皮薄潤塵垢不著十三太子身皮金色光曜如妙金臺衆寶莊嚴人天愛樂十四太子手足掌中頸及兩肩七處充滿十五太子肩

頸殊妙一一圓滿十六太子雙腋之下一一充實十七太子容儀廣大圓滿端嚴十八太子身相修廣端正出過人天十九太子體相周帀圓滿量等諾瞿陁樹二十太子頷臆身之上半威容廣大如師子王二十一太子常有光明面各一尋二十二太子齒具四十齊平如雪淨密根深堅固不動二十三太子口有四牙鮮白鋒利二十四太子口中一切所食常得上味能正吞咽津液通流永離衆病身心適悅二十五太子舌相廣淨能覆面輪至髮際等二十六太子梵音洪雅其聲震響猶如天鼓言詞婉約如頻伽音二十七太子眼睫作青紺色猶如牛王不相雜亂二十八太子眼睛紺青鮮白紅環相間青白分明二十九太子面輪如天滿月三十太子眉相彎長如天帝弓三十一太子兩眉中間有白毫相右旋柔軟如兜羅綿鮮白光淨逾於珂雪三十二太子頂上有烏瑟膩沙金頂之骨高顯周圓亦如天蓋如是三十二大丈夫相於過去世無量百千萬億劫長時精進無間修習一切戒行及諸善法而無遺餘今得成就相好功德是故菩薩生淨飯宮飲食衣服卧具象馬一切珍寶無不具足眷屬熾盛王族不斷於人天中而無等等若不出家年三十二作金輪王爾時摩賀摩耶生太子已七日命終生忉利天受五欲樂爾時太子顏容端正人天目覩敬愛不足假使世間巧妙金師以金造像亦復不及譬如諸天半努迦石有大光明照耀一切菩薩之身光明寂靜亦復如是又如蓮華開敷出水菡萏馨香一切有

情見者愛樂菩薩之身見者恭敬亦復如是又此菩薩兩目清淨明朗遠視見一由旬微細塵色過於天眼晝夜無異又此菩薩語言音聲美妙清響如頻伽音亦如雪山有其飛禽食於花水食已而醉發聲相呼其音和雅亦復如是爾時曩羅那仙告白本師阿私陁仙人我今往彼迦毗羅城禮拜菩薩師言可往即與本師運神通力往迦毗羅城去城不遠菩薩威制令彼失通步行至城詣淨飯宮時守門人即以白王乃勑門人引令入內王相見已歡喜無量請就牀座獻閼伽水作樂設食種種供養王即問言仙人云何因緣至此時阿私陁白王我今欲見一切義成大牟尼師王言今此太子正當睡眠且候須臾即得相見時阿私陁請就牀帷臨視太子爾時太子雖處睡眠兩眼俱開目不眴動時阿私陁即說偈言

諸天觀境時　覩物眼不眴　菩薩雖睡眠
觀境亦如是

爾時仙人說此偈已宮人乳母捧持太子奉上仙人時阿私陁詳觀太子容貌非常即問王言曾有相師來占相否大王白言有婆羅門相此太子若不出家必得轉輪王位若能出家定成正覺仙人聞已即說偈言

昔墮邪見外道身　今逢福德輪王子
能除煩惱證菩提　善說甚深法海藏
雖圓相好棄輪王　成大牟尼救群品
是故我今歸命禮　願得親近滅塵勞

爾時仙人說此偈已審觀自身壽命長短得見太子成佛事否如是觀已得見太子出彼

王城入於山野年二十九於其山中六年苦行證甘露滅成無上道爾時仙人復觀自身值佛出世年命短促而不久遇甚懷感傷不覺失聲而自啼哭時淨飯王見仙人哭驚恠異常即說偈言

若人有男女　愛憐心不足　如是福相殊
覩之恒適悅　仙人見太子　云何而啼哭
我子若驚怖　忽然生病惱　未委意云何
速爲我宣說

爾時阿私陁仙人聞是偈已即白王言太子不久即成正覺云何於身而有怖畏假使空中降大金剛如彼真珠滿空而下不能侵彼菩薩身之一毫世間所有一切大火而不能燒一切大風而不能吹一切毒藥而不能損刀劒弓箭而不能傷毒龍猛獸而不能害又此菩薩於過去世行大慈悲於諸衆生未曾捨離令彼有情常獲安隱云何菩薩有斯怖畏於虛空中恒有帝釋梵天王等而共守護我今啼哭自觀已身年命中夭於其佛世不得聽聞甚深法藏於其善財而無有分是故感傷而自啼泣請王無憂爾時阿私陁又復思惟我有神通菩薩威制令不顯現是故步行入於王宮今若出城而復徒步彼諸有情即起慢心大神通仙步出王城作是念已告淨飯王我今辭王出迦毗羅城與我修治四衢道路時淨飯王即勅有司修治道路去除砂礫穢惡之物以白檀香水灑地清淨處處豎立幢旛瓔珞燒衆妙香王并諸臣長者居士恭敬圍繞出迦毗羅城送彼仙人時阿私陁辭國王已隨意前行往枳瑟計馱山即住

山中修習禪定歲月不久復得神通於其後時身少有病服食良藥及華果等乃得除愈弟子告曰我今出家爲求出世解脫甘露師有所得願賜告諭師曰我自修行歲月彌久於斯甘露猶尚未得云何令我復爲於汝今有淨飯王子名悉達多成等正覺得眞甘露於彼出家一心梵行而求出離莫作族姓之相及我人相即得成就無爲之法爾時阿私陁仙人即說偈言

我住如是山　久修於梵行　雖復得神通
而未飮甘露　自知身無常　恒處於生滅
聚集假和合　即是無常法

爾時仙人說此偈已曩羅那感師誨示禮拜供養即往波羅柰國見五百摩拏嚩迦婆羅門念園陁經知非究竟而不親近即往佛所希聞法要爾時曩羅那姓迦底丁切也以姓爲名佛爲開示法要得寂滅樂乃名大迦底丁切也

復次太子在乳母懷執金器而食須臾食已乳母即收金器器重如山舉之不起即以上事具告於王王與宮人同往取器亦不能舉即集國人同舉金器其器愈重復駕大象五百頭拽彼金器不能搖動金器少分何以故由菩薩神力舉其左手一指鉤住金器令象盡力而不能動爾時淨飯王乃自思惟若菩薩舉其兩指鉤彼金器假使百千大象亦不能動由是菩薩有千象之力若諸童子欲與菩薩鬪戲如小飛鵝比於大鶴其力不等

復次菩薩在王宮時與五百眷屬入學讀書爾時本師將第一書令太子讀太子告言此書我解其師乃令讀第二書太子見之復白

師云此書亦解於是本師即以五百種書授與太子太子白言此五百種書我一一俱解如有他書即當與我師乃白言於其世間只有此等五百種書此外無有爾時太子即自寫書令師讀之師乃歎言我自昔來目未曾覩太子告曰此是梵書時彼梵王知我當紹輪王之位傳授於我即以微妙梵音而自讀誦時大梵天王於虛空中高聲讚言此是梵天之書師聞天證深生信解爾時太子舅氏娑捺梨復有一人名娑賀你嚩此二人者善解弓射有五百人親學其藝又此二師互相言曰彼提婆達多其性麤惡心多嫉妒所有射法不宜告之若或教授必將害物彼悉達多慈悲聰慜利濟有情堪當傳習如是弓射有其五種一曰遠射所發之箭能極遼遠二曰聞聲射聞其聲音即可射之三曰中射所發之箭隨意而中四曰親的射所發之箭而無踈闊五斷物射所射之物無不透斷如是菩薩善解五射爾時毗舍離城有一大象形相端正具大勢力彼國人衆咸共商議迦毗羅城淨飯大王有一太子名悉達多相師視之有轉輪王位即馳此象而充貢獻乃以珠瓔珍寶種種嚴飾將往迦毗羅城至王宫門時提婆達多出門見象詰問門人曰此象從何所來門人答言毗舍離城聚落人衆爲悉達多有轉輪王分馳獻此象時提婆達多聞是事已心生嫉妒告門人曰彼悉達多何有王位即持器仗殺象命終爾時難陀見此死象知爲提婆嗔怒所殺難陀欲與鬬其勇方即執象尾以手擲之象離本處七步之外時

悉達多見其死象離於本處知是難陁示威力故手執象尾擲彼處故爾時悉達多太子顯自威神以其一手執持象尾向空而擲過七重城如投土塊時毗舍離城獻象之者見悉達多有大威力即說偈言

我等遠馳象　爲獻於輪王　遇斯凶惡人
即時行殺害　難陁手執尾　擲象七步外
菩薩大威神　擲象如拋塊

衆許摩訶帝經卷第三

衆許摩訶帝經卷第四

宋西天譯經三藏朝散大夫試鴻臚少卿明教大師法賢奉　詔譯

爾時提婆達多手持弓箭出迦毗羅城而欲教射悉達多太子知已與五百眷屬亦出國城同爲弓射時提婆達多即持弓箭遥射一樹其樹中箭應弦而倒悉達多太子亦射一樹箭力甚大樹雖兩斷儼然不動提婆達多見樹如故疑箭不中白太子言常聞太子解五種射法云何射樹而不能中如是言已帝釋天主於虛空中而自思惟我須今日顯發菩薩神通威力若不如是云何有情知彼菩薩善能通達一切衆事作是念已即化大風吹中箭樹忽然倒地時提婆達多即自驚歎爾時太子又令安置七多羅樹七重鐵鼓七重鐵豬令衆射之時提婆達多顯自威力挽弓前射透一多羅樹難陀次之透二多羅樹悉達多太子即便隨射所有七多羅樹七重鐵鼓及鐵豬等皆悉透過其箭入地至龍王宮爾時龍王見菩薩箭以手捧之於箭入處涌水上流即有信心婆羅門長者起塔供養一切苾芻常來瞻禮爾時悉達多太子乃乘寶輦迴歸王城有一相師占太子曰至十二歲若不出家爲轉輪王統領四洲千子圍繞時淨飯王聞是事已心大歡喜即集群臣及諸釋種具白斯事時有大臣白淨飯王若要太子紹輪王位速於國内公卿臣僚士庶之舍選擇淑女爲其妃配仍造種種上妙衣服眞珠瓔珞珍玩之具及舍宅樓閣等如是造已即選良辰令太子於王正殿坐師子座命公卿臣僚及長者居士等所有童女悉赴王

宮如有端正福德殊勝之女太子樂者即賜
上件珍玩物等納爲夫人爾時淨飯王即依
所奏後至吉日命悉達多太子登王寶殿坐
師子座所集童女俱來赴會爾時有一童女
名耶輸陀羅而不赴召父問其故耶輸陀羅
曰金帛財貨我家自有何須王宮而受錫賚
父又告言汝至王宮太子見已或當採擇納
爲夫人豈獨寶玩而充贈遺耶童女聞已即
著上妙衣服嚴身瓔珞而赴王宮太子見是
童女福相殊勝身有光明心大歡喜下師子
座依古儀禮互相設拜拜已復坐合掌恭肅
時僚等俱白王言如是童女諸相具足福德
深厚堪與太子爲其夫人王即詔命二萬童
女圍繞耶輸陀羅同入宮室爾時迦毗羅城
不遠有一大河名嚕賀迦於河岸上有一大
樹名娑囉迦里梨切也孥與太子同時而生此
樹不久長及百肘太陽未出樹身柔軟爪甲
能傷日既昇天則斧不能入火不能爇尋以
河津汎漲浸壞樹根偃仆洪川下流乾涸時
酥鉢囉沒馱王以嚕賀迦河爲大樹所塞水
不通行國內民衆乏水受用發使出國告淨
飯王顛木壅流邦人大恐欲假太子神力去
樹導川時淨飯王默然不允若太子自去即
當隨意有大臣名曰餐那潛知王意以方便
力告太子言嚕賀迦河旁有園苑亭臺樓觀
華卉池沼甚是嚴飾可去遊從太子聞言即
與眷屬及諸臣僚同出迦毗羅城往彼園中
隨意遊戲時提婆達多見一飛鵝從空而過
挽弓仰射墮太子前太子見之嗟念傷害與
拔其箭放鵝飛去提婆達多遣人取鵝太子

告曰我發菩提心常行慈愍行利益諸有情不欲見損惱所有飛鵝拔箭放去令彼安隱汝宜迴心勿生嗔恨提婆達多聞是語已默然不悅爾時酥鉢囉沒馱王知其太子近在園林即遣國人往彼河津出其大樹唱聲用力響震郊原太子聞之訪諸左右群臣具白此是酥鉢囉沒馱王遣其人衆出河中樹太子聞已我當自往去河不遠有一大窟毒龍所居太子至前龍乃出窟衆人恐懼慮傷大子即以利劒斷彼龍命龍有毒氣被觸之者徧身青黑因以立名迦路那夷太子行至河邊先令提婆達多出彼大樹提婆達多極其神力終不能舉次及難陁盡力挽樹稍離於地是時太子以已神力手把大樹折爲兩段擲虛空中於河兩邊各下一段告衆人言此娑囉迦里(梨切)也拏樹是大良藥火不能燒若有瘡腫塗之即差汝等衆人勿復忘失太子作是語已即乘車騎迴歸城邑時有相師相太子曰若至七歲而不出家作轉輪王太子入城將至王宮釋種伽吒儗里有一女名娛閉迦在高樓上忽見太子身相端嚴心生戀仰太子見此女已令住車騎迴首觀瞻手執弓箭不覺墮地時諸人衆見此童女福相殊勝皆言此女堪事太子父淨飯王知是事已遣童女二萬圍繞娛閉迦女令入王宮爾時太子納夫人已思惟城外遊觀園苑即告御車人阿誐多汝今諦聽我思城外遊觀園苑與我如法安置莊嚴上好車騎時阿誐多聞是語已即於廐中如法莊飾上好車騎至太子前爾時太子即乘車騎出於城外於其馬

前見一老人髮白面皺策杖呻吟太子不識問阿誐多此是何人阿誐多曰此是老人太子問云何名爲老阿誐多言幻化之體無有堅實四相遷移六情昏昧起坐無力執杖而行名之爲老太子問云汝能免不阿誐多曰我何能免太子問云汝即不免我能免不阿誐多曰貴賤雖異幻體一般日月推遷無人能免太子聞已不悅而歸復自思惟四大假合五蘊無實始自少年便成衰老如是之相深可悲愍爾時淨飯王問阿誐多曰我子出外有何所見阿誐多曰太子出外見一老人髮白面皺具說上事王既聞已憶前相師占言太子後必出家太子於今安處深宮受五欲樂情必愛著而不出家即說偈言

王聞相師占太子　恐後捨父求出家
今以五欲悅其情　愛著必繼輪王位

爾時太子又復思惟出城遊觀即告阿誐多汝今諦聽我思城外遊觀園苑與我如前安置莊嚴上好車騎時阿誐多聞是語已即往廐中如法莊飾上好車騎至太子前爾時太子即乘車騎出於城外於其馬前見一病人形體羸瘦心神劣弱太子不識問阿誐多曰此是何人阿誐多答言此是病人太子問云何名爲病阿誐多答云四大之體互相乖反而有病生形容瘦惡心識無安此名爲病太子問云汝能免耶阿誐多言亦不能免又復問言汝既不免我免得不阿誐多言俱是幻質云何獨免太子聞已即歸王宮復自思惟假合之身衆病所集衆生愚迷深可憐愍時淨飯王問阿誐多曰太子出外有何所見爾

時阿誐多具說上事王既聞已恐子出家復令宮中以五欲樂娛侍太子即說偈言

色聲香味觸最妙　娛樂深宮太子情
若生愛樂而貪著　應不出家求覺道

爾時太子復自思惟出城遊觀即告阿誐多汝今諦聽我思城外遊觀園苑與我如前安置莊嚴上好車騎時阿誐多聞是語已即往廄中如法莊飾上好車騎至太子前爾時太子即乘車騎出於城外於其馬前見一死人氣絕神逝猶如土木瓦石無所知覺男女眷屬圍繞悲哭問阿誐多曰此是何人阿誐多荅云此是死人太子復問云何名死阿誐多荅云有爲之體壽有短長一旦無常永別親眷此名爲死太子聞已問阿誐多曰汝能免不阿誐多荅云亦不可免太子問云汝身不免我應免得阿誐多荅曰三界無常生滅不住太子之身亦復如是太子爾時心不適悅却歸王宮至王宮已而復思惟無常之法念念不住乃至有色無色非想非非想處無有免斯無常大患於諸衆生深可悲愍作是念已情不適悅爾時淨飯大王問阿誐多曰太子出外有何所見爾時阿誐多具如上事一一宣說王既聞已思念昔時有婆羅門占相太子福德淳厚諸相具足決定出家成正覺道即令宮內以五欲樂種種適悅令彼愛著捨出家意即說偈言

我以五欲大富貴　適悅太子天中天
令彼無心求出家　付與輪王最上位

爾時悉達多太子復自思惟出城遊觀即告阿誐多我思城外遊觀園苑與我如前安置

莊嚴上好車騎於是阿誐多即往廐中如法莊飾上好車騎至太子前爾時太子即乘車騎出外遊觀時兜率天子作是思惟今兹菩薩出城遊觀求出家緣我應當作沙門之相持鉢乞食現太子前作是念已即剃鬚髮身被法服手持應器住立馬前太子見已廻問阿誐多此何人耶阿誐多荅言是出家人太子問云何名出家阿誐多荅言此人了悟生死誓斷輪廻修菩提因求解脱果剃除鬚髮身被法服清淨身心此名出家太子聞已心生踊躍即便下馬而問苾芻云何出家有何利益苾芻荅言夫出家者離其親愛不著榮樂恒修梵行堅守律儀棄背塵勞禁縛根識妄念不生實行增長如是進修名出家者太子聞已歎言善哉汝大丈夫於其濁世能善調伏能善勤求是真出家是眞善友言已頂禮上馬歸宮即於宮中至意思惟出家之法其行甚妙其理甚深猒離王宮欲求解脱時淨飯王問阿誐多曰太子出遊有何所見得悦樂不阿誐多逡巡具白上事王聞所奏又復思惟相師曾言若不出家必作輪王我須今辰别設方便令彼太子斷出家意即告悉達多迦里沙迦聚落國之重地汝今往彼代吾撫臨當使一方人民和悦太子聞已迷悶不樂晝夜思念專求出家未遂本心往赴迦里沙迦聚落行至路次有五大寶藏從地涌出主藏神等白言太子此等寶藏菩薩所有唯願菩薩爲我受之太子告言此等寶藏衆寶所聚有情愛著非我所求主藏之神聞菩薩言知不領納即率同類入於大海爾時太

子漸次前行至迦里沙迦聚落之界見有多人各執牛具苦力耕種手脚麤惡塵土坌身衣服破弊飢渴無力如是種種苦惱逼迫太子宿懷慈愍見之驚問左右告曰此是太子部內耕種之人太子聞之即令放免丁壯牛畜任自營生不令官司更有拘檢作是語已即往閻浮樹下結跏趺坐而入禪定其諸臣僚僮僕吏民亦於樹下圍繞侍立經於食時淨飯王心自思惟太子出外已過時約由未迴歸我當自往觀視太子即嚴車駕出臨聚落至閻浮樹下乃見太子入三摩地身心不動日色雖轉樹影不移時淨飯王歎言善哉善哉大威德大丈夫甚為稀有日行不住樹影不移以頭至地禮菩薩足而說偈言

善哉大丈夫　世間甚稀有　生時放光明
大地皆震動　今坐閻浮樹　日轉影不移
時衆普見聞　我今歸命禮

爾時太子從禪定起即乘車輦歸迦毗羅城經尸陀林見彼林中而有死人裸形臭惡支體壞爛於其世間深生猒離王與太子入迦毗羅城時有相師瞻見太子威德殊異告淨飯王令此太子於七日內若不出家定有轉輪聖王之位爾時相師即說偈言

大王今當知　悉達多太子　七日不出家
當作輪王位　統領四大洲　富有於七寶
如成正等覺　法財救世間

爾時相師說此偈已太子進車而漸前行時有釋種名迦羅叉摩其女名蜜里誐葸瞻見太子威儀尊重而興讚歎於太子前即說偈言

父得解脱樂　毋身亦復然　生此悉達多
願與我爲夫　當成二足尊　圓證涅槃法
名聞徧十方　我今歸命禮

爾時太子聞是伽陀心生歡喜即以眞珠瓔珞承其威力入窻牖中安著女項時淨飯王見是事巳即以二萬宮人圍繞蜜里誐惹女入於王宮爾時太子有三夫人耶輸陀羅娛閉迦蜜里誐惹及六萬宮人朝夕供侍心無愛著專求捨棄時淨飯王知是事巳告諭三王有婆羅門相我太子若七日内不令出家必作轉輪王汝等諸王於七晝夜可共守護復起民衆造七重城七重壕塹城安鐵門於門上下徧置鈴鐸若開門時鈴聲震響一由旬外爾時太子於其内宮與諸宮人妓舞作樂晝夜無異時淨飯王詔令群臣於諸禁掖處處防衛仍遣四兵象馬車步於城四門分布巡察時淨飯王在城東門斛飯王在城南門白飯王在城西門甘露飯王在城北門各領臣僚夜不睡眠專心守護復命大臣摩賀曩摩於其夜分不住來往巡歷四門警覺軍衆令不睡眠爾時摩賀曩摩領其人衆巡至東門而即問言何人在此不睡守護時淨飯王告言我今在此躬自防衛摩賀曩摩告言大王若不睡眠無諸過失時摩賀曩摩即說偈言

躭睡人如死　亦如魔魅人　若能止其睡
過咎必不生

爾時摩賀曩摩説此偈巳即往南門而復問言此有何人不睡守護時斛飯王告言我今在此專心防衛摩賀曩摩告言大王若不睡

眠無諸過失時摩賀曩摩即說偈言

人睡亦如死　須知有睡魔　若能止得睡

過咎必不生

爾時摩賀曩摩說此偈已即往西門而復問言此有何人不睡守護時白飯王告言我今在此專心防衛摩賀曩摩告言大王若不睡眠無諸過失時摩賀曩摩即說偈言

躭睡如飲酒　醉入於曠野　過失即隨生

是故須止睡

衆許摩訶帝經卷第四

音釋

餒奴罪切饑也　瑩縈定切潔也　轂古祿切輻所湊也　輻方六切輪輻也　跟古痕切足踵也　奩離鹽切匣底也　婉委遠切順也　睫即涉切目旁毛也　菡萏菡户感切萏徒感切菡萏芙蓉未發名也　閼於歇切　眴輸閏切目動也　縰所綺切曳縰也　汎孚梵切濫也　仆敷救切倒也　廐居又切馬舍也

衆許摩訶帝經卷第五 第六同卷

宋西天譯經三藏朝散大夫試鴻臚少卿明教大師法賢奉 詔譯

爾時摩賀曩摩說此偈已即往北門高聲問言此有何人不睡守護甘露飯王言我於此處不睡守護摩賀曩摩言若不睡守護無諸過失而說偈言

怖睡如山嶮　亦如汎河海　一心防難危
止睡亦如是

時摩賀曩摩說此偈已即往市肆街巷處處巡行覺察衆人止睡守護而說偈言

依法離非法　實言勿妄言　淨飯王最上
止睡令守護

時摩賀曩摩說此偈已天色將曉詣淨飯王前而白王言過一晝夜內外安靜無諸魔難唯願大王更勑軍衆用心守護過七晝夜令彼太子定得輪王之位如是防護至六晝夜時忉利天主觀太子意欲往道場而說偈言

善哉大丈夫　牟尼釋師子　必捨王宮殿
趣求山野處　圓滿六波羅　成就無上智
拔濟於群生　究竟至彼岸

爾時悉達多太子與諸宮嬪作於娛樂而忽思惟我今雖有耶輸陀羅娛閉迦蜜里誐惹如是夫人及六萬綵女若無男女便去修行衆人俱言悉達多太子非是丈夫出別之後即令耶輸身有懷妊由是太子爲諸宮嬪說緣生幻有生死輪迴若不息心無有窮盡若與女人同其牀座如足履火速得大苦是故我今而生猒離作是語時有一妓女口吐涎沫手足紛紜髮髻散亂迷悶倒地時諸宮人驚怖異常太子見之深生傷愍歎言苦哉云

何有此死相不祥而說偈言

須臾變壞生惡相　手足紛紜涎沫流
覩此無常苦惱身　是故我今求解脫

爾時太子說此偈已觀諸衆生無有我人衆生壽者堅實之相如入尸陀林無所愛樂如履淤泥唯增臭惡如養毒蛇終無所益如電如夢如沫如泡根本無明覆而不覺如是觀已時淨飯王自說其四夢一夢滿月有其蝕障二夢日出復於東没三夢大人衆來禮拜四夢自身笑而復哭耶輸陀羅亦說八夢一夢上族離散二夢吉祥座破三夢腕釧損墜四夢牙齒墮落五夢髻髮亂垂六夢吉祥雲出於宮舍七夢滿月有其蝕障八夢日出未高復於東没即時太子復自思惟曾作五夢一夢牀座如妙高山坐卧自在二夢兩手左托東海右托西海復以二足垂南海中三夢華果樹木及諸藥草長至天界四夢大身飛禽其類甚衆形白頭黑及諸小鳥種種顏色四方而來都至面前變爲一色而禮其足五夢大石山上經行顧望太子自心思念我夢如此定得捨俗證大菩提爾時耶輸陀羅思前八夢告請太子占其吉凶太子曰一夢上族離散宗姓團聚未始暫分二夢吉祥座破座今如故三夢腕釧損墜見在汝臂四夢牙齒墮落非有墮者五夢髮亂垂孰覩垂髮六夢吉祥雲出宮未爲吉祥我又在宮七夢月有蝕障今在天上何有障耶八夢日出未高復於東没此時夜半日又未出所夢無惡汝何憂疑太子思惟此之八夢當應是我出家之兆即告耶輸陀羅我今當爲一切衆生往

彼山間志求涅槃解脫之法耶輸陀羅言如夫所志我亦隨往爾時帝釋天主及梵天王告太子言善哉善哉速捨五欲早出宮殿明相現前證一切智菩薩言憍尸迦我在深宮如虎入穽象馬車步四兵圍繞宮殿門戶並皆鎖閉處處懸鈴警覺守護云何而出帝釋告言但念過去無量阿僧祇劫所行行願為斷衆苦度脫世間作是語時四大天等以威神力令彼衆人不能為障即時帝釋化一寶階告般唧迦夜叉王言聖者菩薩現處高樓汝以寶階於前迎接夜叉聞已依教奉行菩薩下之即覓餐那令鞁馬王尋見餐那正當眠睡而說偈言

善哉餐那汝速起　鞁我馬王迦蹉迦
乘入諸佛修行山　求證牟尼無上覺

說此偈已餐那從睡眠覺即起合掌告菩薩言事無倉卒何於夜半急要馬王欲乘遠去況此宮禁且無兵難賊難及水火之難云何如此菩薩言汝自昔來嘗奉驅馳云何於今而不相順餐那白言今當半夜真偽難分慮有不虞以招大罪菩薩聞已默然思念恐人知覺自往中廐時天主帝釋手執火炬引路前行至其廐門牽致馬王馬即驚駭雙足跑地是時菩薩舉萬字福相百千威德之手作無畏印摩馬王頂告言迦蹉迦與我有緣若能送我雪山之中諸佛行處證得無上菩提之果降大法雨普潤世間一切有情皆獲利樂汝福無量時迦蹉迦即受教旨身足不動爾時復有四大天子一名俱羅二名烏波俱羅三名波囉拏四名波囉拏舍縛帝此四天

子至菩薩前合掌恭敬告菩薩曰今知出外修菩薩行我等四天願欲隨從菩薩問言汝有力耶第一天子言所有大地之土可以負行第二天子言所有大海江河可以負行第三天子言所有一切山嶽可以負行第四天子言所有大地山嶽及河海等俱可負行而無疲困菩薩聞已即以神力移足躡地地大震動四大天子住立不能而各驚怪誰知菩薩有斯威力我等四天云何懺謝是時餐那見是神力即牽馬王詣菩薩前爾時大威德諸天及諸龍神傷愛別離於上空中啼泣下淚餐那言云何空中無雲下雨菩薩言此非降雨我將出外天龍傷別啼泣雨淚餐那聽受住立合掌菩薩即時深思佛身功德威儀利樂之法復思父母養育慈愛顧復之恩如不告辭有虧孝行作是念已即入殿內見淨飯王正當睡眠右繞一帀合掌啓白我於此時往雪山中求無上道度脫世間生老病死令諸衆生得大解脫言已而辭時有釋種摩賀曩摩瞻見太子戀慕憂惱悲泣涕淚云何因業輕捨王宮太子荅言我爲利益一切衆生求成佛果摩賀曩摩白云王勑我輩長時警護無令太子暫出宮禁太子告言我於往昔發菩提心經三大阿僧祇劫歷修萬行求無上覺欲度衆生今此王宮非我所止摩賀曩摩聞是語時倍復憂惱涕淚悲泣發麤澀言苦哉苦哉我淨飯王所望不就致令太子棄捨深宮欲出遠行時耶輸陀羅聞是語已驚疑惶怖迷悶倒地良久乃穌告太子言緣何今日捨我而去娛閑迦審里誐惹及諸宮

嬪悲淚前行告淨飯王太子無故欲離宮寢往彼山野如鬼魅所著無以遮止唯王當嚴勗勿令遽往王既聞已欲行誡勑帝釋梵王與諸天子接迎菩薩即出城外菩薩右邊色界天子善現威儀菩薩左邊欲界天子手執幢旛有無數天樂導引前行有百千天子於虛空中雨優鉢羅華俱母那華白蓮華及曼陀羅華復雨沉香末香栴檀之香種種上妙衣服復有天子歌舞作唱復有天子手捧馬足瞻仰菩薩一心隨行俱吠囉等無量諸天恭敬圍繞須臾之間至雪山中去迦毗羅城一十二由旬爾時天主帝釋及大梵天王等合掌白言我等諸天發精進心隨侍菩薩來至山中若我菩薩成就阿耨多羅三藐三菩提時願垂攝受度脫我等住立右邊一心瞻仰菩薩即時爲說偈言

我得最上道　一切佛行處　度脫於汝等
及彼諸有情

說此語已即脫寶冠上妙衣服告餮那曰將我衣服及彼馬王歸奉父王若不證菩提誓不迴也復說偈言

汝將馬王及寶衣　速歸本國迦毗羅
我住雪山修梵行　菩提未證而未歸

爾時菩薩說此偈已餮那聞之而復悲泣白言今此山中多有虎狼師子諸惡禽獸菩薩一身云何可止又此山野中皆有叢林荆棘土石磽确菩薩旦暮云何經行菩薩言餮那汝何愚迷衆生之身業惑所感四大和合性相違反老病死苦如至身時非擇尊貴上族富豪貧賤端正醜陋少壯老年宛親人我速

歸散壞俱受無常云何修行怖諸危難餮那曰菩薩之行其義如是王或見我不見太子必生憂惱如致大病其事云何菩薩言我今出家行菩提分法布施持戒忍辱精進禪定智慧成就十力四無所畏豈令父母得不吉耶作是語已即從座起合掌頂禮舉手執劒如優鉢羅華葉即自截髮擲虛空中天主帝釋運大神力以手接髮與諸天子安忉利天如法供養後有淨信婆羅門長者居士於此山地起立塔廟爾時菩薩截髻髮已問餮那曰汝意云何可能住此同修行不餮那曰王族之意不令住此何敢固違菩薩即以萬字福相百千威德之手摩迦蹉迦馬王頂授菩提記令彼餮那歸迦毗羅城行七晝夜至二更初到於城外園苑之中王勑宮人眷屬至園迎接唯見馬王不見太子時宮嬪眷屬俱向馬前抱馬王項高聲啼哭迦蹉迦馬聞是哭聲心思太子悲淚傷痛經須臾間迴顧兩邊即乃命終以宿因緣生六業婆羅門家利根結薄聰明多智太子成佛之後即詣佛所聞法悟道得無生忍爾時菩薩而復思惟我今落髮作沙門相云何身上得袈裟衣如是念已阿耨波摩城中有一長者眷屬熾盛財富無量如毗沙門家有十子人相端嚴智慧聰利俱樂出家淨修梵行因觀外境遷變無恒成辟支迦父亡之後老母信重製一袈裟施辟支迦子白母曰我當不久入於涅槃今此袈裟我若受之無所使用去此不遠有淨飯王子名悉達多不久得成阿耨多羅三藐三菩提以此袈裟奉彼菩薩能令老母得大

果報說此語已運大神通於虛空中現其雲雷閃電風雨然後化火焚身入圓寂界是時老母臨將捨壽所持袈裟付與一女令奉菩薩此女忽然身得病患臨無常時安置樹上告樹神言以此袈裟與我奉彼淨飯王子悉達多時帝釋知是事已自變其身爲一獵士手携弓劒披此袈裟見太子來坐於路傍太子問曰汝是獵師云何身上有此憍尸迦衣細妙法服可以與我獵人告言唯此袈裟我非愛樂今欲與汝是服微妙恐人侵奪傷汝性命菩薩告言一切世間知我威力汝但施服勿懷憂慮帝釋天主即復本形頭面禮足乃以袈裟奉上菩薩受已即披與身不等帝釋見衣不等心自懷疑作是念時菩薩威神令其袈裟與身相等忉利諸天歸命供養婆

羅門長者於後彼處建立塔廟恒有苾芻往來禮拜爾時菩薩威儀具足漸次經行見一仙人名婆哩誐嚩以手搘頤顏容不悅菩薩問言於意云何仙人荅言我此住處有多羅樹華果繁盛其味甘香忽然乾枯令我煩惱菩薩復問仙人住此本爲修行華果枯朽致愁悶耶仙人聞已心忽惺悟又見一菩薩色相端嚴瞻仰戀慕而復問言汝是出家菩薩不菩薩荅言汝見分明婆里誐嚩即斷疑惑法眼開淨請菩薩坐而以華果如法供養經須臾間菩薩復問迦毗羅城去此遠近仙人荅言從兹至彼十二由旬菩薩思惟城邑不遥如釋種來必作魔難即别仙人過殑伽河往王舍城以自工巧採取樹葉作爲鉢器入城持鉢時民彌娑囉王在高樓上遥見菩薩

身相端嚴威儀寂靜體挂法服手持應器巡
門乞食而興歎言王舍城中所住之人無有
如是威儀色相今此苾芻當非庶人下族之
類應是王種捨位出家滅除罪業修持淨命
爾時菩薩持鉢出城往一山中以鉢置地端
坐入定思惟民彌娑囉王見我發心必有異
意作是念時王告大臣我於樓上見一苾芻
身相端嚴威儀調順非是庶人下族所生汝
當訪尋今在何處即時遣使往至山間見此
苾芻安詳而坐國王知已躬自臨幸接見瞻
仰心生歡喜因告言曰汝之身貌甚是端嚴
若爲苾芻不相宜稱我有宮殿樓閣嬪妃美
女最上富貴與汝受用勿作苾芻汝身何姓
有何種族爲我宣說菩薩白言雪山相近有
迦毗羅城我之父王姓刹帝利名曰淨飯方
理是國我須捨棄君父爲求菩提若是愚癡
貪愛之人假使世間并四大海滿中珍寶猶
尚不足譬如大火然於乾薪貪愛身心亦復
如是大王我觀此物由如怨家亦如毒蛇一
切憂惱怖畏根本大王假使大風而能吹動
一切諸山於蘇迷盧終不能動假使世間所
有珍寶最上資財國城妻子象馬僮僕而能
惑亂一切人心而於我心終不能動唯涅槃
解脫是眞究竟爾時民彌娑囉王言汝今於
此有何所求菩薩告言我求阿耨多羅三藐
三菩提王言若成菩提願賜攝受菩薩荅言
如是如是王生歡喜復歸本處爾時菩薩往
鷲峯山山側非遥而有仙人勤修梵行能以
一足履地住經一日菩薩聞之亦以一足履
地住經兩日仙人復以五熱炙身立經一日

菩薩於是立經兩日時彼仙人互相驚怪降伏稱讚此是修行此是大沙門菩薩問言汝等修行於何所求一云我求帝釋一云我求梵王一云我求魔界之身爾時菩薩即自思惟今此仙人所修之行皆是邪道非我所依我今於此不求帝釋不求梵天不求魔界本爲宿願利樂衆生求成佛果道旣非眞宜應捨彼

衆許摩訶帝經卷第五

衆許摩訶帝經卷第六

宋西天譯經三藏朝散大夫試鴻臚少卿明教大師法賢奉　詔譯

爾時菩薩即往阿囉拏迦羅摩處而學道法至已合掌擊拳致問汝宗行法其義云何阿囉拏迦羅摩曰我昔精進修習定慧至有想天三摩地門皆悉通達汝何不知菩薩即時思惟羅摩所得智慧及有想天三摩地門眞實不虛復自念言我於此法云何未得經剎那頃禪定智慧皆獲成就而告言曰汝宗行法今我已得時阿囉拏迦羅摩觀彼菩薩所得之法如實無謬尊重恭敬如自本師即以最上香華珍果一心供養菩薩復思今此行法而未究竟非爲正道即乃捨去往烏捺囉迦囉摩子處學修法行至已頂禮合掌問曰汝所得法是義云何時烏捺囉迦囉摩子言我昔精進修習智慧至非非想處三摩地門久已證得汝何不知菩薩聞已即觀彼人所修智慧及非非想處三摩地門而無虛謬復自思惟我於此法云何未得作是念時俱獲成就即乃告言汝之法行我今亦得時烏捺囉迦囉摩子心未信許諦意觀察如實無謬崇重供養過於本師爾時菩薩又自思惟此之法行亦未究竟非眞覺路速須捨彼別求明道時淨飯王臨御正殿憶念太子未知所止情懷憂惱近臣奏云離王舍城往烏捺囉迦囉摩子處單身介立勤求道法王既聞已心轉悲傷即遣親人三百往彼侍從時天指城酥鉢囉沒馱王亦遣二百人往彼侍從此五百人王已禮足圍繞瞻仰菩薩自念棄捨王宮居山寂靜結志修習求甘露滅今此人

衆晝夜煩雜而妨聖道唯留伯叔舅氏五人餘遣迴國菩薩即時將此五人往誐耶仙人聚落名烏嚕尾螺西曩野禰側近經行觀眺習靜之處尼連河次見一林野地土平正樹木幽閑如月清涼呼爲聖地告五人曰善男子若人於此修諸梵行未證寂滅不久證得我今依止求無上道即於樹下結跏趺坐學修禪觀閉口齧齒舌拄上腭收攝心神如手握物經良久間毛孔出汗精進不退念定相應專注一心引發無漏而不現行復修別觀跏趺而坐合口閉目舌拄上腭屏住氣息令不出入良久之間氣逼頭頂疼痛至甚如錐刺腦受斯大苦心不顛倒亦不散亂堅固精進念定現前專注一心引發無漏而不現行如是息氣漸次運動從頭頂下至兩耳門痛楚復增如地獄苦菩薩爾時心不顛倒亦無散亂策勤猛利念定現前一心專注引發無漏亦未現行又復閉息外忘視聽氣積臟腑脹滿徧身苦惱至極無以方比菩薩爾時心不顛倒亦不散亂堅進修習念定現前專注一心引發無漏而不現行如是修已又自思念我於今後斷絕飲食時有天子遥已觀知告菩薩言我此色身毛孔之内而有天上細妙珍食堪充供養菩薩告曰如我所食本非葷辛食出汝身亦非清淨若令我食必墮地獄天子但以隨方所有或米或荳聽汝豐儉以作供獻我即受之天子奉教以穀爲膳菩薩食已身體羸瘦顏容憔悴心無苦惱亦無退失發精進意念定現前專注一心引發無漏亦未現行又節所食身轉羸惡兩目深陷

如井現星菩薩爾時心無苦惱亦無退失發精進意念定現前專注一心引發無漏亦不現行又於所食減令極少或一荳一麻一米一麥如是食已身力轉乏若行若步一起一倒爾時菩薩精進無退念定現前專注一心引發無漏亦不現行而復思惟此行非真未至究竟作是念時有三天子詣菩薩前見其形容困憊變異各述菩薩顏貌不同或言黑色或紫緑者菩薩聞已復自思惟我於此方如是勤苦容色變異終無所獲若求正覺何在節食正見相應取捨能忘是正菩提是真究竟譬如濕柴體雖滋潤若遇火然必生熾燄又如婆羅門家雖行欲心無所著亦得解脫我今亦爾若依正法行無所著必證菩提時淨飯王知彼太子在山野中精勤苦行日食麻麥求無上道涕淚悲泣心懷痛惱與酥鉢囉沒馱王各遣二百五十人侍衛給使時耶輸陀羅忽然懷妊王即告諭宮人眷屬自今而往不得說言太子在山苦行之事慮彼傷惱損動腹子爾時菩薩往尸陀林中右脅枕屍累足而卧思想世間有爲生滅如蟻循環無有窮盡思已復坐入三摩地時有童男童女而來林下瞻見菩薩閉目不動手執柴枝穿菩薩耳兩邊通過俱作是言此塵土鬼不得親近即以砂石瓦礫擲菩薩身而各捨去經須臾間出三摩地正念現前身心不動又自思惟今此所作亦非正行於無上道而不相應憶念昔日爲太子時暫出王宮往贍部樹下入三摩地彼處清淨遠離罪垢無諸穢惡出生善根於彼修行必圓道果作是念

已即便舉身欲在前行氣力羸劣而不能起即取飲饌幷湯藥等節次服食仍以香油塗其身體澡浴眠寢安適身心增長勢力時彼五人而相謂曰昔者太子捨輪王位出迦毗羅城入山野中久益苦行道果將就節志不堅何期於今恣情飲食香油塗體澡身安寢如是虧喪云何出離我等於此虛損其功聞波羅柰國有鹿野苑羅漢聖衆恒住其中宜往彼處各求明道爾時菩薩浴尼連河水體羸力弱舉步攸艱岸樹垂枝攀而得出即往西曩野你聚落之所其聚落内有二童女一名難那二名難那末羅身色端正心性慈善頃聞太子在雪山下婆凝羅底河邊迦毗羅仙人處學修梵行具三十二相福德莊嚴深心悅慕願爲匹偶布施修福求遂所願爾時童女聞尼連河側有苦行仙人遂發勤誠欲施乳粥即以千牛分爲兩群犛五百牛乳飲彼五百牛復以五百分爲兩群犛二百五十牛乳飲二百五十牛如是分飲至八頭牛復犛八牛之乳最爲濃厚用玻璨器煑乳糜粥於乳糜上現莎悉帝迦萬字千輻輪相時有一人見此輪相而自思念若人得食速證無上菩提之果即告童女我今飢渴當以糜粥而施於我童女白言吾作此食施苦行仙人非汝可取時天主帝釋即自化身爲婆羅門住立女前女以乳粥欲布施與婆羅門曰我不敢受有世主大人宜應供養童女復問世主何人婆羅門言去此匪遥有大梵王童女承言即詣彼處以粥奉施大梵王曰我不敢受有淨光天子最上殊勝汝宜供養女復往

彼以粥布施淨光天子言我不敢受有一菩薩浴尼連河身乏氣力以手攀樹出河岸上被袈裟衣將成佛果若能供養得大勝利童女聞已即時馳往以鉢盛粥虔心上獻菩薩默然而受其供養已擲鉢入尼連河龍王至前欲取鉢器帝釋化身爲金翅鳥龍即驚退帝釋得鉢安忉利天建塔供養爾時菩薩問二童女施此乳糜有何所求童女答曰我聞雪山相近婆儗囉河側迦毗羅仙人住處有淨飯王童子身相端嚴當作輪王欲求爲夫菩薩告言彼童子者夙修梵行離欲清淨名一切義成不久之間當得菩提云何與汝而爲夫耶童女聞已默然住立菩薩舉身登一石山峭峻孤拔林樹甚衆於此安坐未逾時刻山即摧毀菩薩驚恠茲何業緣時淨光天子白菩薩曰萬行今圓四智將就此地薄祐而不能勝去此不遠有金剛座三世如來成正覺處菩薩即往天人引前足下生蓮海水泛潮大地震響聲如扣鐘菩薩徐行至一大窟內有黑龍昔無兩目聞地震海潮即時出窟雙眼頓明得見菩薩身相端嚴光逾聚日龍大歡喜瞻視戀仰而說偈言

地震海潮俱作聲　我今聞速離宮殿
忽得光明見如來　一心瞻仰生歡喜

爾時龍王告菩薩言憶念昔時有佛出世時我兩眼俱得光明見彼世尊今亦如是復得眼開見佛身相即說偈言

我昔承佛大威德　令我得覩相好身
必遇牟尼覺道成　見佛端正亦如是

爾時菩薩欲至金剛座先舉右足行如牛王

身若寶山袈裟不動心等虛空面如滿月金光照耀蘊大法藥靈禽異獸右旋隨轉有如是等十種祥瑞菩薩思念以吉祥草鋪金剛座天主帝釋即現化身往香醉山取吉祥草其草柔軟如兜羅綿詣菩提樹前陳金剛座上爾時菩薩舉相好身登金剛座結跏趺坐而發誓言我不起此座直至漏盡正意繫心入三摩地時魔宮中有二種旗一名喜相二名疑相動有所表時疑相旗忽然搖動魔見驚疑慮有不吉即作觀想知淨飯王子悉達多坐金剛座求無上覺時魔波旬生嫉妬心變身爲人詐作淨飯王書至菩薩前致敬問訊云何住此久不歸還提婆達多入太子宮恣行非法及殺釋種菩薩初聞生三種不善尋思婬欲親里殺害及起瞋恚知魔所作復成三善一離欲二不殺三無瞋魔復問言云何坐此菩提樹下佛言我求無上智魔言無上之智汝何得之佛言汝是魔罪之人設一婆羅門供尚得自在報應我經三大阿僧祇劫捨無數百千那由他俱胝頭目髓腦國城妻子金銀珍寶利益衆生求無上智云何不得魔言我設一婆羅門會得富貴自在汝能與我爲證汝經三大阿僧祇劫捨頭目髓腦等利益衆生求無上智誰證於汝爾時世尊於金剛座上即展右手金剛莎帝迦萬字網鞔之相作無畏印觸地面上告言爲我證明時地天神從地涌出合掌唱言魔王我佛往昔經三大阿僧祇劫捨無數百千那由他俱胝頭目髓腦國城妻子金銀珍寶利益衆生求無上智眞實不虛汝魔勿疑魔王聞已心

懷驚怖默自思念若令菩薩成道侵我境界奪我威光旋歸天宮別作魔計即化三女端正莊嚴來於佛前窈窕逶迤詐爲瞻仰而欲魔魅佛以神力變成老母髮白面皺陋惡尫羸以鏡照之慚赧而退魔王見已恨事不成心生熱惱即時統領三十六俱胝鬼魅兵將身披鎧甲手執槍劒及弓弩羂索種種器仗復集毒龍猛獸象馬水牛虎狼野干等奔聚同行又於空中現雲雷電閃霹靂風雹四面一時逼惱侵害佛眼視之愍彼愚迷入慈心定即時淨光天子於虛空中變大傘蓋覆徧空中遮止風雹刀劒弓箭種種器仗俱作天華所謂優鉢羅華鉢納摩華俱母那華奔荼利迦華繞金剛座如供養佛即於三摩地運神通力合多成一以一爲多上虛空中行住坐臥身上出水身下出火履水如地等種種神變已復觀彼衆布捺誐囉邪見疑惑貪欲瞋恚愚癡等及彼有情離欲著欲有想無想等引近分解脱非解脱如是等法通達明了以宿命通觀魔等有情過去父母一生二生百生千生乃至增劫減劫無數之劫世界國土族姓眷屬富貴貧賤長壽短壽命終生處無不證知以天眼通觀魔等有情未來諸趣生死因果及身語意等善不善業受報好醜究竟明了又復思惟欲界色界無色界苦集滅道四諦行相若染若淨分別俱生根隨諸惑如是思已無漏智觀速得現前見修二道頓捨不生成無上覺爾時魔衆即皆退散復告淨飯王曰悉達多太子於金剛座上而得無常王既聞已與諸眷屬悲啼懊惱迷悶倒

地時有天人告淨飯王太子已成無上菩提王聞是語心大歡喜及奏王云甘露飯王生其一子耶輸陀羅亦生一子王諸眷屬皆大踊躍爾時淨飯王勑諸臣僚令街巷道陌掃灑清淨燒衆妙香豎立幢旛眞珠瓔珞於城四門皆聚金銀珍寶種種財物施諸沙門婆羅門及諸外道貧乞之人為作福祐甘露飯王生子之時眷屬歡喜名阿難陀耶輸陀羅生子之時月有蝕障名羅護羅時淨飯王言耶輸之子非佛之種耶輸聞已恒懷憂惱王宮後園池岸一石名菩薩石羅護羅坐石作戲母忽見之而立誓言若是佛種願水不溺如非佛種即沉水下作是誓已以手推石子亦隨落石浮水面子猶作戲時淨飯王與諸眷屬來至岸上見子如是心大歡喜讚言善哉甚為稀有爾時大地震動佛光普照幽闇之處所有衆生互得相覩歸命頂禮

衆許摩訶帝經卷第六

音釋

涎徐連切口液也　蝕音食　腕烏貫切手腕也　穽徐正切陷也　餐千安切　皺披義切　磽确磽丘交切确轄覺切磽确石地也　顋桑才切頷也　眺他弔切望也　齧倪結切噬也　腭逆各切齒斷也　憊步拜切疲極也　㹅居候切取牛乳也　峭峻峭七肖切峻須閏切峭峻高竦也　窈窕窈伊鳥切窕吐了切窈窕幽閑也　逶迤逶邕危切迤余支切逶迤委曲貌　尪烏光切尫羸弱也

衆許摩訶帝經卷第七 同卷第八

宋西天譯經三藏朝散大夫試鴻臚少卿明教大師法賢奉　詔譯

爾時有二梵天子住自梵界而作是念今南贍部洲有佛世尊於烏嚕尾羅池側尼連河邊菩提樹下成等正覺彼佛世尊而於樹下結跏趺坐於七晝夜入於火界時二梵天互相謂言我等天人亦有大力如展臂頃能到於彼我等今者宜速往彼以妙伽陀而伸讃請於是二天從彼梵界速至佛所旋遶瞻仰禮重畢已住立佛前時一天子先以伽陀而讃請曰

願佛起道樹　救度衆生界　爲說最上法
令得智法寶

第二天子亦說伽陀而讃請曰

佛面如滿月　心淨煩惱除　願說甘露法
行安樂世間

二梵天子說是伽陀讃請佛已隱而不現

爾時世尊出彼禪定觀諸世間說伽陀曰

世間所有諸欲樂　乃至天上所有樂
若比斷貪之大樂　十六分之不及一

復說伽陀曰

擔世苦重擔　迷苦而不捨　若捨苦重擔
能擔最上樂

復說伽陀曰

能斷世間一切愛　一切煩惱自除滅
知煩惱者脫輪迴　當得解脫之快樂

爾時世尊於七晝夜跏趺而坐入於禪定當爾之際亦無有人持食供養纔說偈已忽有商主名布薩娑梨迦將五百兩車載諸寶貨欲往他國經過近地時布薩娑梨迦以宿善

根力常起思念云何令我獲得善友及妙眷屬忽聞人言世尊入定七日不飲不食作是念言今佛世尊在烏嚕尾羅池側尼連河邊菩提樹下經七晝夜不飲不食而入禪定得解脫樂成等正覺此我善友當爲我益我今宜速詣彼奉食作最上供養發是心已時有天人以天報通聞知布薩婆梨迦發如是心乃觀照布薩婆梨迦及一切所將車乘等已乃先白佛言今商主布薩婆梨迦聞佛在此得解脫樂成等正覺於菩提樹下跏趺而坐入於禪定經七晝夜不飲不食彼人定來獻食供養希望果報求大安樂及利益故作是語已隱而不見於是布薩婆梨迦與同行親友自手辦造種種飲食美妙香潔品味成已即專注虔誠持以奉佛未至佛所復作斯念

我今奉食爲最上供養如來必當演說最上之法而使我等以獻食因得天樂果作是念已尋至佛所即用頭面禮如來足禮已起立瞻仰而住時布薩婆梨迦白佛言世尊我與親友辦種種飲食而來供養願佛慈愍唯垂納受爾時世尊許而未受何以故佛初成道未有應器作是思惟我若不以應器受斯供養者彼外道天魔必生毀謗作如是言豈有過去正等正覺爲利益衆生故如是受其供養耶佛作念時彼梵天子白佛言世尊過去正等正覺爲利益衆生故皆持應器而受檀施飲食供養於是世尊思欲應器彼四大天王即知佛意乃各於自天令其妙工選取寶石於少時間造成應器清淨瑩徹殊妙無比時四天王造成鉢已各各自持同來奉獻至

佛所已即以頭面禮世尊足禮已瞻仰住立一面爾時四大天王異口同聲白世尊言我等今者各以寶石造得應器同來奉上唯願世尊哀愍納受作是語已顒聽佛旨爾時世尊復自思惟今此四王各獻一鉢我若受一三天不喜我若受三一天生惱我今等受四天之鉢既受鉢已又復思惟用唯一器四鉢孰先即以神力合四爲一四器雖合楞際疊存於是世尊爲利生故即持此鉢於布薩婆梨迦處受所施食既納受已即謂布薩婆梨迦曰我今爲汝演說三歸汝當諦受時布薩婆梨迦奉教而住世尊曰歸依佛歸依法歸依未來僧伽此是三歸盡汝形壽不得違誨時布薩婆梨迦白佛言我今歸依佛歸依法歸依未來僧伽盡此形壽不敢違誨爾時世尊謂布薩婆梨迦曰隨喜布施感果不虛汝自捨施定獲快樂所求福報依願皆得亦復當證最上寂靜布薩婆梨迦若行布施所作福利人天及魔不能迷惑乃至禪定智慧若能盡行能竭苦源見前證聖是時布薩婆梨迦聞是說已心意快然歡喜踊躍願於未來世中憶念受持亦不忘失作是語已禮佛而退爾時世尊受得商王布薩婆梨迦所施之食即持往彼尼連河邊即於岸上敷草而坐喫所受食食既畢已又復盥漱如是之際忽覺體中而發風病何以故佛出世間示斯爲緣欲令衆生知身如幻故是時天魔恐佛出世教化衆生出離三界當空我境常伺其隙欲來惑亂忽知發疾速離天界來至佛所而作是言善逝汝今不安涅槃時至我今請佛

入大涅槃爾時世尊知是魔來欲亂我心佛謂魔言我涅槃未至我今直待聲聞弟子解佛法分智慧明達了知教本廣演法相乃至苾芻苾芻尼優婆塞優婆夷等修持梵行有衆多人欲周天地及彼天人皆證解脱我於是時方入涅槃時彼天魔聞佛語已知不涅槃心生懊惱於是天魔慙恥而退爾時帝釋天主遥知世尊體發風病自天而下至贍部洲去菩提樹不近不遠有大訶梨勒林於中而住於此林中取得上好訶梨勒已疾往佛所到佛所已頭面著地禮世尊足禮已瞻仰住立一面白言世尊我知聖體小有風病此贍部洲有訶梨勒色妙馨香可療斯恙我今持來奉上世尊唯願大慈納受而食世尊受已尋便服食風病即除體安如故世尊慰勞帝釋乃退還歸天宫爾時世尊又復離菩提樹往彼母唧鱗那龍王宫到彼宫已於一樹下跏趺而坐入於禪定是時彼處七日七夜降霔大雨時母唧鱗那龍王以雨方霔知佛在定恐其風雨之氣互侵佛身又恐蚊蚋蝇𧍐擾聖體遂以自身纏繞七帀卬首上覆如傘蓋相經七晝夜不動不摇佛將出定龍自攝身龍王還宫復以種種華鬘塗香嚴飾其身來至佛所頂禮佛足白言世尊七日已來風雨之氣蚊蝇之類侵擾以否聖體云何於是世尊説伽陀曰

觀察於世間　一切衆生等　若得無侵害
歡喜復快樂　離欲斷煩惱　此樂難比喻
無明若調伏　斯爲最上樂

爾時世尊説是伽陀荅龍王已即離彼處還

來菩提樹下結跏趺坐經七晝夜入定觀察十二緣生云何根本而因得生所謂因於無明乃緣於行行緣識識緣名色名色緣六入六入緣觸觸緣受受緣愛愛緣取取緣有有緣生生緣老死憂悲苦惱由如是因得一大苦蘊集如是根本不生則一切得滅所謂無明滅即行滅行滅即識滅識滅即名色滅名色滅即六入滅六入滅即觸滅觸滅即受滅受滅即愛滅愛滅即取滅取滅即有滅有滅即生滅生滅即老死憂悲苦惱滅解如是滅則得一大苦蘊滅爾時世尊於七晝夜在於禪定如是觀察十二緣生已乃出三摩地而說伽陀曰

淨行觀察苦相時　知一一法有所因
若知苦相之不生　自然一切所愛斷
淨行觀察滅受時　知滅受法之無盡
若知滅受之不生　自然一切所愛斷
淨行觀察緣生時　乃知緣生法無盡
若知緣生之不生　自然一切所愛斷
淨行觀察有漏時　乃知有漏法無盡
若知有漏法不生　自然一切所愛斷
淨行觀察如是法　知如是法悉無生
如日徧照於世間　行住虛空無所礙
淨行觀察於苦相　知一一苦悉無生
破壞煩惱得無餘　如佛降伏魔羅軍

爾時世尊說伽陀已復說是言若有衆生斷於輪迴知甚深法微妙言辭悉能通解如是之人是有智者我爲此等人說我今此等人知我今如是獨處林野依相應行見行法樂是時世尊說是語已自在行住無諸繫著不

云說法亦不生心是時娑婆世界主大梵天王知於世尊不云說法亦不生心而作斯念若如是者世間滅壞何以故如來應正等覺出於世間如優曇鉢華時乃一現今不說法自取法樂當令一切有貪欲者樂邪法者不覺不悟云何世間而不滅壞我今往彼伸其勸請是時梵王娑婆世界主離彼梵界如展臂頃即至佛所住立佛前說伽陀曰

出世摩伽國　過去法無垢　悉開甘露門
演法濟衆生

世尊告言我法甚深難見難了我若輙說速取滅壞何以故世間一切樂邪法者有貪欲者不樂聽受不能覺悟何以故貪欲之者黒闇覆障故梵王白言世尊衆生者世間生世間老有利根鈍根及以中根乃至相好易化塵垢輕微諸異生等世尊譬如青蓮華或白蓮華等生於水中於水而長於水而老其中或有出水者或不出水者亦復如是世尊諸異生等若不爲說種種妙法皆趣沉墜唯願善逝賜其法寶唯願善逝降於甘露雨時世尊受於梵王殷勤勸請已默而許之遂以佛眼審諦觀察世間衆生世間生世間老鈍根者利根者乃至於中下顏貌之好醜易化與難化少塵極少塵如是衆生等我若不爲說種種之妙法不知諸苦本悉趣於沉墜世尊如是觀察知已而起大悲將演妙法先說偈言

我今降法甘露雨　當潤樂聞及一切
從此人間得法因　若見弊魔不廣說

是時梵王娑婆世界主聞此偈已定知世尊

演說妙法身心快樂喜不自勝即以頭面禮世尊足右繞三帀隱沒而退爾時世尊即自思惟今者何人先得聞法乃憶往昔阿囉拏迦羅摩等仙人可先聞法何以故我於往昔過彼住處受其妙供及受其囑我今先爲彼人說法作是念時乃有天人來白佛言彼阿囉拏迦羅摩等皆已命終方今七日世尊默知又聞天告乃嗟歎曰無常大事世不驚乎又念阿囉拏迦羅摩等薄祐如是不聞正法耶爾時世尊復念何人可先聞法彼嚕捺囉迦羅摩子亦曾供我亦曾囑我作是念次彼有天人名曰囉吒又告佛曰彼嚕捺囉迦囉摩子亦趣無常世尊默知復聞天告世尊又歎曰正法難聞薄祐乃爾於是世尊思念五人我出王宮入山苦行是等尋來供侍於我我應先爲彼人說法於是以淨天眼觀在何處見彼五人在波羅柰國鹿野苑中於是世尊自菩提樹往波羅柰國鹿野之苑時於路次有一仙人名烏波誐相逆而來時彼仙人忽於路次得見世尊又見身丈六金色晃然相好端嚴殊特超世驚歎良久乃作是言瞿曇瞿曇覩汝相好湛然清淨復如金色非世所同何因出家歸依何法誰爲汝師今復何去爾時世尊乃說伽陀荅仙人曰

我今無所師　處世獨無侶　悟正等菩提
爲最天人師　知世間諸法　不染亦不斷
具一切智力　當降魔羅軍

烏波誐仙人言瞿曇實如汝言是佛無疑佛言如是了知及得徧盡降伏罪業故號爲佛時烏波誐仙人又復問言瞿曇今往何處佛

言往波羅柰國擊大法鼓轉大法輪當說世間未曾有說亦復宣示過去佛勑當令世間知法離欲佛說是已彼烏波誐仙人頂禮世尊隨路而去爾時世尊即自往彼波羅柰國鹿野之苑時彼五人其名灑替梨迦摩斛梨迦末斛羅吩嚩鉢囉賀拏尾娑囉多等方新澡沐香油塗身廣排飲饌列坐食次彼五人等遥見世尊知非他人皆大驚怪互相議曰今此太子居山苦行欲成佛道今乃退志還尋我等我等安坐勿得迎侍世尊遥知默而行詣佛身巍巍由如金山尊貴吉祥相好具足有大威德無能儔匹時五人等見佛俯近威德加臨無能安坐皆起迎侍於是五人咸言善來請當就坐是時五人或爲佛敷座者或汲水洗足者或奉上名衣者或接手扶侍者於是五人承事於佛同於往昔是時世尊安詳就坐從容而言謂五人曰汝等五人初見我時共有要議欲輕於我汝等甚愚汝等皆是我族當行我戒是時世尊復告五人曰汝等莫於如來生起輕慢何以故汝等若於如來起於輕慢者得無利益後於長夜獲大苦惱五人白言佛於昔時所有威儀最上世法殊妙之事後行苦行得最勝清淨無上之智通達妙法本所觸行今在何處佛言汝灑替梨迦末斛梨迦末斛羅吩嚩鉢囉賀拏尾娑囉多等若於衆生廣大供養廣大之施上妙飲食酥乳之味食畢沐浴香油塗身潔淨諸根嚴好殊麗前後顧視容色適悅汝等如是爲見我者非見於我灑替梨迦等言如是如是時彼五人常行乞食世尊到已或三人

乞食二人奉事或二人乞食三人奉事互為給侍精進無懈佛因制之曰有二事法修行之人而不得行云何二事爲於色欲生貪此輪迴根非上人法若有人能自正其心修其苦行於此五蘊三毒如是諸法無迷無執智眼觀察斷彼輪迴離於苦樂行於中道復於正見正思惟正語正業正命正勤正念正定於此八正而廣修習獲於神通證於涅槃得名中道當趣無上正等正覺我於是事悉辦無餘爾時世尊如是說已又復觀知五人堪能受法即復告曰此是苦汝須知於是五人思惟以慧眼觀是法於過去世曾所聞聽菩提發生而得了知又復告曰此是集汝應斷於是五人復思是法以慧眼觀於過去世曾所聽聞菩提發生而得了知又復告曰此是滅汝應證於是五人又復思惟以慧眼觀此法過去已曾聞聽菩提發生還得了知又復告曰此是道汝應修於是五人又復思惟以慧眼觀察此法亦於過去之世曾所聞聽菩提發生還得了知爾時世尊又告五人曰苦法我已知集法我已斷滅法我已證道法我已修我以是法乃成佛道爾時世尊又告五人曰汝等可應學吾知於苦斷於集證於滅修其道汝等若能於此四諦眞實之道而得了覺自然知彼無集無解無明無慧無菩提無不生乃至梵界魔界諸天世人沙門婆羅門等亦無所住離顛倒想心意快然當來決證無上正等正覺爾時世尊如是三轉十二行法輪時尊者鉤抳等除去塵垢得法眼淨及彼八萬天人得法眼淨於是五人既悟道

已乃白佛言我等欲於佛法出家願賜聽許爾時如來謂五人曰善來苾芻於是五人鬚髮自落袈裟著身成沙門形爾時世尊復謂鉤抳等言色是常是無常是苦是非苦是空是非空是有我是無我受想行識是常是無常是苦是非苦是空是不空是有我是無我鉤抳荅言世尊我觀色受想行識皆是無常苦空無我之法爾時五苾芻聞佛說是五蘊之法乃得漏盡證於無學時佛謂言汝等所作已辦梵行已立我生已滅永斷輪迴我與汝等六人當爲世間第一福田三寶之名今已具足爾時世尊說是法時有一夜叉名曰菩摩高聲唱言今日世尊於波羅奈國鹿野苑中仙人住處三轉四諦十二行法輪爲愍念利益世出世間梵魔天人沙門婆羅門等

時彼菩摩夜叉作是唱已彼四大王天三十三天及彼諸天互相告唱須臾之間乃至梵界諸梵天等皆悉聞知世尊在彼波羅奈國鹿野苑中仙人住處三轉法輪三寶出現利樂人天及諸有情是時地即大動天亦大明於是梵王帝釋及諸天等各各執持寶幢旛蓋來詣佛所雨天妙花作天妓樂謌唄讚嘆種種供養歡喜踊躍禮佛而退

衆許摩訶帝經卷第七

衆許摩訶帝經卷第八

宋西天譯經三藏朝散大夫試鴻臚少卿明教大師法賢奉 詔譯

爾時世尊初轉法輪度五苾芻已將諸苾芻往嚩囉迦河岸遊止暫住時波羅柰國中有俱梨迦長者子名曰耶舍家中巨富廣有財寶毋氏眷屬皆國中豪族多畜奴婢互誇强盛是奴婢輩皆悉年少聰明多藝復擅歌樂常侍左右時長者子耶舍忽於一日在自家中令諸妓人嚴容麗服鼓動音樂與諸眷屬恣其快樂自旦至夜方始停息時妓女輩各還所止以其困乏睡極昏重無所驚覺時長者子耶舍於夜後分巡諸房室檢察庫藏見諸妓女門不掩閉身無拘檢或髮髻蓬亂或衣服離身仰覆縱横現露形體猶如死人一無異別時長者子耶舍因果成熟出家時至覩斯相狀忽生厭離猶如發狂耶舍以其富盛有摩尼所莊之履數及千緉於是著寶莊履夜詣王宮告守門者曰我苦我苦請報於王其守門者不肯聞報復詣後門亦謂守門者曰我苦我苦請報於王其守門者亦又不聽是時耶舍自夜後分直至天曉乃出城門至嚩囉迦河岸往來而行口中但言我苦我苦爾時世尊在於彼岸晨旦經行於是耶舍遥見世尊威德端嚴無與等者知非常人乃告之曰聖者我苦聖者我苦爾時世尊即以輭言而慰呼之善男子汝來我今此處安樂無事時彼耶舍得聞世尊慈悲之聲輭言相呼即脱寶履致於岸側渡嚩囉河詣於佛所頂禮佛足却住一面於是世尊乃與耶舍同還遊止敷座而坐即爲耶舍如應説法爾時

世尊謂耶舍曰布施持戒生天之因雖五欲自在輪迴未斷勿以天福心生喜樂汝今欲求割斷煩惱除去蓋障得解脫者當於聖道而加修習可證道跡可證涅槃又言耶舍我今問汝色是常是非常耶是苦非苦耶是空非空耶有我無我耶受想行識是常非常耶是苦非苦耶是空非空耶有我無我耶時彼耶舍得聞世尊說如是法譬如白色之衣易爲染著得離塵垢獲法眼淨於是世尊又爲廣說苦集滅道四聖諦法於是耶舍即於座上得漏盡意解證無學果便即發言答世尊曰如佛所說色受想行識者乃是無常苦空無我之法世尊知彼實已得證漏盡解脫猶著在家寶飾之衣乃爲耶舍說伽陁曰

若得正道　猶戀莊嚴　雖行梵行　未名息心
若能調伏　執杖自驚　雖婆羅門　是眞沙門

爾時耶舍宿有黠慧又證無學纔聞佛說此妙伽陁乃自思惟世尊說此正爲於我猶著在家寶飾之衣乃白佛言世尊我今於佛法中願爲沙門世尊大慈惟見聽許佛言善來苾芻鬚髮自落袈裟著身成沙門形儀相具足時俱梨迦長者始及天曉見彼左右忽忽報言長者子耶舍不待天曉出自舍去今不見迴未委所至時俱梨迦長者聞是語已驚怪非常乃私自念我子夜出得非不正之人而相誘耶又問侍人我子所履所服爲常非常耶侍人對曰彼所常服妙衣寶履不在常處必著隨身是時俱梨迦長者又復思惟我子耶舍著寶莊履及上妙衣必無惡事我今宜速諸處尋覓於是令諸僮僕分頭尋覓兼

自出城門至嚩囉迦河岸訪問尋求忽於岸邊見子所著寶莊之履又聞彼岸有佛及將弟子於彼遊止心自思惟我子決定在彼而住時俱梨迦長者即自脫履渡河訪覓將至佛所佛亦遥見知來尋子既至佛前覩佛光明又見異相未及言子唯即驚歎世尊方便承其發心乃先諭言善來長者得無疲勞且可就坐今與汝語時俱梨迦長者初覩世尊威光相好又蒙輭言慰諭但益瞻仰全忘覓子世尊告曰我有妙法汝樂聞耶俱梨迦長者言願佛哀愍唯垂宣示佛言布施持戒生天之因天之果報非爲究竟若斷煩惱可趣聖道俱梨迦長者我今問汝色是常非常耶是苦非苦耶是空非空耶有我無我耶又曰受想行識是常非常耶是苦非苦耶是空不空耶有我無我耶爾時世尊廣爲解說汝可觀察實言報我時俱梨迦長者曰我今實知色受想行識乃是無常苦空無我之法爾時世尊又爲廣說四諦之法時俱梨迦長者因是除去塵垢得法眼淨身心適悅歡喜無量爾時世尊知彼長者心意開解恩愛淡薄若見其子作沙門相必無憂苦乃發問言俱梨迦汝何因緣來至於此俱梨迦長者具以上事告於世尊佛呼苾芻耶舍即出是時長者見耶舍出作沙門形復知漏盡證無學果乃作是言我子快哉初能自利又能利他使我得聞殊妙之法遠離塵垢法眼清淨皆由我子獲斯妙利於是俱梨迦復白佛言我今住家願佛垂戒佛言善哉善哉我今爲汝受於三歸汝當諦受佛言俱梨迦汝歸依佛歸依

法歸依僧伽汝盡形壽不得違悔俱梨迦言我今歸依佛歸依法歸依僧伽佛言俱梨迦汝今於吾受得三歸依竟當爲世間第一優婆塞爾時俱梨迦蒙佛爲說種種之法乃得遠塵離垢法眼清淨又蒙與受三自歸已心意泰然歡喜無量即白佛言我於來日就自居舍備齋供養唯願世尊及聖衆等慈悲愍念同賜降赴佛即黙然時俱梨迦知佛受請歡喜踊躍旋遶三帀禮佛而退彼俱梨迦既請佛已速至家中告彼妻子男女并諸眷屬彼耶舍夜出渡嚩囉迦河投佛出家已作沙門兼已得證阿羅漢果我尋耶舍亦到於彼便蒙世尊爲我說法獲離塵垢得法眼淨又爲我受三自歸法我已請佛來日供養佛與聖衆必來降赴汝諸眷屬今當爲我速淨舍宅香水灑地無令塵坌及速備辦種種飲食乃至香華供養之具汝等專至亦獲大利既至來朝明相現已家内營辦一一皆畢俱梨迦長者即於庭際執爐焚香遥白世尊飲食已辦願佛垂降爾時世尊即告拘抳諸羅漢等可共往赴俱梨迦請又告耶舍曰汝歸本家形服非舊母親眷屬心必悲惱汝今出家已證無學宜以方便化令歡喜佛誡勑已即與同詣家中受食時俱梨迦長者立於門首顒望佛至佛既至門俱梨迦長者頂禮佛足焚香迎引至第二門時耶舍母及乳母眷屬悉出迎接初覩世尊相好端嚴威光殊異又見耶舍及諸羅漢法服嚴身威儀詳審凡諸進止有殊異道圍繞瞻仰歡喜無極俱梨迦長者請佛就坐諸羅漢等亦復就座是時長

者與諸眷屬次第禮足禮畢瞻仰各住一面爾時世尊爲耶舍毋及諸眷屬如應說法使其歡喜又令發起菩提之心乃告之曰布施持戒得生天上雖復快樂未出輪迴欲出輪迴當斷煩惱於生滅法而須了知汝等諦聽深心思惟我今爲汝分別廣說佛言色是無常是苦是空是無我法又言受想行識是無常是苦是空是無我法汝等知否如是世尊廣爲分別時耶舍毋及乳毋等皆已宿植善本今遇世尊爲說妙法如潔白衣染成衆色隨其所染皆得鮮妙耶舍毋等亦復如是世尊乃至廣爲演說苦集滅道四聖諦法耶舍毋等不起於座得法眼淨斷除貪愛離諸疑惑而於諸法知見無礙即從座起住立佛前白言世尊五蘊三毒苦空無我無常之法我已實知爾時世尊即爲受其三歸受三歸竟歡喜踊躍禮謝於佛而又白言食時已至佛即默然於是長者及耶舍毋悉持所辦上妙香美種種飲食自手奉上佛及聖衆佛與聖衆食畢澡盥清淨已竟是時長者及耶舍毋即於佛前各坐卑座請佛說法佛即化利令心歡喜時俱梨迦長者與耶舍毋等復白佛言我有少疑欲伸啓問願佛開說斷我等疑今我子耶舍當有何因而獲是果乃於家中忽發此心會遇世尊爲說妙法而得法服莊嚴其身獲諸漏盡證羅漢果爾時世尊告長者等言過去世時波羅柰國不近不遠有一仙人於彼而住有慈悲心利益衆生恒入城中持鉢乞食時彼仙人會於一日於四衢道見一死蟲覩其壞爛又復臭穢過往之者不

可瞻近彼仙忽起思念我身無常不異於此遂於輪迴而生猒離當此之時有一童子亦見死蟲同彼仙人猒輪迴苦而彼仙人及以童子既猒輪迴後勤修習解脫正道彼仙人者即我身是彼童子者即耶舍是是故耶舍今遇於我得聞妙法證無學果於是俱梨迦長者及諸眷屬聞佛說已歡喜信受禮謝而退於是世尊將諸聖衆還歸鹿野仙人住處爾時俱梨迦復有四子一名布囉努二名尾摩羅三名誐鍐鉢帝四名蘇摩斛見彼耶舍投佛出家證羅漢果咸作斯念我等云何猶戀貪愛不求解脫又復思惟若今世間無最上覺復有何人說最上法我等輪迴無能斷絶今值佛法宜生正信當共捨家如彼耶舍以求解脫於是布囉努等兄弟四人出波羅柰國同詣佛所頂禮佛足却住一面而白佛言我俱梨迦子耶舍之弟今來投佛欲爲沙門唯願世尊慈愍聽許爾時世尊即令弟子與剃鬚髮著袈裟衣既爲沙門又與說法佛言布囉努汝爲沙門當行苦行攝心不亂求真諦法令心無我而於諸法決定了知盡生死源永斷輪轉以趣解脫時布囉努等聞佛世尊說是法已正信決定精勤修習獲諸漏盡得心解脫所作已作梵行已立我生已滅永斷輪迴證羅漢果是時乃有十大阿羅漢爾時波羅柰國中復有大族諸長者子正五十人與俱梨迦子常爲朋友忽聞俱梨迦子耶舍及布囉努等隨佛出家證於道果咸作是念彼長者子耶舍及布囉努等種族尊勝巨富難倫聰慧過人端嚴罕匹常受快樂無

諸苦惱猶能捨家學道以求解脫我等云何猶顧戀耶諸長者子作是念已出波羅柰國同詣佛所至佛所已頂禮佛足住立一面諸長者子同白佛言我諸長者子正五十人今欲於佛法出家而爲沙門願佛慈悲哀愍聽許佛言善哉汝長者子捨家爲道今正是時即令弟子與剃鬚髮著袈裟衣度爲沙門是時世尊又與說法令求勝果佛言汝長者子各各捨家爲沙門者當須一身行於苦行攝心不亂求眞諦法令心無我而於諸法決定了知盡生死源永斷輪轉以趣解脫諸長者子得聞世尊說是法已正信決定精勤修習獲盡諸漏心得解脫所作已作梵行已立我生已滅永斷輪迴悉皆證得阿羅漢果於是世間始有六十大阿羅漢爾時世尊觀諸弟子而告之曰我從無量劫來勤行精進乃於今日得成正覺正爲一切衆生解諸繫縛汝等今日悉於我處得聞正法漏盡解脫三明六通皆已具足天上人間離其繫縛可與衆生爲最福田宜行慈愍隨緣利樂所言未竟時彼罪魔名摩拏嚩迦即便遥知今日瞿曇沙門與諸弟子在鹿野苑中而共商議謂言汝等天上人間得離繫縛宜各隨緣而行利樂我今若不令其惑亂必定化盡世間衆生時彼罪魔摩拏嚩迦自變其身同世間人如展臂頃即至佛所住立佛前說伽陁曰

汝解脫相非解脫　得此解脫非沙門
汝今自處大繫縛　當欲解脫於何人

爾時世尊知是罪魔摩拏嚩迦來相惑亂徒自作業何能壞我即說伽陁答罪魔曰

我於天上及人間　己能解脫諸繫縛
乃至無學離繫縛　汝之罪魔不能破

時魔摩拏嚩迦聞是語已即自思惟此瞿曇沙門知他心事必不能亂唯自苦惱隱沒而退爾時世尊告諸苾芻我已語汝汝等已於天上人間離諸繫縛可愍念衆生而行化導汝等速去時諸羅漢奉佛教勑禮辭而去爾時世尊與諸羅漢皆離鹿苑適悦之地佛即獨行往詣西曩野你聚落烏魯尾螺池邊迦囉波娑林下經行宴坐時聚落中有六十賢衆在西曩野你中將諸妓女及彼音樂日日作樂無有停罷忽有一女於此快樂心生猒離捨衆逃避不知所至時六十賢衆善根成熟因尋此女入迦囉波娑林忽於樹下見佛世尊驚訝非常互相謂曰今此沙門身如金山光明晃耀面目端正諸相具足吉祥尊貴無有倫匹嘆不能已即前行詣而發問言沙門止此還曾見一女入來否佛言賢衆此處寂靜非女所遊汝今來此爲尋女人何不自爲尋其身耶是時賢衆聞佛所說即有省悟乃知前非而答佛言我等先尋女人誠是過咎今自尋身願垂指示佛言賢衆汝既如是且可安坐我今爲汝宣說法要是賢衆等即禮佛足退坐一面佛言賢衆布施持戒生天之因雖復快樂非爲究竟若求出離當斷煩惱亦復分別生滅之法時彼賢衆纔聞是說蓋障即除心内思惟歡喜無量佛知其意即爲廣說苦集滅道四聖諦法彼賢衆等如潔白衣易染衆色隨彼所染皆得鮮好而賢衆等即於座上證四聖諦微妙之理既於諸法

而得知見貪愛息滅疑惑永斷乃於佛法證
四無畏即從座起偏袒右肩合掌向佛而作
是言唯願世尊慈哀知察我歸依佛歸依法
歸依僧自今已去永不殺生畢身奉持優婆
塞戒時六十賢衆於世尊所得聞法已頂禮
佛足歡喜而退

衆許摩訶帝經卷第八

音釋

顒 魚容切仰也
盥漱 盥古玩切澡手也漱先奏切盪口也
蚊蚋 蚊無分切蚋儒稅切
蝱蠅 蝱音盲蠅余陵切
唼 作答切入口也
卬 音仰舉也
鉤 居侯切
緉 力讓切履兩枚也
黠 下八切慧也
鑁 忙范切

衆許摩訶帝經卷第九同卷第十

宋西天譯經三藏朝散大夫試鴻臚少卿明教大師法賢奉　詔譯

爾時世尊度彼六十賢衆已復思何人先可受化乃憶西曩野你聚落之中有難那及長女并眷屬等堪先受化憶念我昔苦行去時經過彼舍時難那及長女并眷屬等共持乳粥及酥蜜等來獻於我今觀彼等根緣已熟堪可化度作是念已世尊翌日伺候食時執持應器入西曩野你聚落之中次第乞食至難那舍時彼難那及長女等見佛至門踊躍歡喜即謂佛曰善來世尊聖體安否世尊大慈暫過我舍佛即入門難那并女爲佛敷座世尊昇座彼難那及女并諸眷屬即以頭面禮佛雙足各各禮已退坐一面爾時世尊即爲說法佛言難那汝等諦聽布施持戒生天之因雖感欲樂終當退失汝等當斷一切煩惱以求出離又復廣爲分别生滅之法而令了知佛說是時彼難那等根緣成熟蓋障即除深心思惟歡喜無量佛即又爲廣說苦集滅道四聖諦法時難那并女及眷屬等即於座上得法知見證四諦理斷諸疑惑貪愛永除一向信佛即從座起合掌頂禮白言世尊我於世尊所說諸法實得知見我今歸佛歸法歸依僧伽願爲近事永不殺生又白佛言食時已至願佛大慈受我供養佛即默然時彼難那并眷屬等見佛默然知已受請持種種香華飲食手自奉上世尊食畢澡漱已竟難那眷屬復處卑座樂欲聽法佛即方便種種說法難那眷屬復得聞法歡喜踊躍禮佛而退爾時世尊於西曩野你聚落化難那等

已即復思念欲詣摩伽陁國隨緣利樂時摩伽陁國有善相師烏嚕尾螺迦葉壽年三百歲自謂已得阿羅漢道居尼連河側弟子眷屬有五百人摩伽陁國王及輔相一切民衆皆尊重供養更無有上彼摩伽陁國有無量人衆由如盲冥黑暗障蔽常依烏嚕尾螺以爲引導彼諸人衆雖承化導無由出離我今化彼烏嚕尾螺迦葉及彼人衆使見正道既思惟已行詣摩伽陁國尼連河側烏嚕尾螺迦葉住處時烏嚕尾螺迦葉忽見世尊來至住處又見相好具足威德殊異即前迎接復加恭敬而謂佛言善來大沙門先住何處今忽至此即爲世尊敷座請坐世尊就坐彼烏嚕尾螺迦葉亦自就坐即以種種言辭慰問世尊世尊亦以種種方便開導教化談論未竟日已酉暮佛即告言今已日暮我於汝舍有寂靜處欲寄一宿烏嚕尾螺迦葉白言大沙門我諸房舍眷屬在中唯一靜處堪沙門宿然此靜處毒龍在中雖不悋惜恐有所損請自思之佛告烏嚕尾螺迦葉言但願見借必無傷害烏嚕尾螺迦葉告言若能爾者當自隨意於是世尊即詣龍舍佛於舍外自洗足已便入龍舍自布淨草跏趺而坐佛即便入三摩地時彼毒龍忽見世尊在舍中坐即發嗔怒乃作煙霧徧舍內外於是世尊以神通力亦化煙霧毒龍轉怒舍內火著佛以神力亦化其火佛與毒龍二火俱熾時彼龍舍周徧內外成大火聚火燄上騰明照遠近時彼迦葉常於夜分出觀星象乃復觀見龍舍成大火聚即便傷嘆苦哉苦哉彼端正沙門

不聽我語龍火熾盛百倍於常可惜沙門必被傷害時烏嚕尾螺迦葉及與眷屬皆見大火熾盛之相時彼毒龍知於世尊不能損害又以自身亦大疲乏乃息惡毒火便消滅世尊是時亦攝神力毒龍降伏收於鉢内天曉之後烏嚕尾螺迦葉與眷屬等行詣龍舍觀於沙門既到龍舍見佛端然而白佛言汝大沙門宿夜安否佛言我安汝大沙門鉢中何物佛言此舍之龍佛又告言汝言此舍有是毒龍人不敢止我今降伏收於鉢中汝可審觀了知其實烏嚕尾螺迦葉自以耆年德重行苦學優凡所見知無有過者及見世尊龍火不傷又能降置鉢内乃讚歎曰奇哉沙門有大威力我所見聞希有此事是大沙門是大丈夫亦是阿羅漢爾時世尊降毒龍已至第二日即於烏嚕尾螺迦葉住處不遠就一樹下經行宴坐即於是夜有四大天王下來聽法時迦葉夜出觀於星象乃見佛前有四大火聚迦葉即謂諸弟子曰彼大沙門亦事於火諸弟子曰師何由知迦葉告言我夜觀星象乃見大沙門前有四大火聚我知沙門事火無疑時烏嚕尾螺迦葉纔至天曉速詣佛所而白佛言汝大沙門亦事火耶佛即報言我不事火迦葉又言我夜中觀星見沙門前有四火聚若不事火此乃何用佛即報言此非是火是四大天王下來聽法是彼四天身光之耳迦葉驚曰奇哉沙門有是事也此大沙門有斯威德感得天王俱來聽法此亦是阿羅漢耶至第三日帝釋天主乃於夜分來至佛所頭面禮足退坐一面佛為帝釋如

應說法帝釋天主得聞法已歡喜踊躍還歸天宮時烏嚕尾螺迦葉夜觀星象又見樹下世尊前面有一火聚極大熾盛光明照耀如日初出而彼迦葉謂弟子曰而此沙門定事於火至天曉已與諸弟子速詣佛所而白佛言汝大沙門我昨夜出觀於星象又見火聚熾於座前火光上騰如日初出我今定知沙門事火佛即報言我非事火昨夜帝釋下來聽法是彼身光之所照耀迦葉歎曰奇哉沙門有大威德此實希有我今定知亦得阿羅漢果至第四日烏嚕尾螺迦葉出門觀星又復觀見沙門座前有大火聚光明照耀如日正中是時迦葉還告弟子我於今夜又觀星象復見沙門座前有火光明照耀轉倍於前如日正中等無有異審察是相定事火也至天曉已行詣佛所而白佛言我夜觀星亦見沙門座前有火我知沙門定事火也佛言迦葉我無所求何用於火昨夜之中彼娑婆世界主大梵天王下來聽法在我前坐汝所見者是彼身光時彼迦葉還復歎曰此大沙門乃有如是大威德力能感梵王下來聽法實為希有我定得知亦證阿羅漢果至第五日時烏嚕尾螺迦葉弟子摩拏嚩迦等五百人衆俱事三火各有三鑪其鑪共有一千五百是時世尊在彼樹下又值彼衆用火祭天彼五百人常式發火火不能然彼弟子衆即速告師至烏嚕尾螺所而白言曰師可知否我等然火火終不然不知今日何因若此烏嚕尾螺迦葉思惟是事而彼沙門在此近住恐彼威力而有所制即與弟子同詣佛所而白

佛言汝大沙門我之弟子摩拏嚩迦五百人衆常式用火而爲火祀今旦然火終不能著我疑此事定是沙門威力所制佛即答言汝欲火然迦葉答言欲然佛言汝去火當自然迦葉還家火已然矣時彼迦葉及與弟子皆稱讃曰此大沙門有力如是必應亦得阿羅漢果用火祭訖欲滅其火火不能滅盡其彼力終不能滅摩拏嚩迦諸弟子等疾詣烏嚕尾螺迦葉之所白言我師知否火雖得然今不能滅迦葉報言此必還是沙門所爲迦葉復來至世尊所白言沙門火雖得然今不能滅莫是沙門而復制也佛即報言汝欲滅耶迦葉告言欲令火滅佛言汝但還去必自滅迦葉迴還火已滅矣又復歎曰此大沙門有是神力亦阿羅漢也至第六日烏嚕尾螺迦葉自欲用火祭其火天火又不然即自入定欲令火然火亦不然來至佛所而白佛言我自用火常式得然今不能然莫是沙門力所制也佛言迦葉汝欲火然答言欲然佛言但去火必自然迦葉迴還火已然矣用火事訖欲滅其火火又不滅又復入定欲令火滅火終不滅事不獲免來白佛言火雖得然今又不滅必是沙門力所制也佛言汝欲滅耶迦葉告言欲令火滅佛言但去火必自滅及至還家火已滅矣火滅已後以彼餘炭積於一處移時之後其炭自然與諸弟子同滅其火盡其力分終不能滅又來白佛汝大沙門火適得滅今還自然熾盛倍常我不能滅此必沙門力所制也佛言火又然耶答言火然汝不能滅耶答言我不能滅佛即報言汝但迴

去火自息滅迦葉即廻火巳自滅迦葉歎曰奇哉沙門有斯力也我欲然火火不能然告以得然我欲滅火火不能滅告以得滅今火再著不能再滅今火得滅亦由彼力是大沙門有大威德此實希有必應亦是阿羅漢也過是日巳烏嚕尾螺迦葉作外道法設七日會彼摩伽陁國王仕庶皆悉聞知迦葉思惟今大沙門在此近住前所火祀皆能力制今所作法莫復制耶若彼沙門七日不來我法必成若復來者或恐被制又作是念彼大沙門相好端嚴威德殊勝國中仕庶若見殊勝或恐捨我而事於彼以斯事故思念再三佛即尋知佛於七日他處遊化雖在近住迦葉及衆於七日中不見世尊時彼迦葉作七日法國中仕庶悉持香華及與財寶廣作供養作法既畢設會亦然却復思念彼大沙門七日不見我今設會多有餘長沙門若來甚有供養作是念巳佛知其意即便行詣迦葉住處迦葉纔見心即歡喜此大沙門我思便至乃白佛言沙門來耶佛言我來又曰七日之中何以不來佛言汝作是念我設七日法會若彼沙門來者恐法不成我知汝意是以不來今汝思念作法巳畢沙門若來甚有供養我亦知爾是以此來迦葉思惟此大沙門是大聖者悉知我意必定亦是阿羅漢也佛與迦葉言論巳竟尋還所止迦葉於後以虔潔心造諸飲食極令香美異其常品待至來日自詣佛所白言沙門我以專心備辦食竟願過我舍而受供養佛受請巳而告之曰汝但先去吾當便至迦葉既去世尊入三摩地猶

如壯士屈伸臂頃於贍部洲界取贍部樹果盛滿鉢已迴還先至迦葉住處跏趺而坐迦葉後至見佛先到驚而言曰沙門來耶佛言我來久矣迦葉又言從何道來佛即報言我從住處往贍部洲界取贍部樹果還來於此迦葉言大沙門乃有如是神通迅疾於少時間能往於彼取果還來此大沙門亦是阿羅漢也佛即以果示之迦葉汝曾見不迦葉言我未曾見佛言汝樂食不答言樂食佛言隨意迦葉食果歎未曾有食果已竟即以所造種種飲食自手奉上佛喫食已澡漱亦畢即爲迦葉說偈祝願訖尋迴樹下又第二日請佛受供佛即依前入三摩地往弗婆提取菴摩羅果先至迦葉住處又第三日請佛受供佛入三摩地往西衢陁洲取得尾螺迦閉他果還來先至迦葉住處至第四日請佛受供佛即入三摩地如屈伸臂頃往北俱盧洲取自然米飯鉢中持來先至迦葉住處安坐已久迦葉方來迦葉又問自何道來佛答迦葉我適往彼北俱盧洲取自然米飯持來至此迦葉歎曰此大沙門有是神通必是亦得阿羅漢果佛還問言北洲之飯汝樂食耶答言樂食佛言隨意迦葉食已歎未曾有於是以自所辦種種飲食奉上於佛佛受食竟澡漱亦畢即爲迦葉說偈祝願已還歸樹下世尊來日乃自持鉢往四天王天直至忉利天取天酥味還來所止樹下而食喫食既畢思水澡漱帝釋天主知佛思水如展臂頃來至佛所白世尊言欲水用耶佛言欲水帝釋即觀近地先有涸池以手指之水即湧出清淨香

潔無與等者佛即澡漱隨意受用帝釋天主還歸天宫迦葉忽見驚怪非常而此涸池無水已久今復水滿不知何來速至佛所而白佛言大沙門此池久涸水因何有佛即報言今日食畢無水澡漱帝釋遥知乃下天來爲我出水迦葉歎言未曾有也食從天取水令天出能感如是此必亦得阿羅漢也迦葉乃立池名謂之播抳佉多佛於後時入池澡浴池岸之側先有大樹名阿祖嚩曩佛以袈裟挂於樹上迦葉來至見佛袈裟挂於樹上知佛澡浴即來瞻覩佛既浴訖出水上岸即展其手欲攀樹枝時阿祖嚩曩枝便低亞迦葉乃見還復歎曰此大沙門實不思議感得無情自然低亞沙門亦得阿羅漢也世尊後時思欲洗衣云何得石而爲用耶帝釋遥知尋至佛所白言世尊佛欲洗衣而用石耶佛言要石帝釋即令夜叉於大山中取石一塊修令平正復使光潔置於池側佛即洗衣洗已欲曬帝釋又令夜叉別取一石置於池岸佛洗衣竟就石曬之迦葉來至又見池岸忽然有石乃自驚怪池岸先無今從何來而白佛言大沙門池岸之石自何而有佛即報言我欲洗衣爲無石故即起思念帝釋下來爲我安置我又思念無處曬衣彼天帝釋又安一石二石所來皆帝釋也迦葉大歎此大沙門凡是所作非世之有必已證得阿羅漢也然其所證應莫超吾迦葉之心似有省悟世尊又以方便更現異相教化迦葉令入正道佛即化彼尼連河水忽然汎溢居河左右人多漂溺枯涸陂池處處皆滿佛所止處正居其

内佛以神力令水環遶四面壁立中心塵起迦葉是時見河汎溢最盛於常即思念言彼大沙門得不漂溺由是乘船速至佛所乃見世尊樹下經行步步塵起又以環水壁立不能下船歎異倍常遥相慰曰沙門安否得無憂惱耶佛言我無憂惱勞相諭也復思念言此大沙門自有神通何不離此迦葉又言莫欲乘船離於此耶佛言欲離於此迦葉白言若欲離者當自上船佛以神力如彈指頃已在船中跏趺而坐迦葉見佛已坐不見所來所入迦葉歎言沙門是大丈夫有大威德乃有神通能如是也迦葉白言我自亦得阿羅漢果然不及沙門所證之道佛知迦葉決定廻心便即告言汝自言證阿羅漢者非實證也迦葉忽聞世尊發如是語身毛皆竪轉自

尅責此大沙門悉能知我種種之事今宜師之以進其道作念已定而白佛言大沙門願知我意今欲於大沙門法中出家而爲僧伽稟奉教勑修持梵行唯願慈悲特賜聽許佛知迦葉證道時至又以方便化彼徒衆乃謂迦葉曰汝欲於吾法中出家學道爲沙門者還曾令諸弟子悉知以否迦葉答言弟子未知佛言汝爲人師不得卒暴且可歸還與弟子議若謂然者即可再來斯亦未晚迦葉奉教還至住處乃與摩拏嚩迦等五百弟子同集一處告而言曰彼大沙門相好異常神通難及凡所動止天悉遥知或來座前而聽其法或有要用皆能給送累見神變我實不如今欲師彼出家以進其道吾已決定汝等如何細自籌量以實報我摩拏嚩迦白迦葉言

彼火龍暴惡首先降伏神異他心衆人目覩我等所業悉自師傳師既未如弟子何說師若決志我等皆隨師若達彼宗源亦願垂於濟度我等已決衆共一心今或可行不可失也於是迦葉知衆誠願乃令弟子取事火具護摩杓等種種之器及鹿皮衣樹皮衣淨瓶拄杖革屣等物悉棄尼連河中以示不廻之相師徒相率同詣佛所頂禮佛足退立一面爾時世尊謂迦葉曰汝復來耶迦葉答言今與弟子同來欲於大沙門法中出家修學佛已懸知乃更審曰汝諸弟子誠心以否迦葉答言我與弟子皆悉誠心唯願慈哀咸垂濟度佛即默許度爲沙門又復報言汝等今朝是眞出家是眞梵行披袈裟衣而實沙門爾時烏嚕尾螺迦葉身著袈裟成沙門相又聞佛言汝今是眞出家是眞梵行私自慶喜我心全滅又復思惟往昔大仙甞說斯事世稀有佛出興於世得無上覺具一切智是大聖人天上人間悉能利樂我於前時夜出觀星有大火聚謂其事火與我同宗乃是梵王帝釋四天王等互來聽法今惟此事是大聖人此非大聖孰爲聖也於是迦葉易沙門稱呼佛爲世尊

衆許摩訶帝經卷第九

衆許摩訶帝經卷第十

宋西天譯經三藏朝散大夫試鴻臚少卿明教大師法賢奉　詔譯

爾時烏嚕尾螺迦葉有其二弟一名曩提迦葉二名誐耶迦葉是二迦葉各有二百五十學徒悉在尼連河下流岸側而住各於師法勤加修習是二迦葉一日於尼連河中忽見烏嚕尾螺迦葉祀火之具護摩杓等及鹿皮樹皮衣乃至淨瓶拄杖革屣等物悉從尼連河中流下乃驚怪思念我兄迦葉得無土難耶得無賊難耶乃至水火等難因是難故退失修行若不爾者云何祀火之具種種之物棄於水中任自流下審知今日必見差異於是二弟思議再三共行尋兄原其的實至兄住處不見迦葉及弟子輩唯餘所居空寂而已時二迦葉倍極悽然即詣鄰人訪其所以鄰人報言烏嚕尾螺捨棄仙道將諸弟子歸於沙門我等諸人不知其事請自詣彼詢其因由時二迦葉聞此說已互相謂曰我亦聞有沙門近來此處凡諸舉止皆異常人儻或我兄及與弟子若實然者極爲稀事今可往彼自觀虛實二人相將同到佛所方見其兄烏嚕尾螺及與弟子被袈裟衣成沙門相悉坐佛前瞻仰聽法時二迦葉目覩斯事因知其實心驚毛豎足不能進佛見曩提誐耶來尋其兄又見立於會前足不能進即遣烏嚕尾螺自起迎接時二迦葉旣覩其兄離席迎接即趨進前來禮足問訊二迦葉言我兄耆年有德久已修行博學該通世無等者摩伽陁國王及大臣乃至士庶皆謂我兄證阿羅漢道常持種種香華欲食上妙衣服及以珍

寶而來供養凡有言說莫不諦信如何今日忽棄已道便隨他教我本修行依兄指授乃至弟子咸無異轍兄今自棄本所修習我等云何更堅進趣處大疑網願賜開解作是說已顒住一面時烏嚕尾螺迦葉告曩提誐耶等言往世無佛猶若冥夜人無慧目不知沉墜我於是際苦節修行事火爲功毎祈聖證復以此道轉教汝曹餘人無能得過我道便即自謂證阿羅漢有大沙門曰佛世尊身長丈六金色晃耀相好具足威德特尊哀愍我故來近止住凡所動靜天悉遙知四天大王乃至梵釋咸來聽法又見神足於刹那頃往復四洲乃至天上取酥陁味悉皆示我又復知我實未證得阿羅漢道以斯事故我道不如省悟宜先誠懇後悔乃與弟子投誠出家

哀愍我故便垂救濟令著法服度爲僧伽先不告汝吾之過矣時曩提迦葉誐耶迦葉根緣已熟便生信向聞是語已悲喜交至乃謂兄言我本修行因兄教授兄今棄捨我亦願隨又復言曰無佛出世寧聞正法雖止老耄亦希出離烏嚕尾螺告言善哉善哉今正是時曩提迦葉誐耶迦葉即前詣佛頭面著地禮雙足已退住一面白言世尊我兄烏嚕尾螺先是本師今者出家已爲沙門我今亦欲出家願賜濟度佛雖默許還令道彼徒衆而告之曰汝等弟子悉知以否二迦葉言未知佛言汝可令知還來度汝時二迦葉承佛教勑還歸所住各集弟子告而言曰摩拏嚩迦汝還知否有大沙門其名曰佛來近我師迦葉止住累以神通顯現異相皆令我師一一

目覩又以法力制其所作我師省悟知法不如將諸學衆投彼出家我因見其所棄受用隨水流下乃自訪尋委其緣由及到於彼已見我師迦葉及五百弟子悉著袈裟成沙門相在會而坐聽其說法我見是事初大驚怪不能前進我師迦葉離席來迎具說前事我聞殊勝亦願出家載念汝曹迴來相報吾意如此汝等思之以信實心各報於我彼二迦葉說是語已時摩拏嚩迦弟子之衆白迦葉曰我等修學從師所受師辯勝劣弟子寧知師尚投彼出家我等云何執守如或決定亦願相隨於是曩提迦葉誐耶迦葉各領弟子同詣佛所至佛會已頂禮佛足退住一面爾時世尊告迦葉言汝等來耶時二迦葉答言已來又白佛言我等各各將諸弟子同來投

佛於正法中願得出家稟奉尸羅修持梵行願佛大慈哀愍聽許佛即攝受度爲沙門佛又報言汝等今朝是眞出家是眞梵行時迦葉等聞是語已歡喜踊躍不能自勝各各禮佛旋繞畢已瞻仰而住爾時世尊度迦葉等千苾芻已即離適悅之地將耆年迦葉等一千苾芻往誐耶山頂塔處經行到誐耶已佛爲諸苾芻等現三種事一者神通二者說法三者調伏於是世尊入三摩地現神變相於本座沒而於東方虛空之中現行住坐卧四威儀事又於身上出五色光所謂青黃赤白及與紅色又復身上出水身下出火身上出火身下出水乃至南西北方皆現是相現神變已於刹那間還復本座爾時世尊又與說法謂諸苾芻汝於心意識等諸法之中有疑

無疑有念無念可滅不滅於斯諸法汝決定行又復告曰汝等當知眼識爲緣貪於諸色因色觸故内心發生即有苦樂或非苦非樂乃至耳鼻舌身意亦復如是諸苾芻貪火既爾嗔癡亦然由是輪迴生老病死憂悲苦惱諸苾芻三火熾盛由我爲本欲滅三火當斷我本我本若斷三火自息於是三界輪迴一切諸苦自然斷絶時三迦葉及千苾芻又蒙世尊現神變相及説正法得諸漏盡得心解脱所作已辦捨諸重擔正得已利永斷輪迴悉皆證得阿羅漢道爾時世尊於誐耶山頂度三迦葉及弟子千人皆證阿羅漢道已時民彌娑囉王及輔相大臣乃至士庶悉知世尊在誐耶山頂有弟子衆數滿千人有一大臣告於王曰我聞國人近有言論彼釋族中生一童子初生之時有雪山邊娑儗囉體河岸往昔迦毗羅仙住處有一善相婆羅門相而言曰今此童子相好具足福慧圓滿必爲金輪聖王王四天下盡大海際悉在統御正法理世民行十善復有輪寶摩尼寶女寶主兵寶主藏寶象寶馬寶如是諸寶自然出現恒常隨逐又有千子色相第一具大勇猛能破怨敵四洲畏威悉皆降伏然或出家剃除鬚髮著袈裟衣正心修行必成無上正等正覺具以上事悉白於王請早圖謀勿令後悔如能殺者保國終吉時民彌娑囉王在正殿上獨坐思惟常念五種之事一者常願如來應供正徧知明行足善逝世間解無上士調御丈夫天人師佛世尊出於世間二者早得往彼瞻禮隨喜三者到已便得聞法四者如

所說法悉能了知五者爲我受戒受已稟持方念斯事忽聞大臣計議之言傷嘆良久報而言曰汝實愚人欲於如來起極惡心是大愚癡汝可速去勿更發言時彼大臣聞是語已知不聽從慙懼而退爾時民彌娑囉王即顧左右親位大臣福相圓滿有智慧者而告之曰汝去往彼誐耶山頂世尊之所代我恭敬而請世尊如我辭曰民彌娑囉王稽首雙足恭肅無量問訊世尊少病少惱起居輕利安樂行否今請世尊降臨宮城微受供養當使於我及彼人民獲大利樂唯願世尊及與聖衆耆舊大德皆悉降臨當盡此生奉以飲食湯藥乃至卧具及僧伽梨等一切供給不使乏少願大慈悲無辭勞屈如是說已頂禮佛足顒聽聖旨佛即默然時彼使人知佛受請作禮旋繞辭已而退爾時民彌娑囉王聞使廻旋速御前殿受使朝拜君臣禮畢遽發問言世尊來耶使人近前而奏王曰臣奉王旨詣誐耶山請佛及衆具以王旨白於世尊佛已默然必來降赴時王降勅左右大臣便可嚴潔宮殿及與城隍乃至四衢悉令清淨復設種種名香妙華以備迎接爾時世尊與耆舊迦葉及千阿羅漢離誐耶山詣於王城去城不遠有杖林塔佛與大衆至塔而住時民彌娑囉王得聞世尊與諸聖衆至杖林塔安住已定即令所司嚴整車駕前後導從與自眷屬及諸群臣欲出於城詣杖林塔所出宮未遠王所乘車地忽有坑輪陷不進王自思念我必往昔曾造不善致於今日有斯事也纔起是念即聞空中有聲告曰汝於往昔

無不善業但爲見在諸牢獄中多有禁繫車輪之陷正爲此也王聞空言定知賢聖旣蒙指諭心極感重卽遣使人散詣諸獄以罪輕重等第赦之車駕前進至於城門王之寶冠又忽破壞復思念言我定往昔曾作不善乃於今日疊有不祥王發是意空中賢聖又復告言天子汝於往昔無不善業但緣前來所放禁繫之人輕者已放重者雖活猶繫別處冠破之祥乃爲此也王聞賢聖空中語已便令使人諸處詔喚咸到車前悉赦宥之罪人獲免歡喜踊躍稱王之德時王部從及諸眷屬所乘之車有一萬二千復有國中婆羅門長者及諸人民亦有百千車同出城門詣世尊所時王至杖林塔於近苑內取迦俱那華五朶自手執持詣於佛所去佛不遠下車徒步免去傘蓋劒仗之類使令相隨旣至佛所偏袒右肩合掌向佛三自稱言我是民彌娑囉王佛亦三印如是如是王卽以五朶華奉上於佛然後頭面著地禮其雙足又以種種言辭而伸讚歎佛卽報言請王就坐王昇座已其王眷屬及婆羅門長者士庶等次第禮佛歡喜踊躍各各以偈讚於世尊讚詠畢已却住一面時烏嚕尾螺迦葉先是王及大臣一國士庶所尊重者今爲沙門侍立佛側王及人民莫不疑怪咸起念曰耆年迦葉事火修行勤苦彌久智慧道德皆出人右今在衆會生我等疑爲是如來奉迦葉教耶爲是迦葉奉如來教耶作此念時佛卽玄鑒乃謂迦葉曰汝自知時迦葉承佛聖旨不起於座入三摩地於本座沒現於東方作行住坐卧四

威儀相又復身放光明而有五色所謂青黄赤白紅其色間雜猶如玻瓈又復身上出水身下出火身上出火身下出水南方西方乃至北方皆亦如是現神變已忽然之間還來衆會合掌向佛説伽陁曰

我本修行　奉事於火　彌歷年歳　疑設勤勞
心常自謂　已證羅漢　執著我相　不能解脱
佛大慈悲　而來濟度　制火不然　又令不滅
初謂同我　亦事於火　言無所求　事火何用
天上人間　無所愛戀　我設法會　爲求利養
欲來不來　皆知我意　又於四洲　及彼天界
取果及飯　悉於我食　我執事火　迷於正行
猶若盲者　復如死人　無有見知　定趣墜墮
摩訶牟尼　猶如大龍　布精進雲　灑甘露雨
利益一切　有情無情　我欲出離　求作沙門
蒙佛大悲　説清淨法　於最上句　使令知覺
我今實證　阿羅漢果　佛爲我師　我是弟子
諸人當知　勿生疑念　此誠實言　宜應諦信

爾時迦葉説伽陁已頂禮佛足還復本座時會大衆王及人民實知迦葉是佛弟子佛知衆會疑心已息乃謂王曰我今爲汝演説法要汝當諦聽善思念之王及衆會受教而聽佛言大王汝今當知如王身色有生有滅當審觀察生滅二相令實了知復觀受想行識亦同於色善男子若能於此如實了知是生滅已當復觀察是非生滅若能了知色非生滅即知受想行識亦非生滅善男子色受想行識本非生滅無去無來若能如實了知本非生滅無去無來亦復不住非生非滅無去無來大王若於此法如實知已即得無數阿

僧祇寂滅之法時彼會衆一切婆羅門長者士庶中有生疑念者世尊今說色受想行識本無者云何有我相人相衆生相壽者相布捺誐羅相摩拏嚩迦相主宰承事等相若此我人衆生壽者等相亦實無者云何知彼衆生所作善不善業二種因果捨此蘊已復趣他蘊爾時世尊知彼衆中起心念已即謂迦葉等曰諸苾芻所有我人衆生壽者等見乃是凡夫愚人若有是見當感其苦若知苦生當求苦滅諸苾芻種種有爲因果之法乃從種寂而轉生故我自知已欲令衆生於生滅法亦同我知諸苾芻佛眼清淨過於天等所有衆生好相惡相及生貴賤善願惡願隨衆生業我今一一如實了知衆生身業具如是事口業具如是事意業具如是事略說衆生邪見起於邪業或於佛法而生毀謗由斯業故命終之後墮於惡趣備受衆苦諸苾芻若有衆生於其身口作諸善業具正見正行正業而於佛法常欣讚譽由斯善故命終之後生善逝天諸苾芻我有如是知見非不能知我相人相衆生相壽者相布捺誐羅相摩拏嚩迦相乃至主宰承事等相或諸所作善惡因果捨此蘊已復趣他蘊如是等事亦無所有我先已說種種有爲因果之法從因發生從因得滅所謂因於無明緣生於行行緣生識識緣生名色名色緣生六入六入緣生觸觸緣生受受緣生愛愛緣生取取緣生有有緣生生生緣生老死憂悲苦惱以是因緣得一大苦蘊生諸苾芻若滅其因一切皆滅所謂無明滅則行滅行滅則識滅識滅則名色

滅名色滅則六入滅六入滅則觸滅觸滅則受滅受滅則愛滅愛滅則取滅取滅則有滅有滅則生滅生滅則老死憂悲苦惱滅如是則一大苦蘊滅諸苾芻集因滅故苦自然滅若苦止息得涅槃樂又復我相永斷正滅非轉了苦非有滅云何滅是得止息是得清涼離一切句是則涅槃

眾許摩訶帝經卷第十

音釋

昱 逸織切昱日明日也

曬 所賣切曝也

杓 是若切挹酌器也

儻 坦朗切或然之辭

衆許摩訶帝經卷第十一第十二同卷

宋西天譯經三藏朝散大夫試鴻臚少卿明教大師法賢奉 詔譯

爾時世尊復謂民彌娑囉王曰汝觀色是常非常耶王曰非常佛言是苦非苦耶對曰是苦世尊又言受想行識是常非常耶對曰非常又曰是苦非苦耶對曰是苦佛言色受想行識悉是非常是苦是顛倒法一切無我佛又告言大王當以正智正慧觀其眞實彼色受想行識有過去現在未來耶有内外麤細貴賤遠近耶對曰色受想行識非過去現在未來亦非内外麤細貴賤遠近等佛言善哉大王若能於此五蘊如實了知是非常苦空無我之法復以正智觀其眞實知非過去現在及以未來乃至内外麤細貴賤遠近等又能不著不捨者斯眞解脫大王得斯解脫者是智解脫梵行已立所作已辦我生已盡永不復趣輪迴之道爾時世尊說是法時民彌娑囉王及八萬天人遠離塵垢得法眼淨及有婆羅門長者士庶等百千人衆亦離塵垢得法眼淨於是民彌娑囉王得法知見已於法堅固斷其貪愛除去疑惑正信不退即從座起偏袒右肩合掌向佛白言世尊我心柔順歸依佛法及以僧伽持近事戒永不殺生今請世尊常住我國願盡形壽奉上衣服飲食卧具湯藥常無乏少乃至聖衆盡生供養佛即默然時王見佛默然受請歡喜踊躍不能自勝即以頭面禮佛雙足旋繞畢已辭別而退爾時諸苾芻衆見民彌娑囉王蒙佛世尊爲說妙法不起於座遠塵離垢得法眼淨心皆生疑此王云何遇佛世尊便得聞法證

法眼淨除去塵垢作是念已佛即玄知告而言曰諸苾芻此民彌娑囉王乃於過去作大善業所作決定果報無差今爲人王具大福德乃宿世因感果如是諸苾芻地水火風外界執時蘊界六根一切好醜隨其所作善惡之業悉皆獲得果報不虛爾時世尊即說偈言

衆生之所作　善惡經百劫　因業不可壞
果報終自得

諸苾芻過去世時有佛出世名阿囉曩吡十號具足爲人天師時佛世尊爲諸衆生說種種法化利畢已即入涅槃彼諸弟子收其舍利擇清淨地建立妙塔復以種種香華而恒供養過是已後久歷年歲有轉輪王出於世間名羯里計時有兵衆十八俱胝常領是衆飛空巡幸復有七寶常爲先導後於一日經過塔上有虛空神捉其輪寶住空不進時羯里計王思惟是事今我方行輪寶自住恐是福盡感應斯現彼虛空神乃告之曰大王汝非福盡下有阿羅曩吡佛舍利塔端指輪寶不得直進時羯里計王與十八俱胝飛空兵衆同時降下詣於塔所王及眷屬各以妙衣共拭佛塔得清淨已散諸妙華及焚寶香又作種種音樂而爲供養以頭面禮發其誓願以我今日師事於佛所設供養種種功德果報不虛當來獲得諸苾芻於意云何彼羯里計轉輪聖王并諸眷屬者即民彌娑囉王及眷屬等是諸苾芻以彼供養阿囉曩吡正覺之塔種種功德當感無數百千俱胝劫受天上人間最上快樂以本願力今值於我復作

供養所獲功德乃與阿囉曩毗正等正覺平等無異諸苾芻一切衆生作黑業者黑業相續作白業者白業不斷或作雜業亦復如是諸苾芻所獲果報悉從因業汝等當知廣爲人說爾時會中諸苾芻衆以民彌娑囉王見佛聞法遠塵離垢又聞說彼往昔之事乃於烏嚕尾螺而起疑心云何世尊爲現神通種種教化方得迴心彼曩提誐耶隨言受化佛大慈悲具一切智必能斷除我等疑惑作是念已將欲發問佛即告言修因感果定不虛爾諸苾芻過去劫中人壽二萬歲時有佛出世名曰迦葉如來應供正徧知明行足善逝世間解無上士調御丈夫天人師佛世尊彼佛亦在波羅柰國鹿野苑中作大佛事化利畢已即入涅槃時世有王名羯里計常於彼

佛恭敬供養佛既入滅王以種種香木荼毗世尊復以乳汁灑滅餘火即收舍利貯四寶瓶又選勝地起大寶塔其塔高聳量一由旬王及人民常作供養時彼國中有一長者家中巨富等毗沙門天眷屬衆多自在快樂先與别族長者而爲朋友常於佛塔廣興供養後娶其門以爲姻戚歲月綿久乃生三子於後長者年耄有疾服藥不差漸漸羸困乃趣無常三子以禮葬於尸林是時三子思憶訓誨旦暮啼泣又念家富共議追福長兄慳悋先未知善忽聞欲施初即遲疑以孝存心尋便允可長兄言曰布施之外分充受用二弟應諾即持金銀種種財物詣於塔所作最上供養如是施已同發誓言願以善根所生果報於當來世以今正等正覺迦葉之稱爲其

姓氏佛出世間亦得值遇聞法信解證於菩提發誓願已禮拜旋繞歡喜而歸是故迦葉今得此姓值遇於我而爲沙門復聞正法證無學果諸苾芻烏嚕尾螺初難化者以彼宿世欲檀施時心有遲疑是故我現種種神變方得省悟曩提誐耶而易化者亦由往昔檀施之時心本清淨始終無異諸苾芻是故烏嚕尾螺及曩提誐耶復爲兄弟得迦葉姓又值於我聞法證道此往昔事汝等諦信爾時世尊說是迦葉往昔事已離杖林塔於王舍城不遠就一樹下與千苾芻衆圍繞而住時民彌娑囉王以佛近住欲立精舍安佛及僧而久住止民彌娑囉王爲太子時常出城外而爲遊戲去城至近有一園苑林樹蓊鬱泉池清淨雖復四序華竹恒茂太子愛樂而欲求買園主長者自恃耆耄無亦家富太子逼取終不允從出言悖慢聞於太子我寧離此國不捨此園太子聞已謂左右曰今此耆耄言甚不遜我若紹位無得忘也於後父王摩賀鉢納摩崩已即灌頂傳寶號民彌娑囉王既紹其位乃憶前事下令所司發使奪取時彼長者速得心病便趣無常命終之後以其憤怨積聚毒惡乃於園內生蛇趣中含毒伺隙欲酬前恨後於一日王因春節將諸嬪婇遊幸彼園盡極歡娛以肆其意王方疲困寢息園中時彼毒蛇謂其得便疾出窟穴欲來螫王時諸嬪嬙散行遊冶王有親近內侍一人執劍侍衛防其不虞時有飛禽名迦蘭那迦飲啄翱翔常在園內忽見蛇出相呼鳴噪執劍內侍見蛇出已即斷其命禽衆極噪王

亦驚寤問執劍者緣何喧擾執劍者曰適有毒蛇欲來螫王迦蘭那迦相呼驚噪我既目見已斷蛇命王聞是語心驚毛竪令詔太子及諸大臣共議斯事古刹帝利灌頂大王或於身命欲致危害有能忠力濟其難者當何賞賜大臣對曰能於身命脫其難者可分半國以賞其功王乃允從分其半國與迦蘭那迦用賞其功大臣對曰彼迦蘭那迦飛禽之類與國境土當何所用王謂大臣此事如何大臣對曰可就窠巢多植竹木使其遂性勿令傷害如斯可矣餘不能為王聞曰善遂從其奏乃於園外別擇一處廣種竹樹安迦蘭那迦令人守之不得傷害王有親舅本事仙道常求淨處進其修習王以迦蘭那迦竹林無諸雜穢權令安處及見世尊將諸苾芻近城樹下露地宴息思欲捨彼造立精舍王乃嚴駕自詣佛所禮雙足已却住一面爾時世尊為王說法以種種方便化令歡喜復勸精進當求最上寂靜快樂時王聞法歡喜頂受即起於座偏袒右肩合掌頂禮白言世尊我今請佛及諸聖衆於我宮內來晨受食唯願慈悲哀愍聽許佛即默然爾時大王見佛默然知已受請歡喜踊躍禮拜而歸乃下所司即於是夜疾速備辦種種飲食及與香華皆令倍常美妙清淨復勅宮城內外乃至四衢道巷之中悉使嚴潔纔至明旦即遣使人白於世尊飯食已辦請佛降臨於是世尊與千阿羅漢著衣持鉢前後圍繞行詣王宮王於門首執爐焚香待世尊至佛既到已迎入就座諸聖衆等亦各就坐王與眷屬瞻禮畢已

奉上飲食焚香散華歡喜供養佛與聖衆食畢澡手王及眷屬樂欲聽法佛為說法各各諦聽歡喜信受王復離座合掌白佛我今欲以迦蘭那迦竹林作佛精舍願佛納受世尊黙然王知佛許即取金瓶灌於佛手奉施畢已願佛隨意即為世尊廣作嚴飾佛與聖衆隨意而住迦蘭那迦竹林精舍因茲所立爾時世尊後於一時為利樂故與諸聖衆離迦蘭那迦竹林精舍往寒林中經行宴坐時王舍城有一長者請佛及衆來晨供養乃於是夜與諸眷屬及僮僕侍人共辦飲食香華等事時給孤長者因有事故到王舍城經過彼家遇夜止宿見其長者家中老幼皆不寢寐辦造飲食珍饌之類恠而問曰長者之家老幼不寐辦造飲食當何所用為請王耶為請大臣莫為姻親而有聚會長者報言我不請王及大臣等亦無姻親聚會之事今為有佛出於世間將一千聖衆遊化此國王及眷屬大臣士庶悉皆歸向次第供養我為彼佛及與聖衆來晨設齋是不寢寐給孤長者聞此語已歎異非常又復問言云何名佛對曰彼釋族中有王淨飯生一童子號悉達多具輪王相棄捨出家苦行修習證得阿耨多羅三藐三菩提斯即佛也又復問言云何聖衆對曰有刹利族或婆羅門族乃至毗舍輸陀如是之族善男子輩投佛出家剃除鬚髮被袈裟衣正信修行聞法悟解悉皆證得阿羅漢道此是隨佛一千聖衆我所供養正為此也給孤長者聞是說已身毛皆竪歡喜踊躍又復問言如我云何得見彼佛及與聖衆對曰

明旦咸來我舍受食給孤長者雖聞是語有若心狂不待天曉欲往佛所時方半夜值月明朗即便出門行詣寒林未至中途月忽雲蔽又至一門不敢前進給孤長者以天陰黒便生怕怖佇立思量得無非人之類而來惱我耶心欲退還足不前進時有天人發聲告曰長者但去勿得退心唯有吉祥定無惱亂於意云何譬如百車百馬種種莊嚴可令衆生見者愛樂以斯布施不如向佛前進一步十六分之一分功德又復告言長者但去勿得退心唯有吉祥無惱亂事於意云何譬如一百金象衆寶莊嚴以斯布施不如向佛前進一步十六分之一分功德長者乃至百童女以眞珠瓔珞衆寶嚴身以斯布施亦復不及向佛一步十六分之一分功德時彼天人即發身光照耀途路自彼門所直至寒林如月盛明等無有異給孤長者乃問天曰是何聖賢能作斯事天人告曰我昔曾爲舍利子毋名捺誐囉也命終之後生四天王界今名摩度娑健馱摩拏嚩迦見守此門願勿疑慮長者可去必獲吉祥給孤長者聞是語已讃言善哉稀有斯事我今定去見佛無疑給孤長者又復思惟若無正覺出於世間無由得聞最上妙法於是長者得其光明無所障礙直至寒林世尊住處爾時世尊在寒林外經行時長者見佛威德相好異於常人即便合掌而發問言是世尊不佛答言是長者身心歡喜無量又復問言世有何人而得安睡佛說伽陀而答之曰

若人心寂靜　一切得安睡　若人繫染欲

熱惱心不止　染欲熱惱除　解脫無所繫
心意調伏已　得息得安睡
爾時世尊說伽陀已與給孤長者同入林中佛還本座長者即前禮佛雙足於一面坐樂欲聽法佛乃勸發令心歡喜爾時世尊告長者言布施持戒得生天上雖五欲自在非爲究竟欲免輪迴當斷煩惱於善惡法廣爲分別是時長者得聞是法以宿善力深心思惟蓋障即除心喜無量佛知是已即爲廣說苦集滅道四聖諦法是時長者不起於座證四諦理如潔白衣易染其色隨彼所染皆成立妙長者得法知見永斷疑惑於佛法僧深信堅固即從座起偏袒右肩合掌頂禮白言世尊我今歸依佛法及苾芻衆持近事戒永不殺生爾時世尊問長者言汝何名字長者對曰我於國中少有資産或是貧匱孤獨之人來丐求者我施飲食及彼資具國人名我爲給孤獨汝國何名對曰舍衛願佛及衆來降我國當以衣服飲食卧具湯藥一切受用畢生奉施佛言長者我與苾芻數踰千人彼無精舍何以安住長者對曰佛若降臨速當建立唯願大慈不違我請佛即默然給孤長者見佛默然知已受請歡喜踊躍頭面禮足旋遶而退於是長者入正舍城營構事畢將欲還家再詣寒林請佛及衆勿慮精舍願早垂降言已還家自此日後一切皆停於舍衛城周徧內外求覓殊勝清淨之地欲建精舍安佛及僧唯有祇陀童子園苑最勝何以故此童子園其地寬廣無諸穢惡行樹蓊鬱泉池清淨寒風暑氣俱不能侵又無蚊寅含毒之

蟲唯有吉祥飛走之類又復王城不遠不近非求法人不能到此若建精舍斯爲最勝思念已竟即詣園主祇陀童子而告之曰童子勿怪我有勝事欲以上聞童子可容方敢陳說童子告言有事可說長者起立謂童子言欲買茲園當爲世尊及千聖衆造立精舍而請安住尊若容允價即稟言祇陀童子告長者曰一切可得唯園勿言長者又曰我聞佛言一切無常無有主者以不堅法宜易堅牢童子報言非我所知勿復更說長者又曰佛者難值園即易求今或遲疑後施無及祇陀童子雖聞此說心未能捨乃以要言阨彼長者若能以金布滿其地我即與汝任自所爲長者審知恐未誠信報而言曰童子若爾可聞市官當使兩情執無反覆童子俛仰共聞市官時四天王遥知斯事佛今出世舍衛城中給孤長者買祇陀園造立精舍兩人商議取正市官我今變身與成其事天王變身作市官已來於市肆顒望給孤與童子至二人至已給孤先言我買彼園欲造精舍今以黄金布徧其地若能爾者即可相與今來取正此價云何市官言曰二人之心得可否未對言已定市官言曰善哉善哉童子收金長者得園童子默然更無違悔長者即日速以車乘象馬之類乃至僮僕搬運黄金處處布訖唯前面少許而未周足長者籌慮取何藏金可徧此地如是之際童子告言汝已廻意便可收金長者報言我意不廻思何藏金可徧此地以斯事故籌慮少時童子思惟奇哉長者能捨如是大財爲佛及僧造立精舍又復

思惟我曾聞說若非正覺出於世間一切衆生不聞正法斯可助施理必相容即謂長者勿更取金欲廻此地我施作門美可共成功亦圓滿長者報言我非無金童子爾者誠爲甚善布金纔畢方欲命工外道悉知速來惑亂謂長者曰瞿曇沙門今在摩竭陀國王舍城居此舍衛城地貴名高非彼所住勿立精舍勿得迎請長者即怒報外道曰此舍衛城非汝所有何關汝事外道聞已知不從心復請於王王亦不允諸外道輩面懟無色心極煩惱復詣長者而告言曰我先所說不爲園苑但以彼衆非我同修長者今日若是堅執斯有所報請不相違我聞瞿曇有大弟子先已到此可與論義即辯勝劣如彼得勝精舍可爲若其不勝何用迎請我此所說君見如何長者告言此說甚善若定勝劣足得相依清濁要分眞僞斯辯

衆許摩訶帝經卷第十一

衆許摩訶帝經卷第十二

宋西天譯經三藏朝散大夫試鴻臚少卿明教大師法賢奉　詔譯

爾時世尊在於寒林受給孤長者請預知舍衛國中有諸外道各各苦行又復聰明雖勤修習不得解脱根緣已熟受化是時世尊又觀誰可往彼唯舍利弗乃有宿因此若先行必有大利於是世尊喚舍利弗令先往彼舍衛大城助給孤獨建立精舍尊者受命往舍衛城詣長者所事皆參議給孤長者承外道意來白尊者彼欲論義於理如何又云此國之人素未知佛於法勝劣宜其宣揚舍利弗曰善哉善哉斯言誠諦尊者於是入定觀察諸外道輩及舍衛國人根緣成熟有幾時分見彼人衆唯餘七日尊者出定告長者曰請語外道過七日已可來論義長者具告外道思惟立七日限斯有二事一者知已非勝設計私逃二者或求本朋來共商搉如是思已我今云何不求朋侶由是諸處親自訪尋乃得一人名赤眼婆羅門而告之曰彼瞿曇沙門有大弟子索我論義汝婆羅門應宜相助何以故若自得勝利養猶存彼或勝時我等何往彼即問言何時論義報曰後當七日至時相報必來助汝然婆羅門憂其墮負心甚煩惱發信諸處求告朋黨七日滿已給孤長者就寬靜處權立論場即爲舍利弗尊者排師子座爲彼外道對排高座列座既畢遠近咸集若公若私追及少長有百千人集彼論處亦有别國外道婆羅門亦來會所給孤長者手執香爐焚以妙香與眷屬等同爲擁從迎舍利弗上師子座尊者坐定一切瞻仰覩

其威容悉皆讚歎時彼外道與衆相隨亦昇高座安坐已定尊者告言汝欲何作外道言我現神通我既現已汝當亦現尊者報言我所作者天上人間所不能作云何汝言能同我作尊者又言赤眼婆羅門汝所作者我悉能破赤眼婆羅門化作華樹如實芳葩豔冶動衆尊者神力出微少風其華根苗吹散異處又化一池水滿澄湛蓮花徧發人讚異常尊者化出大象膚體端正入池蹂踐須臾狼藉外道又化一龍而有七首張鱗努目奮惡拏空尊者化金翅王從空飛下坐於龍首龍自降伏時彼外道乃於最後化羅刹身立在衆前醜惡異常人見恐怖尊者持呪神力縛之羅刹苦惱翻生瞋怒外道驚怖身毛皆豎恐惡自傷發言求救告尊者言我今歸依願賜救護尊者解呪羅刹怒息時赤眼婆羅門得脱羅刹怖畏之難又復覺知本所修習非是正行告舍利弗曰願於尊者正法出家而爲沙門尊者大慈哀愍聽許舍利弗即與攝受度爲沙門後修梵行斷盡煩惱雖居三界而離貪毒其心平等由如虚空觀金如土而無別異於後修習得三明六通證阿羅漢果乃得帝釋梵天而來供養時大衆驚怪目注心疑異口同聲讚舍利弗是論義師無人能敵猶如牛王處於衆群一切瞻仰無有猒足時舍利弗知衆心意及其種性即爲廣説苦集滅道四聖諦法是會大衆有發三歸心者有發聲聞菩提心者有發辟支菩提心者有發無上菩提心者亦有出家證得須陀洹果有證斯陀含果有證阿那含果有證阿羅漢

果論義畢已會衆皆散諸外道中有執性者以其論義不勝辱於屈伏潛共計議欲謀不軌可投長者請作工人或得便時殺彼尊者設計已定白長者言汝已斷我一切利養今者無所歸趣却願相愍收作工人或察畢心且住鄉土或不從允各去他邦哀告再三傍不忍聽長者於是具述彼意白舍利弗仁可思察於理如何舍利弗即入三昧觀彼根緣證道非遥遽云無患長者即退録其姓名遣作工夫例與其直時舍利弗化出一人於工夫中便爲首領尊者於後觀知根熟來彼役所就一樹下安詳而坐時彼外道初爲得便各各心喜欲來親近而彼首領執杖驅策不得前進役既疲苦乃發聲言聖大尊者救我救我舍利弗曰汝等疲勞可自歇息諸外道

言此大尊者我發殺心欲謀其命今亦知我而令止息實自慚懼無以再言時舍利弗察其追悔又知根性成熟時分乃呼近前便與説法即爲演説苦集滅道四聖諦法外道聞已所有身見如二十山峯以金剛智悉破無餘應時獲得須陀洹果復言尊者欲於正法出家爲僧舍利弗攝受度爲沙門漸漸進修精持梵行見於輪廻趣其究竟斷盡煩惱證阿羅漢果其心平等猶如虚空觀彼金土兩物不異棄捨世利得大清涼當受帝釋諸天一切供養爾時舍利弗化外道已即與給孤長者共持一繩各執其頭量度精舍都大界至界至已定給孤長者所感果報於兜率天現金宮殿給孤長者不違聖意謂舍利弗曰今此精舍不獨只爲諸阿羅漢我爲如來應

正等覺舍利弗曰我本所作正爲如來及阿羅漢又謂長者曰汝此封地天報已現即借天眼令其自見長者見已驚喜無量於是復發上上品心舍利弗又自持繩一頭令長者還執一頭於中分擘十六殿堂六十小堂佛僧住處各各已定彼金宮殿變寶莊嚴尊者借通復令觀見長者歡喜乃自歎曰我此所作當感如是福德之利長者自見當來福報重重有異復更於事轉倍精勤擘殿堂已及備其中一切受用精舍事畢復白尊者世尊行住其量云何尊者報言用輪王儀於是長者自舍衛國至王舍城每十俱嚕舍各造一宮以備如來止宿之地及置庫藏收貯一切所受用物復令主者而恒守護以白檀水日日灑淨伺候如來令其香潔處處如是皆使嚴備辦事畢已即發一人詣王舍城請佛及衆謂所去人汝到於彼代我詞曰給孤長者稽首雙足白于世尊少病少惱起居輕利安樂行否所立精舍今已嚴備願佛及衆愍念降臨當盡此生奉上僧伽梨飲食湯藥并卧具種種受用不使乏少佛正徧知願鑒虔切去人領意到於佛所以長者言具白世尊復倍虔心而伸告請傳意已畢五體著地禮佛雙足旋繞三帀顒住佛前佛利樂故默然許之去人知佛決定赴請速還舍衛見於長者而白言云世尊默然必來降赴長者歡喜於是陳列傘蓋幢旛名香妙華處處迎接爾時世尊告諸大衆阿羅漢等可共往赴給孤之請佛領大衆前後圍繞離王舍城詣舍衛國瞻顧左右告羅漢等我此眷屬是調伏是離

欲是善解脫是阿羅漢是佛眷屬譬如牛王處於眾群亦如象王眾象圍繞師子王師子圍繞鵝王鵝眾圍繞金翅王金翅圍繞又如眾學隨師眾病求醫眾兵輔將眾商依主又如轉輪聖王千子圍繞持國天王樂神圍繞增長天王鳩槃茶鬼圍繞廣目天王龍眾圍繞多聞天王夜叉圍繞日天千光圍繞月天星宿圍繞帝釋天眾圍繞梵王梵眾圍繞乃至復如悉帝彌魚處於海中亦如海神攝聚眾水如來之身三十二相八十種好具足圓滿光明莊嚴如千日光照耀一切行步巍巍猶如寶山具足大悲十力四無畏等一切諸法爾時世尊成就如是殊勝威德解脫眷屬次第行化至舍衛國時給孤長者與其眷屬將諸侍人各各執持幢旛寶蓋及妙香華出舍衛城遠迎世尊及大聖眾復有國中長者士庶若男若女百千人眾亦來迎接又有無數諸天在虛空中隨喜讚歎爾時世尊入城門時即以右足蹈其門閫於是大地六種震動放大光明照耀世間天鼓自鳴雨眾天華所謂優鉢羅華鉢捺摩華俱母那華奔拏里迦華乃至曼陀羅劫樹等華又降沉檀及多摩羅等眾妙香末又復舍中種種音樂不鼓自鳴盲者得視聾者聞聲啞者能言不完具者皆得完具迷醉者得醒食毒者自安相憎者和解禁縛者解脫懷妊者得生男至貧者得豐資財世尊入城之時乃有如是百千吉祥瑞應利益之事至長者宅佛與大眾次第而坐長者所有若親若疎一切眷屬皆來焚香散華禮拜供養種種畢已給孤長者執爐

焚香引佛世尊入於精舍佛昇寶座諸阿羅漢亦皆就坐時給孤長者即取金瓶欲灌世尊綱縵之手瀉水不出長者思惟我莫昔有不善業耶乃於今日致有斯事佛告長者無不善業但為此地汝於過去正等正覺已曾捨施修為精舍勿作住心今為能施若離此者水必流出長者對曰如佛所說作是語已瓶水出聲具五功德灌佛手已願佛隨意又復白言請為立名時祇陀童子亦在佛會作是念曰佛若知者先說我名佛應所思立精舍名號祇樹給孤獨園祇陀童子得聞是已乃於如來轉倍發心歡喜愛樂更以四寶莊嚴其門祇樹給孤精舍之名因此所立爾時舍衛國主勝軍大王聞佛遊化來入其國受給孤長者請住於精舍歡喜踊躍詣於佛所以種種語讚歎世尊禮拜旋繞却坐一面作是言曰我聞瞿曇沙門知自心相證得阿耨多羅三藐三菩提瞿曇沙門依法喜論說彼所有心亦得名邪亦得名正亦可作善亦可作惡而此心相無有去來不可知不可說是甚深法云何可知佛言王所說者乃是眞實而彼心者亦得名邪亦得名正亦可作善亦可作惡而此心相無有去來不可知不可說是甚深法我知是心證得無上正等正覺王言瞿雲沙門云何乃作如是之說彼有耆舊迦葉摩蹉梨娛舍離子散惹曳尾囉致子阿吩多計舍劒末羅迦俱那迦旦也(二合)野曩爾誐囉陀俔也(二合)帝子彼等亦知心相尚不證無上正等正覺云何沙門少年始新出家言證無上正等正覺佛言大王勿作是說世有

四事不得輕慢何者爲四一者王子不得輕慢二者龍小不得輕慢三者火小不得輕慢四者僧小不得輕慢何以故而彼王子生刹利種具足王相有大福德於後成長必紹尊位愚人無智謂小可慢彼處寶位獲罪無悔又復龍者稟性毒惡變現不恒或隱大身作小形質愚人不識輕慢觸惱須臾恚怒翻被傷害又復火者能燒一切或見微少不得輕慢人若輕者後必蔓延聚落山林皆悉燒壞又復僧者清淨自守雖是年少不得輕慢見道證果非止老幼亦復不擇久近貴賤世人無慧不辯凡聖遇阿羅漢輕起毀辱所獲罪報如斷多羅樹頭不得再生雖勤懺謝亦不除滅時勝軍王得聞如來說是四法深心信受追悔言過即以頭面禮佛雙足懺謝旋繞歡喜而退爾時世尊於舍衛國化利畢已思欲往彼迦毗羅城時勝軍王承佛化導心堅歸向遂發使奉書上淨飯王汝皇太子悉達多證得無上甘露法味於世出世間咸蒙濟度淨飯王聞已遽即思慮雖喜我子已成正覺今若遣使定化出家以手揞顋再三詳審時有大臣名烏那曳曩見王如是而發問言大王云何揞顋不樂王即報言我非不樂有所思事勝軍大王有書報我悉達太子已成正覺在舍衛國給孤精舍有千弟子皆阿羅漢我昔爲彼苦行去時發人尋求至今不廻今若遣使定是不復云何可知有如此事彼悉達多聰明智慧咸悉過人凡所言說誰不諦信我以此事而思慮之烏那曳曩即白王言臣今請行願勿爲慮王曰唯汝一人我常

在念若能爾者誠爲大善王即親手而修書曰汝一切義成是我親子既猒煩惱棄國出家爲求無上正等正覺已聞成道教化衆生思念之心日時相續令他人得樂唯我苦惱譬如大樹因地而生既有根苗終望果實汝心已遂宜憶往願昔者所言若不證無上菩提寂靜之道誓不再入迦毗羅城大行已成宜應愍我及眷屬等烏那曳曩從王受書速至舍衛行詣精舍既至佛所白言世尊父王淨飯致書於佛言訖捧上佛乃親受開封披讀須臾默然時烏那曳曩又白佛言今請世尊去迦毗羅城佛言我去烏那曳曩即五體投地方伸禮敬禮已再禮以至於極又白佛言世尊若去斯亦無言或不去者必堅請去爾時世尊爲烏那曳曩說伽陀曰

佛眼淨能見　無所著之者　見無邊不往
汝何能將往　佛眼見無邊　不著貪愛者
精進力無往　汝何能將往　若人心不亂
彼亦無降伏　無邊智無步　汝何能堅往
若人有得無降伏　彼亦無有不降伏
如佛進力步無邊　汝以何步能堅往

時烏那曳曩白世尊言我欲持此所說偈頌聞淨飯王佛告烏那曳曩我意不爾又曰若不爾者其意云何佛言欲汝出家又曰我本來時與王有約若是見佛定須迴還佛言汝勿違約要去可去但剃髮染衣斯亦無礙烏那曳曩言世尊爲菩薩時尚依父母師長之所教授我今何敢不依教也今求出家願佛濟度佛即應時度爲沙門佛便告言烏那曳曩汝今可往若到本國至宮城門不得便入

但立門外請報於王或問何名稱釋迦苾芻王或呼召乃可前進又若問言汝實是釋迦苾芻否即答是實若問一切義成亦如是像耶答言亦爾又問一切義成來否言來當在何時便言後當七日言訖便出若留者亦不得住王曰一切義成若來住宮內否答言不住王曰樂住何處答曰林野或住精舍若問何名精舍便可如祇樹給孤精舍具以聞奏佛教示已烏那曳曩欲行佛又告言王者一言便成富貴天起心念一切皆得一切聖人亦復如是佛借神力烏那曳曩於剎那頃到迦毗羅城如佛所教心住正念到宮城門住立不進謂閽吏曰汝可奏聞有釋迦苾芻請門不進王令呼入時烏那曳曩蒙召即入淨飯纔見怪而問曰烏那曳曩汝出家耶答言出家王言汝當去時何言奏我答曰奉命即爾本不出家世尊威神方便開化佛世難值正法難聞皇子尚捨至尊小臣何可固執王言似責心實不瞋又以儀相非常不以舊臣見待即命上殿執手慰勞乃令近臣敷座盥淨奉上湯藥及果食等烏那曳曩威儀非凡舉止有則言必詳審情極和暢王以初覩烏那曳曩剃髮易服言論久之全忘問佛及至於此而復問言我子一切義成善相威儀亦如此耶答言以我喻佛由將芥子等須彌山又如牛跡比於大海乃至窻牖之明同彼日光王聞是語思念於子不覺悶絕仆於地上近臣以水灑面方穌良久復問我子來耶答來又曰何時到來後當七日王即下勑潔淨內宮嚴飾殿宇以備世尊及聖衆至烏那曳

曩白大王言世尊若來不住宮內王曰樂住何處若非林野即住精舍王曰何名精舍烏那曳曩即以精舍次第白於王曰十六殿堂六十小堂世尊居中聖衆四布諸受用具悉使備足王聞說已遣使速往你也(二合)誐嚕馱林克日併功如給孤精舍次第建立倍持珍寶而嚴飾之爾時世尊至時遣大目揵連汝可徧告諸苾芻衆我今欲往迦毗羅城宜各受持袈裟應器或可爲見父母宗親而行化利大目揵連奉佛教勑具以佛言徧告一切阿羅漢等已佛領大衆出給孤精舍往赴迦毗羅城父王之請諸阿羅漢前後圍繞佛即瞻顧謂阿羅漢等曰我此眷屬是調伏是離欲是善解脫是阿羅漢是佛眷屬譬如牛王處於衆群亦如象王衆象圍繞師子王師子圍遶鵝王衆鵝圍遶金翅王金翅圍遶又如衆學隨師衆病求醫衆兵輔將衆商依主又如轉輪聖王千子圍遶持國天王樂神圍遶增長天王鳩槃荼鬼圍遶廣目天王龍衆圍遶多聞天王夜叉圍遶日天千光圍遶月天衆星圍遶帝釋天衆圍遶梵王梵衆圍遶乃至復如悉帝彌魚處於海中亦如海神攝聚衆水如來之身三十二相八十種好具足圓滿光明莊嚴如千日光照耀一切行步巍巍猶如寶山具足大悲十力四無所畏等一切諸法爾時世尊與是眷屬隨路而去次第遊化至迦毗羅城不遠有嚕賀迦河時淨飯王將諸眷屬及大小臣同在河邊預嚴寶蓋幢播擊鼓吹貝廣設妓樂焚香散華顒望世尊又復自嚕賀迦河至你也(二合)誐嚕馱林乃至

城中及與郊外王勑士庶預令嚴潔丘虛沙礫悉使除去布以淨土灑以香水量其遠近各置香爐候佛經過焚香供養時迦毗羅城士庶長者若男若女各各執持殊妙香華立於路次供養世尊是彼人衆咸謂世尊昔爲太子今得成佛歡喜踊躍欲觀儀範又有起念父子相見其禮云何若子拜父與世無殊若父拜子國禮未可太子修道苦行成佛必應與世有別異也人衆塡噎路無間隙佛與聖衆將至河次知王眷屬悉在彼處乃自思惟今迦毗羅城父王眷屬及人民等各各念言太子去時百千天人前後圍遶乘空而去雪山修行又云已成正覺領衆化導今徒步歸國有何奇特我今宜應現其神足令父王見及使人民歎異歡喜王及眷屬目見大衆方欲奔趨迎接世尊佛於是時入三摩地出於東方虛空之中現行立坐卧四威儀相或身上出水身下出火身上出火身下出水復於身中放大光明或青或黃或赤或白及與紅等間雜諸色猶如玻瓈互相映徹乃至南西北方亦復如是又諸苾芻各各現通踊身上昇高七多羅樹世尊於中亦現一身諸苾芻衆現通不等或六多羅樹或五或四或三二一佛恒高出與衆有異如是現已佛與聖衆忽然隱沒如彈指頃已在本處王及眷屬倍生信仰旣前迎接王見大衆皆被袈裟儀相相似初不辯認誰是世尊孰爲弟子時烏那曳曩引淨飯王至世尊前王見世尊尚存子想烏那曳曩乃謂王曰如來斷煩惱習心得自在如日照世住於虛空乘眞如乘證最

上覺圓滿十力具一切智相好光明清淨照物於法自在利益無邊請王歸仰當求聖道時淨飯王聞此語已惺悟諦信五體投地禮佛雙足說伽陀曰

生時大地皆震動　樹影覆身不隨日
復以普眼觀衆生　是故我禮最尊足

時諸釋衆見淨飯王禮佛足已即有言曰世尊云何背於世法化衆生也王聞衆議告而言曰汝豈不聞悉達生時大地咸皆六種震動一切世間光明普照所有黑闇日不到處諸威德光亦所不及是時光明皆悉照耀彼黑闇處所有衆生皆以惡業而墮於中忽因光照互得相見各各有言此中何時更生衆生於此之時我已頂禮最尊之足是悉達多未出家時行詣贍部樹下而坐清淨無欲離不善法已斷一切分別疑惑樂住無諍寂靜之定一切林樹影隨日轉贍部樹影廕身不移我既得見驚怪非常乃於此時又禮尊足我今所禮方在第三

衆許摩訶帝經卷第十二

音釋

蓊烏孔切蓊鬱草木盛貌　耄莫報切九十曰耄　悖蒲妹切逆也　憤父吻切懣也　蠚黑各切螫也　嬪嬙嬪毗民切嬙在梁切嬪嬙婦官也　啄側角切鳥食也　翺翔翺牛刀切翔徐羊切翺翔回飛也　寤五故切寐覺也　阸乙革切塞也阻也　俛彌兗切俯也　搉訖嶽切　迨待戴切及也　葩披巴切華也　豔以贍切好而美也　蹂如又切踐也　擘博陌切分鈲也　蹈大到切踐也　閫苦本切門限也　蔓無販切延也　搘頤搘音支柱也頤余支切頷也　閽呼昆切守門隸也　噎一結切窒也　隙乞逆切空閒也

衆許摩訶帝經卷第十三

宋西天譯經三藏朝散大夫試鴻臚少卿明教大師法賢奉　詔譯

爾時淨飯王說是語已心有所思忽然淚下

復說伽陀問世尊曰

往昔住宮中　多人同衞護　山野中怖畏
一身云何住

世尊答曰

聖者十種住　我悉已安處　牢繫令解脫
非住人王宮

王曰

象牀金寶飾　昔爲汝所寢　山野唯草木
云何得安眠

答曰

解脫之卧具　菩提分莊嚴　眠睡甚適悅
無一切熱惱

王曰

象馬及輦輿　昔出入所乘　一切棘刺地
今云何可行

答曰

我有神足車　精勤乘往復　難行一切地
不礙煩惱刺

王曰

迦釋迦妙衣　嚴身昔自在　今袈裟麤衣
云何忍被服

答曰

僧伽梨麤衣　牟尼山中服　著已善相生
見者皆深悅

王曰

金寶器中食　恒食最上味　今自持應器
所食知云何

答曰
等引法味最　食之得出離　已斷世間受
愍世故行化
王曰
乳糖水甘美　飲之昔無猒　今所飲冷熱
清濁知云何
答曰
王貴盛之水　世間人爭飲　飲已或增染
如我無愛樂
王曰
寶殿及樓閣　昔者隨心住　今獨處山林
云何得無怖
答曰
已斷煩惱本　諸怖畏不生　極微我亦無
隨處得安住

王曰
清淨妙香水　昔時恒沐浴　今獨山野中
誰浴牟尼王
答曰
戒香漬法水　有德人恒浴　潔身到彼岸
無量聖所說
王曰
昔妙香塗身　及著迦釋衣　恒處内宮殿
離彼非相稱
答曰
戒香最馝馥　用塗身莊嚴　我今非愚迷
離寶衣嚴飾
王曰
何處得輕慢　何處可怖畏　無事及有事
今問願當說

答曰

老病死三法　可怖勿輕慢　當求適悦境

無事應愛樂

爾時淨飯王聞是說已歡喜無量讚言善生釋族於世八法而皆不染復以頭面禮如來足又復思惟我得善利我子乃證如是功德王與眷屬奉送世尊入你也(二合)誐嚕馱林精舍爾時世尊既至精舍登法座已王及大臣乃至士庶圍繞瞻仰虛空諸天歡喜讚歎佛觀會衆各各心意及與根性如實知已廣為解說四聖諦法時白淨飯王及釋衆等七十七千人皆證須陀洹果世尊又觀何處緣熟彼梵現林時可說法佛與大衆悉詣彼處無量人衆相隨聽法世尊廣說四諦行相彼斛飯王追於釋衆乃至人天有七十六千人又證須陀洹果世尊復詣嚕呬怛迦林亦有無量天人釋衆眷屬人民士庶隨佛聽法世尊同前廣演四諦甘露飯王及釋衆等乃至人天有七十五千人證須陀洹果餘有證斯陀含果者有證阿那含果者有證阿羅漢果者有發聲聞菩提心者有發辟支菩提心者有發無上菩提心者亦有出家斷諸煩惱後證阿羅漢果者乃至有發三歸心者時提婆達多既見世尊現於神變及說妙法自無所證乃生妬心發不善言謂釋衆曰一切盲人樂斯幻化此幻化事一切能作有一釋衆名鉢羅摩拏野告提婆達多言汝勿於世尊大丈夫所發如是惡言提婆達多尋便默然時淨飯王起心思惟昔者天人阿脩羅為世間供養今佛出世真是世間恭敬供養有釋童子

說偈讚佛曰

釋種大僊大丈夫　能降妙法甘露雨
救濟墮落黑闇者　開解脫門爲引導

爾時淨飯王聞此童子說偈讚佛深心歡喜然於眞實而未見諦唯云世尊是大丈夫具大威德誰有聖子而同我耶世尊思惟父淨飯王不見眞實乃爲二事一者我心二者分別心若能離此可見眞實佛觀大目虔連於淨飯王而有宿因佛謂大目虔連曰汝以方便化淨飯王令離我執於是大目虔連即詣王處王見尊者心便歡喜尊者應時入三摩地隱於王前乃出東方虛空之中現行立坐卧四威儀相又復身中放五色光猶如玻瓈互相映徹或身上出水身下出火或身上出火身下出水如是種種現於神變東方若此南西北方亦復如是作神變已沒於虛空如彈指頃已在王前王曰佛弟子中更有如尊者否時大目虔連即說偈曰

世尊弟子大威德　三明六通皆自在
解脫三界阿羅漢　聲聞牟尼如我多

時淨飯王初謂世尊獨有是事心中常存我執之相及大目虔連現神變已乃知弟子亦有斯證王之我心由此得滅於是世尊即以方便作世間心云何得梵王帝釋及淨光天來我爲說法於意云何如來之心非聲聞菩薩之所能知所以然者世間之心下至蟻子尚令得知何況諸天於是帝釋告毗首羯磨天子言汝化你也（二合）誐嚕馱林作大法會其中臺殿樓閣悉安師子之座咸以衆寶而爲嚴飾復開四門各以四寶莊鉸復令四天大

王而守護之時毗首羯磨天子承帝釋命變大法會種種嚴飾如帝釋教仍令四王爲守門者作變化已白於世尊法會已成請佛往彼是時世尊與自眷屬及梵王帝釋淨光天等無數百千之衆還你也二合誐嚕馱林佛既到已入於寶殿昇師子座即說妙法時尊者大目虔連與淨飯王同詣佛所至法會門尊者直入王即止住王曰何故障我對曰佛爲淨光天等說法凡人不得預會王曰汝何賢聖居此守門對曰我是持國天王時王乃問東門即爾南門可否對曰不知既至南門復不得入王乃問言何故如是對曰佛爲淨光諸天說法凡人不得預會又問汝何賢聖居此守門對曰我即增長天王故守南門王自惟曰我去西門應恐得入既至於彼亦不得入王又審問何故如是對復如前又問汝何賢聖答曰我是廣目天王淨飯王長息歎曰聖凡相隔雖近至遠既心切見佛更往北門至彼同前止不令入王即厲聲謂守門者曰賢聖勿是北方天王否對曰我即毗沙門也時淨飯王聞此語已迨將悶絶又復思惟我雖至親今則踈遠我親分別從此泯滅於是世尊知無分別又察情極若不時見恐致無常佛以神力變樓臺殿閣乃至垣牆悉成玻瓈清淨映徹內外相覩無所障礙王得見佛心極歡喜即便禮拜於一面坐爾時世尊種種方便化其父王令無我心及除分別即爲廣說苦集滅道四聖諦法王得聞已所有身見如二十山峯以金剛智破滅無餘便證須陀洹果王思念曰我今所證非天非仙非父

非毋亦非親愛一切眷屬之所獲得當從如來慈孝所致又復思惟我於過去輪迴生死骨聚如山血淚成海或復墮落諸惡趣中今日乃入解脫門預於聖道又復言云善哉世尊往昔修行無數苦行不顧身命爲利衆生我今更求殊勝天報佛即作念王今云何求斯報也時淨飯王即從座起合掌頂禮白世尊言今欲請佛及諸聖衆於我宮中來晨受食唯願大慈咸垂降赴佛即默然王知許已禮謝而歸纔至宮中詔白淨飯王告而言曰我已證道不樂王位汝受灌頂代我理國白淨飯王問何時證耶答曰適於你也(二合)誐嚕馱林聞法得證白淨飯王曰世尊初到彼林我已得證王云代位我實不能又詔斛飯王曰汝可灌頂代我理國對曰我於梵現林中聞法證果所言代位誠不樂也又謂甘露飯王曰汝受灌頂代我理國對曰我於嚕呬多迦林聞法證果今亦不樂處王位也淨飯王曰若如是者當令何人守宗社也諸王咸言釋族之中有賢德者可令守之議事已畢淨飯王曰速令所司辦造種種珍饌飲食令極香美又勑潔淨內外除去葷穢於正殿上當以清淨茵褥及上妙衣敷置如來及聖衆坐位復設香華及淨水瓶無使闕備既至來晨遣使白佛今食已辦請佛及衆同賜降臨爾時世尊與諸聖衆前後圍繞行詣王宮受食供養佛至宮門王與眷屬執爐焚香引世尊入佛昇座已諸聖衆等次第就坐時淨飯王與諸眷屬禮拜問訊讚歎訖即親手奉上種種飲食而伸供養食畢澡漱供心圓滿時淨

飯王即取金瓶灌世尊手白言奉施你也合二誐嚕䭾林精舍願佛隨意瓶水出時有五功德聲佛亦施願云以所施福王及釋族一切所求隨意獲得王及眷屬聞是語已歡喜踊躍禮佛而退佛及聖衆廻還精舍後於一日世尊復在王宮受食王之眷屬互相謂曰今世尊左右皆是耆年善相威儀誠堪仰重然侍奉世尊未爲允當可於釋族選其年少有賢善者便令出家侍佛左右貴得相稱時淨飯王勑下親族內外臣佐令一切義成捨轉輪王位苦行修習爲大法王宜各選其賢子捨令出家侍從世尊以成其美時斛飯王有二子一名阿你嚕䭾二名摩賀曩摩彼摩賀曩摩能理王務然貪財利阿你嚕䭾常處宮中隨意受樂時斛飯王以勑旨宣下乃呼摩賀曩摩汝可出家以奉王命子曰我不出家彼阿你嚕䭾常在宮中受其快樂可令出家父言彼子福德汝勿指陳子曰此是父母愛憐所許若實有福當可試驗父曰當何試驗子曰常式送食今可空盤送之若其有福食自然出父即對面封以空盤令宮嬪送之誡曰若問何食但對種種在內時天帝釋觀知此事阿你嚕䭾昔曾以食供辟支佛今日云何令其無食乃化種種珍美品饌滿彼空盤女使至彼阿你嚕䭾問言何物宮嬪心瞋不依誡勑答言無物阿你嚕䭾即思念曰父母云何送空盤耶乃開封視之異饌滿中人所罕見馨香馚馥園苑皆滿阿你嚕䭾意亦深怪問彼女言本有食耶本空盤耶女曰空盤遂却以此食奉上父母父母見食亦不驚怪

又以此食示摩賀曩摩汝看此食是彼化出彼阿嚕馱人皆愛樂我言大福非汝等力汝初不信今已驗知摩賀曩摩白父母言彼既大福可令出家我今無福非出家者父母即謂阿你嚕馱曰王今有勅汝出家否對曰出家有何利益在家有何過失父母言出家之人當證涅槃可受天上人間第一供養若人在家出家眞實離欲亦得天上人間供養若是在家妄稱出家當感三惡道報對曰出家在家得利失利我已曉了今欲出家上副王命父母告曰汝言大善時阿你嚕馱有一同年名曰賢王最相知見乃往彼處而相告白至賢王門方聞品琴又值絃斷五音不足阿你嚕馱擅琴之聲止立不進待其調品令人入報賢王請入謂阿你嚕馱曰汝來何時答曰琴絃初斷我已到門待其調品方令入報賢王稱善執手請坐汝今何來對曰淨飯王有勅令釋族出家意欲眷屬侍佛左右以汝慕善故來 相報賢王曰勅旨纔下尋亦便知汝既出家我亦同往汝可今夜宿於我舍阿你嚕馱隨言即止賢王令人爲敷臥處至夜眠睡無少安樂明晨相見賢王問言得安睡否報言不得安睡又問何故如是對曰牀所鋪者病觸之衣是以令我不獲安寢賢王即喚所司侍人問其緣由自何而得對曰王初生時敷設餘長後因疾患曾已受用賢王歎曰善哉釋族生此異子又言我出家者提婆達多次當王位乃令左右呼提婆達多到已問言我等奉勅咸去出家未委汝今當何所作時提婆達多私自念曰若或我言不出家

者即令賢王亦不出家便以誑言我亦出家時彼賢王速以公文奏淨飯王王乃下勑告示內外令賢王阿你嚕馱及提婆達多等釋種五百人出家咸可知悉勑出之後中外歡喜唯提婆達多獨自苦惱意云本作方便欲令賢王出家今或違言有妄語過使我將來不得王位於是剛忍隨衆出家時淨飯王欲令後代知族尊貴宣告內外凡是街衢迨及城隍一切嚴飾皆使殊勝布以淨土灑以香水復排幢旛傘蓋散華燒香以擬賢王等五百釋種出家經過彼釋種等各各父母於衢路側及城門首敷設觀看亦命相師各相其子誰可出家誰當不可賢土先出相師稱歎此若出家必證聖道阿你嚕馱次行出城相師亦云得聖非久提婆達多出至城門頭上寶冠忽然墮地相師見已此惡業人定入地獄又不善人名曰海壽繞到門際驢作惡聲相者知之此有口業曾謗聲聞當來果熟定墮惡趣烏波難陀次出乘象方至門首瓔珞墮地乃自下象親手收取相師言曰此鄙恪人當入地獄如是五百釋種各各出已相師皆見咸以善惡具告父母時釋衆等出迦毗羅城復遊園苑次至佛處各各白佛云求出家世尊思惟今此釋衆雖求出家有志樂者有不樂者佛以四法度爲苾芻時淨飯王有承事人名烏波梨善能剃髮王即遣與釋衆剃髮既至彼處不肯與剃乃作色煩惱又復悲泣賢王問言何以如是烏波梨曰我奉一人非衆所使可寧捨命髮不能剃賢王諫曰勿作是言汝奉王命非衆可使此有善利請

無煩惱賢王復以方便告釋衆曰汝等出家寶冠妙衣及莊嚴具今日已去咸無所用都置一處與烏波梨彼聞得者或可歡喜衣冠既集乃成大聚時烏波梨即與剃髮及覩釋衆各各年少捨其富貴我今卑族何所戀耶宜可棄彼恩愛去離煩惱免其輪迴生滅之患於是揩顒再三忖度尊者舍利弗見而問曰汝何揩顒似有不樂答言非是不樂有所思念具以情實告舍利弗舍利弗謂曰世尊度脫非問尊卑今正是時宜其猛利世尊預知專期根熟舍利弗將烏波梨來至佛前五體投地伸其禮敬白言世尊今烏波梨欲於正法出家願佛哀愍佛告烏波梨言汝得梵行世尊言訖鬚髮自落袈裟著身後七日中鬚髮再出威儀庠序如百臘苾芻自說伽陀曰

我今於如來　正法求出家　佛言得梵行
鬚髮尋自落　袈裟亦著身　此即從善本
今日方成熟　故我爲苾芻

爾時世尊告大衆言今出家者可依夏臘次第守其尊卑乃至未來禮不得闕於是烏波梨平視諸釋時彼賢王次第禮衆至烏波梨前不肯禮拜來白世尊今烏波梨是承事人今我禮者是不順也佛言汝既出家當除我相彼是上臘宜伸禮敬賢王纔禮地六震動次提婆達多亦不肯禮又來白佛佛言出家之人當除我相彼是上臘宜可禮足於是諸釋無不禮者諸苾芻等各各心疑今賢王禮拜地六種動有何因緣唯願世尊解諸疑網佛言過去世時此閻浮提波羅柰國有王統

御名曰梵壽國界豐盛人民快樂時彼城中有一倡女名跋捺囉色相端嚴人所愛羡有一男子名孫那囉摩拏嚩迦往彼女處言意相慕女即報云備五百金錢可來相見是人貧匱莫副所言別以方便而親附之遂移居相鄰時奉華果後因節序男女作樂嚴身戴華各衒其美時跋捺囉起思念曰孫那囉摩拏嚩迦彼人若來共作喜樂須臾來至女即喜曰可取華來與汝作樂孫那囉摩拏嚩迦此日有事心極煩惱通宵無睡及天將曉熟寐不覺衆人取華好者已盡乃得尸利沙華將與彼女彼女不悅即說偈言

戒不精進業　怠惰重睡眠　衆採好華去
得尸利沙華

又復告言汝求別華時初秋月暑氣猶鬱乃冉去尋華以至中下採華唱歌都不覺熱值梵壽王入草詣林避熱忽聞歌唱令人尋求見已呼來乃謂之曰日光下照如火燒腦云何歌唱都無所苦即以伽陀對曰

我心迷故　非日不照　爲事有少　故不知苦

時王思惟此採華人能言乃留與語王曰我出值熱來此求涼汝可以言解我熱惱孫那囉摩拏嚩迦本有智慧所言稱旨乃說征伐之利投王心機王聞歎奇即忘熱惱宣問大臣有於剎帝利灌頂王所假身命難者最上之賜國有何典大臣對曰可與儲君即勅大臣冊居其位告報内外准式備儀禮赴春宮尊處儲貳凡曰受用無非珍寶寢卧之所茵褥異常孫那囉摩拏嚩迦私自惟曰儲君若此尊極可知便起貪心欲謀大寶纔發斯念

便自覺知我或如斯堪云來報由是追悔寢不安處乃施麤席卧於地上至明旦巳王即遣使觀其動止乃見孫那囉摩拏嚩迦卧於地上速來白王此非儲君乃賤人爾王曰何知具事上聞王曰此大智人非是賤士乃令詔來詢問其故王曰夜不寢牀卧於地者何意對曰貴非究竟所以不樂王曰汝意如何今欲出家王復言曰未知此事云何出家有何功德答言於寂靜處苦節修行亦無聖師亦不求侶觀緣究理證獨覺菩提王即稱善放令出家後證道果來至王前於虛空中現神變相王覩是事深生歸信五體投地以伸敬禮即說伽陀曰

善哉智慧人　非惡業能繫　求寂靜修行
證獨覺菩提

說伽陀巳又復言云若有諸摩拏嚩迦出家求道我即隨喜時有近臣名殑誐波羅聞此偈巳忻樂非常記憶在心誠其貪愛王因此後亦自勗勵乃踈宮室多樂寂靜殑誐波羅後接王喜遂求出家王既允許拜辭而出即詣深山逢苦行仙人便隨學道精勤策勵亦證五通徑來王前現其神變王乃問曰汝得如是功德耶答曰我證王謂證聖便禮其足頭纔至地地即震動是時王毋察此非真乃爲殑誐波羅說伽陀曰

若根本出家　禮事於沙門　寂默及精進
苦行成緣覺　一切罪永滅　一切福業生
後於諸世間　廣利樂衆生

佛告諸苾芻昔梵壽王者今賢王是殑誐波羅者烏波梨是往昔禮拜地巳震動今日致

禮與本無殊諸苾芻此過去現在種種之事今為汝等再分別說汝等聞者宜其諦信時諸苾芻聞此說已歡喜踊躍禮佛而退

衆許摩訶帝經卷第十三

音釋

漬疾智切漚也　馚馥馚敷文切馥房六切馚馥香氣也　鉸古效切釘鉸也　擅時賤切專也　衒熒絹切自矜也　儲陳如切副貳也　殑其陵切　勖勵勖吁玉切勵力制切勖勵勉力也

佛說七佛經　宋朝散大夫試鴻臚卿明教大師法天奉　詔譯

佛說解憂經　宋三藏法師法天奉　詔譯

佛說徧照般若波羅蜜經　宋西天三藏朝散大夫試鴻臚卿傳法大師施護奉　詔譯

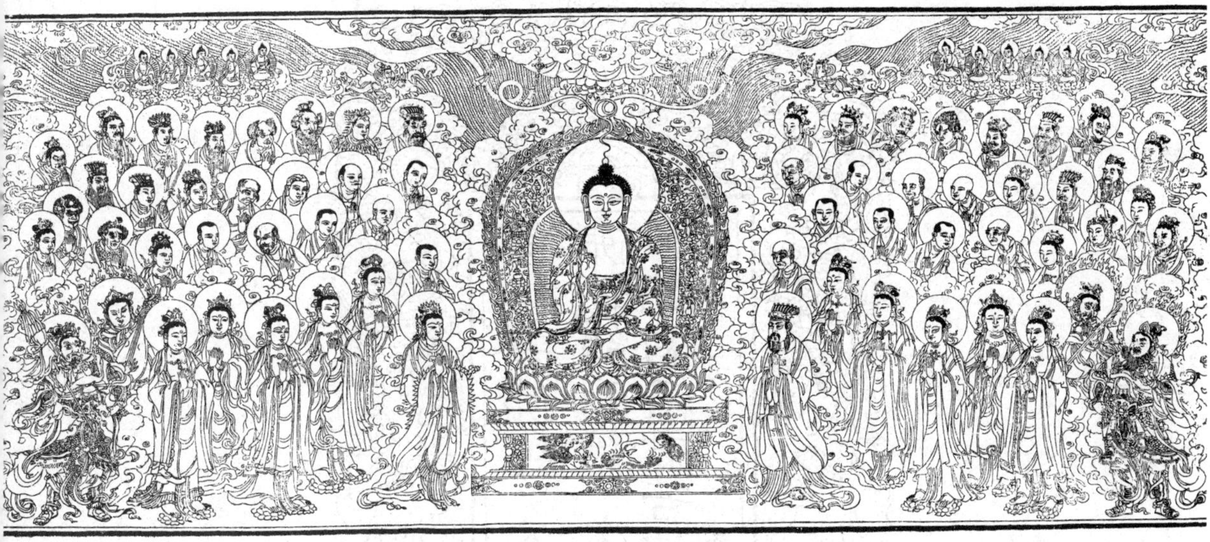

清刻龍藏佛說法變相圖

三經同卷

佛說七佛經

佛說解憂經

佛說徧照般若波羅蜜經

佛說七佛經

宋朝散大夫試鴻臚卿明教大師法天奉　詔譯

如是我聞一時佛在舍衛國祇樹給孤獨園爾時有大苾芻衆持鉢食時詣迦里梨道場共坐思惟過去世時有何佛出現族姓壽量其義云何如是思已互相推問而不能知爾時世尊知此苾芻思惟是事即從座起詣迦里梨道場結跏趺坐時諸苾芻頭面禮足住立一面合掌恭敬一心瞻仰世尊問曰汝諸苾芻於意云何苾芻答言我等思惟過去世

中有何佛出世族姓壽量皆不能知佛告諸苾芻汝等樂聞苾芻答言今正是時願爲宣說佛言汝等諦聽我今說之過去九十一劫有毗婆尸佛應正等覺出現世間三十一劫有尸棄佛毗舍浮佛應正等覺出現世間於賢劫中第六劫有俱留孫佛應正等覺出現世間第七劫有俱那含牟尼佛應正等覺出現世間第八劫有迦葉波佛應正等覺出現世間第九劫我釋迦牟尼佛出世間應正等覺復次過去劫中毗婆尸佛尸棄佛毗舍浮佛宣說尸羅清淨戒律成就智慧最上之行復次賢劫中俱留孫佛俱那含牟尼佛迦葉波佛亦說清淨律儀及禪定解脫之法我所說法亦復如是汝諸苾芻過去毗婆尸佛刹帝利姓發淨信心而求出家成正覺道尸棄佛毗舍浮佛亦刹帝利姓俱留孫佛俱那含牟尼佛迦葉佛婆羅門姓我生淨飯王宮刹帝利姓爾時世尊欲重宣此義而說頌曰

我說過去世　九十一劫中　時有毗婆尸
出現於世間　三十一劫中　尸棄毗舍浮
如是正等覺　皆姓刹帝利　俱留孫如來
婆羅門之姓　俱那含迦葉　其姓亦復然
我處閻浮提　而爲淨飯子　雖證佛菩提
亦姓刹帝利

爾時世尊說此偈已告苾芻衆言汝等諦聽我今復說七佛如來應正等覺所有族號毗婆尸佛尸棄佛毗舍浮佛憍陳族俱留孫佛俱那含牟尼佛迦葉波佛迦葉族釋迦如來瞿曇族爾時世尊重說頌曰

毗婆尸如來　尸棄毗舍浮　如是彼三佛

悉是憍陳族　俱留孫如來　俱那含迦葉
如是彼三佛　悉是迦葉族　我處閻浮界
生於淨飯宮　出家證菩提　是彼瞿曇族

爾時世尊說此偈已告苾芻衆言汝等諦聽我今復說七佛如來應正等覺壽量長短毗婆尸佛應正等覺出現世間壽八萬歲尸棄佛應正等覺出現世間壽七萬歲毗舍浮佛應正等覺出現世間壽六萬歲俱留孫佛應正等覺出現世間壽四萬歲俱那含牟尼佛應正等覺出現世間壽三萬歲迦葉波佛應正等覺出現世間壽二萬歲我化五濁衆生壽百歲故爾時世尊重說頌曰

毗婆尸如來　尸棄毗舍浮　俱留孫世尊
俱那含迦葉　如是出世時　各自人壽量
八萬次七萬　六萬及四萬　三萬至二萬
如是釋迦佛　而出於五濁　人壽一百歲

爾時世尊說此偈已告苾芻衆言汝等諦聽我今復說七佛如來父母國城種種名字毗婆尸佛父名滿度摩王母名滿度摩帝城亦名滿度摩尸棄如來父名阿嚕拏王母同名阿嚕拏城名阿嚕嚩帝毗舍浮如來父名穌鉢囉底都王母名鉢囉婆嚩底城名阿努鉢麼俱留孫佛父名野倪也那多母名尾舍佉王名刹謨刹摩城名刹摩俱那含牟尼佛父名野倪也那覩母名烏多囉王名輸部城名輸婆嚩帝迦葉如來父名穌沒囉賀摩母名沒囉賀摩虞鉢多王名訖里計城名波羅柰我今應正等覺父名淨飯王母名摩訶摩耶城名迦毗羅爾時世尊重說頌曰

毗婆尸如來　彼佛本生處　滿度摩爲父

滿度摩帝母　所都大城郭　亦名滿度摩
時豐國富盛　人民恒快樂
尸棄佛世尊　阿嚕拏王父　阿嚕拏嚩帝
是佛母之名　所居城同號　阿嚕拏嚩帝
人民甚熾盛　大富常安隱
毗舍浮如來　父王及母名　穌鉢囉帝都
鉢囉婆嚩帝　所都之國城　名阿努波摩
其世亦安隱　一切無災害
俱留孫世尊　彼父所立名　野倪也那多
尾舍佉爲母　刹謨刹摩王　都彼刹摩城
時彼諸衆生　崇重於賢善
俱那含牟尼　野倪也那覩　而是父之名
母號烏多囉　國王名輸部　輸婆嚩帝城
縱廣多嚴飾　有情無諸惱
迦葉波佛父　蘇没囉賀摩　母立波囉賀

摩虞鉢多名　訖里計國王　都波羅柰城
其中諸衆生　晝夜常安隱
我今所生處　淨飯王爲父　摩訶摩耶母
城名迦毗羅　如是正等覺　七佛諸如來
父母及國城　分别名如是

爾時世尊說此偈已告苾芻衆言汝等諦聽我今復說七佛如來聲聞弟子毗婆尸如來應正等覺大智弟子名欠拏底寫聲聞中第一尸棄如來應正等覺大智弟子名部三婆嚩聲聞中第一毗舍浮如來應正等覺大智弟子名野輸多囉聲聞中第一俱留孫如來應正等覺大智弟子名散吩嚩聲聞中第一俱那含牟尼如來應正等覺大智弟子名穌嚕拏多囉聲聞中第一迦葉波如來應正等覺大智弟子名婆囉特嚩惹聲聞中第一我

今應正等覺大智弟子名舍利弗聲聞中第一爾時世尊重說頌曰

毗婆尸如來　有大智慧子　名欠孥底寫
尸棄佛世尊　有大智慧子　名部三婆嚩
毗舍浮如來　有大智慧子　名野輸多囉
俱留孫如來　有大智慧子　名曰散尒嚩
俱那含牟尼　有大智慧子　穌嚕努多囉
迦葉佛世尊　有大智慧子　婆囉特嚩惹
我今應正覺　有大智慧子　名曰舍利弗
如是七佛子　於諸聲聞中　各各爲第一

爾時世尊說此偈已告苾芻衆言汝等諦聽我今復說七佛如來侍者弟子毗婆尸如來應正等覺侍者名阿輸迦尸棄如來應正等覺侍者名刹摩迦嚕毗舍浮佛應正等覺侍者名烏波扇覩俱留孫佛應正等覺侍者名没提踰俱那含牟尼佛應正等覺侍者名穌嚕帝里野迦葉如來應正等覺侍者名薩里嚩蜜怛囉我今應正等覺侍者名阿難陀爾時世尊重說頌曰

佛子阿輸迦　刹摩迦嚕等　并烏波扇覩
没提踰之者　穌嚕帝里野　薩嚩蜜怛囉
及彼阿難陀　皆爲佛侍者　常行慈悲心
成就三摩地　通達諸法相　具足大智慧
多聞而聰敏　爲大法之師　衆中居第一
名聞於十方　人天皆歸敬　精進力堅固
斷盡諸煩惱　而證無生滅　承侍佛世尊
恒獲於已利　如是諸如來　成就真佛子

爾時世尊說此偈已告苾芻衆言汝等諦聽我今復說七佛如來所度聲聞之衆毗婆尸如來第一會說法有六萬二千苾芻得阿羅

漢果第二會說法有十萬苾芻得阿羅漢果第三會說法有八萬苾芻得阿羅漢果尸棄如來第一會說法十萬苾芻得阿羅漢果第二會說法八十億苾芻得阿羅漢果第三會說法七萬苾芻得阿羅漢果毗舍浮如來第一會說法八萬苾芻得阿羅漢果第二會說法七萬苾芻得阿羅漢果第三會說法六萬苾芻得阿羅漢果俱留孫如來一會說法四萬苾芻得阿羅漢果俱那含牟尼佛一會說法三萬苾芻得阿羅漢果迦葉如來一會說法二萬苾芻得阿羅漢果我今一會說法一千二百五十苾芻得阿羅漢果爾時世尊重說頌曰

毗婆尸如來　尸棄毗舍浮　俱留孫世尊
俱那含迦葉　并釋迦牟尼　各各出世時
所度聲聞衆　數有七十億　九萬餘三千
二百五十人　皆得阿羅漢　不受於後有

爾時世尊說此偈已告苾芻衆言汝等諦聽毗婆尸佛尸棄佛毗舍浮佛乃至我今出現世間住持教化宣說法教調伏有情戒行儀範受持衣鉢求證菩提無有少法而各別異爾時世尊而說頌曰

如是過現劫　毗婆尸等佛　所度衆苾芻
成就大智慧　勤修於正道　菩提之分法
五根與五力　四念四神足　七覺八聖支
及彼三摩地　寂靜眼等根　通達於法藏
開悟諸群生　增長於慧命　如是賢劫中
皆歎未曾有　佛以大悲智　自覺覺於他
威德大神通　所說皆如是

爾時世尊說此偈已與諸苾芻即從座起還

給孤獨園過是夜已至平旦時諸苾芻衆從其本舍往迦里梨道場互相推問過去如來入大涅槃離諸戲論永斷輪迴而無過失如是大丈夫有如是智慧如是持戒如是三摩地如是解脱如是威德如是種族降世利生甚爲希有不可思議爾時世尊知諸苾芻心之所念從座而起詣迦里梨道場結跏趺坐告苾芻衆言於意云何時諸苾芻白世尊言我等聞説過去如來入大涅槃離諸戲論永斷輪迴而無過失如是大丈夫有如是智慧如是持戒如是三摩地如是解脱如是威德如是種族降世利生甚爲希有不可思議佛言苾芻汝今所説何以故苾芻白言佛有清淨法界證眞覺智無不了知願爲解説佛言苾芻汝等諦聽我今説之於過去世有大國王名滿度摩彼王妃后名滿度摩帝爾時毗婆尸佛從兜率天降下閻浮入於母腹住胎臟中放大光明照諸世間無有幽暗而諸惡趣一切地獄日月威光亦不能照佛光所及忽得大明而彼有情互得相見即發聲言何故此間有別衆生爾時世尊而説頌曰

菩薩從兜率　下降閻浮時　如雲亦如風
須臾至母腹　身放大光明　照耀人天界
地獄鐵圍山　皆悉無幽暗　佛刹衆境界
隨住於母身　如是大仙衆　亦來俱集會

爾時世尊説此偈已告苾芻衆言汝今諦聽彼菩薩摩訶薩從兜率天下降閻浮入母胎時部摩夜叉高聲唱言此大菩薩大威德大丈夫捨天人身及阿脩羅身處彼母胎而受人身如是四天王天忉利天夜摩天乃至梵

輔等天聞此唱言菩薩降神處母胎中皆悉來集爾時世尊而說頌曰

菩薩從兜率　降神母胎時　部摩大夜叉
唱言彼菩薩　棄捨天中身　及於脩羅質
處此母胎中　即受人世報　四王忉利天
夜摩及兜率　乃至於梵世　皆悉聞斯事
菩薩降人間　微妙真金色　諸天悉來集
心懷大喜慶

爾時世尊說此偈已告苾芻衆言汝今諦聽彼菩薩摩訶薩從兜率天降閻浮時有四大天子威德具足身被甲冑手執弓刀擁護菩薩人非人等皆不侵害爾時世尊而說頌曰

菩薩降生時　忉利天帝釋　遣彼四天王
各具大威力　身被金甲冑　手執弓刀槍
恒時常衛護　羅刹非人等　不敢作惱害
安住母腹中　如處大宮殿　恒受諸快樂

爾時世尊說此偈已告苾芻言汝今諦聽彼菩薩摩訶薩從兜率天下降閻浮處母胎時其身清淨光明照耀如摩尼珠母心安隱無諸熱惱爾時世尊而說頌曰

菩薩處胎時　清淨無瑕穢　猶如瑠璃珠
亦如摩尼寶　光明照世間　如日出雲翳
成就第一義　出生最上智　令母無憂惱
恒行衆善業　有情皆歸仰　安處刹帝利

爾時世尊說此偈已告苾芻衆言汝今諦聽彼菩薩摩訶薩從兜率天下降閻浮處母胎時未曾得聞母有染欲色等五塵而無所著爾時世尊而說頌曰

菩薩處胎時　令母心清淨　不聞染汚名
遠離五欲過　斷除貪愛根　不受諸苦惱

身心恒安隱　常得於快樂

爾時世尊說此偈已告苾芻衆言汝今諦聽彼菩薩摩訶薩從兜率天下降閻浮處母胎時母自受持近事五戒一不殺生二不偷盜三不婬欲四不妄語五不飲酒於其右脅誕生菩薩母後命終生天界中爾時世尊而說頌曰

菩薩處胎中　母自持五戒　右脅生童子
無彼諸苦惱　譬如天帝釋　受妙五欲樂
於後命終時　速得生天上

爾時世尊說此偈已告苾芻衆言汝今諦聽彼菩薩摩訶薩右脅生時大地震動身眞金色離諸垢染放大光明普照世間一切境界所有惡趣黑暗地獄忽然大明彼中衆生互得相見各各疑云何故此間有別衆生爾時世尊而說頌曰

菩薩降生時　大地皆震動　身相如眞金
不染諸塵垢　威德大神通　光明照一切
幽暗業衆生　而互得相見

爾時世尊說此偈已告苾芻衆言汝今諦聽彼菩薩摩訶薩右脅生時母無疲困不坐不卧爾時菩薩大威德大丈夫心不昏昧足不履地有四大天王捧童子身爾時世尊而說頌曰

菩薩降生時　母意無散亂　不坐亦不卧
自在而適悅　威德大丈夫　心離諸暗昧
四天捧其身　足不履於地

爾時世尊說此偈已告苾芻衆言汝今諦聽彼菩薩摩訶薩右脅生時身體清淨如瑠璃寶遠離一切膿血洟唾不淨之物亦如摩尼

珠憍尸迦衣諸塵垢等而不能著爾時世尊而說頌曰

菩薩降生時　身器悉清淨　遠離諸穢惡
膿血洟唾等　譬如憍尸衣　及彼摩尼寶
瑩淨體光明　塵垢皆不住

爾時世尊說此偈已告苾芻衆言汝今諦聽彼菩薩摩訶薩右脅生時有二天子於虛空中降二種水一冷二温沐浴童子爾時世尊而說頌曰

菩薩降生時　空中有二天　沐浴童子身
降彼二種水　温冷各相宜　表圓於福慧
成就大無畏　普徧視衆生

爾時世尊說此偈已告苾芻衆言汝今諦聽彼菩薩摩訶薩右脅生時具三十二相身色端嚴眼根清淨見十由旬爾時世尊而說頌曰

菩薩降生時　諸相悉具足　目淨復端嚴
遠視十由旬

爾時世尊說此偈已告苾芻衆言彼菩薩摩訶薩右脅生時見忉利天彼天帝釋見此童子是眞佛身執白傘蓋覆童子身寒熱風塵一切諸惡而不能侵爾時世尊而說頌曰

童子初生時　遠視於忉利　帝釋復覩之
手執白傘蓋　即來覆其身　寒熱風日等
及彼諸毒惡　一切不能侵

爾時世尊說此偈已告苾芻衆言汝今諦聽彼菩薩摩訶薩右脅生時本母乳母養母及諸宮人圍繞保護澡浴塗香種種承奉爾時世尊而說頌曰

童子初生時　乳養有三母　及彼諸宮人

四面常圍繞　澡浴復塗香　令彼常安隱
如是晝夜中　無暫而捨離

爾時世尊說此偈已告苾芻衆言汝今諦聽彼菩薩摩訶薩右脅生時身色端嚴具三十二相滿度摩王即召相師占其童子婆羅門言若令在家受灌頂輪王之位王四天下具足千子威德無畏不以兵杖弓劒能降他軍若復出家堅固修行成正等覺爾時世尊而說頌曰

相師婆羅門　占此天童子　告彼父王言
具相三十二　如月出衆星　世間甚希有
若常在宮殿　必紹轉輪位　主領四大洲
復生千太子　如是出家時　速成無上覺

爾時世尊說此偈已告苾芻衆言汝今諦聽彼菩薩摩訶薩右脅生時身眞金色諸相端嚴如水生蓮塵垢不著一切有情瞻仰不足所出言音微妙細密清雅流美譬如雪山迦尾囉鳥食華而醉所出音聲雅妙清響衆生聞者無不愛樂童子言音亦復如是爾時世尊而說頌曰

童子初生時　身相眞金色　亦如紅蓮華
塵垢不能染　言音甚微妙　如迦尾囉聲
衆人得聞之　愛樂無厭足

爾時世尊說此偈已告苾芻衆言汝今諦聽彼菩薩摩訶薩爲童子時遠離邪妄心意純直自覺覺他恒行正法衆人侍奉如帝釋天主宗敬父母由此名爲毗婆尸爾時世尊而說頌曰

毗婆尸如來　爲彼童子時　通達大智慧
遠離於邪妄　自覺及覺他　修習正法行

衆人常愛敬　如彼帝釋天　侍養於父母
名聞滿世間　是名毗婆尸　利益諸含識

佛說七佛經

佛說解憂經

宋三藏法師法天奉　詔譯

稽首歸依正等覺　能度無邊大苦海
恒以甘露潤群生　令得涅槃我頂禮
稽首歸依正法藏　能止無邊苦惱因
顯示過失利衆生　令獲寂靜我頂禮
稽首歸依大苾芻　能與世間爲福聚
發行勤修安樂因　善斷輪迴我頂禮

愛別離最苦　憂火鎮燒然　若欲自安心
端居作觀想　譬如群鳥獸　暫聚各分飛
生死人亦然　云何懷憂苦　只自一有死
衆人皆長生　別離痛不任　親姻須啼泣
三界大輪迴　無有免斯者　平等受無常
云何懷憂苦　若人生貪愛　孰知貪火燒
如彼犛牛身　愛尾遭人殺　世人多迷醉
欲逃嶮惡道　設盡方便心　不能免離苦
如彼野麞鹿　常被師子逐　究竟不能逃
云何懷憂苦　大地及天上　三界與四生
未曾得見聞　不受無常者　亦如山野火
焚燒草木時　不擇華果林　俱時成灰燼
愚癡諸衆生　顛倒生妄想　身繫無常繩
無人能可解　色界梵世中　禪味爲安樂
亦如樹臨河　不久風水壞　百億轉輪王
千萬天帝釋　念念即無常　如風吹燈炎
過去大神仙　五通心自在　往復騰空行
猶被無常取　金剛堅固身　尚自示寂滅
凡識如芭蕉　云何欲久住　大地妙高山
及以四大海　劫壞亦歸空　何況衆生趣
龍居深海裏　眷屬常圍繞　金翅鳥能食
別離苦亦爾　或人往他界　欲避於無常

如入摩竭魚　口中求安隱　如是欲色界
及彼非非想　未有於一物　不被無常吞
唯有正等覺　是眞依仗處　信受汝諦聽
能解諸憂惱
如是我聞一時佛在舍衛國祇樹給孤獨園
爾時世尊告苾芻言衆生無數輪迴無邊如
蟻循環無有窮盡衆生貪愛無明障閉如陷
泥中而不能出過去有情輪迴往復數不能
知苾芻所有大地之土都聚一處和爲泥丸
大小豆如數彼衆生無始劫來所生父母子
孫每一人下一泥丸如是泥丸下盡父母子
孫數不能盡苾芻如是無邊輪迴衆生貪愛
無明顛倒陷愛欲泥中生死輪迴不知其數
是故令汝學斷輪迴佛言苾芻如是補特伽
羅輪迴衆生以骨作聚如妙高山不壞不爛
如是無學聲聞證四聖諦了知此苦眞實爲
苦苦滅證苦聖諦彼補特伽羅見此屍骨不
知是苦亦不能滅三界煩惱若滅三界煩惱
證須陀洹不空法決定得菩提由於七生天
人之中作斷輪迴除滅煩惱七生滿已聖諦
現前正見智慧滅盡餘惑到涅槃寂靜彼補
特伽羅方得解脱輪迴之苦佛言苾芻如人
眷屬互相愛樂以貪愛故廣造諸業生死輪
迴譬如野象陷泥坑中無有出期又彼眷屬
如恒河沙父母養育皆如親子至後世中隨
其報應各各不同或爲僕從或爲怨家互相
瞋恨欺辱打罵或爲傍類互相食噉或被殺
害如是種種諸趣輪迴如七仙衆或聚或散
亦如天雨生其水漚或生或滅如是衆生愚
癡大力迷惑顛倒不了輪迴於其眷屬妄生

樂想造種種業未有須臾得清淨住又彼有情無始輪迴入地獄中所飲銅汁過大海水如彼猪狗食不淨物如妙高山又彼有情生死别離愛戀泣淚亦如海水又彼有情更相殺害積聚彼頭過梵天界蟲食膿血亦如海水又餓鬼趣以宿慳貪受飢渴苦如遇飲食即成煙炎鬼報滿已設生人中貧窮飢困種種苦惱説不能盡又彼有情以修福善生忉利天等境界殊勝恒受快樂貪愛熾盛如火燒乾草報壽盡時即墮惡趣譬如飛禽折其兩翼刹那落地受種種苦是故汝等學斷輪迴速求解脱佛言苾芻譬如江河大地日月星辰須彌盧山及諸聚落世界未壞而得久住常在世間令此經典亦復如是世界未壞法亦久住於意云何爲與一切有情止息輪迴故苾芻聞已信受奉行

佛説解憂經

佛説徧照般若波羅蜜經

宋西天三藏朝散大夫試鴻臚卿傳法大師施護奉　詔譯

如是我聞一時世尊得一切如來金剛三昧智得一切如來種種具足最上寶冠得一切如來大自在相應金剛智受三界灌頂一切如來智印乃至圓滿一切衆生所欲之願種種變化大明平等智慧此大毗盧遮那常住三世平等一切如來金剛身語意業稱讚一切如來爾時世尊住欲界他化自在天宮而此宮殿以種種妙色大摩尼寶種種真珠瓔珞種種幢旛寶蓋懸掛種種寶鈴如是具足一切莊嚴有菩薩摩訶薩衆其名曰金剛手菩薩觀自在菩薩虚空藏菩薩金剛拳菩薩發同心轉法輪菩薩誐誐曩巘惹菩薩破一切魔王菩薩文殊師利菩薩如是等六十八俱胝菩薩摩訶薩衆恭敬圍繞而爲説法初善中善後善其義深遠其語巧妙純一無雜具足清白宣説菩薩一切清淨法門若諸有情於欲清淨是菩薩故愛纏清淨是菩薩故一切行清淨是菩薩故見性清淨是菩薩故愛樂清淨是菩薩故貪清淨是菩薩故瞋清淨是菩薩故癡清淨是菩薩故藏清淨是菩薩故文字清淨是菩薩故意樂清淨是菩薩故觀清淨是菩薩故身清淨是菩薩故語清淨是菩薩故意清淨是菩薩故色清淨是菩薩故聲清淨是菩薩故香清淨是菩薩故味清淨是菩薩故觸清淨是菩薩故於意云何一切法自性空自性清淨般若波羅蜜亦自性空自性清淨佛告金剛手菩薩於此般若波羅蜜一切清淨法門有祕密吽字攝盡一

切法佛告金剛手菩薩一切清淨法門般若波羅密若人於此聽受讀誦彼人即入菩提道場所有業障報障煩惱障地獄惡趣及一切蓋纏皆悉不生一切苦惱皆悉滅盡若復有人日日受持讀誦一心思惟彼人現生得一切法平等金剛三昧得一切自在愛樂安樂入菩薩位速證佛果是故得名持金剛佛如是所如一切法行攝入祕密吽字義門爾時徧照如來告金剛手菩薩此般若波羅蜜經說一切如來寂法菩提所謂金剛平等菩提金剛堅固義平等菩提一義法堅等菩提一切法自性清淨菩提皆是大菩提能除一切妄想等若有人聽受讀誦恭敬供養所有一切罪障皆得消除乃至得坐菩提道場速證阿耨多羅三藐三菩提如是所說一切法行攝入祕密盎字義門爾時釋迦如來爲調伏一切惡說一切法平等最勝般若波羅密經貪所戲論應見其貪癡所戲論應見其癡一切法戲論應見一切法般若波羅密應如是知如是所說一切法行攝入祕密輅字義門佛告金剛手菩薩若有人於此般若波羅蜜聽聞受持讀誦憶念假使彼人殺盡三界一切衆生彼所造罪無量無邊以此持誦功德之力速得消除當證阿耨多羅三藐三菩提如是所說一切法行攝入祕密吽字義門爾時自性清淨如來復說一切法聚集觀自在智印般若波羅蜜經世間一切貪清淨故一切瞋清淨一切垢清淨一切罪清淨一切衆生清淨一切法清淨一切智清淨般若波羅蜜清淨佛告金剛手菩薩若有人於此般

若波羅蜜聽聞受持讀誦憶念彼人雖在一切貪欲泥中貪欲煩惱而不能染如紅蓮華淤泥不著故如是不久當成阿耨多羅三藐三菩提爾時一切三界主如來說一切如來灌頂生智藏般若波羅蜜經若施灌頂當得三界之內一切王身若施利行當得所欲之願一切圓滿若以法施速證一切平等之法若以財施於身口意一切快樂如是所說一切法行攝入祕密怛覽字義門爾時得一切智印常持一切密法如來說一切如來住金剛智印般若波羅蜜經若受一切如來身印即成就一切如來若諸語印即成就一切法門若受心印即成就一切三摩地若受金剛印即成就一切如來最上金剛身口意業佛告金剛手菩薩若有人於此經中聽聞受持讀誦思惟彼人速成就具足富貴速得成就金剛身口意密不久證成最上阿耨多羅三藐三菩提如是所說一切法行攝入祕密惡字義門爾時一切法戲論如來說轉輪字般若波羅蜜經一切法無性故無相一切法無相故無作無作故無願無願故一切法本來清淨般若波羅蜜清淨如是所說一切法行攝入祕密暗字義門爾時一切內輪如來說入大輪般若波羅蜜經若入金剛平等故亦得入一切如來輪若入利金剛平等故亦得入一切大菩薩輪若入法平等故亦得入一切法輪若入一切平等故亦得入一切輪如是所說一切法行攝入祕密嚩字義門爾時一切供養儀廣大生如來說一切如來最上供養般若波羅蜜經發菩提心廣伸供養一

切如來救度一切衆生令受一切如來妙法書寫供養受持讀誦復得一切如來廣大供養如是所説一切法行攝入祕密唵字義門爾時平等調伏一切如來説金剛手調伏一切衆生正智藏般若波羅蜜經説一切衆生平等故瞋亦平等一切衆生調伏故瞋亦調伏一切法平等故瞋亦平等一切衆生平等故金剛亦平等於意云何爲菩提故如是調伏一切衆生如是所説一切法行攝入祕密憾字義門爾時住一切法平等如來説最上一切法平等般若波羅蜜經説一切平等故般若波羅蜜亦平等一切利故般若波羅蜜亦利一切法故般若波羅蜜亦法一切業故般若波羅蜜亦業如是所説一切法行攝入祕密紇淩字義門爾時世主如來説一切衆

生住般若波羅蜜經一切衆生如來藏即普賢大菩薩藏一切自性故即金剛藏金剛灌頂故即法藏轉一切語故即業藏作一切方便事故如是所説一切法行攝入祕密紇淩字義門爾時無量無邊究竟如來住無邊究竟法説一切法住平等究竟金剛般若波羅蜜經般若波羅蜜無邊故一切如來亦無邊一切如來無邊故般若波羅蜜亦無邊乃至般若波羅蜜如一故一切法如一般若波羅蜜究竟故一切法亦究竟佛告金剛手菩薩若有人於此般若波羅蜜聽聞受持讀誦憶念彼人得入究竟清淨菩薩行位一切蓋障究竟不生即得名爲持金剛如來如是所説一切法行攝入祕密毗焰字義門爾時大徧照如來得一切如來祕密法悟一切戲論法

説大樂不空金剛三昧平等般若波羅蜜經最上法門本來無物無上中下若能成就一切如來菩提法樂降伏魔怨三界自在乃至救度一切衆生令得最上利樂是即名爲大地菩薩如是所説一切法行攝入祕密娑鑁字義門復次金剛手菩薩彼大菩薩乃至住在輪迴亦作一切利益度諸衆生令住方便智慧所作事業悉得清淨貪欲煩惱皆不能侵如蓮在水淤泥非染自在安樂堅固不退如是所説一切法行攝入祕密賀字義門復次金剛手菩薩若人於此般若波羅蜜經正心思惟日日讀誦乃至隨喜聽聞是人得一切快樂復能成就金剛三昧不空大樂如是所説一切法行攝入祕密吽字義門爾時世尊徧照如來白金剛手大祕密主言我今復説二十五種般若波羅蜜祕密法門汝今諦聽眞言曰

唵引曩謨薩哩嚩二合沒馱冒地薩埵喃引

唵引冒地唧多嚩日哩二合 唵引穌囉多娑怛鑁三合 唵引三滿多跋捺囉二合左哩也二合 尾部摩你 唵引阿你嚕提 唵引惹引底尾嚩哩帝引二合 唵引摩賀引囉引誐達哩彌引二合 唵引尾哩也二合迦嚩唧去聲 唵引薩哩嚩二合誐引彌 唵引嚩日囉二合捺哩二合荼迦嚩左唧帝引吽引 唵引薩哩嚩二合怛他引誐帝引 唵引莎婆引嚩戍提 唵引達哩摩二合多引倪也二合曩尾戍馱 唵引迦哩摩二合尾輸達你吽引 唵引你遜婆嚩日哩二合尼吽發吒半音 唵引迦引摩囉引儗

唵引惹引賀嚩日哩引二合 唵引薩哩嚩二合

那引曳你 唵引紇凌二合 唵引阿迦引囉目契去聲 唵引鉢囉二合倪也二合波引囉彌帝引惹敢引昂吽引 唵引盎 唵引薩哩嚩二合怛他引誐多迦引野誐哩二合引 唵引薩哩嚩二合怛他引誐多嚩引尾輸馱你 唵引薩哩嚩二合怛他引誐多唧多嚩日哩二合引 阿入聲 唵引三尾引誐野薩哩嚩二合薩埵喃謨叉野薩哩嚩二合播引野誐帝引毗也二合薩哩嚩二合 三摩野嚩日囉二合吽怛囉二合吒引音

爾時世尊說此眞言已告金剛手菩薩言如是印呪能破一切罪暗能作一切吉祥一切如來金剛祕密最上成就若人得此持誦聽聞是即名爲持金剛清淨如來若有衆生於此般若波羅蜜經受持讀誦隨喜聽聞是人已曾於無量佛所種諸善根植衆德本復次金剛手菩薩若人聞此般若波羅蜜經一四句偈得八萬俱胝那由他恒河沙等如來恭敬供養何況解義爲他演說彼人持經之處如佛塔廟一切天人阿脩羅等恒來作禮若人流通此經展轉讀誦獲宿命智能知過去俱胝劫事一切衆魔諸惡患難皆不能侵常有四大天王及諸賢聖而作衛護彼人臨命終時心不顛倒一切諸佛及大菩薩俱來迎接十方淨土隨意往生復次金剛手菩薩如是般若波羅蜜經聖要法門成就如是最上法行勝妙功德佛說是經已金剛手菩薩摩訶薩及天人阿修羅乾闥婆等皆大歡喜信受奉行

佛說徧照般若波羅蜜經

音釋

翳於計切鄣也 脅迄業切腋下也 涕他計切鼻液也 唾吐卧切口液也

犛謨交切牛名 巘語偃切 艅牟含切

佛說大乘無量壽莊嚴經

宋西天三藏朝散大夫試光祿卿明教大師法賢奉　詔譯

清刻龍藏佛說法變相圖

佛說大乘無量壽莊嚴經卷上 中下同卷

宋西天三藏朝散大夫試光祿卿明教大師法賢奉 詔譯

如是我聞一時佛在王舍城鷲峯山中與大苾芻衆三萬二千人俱皆得阿羅漢具大神通其名曰尊者阿若憍陳如尊者馬勝尊者麼瑟比拏尊者大名尊者跋多婆尊者稱天尊者離垢尊者妙臂尊者布闌拏枳曩尊者憍梵波提尊者優樓頻螺迦葉尊者那提迦葉尊者舍利子尊者大目乾連尊者摩訶迦旃延尊者摩訶俱絺羅尊者劫賓那尊者摩訶劑那尊者彌多羅尼子尊者阿那律尊者喜尊者緊鼻哩拏尊者須菩提尊者哩嚩帝尊者佉禰囉嚩彌枳曩尊者摩賀囉倪尊者波囉野尼枳曩尊者嚩拘隸曩尊者阿難陁尊者羅睺羅尊者善來如是等三萬二千人

俱爾時尊者阿難即從座起偏袒右肩右膝著地合掌頂禮白佛言世尊如來應正等覺諸根清淨面色圓滿寶刹莊嚴如是功德得未曾有云何所行廣大妙行及過去未來諸佛所行願爲宣說佛告阿難善哉善哉汝爲利益一切衆生懷慈愍心能問如來微妙之義汝今諦聽善思念之如來應供正遍知今爲汝說佛告阿難如過去無量無邊不可思議阿僧祇劫爾時有佛世尊出現於世名曰然燈如來應正等覺彼然燈佛前復有世尊出現世間名鉢囉多波野輸如來又彼佛前有佛出世名發光如來又彼佛前有佛出世名賛那曩誐囉護如來又彼佛前有佛出世名須彌劫如來又彼佛前有佛出世名月面如來又彼佛前有佛出世名無垢面如來又彼佛前有佛出世名無著如來又彼佛前有佛出世名龍主如來又彼佛前有佛出世名日面如來又彼佛前有佛出世名山響音王如來又彼佛前有佛出世名須彌峯如來又彼佛前有佛出世名金藏如來又彼佛前有佛出世名火光如來又彼佛前有佛出世名不動地如來又彼佛前有佛出世名瑠璃光如來又彼佛前有佛出世名月王如來又彼佛前有佛出世名日音如來又彼佛前有佛出世名散華莊嚴如來又彼佛前有佛出世名吉祥峯如來又彼佛前有佛出世名持海慧自在通王如來又彼佛前有佛出世名施光如來又彼佛前有佛出世名大香象光如來又彼佛前有佛出世名離一切垢如來又彼佛前有佛出世名勇猛峯如來又彼佛前

有佛出世名寶光如來又彼佛前有佛出世名持多德得通如來又彼佛前有佛出世名過日月光如來又彼佛前有佛出世名最上瑠璃光如來又彼佛前有佛出世名慧華開心行出生如來又彼佛前有佛出世名大華林通王如來又彼佛前有佛出世名一月光如來又彼佛前有佛出世名破無明黒暗如來又彼佛前有佛出世名眞珠珊瑚蓋如來又彼佛前有佛出世名三乘法自在王如來又彼佛前有佛出世名師子海峯自在王如來又彼佛前有佛出世名梵音聲自在王如來又彼佛前有佛出世名世自在王如來應正等覺明行足善逝世間解無上士調御丈夫天人師佛世尊而於法中有一苾芻名曰作法信解第一明記第一修行第一精進第一智慧第一大乘第一爾時苾芻離自本處來詣佛前頭面禮足於一面立即以伽他嘆佛面色端嚴復發廣大誓願頌曰

如來微妙色端嚴　一切世間無有等
光明無量照十方　日月火珠皆匿曜
願我得佛清淨聲　法音普及無邊界
宣揚戒定精進門　通達甚深微妙法
智慧廣大深如海　内心清淨絶塵勞
超過無邊惡趣門　速到菩提究竟岸
亦如過去無量佛　威光普照衆生界
爲彼群生大導師　度脱老死令安隱
常行布施及戒忍　精進定慧六波羅
未度有情令得度　已度之者使成佛
我以一切伸供養　百千俱胝那由他
恒河沙數佛世尊　令我成就寂滅果

復有十方諸佛刹　恒放光明照一切
殊勝莊嚴無等倫　願我成就利群品
所有無邊世界中　輪迴諸趣衆生類
速生我刹受快樂　不久俱成無上道
願我精進恒決定　常運慈心拔有情
度盡阿鼻苦衆生　所發弘誓永不斷

爾時世尊告阿難言彼作法苾芻說是偈已白世自在王如來我今發阿耨多羅三藐三菩提心樂求無上正等正覺唯願世尊說諸佛刹功德莊嚴若我得聞恒自修持嚴土之行爾時世自在王如來告作法苾芻言汝自思惟修何方便而能成就佛刹莊嚴苾芻白言我智慧微淺不能了知嚴刹之行如來應正徧知願爲宣說諸佛刹土莊嚴之事時世自在王如來即爲宣說八十四百千俱胝那由他佛刹功德莊嚴廣大圓滿之相經於一劫方可究竟爾時阿難聞是事已白佛言世尊彼世自在王佛壽量長短云何說土經於一劫佛告阿難彼佛壽命滿四十劫阿難彼作法苾芻聞佛所說八十四百千俱胝那由他佛刹功德莊嚴之事明了通達如一佛刹即時會中頭面禮足辭佛而退往一靜處獨坐思惟修習功德莊嚴佛刹發大誓願經於五劫爾時作法苾芻復詣世自在王如來所五體投地禮世尊足禮已合掌白佛言世尊如是八十四百千俱胝那由他佛刹功德莊嚴所行行願我今成就時世自在王如來告苾芻言善哉善哉汝之行願思惟究竟今正是時爲衆解說時諸菩薩聞是法已得大善利能於佛刹修習莊嚴爾時作法苾芻聞佛

聖旨偏袒右肩右膝著地合掌向佛即為宣說世尊我發誓言願如世尊證得阿耨多羅三藐三菩提所居佛刹具足無量不可思議功德莊嚴所有一切衆生及焰摩羅界三惡道中地獄餓鬼畜生皆生我刹受我法化不久悉成阿耨多羅三藐三菩提一切皆得身眞金色世尊我得菩提成正覺已十方世界所有衆生令生我刹如諸佛土人天之衆遠離分別諸根寂靜悉皆令得阿耨多羅三藐三菩提世尊我得菩提成正覺已十方世界所有衆生令生我刹得大神通經一念中周偏巡歷百千俱胝那由他佛刹供養諸佛深植善本悉皆令得阿耨多羅三藐三菩提世尊我得菩提成正覺已所有衆生令生我刹一切皆得宿命智通能善觀察百千俱胝那由他劫過去之事悉皆令得阿耨多羅三藐三菩提世尊我得菩提成正覺已所有衆生令生我刹一切皆得清淨天眼能見百千俱胝那由他世界麤細色相悉皆令得阿耨多羅三藐三菩提世尊我得菩提成正覺已所有衆生令生我刹一切皆得他心智通善能了知百千俱胝那由他衆心心所法悉皆令得阿耨多羅三藐三菩提世尊我得菩提成正覺已所有衆生令生我刹一切皆得住正信位離顛倒想堅固修習悉皆令得阿耨多羅三藐三菩提世尊我得菩提成正覺已所有衆生令生我刹所修正行善根無量偏圓寂界而無間斷悉皆令得阿耨多羅三藐三菩提世尊我得菩提成正覺已所有衆生令生我刹雖住聲聞緣覺之位往百千俱胝那

由他寶刹之内徧作佛事悉皆令得阿耨多羅三藐三菩提世尊我得菩提成正覺已所有衆生令生我刹一切皆得無邊光明而能照曜百千倶胝那由他諸佛刹土悉皆令得阿耨多羅三藐三菩提世尊我得菩提成正覺已所有衆生令生我刹命不中夭壽百千倶胝那由他劫悉皆令得阿耨多羅三藐三菩提世尊我得菩提成正覺已所有衆生令生我刹無不善名聞無量無數諸佛刹土無名無號無相無形無所稱讃而無疑謗身心不動悉皆令得阿耨多羅三藐三菩提世尊我得菩提成正覺已所有衆生求生我刹念吾名號發志誠心堅固不退彼命終時我令無數苾芻現前圍繞來迎彼人經須臾間得生我刹悉皆令得阿耨多羅三藐三菩提世

尊我得菩提成正覺已所有十方無量無邊無數世界一切衆生聞吾名號發菩提心種諸善根隨意求生諸佛刹土無不得生悉皆令得阿耨多羅三藐三菩提世尊我得菩提成正覺已所有衆生令生我刹皆具三十二種大丈夫相一生令得阿耨多羅三藐三菩提世尊我得菩提成正覺已所有衆生令生我刹若有大願未欲成佛爲菩薩者我以威力令彼教化一切衆生皆發信心修菩提行普賢行寂滅行淨梵行最勝行及一切善行悉皆令得阿耨多羅三藐三菩提世尊我得菩提成正覺已所有衆生令生我刹於一切處承事供養無量百千倶胝那由他諸佛種諸善根隨意所求無不滿願悉皆令得阿耨多羅三藐三菩提世尊我得菩提成正覺已

我刹土中所有菩薩皆得成就一切智慧善談諸法祕要之義不久速成阿耨多羅三藐三菩提世尊我得菩提成正覺已我居寶刹所有菩薩發勇猛心運大神通往無量無邊無數世界諸佛刹中以真珠瓔珞寶蓋幢旛衣服卧具飲食湯藥香華妓樂供養承事迴求菩提速得成就阿耨多羅三藐三菩提世尊我得菩提成正覺已我居寶刹所有菩薩發大道心欲以真珠瓔珞寶蓋幢旛衣服卧具飲食湯藥香華妓樂承事供養他方世界無量無邊諸佛世尊而不能往我於爾時以宿願力令彼他方諸佛世尊各舒手臂至我刹中受是供養令彼速成阿耨多羅三藐三菩提世尊我得菩提成正覺已我居寶刹所有菩薩隨自意樂不離此界欲以真珠瓔珞寶蓋幢旛衣服卧具飲食湯藥香華妓樂供養他方無量諸佛又復思惟如佛展臂至此受供劬勞諸佛令我無益作是念時我以神力令此供具自至他方諸佛面前一一供養爾時菩薩不久悉成阿耨多羅三藐三菩提世尊我得菩提成正覺已我居寶刹所有菩薩身長十六由旬得那羅延力身相端嚴光明照曜善根具足成就阿耨多羅三藐三菩提世尊我得菩提成正覺已我居寶刹所有菩薩爲諸衆生通達法藏安立無邊一切智慧斷盡諸結悉得證成阿耨多羅三藐三菩提世尊我得菩提成正覺已我居寶刹所有菩薩以百千俱胝那由他種種珍寶造作香爐下從地際上至空界常以無價栴檀之香普熏供養十方諸佛令得速成阿耨多羅三

藐三菩提世尊我得菩提成正覺已所居佛刹廣博嚴淨光瑩如鏡悉能照見無量無邊一切佛刹衆生覩者生希有心不久速成阿耨多羅三藐三菩提世尊我得菩提成正覺已我居寶刹所有菩薩晝夜六時恒受快樂過於諸天入平等總持門身光普照無邊世界不久得成阿耨多羅三藐三菩提世尊我得菩提成正覺已所有十方無量無邊無數世界一切女人若有猒離女身者聞我名號發清淨心歸依頂禮彼人命終即生我刹成男子身悉皆令得阿耨多羅三藐三菩提世尊我得菩提成正覺已所有十方無量無邊無數佛刹聲聞緣覺聞我名號修持淨戒堅固不退速坐道場成就阿耨多羅三藐三菩提世尊我得菩提成正覺已所有十方無量無邊不可思議無等佛刹一切菩薩聞我名號五體投地禮拜歸命復得天上人間一切有情尊重恭敬親近侍奉增益功德成就阿耨多羅三藐三菩提世尊我得菩提成正覺已所有衆生發淨信心爲諸沙門婆羅門染衣洗衣裁衣縫衣修作僧服或自手作或使人作作已迴向是人所感八十一生得最上衣隨身豐足於最後身來生我刹成就阿耨多羅三藐三菩提

佛説大乘無量壽莊嚴經卷上

佛說大乘無量壽莊嚴經卷中

宋西天三藏朝散大夫試光祿卿明教大師法賢奉　詔譯

爾時作法苾芻白世尊言我得菩提成正覺已所有一切衆生聞我名號永離熱惱心得清涼行正信行得生我刹坐寶樹下證無生忍成就阿耨多羅三藐三菩提世尊我得菩提成正覺已所有十方一切佛刹諸菩薩衆聞我名號應時證得寂靜三摩地住是定已於一念中得見無量無邊不可思議諸佛世尊承事供養成就阿耨多羅三藐三菩提世尊我得菩提成正覺已所有十方一切佛刹聲聞菩薩聞我名號證無生忍成就一切平等善根住無功用離加行故不久令得阿耨多羅三藐三菩提世尊我得菩提成正覺已所有十方一切佛刹諸菩薩衆聞我名已生希有心是人即得普徧菩薩三摩地住此定已於一念中得至無量無數不可思議諸佛刹中恭敬尊重供養諸佛成就阿耨多羅三藐三菩提世尊我得菩提成正覺已於我刹中所有菩薩或樂說法或樂聽法或現神足或往他方隨意修習無不圓滿皆令證得阿耨多羅三藐三菩提世尊我得菩提成正覺已所有十方一切佛刹聞我名者應時即得初忍二忍乃至無生法忍成就阿耨多羅三藐三菩提爾時作法苾芻向彼佛前發如是願已承佛威神即說頌曰

我今對佛前　而發誠實願　獲佛十力身
威德無等等　復爲大國王　富豪而自在
廣以諸財寶　普施於貧苦　令彼諸群生
長夜無憂惱　出生衆善根　成就菩提果

我若成正覺　立名無量壽　衆生聞此號
俱來我刹中　如佛金色身　妙相悉圓滿
亦以大悲心　利益諸群品　願我智慧光
廣照十方刹　除滅諸有情　貪瞋煩惱暗
地獄鬼畜生　悉捨三塗苦　亦生我刹中
修習清淨行　獲彼光明身　如佛普照曜
日月珠寶光　其明不可比　願我未來世
常作天人師　百億世界中　而作師子吼
如彼過去佛　所行慈愍行　廣無量無邊
俱胝諸有情　圓滿昔所願　一切皆成佛
發是大願時　三千大千界　震動徧十方
天人空界中　散雨一切華　栴檀及沉水
稱讚大苾芻　願力甚希有　決定當作佛
廣利衆生界

復次阿難時作法苾芻對世自在王如來及天人魔梵沙門婆羅門阿脩羅等發是願已住眞實慧勇猛精進修習無量功德莊嚴佛刹入三摩地歷大阿僧祇劫修菩薩行不生慳貪心瞋恚心愚癡心亦無欲想瞋想癡想色聲香味觸想心不迷亂口不瘖瘂身不懈怠但樂憶念過去諸佛所修善根行寂靜行遠離虛妄堅守律儀常以愛語饒益衆生於佛法僧信重恭敬調順柔軟依眞諦門植衆德本了空無相無願無爲無生無滅善護口業不譏他過善護身業不失律儀善護意業清淨無染所有國城聚落男女眷屬金銀珍寶乃至色聲香味觸等都無所著恒以布施持戒忍辱精進禪定智慧六度之行利樂衆生軌範具足善根圓滿所生之處有無量無數百千俱胝那由他珍寶之藏從地湧出攝

受無量無數百千俱胝那由他衆生發阿耨多羅三藐三菩提心如是之行無量無邊説不能盡復次阿難作法苾芻行菩薩行時於諸佛所尊重恭敬承事供養未曾間斷爲四大天王恒詣佛所恭敬禮拜承事供養爲忉利天王恒詣佛所恭敬禮拜承事供養爲夜摩天王兜率天王化樂天王他化自在天王乃至大梵天王等恒詣佛所恭敬禮拜承事供養復次阿難處閻浮提爲轉輪王受灌頂位及大臣官族等恒詣佛所恭敬禮拜承事供養爲刹帝利婆羅門等恒詣佛所恭敬禮拜承事供養如是經無量無數百千萬億劫親近諸佛植衆德本所集阿耨多羅三藐三菩提復次阿難作法苾芻行菩薩行時口中常出栴檀之香身諸毛孔出優鉢羅華香其香普熏無量無邊不可思議那由他百千由旬有情聞此香者皆發阿耨多羅三藐三菩提心復次阿難作法苾芻行菩薩行時色相端嚴三十二相八十種好悉皆具足復以一切珍寶莊嚴兩臂手中恒出一切衣服一切飲食一切幢旛一切傘蓋一切音樂乃至一切最上所須之物利樂一切衆生令發阿耨多羅三藐三菩提心爾時阿難聞佛所説彼作法苾芻菩薩之行白世尊言作法苾芻爲是過去佛耶未來佛耶現在佛耶世尊告言彼佛如來來無所來去無所去無生無滅非過現未來但以酬願度生現在西方去閻浮提百千俱胝那由他佛刹有世界名曰極樂佛名無量壽成佛已來於今十劫有無量無數菩薩摩訶薩及無量無數聲聞之衆恭敬

圍繞而爲說法彼佛光明照於東方恒河沙數百千俱胝那由他不可稱量佛刹如是南西北方四維上下亦復如是復次阿難彼佛無量壽若化圓光或一由旬二由旬三由旬或百由旬千由旬百千由旬或俱胝那由他百千由旬乃至徧滿無量無邊無數佛刹復次阿難今此光明名無量光無礙光常照光不空光利益光愛樂光安隱光解脫光無等光不思議光過日月光奪一切世間光無垢清淨光如是光明普照十方一切世界天龍藥叉乾闥婆阿脩羅迦樓羅緊那羅摩睺羅伽人非人等見此光明發菩提心獲利樂故佛告阿難我住一劫說此光明功德利益亦不能盡復次阿難無量壽如來有如是百千萬十萬百萬一俱胝百俱胝千俱胝緊迦羅數頻婆囉數那由他數阿由他數毗婆訶數嚩娑那數儴伽數阿僧祇數十阿僧祇數百阿僧祇數千阿僧祇數百千阿僧祇數阿摩你野數不可思議數如是無量無數聲聞之衆譬喻筭數數不能及阿難彼大目乾連神通第一三千大千世界所有一切童男童女於一晝夜悉知其數假使百千俱胝聲聞神通之力皆如大目乾連又一一聲聞壽百千俱胝那由他歲盡其壽命數彼聲聞百分之中不及一分復次阿難譬如大海深八萬四千由旬廣闊無邊假使有人出身一毛碎爲百俱胝細如微塵以一一塵投海出水水在塵上形量亦爾如是投盡毛塵於意云何毛塵水多海中水多阿難白佛言世尊毛塵出水未及半合海水無量佛言阿難彼目乾連

等聲聞之衆盡其形壽數知數者如毛塵之水數未盡者如海中水如是彼佛有如是無量不可筭數聲聞弟子又彼佛國土大富無量唯受快樂無有衆苦無地獄餓鬼畜生焰摩羅界及八難之報唯有清淨菩薩摩訶薩及聲聞之衆復次阿難彼佛國土有種種寶柱皆以百千珍寶而用莊嚴所謂金柱銀柱瑠璃柱玻瓈柱眞珠柱硨磲柱瑪瑙柱復有金銀二寶柱金銀瑠璃三寶柱金銀瑠璃玻瓈四寶柱金銀瑠璃玻瓈眞珠五寶柱金銀瑠璃玻瓈眞珠硨磲六寶柱金銀瑠璃玻瓈眞珠硨磲瑪瑙七寶柱復次阿難彼佛國土復有種種寶樹根莖枝幹黄金所成華葉果實白銀化作亦有寶樹根莖枝幹白銀所成華葉果實瑠璃化作亦有寶樹根莖枝幹瑠璃所成華葉果實玻瓈化作亦有寶樹根莖枝葉玻瓈所成華葉果實眞珠化作亦有寶樹根莖枝幹眞珠所成華葉果實硨磲化作亦有寶樹根莖枝幹硨磲所成華葉果實瑪瑙化作亦有寶樹根莖枝幹瑪瑙所成華葉果實黄金化作亦有寶樹黄金爲根白銀爲身瑠璃爲枝玻瓈爲梢眞珠爲葉硨磲爲華瑪瑙爲果亦有寶樹白銀爲根瑠璃爲身玻瓈爲枝眞珠爲梢硨磲爲葉瑪瑙爲華黄金爲果亦有寶樹瑠璃爲根玻瓈爲身眞珠爲枝硨磲爲梢瑪瑙爲葉黄金爲華白銀爲果亦有寶樹玻瓈爲根眞珠爲身硨磲爲枝瑪瑙爲梢黄金爲葉白銀爲華瑠璃爲果亦有寶樹眞珠爲根硨磲爲身瑪瑙爲枝黄金爲梢白銀爲葉瑠璃爲華玻瓈爲果亦有寶樹

硨磲爲根瑪瑙爲身黄金爲枝白銀爲梢瑠璃爲葉玻瓈爲華眞珠爲果亦有寶樹瑪瑙爲根黄金爲身白銀爲枝瑠璃爲梢玻瓈爲葉眞珠爲華硨磲爲果如是極樂世界七寶行樹復次阿難彼佛國土清淨嚴飾寬廣平正無有丘陵坑坎荆棘沙礫土石等山黑山雪山寶山金山須彌山鐵圍山大鐵圍山唯以黄金爲地爾時阿難聞是語已白世尊言四大王天忉利天依須彌山王住夜摩天等當依何住佛告阿難夜摩兜率乃至色無色界一切諸天皆依空界而住阿難白言空界無礙云何依住業因果報不可思議佛告阿難汝身果報亦不可思議衆生業報亦不可思議諸佛聖力不可思議彼佛國土雖無大海而有泉河處處交流其水或闊十由旬二十由旬三十由旬乃至百千由旬深十二由旬其水清淨具八功德出微妙聲譬如百千萬種音樂之聲徧諸佛刹一切衆生聞者適悦得大快樂又水兩岸復有無數栴檀香樹吉祥果樹華卉恒芳光明照曜若彼衆生過此水時要至足者要至膝者乃至要至項者或要冷者温者急流者慢流者其水一一隨衆生意令受快樂又於水中出種種聲佛聲法聲僧聲止息聲無性聲波羅蜜聲力聲無畏聲通達聲無行聲無生聲無滅聲寂靜聲大慈聲大悲聲喜捨聲灌頂聲出如是種種微妙音聲衆生聞已發清淨心無諸分別正直平等成熟善根永不退於阿耨多羅三藐三菩提心又彼佛刹其中生者不聞地獄聲餓鬼聲畜生聲夜叉聲鬭諍聲惡口聲兩舌

聲殺生聲偷盜聲一切惡聲而彼衆生色相端嚴福德無量智慧明了神通自在宮殿樓閣園林池沼衣服卧具如他化自在天最上快樂之具一切豐足復次阿難彼土衆生思香華等欲供諸佛作是念時華香瓔珞塗香末香幢旛傘蓋及諸妓樂隨意即至滿佛刹中若思飲食湯藥衣服卧具頭冠耳環眞珠羅網等隨念即至亦徧佛刹又復思念摩尼寶等莊嚴宮殿樓閣堂宇房閣或大或小或高或下如是念時隨意現前無不具足復次阿難譬如有人少有財寶對受灌頂位刹帝利王所有威勢悉皆不現又刹帝利對天帝釋前所有威勢悉皆不現又天帝釋對他化自在天所有威勢悉皆不現又他化自在天等及色無色界一切威勢對無量壽如來極樂國土悉皆不現如是彼土功德莊嚴不可思議復次阿難彼佛國土每於食時香風自起吹動寶樹樹相振觸出微妙音演說苦空無常無我諸波羅蜜復吹樹華落於地上周徧佛刹高七人量平正莊嚴柔軟光潔行人往來足躡其地深四指量如迦隣那觸身安樂過食時後是諸寶華隱地不現經須臾間復有風生吹樹落華布地面上如前無異初夜後夜亦復如是復次阿難彼佛國土無其黑闇無其星曜無其日月無其晝夜無其取捨無其分別純一無雜唯受清淨最上快樂若有善男子善女人若已生若當生是人決定證於阿耨多羅三藐三菩提於意云何彼佛刹中無三種失一心無虛妄二位無退轉三善無唐捐復次阿難東方有恒河沙數世

界諸佛如來出廣長舌相放無量光說誠實言稱讚無量壽佛不可思議功德南方亦有恒河沙數世界諸佛如來出廣長舌相放無量光說誠實言稱讚無量壽佛不可思議功德西方亦有恒河沙數世界諸佛如來出廣長舌相放無量光說誠實言稱讚無量壽佛不可思議功德北方亦有恒河沙數世界諸佛如來出廣長舌相放無量光說誠實言稱讚無量壽佛不可思議功德如是四維上下恒河沙數世界諸佛如來出廣長舌相放無量光說誠實言稱讚無量壽佛不可思議功德阿難於意云何欲令衆生聞彼佛名發清淨心憶念受持歸依供養求生彼土是人命終皆得往生極樂世界不退轉於阿耨多羅三藐三菩提復次阿難若有善男子善女人聞此經典受持讀誦書寫供養晝夜相續求生彼剎是人臨終無量壽如來與諸聖衆現在其前經須臾間即得往生極樂世界不退轉於阿耨多羅三藐三菩提復次阿難若有善男子善女人發菩提心已持諸禁戒堅守不犯饒益有情所作善根悉施與之令得安樂憶念西方無量壽如來及彼國土是人命終如佛色相種種莊嚴生寶剎中賢聖圍繞速得聞法永不退轉於阿耨多羅三藐三菩提復次阿難若有善男子善女人發十種心所謂一不偷盜二不殺生三不婬欲四不妄言五不綺語六不惡口七不兩舌八不貪九不瞋十不癡如是晝夜思惟極樂世界無量壽佛種種功德種種莊嚴志心歸依頂禮供養是人臨終不驚不怖心不顛倒即得往生

彼佛國土有無量無數諸佛世尊稱讚無量
壽佛功德名號聞是法已永不退於阿耨多
羅三藐三菩提

佛說大乘無量壽莊嚴經卷中

佛説大乘無量壽莊嚴經卷下

宋西天三藏朝散大夫試光禄卿明教大師法賢奉　詔譯

復次阿難東方恒河沙數佛刹一一刹中有無量無數菩薩摩訶薩及無量無數聲聞之衆以諸香華幢旛寶蓋持用供養極樂世界無量壽佛南方恒河沙數佛刹一一刹中亦有無量無數菩薩摩訶薩及無量無數聲聞之衆以諸香華幢旛寶蓋持用供養極樂世界無量壽佛西方恒河沙數世界一一佛刹亦有無量無數菩薩摩訶薩及無量無數聲聞之衆以諸香華幢旛寶蓋持用供養極樂世界無量壽佛北方恒河沙數佛刹一一佛刹亦有無量無數菩薩摩訶薩及無量無數聲聞之衆以諸香華幢旛寶蓋持用供養極樂世界無量壽佛四維上下亦復如是各禮佛足稱讚佛土功德莊嚴爾時世尊即説頌曰

東方世界恒河沙　一一刹中無數量
菩薩聲聞發勝心　各以香華寶蓋等
持至莊嚴佛刹中　供養如來無量壽
供已禮足而稱讚　最上希有大福田
如是西南及北方　四維上下恒沙界
聲聞菩薩數亦然　皆以香華伸供養
禮足旋繞懷敬愛　復讃如來宿願深
積聚功德普莊嚴　無量無邊極樂國
諸佛國界雖嚴飾　難比如來寶刹中
復以天華供養佛　華散虚空爲傘蓋
縱廣量等百由旬　色相莊嚴無有比
徧覆如來寶刹中　互相慶慰生歡喜
曾於過去百千劫　積集無量衆善根

捨彼輪迴三有身　令至解脫清淨刹
爾時彼佛無量壽　化導他方菩薩心
密用神通化大光　其光從彼面門出
三十六億那由他　普照俱胝千佛刹
如是人天普照已　即入如來頂髻中
時會一切諸衆生　敬歎佛光未曾有
各各俱發菩提心　願出塵勞登彼岸

爾時世尊說此偈已會中有觀自在菩薩即從座起合掌向佛而作是言世尊以何因緣無量壽佛於其面門放無量光照諸佛刹唯願世尊方便解說令諸衆生及他方菩薩聞是語已生希有心於佛菩提志樂趣求入不退位爾時世尊告觀自在菩薩言汝今諦聽吾爲汝說彼佛如來於過去無量無邊阿僧祇劫前爲菩薩時發大誓言我於未來成正覺時若有十方世界無量衆生聞我名號或頂禮憶念或稱讚歸依或香華供養等如是衆生速生我刹見此光明即得解脫若諸菩薩見此光明即得受記證不退位手持香華及諸供具往十方界無邊淨刹供養諸佛而作佛事增益功德經須臾間復還本土受諸快樂是故光明而入佛頂復次阿難無量壽佛應正等覺所有菩提之樹高一千六百由旬四布枝葉八百由旬根入土際五百由旬華果敷榮作無量百千珍寶之色於其樹上復以月光摩尼寶帝釋摩尼寶如意摩尼寶持海摩尼寶大緑寶莎悉帝迦寶愛寶瓔珞大緑寶瓔珞紅真珠瓔珞青真珠瓔珞及金銀寶網等種種莊嚴復次阿難每於辰時香風自起吹此寶樹樹相敲觸出微妙音其聲

普聞無量世界衆生聞者無其耳病乃至成就阿耨多羅三藐三菩提若有衆生見此樹者乃至成佛於其中間不生眼病若有衆生聞樹香者乃至成佛於其中間不生鼻病若有衆生食樹果者乃至成佛於其中間舌亦無病若有衆生樹光照者乃至成佛於其中間身亦無病若有衆生觀想樹者乃至成佛於其中間心得清淨遠離貪等煩惱之病佛告阿難如是佛刹華果樹木與諸衆生而作佛事皆是彼佛過去大願之所攝受復次阿難彼佛刹中所有現在及未來生一切菩薩摩訶薩一生令得阿耨多羅三藐三菩提若有菩薩以宿願故入生死界作師子吼利益有情我今隨意而作佛事復次阿難彼佛刹中一切菩薩及諸聲聞身相端嚴圓光熾盛周遍照耀百千由旬有二菩薩身光遠照三千大千世界阿難白言此二菩薩有大身光其名云何佛告阿難二菩薩者一名觀自在二名大精進現居此界作大利樂命終之後當生彼國復次阿難彼佛刹中一切菩薩容貌柔和相好具足禪定智慧通達無礙神通威德無不圓滿深入法門得無生忍諸佛祕藏究竟明了調伏諸根身心柔軟安住寂靜大乘涅槃深入正慧無復餘習依佛所行七覺聖道修行五眼照真達俗辯才總持自在無礙善解世間無邊方便所言誠諦深入義味度諸有情演說正法三界平等離諸分別無相無爲無因無果無取無捨無縛無脫遠離顛倒堅固不動如須彌山智慧明了如日月朗廣大如海出功德寶熾盛如火燒煩惱

薪忍辱如地一切平等清淨如水洗諸塵垢如虛空無邊不障一切故如蓮華出水離一切染故如雷震響出法音故如雲靉靆降法雨故如風動樹發菩提芽故如牛王聲異衆牛故如龍象威難可測故如良馬行乘無失故如師子坐離怖畏故如尼拘樹覆蔭大故如須彌山八風不動故如金剛杵破邪山故如梵王身生梵衆故如金翅鳥食毒龍故如空中禽無住處故如慈氏觀法界等故如是菩薩徧滿佛刹吹法螺竪法幢擊法鼓然法燈離過清淨無迷無失手中出生華鬘瓔珞塗香末香一切供具持往百千俱胝那由他佛刹供養諸佛復於手中別出寶華散虛空中化成寶蓋廣十由旬或二十由旬乃至百千由旬徧諸佛刹經須臾間還來本國無愛

無著無取無捨身心寂靜佛告阿難此諸菩薩我土五濁之所無有經百千俱胝劫說不能盡佛告阿難吾今此土所有菩薩摩訶薩已曾供養無量諸佛植衆德本命終之後皆得生於極樂世界阿難汝起合掌面西頂禮爾時阿難即從座起合掌面西頂禮之間忽然得見極樂世界無量壽佛容顏廣大色相端嚴如黃金山又聞十方世界諸佛如來稱揚讚歎無量壽佛種種功德阿難白言彼佛淨刹得未曾有我亦願樂生於彼土世尊告言其中生者菩薩摩訶薩已曾親近無量諸佛植衆德本汝欲生彼應當一心歸依瞻仰作是語時無量壽佛於手掌中放無量光照于東方百千俱胝那由他佛刹於此世界所有黑山雪山金山寶山目眞隣陁山摩訶目

真隣陁山須彌山鐵圍山大鐵圍山大海江河叢林樹木及天人宮殿一切境界無不照見譬如日出明照世間亦復如是爾時會中苾芻苾芻尼優婆塞優婆夷天龍藥叉乾闥婆阿脩羅迦樓羅緊那羅摩睺羅伽人非人等皆見極樂世界種種莊嚴及見無量壽如來聲聞菩薩圍繞恭敬譬如須彌山王出于大海爾時極樂世界過於西方百千俱胝那由他國以佛威力如對目前又見彼土清淨平正譬如海面無有丘陵山嶮草木雜穢唯是衆寶莊嚴聖賢共住復次阿難又彼無量壽佛與諸菩薩聲聞之衆亦皆得見我身及娑婆世界菩薩聲聞人天之衆爾時世尊告慈氏菩薩言汝見極樂世界功德莊嚴宮殿樓閣園林臺觀流泉浴池不慈氏汝見欲界諸天上至色究竟天雨種種香華徧滿佛剎作莊嚴不汝見菩薩聲聞淨行之衆而作佛聲演說妙法一切佛剎皆得聞聲獲利樂不汝見百千俱胝衆生游處虛空宮殿隨身不慈氏菩薩白佛言世尊如佛所說一一皆見慈氏白言云何此界一類衆生雖亦修善而不求生佛告慈氏此等衆生智慧微淺分別西方不及天界是以非樂不求生彼慈氏白言此等衆生虛妄分別不求佛剎何免輪迴佛言慈氏極樂國中有胎生不慈氏白言不也世尊其中生者譬如欲界諸天居五百由旬宮殿自在游戲何有胎生世尊此界衆生何因何緣而處胎生佛言慈氏此等衆生所種善根不能離相不求佛慧妄生分別深着世樂人間福報是故胎生若有衆生以無相

智慧植衆德本身心清淨遠離分别求生淨刹趣佛菩提是人命終刹那之間於佛淨土坐寶蓮華身相具足何有胎生慈氏汝見愚癡之人不種善根但以世智聰辯妄生分别增益邪心云何出離生死大難復有衆生雖種善根供養三寶作大福田取相分别情執深重求出輪迴終不能得佛告慈氏譬如受灌頂位刹帝利王置一大獄於其獄內安置殿堂樓閣鉤欄窻牖牀榻座具皆以珍寶嚴飾所須衣服飲食無不豐足爾時灌頂王驅逐太子禁閉獄中復與錢財珍寶羅紈疋帛恣意受用佛告慈氏於意云何彼太子得快樂不慈氏白言不也世尊彼中雖有堂殿樓閣飲食衣服錢帛金寶隨意受用身閉牢獄心不自在唯求出離佛告慈氏若灌頂王不捨其過彼諸大臣長者居士等可令太子免禁獄不慈氏白言王既不捨云何得出佛言如是如是彼諸衆生雖復修福供養三寶虛妄分别求人天果得報之時所居器界宮殿樓閣衣服卧具飲食湯藥一切所須悉皆豐足而未能出三界獄中常處輪迴而不自在假使父母妻子男女眷屬欲相救免終不能出邪見業王未能捨離若諸衆生斷妄分别植諸善本無相無著當生佛刹永得解脫慈氏菩薩白佛言世尊今此娑婆世界及諸佛刹有幾多菩薩摩訶薩得生極樂世界見無量壽佛成就阿耨多羅三藐三菩提佛言慈氏我此娑婆世界有七十二俱胝那由他菩薩摩訶薩已曾供養無量諸佛植衆德本當生彼國親近供養無量壽佛成就阿耨多羅

三藐三菩提復次阿難難忍佛刹有十八俱胝那由他菩薩摩訶薩生彼國土寶藏佛刹有九十俱胝那由他菩薩摩訶薩生彼國土火光佛刹有二十二俱胝那由他菩薩摩訶薩生彼國土無量光佛刹有二十五俱胝那由他菩薩摩訶薩生彼國土世燈佛刹有六十俱胝那由他菩薩摩訶薩生彼國土龍樹佛刹有一千四百菩薩摩訶薩生彼國土無垢光佛刹有二十五俱胝那由他菩薩摩訶薩生彼國土師子佛刹有一十八百菩薩摩訶薩生彼國土吉祥峯佛刹有二千一百俱胝那由他菩薩摩訶薩生彼國土仁王佛刹有一千俱胝那由他菩薩摩訶薩生彼國土華幢佛刹有一俱胝菩薩摩訶薩生彼國土光明王佛刹有十二俱胝菩薩摩訶薩生彼國土得無畏佛刹有六十九俱胝那由他菩薩摩訶薩生彼國土悉皆親近供養無量壽佛不久當成阿耨多羅三藐三菩提佛言慈氏如是功德莊嚴極樂國土滿彼筭數無量之劫說不能盡若有善男子善女人得聞無量壽佛名號發一念信心歸依瞻禮當知此人非是小乘於我法中得名第一弟子佛告慈氏若有苾芻苾芻尼優婆塞優婆夷天龍藥叉乾闥婆阿脩羅迦樓羅緊那羅摩睺羅伽人非人等於此經典書寫供養受持讀誦為他演說乃至於一晝夜思惟彼刹及佛身功德此人命終速得生彼成就阿耨多羅三藐三菩提復次慈氏今此經典甚深微妙廣利衆生若有衆生於此正法受持讀誦書寫供養彼人臨終假使三千大千世界滿中大

火亦能超過生彼國土是人已曾值過去佛受菩提記一切如來同所稱讚無上菩提隨意成就佛言慈氏佛世難值正法難聞如來所行亦應隨行於此經典作大守護爲諸有情長夜利益莫令衆生墮在五趣莊嚴獄中令諸有情種修福善求生淨刹爾時世尊而說頌曰

若不往昔修福慧　於此正法不能聞
已曾供養諸如來　是故汝等聞斯義
聞已受持及書寫　讀誦讚演并供養
如是一心求淨方　決定往生極樂國
假使大火滿三千　及彼莊嚴諸牢獄
如是諸難悉能超　皆是如來威德力
彼佛利樂諸功德　唯佛與佛乃能知
聲聞緣覺滿世間　盡其神力莫能測
假使長壽諸有情　命住無數俱胝劫
稱讚如來功德身　盡其形壽讚無盡
大聖法王所說法　利益一切諸群生
若有受持恭敬者　佛說此人眞善友

爾時世尊說此法時有十二俱胝那由他人遠塵離垢得法眼淨八百苾芻漏盡意解心得解脫天人衆中有二十二俱胝那由他人證阿那含果復有二十五俱胝人得法忍不退復有四十俱胝百千那由他人發阿耨多羅三藐三菩提心種諸善根皆願往生極樂世界見無量壽佛復有十方佛刹若現在生及未來生見無量壽佛者各有八萬俱胝那由他人得然燈佛記名妙音如來當得阿耨多羅三藐三菩提彼諸有情皆是無量壽佛宿願因緣俱得往生極樂世界佛說是語時

三千大千世界六種震動雨諸香華積至于膝復有諸天於虛空中作妙音樂出隨喜聲乃至色界諸天悉皆得聞歎未曾有爾時尊者阿難及慈氏菩薩等并天龍八部一切大衆聞佛所說皆大歡喜信受奉行

佛說大乘無量壽莊嚴經卷下

音釋

剸子本切　䁥昵力切藏也亡也　穰如陽切　掁除庚切觸揬也　𣪍宅耕切觸也　紈胡官切素也

佛母寶德藏般若波羅蜜經

宋西天譯經三藏朝散大夫試光禄卿明教大師 法賢奉 詔譯

清刻龍藏佛說法變相圖

佛母寶德藏般若波羅蜜經卷上 中下同卷

宋西天譯經三藏朝散大夫試光祿卿明教大師 法賢奉 詔譯

行品第一

爾時世尊爲令四衆各得歡喜說是般若波羅蜜經使獲利樂即說伽陀曰

所有菩薩爲世間　滅除蓋障煩惱垢
發淨信心住寂靜　當行智度彼岸行
諸江河流閻浮提　華果藥草皆得潤
龍王主住無熱池　彼龍威力流江河
亦如佛子聲聞等　說法教化方便說
樂最聖行求果報　此諸如來勝威徳
云何佛說此法眼　令諸弟子如佛學
自證教他及方便　此亦佛力非自力
最上般若不可知　非心可知非菩提
如是聞已不驚怖　彼菩薩行知佛智

色受想行識皆無　不著纖塵無處所
彼若不住一切法　行無受想得菩提
菩薩若求出家智　照見五蘊無實相
知此不求於寂靜　彼是菩薩之行智
復次云何智所得　照見一切法皆空
不著不驚照見時　自覺覺他諸菩薩
色受想行及識蘊　是蘊見行而不知
菩薩照見蘊皆空　行無相化不著向
無色受想行識等　不行是名無相行
若行不得最上智　無相寂靜三摩地
若菩薩行自寂靜　過去諸佛咸授記
身苦樂等皆不及　由知因果法本性
若行於法不可得　行如是行乃佛智
行無所行了知已　是行最上般若行
彼無所行不可得　愚癡著相謂有無
有無二法皆非實　出此了知乃菩薩
菩薩若知諸幻化　色受想行識亦然
寂靜行離種種相　此名最上般若行
善友方便令知覺　使聞佛母不驚怖
惡友同行及化他　坏器盛水非堅牢
云何得名爲菩薩　一切樂行皆無著
求佛菩提無所著　是故得名爲菩薩
云何得名摩訶薩　得第一義衆生中
斷衆生界諸邪見　是故得名摩訶薩
大施大慧大威德　佛乘最上而得乘
發菩提心度衆生　是故得名摩訶薩
幻化四足俱胝數　多人衆前悉截首
一切世界皆幻化　菩薩知已得無怖
色受想行識纏縛　知不實已不求解
行菩提心無所著　此名最上諸菩薩

云何得名爲菩薩　乘大乘行度衆生
大乘體相如虚空　菩薩由得安隱樂
大乘之乘不可得　乘涅槃往諸方所
行已不見如火滅　是故名爲入涅槃
菩薩所行不可得　初後現在三清淨
清淨無畏無戲論　是行最上般若行
大智菩薩行行時　發大慈悲爲衆生
爲已不起衆生相　是行最上般若行
菩薩起念爲衆生　修諸苦行有苦相
是有我相衆生相　此非最上般若行
知自及諸衆生等　乃至諸法亦復然
生滅無二無分別　是行最上般若行
乃至所説世界等　名離一切生滅法
最上無比甘露智　是故得名爲般若
菩薩如是所行行　了知方便無所求
知此法本性非實　是行最上般若行
若不住色亦無受　亦不住想亦無行
復不住識住正法　是名最上般若行

帝釋品第二

歡喜地攝布施波羅蜜伽陀

常與無常苦樂等　我及無我悉皆空
不住有爲及無爲　住無相行佛亦然
若求聲聞緣覺等　乃至佛果亦復然
不住此忍不可得　如渡大河不見岸
若聞此法彼定得　成等正覺證涅槃
見於一切如自身　是大智者如來説
佛子當住四補特伽羅是行大智行一眞實善法二不退心三應供離垢無煩惱無求四善友同等
大智菩薩如是行　不學聲聞及緣覺

樂學如來一切智　是學非學名爲學
學不受色不增減　亦復不學種種法
攝受樂學一切智　若此功德出離者
色非有智非無智　受想行識亦復爾
色性自性如虛空　平等無二無分別
妄想本性無彼岸　衆生之界亦復然
虛空自性亦同然　智慧世間解亦爾
智慧無色佛所說　離一切想到彼岸
若人得離諸想已　是人語意住眞如
彼人住世恒沙劫　不聞佛說衆生聲
衆生不生本清淨　是行最上般若行
佛說種種之語言　皆具最上般若義
過去佛爲我授記　於未來世證菩提

持無量功德建塔品第三

無垢地攝持戒波羅蜜伽陀

若人常受持般若　所作上應諸佛行
刀劍毒藥水火等　乃至諸魔不能爲
若人於佛滅度後　建七寶塔以供養
如是圓滿千俱胝　佛刹恒沙等佛塔
衆生無邊千俱胝　以妙香華塗香等
供養三世無邊劫　所有功德之數量
不及書寫於佛母　諸佛由此而得生
若受持讀誦供養　功德倍勝於佛塔
大明般若諸佛母　能除苦惱徧世界
所有三世十方佛　學此明得無上師
行般若行利有情　使學大智證菩提
有爲無爲諸快樂　一切樂從般若生
譬如大地植諸種　得和合生種種色
五波羅蜜及菩提　皆從般若所生出
又如輪王出行時　七寶四兵爲導從

若依佛母最上行　一切功德法集聚

功德品第四

發光地攝忍辱波羅蜜伽陀

帝釋有疑問佛曰　恒河沙數等佛剎
佛界圓滿如芥子　能受佛剎般若力
如是了知般若已　此界云何不供養
譬如人王人所重　住般若者合亦爾
佛界般若摩尼寶　具一切德價無比
經函安處經有無　供養悉獲寶功德
佛滅供養於舍利　不及供養於般若
若樂受持供養者　是人速得證解脫
首行布施波羅蜜　次戒忍進及禪定
受持善法不可壞　彼一一生一切法
如閻浮提種種樹　百千俱胝無數色
雖一一樹影皆別　無量影同一名攝
五波羅蜜五名異　般若波羅復一名
一切迴施爲菩提　一味同歸菩提名

福量品第五

焰慧地攝精進波羅蜜伽陀

彼色受想行識等　菩薩觀照悉無常
各各現行而不知　非法非生智者見
無色無受想行識　是法無得復無生
了知一切法皆空　是名最上般若行
如化恒沙等佛剎　諸衆生證羅漢果
若能書寫此般若　令他受持功德勝
如佛修行云何學　信重般若諸法空
速證聲聞及緣覺　乃至無上正覺尊
世間無種不生樹　枝葉華果悉無有
無佛誰指菩提心　亦無釋梵聲聞果
如日舒光照諸天　普使成就種種業

佛智菩提心亦然　從智生諸功德法
如無熱池無龍王　即無河流閻浮提
無河華果悉不生　亦無大海種種寶
世間無佛無大智　無智功德不增長
亦無佛法諸莊嚴　無菩提海等等寶
譬如世間螢有光　一切螢光集一處
比日一光照世間　微塵數分不及一

隨喜功德品第六

難勝地攝禪定波羅蜜伽陀

所有聲聞衆功德　布施持戒觀照行
不及菩薩發一心　隨喜福蘊之少分
所有俱胝那由他　無邊佛刹千俱胝
過去現在佛說此　法寶爲斷一切苦
先發最上菩提心　至成正覺及入滅
彼量所有佛功德　咸成方便波羅蜜
及彼聲聞學無學　有漏無漏諸善法
菩薩等一普迴施　當爲世間證菩提
菩薩施已不住心　住心即名衆生相
有見有念名著相　非是菩薩之迴施
如是施非無相施　是法當知有滅盡
若作非法非施心　乃可得名爲迴施
作有相施非眞施　無相迴施證菩提
如上妙食雜毒藥　自法著相亦如是
是故迴施應當學　如佛衆善悉當知
若生若相若威力　悉皆隨喜而迴施
以功德施佛菩提　菩薩之施皆無相
此施佛許而印可　如是得名勇猛施

地獄品第七

現前地攝智慧波羅蜜伽陀

無量盲人不見道　無一得入於城郭

修六度行闕般若　無力不能成菩提
譬如畫像不畫眼　因無眼界無功德
若有受行於智慧　得名有眼及有力
有爲無爲黑白法　如微塵等不可得
智慧觀照如虛空　故名般若出世間
菩薩諦信行佛行　度那由他苦衆生
如是若著衆生相　此非般若最上行
菩薩若行最上行　過去未曾求大智
今聞般若如佛想　速證寂靜佛菩提
過去信佛那由他　不信般若波羅蜜
或生瞋恨或誹謗　是人少智墮阿鼻
若人樂證諸佛智　不能信重諸佛母
如商入海欲求寶　返失於本而復還

清淨品第八 此品攝第九歎品

遠行地攝方便波羅蜜伽陀

色清淨故果清淨　果色二同一切智
若一切智清淨時　如虛空界不斷壞
菩薩出過於三界　斷盡煩惱而現生
無老病死現滅度　斯即是行般若行
世間欲色之淤泥　愚人處中如風旋
亦如鹿在屋中轉　智者如禽飛虛空
若不著色無受想　亦無行識乃清淨
如是離諸煩惱垢　解脫名佛大智行
菩薩如是行大智　得離諸相脫輪迴
如日解脫羅睺障　光明普徧照世間
火燒草木及樹林　如一切法性清淨
作如是觀亦非觀　如是最上般若行

稱讚功德品第十

不動地攝願波羅蜜善慧地攝力波羅蜜伽陀

帝釋天主問佛言　云何菩薩行智慧
佛答微塵數蘊界　無此蘊界之菩薩
菩薩久行應可知　於俱胝佛作勝緣
新學聞此生邪疑　或不樂求而不學
又如人行深惡道　忽見邊界牧牛人
心得安隱無賊怖　知去城郭而非遥
若聞最上般若已　復得樂求佛菩提
如獲安隱得無怖　心超羅漢緣覺地
譬如人往觀大海　先見大山大樹林
見此所愛祥瑞境　必達大海知非遠
菩薩若發最上心　聞此般若波羅蜜
雖未授記於佛前　此證菩提亦非遠
如見春生諸草木　知有華實而非遥
若人手得此般若　得證菩提亦非遠
亦如女人懷其妊　十月滿足必誕生
菩薩若聞寶德藏　速成正覺之祥瑞
若行般若波羅蜜　見色非增亦非減
見法非法如法界　不求寂靜即般若
行者若不思佛法　不思力足及寂靜
離思非思無相行　是行最上般若行

魔品第十一

法雲地攝智慧彼岸伽陀

佛告善現汝諦聽　凡夫聲聞緣覺地
斯即名爲如來地　一切如一彼無疑
所有稱讚離言說　從彼徧照如來時
乃至成所之作智　住持大金剛佛地
觀察無相住虛空　應知不斷佛種故
善現白佛言世尊　云何菩薩之魔事
佛言菩薩魔事多　我今爲汝略宣說
有無數魔種種變　當書最上般若時

速離天宮如電滅　來於世間作魔事
或有示現樂欲說　或不聽受返瞋恨
不說名姓及氏族　如是魔事咸應知
愚癡無智無方便　無根寧有枝葉等
聞般若已別求經　如棄全象返求足
如人先得百味食　或得稻飯爲上味
菩薩先得般若已　棄捨樂求羅漢果
或爲樂求於利養　心著族姓留種跡
捨彼正法行非法　是魔引入於邪道
若人聞此最上法　當於法師深信重
法師知魔不應著　身適悅及不適悅
復有無數種種魔　嬈亂無數苾芻衆
欲求持誦此般若　不能獲得無價寶
佛母般若實難得　初心菩薩欲樂求
若十方佛而攝受　一切惡魔不能爲

佛母寶德藏般若波羅蜜經卷上

佛母寶德藏般若波羅蜜經卷中

宋西天譯經三藏朝散大夫試光禄卿明教大師法賢奉　詔譯

現世品第十二

如母愛子子疾病　當令父母心憂惱
十方諸佛般若生　般若攝受亦復爾
過現未來三世佛　徧十方界亦復然
皆從佛母般若生　衆生心行無不攝
如是世間諸如來　乃到緣覺及羅漢
迨及般若波羅蜜　皆一味法離分别
過現大智諸菩薩　各各住此法空行
彼諸菩薩如實已　是故如來名作佛
般若園林華果盛　佛依止故甚適悦
十方諸根等淨衆　乃至聲聞衆圍繞
般若波羅蜜高山　十力諸佛而依止
三塗衆生悉救度　度已不起衆生相
師子依山而大吼　諸獸聞已皆恐懼
人師子依般若吼　外道邪魔悉驚怖
如日千光住虚空　普照大地諸相現
法王住般若亦然　説度愛河之妙法
色無相以受無相　乃至想行亦復然
識亦如是五法同　是法無相佛佛説
起虚空見衆生相　虚空無相不可得
佛説法法非相應　不説非有非無相

不思議品第十三

若如是見一切法　一切我見悉皆捨
佛行法及聲聞等　皆從般若而成就
如王不行於國邑　所有王務而自辦
菩薩離相依般若　自然獲佛功德法

譬喻品第十四

若菩薩發堅固心　修行最上般若行

起過聲聞緣覺地　速能證得佛菩提
如人欲渡於大海　所乘船舫忽破壞
不依草木命不全　若得依附達彼岸
若人不發堅信心　依於般若求解脫
溺輪迴海無出期　處生老死常苦惱
若有信心持般若　解有無性見眞如
是人獲福智有財　速證最上佛菩提
如人擔水用坏器　知不堅牢速破壞
若用堅牢器盛水　而不破壞無憂怖
不見具信諸菩薩　遠般若行求退墮
能發信心持般若　證大菩提超二地
未有商人欲入海　不造堅固大船舫
依堅固船無怖畏　獲多珍寶到彼岸
信心菩薩亦如是　離般若行遠菩提
若修最上大智行　當得無上菩提果
如百歲人復病患　是人不能自行立
若得左右扶持者　隨意行往無所怖
菩薩般若力微劣　往菩提岸不能到
兼行最上方便行　得佛菩提無罣礙

天品第十五

所有菩薩住初地　發信心行般若行
爲求無上菩提故　親近善友及智者
大智功德云何獲　當從般若波羅蜜
如是一切諸佛法　功德皆從善友得
修行六度般若行　一一迴施於菩提
佛蘊非有不可求　勿爲初地如是說
菩薩修行功德海　救度世間無度者
求菩提意離顛倒　說最上法如電光
發於最上菩提心　不求名稱不瞋恚
離蘊識界及三乘　不退不動不可取

於如是法得無礙　達甚深理離妄想
聞般若信及化他　知此菩薩住不退
彼甚深法佛難知　無有人得不可得
爲利益故證菩提　此非初心衆生知
衆生愚癡復盲冥　樂住世間求境界
法無所住無取得　從無所住生世間

如實品第十六

東方虛空界無邊　南西北方亦如是
乃至上下及四維　無種種相無分別
過去未來及現在　一切佛法及聲聞
一切如實不可得　不可得故無分別
菩薩樂求如是法　應行方便般若行
離種種相即菩提　菩薩離此無由證
如鳥能飛百由旬　折翅翼故飛無半
忉利天及閻浮人　忘失般若故自墜
雖修前五波羅蜜　經多俱胝那由劫
復以廣大願資持　離方便墮聲聞位
樂行佛智心平等　猶如父母觀一切
當行利益及慈悲　常宣善輭妙言教

不退地祥瑞品第十七

此品攝普徧光明佛地

時須菩提瞻仰問　不退菩薩何殊勝
離言聲相云何說　願佛說彼功德藏
不住沙門婆羅門　及行十善離三塗
大智離於種種相　如山谷響聲相應
若欲法無礙行化　一向善說諸言教
行住坐卧四威儀　一念觀心悉通達
三業清淨如白衣　不爲利養故樂法
降魔境界及化他　觀四禪定而不住
不求名譽無瞋恚　乃至在家塵不染

或爲富貴及脫命　不染纖毫之欲塵
本來寂靜無所有　男女互相業所緣
若求清淨不退時　當行最上般若行
求正徧知心柔順　不求二地離邊地
爲法捨命如須彌　是名不退之菩薩

空品第十八

色受想行識甚深　本來寂靜而無相
如海之深杖莫測　得般若蘊亦如是
菩薩知此甚深法　住眞如乘不可染
六塵十二界體空　無蘊寧有所得福
如人思彼染欲境　心著女色如目見
乃至日日心所行　菩薩思覺亦如是
若多俱胝劫布施　羅漢緣覺持戒者
不如說行般若法　百千萬分不及一
若菩薩觀般若理　安住說法而無相
迴施一切證菩提　彼三界師無有等
所說成就而無相　非空非實不可得
若如是行名覺智　得受成就義無邊
於一念知一切法　信佛所說及他說
演說俱胝那由劫　法界不增亦不減
此得名佛波羅蜜　菩薩於中而說法
如名施巳心不著　亦不言證無上覺

昂誐天姊品第十九

譬如燈光從衆緣　假以膏油芯火等
光非芯火及膏油　非火非芯光不有
或有菩薩初發心　不求無上菩提果
豈唯不得證菩提　亦復不得寂靜故
從種生樹及華果　無種華果悉皆無
發心不爲佛菩提　修行終遠菩提果
從種子生麥穀等　彼果非有亦非無

佛菩提果亦如幻　離彼有性及無性
譬如涓滴水細微　漸次必能盈大器
初心爲求無上果　久修白法終能證
行空無相無願行　不求寂靜無行相
亦如船師善濟渡　不著兩岸非中流
菩薩修行無所著　乃得受佛菩提記
若了菩提非所有　此即是行佛般若
譬如疾疫饑饉道　菩薩中行無怖畏
後人知已悉往來　得無苦惱如微塵

善解方便品第二十

菩薩奉行佛般若　了知本來蘊不生
佛法衆生界悉空　以空三昧起悲智
如人有德力最勝　善解一切幻化法
乃至器仗及工巧　而能一向爲世間
彼人父母妻及子　遊行遠路多寃中
是人勇猛衆所知　安樂還家無怖畏
大智菩薩爲衆生　安住第一三摩地
降伏四魔離二乘　亦復不求佛菩提
譬如虛空無所有　風水火地皆依住
世間衆生得快樂　虛空無意住非住
菩薩住空亦如是　現於世間種種相
以衆生智及願力　非彼寂靜非空故
若菩薩行大智時　住空寂靜三摩地
此中不見一切相　亦復不見彼非相
菩薩行此解脫門　非求寂靜非行相
如鳥飛空而往來　非住虛空非住地
亦如有人習射法　習之不住經多歲
射法久習得盡妙　一一箭發無不中
最上般若行亦爾　修習智慧及方便
直至衆善悉圓滿　方獲最上神通力

若苾芻證神通力　現神變化住虛空
行住坐卧四威儀　經俱胝劫不退倦
住空菩薩亦如是　修無相行到彼岸
行種種行現世間　經俱胝劫不退倦
如人經險遇大風　二手持蓋心專住
是人怖險不能行　直至無風乃前進
大智菩薩住大悲　智慧方便爲二手
執空無相願法蓋　見法不住於寂靜
如人求寶往寶洲　獲寶安隱而還家
是人心足而快樂　豈有眷屬心苦惱
詣空寶洲亦如是　獲得根力禪定寶
菩薩不住歡喜心　令諸衆生離苦惱
商人爲利悉所經　聚落國城諸里巷
雖達寶所亦非住　大智善道而復還
大智菩薩悉了知　聲聞緣覺解脫智
乃至佛智亦非住　何況行彼有爲道
大智菩薩爲世間　住空無相願三昧
若得寂靜無所著　乃可得知於無爲
譬如人生人未識　稱其名故衆乃知
菩薩若行解脫門　於解脫門衆知識
菩薩聞彼甚深法　而於諸根悉照明
住於無相無願法　無退無思無授記
觀於三界如夢幻　不求聲聞緣覺地
如佛說法爲世間　名不退地應授記
知諸衆生墮三塗　發願剎那滅惡道
以眞實力滅火蘊　名不退地應授記
諸惡宿曜及鬼神　作種種疫惱世間
眞實願力悉滅除　無我能作應授記

魔業品第二十一

我得授記非能所　是實願力得增長

若見授記及能所　是名執著及少智
菩薩有執魔即知　現親友相來嬈惱
或作父母七代人　言汝名此佛可證
魔所現作無數相　皆云愍汝作利樂
菩薩聞已有所欣　是名少智魔所著
或住城隍及聚落　山林曠野寂靜處
自稱已德毀他人　應知少智爲魔作
雖住城隍聚落中　不求聲聞緣覺證
此心爲度衆生故　我說是名爲菩薩
五百由旬山險深　共諸惡獸多年住
若見逼迫著我慢　若無分別知菩薩
菩薩住彼爲世間　得力解脫三摩地
彼著山野寂靜行　此亦知彼魔所作
雖住城隍及山野　樂佛菩提離二乘
修如是行利世間　一念如稱名菩薩

善友品第二十二

有大智者依師學　速疾得證無上覺
亦如良醫除衆患　學從善友心無疑
菩薩行佛菩提行　依彼善友波羅蜜
此最上地能調伏　爲二種事證菩提
過去未來十方佛　行此正道無異路
行佛菩提最上行　說波羅蜜如電光
如彼般若空無相　知諸法相亦如是
了知一切法皆空　此即名行佛般若
繫著色欲及飲食　常在輪迴不休息
此愚迷人所見倒　於不實法生實想
譬如得食疑有毒　以虛妄見而不食
愚人忘心生我想　以我想故有生死
亦如恒說諸煩惱　於諸煩惱不著相
煩惱清淨俱無有　如是菩薩知般若

如閻浮提諸衆生　皆發無上菩提心
多千俱胝劫布施　迴施一切證菩提
若復有人於一日　奉行最上般若行
千俱胝施不及一　行般若功無爲故
菩薩大悲行般若　度衆生故不起想
恒行乞食於國城　是得一切名大智
菩薩欲度於人天　乃至三塗極苦衆
皆令速到於彼岸　晝夜勤行於般若
如人欲求無價寶　必過大海諸險難
無心忽爾而獲得　憂惱皆除喜無量
求菩提寶亦如是　勤行般若諸功德
得無取捨無上寶　菩薩速證於菩提

佛母寶德藏般若波羅蜜經卷中

佛母寶德藏般若波羅蜜經卷下

宋西天譯經三藏朝散大夫試光祿卿明教大師法賢奉　詔譯

法王品第二十三

日出光明照世間　雲幻焰散黑暗滅
所有螢光及衆星　乃至滿月皆映蔽
菩薩住空無相願　行於最上大智行
羅漢緣覺正皆超　一切邪見俱能破
譬如王子施財寶　自在能利諸衆生
衆生歡喜悉隨順　無疑當得嗣王位
菩薩勤行大智行　施甘露法利羣生
一切人天悉愛樂　決定當證法王位

我品第二十四

魔恐菩薩證法王　雖處天宮常憂惱
放火掣電現諸相　欲令菩薩生退懼
大智菩薩心不動　晝夜常觀般若義
如鳥飛空心泰然　一切魔事無能爲
菩薩若起瞋怒心　於晝夜分或鬬諍
時魔歡喜而精勤　菩薩是遠於佛智
菩薩或諍或瞋怒　毗舍左鬼得其便
入彼菩薩身心中　令退菩提魔所作
菩薩受記未受記　或起瞋怒或鬬諍
乃至心念皆過失　知已倍更勤修行
菩薩思念於諸佛　皆從忍辱證菩提
懺悔如說持正行　是如佛法而修學

戒品第二十五

若學戒法有作相　而於戒法不善學
知戒非戒無二相　如是乃名學佛法
若有菩薩住無相　受持不離名持戒
於佛法學樂承事　是名善學而無著
是大智者如是學　心永不生不善法

如日虛空而往來　放百千光破黑暗
若學般若住無爲　能攝一切波羅蜜
六十二見身見攝　般若攝受亦復爾
譬如有人具諸根　命根滅故諸根滅
若諸菩薩行大智　亦行一切波羅蜜
聲聞緣覺諸功德　大智菩薩悉皆學
雖學非住亦非求　所學之學此爲義

幻化品第二十六

若發志心而隨喜　最上菩提不退行
三千須彌重無量　隨喜善法重過彼
衆生爲求解脱法　一切隨喜作福蘊
作佛功德法迴施　當爲世間盡諸苦
菩薩不著諸法空　了知無相無罣礙
內心亦不求覺智　是行最上波羅蜜
如虛空界無障礙　無所得故亦不有
大智菩薩亦復然　住寂靜行如虛空
如有幻師作幻人　衆人見幻而皆喜
幻人雖現種種相　名字身心俱不實
行般若行亦復然　爲世間説證菩提
乃至種種所作事　如幻師現悉無著
佛佛化現諸佛事　所作皆無彼我相
菩薩大智行亦然　一切現行如幻化
如木匠人心善巧　一木造作種種相
菩薩大智亦復然　無著智行一切行

妙義品第二十七

大智菩薩行如是　天人合掌恭敬禮
乃至十方佛刹中　亦得功德鬘供養
假使恒河沙佛刹　所有衆生皆作魔
一一毛變無邊相　不能嬈動於菩薩
大智菩薩有四力　而彼四魔不能動

空行亦不捨衆生　菩薩慈悲處利樂
佛母般若波羅蜜　菩薩了知深信重
内心真實而奉行　應知是行一切智
法界如實不可得　由如虛空無處所
如天宮殿應念生　亦如飛禽思果樹
大智菩薩如是行　住彼寂靜之功德
法不可見亦無說　菩提非得非不得
所有聲聞及緣覺　修行寂靜三摩地
愛樂寂靜得解脫　唯佛超出於一切
菩薩依禪到彼岸　不住寂靜行如空
如禽飛翔不墮地　如魚水中行自在
菩薩若爲諸衆生　當求未曾有佛智
施與最上第一法　此名最上行行者

散華品第二十八

如來說戒波羅蜜　一切戒中爲第一
智者欲奉一切戒　當學佛戒波羅蜜
今此法藏諸佛母　爲最第一快樂所
過現未來十方佛　生此法界而無盡
一切樹林華果等　皆從大地而生長
大地不厭亦不著　不減不增復不倦
佛及聲聞緣覺等　天及世間安隱法
皆從般若之所生　般若無增亦無減
世間上中下衆生　一切皆從無明生
因緣和合轉苦身　無明無增亦無減
乃至方便諸法門　皆從般若所生出
彼方便法隨緣轉　般若無增亦無減
菩薩了知十二緣　乃至般若無增減
如日雲中放光明　破無明障證菩提

聚集品第二十九

大菩薩修四禪定　如所愛樂而無住

或復不住於四禪　當得最上之菩提
得最般若住禪定　四無色等三摩地
爲得最上大禪定　而復不學諸漏盡
此功德藏未曾有　行三摩地而無相
住彼不破於我見　有心所思生欲界
譬如南閻浮提人　未生諸天生北洲
見彼境界而求生　作彼住已而復還
菩薩所修之功德　三摩地行而相應
雖同凡夫住欲界　由如蓮華不著水
菩薩度脫於衆生　圓滿淨土波羅蜜
不求生於無色界　而求菩提波羅蜜
譬如天人獲寶藏　雖得不生愛樂心
或言天人而起心　欲收彼寶不可得
大智菩薩不樂住　四禪寂靜三摩地
出彼寂靜三摩地　而入欲界爲世間

若菩薩行三摩地　不樂羅漢及緣覺
乃至散亂兇惡心　無知迷亂無功德
色聲香味觸五欲　及彼緣覺聲聞等
如是之法悉遠離　等引不離菩提心
菩薩一向爲衆生　修行精進波羅蜜
猶如奴僕事其主　利於衆生亦如是
如僕事主心專注　雖被瞋辱而無對
凡所動止常在心　唯恐彼主責其過
菩薩爲求佛菩提　如奴事主利衆生
證得無上菩提已　利生如火燒草木
晝夜勤行利他行　利已內心無我相
如母愛子常衛護　寒暑雖苦心無倦

常歡喜品第三十

菩薩愛樂爲衆生　修治佛刹清淨行
恒行精進波羅蜜　無如微塵心退倦

大智菩薩俱胝劫　久修苦行爲菩提
不離精進波羅蜜　無懈怠心終得證
從初發心爲菩提　乃至得獲寂靜證
恒於晝夜行精進　大智菩薩應如是
有言能破於須彌　方證無上菩提果
聞已懈怠而退心　是彼菩薩之過失
大智菩薩聞是言　謂須彌盧甚微小
於一念間可破壞　亦不住證佛菩提
於身心語行精進　度脫世間作大利
或著我相起懈怠　而不能證佛菩提
無身心相無衆生　離諸相住不二法
爲求無上佛菩提　是行精進波羅蜜
大智菩薩行利樂　令人聞言悉歡喜
說法無說無聽人　名最上忍波羅蜜
譬如寶滿三千界　施佛緣覺及羅漢
不如知法忍功德　百千萬分不及一
持忍菩薩得清淨　三十二相到彼岸
一切衆生悉愛樂　聞法信受而調伏
或有衆生以栴檀　塗菩薩身爲供養
或有持火徧燒然　行平等心無瞋喜
大智菩薩持是忍　或爲緣覺及聲聞
乃至世間諸衆生　悉皆迴向佛菩提
譬如世間貪五欲　甘忍三塗無邊苦
菩薩爲求佛菩提　今何不勤持忍辱
割截首足劓耳鼻　禁縛捶拷諸楚毒
如是苦惱悉能忍　是住忍辱波羅蜜

出法品第三十一

持戒當得高名稱　亦復證得三摩地
持戒爲利諸衆生　後當證於佛菩提
心重緣覺及聲聞　及見破戒說他過

雖實持戒爲菩提　是名持戒行五欲
欲證菩提功德法　持戒具足行利樂
若行毀破於尸羅　是則滅壞於菩提
菩薩雖樂受五欲　歸命佛法及聖衆
念我當證一切智　是住尸羅波羅蜜
菩薩經歷俱胝劫　奉行十善無間斷
心樂緣覺及羅漢　是犯波羅夷重罪
持戒迴向佛菩提　而不作念求自益
但念利他諸衆生　是則持戒波羅蜜
菩薩若行諸佛道　於衆生離種種相
不見破戒諸過患　此爲最上善持戒
菩薩要離於諸相　無我無人及壽者
不著戒相及行相　是則持戒之殊勝
如是具足而持戒　一切無礙無分別
頭目手足施無悋　一切所愛皆無著

了知法本空無我　乃於此身無戀著
況外財物而不捨　及彼非處而嫉妬
於內外施生我慢　是菩薩病非爲施
或起嫉妬生鬼趣　或得爲人處貧賤
知彼衆生貧賤因　菩薩發心恒布施
施如四洲草木數　如是廣大亦無相
大智菩薩行施已　復念三有諸衆生
菩薩亦爲彼衆生　悉皆迴向於菩提
如是行施無所著　亦復不求於果報
名大智者爲一切　施因雖少果無量
乃至三有諸衆生　一切皆以尊重施
如供養佛及菩薩　緣覺聲聞之功德
大智菩薩以方便　用彼施福行迴向
當令一切衆生類　皆悉證得無上覺
如假瑠璃寶大聚　不及一眞瑠璃寶

迴施世間一切衆　不及迴施無上覺
菩薩行施於世間　不作我慢無所愛
修行而得大增長　如月離障出雲中

善護品第三十二

菩薩布施濟貧乏　令得富盛度苦惱
果報求滅餓鬼趣　及得斷除諸煩惱
持戒遠離畜生趣　捨八非念得正念
忍辱當得最上色　如金世間悉愛樂
精進善法獲無邊　所有功德不可盡
修行禪定離五欲　從等持得神通明
智獲無邊佛法藏　慧了諸法本來因
佛知三界諸過咎　爲轉法輪滅諸苦
菩薩此法得圓滿　佛刹清淨衆生淨
受持佛種并法種　聖衆種及一切法
醫世間病最上師　以智慧說菩提方
寶德藏有種種藥　令衆生服悉證道

佛母寶德藏般若波羅蜜經卷下

音釋

妊汝鴆切孕也　舫數亮切方舟也　坏鋪杯切燒陶器也　翅式至切
劓倪制切刑鼻也　捶捶主蘂切杖擊也　拷拷苦老切打也

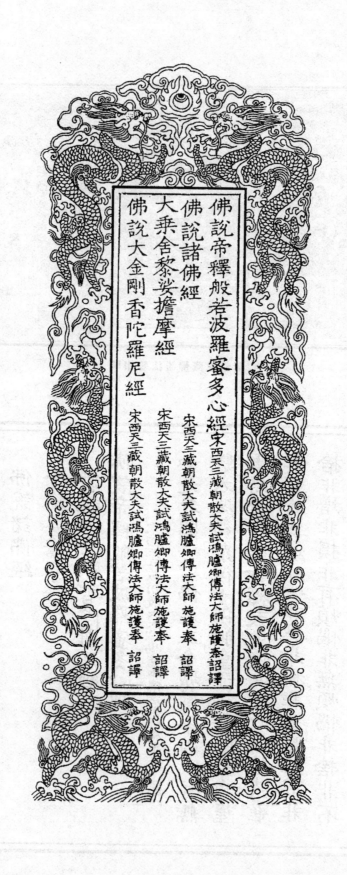

佛說帝釋般若波羅蜜多心經 宋西天三藏朝散大夫試鴻臚卿傳法大師施護奉詔譯

佛說諸佛經 宋西天三藏朝散大夫試鴻臚卿傳法大師施護奉詔譯

大乘舍黎娑擔摩經 宋西天三藏朝散大夫試鴻臚卿傳法大師施護奉詔譯

佛說大金剛香陀羅尼經 宋西天三藏朝散大夫試鴻臚卿傳法大師施護奉詔譯

清刻龍藏佛說法變相圖

四經同卷
佛說帝釋般若波羅蜜多心經
佛說諸佛經
舍黎娑擔摩經
佛說大金剛香陀羅尼經

佛說帝釋般若波羅蜜多心經

宋西天三藏朝散大夫試鴻臚卿傳法大師施護奉　詔譯

如是我聞一時佛在王舍城鷲峯山中有無數大苾芻衆復十俱胝童子相菩薩摩訶薩

爾時世尊告帝釋天主憍尸迦此般若波羅蜜其義甚深非一非異非相非無相非取非捨非增非損非有煩惱非無煩惱非捨非不捨非住非不住非相應非不相應非煩惱非不煩惱非緣非不緣非實非不實非法非不法非有所歸非無所歸非實際非不實際憍

尸迦如是一切法平等般若波羅蜜亦平等一切法寂靜般若波羅蜜亦寂靜一切法不動般若波羅蜜亦不動一切法分別般若波羅蜜亦分別一切法怖畏般若波羅蜜亦怖畏一切法了知般若波羅蜜亦了知一切法一味般若波羅蜜亦一味一切法不生般若波羅蜜亦不生一切法不滅般若波羅蜜亦不滅一切法虛空妄想般若波羅蜜亦虛空妄想色無邊般若波羅蜜亦無邊如是受想行識無邊般若波羅蜜亦無邊地界無邊般若波羅蜜亦無邊如是水界火界風界空界識界無邊船若波羅蜜亦無邊金剛平等般若波羅蜜亦平等一切法不壞般若波羅蜜亦不壞一切法性不可得般若波羅蜜亦不可得一切法性平等般若波羅蜜亦平等一切法無性般若波羅蜜亦無性一切法不思議般若波羅蜜亦不思議如是布施波羅蜜持戒波羅蜜忍辱波羅蜜精進波羅蜜禪定波羅蜜方便波羅蜜願波羅蜜力波羅蜜智波羅蜜亦不可思議三業清淨般若波羅蜜亦清淨如是般若波羅蜜其義無邊復次憍尸迦所有十八空何等十八空內空外空內外空空空大空勝義空有爲空無爲空無際空無變異空無始空本性空自相空無相空無性空自性空無性自性空一切法空頌曰

如星如燈翳　夢幻及泡露　如電亦如雲
應作如是觀　我今略說此　般若波羅蜜
不生亦不滅　不斷亦不常　非一非多義
非來亦非去　如是十三緣　止息令寂靜
正等正覺說　恭信最上師　歸依十方佛

過現及未來　三寶波羅蜜　無量功德海
供養諸如來　大明眞秘蜜
眞言曰
怛你也合二他引鉢囉合二倪鉢囉合二倪摩賀引
鉢囉合二倪鉢囉合二倪嚩娑引細鉢囉合二倪嚕
迦迦哩引阿倪也合二曩尾馱摩你去悉提引
蘇悉提悉皺身切覩紟婆誐嚩帝薩哩鏝引二合
誐遜那哩去跋訖帝合二晚娑隸引鉢囉合二娑
引哩多賀悉帝引二合三摩引娑嚩合二娑迦哩
悉皺身切悉皺身切沒皺沒皺糿波糿波左攞左
攞囉引嚩羅引嚩阿引誐蹉阿引誐蹉娑誐
囉帝摩引尾攞莎娑嚩引二合賀引
曩謨達哩謨合二捺誐合二多寫冒地薩埵寫摩
賀引薩埵寫摩賀引迦嚕尼迦寫曩謨娑那
引鉢囉合二嚕祢怛寫冒地薩埵寫摩賀引薩

埵寫摩賀引迦嚕尼迦寫曩謨入鉢囉合二倪
也合二波引囉彌多引曳引怛你也合二他牟你
達哩彌引二合僧誐囉合二賀達哩彌合二阿努誐
囉合二賀達哩彌合二尾目訖多合二達哩彌合二薩
埵引努誐囉合二賀達哩彌合二吠室囉合二囉努
達哩彌合二三滿多引努波哩囉哩多合二曩達
哩彌引二合虞努誐囉合二賀僧誐囉合二賀達哩
彌引二合薩哩嚩合二怛囉引二合努誐多達哩彌
引二合薩哩嚩合二迦引羅波哩鉢囉引二合波努
達哩彌引二合娑嚩引二合賀引鉢囉合二倪也合二
波引囉彌多引曳引怛你也合二他引阿佉你
曩佉你阿佉曩你佉你阿嚩羅晚馱你半那
你半那你鉢捺哩娑嚩引二合賀引
曩謨鉢囉合二倪也合二波引囉彌多引曳引怛
你也合二他引昂誐引昂誐引曩帝囉引昂誐

引曩帝曩曩引囉婆引娑昂誐引娑囉二合引賀
曩謨鉢囉二合倪也二合波引囉彌多引曳怛你
也二合他引室哩二合曳引室哩二合曳引牟你室
哩二合曳引牟你室哩二合野細娑嚩二合引賀引
鉢囉二合倪也二合波引囉彌多引曳引怛你也
二合他唵引嚩囉二合未隷引娑嚩二合引賀引
曩謨鉢囉二合倪也二合波引囉祢多引曳引怛
你也二合他引唵紇凌二合室凌二合特凌二合室嚕
二合帝特哩二合帝娑蜜哩二合誐帝尾曳引惹娑
嚩二合引賀引
曩謨鉢囉二合倪也二合波引囉彌多引曳怛你
也二合他引鑁嚩哩鑁嚩哩摩賀引鑁嚩哩度
嚕度嚕摩賀引度嚕娑嚩二合引賀引
曩謨鉢囉二合倪也二合波引囉彌多引曳引怛
你也二合他引虎帝虎帝虎多引設你薩哩嚩
二合迦哩摩二合嚩囉拏你娑嚩二合引賀引
曩謨鉢囉二合倪也二合波引囉彌多引曳引怛
你也二合他引唵引阿嚕黎迦娑嚩二合引賀引
曩謨鉢囉倪也二合波引囉彌多引曳引怛你
也二合他引唵引薩哩嚩二合尾覩入聲娑嚩二合引
賀引
曩謨鉢囉二合倪也二合波引囉彌多引曳引怛
你也二合他引誐帝誐帝波引囕誐帝波引囉
僧誐帝冒地娑嚩二合引賀引

爾時世尊說此經已帝釋天主及諸菩薩摩
訶薩天人乾闥婆阿脩羅等一切大衆聞佛
所說皆大歡喜信受奉行

佛說帝釋般若波羅蜜多心經

佛說諸佛經

宋西天三藏朝散大夫試鴻臚卿傳法大師施護奉　詔譯

如是我聞一時佛在王舍城鷲峯山中時尊者大目犍連食時欲至著衣持鉢將詣王城忽作是念我於今日先往色究竟天問少因緣却來乞食於是尊者大目犍連入三摩地等引譬如力士屈伸臂頃到色究竟天既至彼已與天相見以種種輭語互相問訊時尊者大目犍連乃問天言經於何時有佛世尊出現於世證無上菩提於是有百色究竟天主同聲答言滿百千劫有佛出世證無上菩提爾時尊者大目犍連聞已信受即入三摩地譬如力士屈伸臂頃從色究竟天還到王城即如常日次第乞食食畢澡漱收衣鉢已往詣佛所即以頭面禮佛雙足修敬畢已在一面坐合掌瞻仰而白佛言世尊我於今日食時欲至入三摩地往色究竟天問彼天人經於何時有佛出世證無上菩提彼百天主同聲告我滿百千劫有佛出世證無上菩提世尊我雖信受是事云何唯願世尊爲我開說爾時世尊告大目犍連汝今諦聽當爲汝說大目犍連彼色究竟天主知見甚少乃謂汝言滿百千劫有佛出世證無上菩提此非正言未可深信大目犍連我念往昔最初值遇六十俱胝諸佛如來出現於世而彼諸佛住世利生或久或近各各隨緣次第入滅如是相繼復有八十俱胝佛出現於世同名妙華我於是時一一佛前發大誓願及持梵行於此佛後復有五百佛出現於世同名正梵於此佛後復有八百佛出現於世同名然燈

於此佛後復有一萬五千佛同名昝歷没出現於世於此佛後復有一千佛出現於世名號族姓名名不同我於如是佛前復發誓願修持梵行於此佛後復有六千佛出現於世同名蘇鉢囉名波於此佛後復有九萬佛出現於世同名妙迦葉於此佛後復有一千佛出現於世同名爲日於此佛後復有一千佛出現於世同名深没馱野於此佛後復有八萬佛出現於世同名曀羅嚩帝於此佛後復有七萬佛出現於世同名帝釋於此佛後復有一佛名德出現於世我於此佛與諸聲聞弟子同發誓願恭敬供養經于多歲於此佛後復有八十俱胝那由他辟支佛出現於世大目揵連彼辟支佛在於我前發大誓願及有轉輪聖王名曰徧照亦於我前先得值遇四十同名無能勝佛大目揵連我於德佛滅後值遇一佛亦名無能勝於此佛世我爲轉輪聖王名爲百號與無能勝佛聲聞弟子同發誓願恭敬供養經歷多年佛入滅後我以七寶建塔供養舍利如是修行經無量持大目揵連我於是時得證菩提復次大目揵連彼色究竟天少知少見無能勝佛滅度之後復有一佛出現於世名曰持世後復有佛出現於世名曰持地後復有佛名大能仁出現於世後復有佛名曰妙現出興於世後復有佛名曰師子出現於世後復有佛名最上希有出現於世後復有佛名斷一切憂出現於世後復有佛名一切義成就出現於世後復有佛名曰得勝出現於世後復有佛名曰寶光出現於世後復有佛名曰意稱出現於世

後復有佛名烏波底室囉出現於世後復有佛名底室嚕出現於世後復有佛名曰圓光出現於世後復有佛名爲月光出現於世後復有佛名曰天光出現於世後復有佛名阿提部出現於世後復有佛名阿提野輸出現於世後復有佛名無滅通出現於世後復有佛名曰最勝出現於世後復有佛名底室嚕多嚕出現於世後復有佛名曰上華出現於世後復有佛名阿哩瑟吒出現於世後復有佛名阿提部出現於世後復有佛名曰然燈出現於世後復有佛名曰降寃出現於世後復有佛名曰金曜出現於世後復有佛名曰金光出現於世後復有佛名曰寶眼出現於世後復有佛名蓮華眼出現於世後復有佛名最上蓮華出現於世後復有佛名大蓮華出現於世後復有佛名曰蓮華出現於世後復有佛名曰毗婆尸出現於世後復有佛名毗舍浮出現於尸棄出現於世後復有佛名拘留孫出現於世後復有佛名俱那含牟尼出現於世後復有佛名曰迦葉出現於世今我釋迦牟尼出現於世大目犍連我先發誓願於如是等諸佛以七寶華而散供養已然後方成正等正覺大目犍連彼一一佛從初發心乃至成等正覺皆是經歷無數之劫我從發心至今成佛劫數甚多不可筭計彼色究竟天少知少見汝勿生疑爾時世尊說是經已大目揵連疑心即除歡喜踊躍禮佛而退

佛說諸佛經

大乘舍黎娑擔摩經

宋西天三藏朝散大夫試鴻臚卿傳法大師施護奉 詔譯

如是我聞一時世尊在王舍城鷲峯山中與大苾芻衆千二百五十人俱復有菩薩摩訶薩衆慈氏菩薩而爲上首爾時世尊觀舍黎娑擔摩已告諸苾芻言若有苾芻於十二緣生而能見了是名見法見是法已即名見佛世尊作是說已默然而住爾時舍利子尋作是念令我世尊說如是法當云何義云何了知即往詣慈氏菩薩所到已相見各用輭語互相問訊即與慈氏菩薩坐大石下時舍利子白慈氏言今者世尊爲諸苾芻說舍黎娑擔摩經言諸苾芻若於十二緣生而能見者是名見法見是法已即名見佛菩薩我今不解斯義何等名十二緣生云何名法云何名佛唯願菩薩略爲解說爾時慈氏菩薩告尊者舍利子言如來法王具一切智隨宜所說甚深微妙汝今問我我今略說舍利子如世尊言若有苾芻於十二緣生而能見了是名見法若見是法即名見佛舍利子十二緣生者所謂無明緣行行緣識識緣名色名色緣六入六入緣觸觸緣受受緣愛愛緣取取緣有有緣生生緣老死憂悲苦惱如是生者即一大苦蘊生舍利子彼無明滅即行滅行滅即識滅識滅即名色滅名色滅即六入滅六入滅即觸滅觸滅即受滅受滅即愛滅愛滅即取滅取滅即有滅有滅即生滅生滅即老死憂悲苦惱滅如是滅即一大苦蘊滅舍利子世尊如是說爲十二緣生舍利子言云何名法菩薩告言聖八正道名之爲法所謂正

見正思惟正語正業正命正勤正念正定舍利子是八正道果報涅槃是故世尊略說名法舍利子言云何名佛菩薩告言若知一切法名之爲佛如是得聖慧眼見菩提分法乃證法身復次云何見十二緣如佛所說若人恒見此十二緣無生無滅無作無爲無取無著如實不顛倒寂靜無怖大聖無盡止息悉皆無性若如是見是人見法若能如是恒見無生無滅無作無爲無取無著如實不顛倒寂靜無怖大聖無盡止息見法無性彼人是見無上法身佛是得正法正智止息三昧復次舍利子白言以何故名爲十二緣菩薩告言以有因有緣名十二緣舍利子是法亦非因非緣亦非不因緣又從緣有子今略說其相如來出生及不出生是因緣法常住平等如實非虛是眞實法離顛倒故又舍利子如是緣生分爲二義何等爲二一者從因二者從緣此二種義分爲內外外緣從因所生者謂從種生芽從芽生苗從苗生莖從莖生枝葉從枝葉生華果若無種子即不生苗乃至華果亦無所有若有種子即生苗莖乃至華果無不有故舍利子彼種子不作念我能生芽芽亦不作念我能生苗莖如是乃至華亦不作念我能生果果亦不作念我能從華生如是外緣從因生法可見又舍利子外因從緣生者謂緣六界合集故云何六界所謂地界水界火界風界虛空界時界彼地界能安立水界能滋潤火界能溫煗風界能動搖空界能無礙時界能成就如是六界各各緣合種子得生芽苗華實無不具足如是六界一

不合者種即不生乃至華實亦不可得然彼六界各無有我彼地不言我能安立水亦不言我能滋潤火亦不言我能溫煖風亦不言我能動揺空亦不言我能無礙時亦不言我能成就然彼種子不言我能生芽芽亦不言我從諸緣得生彼芽等所生非自作非他作亦非自他合有非自在天所化亦非時化亦非緣生亦不一事生亦非不因生然彼地水火風虚空時分及種子華實而彼從生不即不離無盡滅故此外緣生復有五義何者爲五謂不常不斷雖滅不盡少因多果互爲所緣云何不常謂種子與芽名别異故云何不斷謂從種有芽芽生枝葉故云何雖滅不盡雖滅者謂種壞似滅不盡者謂傳種生芽云何少因多果謂一子爲因果實繁倍云何互爲所緣謂因種有芽乃至華實相似連環復爲種子故復次云何内十二緣此十二緣復有二義云何爲二謂一從因二從緣云何從因所爲因於無明乃生於行乃至生老死憂悲苦惱若無無明行亦不立乃至無老死憂悲苦惱而彼無明不作念我能生行行亦不作念我從無明生乃至生亦不作念我能生老死憂悲苦惱老死等亦不作念我從生生是謂從因所生之相云何從緣所生所謂緣於六界得和合故何等爲六謂地水火風空識此六界合時是名從緣生故云何名地界謂身堅實此名地界若身滋潤此名水界若身溫煖此名火界若出入息此名風界若身無障礙此名空界眼識乃至第八識此名識界如是等六界緣和合故乃生其身然彼地

界不作念我能堅實水界亦不作念我能滋潤火界亦不作念我能溫煗風界亦不作念我能出入息空界亦不作念我能無障礙識亦不作念我能成就身亦不作念我從衆緣生然非衆緣身亦不立而彼地界無我無人無衆生無壽命非男非女亦無自無他乃至水火風空識界亦無我無人無衆生無壽命非男非女亦無自無他又復若於如是六界而作一想凡夫想常想實想久想樂想我想人想衆生想壽命想蠕動想由無智故作如是等種種之想是故說名無明由無明故即生貪欲瞋恚無明緣行行亦如是著於假名生諸妄想名識識生名色名色生六入六入生觸觸故生受受故生愛愛故生取取故生有以有故能生後蘊名生生已衰變為老蘊敗壞故為死以愚癡故即發生憂悲苦惱又以衆苦集聚逼切身心處大黑暗名為無明造作為行分別為識安立相為名色六根門為六入對塵名觸得苦樂名受飢渴名愛追求名取復生業為有後蘊生為生蘊熟為老彼壞為死思懼為憂慘切為悲衆苦為苦勞擾為惱又復翻真實為虛妄以邪見為正見以是無智故名無明行有三種謂福行非福行無相行作福行得福行智作非福行得非福行智作無相行得無相行智如是乃至老死憂悲苦惱此十二緣各各有因有果非常非斷非有為不離有為非心法非盡法非滅法本來自有所生不斷譬如江河流注無絕爾時慈氏菩薩復告舍利子言彼十二緣復以四緣增長所謂無明愛業識等彼識種子

以自性爲因以業爲地以無明愛煩惱覆蓋識種發生彼業與識爲地愛與識爲滋潤無明覆蓋識得成就彼業不作念我能與識種子爲地愛亦不作念我能與識種子爲滋潤無明亦不作念我能與識種子爲覆蓋以是緣故識種成就識亦不作念我從衆緣生復次業爲識地愛爲滋潤無明覆蓋種子乃生處母胎中爲名色芽彼名色芽非自生非他生非自他合生亦非自在天生亦非時化生亦不從本所生亦非無因緣生是法實從父母衆緣和合得生然彼名色芽本無主亦無取捨自性因緣如虛空幻化復次眼識所生有五種因緣何者爲五謂眼色明照虛空意念以此五緣而生眼識以眼爲所住以色爲所著以明得觀照以虛空得無礙是故意念起諸爲作以是緣故眼識得生若眼色明照虛空意念等緣不和合眼識不生然眼不作念我能爲眼識所住色亦不作念我能令識之所著明亦不作念我能令識得觀照空亦不作念我能令識無障礙意亦不作念我能令識起爲作識亦不作念我能從衆緣生然眼識實從衆緣和合而生如是諸根次第所生皆亦如是復次無有法從今世至後世但以業果因緣妄想所生又如明鏡照面面現鏡中實無面入鏡内由妄想因緣而顯現故又如滿月高處虛空去地四萬二千由旬影現衆水非月没彼而生此水亦由妄想因緣故現又如取火得薪即然薪盡即滅復次舍利子無有衆生從此世至後世亦非後世至此世但以業結成識種子處處得生託母胎

藏生名色芽此因緣法本來無主無我無取無捨如虛空如幻化無有實法而善惡之業報應不亡又十二緣復以五事說何等爲五謂無常不斷無滅少因多果相似云何無常謂此蘊滅彼蘊生滅即非生生即非滅生滅異故故名無常云何不斷謂如秤高下此滅彼生故云不斷云何不滅謂衆生界所作因業皆不滅故云何少因多果謂凡所造因亦如事田專心勤力故獲果廣多云何相似謂所造因業不獲異報故云相似復次舍利子如佛所說若有能觀十二因緣者名爲正觀正智慧云何正觀正智慧謂觀過去未來現在三世所生不作有無之想來無所從去無所至若沙門婆羅門及世間人能觀是法不生不滅無作無爲無取無捨不顛倒寂靜止息無性若能如是見法寂靜了知無病無瘡如眴息間我見即除如斷多羅樹頭不復更生是得不生滅法舍利子是人獲法忍具足如來應供正等正覺明行足善逝世間解無上士調御丈夫天人師佛世尊當爲授阿耨多羅三藐三菩提記爾時慈氏菩薩說是法已尊者舍利子及天人阿脩羅乾闥婆等歡喜信受頂禮而退

大乘舍黎娑擔摩經

佛說大金剛香陀羅尼經

宋西天三藏朝散大夫試鴻臚卿傳法大師施護奉　詔譯

爾時世尊說此大明能降伏諸天宿曜此金剛香大力最勝如金剛寶有大利用能破諸山若有最上星曜而不降伏但念此金剛香眞言天等星曜驚怖戰悚而自降伏如風吹樹枝隨風低仆即說陀羅尼曰

曩謨引囉怛曩二合怛囉二合夜引野曩莫室戰二合拏嚩日囉二合播引拏曳摩賀引藥乞叉二合細引曩引鉢多曳引唵引曩謨引婆誐嚩帝㖡引二合阿哩也二合嚩日囉二合巘引馱引哩曳阿、你引迦囉濕彌二合設哆娑賀娑囉二合鉢囉二合入嚩二合隸哆帝引惹娑引曳引烏誐囉二合鼻摩婆夜引曩迦引曳引尾迦囉引囉引曳引賛拏曳引左波羅引曳引摩賀引喻引誚引濕嚩二合哩曳引鼻瑟摩二合婆夜引曩迦引曳引沙吒目二合佉引曳引播嚩二合那舍部惹曳引捺嚩二合那舍你引怛囉引二合曳引尾枳囉拏二合計舍引曳引阿你迦嚕波尾尾馱尾唧怛囉二合吠沙馱引囉尾曳引噎呬曳二合呬婆誐嚩底摩賀引嚩日囉二合巘馱引哩怛囉二合夜引赦引囉怛曩引二合薩帝曳二合曩怛你也二合他唵引阿引迦茶阿引迦茶末羅祢引嚩摩呬引濕嚩二合囕誐嚕瑟嚷二合俱摩引囕没囉引二合憾摩二合赦印捺囕二合賛捺囕二合阿祢底炎二合藥屛囉引叉散没囉二合憾摩二合囉叉散阿儗你二合夜曼嚩嚕赦嚩庾俱吠引囕馱曩難馱哩二合底囉引瑟吒囕二合尾嚕茶劒尾嚕播引屛吠室囉二合摩赦商俱迦囉赦虞引迦囉赦尾迦囉赦没哩二合賀迦囉赦健吒

迦囉祓訥嚕合二拏迦囉祓娑度引二合羅迦囉
祓摩賀引迦引覽喃祢枳引濕嚩合二囕部凌
合一儗哩致孕合二曩野斂尾曩引野鈉半引唧
鈉那引摩鈉路引賀鈉謨引賀鈉沙瑟致合二
哩祢合二嚩俱引致也合二儗哩鈉引唵迦引哩
努哩誐合二迦引哩怛也合二曳你摩賀引迦引
哩怛也合二曳你賛拏迦引哩怛也合二曳你野
舍悉尾合二你迺引哩底炎合二伊舍引他也合二
迦引陵摩賀引迦引陵嚩日囉合二迦引陵商
佉迦引陵阿迦引陵婆捺囉合二迦引陵芻捺
囉合二迦引陵祖羅迦引陵阿引儗你引二合炎
引夜引曼引嚩引野尾炎合二設引隸迦嚩哩
底炎合二囉引怛陵合二扇引底孕合二設訖底孕
合二設多引叉孕合二摩賀引設哆引叉孕合二娑
賀娑囉合二叉孕合二印捺囉引二合尼孕合二沒囉

合二感摩引二合尼孕合二憍引摩引哩孕合二摩引
呬濕嚩合二哩孕合二吠引瑟拏合二尾孕合二倪哩
鈉引蘇婆巘引左捫拏引撓涅陵合二嚩引囉
引呬孕合二曳左引你曳合二三摩曳曩底瑟站
合二底旦引薩哩嚩引二合呵引嚩引賀曳瑟也
引二合彌始伽覽合二誐哩合二恨拏合二誐哩合二恨
拏合二誐哩合二恨拏合二播野誐哩合二恨拏合二播
野左引護嚕護嚕羅羅羅羅遇嚕遇嚕租嚕
租嚕母嚕母杜母杜母馱摩馱摩馱囉馱
囉摩囉摩囉野囉野囉摩囉摩囉覽誐覽誐
覽誐波野覽誐波野惹羅波合二惹羅波合二播
引野惹羅波引二合播野布囉野布囉野羅具
羅具阿引尾引舍野阿引尾引舍野唵引曩
謨引婆誐嚩底阿引哩也合二摩賀引嚩日囉
合二巘引馱引哩悉馱室戰合二拏嚩日囉合二播

引尼囉引惹拏合二波野底唵呬曳引二合呬呬
哩合二呬引賀引賀引賀引賀引訶訶訶訶囉
囉囉囉護引吽吽嘜吒娑嚩合二賀引唵曩謨
引婆誐嚩底阿引哩也合二麻賀引嚩日囉合二
嶽引馱引哩阿你引迦囉濕彌合二設哆娑賀
娑囉合二鉢囉合二底滿尼哆舍哩哩引悉馱室
戰合二拏囉日囉合二播尼囉惹拏合二波野底唵
呬呬哩合二吔引賀引賀引賀引賀引護引護
引護引護引憾賀吽吽吽吽嘜吒嘜吒囉囉
囉囉吽賀娑嚩引二合賀唵惹敢合二婆你娑擔
合二婆你曳引娑嚩引二合賀薩哩嚩合二嚕引沙
鉢囉合二舍摩你曳引娑嚩引二合賀引唵呬哩
合二賀引呬引護引吽嘜吒娑嚩合二賀引唵呬
哩合二阿去聲迦哩沙合二尾曳引娑嚩合二賀引唵
阿隸娑嚩合二賀引唵盎誐羅盎誐羅呬哩合二

娑嚩合二賀引唵惹羅波合二惹羅波合二波野惹
羅波合二波野娑嚩合二賀引唵引璨璨迦哩拏
涅哩合二怛也合二波野娑嚩合二賀引唵引惹敢
合二惹敢合二惹敢合二婆你曳引娑嚩合二賀引唵
引娑擔合二娑擔合二你曳引娑嚩合二賀引唵引
阿吒吒賀引細捫左摩賀引憾賀唵引度曩
度曩部嚕唵合二菩敢合二惹野護僧僧僧僧賀
囉護引摩哩那合二摩哩那合二部嚕唵合二部嚕
唵合二部嚕唵合二呬哩合二部嚕唵合二鑁吽怛吒
怛吒賀囉賀囉唵尾囉尾囉佉佉佉引呬佉
引呬輸引沙野扇引底扇引底布瑟致合二布
瑟致合二馱哩合二底馱哩合二底必哩合二拏野必
哩合二拏野必哩合二底必哩合二底悉體合二囉悉
體合二維賀呬引護引吽赦娑嚩引二合賀引
此陀羅尼令如來族降伏三界護持佛法作

大吉祥

大金剛香陀羅尼經

音釋

俱胝梵語也此云百億胝張尼切　翳於計切　泡披交切水漚也　鍐亡敢切　曀於計切　蠕乳兖切蟲動貌　眴音舜動也　悚息勇切懼也　枳音止　噥女冬切　憾户感切　赧乃版切　袒徒亶切

最上大乘金剛大教寶王經

宋朝散大夫試鴻臚卿明教大師法天奉 詔譯

清刻龍藏佛說法變相圖

最上大乘金剛大教寶王經卷上 卷下同

宋朝散大夫試鴻臚卿明教大師法天奉　詔譯

如是我聞一時世尊在廣嚴城菴羅樹園與大苾芻衆六十萬人俱其名曰尊者大迦葉尊者優樓頻螺迦葉尊者那提迦葉尊者須菩提尊者尊那尊者大目乾連尊者舍利弗尊者劫賓那尊者摩呬捺囉尊者優波梨尊者阿難如是等苾芻衆六十萬人俱復有菩薩摩訶薩其名曰師子威德菩薩摩訶薩地藏菩薩摩訶薩虛空藏菩薩摩訶薩普賢菩薩摩訶薩金剛手菩薩摩訶薩除蓋障菩薩摩訶薩觀自在菩薩摩訶薩妙吉祥菩薩摩訶薩寶星菩薩摩訶薩鉢訥摩俱母那菩薩摩訶薩常堅固身菩薩摩訶薩寶嚴海悲菩薩摩訶薩清淨妙音聲菩薩摩訶薩燈光明

菩薩摩訶薩得妙音聲菩薩摩訶薩如意光明菩薩摩訶薩徧徃世界如師子行菩薩摩訶薩清淨無垢金光明菩薩摩訶薩善威儀善行菩薩摩訶薩從地涌持世王菩薩摩訶薩天言說堅固音聲菩薩摩訶薩得一切法自在菩薩摩訶薩慈氏菩薩摩訶薩如是等菩薩摩訶薩六百萬人俱爾時世尊從於口中放大光明其光晃耀過於日月而有衆色所謂青色黄色白色紅色綠色有如是等無數種種色光照於無量無邊世界乃至梵世如是照已還從世尊頂門而入爾時尊者阿難即從座起偏袒右肩右膝著地合掌恭敬白佛言世尊如來放光非無因緣世尊今日放大光明何因何緣唯願如來應正等覺大慈廣覆爲我等說爾時世尊告阿難言如汝所說非無因緣汝當諦聽吾當爲汝廣分別說阿難今有無量無邊衆生得證無生法忍乃至得涅槃界由是因緣放斯光明說是語時有一天子名印捺囉部帝領四兵衆及持種種供養之具來詣佛所至佛所已持諸供具恭敬供養禮佛雙足住立一面作是思惟我今欲聞甚深之法復以頭面禮世尊足右膝著地合掌恭敬而白佛言如薄伽梵三界大師乃是一切衆生之父我如小兒愚癡無慧復無方便又如盲人多於瞋恚唯願世尊哀愍於我云何方便令我諸根於諸境界當使獲得無生法忍爾時世尊讃彼王言善哉善哉知汝所問爲於當來末法衆生欲令彼等得無生忍於是世尊告大王言我有四種最上之法若有聞者必當獲得無生法忍爾

時阿難在大衆中得聞是語即前禮佛合掌白言世尊云何名爲四種之法佛言四種法者所謂聲聞乘緣覺乘此二乘者但能自利不能利他復有二乘謂方廣大乘及彼最上金剛大乘是名爲四爾時阿難又復問言是金剛大乘當云何性佛言阿難若有菩薩發於最上大菩提心是即名爲金剛乘性是菩提心能自利益復利於他如是菩薩摩訶薩行解於方便能於諸根各各境界所緣所作當獲無生法忍爾時彼王印捺囉部帝得聞世尊爲於阿難說於四法甚大歡喜次白佛言世尊云何菩薩摩訶薩解於方便能於諸根各各境界所緣所作得無生忍佛言大王乃往過去無量無邊不可思議大劫之前時世有佛出興於世號日清淨光明如來應供正等覺明行足善逝世間解無上士調御丈夫天人師佛世尊彼佛世界名大妙香是日清淨光明如來壽量住九萬劫彼佛世界所有衆生智慧猛利皆悉發於大菩提心時世有王名精進授力如輪王領四兵衆前後導從詣彼佛所復持種種香華奉獻彼佛伸供養已作禮旋遶胡跪合掌白言世尊云何能令諸根境界所緣所作當得無生法忍佛言大王所有過去未來及與現在諸佛世尊皆亦說此方便解於諸根各各境界所緣所作而能獲得無生法忍時精進授復白佛言云何菩薩摩訶薩本性佛言菩薩性者即是大慈大悲大喜大捨而此四法是菩薩性菩薩樂行如是四法能爲一切衆生使獲無生法忍爾時日清淨光明如來顧視左邊諸大菩

薩摩訶薩告金剛手菩薩言金剛手汝可往彼精進授王宮中如王所問金剛大乘汝當爲王及隨衆生種種根性演說菩薩摩訶薩行於方便使令獲得無生法忍金剛手菩薩聞佛告勑即從座起偏袒右肩右膝著地合掌向佛作如是言我今當承如來聖旨行往度脫時精進授王聞佛告語即向金剛手菩薩前頭面作禮而伸請曰唯願菩薩遵奉佛勑愍察志誠往詣我宮爲我演說金剛大乘使我開解證無生忍亦令當來一切衆生獲大利益時金剛手默然王知許已即整四兵前後導從即與菩薩同乘還宮及設傘蓋幢旛香華妓樂供養菩薩是時王城名曰最上城中人民聞菩薩來於所經路競以香華供養菩薩既至宮已精進授王復設七寶師子之座請菩薩坐奉獻種種金銀珍寶及以寶瓶盛滿閼伽上妙香水及以五種供養奉上菩薩復有衆多苾芻之衆爲欲聞法亦持香華來獻菩薩時金剛手菩薩即如從佛所聞法式入大曼拏羅以金剛淨水與王灌頂精進授王得灌頂已復有諸苾芻衆及諸刹帝利婆羅門毗舍首陀等皆悉來詣王宮至菩薩所爲欲聞法發菩提心入金剛乘時金剛手菩薩便即爲說菩薩摩訶薩行及諸根法種相及尼陀那方便等乃至如來部金剛部寶部蓮華部羯磨部依金剛乘相應及三摩地三摩鉢底等方便皆令得解盡涅槃界爾時南印度王精進授是王深信敬重樂求最上法入金剛大乘又復樂求隨衆生根性相應三摩地三摩鉢底解於方便獲無生忍盡

涅槃界復有北印度王名尾哩野嚩哩摩亦如是東印度王名妙臂亦如是西印度王名百臂亦如是復有百千苾芻共持衆寶上妙衣服同時來詣菩薩之所供養恭敬作禮旋繞白菩薩言我等深心樂求最上金剛大乘亦復樂求隨衆生性相應三摩地三摩鉢底解諸方便證無生忍盡涅槃界是時復有國中人民之衆見聞隨喜之者亦皆發起大菩提心時世復有衆多金剛阿闍梨所謂覺龍覺授法龍賢授德授海授如是等阿闍梨得聞菩薩所說相應之法皆悉證得無生法忍爾時東印度王妙臂與中宮后妃嬪嬙婇女乃至城中人民樂法之衆而於根本最上法中三摩地相應之法而得成就隱沒自在是印度中復有諸金剛阿闍梨所謂賢軍德軍寂靜軍烏多羅軍無邊藏天藏善力藏等復有諸婆羅門所謂捺多婆羅門訶哩三謨婆羅門奔荼利迦婆羅門鉢訥摩婆羅門如是等阿闍梨婆羅門等得聞菩薩所說金剛大乘及相應三摩地法皆悉獲得無生法忍時西印度王百臂及彼中宮后妃婇女等聞菩薩所說甚深金剛大乘及諸法要皆悉證得金剛智所攝相應三摩地成就法及隱沒自在彼印度中復有衆多金剛阿闍梨所謂智蜜善蜜賢蜜慧蜜慧賢無垢賢等亦有諸毗舍所謂善意毗舍印捺囉波毗舍印捺囉囉毗舍淨光毗舍等是阿闍梨及毗舍等得聞菩薩所說最上金剛大乘及諸妙法皆悉證得無生法忍北印度王尾哩野嚩哩摩與中宮后妃婇女等及諸人民沙門婆羅門等樂

入金剛大乘者於是法中得聞菩薩演說法要亦於金剛智所攝眞實相應三摩地成就及隱沒自在爾時金剛手菩薩爲彼諸王及沙門婆羅門乃至毗舍等於六年中演說金剛大乘及諸法要使彼諸王及樂法之衆志獲利樂又復演說諸成就法謂八大聖藥眼藥劒羂索金剛輪金剛杵寶瓶革屣等及入脩羅窟乃至敬愛諸成就法時諸王及一切沙門婆羅門等而常隨逐聽受教導爾時金剛手菩薩告彼衆言今彼處有大名山號摩四捺囉其山頂上平正廣闊亦有園苑池沼適悅之所汝等諸王及沙門婆羅門毗舍首陀等所有修學金剛大乘皆可同往彼山修習而住後於異時忽告衆曰彼日清淨光明如來應正等覺將入涅槃汝等今可與我同至佛所求受灌頂時修習金剛大乘諸會衆等即與菩薩共持種種殊妙香華往詣日清淨光明如來之所既至彼已奉上香華作大供養旋繞讚歎頭面著地禮佛雙足修敬畢已共坐佛前爾時金剛手菩薩於衆會前偏袒右肩右膝著地金剛合掌安自心上白世尊言我承如來教勑往彼王宮爲諸王等及沙門婆羅門乃至一切發菩提心求學金剛大乘者即爲演說金剛大乘及於諸根境界所緣所作種種之法皆令獲得無生法忍世尊我今欲於如來金剛大乘法中與彼學衆求受灌頂唯願如來慈悲聽許爾時日清淨光明如來左右顧視已即於口中放大光明其光五色於刹那間照於恒河沙等諸佛刹土上至梵世悉皆照耀如是照已尋復旋還

却從世尊口中而入時彼光明所照佛刹一切如來悉皆稱讚作如是言彼金剛大乘即攝一切乘乃至過去未來現在亦復如是彼金剛大乘即攝一切乘時彼學衆即於金剛大乘悉得灌頂得灌頂已咸以頭面禮世尊日清淨光明如來及金剛手菩薩足復繞千帀歡喜讃歎各還本處爾時日清淨光明如來於後不久入般涅槃佛涅槃後法住千歲時金剛手菩薩復往摩呬捺囉山中安住時一切金剛大乘學衆互相謂言我等本師菩薩還止彼山我等宜應同往彼山奉事供養及自修習金剛大乘一切事業時彼學衆一切沙門婆羅門等各持香華及諸供具即同往詣摩呬捺囉山金剛手菩薩所至彼山已各各奉上香華寶玩供養菩薩旋繞禮拜瞻仰而住於是菩薩見彼學衆咸來山中親近供養修習事業志意堅固即告衆曰汝等各各於我最上金剛大乘聞諸法要悉皆證得無生法忍盡涅槃界汝等諦聽我師日清淨光明如來已入涅槃衆生薄福無所恃怙我所告汝汝善導行佛入滅後彼金剛阿闍梨是汝等師何以故彼阿闍梨而能護持佛刹復能護持金剛祕密法故能說四字名此即是如來相汝等大衆當於彼師常加尊重禮拜供養同於佛想即感一切如來常加擁護即是見前一切如來汝等學衆常於彼師奉事供給凡所受用坐臥等具衣服湯藥一切所須無令闕少雖常侍近不得足蹋師影所有同學無分親疎一心平等善男子若有學人及諸人等於金剛阿闍梨及金剛大乘諸

學衆等生不信心發起惡念復加毀謗是人
果報當墮地獄畜生及諸惡趣何以故以一
切諸法從彼生故若有毀者是即毀法故獲
是報若有衆生未斷輪迴來求學者當隨根
性爲他演說金剛大乘當令得入金剛三昧
金剛手菩薩又復告言此金剛大乘即是一
切如來一切如來即是大智汝等學衆若有
不依三時違我教者令汝破壞由如灰燼於
是菩薩即以金剛水與學衆等飲復結大忿
怒印安著學衆頂上作加被已又復告言佛
子汝今此身即爲金剛三昧所持若有違犯
不依從者以我金剛三昧印及忿怒印令彼
破壞又復菩薩即如先佛法式爲諸學衆授
於灌頂復誦警覺真言令其覺悟又復示與
金剛杵自稱已名與諸弟子身分入處而作
加被時金剛大乘學衆於菩薩所受學一切
法式畢已即向菩薩種種稱讚恭敬供養謝
彼菩薩又復白言我等各各如菩薩教於金
剛阿闍梨所承事供養恭敬讚歎一如聖旨
爾時金剛手菩薩摩訶薩化事畢已即於彼
處隱没不現

最上大乘金剛大教寶王經卷上

最上大乘金剛大教寶王經卷下

宋朝散大夫試鴻臚卿明教大師法天奉 詔譯

爾時世尊復告印捺囉部帝大王言大王汝於往昔過去無量阿僧祇大劫之前日清淨光明如來法中已曾爲王號精進授汝於是時與諸學衆於彼佛處已曾求學金剛大乘及諸法要汝今於此娑訶世界我釋迦牟尼佛所又復求學如是金剛大乘時印捺囉部帝聞此語已即復合掌白世尊言云何名爲菩薩摩訶薩佛言若有樂行大慈大悲大喜大捨是即名爲菩薩摩訶薩爾時世尊說是語已顧視左邊告金剛手菩薩言汝可同彼過去劫前日清淨光明如來之時爲印捺囉部帝大王說金剛大乘及說菩薩摩訶薩行諸根境界等種種之法方便令解使獲無生法忍時金剛手菩薩摩訶薩即從座起偏袒右肩頭面著地禮世尊足已合掌當心而白佛言我今當承如來教勑而爲演說印捺囉部帝聞是語已身毛喜豎心大欣躍即從座起禮世尊足已復禮金剛手菩薩足禮已白言唯願菩薩遵奉佛勑往詣我宮爲我演說爾時金剛手菩薩承佛教勑又復觀彼印捺囉部帝身心虔切默然許之印捺囉部帝知默許已即禮金剛手菩薩足歡喜踊躍禮佛而退即整四兵前後導從乃與菩薩同乘寶車及張傘蓋動種種樂尊敬供養還歸曼誐羅補嚩大城於其城中菩薩所經之路一切人民各以香華奉獻供養既至宮已時印捺囉部帝預嚴七寶大師子座菩薩下車即升彼座王及宮中后妃眷屬復設種種香華珍

寶及殊妙衣作大供養復以寶瓶盛滿閼伽香水奉上菩薩爾時金剛手菩薩摩訶薩即如從佛所聞金剛大乘祕密相應三摩地三摩鉢底種種諸法廣爲演說欲令王等證無生忍盡涅槃界是時復有衆多沙門婆羅門剎帝利毗舍首陀等亦來王宮爲欲聽聞金剛大乘及諸妙法又有東印度摩羅嚩國法光大王北印度無能勝王西印度月光大王摩伽陀國頻婆娑羅王舍衛國波斯匿王梨蹉尾國梵授王等復有無數沙門婆羅門剎帝利毗舍首陀及無數發菩提心衆生欲聞法故亦來王宮如是人等各於菩薩信重歡喜來至王宮如是人等各各深信歡喜踴銳白金剛手菩薩言我等樂入金剛大乘及欲聽聞種種妙法於是金剛手菩薩而於六年爲於諸王及諸人衆演說金剛大乘諸菩薩行及無數百千俱胝相應三摩地三摩鉢底乃至於諸境界所緣所作一切諸法廣爲演說爾時印捺囉部帝得聞法故於一切如來相應法中證三摩地三摩鉢底得無生忍盡涅槃界及得隱沒自在乃至中宮后妃眷屬國內民庶得聞金剛大乘及諸法要皆悉證得無生法忍國中復有金剛阿闍梨所謂善龍義龍寶聲戒聲發光聲復有婆羅門所謂法龍力賢等得於金剛大乘法中證無生忍盡涅槃界彼東印度摩羅嚩國發光大王於最上金剛大乘法中悟得最上根本相應法得無生忍盡涅槃界及得隱身自在乃至中宮后妃眷屬國中士庶得聞金剛大乘及諸妙法皆悉證得無生法忍盡涅槃界彼印度

中復有金剛阿闍梨名曰賢天如來天善天又有刹帝利耶輸嚩哩摩彌嚩嚩哩摩等亦於金剛大乘法中得聞法故悉皆證得無生法忍盡涅槃界復有北印度無能勝王得聞金剛大乘及諸法要乃於真實攝教中證得相應三摩地得無生法忍盡涅槃界及得隱身自在亦有中宮眷屬后妃嬪嬙乃至士庶得聞金剛大乘一切妙法皆悉證得無生法忍彼印度中亦有金剛阿闍梨名曰賢喜蓮喜又有刹帝利名曰烏那野嚩哩摩及有毗舍名曰法密如是等衆於金剛大乘得聞法故皆悉證得無生法忍盡涅槃界復有西印度月光大王於金剛大乘聞諸法故證得金剛口相應三摩地等得無生忍盡涅槃界及得隱身自在亦有中宮后妃婇女乃至士庶等又有金剛阿闍梨名曰不空成就普成就如來成就等又有刹帝利名曰善密及蘇哩野嚩哩摩如是衆等於金剛大乘聞妙法故皆悉證得無生法忍盡涅槃界爾時金剛手菩薩摩訶薩爲彼諸王及一切學衆演說金剛大乘一切諸法又復演說八種成就之法所謂聖藥眼藥革屣劍羂索金剛輪金剛杵及寶瓶等成就之法又復演說入地入脩羅窟成就之法又復演說菩薩摩訶薩依金剛大乘所行之行諸根境界所緣所作種種之法令彼學衆各各修習離於懈怠時金剛手菩薩於六年中爲諸王等及求學金剛大乘一切學衆以種種方便譬喻言辭演說諸法各各令證悟已即告衆曰汝等當知今彼處有大名山號乞乞那其山頂上平正廣闊亦

有林樹池沼適悅之地我今先往汝等入金剛大乘諸王沙門婆羅門毗舍首陀一切學衆亦可於彼俱往集會是時學衆於彼山頂皆集會已金剛手菩薩即復告言今者世尊釋迦牟尼將入涅槃汝等今可與我同至佛所求受灌頂爾時學衆即與金剛手菩薩同離彼山是時諸王將理四兵前後導從及備種種諸大供養往世尊所爾時世尊釋迦牟尼已在拘尸那城金剛手菩薩摩訶薩與諸學衆至佛所已設大供養奉獻世尊右繞三帀禮拜讚歎於佛前坐時金剛手菩薩即從座起偏袒右肩右膝著地作金剛合掌白世尊言我奉佛勑以菩薩摩訶薩行於金剛大乘法中爲學衆說於諸根境界所緣所作及種種諸法各各證悟或得三摩地三摩鉢底或得法忍盡涅槃界或得隱身自在世尊我已如是說法利益今來佛所欲爲彼衆於如來處求受灌頂爾時世尊左右顧視已即於頂門放五色光其光晃耀於一刹那間照如恒沙佛刹上至梵世如是照已尋復旋還却從世尊頂門而入爾時十方光所照處一切如來異口讚言金剛大乘即攝一切乘乃至過去未來及與現在一切諸佛皆說如是金剛大乘攝一切乘爾時世尊即以金剛水與一切金剛大乘學衆灌頂諸學衆等得灌頂已皆用頭面著地禮世尊足及禮金剛手菩薩足禮已讚歎踊躍繞百千帀各還本處爾時尊者阿難白佛言世尊如是正法當云何名云何受持佛言阿難今此正法名爲最上大乘寶王如是受持爾時如來應正等覺釋

迦牟尼說是經已即於拘尸那城入般涅槃金剛手菩薩於後却還乞乞那山亦有衆多菩薩聲聞同來山中時金剛學衆互相謂言我等本師金剛手菩薩摩訶薩却復乞乞那山我等宜應亦往彼山親近供養是諸學衆各持種種香華寶玩同往彼山到彼山已各以香華奉上供養禮拜旋繞恭敬讚歎各一面坐爾時菩薩觀視會衆沙門婆羅門刹帝利毗舍首陀等已即復告言汝等學衆諦聽汝已各各於此金剛大乘悉得證悟皆是得金剛大乘法者汝等當知佛涅槃後金剛阿闍梨是汝等師亦如往昔無量劫前日清淨光明如來出世之時彼大妙香佛刹中有王名精進授彼時我亦如是說承事金剛阿闍梨軌則今亦復說弟子承事金剛阿闍梨軌則承事之則乃有八種時印捺囉部帝白金剛手菩薩言云何名爲八種承事之則金剛手言一者不得呼師名字二者常自稱師足三者與師執持鞋履四者掃灑房地五者爲師敷置牀座六者五體作禮七者不侵害師八者指授稟信是名弟子承事金剛阿闍梨八法彼阿闍梨以此八事觀察弟子以日累月積月成歲若彼弟子於此八事無有違背專心不退阿闍梨然可攝受爾時金剛手菩薩又復告言譬如世間蟲蛆飛蛾之類皆從緣生墮斯惡趣何由出離亦如世間輪迴衆生云何轉業得無生滅若不因從金剛阿闍梨攝受爲說種種妙法何由能除一切煩惱證於寂滅得不退轉大王彼金剛阿闍梨先當觀察所攝弟子行相貴賤等乃可付與二

諦之法王言云何名爲二諦菩薩告言一者眞諦二者俗諦王言何名眞諦菩薩告言所謂内空外空内外空空空大空勝義空有爲空無爲空畢竟空無際空無變異空本性空一切法空無所有空無性空自性空自相空無性自性空大王是十八空者乃名眞諦大王復言云何名諦菩薩告言若於此十八空知非常非無常是故名諦何以故謂不見内空不見外空不見内外空不見空空不見大空不見勝義空不見有爲空不見無爲空不見畢竟空不見無際空不見無變異空不見本性空不見一切法空不見無性空不見自性空不見自相空不見無所有空亦不見無性自性空於如是空不見二相中亦不可得非生非滅非縛非脱非行非住非明非暗非實非虛非輪迴非涅槃亦不增亦不減我說如是種種皆離身口意是則名爲眞諦大王復言云何名爲俗諦謂以四無量心於威儀本相五蘊四界六入五境行往三界是即名爲俗諦王復問言更復何名眞諦菩薩告言彼種種色相如幻化如陽焰如水中月如水上泡如鏡中像如夢如電如乾闥婆城乃至虹霓等若於色相得如是見是則名爲眞諦若於如是諸法受行不離苦行乃能證佛得一切智大工乃至徧六俱胝文字之義亦無二無分別一切如來皆如是說彼智金剛教汝已悉聞是等皆名眞諦大王若於二諦不能如實觀察了知雖專修習經無量劫唐捐其功終不能到大智彼岸而此二諦乃是一切如來之所歸命爲父爲母爲寂靜住及爲

涅槃爲阿吠嚩哩帝迦爲正徧知覺一切三摩地爲精妙普門三摩地乃有如是等種種功德大王彼一切金剛大乘學衆必須專心揀選如法弟子乃可爲說如是二諦是二諦法難可得聞雖彼緣覺聲聞亦難得聞何況外道等爾時印捺囉部帝與金剛大乘學衆得聞是說悉以頭面禮謝菩薩時印捺囉部帝復白菩薩言揀選弟子當有何相菩薩告言有四種弟子有五補特伽羅王言四種弟子當云何說我今樂聞菩薩告言第一佛乘第二初乘第三初學菩薩行第四諸菩薩摩訶薩行此名弟子四種之相云何分別如是之相菩薩告言彼得安然非謗非信於真言印相一一曉了證於佛乘於意云何譬如盲者得人引導由得佛乘證解脫故弟子初依師學得一俗諦初相應法入三摩地未能了知顯密二教亦未知二諦十二因緣亦未知般若波羅蜜是名弟子初修習相王言云何菩薩五種補特伽羅菩薩言所謂囉怛曩補特伽羅賛捺囉補特伽羅鉢訥摩補特伽羅奔拏哩迦補特伽羅烏怛鉢攞補特伽羅是等於聞信戒施悉能具行爲烏波薩迦王言菩薩此之名相云何分別菩薩告言於一切法雖得聽聞而於少時皆悉忘失此名烏怛鉢攞補特伽羅若於祕密之法雖有所聞不能爲他分別演說譬如軍尼內藏明珠而不顯現此名奔拏哩迦補特伽羅或得信心大悲心聞法開解如竹無節受持通達此名鉢訥摩補特伽羅凡聞法義咸存我見譬如擊鼓空有其聲以有我見不能利他此名賛捺

囉補特伽羅是四烏波薩迦而能一向專心求一切法信心受持住金剛乘復次心性猛利多聞持戒一切能捨了知眞實凡所說法能隨根機是名囉怛曩補特伽羅此一烏波薩迦常能爲諸弟子說種種法時金剛阿闍梨如是選擇弟子若得清淨殊勝如法弟子乃可傳付祕密大乘一切勝義當令修習不斷聖種印捺羅部帝又復問言云何分別祕密大乘菩薩告言彼瑜伽顯密二教曼拏羅有二十種皆悉得名祕密大乘我今略說灌頂曼拏羅次第授灌頂阿闍梨欲作灌頂法先自結淨選揀勝處安曼拏羅位後令弟子結淨已然阿闍梨加持五色線五色粉絣地結界作曼拏羅安布賢聖位復加持閼伽瓶安方位已然請召賢聖依位坐畢即獻香華閼伽等然可引弟子入曼拏羅與授灌頂弟子得灌頂已即持種種香華珍寶奉獻阿闍梨弟子此後即是入金剛大乘處灌頂位當於自已身口意業深加省察若能了達是名五燈若不了達當名五暗復次分布火壇次第所有使用種種之物先備播帝埋窣嚕縛等及所鋪座吉祥草及護摩柴其柴當用清潤樹枝及五穀酥等或作護摩先燒祭火天然作護摩觀於火炎色相形像及聲香等若得吉祥是法成就若不吉祥是不成就其請召賢聖入曼拏羅及獻閼伽次第諸式大略相同凡所有法皆從金剛大乘祕密流出所有三瑜伽五烏補捺伽多或六俱胝文字義或說法成就義或決定義或說本行尼陀那方便因等如是所說或四種或五種或七種

或十二種種種不定皆不離二諦復次說四密所謂密教密義密語密句若於四密無差所作成就或遇九執七曜諸惡星宿及諸毒等持誦密句皆可大息或求敬愛或作增益或作降伏若爲人及四足多足無足等或降伏諸惡大部多夜叉乃至惡人等並可降伏若不降伏必當破壞親愛分離或有一切禁縛邪明一切破壞或有怨家興兵欲來侵害自然退散或爲大旱必能降雨如是種種一切所求持念密句悉得成就隨心如意凡持誦密句作金剛語音無令斷絕必滿所願王言云何名爲菩薩禪定菩薩告言禪定有種種持誦亦種種若知祕密句即是知禪定祕密者爲所誦文句具足及知印相若如是者有大威力是則白法知祕密者即攝眞實理猶如虛空體寂靜故解於世法能顯眞理乃於印相觀想密句文義所作斷疑此持誦者乃名爲賢如是行人凡有見者皆如佛等彼人禪者不見密句不見印相不見賢聖想諸字輪體同鏡像王復問言云何菩薩三摩地菩薩言彼菩提心及智慧方便乃至三明及無等等此皆是菩薩三摩地又復觀自本身及眞言印相賢聖形像一切莊嚴皆如虛空寂靜是菩薩三摩地菩薩入如是三摩地是名安住二諦爾時金剛手菩薩摩訶薩爲印捺囉部帝及諸剎帝利一切入金剛大乘學衆說如是種種法已即依法作曼拏羅與王等及諸學衆授於灌頂彼諸學衆得灌頂已異口同聲各各白菩薩言我等禀教奉事金剛阿闍梨一如聖旨是學衆等於金剛手菩

薩摩訶薩供養恭敬種種言辭伸讚謝已爾時會中諸大菩薩及聲聞天人阿蘇囉誐嚕拏彥達嚩緊曩囉一切大衆聞菩薩說是經已歡喜信受作禮而退金剛手菩薩即於山中隱沒不現

最上大乘金剛大教寶王經卷下

音釋

閼伽（梵語也此云水閼阿葛切） 嬪嬙（嬪毗賓切嬙慈良切嬪嬙婦官也） 縎（古沒切） 縰（所綺切履屬） 燼（徐刃切火餘也） 銳（俞芮切利也） 絣（補庚切以繩直物也）

三經同卷

清刻龍藏佛說法變相圖

三經同卷
佛說薩鉢多酥哩踰捺野經
佛說一切如來烏瑟膩沙最勝總持經
菩提心觀釋

佛說薩鉢多酥哩踰捺野經

宋西天譯經三藏朝散大夫試光祿卿明教大師法賢奉　詔譯

如是我聞一時佛在毗舍梨國獼猴井樓閣精舍爾時世尊告苾芻言汝今諦聽諸行無常是生滅法無堅無實是不究竟是不堪任是不可樂汝等當知勤加精進而求解脫苾芻時不久住念念遷移過此已後劫欲末時天不降雨人間亢旱大地所有樹木叢林百穀苗稼一切華果皆悉枯乾都不成就苾芻當知諸行無常是生滅法無堅無實是不究

竟是不堪任是不可樂汝等宜令勤加精進而求解脱苾芻刧相末時二日出現炎照世間熱相轉盛大地所有樹木叢林根莖枝葉一切破壞都無所有苾芻如是無常不可久保汝等今者宜加精進速求解脱復次苾芻刧相末時三日出現炎照世間熱相盛前損物轉甚大地所有諸小江河一切泉源悉皆竭盡無餘少水苾芻當知如是無常誰能可免是故我今慇懃勸汝速求解脱復次苾芻刧相末時四日出現炎照世間熱相盛前大地所有無熱惱池四流大河恒河信度河細多河嚩芻河悉皆乾枯無餘少水苾芻當知如是無常誰能可免汝自思惟無復怠慢速求解脱復次苾芻刧相末時五日出現炎照世間熱相盛前大地所有大海之水漸漸減少一百由旬二百由旬三百由旬至一千由旬日既炎盛天雨彌愆海又復減至二千由旬三千由旬乃至七千由旬如是減已海中餘水亦有七千由旬復次苾芻如是海水七千由旬漸漸復減至六千由旬五千由旬四千由旬乃至有七百由旬復次苾芻如是海水七百由旬漸漸復減至六百由旬五百由旬四百由旬乃至有七由旬復次苾芻如是海水七由旬漸漸復減至六由旬五由旬四由旬乃至有七俱盧舍復次苾芻如是海水七俱盧舍漸漸復減至六俱盧舍五俱盧舍四俱盧舍乃至有七多羅樹復次苾芻如是海水七多羅樹漸漸復減至六多羅樹五多羅樹四多羅樹乃至有七人量復次苾芻如是海水七人量漸漸復減至六人量五人量

四人量乃至一人量至人項至人脅至人齊至人胷至人膝至人踝至人一指量即時枯乾於是世間唯有大地山川別無所有佛言苾芻諸行無常生滅不住無實無堅汝等於斯速求解脫復次苾芻劫相末時六日出現大地炎熱山石銷鎔須彌山王微有煙生如燒瓦窯黑煙上起亦復如是於是世間無堪觀察苾芻如是無常生滅不住汝等宜應勤加精進捨貪愛心速求解脫復次苾芻劫相末時七日出現炎熱至極忽然火起如燒十束柴百束千束萬束百千萬束乃至小千世界及六欲諸天都爲火聚燒欲界已梵世初禪火亦自起焚燒器界所有宮殿高百由旬或二百由旬三百由旬乃至高七千由旬如是宮殿皆爲火聚鄰及二禪彼有新生梵衆見下火焰心大驚怖求避火難爾時二禪先生天曰汝以宿善來生我宮但自安心莫生驚怖此下地火不久即滅如是言已忽起大風吹去煙焰及其灰燼都無所有譬如有人於虛空中以其酥油然一燈燭燈焰滅後黑煙與灰全無少許彼火滅後亦復如是佛言苾芻有爲之法生滅不住是顛倒法無堅無實是不究竟是不可樂遠離貪愛速求解脫若無貪愛何因何緣大地諸天破壞不現復次苾芻如過去世有佛出現名妙眼如來有無量無邊聲聞之衆及諸梵天離欲神通外道之衆彼妙眼如來爲諸聲聞說甚深了義清淨梵行之法時諸苾芻等得一切戒法圓滿隨意修行或作四無量觀斷下欲染生於梵世或有隨意樂生他化自在天樂生化樂

天樂生兜率天樂生夜摩天樂生忉利天樂生四天王天樂生刹帝利家樂生婆羅門家樂生長者居士之家爾時妙眼如來作是念我今令彼聲聞衆等同行同生同其威力入於慈氏第二禪定如是念已即入慈氏第二禪定時諸無量百千聲聞及外道等皆修彼定俱得生於梵天之上佛言苾芻往昔妙眼如來者非别有佛即我身是彼諸衆等雖生二禪免下火難未離貪瞋癡種不能解脱生老病死苾芻如來應正等覺爲天人師遠離貪瞋癡等一切煩惱解脱生老病死憂悲苦惱復爲梵天聲聞衆等隨應宣説清淨法行各各聞已或有斷盡分别及欲俱生證阿那含果或有斷盡分别及三品俱生證斯陀含果或有雖盡分别未斷俱生證須陀洹果受天人報經七生已成阿羅漢佛言苾芻如是出家如是梵行如是證果得離苦際而成解脱汝今志意捨離貪愛趣求覺路爾時世尊説此法已時彼苾芻聞佛所説心大歡喜信受奉行

佛説薩鉢多酥哩踰捺野經

佛說一切如來烏瑟膩沙最勝總持經

宋西天譯經三藏朝散大夫試鴻臚卿傳教大師法天奉　詔譯

如是我聞一時佛在極樂佛刹大善法堂中安庠而坐爾時無量壽如來應正等覺告聖觀自在菩薩摩訶薩言善男子所有一切衆生疾病苦惱及短壽者爲利益彼故所有一切如來烏瑟膩沙最勝總持法門若人受持讀誦速得無病長壽安樂即時觀自在菩薩摩訶薩從座而起合掌恭敬白佛言世尊我今樂聞此一切如來烏瑟膩沙最勝總持法門善逝善說爾時世尊觀察大會人天衆已入普照吉祥三摩地從定出已說此一切如來烏瑟膩沙最勝總持法門曰

唵引曩謨婆誐嚩帝薩哩嚩二合怛[口*賴]二合路枳也二合鉢囉二合底尾始瑟吒引二合野沒馱引野帝曩莫入怛你也二合他引唵引部瀧二合部瀧二合部瀧二合輸達野輸達野尾輸達野尾輸達野阿三摩三滿多引嚩婆引娑薩頗二合囉拏誐底誐誐曩莎婆嚩尾戍提阿毗詵左覩鉻引薩哩嚩二合怛他引誐多引酥誐多嚩囉嚩左曩引沒哩二合多毗試罽摩賀引母捺囉二合滿怛囉二合波柰阿引賀囉阿引賀囉阿引欲散馱引囉尼輸達野輸達野誐誐曩莎婆引嚩尾戍提引烏瑟膩二合沙尾惹切仁左野波哩戍提引娑賀薩囉二合囉濕彌二合散祖祢帝引薩哩嚩二合怛他引誐多引嚩路吉你沙吒波引囉彌多引波哩布囉尼薩哩嚩二合怛他引誐多摩引帝捺舍部彌鉢囉二合底瑟致二合帝引薩哩嚩二合怛他引誐多紇哩二合那野引地瑟吒引二合曩引地瑟致二合帝引母捺哩二合母

捺哩合二摩賀引母捺哩合二嚩日囉合二迦引野
僧賀引多曩波哩戍提引薩哩嚩合二迦哩摩
合二嚩囉拏尾戍提引鉢囉合二底你嚩哩多合二
野引欲尾戍提引薩哩嚩合二怛他引誐多三
摩野引地瑟吒合二曩地瑟致合二帝引唵引牟
你牟你摩賀引牟你尾牟你尾牟你摩賀引
尾牟你摩底摩底摩賀引摩底摩摩多引蘇
摩底怛他引多引部多俱致波哩戍提引尾
娑普合二吒没提戍提引呬四呬四惹野惹野尾惹
野尾惹野娑摩引囉娑摩合二囉娑頗合二囉娑
頗合二囉薩哩嚩合二没馱引地瑟吒引二合曩引
地瑟致合二帝引戍提戍提引没提引嚩日哩
合二嚩日哩合二摩賀引嚩日哩合二蘇嚩日哩合二
嚩日囉合二誐哩毗合二惹野誐哩毗合二尾惹野
誐哩毗合二嚩日囉合二入嚩引二合攞引誐哩毗

合二嚩日嚕合二捺婆合三吠引嚩日羅合二三婆吠
引嚩日哩合二嚩吥尼嚩日覧合二婆嚩覩摩摩
此處稱名舍哩覽薩哩嚩合二薩埵難引左迦引野
波哩戍提哩娑合二嚩覩彌薩那引薩哩嚩合二
誐底波哩戍提室左合二薩哩嚩合二怛他誐多
引室左合二給三摩引濕嚩合二娑演覩没駄切身
没駄切身悉駄切身冐達野冐達野尾冐達野尾
冐達野謨左野謨左野尾謨左野尾謨左野
輸達野輸達野尾輸達野尾輸達野三滿多
引哩謨合二左野三滿多囉濕彌合二波哩戍提
引薩哩嚩合二怛他引誐多紇哩合二那野引地
瑟吒合二曩引地瑟致合二帝引母捺哩合二母捺
哩合二摩賀引母捺哩合二滿怛囉合二波祢去娑
嚩合二賀
善男子此一切如來烏瑟膩沙最勝總持法

門能延壽命消除罪業速得清淨若以素帛或樺皮上書寫此總持法門安置塔中作廣大供養作供養已右繞千帀恭敬禮拜隨力供養獲增智慧若七日壽命延至七年若七年壽命延至七十歲獲得如是長壽安樂無諸疾病得宿命通明記不忘若戴頂上如前所獲消除罪障復次若以淨帛及樺皮上用牛黄書此總持及自名姓用栴檀作塔盛此總持安置房内獻廣大供養旋繞千帀誦此總持八百徧消除衆病延壽百歲復次如無栴檀當用淨泥爲塔内畫羯磨杵外畫金剛界四門守護中書自己名及安置總持所獲功德如前無異或用牛黄書此總持安淨器内復以淨器蓋之安置房中作廣大供養長得衛護無諸災難復次當用不著地瞿摩夷作四方曼拏羅以白華散上然酥燈四盞安壇四隅焚沉香乳香滿鉢盛閼伽水復用白華作鬘以此總持或安塔中或功德像中安於壇上持誦之人以左手按壇右手持數珠一日三時誦此總持二十一徧加持水三合以自飲之能消諸病延壽百年解諸怨結得妙音聲獲無礙辯生生常得宿命神通若將前加持淨水灑於王宫及自舍宅乃至牛馬等所住之處速得去除羅刹龍蛇之難常得衛護離諸怖畏若有病苦以水灑頂永得消除一切重病如是無量讚大總持如如所作必得成就復用柳枝以此總持加持二十一徧即將揩齒獲得無病聰明長壽復用淨器盛水加持二十一徧一日三時飲水三合每一度飲加持一徧除一切病安樂長壽爾時

聖觀自在菩薩摩訶薩繞無量壽佛三帀合掌恭敬而白佛言世尊云何善男子善女人造佛形像及彼塔廟護摩成就之法唯願說之佛告聖觀自在菩薩善哉善哉大無畏一心諦聽如汝所問當爲汝說爾時無量壽如來亦入普照吉祥三摩地從定出已即說一切如來無量壽總持法門曰

唵(引)阿密哩(二合)帝(引)阿密哩(二合)帝(引)阿密哩(二合)靚捺婆(二合)吠阿密哩(二合)多尾訖囒(二合)帝(引)阿密哩(二合)多誐(引)彌你(去)阿密哩(二合)多喻哩那(二合)你誐誐曩計哩帝(二合)羯哩(引)薩哩嚩(二合)吉梨(二合引)舍叉演羯哩曳(引)娑嚩(二合引)賀

時無量壽如來說此法門已告菩薩言若善男子善女人用此法門加持淨土以水和泥復更加持以泥作塔乃至相輪次第加持及獻供養能得廣大殊勝利益復有最上塔廟之法或以金銀爲塔瑠璃爲塔鉢訥摩囉誐寶爲塔乃至種種珍寶之塔如法莊嚴高十二指安蓮華座於塔四面安護世四天王以手執幢於彼塔前安帝釋天主以手執弓復安淨居天子手執香華及塗香等於塔左面安觀自在菩薩右安金剛手菩薩各執白拂塔儀如是復次別畫蓮華周圍書此一切如來烏瑟膩沙最勝總持安在塔內用香水灑淨獻妙香華作千種供養若欲利益一切衆生延於壽命及增智慧故常於白月八日晝夜潔淨精持齋戒然後於寶塔前誦此總持一千徧每月如是滿六箇月獲壽千歲或志誠精進晝夜持誦得壽命長滿洛叉歲或日常持誦增壽無量有大勢力與天人阿脩羅

等無有異勝空自在獲斯功德復有儀軌於寂靜處取其淨土以香水和泥用作於塔或一二三四五乃至數滿百千書前總持安於塔内作百千種廣大供養誦此總持七百徧日增智慧延壽無量或爲一切衆生枷鎖繫閉誦此總持即得解脱復次若有衆生於絅持塔前倍與供養日日誦持滿八百徧發自利利他平等之心如是依法消除八難常得安樂延壽百歲衆人愛樂不久速得宿命神通是人命終不生地獄畜生焰摩羅界惡趣之中如蛇蜕皮即得生於極樂佛刹獲大果報受勝妙樂説不可盡亦復不聞地獄之聲何況生彼爾時無量壽如來復説成就㡧像之法令諸衆生獲壽無量遠離輪迴解脱衆苦先用童女潔淨合線尺寸依法織成素帛用上好彩色畫彼烏瑟膩沙最勝總持功德形像并微妙字用像安於塔内身有千光坐蓮華月輪一輪莊嚴面如滿月像有三面三目八臂右面善相金色左面作忿怒相利牙青蓮華色正面圓滿白色右一手在心執羯磨杵第二手執蓮華上有無量壽佛第三手執箭第四手作施願印左第一手作金剛拳執索竪頭指第二手執弓第三手結無畏印第四手執寶瓶頂戴塔於頸上安唵字心上安阿字額上安吽字臍上安怛嚂字足上安訖哩字惡阿囉叉娑嚩賀爲擁護於眞言下書巳名字於像兩邊畫觀自在菩薩金剛手菩薩手執白拂於像上面畫淨居天人降甘露雨於㡧四面畫忿怒金剛不動尊明王吒枳明王你羅難拏明王大力明王各執劒鈎

金剛杵金剛枝令降惡魔如是志心畫於㡧像若彼行人作此法時先自至心於舍利塔前經一晝夜精持齋戒即於㡧像前獻千種供養從白月一日起首誦此總持一洛叉至十五日復獻千種供養於明旦時總持聖像化現人前一切所求無不成就復次將此總持㡧像於寂靜之處安置用香水灑淨獻於供養逐日誦此總持八百徧復於每月一度獻千種供養誦總持千徧得無量壽命無量威勢騰空自在日記千頌語不顛倒能去有情一切重病若人不能如前作法只於自住房舍就白月八日以香水灑淨安置㡧像隨力供養至心像前誦此總持七百至八百徧每日三時復誦二十一徧增長智慧無病安樂延壽百歲得宿命通若自不能作法持誦請他令作亦得長壽聰明智慧復次護摩之法爲利益有情故圓作火爐闊一肘深十二指外用金剛杵界以白檀香白土相和泥飾用白華散於爐内於爐四邊安四盞酥燈即以香華四面供養復置閼伽瓶細妙如法於其瓶項纏白色衣用華果樹枝安於瓶口樹有白汁者取青色枝長十二指復用乾柴同燒即召請火天請訖用酥三合三度傾入爐内隨合誦火天眞言加持然後發送火天即觀想無量壽佛分明在於爐内復誦烏瑟膩沙最勝總持法門又如前作法用酥三合傾入爐内誦此眞言曰

唵引阿彌多引喻哩捺二合那娑嚩二合賀引

當用五穀以三指撮穀搵酥稱所求之願誦眞言一徧抛向爐内如是至八百徧一日三

時作法亦然復誦一切如來烏瑟膩沙最勝總持離一切病聰明長壽隨所願求無不成就或初八日於㡧像前一日三時作護摩法誦此真言一千徧增壽千歲不得損害有情恒行布施如是儀軌能降怨家增長智慧得妙音聲若自不能作法請他令作息除一切諸惡災患復次成就法如前用五穀作護摩法即誦烏瑟膩沙最勝總持一洛叉作護摩已復誦一洛叉能延壽命一洛叉至俱胝歲或無量歲騰空自在降伏魔怨若求富貴吉祥如前作護摩法誦總持一洛叉永得大富貴若求官位用蓮華作護摩一洛叉得大官位復有成就劒法用前㡧像安於舍利塔前獻千種供養誦此總持一洛叉用五鐵爲劒安向塔前復誦總持一洛叉加持於劒加持劒已即以右手執劒得如意通變化自在有大威勢增壽無量能爲一切衆生作於禍福復次作法如前用金剛杵輪三股叉等皆得成就獲前殊勝無量功德此大總持是一切如來心甚爲希有如前所作必得成就若復有人於此一切如來烏瑟膩沙最勝總持法門每日三時持誦二十一徧獻供養已志心受持爲他解說令彼有情得大快樂長壽無病具大智慧得宿命通彼人命終如蛇蛻皮即得往生極樂佛刹獲大果報耳亦不聞地獄等聲何況生彼佛說此經已一切世間天人阿脩羅乾闥婆等聞佛所說皆大歡喜信受奉行

佛說一切如來烏瑟膩沙最勝總持經

菩提心觀釋

宋西天譯經三藏朝散大夫試鴻臚卿傳教大師法天譯

歸命本師 大覺世尊 我今略釋 菩提心觀

如佛所說從心生一切法我今當議彼菩提心云何性答離一切性云何一切性謂蘊處界等性彼菩提心離取捨故則法無我自性平等本來不生自性空故所言一切性者是我等性謂我人衆生壽者補特伽羅摩拏嚩迦等性而彼等性非菩提心於意云何謂彼我等而於自性離一切相中而生我見從我見生一切煩惱此不生彼心或言蘊處界等亦離取捨謂蘊處界等性眞實理不可得故云何色相等無實謂色蘊四大合成故四大者即地水火風界復生五色謂色聲香味觸彼地大等及五色等一一各自性不可得如是諸法皆然是故知色名虛假由此知色蘊空譬如因樹有影樹滅影亡色蘊如是受蘊亦然云何名受受有三種謂苦受樂受非苦樂受而此三受互相因緣復有二種謂身受意受身色蘊攝身不可得故若無身即無受亦不可言亦不可說非短非長非色非相無實無著不可知故身受如是意受亦然受蘊如是見受蘊空想蘊亦虛假不實緣處所攝而彼緣處不可得故即非緣處非緣處故見想蘊空想蘊如是行蘊亦然心所造作善意記念等行無所有故彼心法所生色等蘊一一無所生是故知行蘊業相不實亦無主宰即見行蘊空行蘊如是識蘊亦然乃至眼耳鼻舌身意彼眼識等一一自性皆不可得彼眼緣有色從緣生識無緣即不生識而此眼

色及彼色蘊等無分齊此分別眼色即非眼色識無所生眼識如是耳鼻舌身意亦然如是知此識依止摩曩識由依止摩曩識故即發生過去未來見在法故云何過去未來見在法謂過去已滅未來未生見在不住由是知識蘊空如是一一說蘊處界各各分別自性皆空彼非無性即眞實句喻無種子不生芽莖是故說彼蘊處界等亦離取捨云何菩提心無取無捨如佛所說告祕密主彼菩提心如來應正覺了知彼心非青非黃非赤非白非紅色非頗胝迦色非短非長非圓非方非明非暗非女非男非黃門等又祕密主菩提心非欲界性非色界性非天性非夜叉非乾闥婆非阿脩羅非人非非人等性乃至一切智求亦不可得如是取心非有云何言有捨故又如佛說告祕密主菩提心非內非外非中間不可得故於意云何以自性寂靜故又祕密主彼菩提心一切智求不可得云何得取捨如是於法得離取捨平等無我如一切法無我亦然如佛所說菩提心亦然一切法空無相無我諸法寂靜無寂靜相心本平等本來不生亦非不生復云何性答曰空性空云何性謂如虛空故如佛所說虛空之性空無喻故菩提之心亦復如是菩提之名非性非相無生無滅非覺非無覺若如是了知是名菩提心又如佛說告祕密主於自本心如實了知於無有法亦不可得是故名阿耨多羅三藐三菩提又告祕密主當於自心如實觀已然後發起方便觀於衆生知諸衆生於自覺性不如實知起於疑妄顛倒執著受

於種種輪迴大苦我由此故起大悲心令諸
衆生於自心法如實證覺是即名爲菩提心
是名利益心安樂心最上心法界善覺心以
如是智攝諸衆生故名菩提心發此心故所
獲福德亦如虛空無有邊際其功德海亦復
無量雖復劫盡功德無盡如是名爲發一切
智根本最上菩提心

菩提心觀釋

音釋

捺乃曷切 亢口浪切亢旱慾陽也 齋音齊 踝户瓦切足骨也 窯餘招切燒瓦竈也 膩乃計切 幁側迸切張畫繒也 搵烏沒切手捺物也

佛說護國尊者所問大乘經

宋西天譯經三藏朝散大夫試鴻臚卿傳法大師施護奉　詔譯

清刻龍藏佛說法變相圖

佛說護國尊者所問大乘經卷第一 第二同卷

宋西天譯經三藏朝散大夫試鴻臚卿傳法大師施護奉 詔譯

如是我聞一時佛在王舍城鷲峯山中與大苾芻眾千二百五十人俱復有菩薩摩訶薩眾五千人俱得大忍辱無礙辯才降伏魔怨制諸外道發大道心得三摩地總持自在具四無礙智通達四攝及最上甚深波羅蜜多乃至一切佛法無量無邊諸善功德其名曰普賢菩薩普眼菩薩普觀菩薩普光菩薩普照菩薩上意菩薩增意菩薩無邊意菩薩廣意菩薩無盡意菩薩持地菩薩世上菩薩勝意菩薩最上意菩薩總持自在王菩薩文殊師利菩薩摩訶薩等復有賢護菩薩摩訶薩等十六人俱復有娑婆世界主大梵天王及帝釋天主護世四大天王復有蘇尸彌天子

安意天子及諸天王龍王緊那囉王巘馱哩嚩王藥叉王誐嚕拏王等各與若干百千眷屬俱來會坐爾時世尊坐於吉祥藏師子之座四衆圍遶逾於須彌光明熾盛譬如日月普照一切世間威儀具足梵行寂靜譬如帝釋於諸天中威儀最勝亦如輪王七寶具足離諸怖畏如師子王善能談説諸法空義如大火聚破諸幽暗如摩尼寶王遠照一切如是佛光照於三千大千一切世界於其光中出妙梵音告諸衆生我今所得一切諸法最上波羅蜜説眞實義初善中善後善文義殊勝純白圓滿梵行清淨純一無雜爾時喜王菩薩摩訶薩在大衆中安庠而坐瞻仰世尊於師子座放大光明譬如千日照耀一切心大歡喜深信恭敬即從座起合掌向佛以頌讃曰

佛身晃曜如金山　利益世間甚希有
菩薩聲聞緣覺僧　天龍八部皆圍遶
譬如須彌諸天居　出於大海而高顯
悲愍衆生而現身　放百千光常照曜
行梵天行即梵天　於彼梵天復爲王
行禪解脱三摩地　光照上位諸菩薩
亦如帝釋爲天主　威德儀容諸相異
牟尼光明照世間　相好莊嚴功德異
金輪四洲得自在　能善調伏諸有情
引彼衆生出苦輪　我佛慈悲亦如是
所有火光摩尼光　日月光等諸光明
如是百千日等光　不及佛日恒照曜
如月夜分放光明　普照世間悉清淨
佛面端嚴如滿月　映蔽一切光不現

譬如高山然大火　能破夜暗顯諸方
大僊所有智慧光　破盡黑暗離諸有
如大師子曠野吼　衆獸聞之悉驚怖
佛說法空無我義　諸魔聞之亦如是
摩尼寶王放光明　諸餘摩尼光不現
佛身晃曜真金色　映蔽一切世間光
一切世間賢聖中　無有最上與佛等
具福精進方便智　一切功德不可量
瞻仰大師功德海　威光普照諸羣生
一心恭敬慕尊顏　是故我今頭面禮
我所讚佛歸敬心　世間功德無等等
盡將迴向法界中　一切世間成佛道

爾時喜王菩薩摩訶薩讚歎佛已合掌向佛瞻仰尊顏目不暫捨心觀法界其義甚深難知難見離言分別絕諸戲論微妙難解不可思議如是觀想一切法界唯佛如來觀智攝受現量證知佛之境界無有等等如是觀見所有如來不可思議方便境界皆攝一相法界性中譬如虛空無有住處即衆生界亦如自性一切諸法亦復如是無礙解脫究竟寂靜諸佛世尊以善方便身變佛刹徧滿一切現衆生前諸如來身經無數俱胝劫而不可得時喜王菩薩摩訶薩如是觀佛功德已默然而住爾時有一尊者名曰護國於舍衛大城安居三月過是夏已著衣持鉢與諸苾芻及初出家者初發心者出舍衛國詣王舍城鷲峯山中到彼山已即時護國尊者往詣佛所頭面禮足右遶三币住立一面合掌恭敬而說此頌讚歎佛曰

稽首最上佛光明　稽首如空無礙意

稽首能斷諸結縛　稽首永超三有海
我佛無邊眞色相　普徧俱胝刹土中
菩薩聞已歡喜來　恭敬供養佛功德
作此最上供養已　德牟尼法離諸塵
各生歡喜還本土　稱讚世尊所説法
廣歷俱胝無數劫　利樂一切諸有情
如是身心不疲倦　爲求無上佛菩提
恒行布施持戒行　忍辱精進禪定門
智慧方便到涅槃　是故我禮大覺尊
成就六通四禪足　諸根十力解脱門
以此行及諸衆生　我今禮佛無等智
能知一切世間心　所行所作所成業
所有身口及言説　無上世尊悉觀見
貪癡過失不能斷　衆生因彼墮三有
因佛得成善逝業　能知世間諸善惡

所有過去諸佛事　及彼現在天人師
乃至未來功德海　一切諸法悉能知
清淨刹土衆圍遶　菩薩縁覺與聲聞
乃至諸佛壽較量　我佛一切悉能知
所有一切生滅法　所有供養作佛事
所有受持法藏法　我佛一切悉能知
佛有十力無礙智　現在常住於三世
如是一切方便法　我禮世尊智慧海
大覺世尊無等等　相好莊嚴大吉祥
如夜衆星現空中　我禮牟尼最上尊
色相端嚴無與等　光照諸天及世間
帝釋梵王究竟天　對彼佛前俱不現
無垢不動如金山　右旋螺髻紺滋潤
佛頂高顯如金山　光明遠照生諸福
光徧俱胝那由他　顯現眉間白毫相

目若青蓮恒適悦　觀照世間運慈心
清淨滿月虚空中　佛面圓明亦如是
一切見者無厭足　我禮如來圓滿相
行如鵝王及鹿王　亦如牛王行步穩
震動大地無暫止　我禮如來堅固力
手指纖長網縵相　指甲清淨如赤銅
平立垂手過於膝　我禮金色大覺尊
佛行大地現好相　具足顯現千輻輪
足放光明照羣生　蒙光悉得生天界
大聖法王施七財　能爲施主心平等
調御世間依法行　我禮法王無上覺
慈悲法念心爲劒　持戒方便智慧弓
能斷煩惱諸羣賊　生滅輪迴無有增
自利果滿復利他　令彼衆生亦解脱
究竟安樂出塵勞　得入善逝寂靜宗
無生無滅無諸苦　亦無生老愛别離
如是無爲最上乘　佛爲衆生慈愍説
我讃最上大牟尼　攝盡一切諸佛法
如是所有諸功德　願諸衆生證菩提

爾時尊者護國頌讃佛已偏袒右肩右膝著地合掌向佛恭敬頂禮白佛言世尊如來應正等覺我有所問惟願世尊慈悲聽許爾時世尊告尊者護國言如汝所問我爲汝説滿所求願令生歡喜時尊者護國聞佛語已身心適悦而發聲言世尊有何等法爲菩薩行法具足能得一切最上功德無礙大智決定辯才明了性相入一切智教化衆生斷彼無明妄想煩惱決定眞實入一切智發眞實語令彼有情依言所作離諸愚暗念佛方便樂聞一切甚深梵義受持諸法速得證於無上

正智爾時尊者護國即於佛前而說頌曰

菩薩所行決定行　彼行必有眞實法
眞法從佛智海生　最上如來爲我說
佛身光明黄金相　最上無邊大福聚
救度六趣諸衆生　爲說菩薩無垢行
何得無盡大覺智　總持甘露生菩提
何得清淨智慧海　彼慧能斷衆生疑
俱胝多劫輪迴苦　衆生迷没意無疲
覩此愚迷苦惱侵　爲彼云何修十善
刹土清淨衆會滿　寶刹無邊壽命長
爲衆恒宣微妙言　願說菩提無垢行
降伏邪魔生正見　枯彼愛河證解脱
清淨法眼照愚盲　令諸有情行上行
端嚴富貴大辯才　言辭柔輭聞歡喜
譬如甘露潤世間　願說甚深微妙法
梵音深妙斷諸惡　其聲和雅如頻伽
求法之衆佛所集　願說甘露濟羣生
衆有菩提最上根　及彼聲聞緣覺性
願佛隨根方便說　師資遇會正是時
我今樂聞最上乘　唯佛知我菩提性
於此小乘不樂求　願說如來第一法

爾時尊者護國說此頌已佛言善哉善哉尊者能問如來最上之義利益多人令得安樂攝受未來諸菩薩摩訶薩汝今諦聽善思念之我當爲說時尊者護國白言善哉世尊我今樂聽惟願說之爾時世尊告尊者護國言有四種法具足清淨是名菩薩摩訶薩何等四法一内二外三心四意如是四法稱理眞實見諸衆生其心平等猶若虚空無所分别依言所行是名菩薩摩訶薩四種之法獲得

清淨爾時世尊重說頌曰

心意內外常清淨　不退菩提正道心
所作之善無唐捐　能得菩薩無邊智
觀彼衆生苦無我　生老病死悉來侵
如是三有大海中　廣運法船救羣品
見諸衆生心平等　觀彼世間如一子
願令一切俱解脫　悉向菩提心不退
常談空義依空行　亦無人我無衆生
譬如夢幻等無實　令彼愚迷生智慧
如所宣說大覺智　依智而行所作事
調伏過失心寂靜　求證菩提爲佛子

爾時世尊說此頌已告尊者護國言復有四種法於諸菩薩令心安慰何等四法一者於總持法門志求修學二者常近善友威儀無缺三者求證甚深無生法忍四者精進修行持戒清淨如是四法令彼菩薩安慰其心進修不退復說頌曰

若人愛敬總持法　名聞遠響衆所歸
能持無上妙法門　一切如來同所說
智慧增明無忘失　如是速得無礙智
通達一切最上法　成就無爲解脫門
皆因善友證菩提　出生七覺能修斷
增長八正作佛事　遠離惡友如怖火
聞甚深法證無生　能了諸法畢竟空
無我無人無衆生　如是永離一切見
律儀出生諸善本　堅持守護離破犯
彼行能成寂靜心　佛爲衆生親演說

爾時世尊說此頌已告尊者護國言復有四種法於諸菩薩在輪迴中令心愛樂何等四法一者令諸菩薩愛樂見佛二者令諸菩薩

愛樂説法三者令諸菩薩愛樂能捨一切所有四者令諸菩薩愛樂忍印無相深法如是四法於諸菩薩在輪迴中深生愛樂復説頌曰

菩薩得見二足尊　一切生中行正行
能善調伏諸世間　光明普照除愚暗
如是供養人中尊　深生愛樂常尊重
救度一切諸衆生　令入菩提無上道
若聞諸佛所説法　身心寂静生愛樂
如是堅固心無退　依行速證佛菩提
能捨一切心無悋　見來求者生歡喜
國城妻子及身命　給施衆生作佛因
若聞無相甚深法　性離分別本來空
無我無人無衆生　如是於斯生愛樂

爾時世尊説此頌已告尊者護國言復有四種法於諸菩薩不得愛樂何等四法一者於其在家不得愛樂二者既出家已不得愛樂利養三者不得愛樂上族中生四者不得愛樂小乘之人如是四法於諸菩薩不得愛樂復説頌曰

在家無邊大過失　捨離令心無所著
常樂山野寂諸根　勇猛勤修大智德
獨行清淨如利劍　能斷愚癡諸垢染
於彼種種大利養　常樂遠離無愛著
棄舍高貴上種族　觀如幻化陽焰等
普爲羣生行布施　持戒忍辱等諸行
不惜身命及眷屬　志求正覺到彼岸
於小乘法無所著　於最上乘恒堅固
乃至割截於身體　其心不壞如金剛

爾時世尊説此頌已告尊者護國言復有四

種法於諸菩薩而有損減何等四法一者破犯戒律二者不住山野而趣寂靜三者不依四乘之教邪妄推求四者雖樂多聞全無所得如是四法於諸菩薩而有損減復說頌曰

戒相清淨如摩尼　能引衆生到彼岸
菩薩於斯破律儀　迷沒不成無上覺
住持山野寂靜處　我人分別自然除
男女眷屬及己身　觀如草木無情愛
四乘教理無虛誑　一心清淨奉教行
必得具足衆功德　成就佛智大丈夫
觀彼輪迴諸有情　常處生死憂悲苦
恒運最上妙法船　度彼有情出苦海
若無救度彼衆生　迷沒沉淪無有盡
是故小乘非究竟　爲生令發菩提心

爾時世尊說此頌已告尊者護國言復有四種法於諸菩薩明了修習何等四法一者發生諸佛平等之心而求善逝二者承事法師尊重供養於臥具等而不愛著三者不貪利養亦無所求四者於甚深法忍具足成就如是四法明了修習復說頌曰

彼有善逝大丈夫　天上人間無有等
平等導引諸羣生　如是修習行十善
尊重承事於法師　依師教授而修學
作大供養求佛智　無邊諸佛亦此生
常住深山無所畏　於斯利養不生貪
善能成就無礙智　通達深法離諸塵
聞佛功德深歡喜　如是行法堅固修
證彼寂靜無生忍　廣度衆生無量苦

爾時世尊說此頌已告尊者護國言復有四種法於諸菩薩行法清淨何等四法一者身

心決定志求菩提行法清淨二者離諸虚妄樂住深山行法清淨三者一切能捨不求果報行法清淨四者常隨法師晝夜求法行法清淨如是四法於諸菩薩行法清淨復説頌曰

貪瞋癡垢心皆盡　懈怠虚妄亦復無
一切過失令不生　決定求證菩提道
厭離本舍憂根斷　捨彼俗塵求出家
諸惡朋友不相逢　行住深山趣解脱
於彼山中修淨行　能成如來無礙智
於身命財無所著　自在無畏如師子
見彼有情生歡喜　譬如飛鳥聚還離
觀彼世間非久居　如是求大菩提道
身心清淨如虚空　所捨一切無驚怖
於彼利養無愛著　如鹿心驚不住地
世間恒處大險難　難發身心求解脱
覩此虚妄無眞實　是故我行寂靜行
恒以輭語誘羣生　怨親平等無分別
無著無住亦如風　是求菩薩最上行
無相解脱空無願　了彼有爲如幻化
常行清淨廣大心　飲甘露味常歡喜
志求道法依師學　彼人五藴恒清淨
衆苦逼迫無疲勞　如是證入總持門
解此所修菩薩行　成就所求令彼喜
若人不求於菩提　彼即少智百生失

爾時世尊説此頌已告尊者護國言復有四種法於諸菩薩而爲難法何等四法一者心不尊重多行輕慢二者心無孝行懈怠背逆三者心貪利養少於知足四者心樂虚妄邪求財利如是四法爲菩薩難法復説頌曰

佛法本師及父母　全無信重多輕慢
不行孝敬心懈怠　常以愚癡行散亂
一向貪心於利養　復行虛妄爲邪利
自讚德業誣他人　我能持戒及修行
互相鬬諍無慈愍　覆藏己過見他非
復行農業及經營　如是沙門無功德
末法之時人散亂　鬬諍相殺心嫉妬
沙門隱滅如來法　諸善苾芻皆遠離
菩提妙道永不逢　五趣輪迴無有窮

爾時世尊說此頌已告尊者護國言復有四種法於諸菩薩宜應遠離何等四法一者懈怠二者不信三者嫉妬四者憎見他人如是四法宜應遠離復說頌曰

無信懈怠心愚迷　心懷嫉妬常瞋恚
見有沙門持忍辱　却行驅擯出伽藍
於彼世間貴賤人　都無分別善惡事
一向只行於是非　如是過失從瞋得
遠離佛法諸功德　墮入惡趣大火坑
如是所行惡趣行　不依教法獲斯苦
是故常行菩提道　無令淪沒惡趣生
利益有情大金僊　多劫俱胝方出世
令時暫得遇牟尼　速捨諸過求解脫

爾時世尊說此頌已告尊者護國言有四種法於諸菩薩不應行何等四法一者惡友補特伽羅不應行二者有見補特伽羅不應行三者捨一切善法補特伽羅不應行四者樂著財利補特伽羅不應行如是四種補特伽羅不應行復說頌曰

若人遠離諸惡友　常得善友來親近
如夜圓月現當空　除暗明顯菩提道

凡有所見常不斷　於巳身命偏養育
如是毒氣能遠離　彼人成佛大智慧
若捨最上微妙法　不樂寂靜甘露味
如是名爲不淨器　遠離求證大菩提
貪求財利衣鉢等　復與在家同營事
如是遠離此火坑　而能成就最上道
常樂降伏諸魔怨　恒轉法輪度羣品
如是廣作大利益　常逢善友得菩提
親踈毀讚常平等　利養嫉妬亦復然
如是無上諸佛智　彼人不久悉成就

爾時世尊説此頌巳告尊者護國言復有四種法於諸菩薩爲苦報法何等四法一者輕慢教法二者執著我人三者心無信解四者於不淨境具足印持如是四法爲菩薩苦報法復説頌曰

若有受持微妙法　堪受世間諸供養
於彼輕慢無大智　當受無邊衆惡苦
於佛本師及父母　常懷人我不恭敬
如是大福心不求　當得不淨無知處
三寶最上良福田　而無信解行歸敬
純以虚誑昧世間　如是當獲罪惡苦
女人即是惡趣門　流浪生死無窮盡
無智愚癡作彼業　永沉地獄及畜趣
若人尊重向諸佛　能滅衆苦得無畏
復閉一切惡趣門　開引衆生得佛道

佛説護國尊者所問大乘經卷第一

佛説護國尊者所問大乘經卷第二

宋西天譯經三藏朝散大夫試鴻臚卿傳法大師施護奉　詔譯

爾時世尊告尊者護國言有四種法於諸菩薩而爲縛法何等四法一者輕慢他人二者於世間事方便趣求三者散亂用心如行險難四者於其眷屬一心貪著如是四法爲菩薩縛復説頌曰

若行輕慢於他人　方便唯求世間事
散亂如行險道中　如象陷身深泥裏
於自眷屬生愛著　常懷貪戀如迷醉
如是種種被纏縛　增長愚癡覆大智
若人怖苦厭生死　求出沉淪趣解脱
捨於輕慢世間等　是名菩薩所行道
滅盡無邊諸苦已　及彼煩惱諸眷屬
究竟安樂無所求　圓滿菩提寂靜道
所行六種波羅蜜　三身五智十力等
一切功德悉具足　如是永離無邊苦
過去修行無量劫　爲衆生故求菩提
一切衆善悉皆修　遠離諸惡眷屬等
恒樂深山寂靜處　遠離聲色想眞空
如是精進不間修　獲大丈夫圓滿慧
見彼世間衆生行　五趣輪迴無有窮
我於過去發慈心　捨自身命及妻子
國城大地及珍寶　如是求佛無數劫
我昔居山行忍辱　華果池沼悉清淨
歌利王來截手足　心生慈忍無瞋恚
昔住深山名閣摩　我爲仙人婆囉多
時有天子射我身　亦無瞋恨生其惡
不惜身命如頑石　志求菩提心不退
我昔曾爲薩埵時　見彼餓虎欲食子

投崖捨命濟彼飢　天人稱讚大精進
常樂布施救衆生　不悋身命及財寶
我昔曾爲摩曩縛　廣行布施盡寶海
捨大摩尼令富他　如是求證菩提果
往昔作大蘇摩王　名稱普聞我修行
爾時入縛爲他人　於彼百王得解脱
我昔曾爲能捨王　一切所求皆充足
乃至身命及珍財　令他大富離貧苦
昔有飛鴿來投我　即割身肉濟彼命
如是持刀割肉時　無驚無怖心安隱
亦於過去捨王位　盡世行彼波羅蜜
復自化身爲妙藥　捨已身命濟羣品
又昔曾爲師子王　常爲世間行利樂
棄捨王位及眷屬　一心志求無上道
又昔曾爲妙牙王　當時獲壽於千歲
八十四年修苦行　發大精進施珍財
於佛塔前然已身　至心恭敬作供養
又昔曾爲無垢王　時有惡眼婆羅門
來詣深宫乞我頭　即便捨頭而施與
又昔曾爲月光王　普救衆生作善利
一切城隍聚落中　四衢道路施良藥
千女端嚴妙色相　金寶眞珠廣莊嚴
捨彼千女自修行　如是所作福無等
又昔曾爲輸婆王　所戴寶冠世希有
香華衆寶共莊嚴　捨施他人無所悋
又昔曾爲寶髻王　手足柔輭如兜羅
細滑微妙色如蓮　捨自手足利衆生
又昔曾爲安意王　時有商主名星賀
領諸商客泛海中　忽然漂墮羅刹國
彼有百千夜叉女　無慙大惡唯食人

商客不識夜叉女　見此端正生愛心
五百商旅將被食　我親救度俱脫難
又昔曾爲妙眼王　四兆女人常圍遶
端正姝妙如天女　捨彼出家求佛道
又昔曾爲福光王　無垢清淨黃金色
手指纖長世所希　捨此手指利羣品
又昔曾爲法財王　紺目清淨如青蓮
於身所愛最難捨　人來求者亦與之
又昔曾爲蓮目王　愍見衆生在苦惱
時有女人懷憂病　我行悲愍令解脫
又昔曾爲大醫王　常救病苦諸衆生
或出身血及髓腦　救療疾病令除愈
如是勇猛精進心　未曾暫捨於情物
又昔曾爲成利王　以自所愛如蓮目
施諸衆生療彼疾　一心爲求無上道
又昔爲王名普現　慈愍有情行救度
爾時捨彼四大洲　國土人民及衆寶
乃至割身血肉等　施與衆生心歡喜
又爲王女稱大智　身嚴金色體柔輭
時有一女名色相　此是商人所生女
飢羸困苦無飲食　我捨雙乳濟彼命
又昔爲王號多聞　所有珍寶妙衣服
象馬車乘財帛等　如是布施無有數
復見商人漂海浪　我於海內救得彼
背恩復乞我眼睛　我亦施之無瞋恚
棄捨大地諸眷屬　觀彼不著如蟻子
如是往昔濟羣生　心無退動生疲苦
復覩孤老貧窮人　給足所須而承事
恒行敬愛無慢心　亦無慙赧無人我
又昔曾作獼猴身　與彼同類共遊行

時遇獵師縛彼身　我即替他令脫命
如是以我奉國王　王令後宮縻繫我
思念父母年孤老　所有飲饌無心食
如是忍苦懷慈孝　是故得脫王宮難
又昔曾作大熊身　常處深山行慈忍
忽逢樵士遭大雨　引彼山巖令迴避
過是七日至天晴　告彼樵人莫說我
爾時樵士安隱歸　招引獵師來殺害
如是背恩殺我身　亦無瞋恨生慈忍
又昔曾爲白象王　求佛菩提行十善
時有獵師射我身　我即捨牙心歡喜
昔有惡人帝哩子　以火焚燒大山野
我見此火運慈心　天雨香華火自滅
又昔曾爲大鹿王　金寶莊嚴體殊妙
入彼河中救溺人　令得安隱全身命
告言勿說我居山　恐彼惡人來獵我
時彼溺人背其恩　指告國王令採捕
指已兩手俱墮地　我時無有少瞋恚
昔有五百商人衆　爲求珍寶泛海中
商主所有資粮竭　商衆飢羸無飲食
是時我作大龜王　捨身濟彼商人命
以我慈心利他故　俱得安然到海岸
我昔變身爲蘗蟲　此蟲名曰俱蘇摩
一切疾病食我身　俱獲安隱無諸患
我昔復爲師子王　大力無畏行慈愍
有大獵師射我身　亦無瞋恨無忿怒
我昔亦作白馬王　常行菩薩慈悲行
救彼商人羅刹難　擔負衆人出海中
昔作飛鳥軍拏羅　遠離色欲無散亂
令彼同類衆飛禽　亦復而行清淨行

又昔因中作兎王　與諸羣兎宣法令
見一仙人飢無食　即捨自身濟彼命
又昔曾作鸚鵡身　常居華果樹林中
時有惡人毀此林　以我力故復繁盛
又昔復作獼猴王　與衆獼猴而遊行
時有國王來採捕　我救彼難現王前
又昔復爲鸚鵡身　父母俱老無力飛
我於田中銜稻穀　養育二親行孝敬
於是田主懷瞋怒　捉彼鸚鵡而訶責
云何偷於我稻穀　此時須見汝捨命
鸚鵡告彼田主言　汝所種田濟一切
我持少分供二親　汝何言我爲偷盜
爾時田主聞是語　倍與稻穀生歡喜
我作禽類汝爲人　如是孝養未曾有
往昔所行菩薩行　經歷無數微塵劫
求趣佛果大菩提　未有少時生疲倦
如是捨施内外財　國城妻子及珠珍
頭目髓腦及身命　持戒忍辱精進禪
智慧方便願力等　如是諸度廣修習
未曾暫廢菩薩行　一切衆善悉無遺
如佛所説頭陀行　彼行亦爲趣佛因
如是一一盡修習　精進而行無缺犯
於是末世諸衆生　雖作苾芻無僧行
常生我慢懈怠心　貪著聲色及財利
聞此大行勝妙因　返生誹謗不信受
輕笑言教告諸人　此之所説非佛教
我聞過去有一人　多聞學識立名海
聞佛所説不信受　以此法言問本師
彼師耆年亦多聞　於此佛言亦不信
展轉如是告他人　無我無人無衆生

此法非爲眞實教　虛受勤勞求出離
設爾持戒學威儀　如是修習何所爲
既無衆生無我人　父母宗親亦不有
此是邪見外道言　非是眞實解脫法
復次末世諸苾芻　而造諸過無慚愧
我慢貢高心散亂　憎嫉貪愛如火燒
三衣不整垂手行　拖拽袈裟入聚落
縱情放逸而飲酒　種種而行麤惡行
身被法服爲佛使　不依戒律近王侯
馳騁書信往四方　恃官勢力求財利
退失如來功德林　墮彼三塗諸惡趣
或有經營於市肆　或有耕種住村方
佛言此類非沙門　清淨苾芻勿同事
常住供養財物等　如已所有非法用
見有具德諸苾芻　而起慢心行誹謗

罔昧賢善破律儀　密於俗舍染邪行
畜養妻男種種爲　恣行麤惡俗無異
如是廣造惡業因　非是沙門出家行
當墮三塗惡趣中　永劫沉淪受衆苦
於自諸根不調伏　貪著飲食及色欲
常被他人生輕賤　所學徒弟亦復然
未曾誨示修行法　亦無師資恭敬心
人前談已爲慈悲　非要學徒行承事
或有風瘨及癩病　六根不具醜惡人
如是攝受令出家　亦非沙門佛弟子
無戒無行無其德　彼等非俗非沙門
譬如負柴燒臭屍　清淨之者宜遠離
本性躁浮多散亂　亦如狂象失調伏
設處深山心不寧　貪火焚燒無暫住
忘失一切佛功德　方便智慧頭陀行

如是諸善悉不行　墮大阿鼻無有出
常談國城聚落中　官事賊事眷屬事
如是晝夜恒思惟　未曾時暫行三昧
復於精舍起貪心　廣修院宇及房屋
全無持誦及梵修　但爲眷屬兼徒弟
若有苾芻依附我　我即與汝同居止
若欲持戒奉律儀　非我所爲須遠離
所有卧具牀榻等　什物受用及飲食
藏隱深房映蔽之　言無所有令他去
如是末世愚癡人　令佛教法不久滅
貪求利養斷善根　此等苾芻極甚多
若有清淨智慧者　遠離彼等住深山
末法苾芻無戒德　不樂深山寂靜居
常處王城聚落中　唯務是非及鬬諍
反爲王法所禁制　叱訶驅擯受慚恥
諸佛法教功德海　因此破戒悉枯竭
譬如寶海水清淨　或被淤泥而渾濁
亦如蓮華滿池開　或被狂風而摧壞
如是末法破戒人　損滅佛教亦如是
若有淨修梵行者　逢斯惡友常遠離
彼人命盡墮阿鼻　受苦百千無數劫
從此地獄受罪已　或生畜趣或爲人
貧窮下賤及聾瘂　眇目矬陋多疾病
手足諸根不完具　見者悉皆生驚怖
無信無行無善根　晝夜飢寒常憂苦
復被衆人生瞋恨　以其瓦石而捶打
如是三苦常纏縛　一切罪業應遠離
常須親近佛法僧　淨持戒律頭陀行
如是名利并眷屬　如幻如化如影像
有爲之法暫時聞　不久乖離即散壞

唯有無上佛菩提　妙地十力波羅蜜
堅固修習勿生疑　未來究竟大安樂

爾時世尊說此頌已告尊者護國言若有補特伽羅於菩薩乘不依法行有是過失者當得不依法者而來敬愛懈怠者得懈怠人敬愛無智者得無智人敬愛如是互相敬愛貪著利養嫉妬貴族懈怠狂亂綺語兩舌諂佞他人虚誑父毋及自師長或入王城及諸聚落不爲利益衆生化諸羣品一向妄言我是大智多聞博識誑惑有情唯求財利輕棄善法都無所獲猶如破器無堪貯用於彼衆人多生怨惡聽信邪言虚妄推度是法說非非法說是於佛正法無心愛樂生於下族貧賤之家爲見少利求投佛法希求出家及得爲僧行非梵行於佛法教全無所成何況大智佛告尊者如是補特伽羅不應說法人天之善尚不能續何況菩提而得成就爾時世尊復告尊者護國言有八種補特伽羅遠離菩提不得爲說殊妙之法護國白言何等八種補特伽羅惟願說之佛言一者蔑戾車處於彼受生二者貧窮之家於彼受生三者下賤之家於彼受生四者縱得人身醜陋癡鈍五者具足蓋纏身心憂慼六者棄背賢善親近惡友七者長有疾病身體尩羸八者衆苦逼迫直至命終如是八種補特伽羅遠離菩提不得說法於是護國復白佛言不應說法更有何義佛言護國若有補特伽羅無決定者我不說菩提於虚妄者我不說清淨行於懈怠者我不說菩薩行於慳悋者我不說供佛行於我慢者我不說波羅蜜清淨於無慧者

我不說斷疑法於嫉妬者我不說心清淨於無信根者我不說總持法於無德者我不說善逝法於貪親愛者我不說身清淨於不善律儀者我不說謗佛有過失法於妄言者我不說語清淨於我慢者我不說恭敬法於無識者我不說修學法於爲身命者我不說求於道法如是補特伽羅不應說法時護國白言於意云何佛言護國爲此有情愚癡迷惑心識顛倒虛妄分別不依法教乃至天上人間不應爲說爾時世尊而說頌曰

不定諸有情　補特伽羅等　我慢自貢高
貪著於利養　恒行不律儀　深著於五欲
增長諸煩惱　遠離佛菩提　退失於善法
懈怠不修習　猶豫多散亂　於其戒法言
而不生信受　因爲貧窮逼　方便求出家
設得作苾芻　輕捨於道法　如棄金寶擔
荷負於麻擔　雖欲入深山　到彼寂靜處
無意樂修禪　邪思而散亂　障礙於辯才
沉沒大智慧　墜墮惡趣中　設復得人身
醜陋不具足　懈怠性愚癡　不行衆善法
諸根常暗鈍　墮大險難中　經彼俱胝劫
迷沒不解脫　若行邪利濟　得證佛菩提
調達不正知　應成善逝果　若人貪利養
墜墮於衆生　如空大風力　能墮諸飛鳥
邪福勢盡時　其義亦如是　無信破戒者
見善如盲人　譬如焚屍柴　不吉人嫌棄
雖復發善心　無彼廣大智　謗法不信故
解脫非究竟　譬如畫無膠　莊嚴色不久
我慢自貢高　其義亦如是　若求佛菩提
不惜於身命　於法甚深言　勇猛勤習學

捨善行非法　所行增過失　墮於大火坑
若聞如是法　依法而受行　斷除貪愛心
修植衆德本　乃至於一句　通達悉明了
如是積功德　成就最上道　永離於愚盲

爾時世尊説此頌已告尊者護國言我於過去無量無邊不可説不可説阿僧祇劫時有佛出世號曰成義意如來應供正徧知明行足善逝世間解無上士調御丈夫天人師佛世尊爾時有大國王名曰發光主閻浮提其地廣闊一萬六千由旬其中州城數滿二萬其發光王所居城邑名曰寶光其城東西長十二由旬南北闊七由旬城有七重七寶所作彼王善行八正之道種族豪盛有千俱胝其國人民壽十俱胝歲王有太子名曰福光諸根具足色相端嚴殊妙第一太子生時有七寶藏從地涌出内有一藏現王殿前滿中七寶高七人量復令一切衆生所作如意乃至禁縛之者俱得解脱又彼太子生得七日一切技藝工巧筭術皆悉明了乃至世出世間一切事業無不通解於夜分中有淨光天子來爲説法告太子言福光諦聽汝須息心不應散亂於諸塵境常當遠離晝夜思惟有爲之法當觀無常壽命盡時誰是救者於諸非法而生怖畏

佛説護國尊者所問大乘經卷第二

音釋

巘語蹇切　輭乳兖切柔也　擯必刃切斥也　療力弔切治也　囂虛驕切喧也

佛說護國尊者所問大乘經卷第三 第四同卷

宋西天譯經三藏朝散大夫試光祿卿明教大師施護奉 詔譯

爾時淨光天子而說頌曰

太子汝當知 莫著於迷醉 於此險難中
勤求於出離 如佛所說言 若離迷醉者
此人大勇猛 善行於律儀 清淨無瑕穢
所見諸衆生 心生慈愍行 成佛當不久
過去一切佛 現在及未來 皆從衆善生
遠離貪瞋癡 飲食及衣服 金銀摩尼寶
種種莊嚴具 捨施利衆生 廣歷俱胝劫
一心求菩提 未曾有疲懈 或捨於身分
頭目手足等 於彼求乞人 心生大歡喜
以此積功德 而成佛菩提 設處國王位
豪貴而最上 美女及眷屬 晝夜常圍遶
宮殿及國城 悉皆如幻化 譬如坏器等
陽焰水沫泡 其體不堅牢 非實非久住
如是無常法 虛妄汝當知 父母與妻男
誰能相救濟 所作善惡業 是人隨業行
如是無數劫 常沉生死海 亦如無目人
於境而不了 虛受於勤勞 終墮險惡趣
菩提最上路 勇猛精進行 乃至於命終
不生三惡道 佛世人難值 正法難得聞
降伏煩惱怨 親近於善友 恒修八正道
安住菩提心 不退於佛道 如是行方便
世間無有上 過去一切佛 捨離於親愛
常處於深山 正念自思惟 堅固如金剛
志求無上道

爾時佛告尊者護國言淨光天子說此頌已彼福光太子年至十歲智慧明達而無戲論於世所有園林華卉流泉浴池歌舞作樂而

不愛著乃至國城宮殿象馬車乘金銀財寶一切所欲之事悉皆遠離一心思惟我身虛幻四大假合無有堅實大地諸天悉非究竟凡夫衆生常行非法愚癡迷惑分別親踈耽著欲樂無有厭足永處輪迴無解脫時我於如是愚迷人中而乃受生作是念已志意繫心專求解脫爾時世尊復告尊者護國言彼發光王爲其太子選擇最上淨妙福地建置一城名曰愛樂其城七重於其城中有七百街道純以七寶鈴鐸眞珠羅網徧覆其上復有六十衆寶妙蓋八萬寶幢於諸街巷次第行布一一寶幢有六萬寶索一一寶索有十四俱胝樂器如是樂器微風吹動出妙音聲如百千天樂又於此城街巷衢路處處各住五百童女是諸童女身相端嚴顏貌和悅於諸音樂歌舞作唱一切悉能時發光王勑告之曰令諸童女晝夜作樂不得間斷所有四方一切人民來入此城見斯音樂快樂之事奔聚看翫令其太子心生樂著又復王言所有衆生求飲食者施以飲食求衣服者施以衣服求華鬘塗香者施以華鬘塗香求牀榻卧具者施以牀榻卧具乃至以金銀摩尼硨磲碼碯珊瑚眞珠吠瑠璃等如是諸寶處處堆積復有象馬車乘皆以衆寶種種莊嚴令一切衆生隨意受用爾時發光王復爲太子於此城中修建一宮廣一由旬造四門樓戶牖軒窻皆以七寶種種莊嚴於此宮中置一大殿用百千珍寶周帀莊校於殿中間安四俱胝衆寶牀榻及以卧具復於城中置一大園華果樹木其數甚多蓊蔚開敷世所希有

於其中間排一切寶樹光明照曜無不愛樂又於園中有七寶池於池四邊有四界道四寶所成所謂金銀吠瑠璃玻瓈於池周帀置一百八師子口水從彼入復置一百八師子口水從彼出其中復生鉢訥摩華烏怛鉢攞華俱母那華奔拏哩迦華等種種名華恒時開敷於池周帀復有八百寶樹一一寶樹各懸寶索一一索上有俱胝數樂器微風吹動出妙音聲令諸衆生聞者愛樂復次寶樹懸掛八十百千珍寶妙旛又於池上置大寶網而以爲蓋覆太子身令離塵坌爾時發光王復令殿内以其七寶造四俱胝寶座一一寶座各以五百上妙之衣敷於座上於其中間置一大座高七人量以八十俱胝上妙寶衣敷設其上此是福光太子所登之座於諸座

前各置香爐純金所成於爐周帀懸金鈴鐸及金蓮華摩尼寶網四面嚴飾光明照曜晝夜三時恒爇沉香及散妙華復於園内有九十九百千摩尼寶一一摩尼寶廣一由旬有大光明照一切世界爾時世尊復告護國言福光太子園苑之内有種種飛鳥鸚鵡鴝鵒鴛鴦鵝鴨孔雀舍利俱枳羅鳥俱拏羅鳥迦陵頻伽命命鳥等如是衆鳥俱善人言每羣飛時作微妙聲如衆音樂而無有異亦知天帝歡喜之園令諸天人受妙快樂彼發光天子復爲太子修饌上味飲食逐日供給五百千車復令使命於諸城邑聚落選取童女年十六歲至二十歲者色相端嚴諸根具足不長不短不肥不瘦不白不黑身出白檀香口出優鉢羅華香言詞美善心意純直而無姤

忌善解博弈歌舞戲樂乃至一切世間功巧技藝無不悉解如是童女得八十俱胝來入王城爾時發光天子以此八十俱胝童女賜於太子王自宮中所有童女復賜一俱胝王諸親眷亦以一俱胝童女奉上太子宰輔重臣亦以一俱胝童女奉上太子國城庶民亦以一俱胝童女奉上太子如是八十四俱胝童女俱令侍從承事及歌舞作樂悅樂太子

佛告尊者護國言爾時福光太子見是事已於其國城宮殿樓閣園林池沼象馬珍寶及諸童女歌舞唱妓種種作樂之事都不愛著而自思惟此諸女等於我身分爲大惡友斷我善根增諸煩惱常處輪迴無有自在譬如有人處於禁縛終不能出爾時太子見此過失於十年中於色聲香味觸五塵諸境而不愛著一心思惟諸惡友衆云何捨離而自修行得其解脫作是念已彼諸童女即詣王宮白父王言其福光太子於諸婇女戲樂歌舞都不顧視獨坐思惟遠離聲色爾時發光天子聞是事已心忽驚愕怪未曾有即時統領八萬小王及諸臣從來入太子所住宮中見彼太子孤處宮殿儀貌寂然涕淚悲泣心大苦惱迷悶躃地良久乃甦從地而起即說頌曰

子爲最上寶　云何不觀我　憂惱心惶亂
云何捨所愛　種種富樂事　此城妙莊嚴
衆寶爲嚴飾　宮殿妙樓閣　園林及浴池
象馬七珍財　衣服及飲饌　如是無量數
而以供給之　復有諸童女　容顏甚奇妙
端正廣莊嚴　如彼天女相　心性善純直

通達諸技藝　歌舞及音樂　人間無有比
所爲適悅汝　令其心快樂　云何無所著
於斯而捨離　獨處於深宮　顏貌甚寂澹
令諸童女等　各各懷憂惱　如彼蓮華萎
俱來而白我　太子汝當知　如是諸童女
端正俱年少　口出優鉢香　身有栴檀氣
兩目紺如蓮　善知人心意　令於晝夜中
親近作戲樂　今汝正是時　於此而厭棄
於汝意云何　爲我速宣說　又向園林中
安置摩尼寶　九十九百千　各廣一由旬
光明普照曜　寶樹懸寶旛　其數有八萬
華果皆茂盛　具有衆飛鳥　孔雀及鵝鴨
迦陵頻伽等　皆出微妙音　復於諸樹間
各垂於寶索　一一寶索中　皆有妙樂器
微風吹動時　出於妙音聲　清響如天樂
云何而不戀　又此諸宮殿　皆以衆寶成
金銀摩尼珠　硨磲與碼碯　瑠璃眞珠等
莊嚴甚微妙　於此寶殿中　安置金香爐
四面垂珠網　俱胝細妙衣　以用莊嚴上
晝夜三時中　長爇栴檀香　如彼天帝宮
善法堂無異　汝今不愛樂　違背於父母
都無孝敬心　令我增苦惱　言已而悲泣
爲我速宣說　太子見所問　稽首白父王
世間五欲境　墜墮於衆生　纏縛於有情
增長大過失　永處於輪迴　無有得出離
我今求解脫　發大菩提心　遠離諸塵染
一切女人身　衆惡不淨本　我觀如怨家
貪瞋鎭相隨　流浪於生死　牽繫諸衆生
常處大險路　又此女色相　皮膚裹不淨
血肉與骨髓　腸胃大小便　膿淚涕唾等

如是穢惡身　云何令愛樂　譬如毒藥樹
開華衆所愛　採華毒入身　不覺殞其命
國城與宮殿　音樂及歌舞　究竟不堅牢
如夢如幻化　亦如春樹木　滋茂葉芬芳
纔至冬月時　凋落悉枯悴　女人及富饒
不久亦如是　愚癡狂亂心　常没貪欲海
鬬諍起憎嫉　互相行殺害　父王及眷屬
妻子并男女　於彼惡趣中　誰能行救濟
菩薩大智人　身心常寂靜　觀彼如草木
不動如須彌　常樂處深山　一心求正道
浮世不久住　如山水急流　人命若浮雲
須臾即散滅　墜墮三有中　迷没於生死
我不著愚迷　遠離於虚妄　色聲五欲塵
非是菩薩境　福盡無福生　業盡復生業
如鳥禁籠中　長不得自在　六塵如毒蛇
損惱於衆生　四大不堅實　猶如空聚落
父王今當知　速捨虚妄境　歸趣眞解脱
常運妙法船　度脱於三有　迷者令覺悟
禁縛得解脱　患苦使獲安　盲者與開目
貧窮賜珍財　悉令離憂苦　復爲衆有情
枯竭貪愛河　照燭黒暗路　廣布於雲雷
降霔甘露雨　除熱得清涼　成就最上智
父王今當知　何人懷慈忍　而欲作怨家
何人具智慧　怖見佛法僧　何人有眼目
入於險路行　何人得菩提　而欲作散亂
如斯有智人　必不行邪道　我寧上須彌
投身入大海　於此五欲塵　終不生染著
所有諸婇女　并及於眷屬　請王速將歸
於此勿久住　在家多過失　障蔽佛菩提
我捨於國城　及諸眷屬等　行詣於深山

修習清淨行　志求無上道

爾時佛告尊者護國言彼福光太子處於寶殿是諸童女圍遶侍從太子觀之深生厭離於三威儀中行住坐時求斷一切煩惱於月初八日於地而坐正意思惟離諸塵染作是觀已於中夜時忽聞空中淨光天子讚佛讚法及苾芻衆如是聞已身毛皆竪悲喜交并合掌向空以頌問曰

虛空諸天大慈愍　發聲稱讚讚何人
我要歸依求出離　願樂聽聞爲開演

爾時淨光天子於虛空中聞彼所問而爲太子說所讚事以頌答曰

我今稱讚大沙門　彼佛名曰成義意
常以十善化羣迷　救濟孤獨諸有苦
方便智慧最爲上　功德神力無有比
常有千千那由他　苾芻之衆恒恭敬

太子復問淨光天　有何功德及相好
彼佛所行菩提行　重爲宣說我樂聞

爾時淨光天子復爲太子說佛功德相好以頌答曰

佛頂如須彌　出衆而高顯　螺髮而紺青
右旋俱齊整　眉間白毫光　照曜如千日
目紺淨分明　猶如青蓮葉　頷臆如師子
脣色勝頻婆　齒密無缺減　白類如珂雪
臍輪廣右旋　如淨玻瓈寶　舌色如紅蓮
廣長而薄淨　舒展覆面輪　此相最微妙
梵音而清響　美妙出世間　一切諸天人
聞者皆歡喜　假使百千樂　莫等佛音聲
功德廣無邊　能斷衆生惑　令行菩提行
復次諸飛鳥　名曰緊那囉　鴛鴦俱枳羅

縛哩呬拏鵝　具沙俱拏羅　迦陵頻伽等
各有色相嚴　佛相好亦然　佛以一言辭
隨衆各得解　近遠平等聞　如來法自在
項頸長細妙　量等於身分　臂髆而牖圓
垂手過於膝　如是妙端嚴　七處皆平滿
雙肱如象鼻　兩腨勝鹿王　陰相而藏隱
猶如龍馬王　身毛紺右旋　無畏如師子
佛頂如天蓋　嚴飾金色身　行步同牛王
足現千輻輪　莎悉帝迦相　如是廣端嚴
世間甚希有　汝今若親近　有德與無德
有福及無福　一一自當知　若有稱佛名
讚毁俱不著　如蓮在水中　淤泥不可染
我佛大導師　世間無有上

佛說護國尊者所問大乘經卷第三

佛說護國尊者所問大乘經卷第四

宋西天譯經三藏朝散大夫試光祿卿明教大師施護奉　詔譯

佛告尊者護國言爾時福光太子聞虛空中淨光天子讚佛法僧無量功德相好莊嚴之事心大歡喜正意繫心端坐思惟彼佛世尊具足功德所說妙法眞實無謬聲聞弟子梵行清白又復思惟輪迴大苦一切衆生愚癡障蔽不覺不知常以身見起諸惑染廣增過失生死輪迴相續不絕諸有智者應當遠離又復思惟愚癡迷暗起三種思動發身語造善惡業熏識成種如是名色六入觸受苦報相續愛取纏潤增長有支如是結生老死誰免我觀生死少味多苦逼迫身心是可厭患速宜親近彼佛如來微妙之法斷諸煩惱求出輪迴若近惡友耽著欲樂人天之報尚不能得何況阿耨多羅三藐三菩提爾時福光太子作是念已於此宮城深生厭離我今於此終不解脫宜應速捨別求靜處修習梵行時彼太子發此志已即便離殿欲往門出又慮親眷而爲留難遂却上殿面東而立遥告佛曰成義如來應正等覺具一切智神力廣大願賜慈悲救護於我我於此處擲身出外欲求解脫作是語已即便擲身佛以神足舒其右手放大光明照太子身其光化爲千葉蓮華承太子足又此蓮華復出百千微妙光明照於太子令心適悅經須臾間將至佛前佛攝光明蓮華不現爾時太子如山而下即到佛前合掌恭敬旋遶世尊至心稱念南無成義意如來應正等覺所說妙法及苾芻衆我悉歸依作是語已五體投地禮佛千拜即

以伽陀讚歎佛曰

稽首無上大醫王　我身大患久未除
願佛慈愍垂救度　少賜如來妙法藥
晝夜獨坐自思惟　一心求離五欲境
空界天人發聲言　勸導歸依來佛所
佛爲出世大導師　何得衆生造過失
於大難中垂救護　令彼盲迷開智眼
我今雖發信佛心　貧乏如來功德寶
求出纏縛趣解脱　願佛慈悲垂攝受
於其暗室然慧燈　破我疑惑無明等
宣揚清淨妙法門　如佛所行菩提道
稽首無比大醫王　滿我意願除諸病
一切妄想悉消除　抛離惡趣到彼岸
永出煩惱大海中　常行如來八正道
如是眞實爲我説　如佛所説我行之

志求無上大菩提　修習菩薩眞實行
成就福德無盡報　捨於世壽爲法壽
一切纏縛永斷除　究竟圓滿菩提道

佛告尊者護國言爾時成義意如來見彼太子信心清淨善根成熟即爲宣説菩薩行法福光太子聞是法已得總持門證妙解脱成就五通涌身空中散華供養作供養已從虚空中下合掌向佛讚歎如來即説頌曰

稽首我佛眞金色　相好最上面如月
功德智慧無等倫　永離三有常清淨
牟尼螺髻紺青色　高顯清淨如須彌
我觀無等無邊佛　眉間毫光普照曜
如軍那華及朗月　過於珂雪與硨磲
如是皎潔大光明　除滅衆生諸罪暗
目淨輝朗如青蓮　常以慈顔顧我等

怨親無二平等觀　有情無情俱獲益
舌如赤銅而廣長　或覆面輪或大千
應機流演大小乘　普救世間諸有苦
我今頂禮如來齒　四十齊密白如珂
四牙鋒利若金剛　俱發光明濟羣品
我今禮佛眞實語　離諸虛誑綺言辭
通達性相甚深文　破暗除迷百千刹
梵王帝釋護世主　龍天八部及三塗
如是蒙光苦惱除　俱出輪迴生死海
我佛雙腨如鹿王　行似牛王舉步穩
下足登涉地面時　山川大地俱震動
我佛身相妙端嚴　皮膚柔輭眞金色
一切世間無有比　衆生見者無厭足
佛於過去百千劫　能捨一切利衆生
俱令離苦出煩籠　我今歸禮大慈父
佛以法財施一切　持戒忍辱精進修
禪定智慧悉圓明　我今禮佛無等智
我佛無畏大師子　能破無邊煩惱魔
善療衆病悉消除　我今頂禮滅三毒
身口意業無塵染　三界無著出水蓮
梵音深妙如梵天　迦陵頻伽聲莫比
我今禮佛出三有　常觀世界如幻化
如夢如電非久停　無人無我無衆生
法本空寂無有生　不能知悟隨輪轉
垂慈廣爲諸衆生　方便隨機宣妙法
大聖醫王衆所歸　恒治老死憂悲惱
如是普利諸衆生　各令善逝人天路
如是慈悲牟尼主　常愍輪迴六道中
如蟻循環無了期　引彼愚盲得正路
如是依法證菩提　具法自在利世間

如佛所說八正道　聞者適悅生敬愛
佛聲微妙過梵天　巘達哩嚩緊那囉
及諸天女美妙音　非似佛聲多方便
清淨語音功德普　衆生隨類各得聞
如是爲乘趣菩提　一一離凡得解脫
種種上妙物供佛　獲得最上人天福
或爲帝主或宰臣　常受大富大快樂
或作金輪王四洲　具足千子及七寶
恒行十善利世間　一切衆生皆隨順
或爲護世或忉利　或處夜摩覩史陀
乃至他化與梵天　皆因供養諸佛得
如是見佛及聽法　俱能出離諸苦惱
令彼不墮惡道中　安樂寂靜無塵染
佛能安住諸世間　求福之者皆令福
如是獲福長相續　俱胝多劫不可盡
最上微妙莊嚴剎　衆生生者無塵垢
身光照曜勝天人　身口意業俱清淨
成就種種功德相　名聞流布諸世間
天上人間俱敬愛　彼人供養諸佛得
我佛久離諸苦惱　十方佛剎皆稱讚
一切徒衆悉歸依　無不愛樂慈悲相
我今稽首人中尊　湛然不動無爲相
令我獲證五神通　住立虛空伸讚佛
稽首無畏佛世尊　無垢清淨出世間
所有稱讚諸功德　迴施人天成正覺

佛告尊者護國言爾時發光天子於其中夜忽聞福光太子宮城之内有大哭聲驚愕憂惶莫知凶吉即時將諸臣從及其眷屬來詣太子宮中問諸宮人汝等云何夜來啼哭時彼宮人即奏王言福光太子忽爾離宮莫知

所止憂懼悲痛是以啼哭爾時發光天子聞是語巳足如蹋險忽然躃地良久乃甦從地而起心生憂惱涕淚悲泣欲往千城處處尋覓時愛樂城中護城聖賢告於王言彼福光太子往詣東方禮覲供養成義意佛時發光天子聞是語巳即將八十四俱胝宮人婇女及百千那由他侍從眷屬周帀圍遶往詣東方至成義意如來處到巳五體投地禮世尊足住立一面合掌向佛以頌讚曰

稽首歸依功德海　妙湛總持無等尊
天龍八部衆所歸　一切觀佛無厭足
三十二相妙端嚴　七寶嚴身世希有
巍巍赫赫妙金山　超出世間歸命禮
過去難思俱胝劫　修行供養俱胝佛
深植德本廣無邊　成就佛身妙色相
布施持戒忍辱行　精進禪定善巧便
如是歷修勝行成　色相圓明光照曜
日月閃電摩尼寶　帝釋梵王身色光
如是等光對佛光　一時隱沒俱不現
佛身如現水中月　變化隨機亦復然
託夢乘象入母胎　捨於覩史天王位
佛身無相如虛空　亦生人世救羣品
初生七步帝釋隨　天上人中爲最上
彼佛無法不了知　亦無師學書自解
而成寂靜三摩地　救拔衆苦令解脫
捨離父母及親眷　出彼王城入深山
俱胝天衆圍遶佛　降伏四魔成正覺
觀彼世間不究竟　衆生沉溺處輪迴
垂慈爲彼轉法輪　令離無常出苦難
佛證寂滅清淨法　成就福智及方便

牟尼起化現身光　如是佛相悉具足
我禮牟尼無邊智　我禮究盡法界法
雖知幻化無去來　垂慈普救諸含識
善哉佛說菩提道　引彼衆生得菩提
如是正法我所求　正法能度世間苦
我佛常處三有中　救療一切煩惱病
以我稱讚佛功德　迴向菩提及衆生

爾時佛告尊者護國言彼成義意如來見此發光天子歸依讚歎信心堅固求趣解脫即隨王意而爲說法時發光天子聞佛所說即於阿耨多羅三藐三菩提得不退轉爾時福光太子見是父王歸依彼佛心生信敬即詣佛前合掌向佛而白佛言如來應供正徧知唯願世尊往愛樂城受我飲食供養時成義意如來默然許之受太子請時福光太子即告父王及諸眷屬我今請佛所有宮殿園苑及一切珍寶莊嚴之具施佛供養汝諸眷屬勿爲障惱異口同音起隨喜心爾時父王及諸眷屬俱發聲言願捨所有施佛供養我皆隨喜爾時成義意如來與諸苾芻恭敬圍遶入愛樂城受彼供養時福光太子以五百千車上妙飲食供養世尊及苾芻衆復次福光太子爲佛及衆廣以七寶造僧伽藍用無數摩尼寶網及傘蓋等四面嚴飾復置百千牀榻卧具以妙衣服敷設其上又於精舍左右行布華果樹木流泉浴池於其池中生奔拏哩迦華及優鉢羅華等復次於一一苾芻前頭面作禮獻僧伽梨衣日日三時亦復如是經三俱胝歲晝夜焚修亦不眠卧亦無疲倦亦不沐浴洗濯香鬘塗飾亦無瞋恚貪愛乃

至爲法不惜身命何況外財如佛所說如說而行乃至成義意如來入於涅槃爾時太子以赤栴檀荼毗如來於閻浮提內所有一切上妙名華及諸華鬘塗香末香種種妓樂於荼毗處供養舍利爾時閻浮提內一切衆生俱以香華飲食皆來供養如是經百千歲爾時福光太子收佛舍利以其七寶造九十四俱胝塔俱以眞珠羅網周帀嚴飾又諸塔前豎立五百七寶傘蓋華果樹木及百千音樂又一一塔前置百千燈盆每一一盆中然百千燈如是供養至一俱胝歲然後太子出家剃髮爲苾芻相行頭陀行持鉢乞食伏斷煩惱常行法施滿四俱胝歲如佛所行無有疲倦時愛樂城中護城賢聖一切小王宮嬪眷屬及諸衆生皆斅太子出家剃髮修清淨行時淨光天子互相告言一切小王及諸人民等悉皆出家我等徃彼承事太子如供養三寶爾時成義意如來所說六十四俱胝法藏福光苾芻悉皆受持通達無礙如是福光苾芻已曾親近九十四俱胝百千那由他佛於諸佛所一一供養無空過者皆如成義意如來而無有異爾時發光天子者豈異人乎今無量壽如來是爾時福光太子者豈異人乎今我身是爾時愛樂城中護城賢聖者豈異人乎今阿閦如來是佛告尊者護國言一切菩薩摩訶薩欲求阿耨多羅三藐三菩提者應當學彼福光苾芻遠離貪愛親近善友修寂靜行勤供諸佛不久當得阿耨多羅三藐三菩提佛言護國若復有人貪著利養飲食衣服卧具醫藥尊重稱讚彼人愚癡則爲我

慢破犯戒律虛妄不實毀謗沙門遠離佛法於身口意而不相應唯有外相心不寂靜無慚無愧遠離佛刹遠離菩提是故護國聞如是法應如是知應如是學應如是行不得親近惡友及利養等爾時世尊而說頌曰

若人貪愛於利養　遠離眞實清淨行
因斯退失佛菩提　永劫沉淪生死道
無慚無愧無知足　常愛常貪恒繫縛
不懼三塗苦惱侵　猶言我具諸德行
詐現寂靜住山間　心於名利常牽繫
衆人遠離如毒蛇　長處輪迴無解脫
若人不樂如來法　輕賤具德苾芻僧
永離天界墮惡道　縱生人世墮八難
俱胝劫數難值佛　所說正法亦難聞
刹那暫遇若依行　彼人必證菩提果
佛乘妙行德難思　一切如來從此出
若人厭離樂塵勞　永失菩提無上道
若人智慧及方便　遠離一切諸過非
愍救五趣諸衆生　是人所行同佛行
雖處深山寂靜處　詐現清高爲自身
掩他行業談已能　我常日誦俱胝佛
若於行法生尊重　不悋身命一心求
如我所說眞實行　是人非遠證菩提
大僊正法最上乘　永得消除於熱惱
如聞所行精進修　畢竟速證無上道

爾時世尊說此頌已告尊者護國言若諸菩薩於阿僧祇劫行五波羅蜜不如有人於此正法暫得聽聞信解受持如是功德勝前功德百分不及一千分不及一百千俱胝分不及一筭數分不及一乃至譬喻分亦不及一

佛說是經時會中有三十那由他天人發阿耨多羅三藐三菩提心得不退轉七千苾芻斷盡諸漏得無生忍爾時尊者護國而白佛言今此經典甚爲希有云何受持當何名之佛言護國此經名爲大乘正法亦名廣大清淨不空誓願福光居士歡喜菩薩行如是受持佛說此經已尊者護國及天人阿蘇囉蠍達哩嚩等聞佛所說皆大歡喜信受奉行

佛說護國尊者所問大乘經卷第四

音釋

沫音末 耽都含切樂也 蓊蔚蓊烏孔切蔚紆勿切蓊蔚草木盛貌 鴝鵒鴝權俱切鵒余六切鴝鵒鳥名 䁔充之切目汁凝也 [月+庸]丑容切圓直也 肱姑弘切臂節也 腨市兗切腓腸也

十經同卷

清刻龍藏佛說法變相圖

十經同卷

佛說四無所畏經

增慧陀羅尼經

聖六字增壽大明陀羅尼經

佛說大乘戒經

佛說聖最勝陀羅尼經

佛說五十頌聖般若波羅蜜經

大乘八大曼拏羅經

佛說較量一切佛刹功德經

囉嚩拏說救療小兒疾病經

迦葉仙人說醫女人經

佛說四無所畏經

宋西天譯經三藏朝散大夫試鴻臚卿傳法大師施護奉　詔譯

如是我聞一時佛在舍衛國祇樹給孤獨園爾時世尊告諸苾芻汝等諦聽如來應正等覺成就四無所畏於大衆中轉大法輪如師子吼自在無畏時諸苾芻聞是語已五體投地頂禮佛足合掌白言云何如來四無所畏佛告苾芻我於往昔在大衆中而作是言如來成就正等正覺如是說時沙門婆羅門魔梵天人俱發言曰此所宣說非依法教未曾見聞有如是事爾時世尊於彼衆中無驚無怖心得安樂住無所畏又復告言我身清淨諸漏已盡如是說時沙門婆羅門魔梵天人俱發言曰此所宣說非依法教未曾見聞有如是事爾時世尊於彼衆中無驚無怖心得安樂住無所畏復次告言二障雜染能障道果此障若滅聖道自現如是說時沙門婆羅門魔梵天人俱發言曰此所宣說非依法教未曾見聞有如是事爾時世尊於彼衆中無驚無怖心得安樂住無所畏復次告言修戒定等能出生死盡諸苦報如是說時沙門婆羅門魔梵天人俱發言曰此所宣說非依法教未曾見聞有如是事爾時世尊於彼衆中無驚無怖心得安樂住無所畏佛告苾芻是名如來轉大法輪四無所畏復次苾芻亦於八大衆中具足成就四無所畏云何爲八昔於一處有無數百沙門衆或住或立或行或坐互相言曰往昔佛說如是法相甚深難解未曾見聞爲是爲非爲虛爲實爾時如來聞彼言已心無怯懼身無毛豎自在無畏如山

不動復次無數百婆羅門衆無數百刹帝利衆無數百居士衆無數百四天王衆無數百忉利天衆無數百魔王衆無數百梵天衆如是八衆或住或立或行或坐互相言曰往昔佛說如是法相甚深難解未曾見聞爲是爲非爲虛爲實爾時如來聞彼言已心無怯懼身無毛豎自在無畏如山不動佛言苾芻是名八部大衆之中得無所畏即說頌曰

如來自在轉法輪　昔能成就四無畏
天人魔梵及沙門　聞師章句懷猶豫
身心不動得無畏　利樂一切諸有情
令發無上菩提心　恭敬修行到彼岸

爾時諸大苾芻聞佛所說信受奉行

佛說四無所畏經

增慧陀羅尼經

宋西天譯經三藏朝散大夫試鴻臚卿傳法大師施護奉　詔譯

如是我聞一時大慧菩薩住須彌山頂爾時諸天子等來詣菩薩恭敬圍遶而爲聽法時有菩薩名童子相合掌恭敬白大慧菩薩唯願慈悲爲我等故說增慧陀羅尼所有一切少智鈍根愚昧衆生令使得聞增彼智慧時大慧菩薩即爲宣說陀羅尼曰

怛你也(二合)他唵(引)閉祖閉祖鉢囉(二合)倪也(二合)嚩哩馱(二合)你惹囉惹囉彌馱(引)嚩哩馱(二合)你地哩地哩没弟嚩哩馱(二合)你娑嚩(二合引)賀

爾時大慧菩薩說此陀羅尼已告童子相言若諸衆生智慧鈍劣根性暗昧多所忘失發至誠心於此增慧陀羅尼受持讀誦書寫供養此人速得廣大智慧明記不忘若人以此真言誦七徧或二七徧加持水三合於卯時飲日日如是飲至七箇月或八箇月自然日記千頌如不恒飲水亦能日記五百頌智慧漸增根性明利爾時童子相菩薩及諸天人信受奉行

增慧陀羅尼經

聖六字增壽大明陀羅尼經

宋西天三藏大師施護奉　詔譯

如是我聞一時佛在舍衛國祇樹給孤獨園爾時尊者阿難有大疾病佛自知已即詣彼所敷座而坐告阿難曰汝今諦聽我有六字大明陀羅尼能消災患增益壽命汝若受持非但自身復令四衆苾芻苾芻尼優婆塞優婆夷長夜安隱遠離衆苦復次阿難此六字大明陀羅尼七十七俱胝佛并六大威德師同所宣說六大師者一如來應正等覺二帝釋天主三多聞天王四持國天王五增長天王六廣目天王如是聖賢異口同音說陀羅尼曰

難底黎難底黎難覩哩(去)都摩哩半拏哩俱嚩致(引)夜度摩帝(引)娑嚩(引二合)賀

佛告阿難此六字大明章句有大威力若復有人王法難中驚怖大水難中驚怖大火難中驚怖賊劫難中驚怖怨家難中驚怖衆惡難中驚怖鬪戰難中驚怖惡曜難中驚怖如是諸難害身之時一心稱念大明章句擁護某甲令得解脫作是語已是諸衆難速得消除復次阿難若諸有情患諸疼痛頭痛項痛眼耳鼻痛牙齒舌痛脣口頰痛胷脅背痛心痛肚痛腰痛胯痛徧身疼痛及瀉痢痔瘻風癀痰癊諸惡重病如前稱念大明章句佛大威德令一切日月星曜羅漢聖賢發眞實言與某甲弟子應作擁護息除災患令得安樂所有刀劒毒藥虎狼師子蚖蛇蝮蝎諸惡禽獸皆不爲害瘧病不著亦不中夭乃至阿波娑摩囉部多毗舍左鳩槃荼等一切鬼將悉

皆遠離不敢爲患復次阿難若諸有情鬼魅所著連年積月而不捨離以此真言加持於線繫患人手時金剛手大藥叉主以忿怒力破鬼魅頭令作七分又令大智舍利弗大神通目揵連持戒羅睺羅及汝阿難陀皆來擁護令得安隱若不爾者須彌山王離於本處大海枯竭日月墮落大地崩裂如來應正等覺無有妄語阿難此六字大明陀羅尼神通威德得未曾有若隨喜聽聞是人恒得長壽無病衆惡不侵何況受持讀誦書寫供養是名成就最上增益之法阿難聞已信受奉行

聖六字增壽大明陀羅尼經

佛說大乘戒經

宋西天譯經三藏朝散大夫試鴻臚卿傳法大師施護奉　詔譯

如是我聞一時佛在舍衛國祇樹給孤獨園爾時世尊告苾芻言有破壞戒行壽命者有斷滅善根者出家難值發精進心堅固守護若諸苾芻等於佛法中求解脫者遠離一切諸惡苦惱如佛所說寧捨身命而趣無常不得縱心犯其戒律若人捨命只壞一生若復破戒令百萬生沉淪惡道若人持戒當得見佛戒爲最上莊嚴戒爲最上妙香戒爲勸喜勝因戒體清淨如清冷水能除熱惱戒法最大世間呪法龍蛇之毒而不能侵持戒得名聞持戒獲安樂如是命終時復得生天上佛言苾芻若犯律儀譬如盲人不見衆色亦如無足不能行道遠離涅槃不到彼岸若持戒人成就一切法寶譬如賢瓶圓滿堅固能盛一切珍寶如是破損珍寶散失若破律儀則捨一切善法先曾犯戒而後心欲求涅槃如去眼耳對鏡照面何所堪能佛言苾芻女人無信不可親近王恩雖勝不可恃怙水沫無實不可撮摩富貴無常不可久住色相如華須臾變異壽如熟果不可久停如急流渡船如朽屋暫住寧食毒藥不得飲酒寧入大火不得嗜欲佛說是經已時彼苾芻及諸菩薩皆大歡喜信受奉行

佛說大乘戒經

佛說聖最勝陀羅尼經

宋西天譯經三藏朝散大夫試鴻臚卿傳法大師施護奉　詔譯

如是我聞一時佛在波羅鉢多國星左大城虞彌曩精舍過是夏已至九月二十日有一苾芻名嚩野佉曩時彼苾芻出星左大城往支那城相去四由旬於其路中見一大人身長一丈面長四尺知是文殊師利菩薩即時禮足長跪合掌白菩薩言云何現身而來至此必有因緣菩薩答言如是如是苾芻此閻浮提內諸衆生等當有病苦阿脩羅迦樓羅等住須彌山王一面與諸天人互相交戰是故虛空中日月無光星辰不現天人敗已脩羅獲勝時諸鬼神因斯得便化女人形惱亂衆生生諸疾病或頭痛腹痛眼耳鼻痛或生癰瘑瘰癧痔漏疥癩瘡癬或復瘧病其瘧發時或隔一日二日三日四日乃至風癀痰癊一切惡病又閻浮提內降大風雨或寒或熱或澇或旱五穀不豐人民飢儉悉皆中夭復現虎狼師子貔拏等獸侵損有情奪人精氣如是衆難競來逼惱爾時大人說是事已告苾芻言我有聖最勝陀羅尼增長善根能除諸惡若復有人發清淨心以香華等供養三寶及諸賢聖於七晝夜潔淨齋戒誦此陀羅尼是諸衆難即得消除陀羅尼曰

曩謨婆誐嚩覩尾摩攞没地儞鼻囉誐哩吤二合多囉引惹寫怛他誐多寫怛你也二合他尾摩羅誐哩吤二合帝尾摩羅踰你始引阿攞誐帝阿羅誐帝娑嚩引二合賀曩摩娑哩嚩二合你嚩羅拏尾瑟劍二合毗曩薩怛二合他引誐多寫怛你也二合他引呬摩呬摩賀引摩呬娑嚩二合

(引)賀(引)曩謨虞拏迦囉寫怛他(引)誐多寫但
你也(二合)他(引)誐誐曩(引)迦哩誐誐曩三婆吠
誐誐曩枳哩底(二合)帝(引)娑嚩(引二合)賀(引)曩謨
三滿多獻度多摩寫怛他(引)誐多寫怛你也
(二合)他(引)三摩曳(引)娑嚩(引二合)賀(引)曩謨阿波
囉(引)哷多誐(引)彌曩娑怛(二合)他(引)誐多寫怛
你也(二合)他(引)阿摩(引)摩呬(引)娑嚩(引二合)賀(引)
曩謨摩曩娑擔(二合)婆寫怛他(引)誐多寫怛你
也(二合)他(引)摩曩尾戍弟鉢訥彌(二合)濕嚩(二合)哩
鉢訥摩(二合)三婆吠緊迦哩呬旦迦哩曳(引)娑
嚩(引二合)賀(引)曩謨薩哩嚩(二合)沒馱冐地薩怛
嚩(引二合)喃(引)曩謨阿哩也(二合)曼祖室哩(二合)野
怛你也(二合)他(引)惹曳(引)惹曳(引)羅麼地(二合)呬
(引)摩呬(引)摩賀(引)摩呬(引)娑嚩(引二合)賀(引)曩
謨阿哩也(引二合)嚩路枳帝(引)濕嚩(二合)囉寫冐

地薩怛嚩(二合)寫怛你也(二合)他(引)誐誐曩(引)荼
曳(二合)誐誐曩三婆吠(引)誐誐曩摩特曳(二合)誐
誐曩尾訖蘭(二合)帝(引)噎賀曳(二合)呬娑嚩(二合)賀
(引)曩謨阿哩也(二合)三滿多跋捺囉(二合)寫怛他
(引)誐多寫怛你也(二合)他(引)呬跋捺哩(二合)摩賀
(引)跋捺哩(二合)阿蜜哩(二合)多跋捺哩(二合)尾誐多
囉惹細摩賀(引)尾誐多囉惹細娑嚩(引二合)賀
(引)曩謨(入)阿哩也(二合)尾摩羅枳哩底(二合)怛寫
怛他(引)誐多寫阿你枳哩底(二合)多薩哩嚩(二合)
哷你(去)毗嚩日囉(二合)三婆吠嚩日囉(二合)鼻捺
迦哩娑嚩(引二合)賀(引)曩謨薩哩嚩(二合)沒馱冐
地薩怛嚩(引二合)喃(引)怛你也(二合)他(引)契多迦
囉鼻入嚩(二合)羅你曳娑嚩(引二合)賀(引)惹敢(切)
婆你娑擔(二合)婆你謨賀你奔拏哩迦(引)野娑
嚩(引二合)賀(引)謨賀難帝難婆你曳(引)娑嚩(二合)

引賀引努囉尾努哩曳迦引羅尾訖哩二合帝
娑嚩二合引賀散引帝引娑尾二合你哩嚩二合波
你曳引娑嚩二合引賀引努囉尾努哩曳娑嚩
二合引賀引覽摩祖挐引野娑嚩二合引賀引路
枳迦路俱多囉引野娑嚩一合引賀引阿倪也
二合曩尾輸達你曳引娑嚩二合引賀引馱引覩
迦哩曳引娑嚩二合引賀引彌引伽娑普二合吒
曩引野娑嚩二合引賀引没囉二合憾弭二合誐囉
二合賀引野娑嚩二合引賀引薩哩嚩二合迦哩摩
二合毗始訖多二合引野娑嚩二合引賀引薩哩嚩
二合没馱毗僧娑訖哩二合多引野娑嚩二合引賀
引噎迦室凌二合誐引野娑嚩二合引賀部多引
野娑嚩二合引賀引阿部多引野娑嚩二合引賀
引薩哩嚩二合引訥契波舍摩引野娑嚩二合引
賀

爾時文殊師利菩薩說此聖最勝陀羅尼已告苾芻言汝等依此正法儀則每日至誠發清淨心供七比丘供養三寶及諸賢聖於初夜分作護摩然火能除災患速得消散若有善男子善女人於此正法受持讀誦廣爲人說一切諸病皆得除愈復次文殊師利菩薩告苾芻言汝今諦聽此聖最勝陀羅尼有大明力廣利衆生於閻浮提所有國界城邑聚落處處流轉令諸衆生聽聞受持若善男子善女人能於此經讀誦一徧自身病苦速得除愈若讀兩徧妻子男女所有病苦悉得除愈若讀三徧一切眷屬所有病苦悉得除愈若讀四徧一國人民所有病苦悉得除愈若讀五徧王之封境諸小國土一切人民皆獲安樂無諸疾病復次文殊師利菩薩言令此

正法利益廣大甚爲希有速爲流傳令諸有情獲上功德若於此經心生輕慢不爲受持讀誦不爲人演說流傳國界之內一切衆生如不得聽聞者彼人獲過如五逆罪是故苾芻於聖最勝陀羅尼信敬受持無令忘失彼須彌山王一面住者天及阿脩羅乾闥婆等我自調伏使閻浮提衆生獲大安樂時文殊師利說是法已忽然不現嚩野佉曩苾芻聞其所說心大歡喜信受奉行

佛說聖最勝陀羅尼經

佛說五十頌聖般若波羅蜜經

宋西天譯經三藏朝散大夫試鴻臚卿傳教大師施護奉 詔譯

如是我聞一時佛在王舍城鷲峯山中與大苾芻衆千二百五十人俱皆得阿羅漢諸漏已盡無復煩惱心善解脫通達智慧如大龍王斷諸有結去除重擔所作已辦逮得己利心得自在爾時佛告尊者須菩提若有善男子善女人及諸聲聞緣覺愛樂修學無上菩提者汝等之人於此般若波羅蜜經聽受讀誦分別演說速獲正覺須菩提此般若波羅蜜經具足方便通達一切諸佛菩薩甚深法藏應如是學如是修行須菩提若有菩薩摩訶薩於此般若波羅蜜經隨喜聽聞受持讀誦應如是學如是修行何以故此經廣說一切諸佛菩薩阿耨多羅三藐三菩提甚深法藏須菩提又此般若波羅蜜經所有聲聞法緣覺法菩薩法菩提分法及一切諸佛一切般若波羅蜜法聚集攝受平等如一爾時須菩提白佛言世尊云何所有聲聞法緣覺法菩薩法菩提分法及一切諸佛一切般若波羅蜜法聚集攝受平等如一佛告須菩提所有布施波羅蜜持戒波羅蜜忍辱波羅蜜精進波羅蜜禪定波羅蜜智慧波羅蜜內空外空內外空大空勝義空有爲空無爲空無變異空無相空自相空有際空無際空性空本性空無性空自性空無性自性空一切法空四念處四正斷四神足五根五力七覺支八聖道四聖諦四無色八解脫九分法空解脫門無相解脫門無願解脫門一切三摩地總持門四智五通一切如來十力四無所畏大

慈大悲十八不共法須陀洹果斯陀含果阿那含果阿羅漢果緣覺果菩薩一切道智如是一切善法一切般若波羅蜜悉皆聚集平等攝受如一無異爾時須菩提聞佛所說白世尊言今此經典聚集攝受一切善法一切般若波羅蜜多平等如一甚深微妙意趣深遠難解難知佛言須菩提如是如是如汝所說須菩提若有不種善根諸惡朋友鈍根懈怠無智愚癡少解少聞初學淺識及樂小乘智慧狹劣者於此般若波羅蜜經難解難入而不信受汝等當知復次須菩提若有善男子善女人於此般若波羅蜜經隨喜聽受讀誦演說如持過去未來現在諸佛不久速成阿耨多羅三藐三菩提佛說是經已尊者須菩提及諸菩薩天人阿脩羅等聞佛所說皆大歡喜信受奉行

佛說五十頌聖般若波羅蜜經

大乘八大曼拏羅經

宋西天譯經三藏朝散大夫試光禄卿明教大師法賢奉　詔譯

如是我聞一時佛在補陀落迦山聖觀自在菩薩宮中有無數百千俱胝那由他菩薩恭敬圍遶爾時會中有一菩薩名寶藏月光即從座起偏袒右肩右膝著地合掌向佛而白佛言世尊如來應供正等覺今有所問願佛慈愍斷我疑惑爾時世尊告寶藏月光菩薩摩訶薩言汝今問我樂聞之法是義云何當爲汝說時寶藏月光菩薩摩訶薩聞佛語已而白佛言世尊若有善男子善女人欲作八大曼拏羅云何受持恭敬供養佛言善哉善哉若有善男子善女人於此八大曼拏羅依法受持恭敬供養有大功德出生智慧利益無量乃至三際衆生皆得成就無等正智善男子汝今諦聽當爲汝說此八大曼拏羅具八大菩薩根本心大明若常持誦恭敬供養所有五逆重罪一切諸惡悉皆除滅而能成就無上勝義大明曰

唵引摩賀引尾囉誐嚩引二合賀引

此是佛心大明安曼拏羅中心誦此大明獻佛供養

復次聖觀自在菩薩心大明曰

唵引紇哩二合賀鉢捺摩二合室哩二合曳誐嚩二合引賀

慈氏菩薩心大明曰

昧賀引囉尼誐嚩引二合賀引

虛空藏菩薩心大明曰

阿誐哩婆引二合野誐嚩引二合賀引

普賢菩薩心大明曰

莎紇哩合二惹野娑嚩引二合賀引

金剛手菩薩心大明曰

俱尾囉娑嚩引二合賀引

曼殊室哩菩薩心大明曰

室哩引二合暗囉伽娑嚩引二合賀引

除蓋障菩薩心大明曰

伱娑囉嚩娑嚩引二合賀引

地藏菩薩心大明曰

摩賀引囉娑嚩引二合賀引

爾時八大菩薩根本心大明作如來曼拏羅若有善男子善女人於此曼拏羅依法受持至心持誦根本大明彼人速得成就阿耨多羅三藐三菩提

大乘八大曼拏羅經

佛說較量一切佛刹功德經

宋西天譯經三藏朝散大夫試光禄卿明教大師法賢奉　詔譯

如是我聞一時佛在王舍城法野菩提道場坐金剛摩尼寶師子之座有菩薩摩訶薩衆周帀圍遶復有十佛刹百千俱胝那由他衆聽佛說法爾時會中有一菩薩摩訶薩名不思議光王即從座起瞻視大會諸菩薩已而白衆言汝諸佛子今當諦聽此娑婆世界滿一大劫較量時分是彼西方極樂世界無量壽佛刹一晝夜佛子彼極樂世界一大劫較量時分是阿你彌沙世界嚩日囉(二合)娑誐囉鉢囉摩哩那曩如來佛刹一晝夜佛子彼阿你彌沙世界一大劫較量時分是不退輪光明世界敷蓮華身如來佛刹中一晝夜佛子彼不退輪光明世界一大劫較量時分是無塵世界法王如來佛刹中一晝夜佛子彼無塵世界一大劫較量時分是燈光世界師子如來佛刹中一晝夜佛子彼燈光世界一大劫較量時分是善光世界毗盧遮那如來佛刹中一晝夜佛子彼善光世界一大劫較量時分是難勝世界法敷身如來佛刹中一晝夜佛子彼難勝世界一大劫較量時分是謨賀世界一切通意王如來佛刹中一晝夜佛子彼謨賀世界一大劫較量時分是現圓光世界讚歎如來佛刹中一晝夜佛子如是一切世界依劫筭數過十佛刹百千俱胝那由他微塵數劫已有世界名蓮華吉祥彼佛世尊名賢吉祥是彼佛刹中一晝夜佛子彼有菩薩地名普行地如是無量菩薩行佛子若復有人於此較量一切佛刹功德經受持

讀誦爲他解說彼人命終十方佛刹恒河沙數諸佛如來悉皆現前滿彼有情一切所願
佛說此經已不思議光王菩薩及諸大衆聞佛所說皆大歡喜信受奉行

佛說較量一切佛刹功德經

囉嚩拏說救療小兒疾病經

宋西天譯經三藏朝散大夫試光祿卿明教大師法賢奉　詔譯

爾時囉嚩拏觀於世間一切小兒從其初生至十二歲並在幼稚癡騃之位神氣未足鬼魅得便有十二曜毋鬼遊行世間於晝夜分常伺其便或因眠睡或獨行坐於此之際現作種種差異之相驚怖小兒令其失常翕取精氣因成疾病遂至殤夭我見是事深所哀愍我今爲說十二曜毋鬼執魅小兒年月時分所患疾狀及說大明救療之法乃至作法出生祭祀儀則若復有人聞我所說有疾患者時持明人依於我法而作救療發至誠者定獲輕瘥安樂吉祥十二曜毋鬼名者所謂摩怛哩難那一蘇難那二哩嚩帝三目佉曼尼迦四尾拏鵽五設倶你六布多曩七輸瑟迦八阿哩也迦九染婆迦十必鵽冰砌迦十一塞健馱十二

如是等十二曜毋鬼執魅小兒爲求祭祀我今各各說其執魅相狀若復小兒於初生日初生月初生年被執魅者是摩怛哩難那毋鬼所執其小兒先患寒熱身體瘦弱漸漸乾枯心神荒亂身常顫掉啼哭不食者持明人於二河岸取土作患小兒像於四方曼拏羅內面西安小兒像復於曼拏羅設種種香華及白色飲食乃至酒肉等復設七座幢然七盞燈復用白芥子野狐糞猫兒糞安息香蛇皮以如是等藥用黃牛酥同和爲香燒熏小兒復用萞麻油麻荆子或用葉及蓽茇羅樹葉嚩囉迦藥如是五藥以水煎之沐浴小兒即誦大明加持如上曼拏羅中祭食及種種

物誦大明曰

唵(引)曩謨囉(引)嚩拏(引)野(一)怛賴(二合)路枳也(二合)尾捺囉(引)(二合)鉢拏(引)野(二)賀曩嚩日哩(二合)拏(三)沒囉(二合)憾摩(二合)難你曩(四)摩(引)哩迦(二合)嚕閉拏(五)摩(引)怛哩(二合)難那(引)(六)嚩囉嚩囉(七)輸瑟迦(二合)輸瑟迦(二合)(八)捫左捫左(九)俱摩(引)囉岡娑嚩(引)(二合)賀(引)(十)

如是誦大明加持已出於城外以日中時面東祭摩怛哩難那毋鬼所有祭食香華等物隨處棄擲所患小兒速得除瘥

復次小兒於初生後第二日第二月第二年得患者是蘇難那毋鬼所執其小兒先患寒熱作荒亂相合眼不食手足搐搦腹內疼痛吐逆喘息者持明人當用米粉一斗作病小兒像面西安曼拏羅中復於曼拏羅設種種上妙香華飲食及酒肉等復用白色幢四座然燈四盞復用安息香蒜蛇皮白芥子猫兒糞酥同和爲香燒熏小兒又同前用五藥水沐浴小兒即誦大明加持如上曼拏羅中祭食及種種物即說大明曰

唵(引)曩謨囉(引)嚩拏(引)野(一)怛賴(二合)路枳也(二合)尾捺囉(引)(二合)波拏(引)野(二)賛捺囉(二合)賀(引)娑馱哩尼(三)入嚩(二合)嚕多賀娑多(引)(二合)野(四)賀曩賀曩(五)那賀那賀(六)怛哩(二合)輸䚄曩努瑟吒(二合)屹囉(二合)賀(引)(七)你訖哩(二合)多野你訖哩多野(八)祖沙野祖沙野(九)賀曩賀曩(十)蘇難那捫左捫左(十一)俱摩(引)囉岡娑嚩(引)(二合)賀(引)(十二)

如是誦大明加持已出於城外以戌時面西祭蘇難那毋鬼所有祭食香華等物隨處棄

之所患小兒速得除瘥

復次小兒於初生後第三日第三月第三年得患者是哩嚩帝毋鬼所執其小兒忽然驚悸叫呼啼哭身體疼痛寒熱無恒頭面顫動顧視自身漸漸羸弱不思飲食以至枯瘦者持明人當用種種上味肉食及生肉生魚酒等設紅色幢八座然燈八盞復用尾螺樹葉安息香蛇皮蒜猫兒糞白芥子等用酥同和燒熏小兒及同前五藥煎以水沐浴小兒即誦大明加持如上曼拏羅中祭食及種種物即說大明曰

唵引曩謨囉引嚩拏引野一捺舍嚩那曩二贊捺囉合二賀引娑引野三鉢囉合二入嚩合二⿰口余多賀娑多引二合野四賀曩賀曩五那賀那賀六摩哩那合二野摩哩那合二野七努瑟吒合二屹囉合二⿸广欠八謨吒野謨吒野娑嚩引二合賀引九

如是誦大明加持已出於城外以戌時面向北祭哩嚩帝毋鬼所有祭食種種物等隨處棄之所患小兒速得除瘥

復次小兒於初生後第四日第四月第四年得患者是目佉曼尼迦毋鬼所執其小兒先患寒熱欬嗽吐逆身顫垂頭啼哭手擾兩目顧視人面不思飲食饒大小便者持明人當於河兩岸取土作病小兒像面西安曼拏羅內復設種種香華及生熟肉食并酒果等又用紅色幢四座然四盞燈復用兜羅子蛇皮猫兒糞牛角虎爪白芥子等同和爲香燒熏小兒復用同前五藥水沐浴小兒即誦大明加持如上曼拏羅中祭食及種種物即說大明曰

唵引曩謨一沒囉二合憾摩引二合尾鉢努二合摩
呬濕嚩二合囉二塞剛二合那虎多引設曩三目
佉曼尼迦引四賀曩賀曩五摩哩那二合野摩哩
那二合野六你訖哩二合多野七你訖哩二合多野
八佉引呬佉引呬九婆誐嚩帝十目佉曼尼
迦引娑嚩引二合賀引十一

如是誦大明加持已出於城外用戌時面向南祭目佉曼尼迦母鬼所有祭食種種物等隨處棄之所患小兒速得除瘥

復次小兒初生後第五日第五月第五年得患者是尾拏𡃤迦母鬼所執其小兒先患心神恍惚多發瞋怒寒熱不恒欬嗽吐逆身忽生瘡如水泡相眼視虛空不思飲食漸漸羸瘦腹陷不現者持明之人當造白色飲食及酒肉等設白色幢五座然燈五盞并種種香華等復用安息香蒜蛇皮猫兒糞白芥子等用酥同和爲香燒熏小兒復用同前五藥水沐浴小兒即誦大明加持如上曼拏羅中祭食及種種物即說大明曰

唵引曩謨囉引嚩拏引野一怛賴二合路迦也
二合尾捺囉引二合波拏引野二尾拏引𡃤迦引
尾拏引𡃤迦引謨乞叉二合野三謨乞叉二合野
四賀曩賀曩五賛捺囉二合賀引細曩六捫左
捫左七尾拏引𡃤迦引娑嚩引二合賀引八

如是誦大明加持已出城外於日中時面西祭尾拏𡃤迦母鬼所有祭食種種等物隨處棄之所患小兒速得除瘥

復次小兒初生後第六日第六月第六年得患者是設俱你母鬼所執其小兒先患寒熱或笑或啼身體顫動而有穢氣不思飲食漸

漸羸瘦者持明人用米粉一斗作病小兒像面西安曼拏羅中復設種種香華飲食酒肉及乳粥等復設白色幢四座然燈四盞復用安息香蒜蛇皮猫兒糞白芥子酥同和爲香燒熏小兒復用同前五藥水沐浴小兒即誦大明加持如上曼拏羅中祭食及種種物即說大明曰

唵引曩謨婆誐嚩帝一囉引嚩拏引野二朗俱濕嚩二合囉引野三必哩二合多尾捺囉二合鉢拏野四嚩日哩二合拏賀曩賀曩五設俱你捫左捫左六俱摩引囉岡娑嚩引二合賀引七

如是誦大明加持已出於城外於戌時面向南祭設俱你毋鬼所有祭食種種物等隨處棄之所患小兒速得除瘥

復次小兒初生後第七日第七月第七年得患者是布多那毋鬼所執其小兒先患寒熱身體疼痛多大小便常拳二手不思飲食漸漸羸瘦者持明人用吉祥草作病小兒像面西安曼拏羅中復用種種紅色華及造紅色飲食酒肉等復設白色幢八座然燈八盞復用安息香蛇皮屍髮虎爪顴摩樹葉猫兒糞白芥子酥同和爲香燒熏小兒復同前用五藥水沐浴小兒即誦大明加持如上曼拏羅中祭食及種種物即說大明曰

唵引曩謨婆誐嚩帝一囉引嚩拏引野二朗俱濕嚩二合囉引野三必哩二合多尾捺囉引二合鉢拏引野四俱摩引囉屹囉二合賀五你訖哩二合覩六賀曩賀曩七祖蘭拏二合祖蘭拏二合娑嚩二合賀八引

如是誦大明加持已出於城外以戌時面向

西方祭布多那毋鬼所有祭食種種物等隨處棄之所患小兒速得除瘥

復次小兒初生後第八日第八月第八年得患者是輸瑟迦毋鬼所執其小兒先患寒熱作荒亂相身體疼痛眼不見物垂頭無力身出穢氣不思飲食者時持明人用米粉一斗作黑羖羊一頭以頭向西安曼拏羅內復用香華乳粥上味飲食及酒肉等復設白色幢五座然燈五盞復用安息香娑惹囉娑蛇皮蒜白芥子猫兒糞酥等同和爲香燒熏小兒復用同前五藥水沐浴小兒即誦大明加持如上曼拏羅中祭食及種種物即說大明曰

唵引曩謨囉引嚩拏引野一怛賴二合路迦也二合尾捺囉引二合鉢拏引野二入嚩二合羅入嚩二合羅三鉢囉二合入嚩二合羅鉢囉二合入嚩二合羅四賀曩賀曩五吽發吒半音娑嚩引二合賀引六

如是誦大明加持已出於城外於戌時面向南方祭輸瑟迦毋鬼所有祭食種種物等隨處棄之所患小兒速得除瘥

復次小兒初生後第九日第九月第九年得患者是阿哩也迦毋鬼所執其小兒先患寒熱身顫啼哭徧身疼痛口吐涎沫吐逆不止或垂頭頸或目返視不思飲食者持明人用米粉一斗作白色羖羊一頭用白色香塗羊以頭向西安曼拏羅內復設種種香華上味飲食酒肉等復設白色幢四座然燈四盞復用蛇皮爲香燒熏小兒復用同前五藥水沐浴小兒即誦大明加持如上曼拏羅中祭食及種種物即說大明曰

唵引曩謨朗迦引地鉢多曳一朗劂濕嚩二合

囉引野二賀曩賀曩三鉢左鉢左四吽吽五

發吒半音娑嚩引二合賀六引

如是誦大明加持已出於城外以戌時面向北方祭阿哩也迦母鬼所有祭食種種物等隨處棄之所患小兒速得除瘥

復次小兒初生後第十日第十月第十年得患者是染婆迦母鬼所執其小兒先患寒熱忍作惡聲吐逆不止多大小便饒患眼目及患牙齒不思飲食者時持明人取河兩岸土作小兒像用牛黃塗像面西安曼拏羅中復設種種香華及上味飲食酒肉等復用安息香雞翅牛角蛇皮人骨猫兒糞白芥子酥同和爲香燒熏小兒復用同前五藥水沐浴小兒即誦大明加持如上曼拏羅中祭食及種種物即說大明曰

唵引曩謨婆誐嚩帝一嚩酥你嚩引野二囉摩拏毗摩嚕播野三賀曩賀曩四吽發吒半音

娑嚩引二合賀五引

如是誦大明加持已出於城外以戌時面向南方祭染婆迦母鬼所有祭食種種物等隨處棄之所患小兒速得除瘥

復次小兒初生後第十一日第十一月第十一年得患者是冰砌迦母鬼所執其小兒先患寒熱身體顫動指節疼痛啼哭吐逆不思飲食仰視虛空漸漸羸瘦者時持明人當用黑豆粉一斗作患小兒像用赤檀香塗已面西安曼拏羅內復以種種香華飲食及酒肉等布作二十五分設二十五幢然二十五燈復用鴿糞鴟鴞翅人髮羖羊角猫兒糞白芥子以酥同和爲香燒熏小兒復用同前五藥

水沐浴小兒即誦大明加持如上曼拏羅中祭食及種種物即說大明曰

唵引曩謨婆誐嚩帝一囉嚩拏引野二賛捺囉二合賀引娑三嚩也二合屹囉二合賀娑多二合野四入嚩二合羅入嚩二合羅五鉢囉二合入嚩二合羅鉢囉二合入嚩二合羅六賀曩賀曩七努瑟吒二合屹哩二合賀娑嚩二合引賀八引

如是誦大明加持已出於城外以戌時面向西方祭冰砌迦毋鬼所有祭食種種物等隨處棄之所患小兒速得除差

復次小兒初生後第十二日第十二月第十二年得患者是塞健馱毋鬼所執其小兒先患寒熱瞋目視人又如期剋人相搐搦手足及搐腹肚漸漸羸瘦不思飲食者持明人用大麥麪作小兒像面西安曼拏羅內復以種種香華及上味飲食酒肉等幷設紅色幢八座然燈四盞復用牛角白芥子安息香蒜蛇皮猫兒糞酥等同和爲香燒熏小兒復用同前五藥水沐浴小兒即誦大明加持如上曼拏羅中祭食及種種物即說大明曰

唵引曩謨囉引嚩拏引野一怛哩二合布囉二尾曩引舍曩引野三能瑟吒囉引三合怛迦二合囉羅四娑引酥囉引野五賛捺囉二合賀細曩六賀曩賀曩七摩哩那二合摩哩那二合八難尼曩九尾捺囉二合引鉢野十尾捺囉二合鉢野十塞健二合馱十二挧左挧左十三俱摩囉岡十四吽吽十五發吒吽發吒吽娑嚩二合引賀十六引

如是誦大明加持已出於城外以戌時從於東方旋轉四方祭塞健馱毋鬼所有祭食及種種物等隨處棄之所患小兒速得除瘥爾

時羅嚩拏說是救療小兒疾病經已歡喜而退

囉嚩拏說救療小兒疾病經

迦葉仙人說醫女人經

宋西天譯經三藏朝散大夫試光祿卿明教大師法賢奉　詔譯

爾時吠嚩迦仙人忽作是念世間衆生皆從女人而生其身而彼女人從初懷孕至滿十月或復延胎至十二月方始産生或於中間有其病患於病患時極受苦痛我今方便請問於師禀受方藥與作救療作是念已即詣於師迦葉仙人伸師資禮而作問言大師迦葉是大智者我今欲有所問願垂聽許迦葉仙言恣汝所問時吠嚩迦仙人白言女人懷孕期當十月或十二月日滿方生云何中間有諸病患遂致胎藏轉動不安或有損者苦惱無量我師大智願爲宣說救療如是病苦方藥作是問已聽受而住爾時迦葉仙人告吠嚩迦仙言女人懷孕不知保護遂使胎藏得不安隱我今爲汝略說隨月保護之藥懷孕之人第一月內胎藏不安者當用栴檀香蓮華優鉢羅華入水同研後入乳汁乳糖同煎温服此藥能令初懷孕者無諸損惱而得安樂

復次告吠嚩迦仙言女人懷孕於第二月胎藏不安者當用青色優鉢羅華俱母那華根蔆角仁羯細嚕迦等藥諸藥等分擣篩爲末用乳汁煎候冷服之此藥能令胎藏不損疼痛止息晝夜安隱

復次女人懷孕至第三月胎藏不安者當用迦俱嚕藥叱囉迦俱嚕藥及蓖麻根等諸藥等分以水相和研令極細又入乳汁同煎令熟後入乳糖及蜜相和冷服此藥能安胎藏止息疼痛若有患者服之安樂

復次女人懷孕至第四月胎藏不安者當用蒺蔾草根并枝葉等優鉢羅華并及莖薢等分用之以水相和研令極細復用乳汁同煎令熟候冷服之此藥能安胎藏止息疼痛患者服之而得安樂

復次女人懷孕至第五月胎藏不安者當用豨子根及優鉢羅華各用等分擣篩令細後入蒲萄汁乳汁乳糖同煎候冷服之此藥能安胎藏止息疼痛患者服之而得安樂

復次女人懷孕至第六月胎藏不安者當用閉阿羅藥子摩地迦羅惹藥薩訖多嚩藥各用等分以水相和研令極細復入乳汁同煎後入乳糖及蜜候冷服之此藥能安胎藏止息疼痛患者服之而得安樂

復次女人懷孕至第七月胎藏不安者當用蒺蔾草枝葉并根擣篩爲末用乳糖及蜜爲丸用肉汁服之復以肉汁餐飯食之或食菉豆粥飯此藥及飯能安胎藏患者服食而得安樂

復次女人懷孕至第八月胎藏不安者當用三鉿誐藥蓮華青優鉢羅華蒺蔾草各等分以冷水相和研令極細後入乳汁及糖蜜等同煎候冷服之此藥能安胎藏止息疼痛患者服之而得安樂

復次女人懷孕至第九月胎藏不安者當用蓖麻根迦俱嚓藥舍羅鉢赧尼藥沒哩賀底藥各等分以冷水相和研令極細入乳汁同煎候冷服之此藥能安胎藏止息疼痛患者服之而得安樂

復次女人懷孕至第十月胎藏不安者當用

菉豆優鉢羅華等分以水相和研令極細復入乳糖及蜜并乳汁同煎候冷服之此藥能安胎藏止息疼痛患者服之而得安樂

復次女人懷孕延胎十一月胎藏不安者當用青優鉢羅華娑路剛藥蓮華并莖等分以冷水相和研令極細後入乳汁乳糖同煎候冷服之此藥能安胎藏止息疼痛患者服之而得安樂

復次女人懷孕延至第十二月胎藏不安者當用迦俱噝藥吒囉迦俱噝藥甘草優鉢羅華各等分擣篩令細以水同研後入乳汁相和煎熟候冷服之此藥能安胎藏止息疼痛患者服之而得安樂爾時吤嚩迦仙人聞師說是女人懷孕保養法已歡喜信受作禮而退

迦葉仙人說醫女人經

音釋

痔瘻（痔丈爾切後病也　瘻音陋漏瘡也）
瘰癧（瘰郎果切　癧音歷瘰癧病）
筋結也
騃（語駭切癡也）
翕（迄及切與吸同）
萉（必迷切）
蓽茇（蓽音必　茇音鉢）
赧（乃版切）

十二經同卷

清刻龍藏佛說法變相圖

十二經同卷

佛說俱枳羅陀羅尼經

佛說消除一切災障寶髻陀羅尼經

佛說妙色陀羅尼經

佛說栴檀香身陀羅尼經

佛說鉢蘭那賒嚩哩大陀羅尼經

佛說宿命智陀羅尼經

佛說慈氏菩薩誓願陀羅尼經

佛說滅除五逆罪大陀羅尼經

佛說無量功德陀羅尼經

佛說十八臂陀羅尼經

佛說洛叉陀羅尼經

佛說辟除諸惡陀羅尼經

佛說俱枳羅陀羅尼經

宋西天譯經三藏朝散大夫試光禄卿明教大師法賢奉　詔譯

如是我聞一時佛在舍衛國祇樹給孤獨園與大比丘衆俱復有天人阿脩羅乾闥婆等俱來會坐爾時佛告尊者阿難言汝當諦聽我有陀羅尼名俱枳羅有大威力能作吉祥能破部多及惡曜等之所執持及能除瘥一切疾病所謂食病寒熱病頭痛半痛欬嗽喘氣乃至痔病白淋之病及種種瘡痍等阿難至於衆生命欲斷者亦能延續由是我今爲汝宣說阿難若復有人聞此陀羅尼發堅固心讀誦受持是人所獲善利無量無邊爾時世尊即說陀羅尼曰

怛[寧*也](切身下同)他(引一)唵(引)壹里蜜里(二)喞里彌(引三)嚩囉酤(引)計隷(引)室哩(二合)末底(四)崑拏隷(引五)農訥毗(六)農訥毗(七)印捺囉(二合)嚩日囉(二合引)儗你(二合)暮哩你(二合八)薩哩嚩(二合)嚩日囉(二合引)儗你(二合)暮哩你(二合九)没囉(二合)賀摩(二合)莎哩(二合)娑嚩(二合引)賀(引十)野他(引)柅嚕(二合引)没馱(十一)薩埵(引)曩(引)尾囉(引)誐室哩(二合引)瑟吒(二合十二)薩哩嚩(二合)達哩摩(二合引)赧(引十三)誐拏鉢囉(二合)嚩囉(十四)商伽薩爹嚩(引)計曳(二合引)那(十五)遏你(引)那薩爹嚩計曳(二合引)那(十六)摩摩薩哩嚩(二合)薩埵(引)曩(引十七)遏悉當(十八)閉當(十九)珂你當(二十)阿莎(引)你多(引)你(二十一)三藐酤(半音)窣契(引)那(二十二)波哩拏(引)嚀誐蹉覩娑嚩(二合引)賀(引二十三)

爾時世尊說此陀羅尼已告阿難言是陀羅尼所在之處我不見有天上人間一切梵魔沙門婆羅門等敢有違越汝當受持爲他人說俾使多人獲大利益阿難及與會中天人

阿脩羅乾闥婆等聞佛所説歡喜信受作禮而退

佛説俱枳羅陀羅尼經

佛說消除一切災障寶髻陀羅尼經

宋西天譯經三藏朝散大夫試光禄卿明教大師法賢奉詔譯

爾時世尊告阿難言有陀羅尼名曰寶髻能與衆生作大利益能滅衆生極重罪業阿難往昔帝釋與脩羅戰時天帝釋退敗奔走怖畏無量於是疾速來詣佛所哀告我言世尊大慈願垂愍察我怖脩羅不能安住惟願大慈賜我安隱阿難我聞帝釋作是語已即告之言汝當勿怖施汝擁護天主過去劫時有佛世界名曰觀照彼土有佛名觀自在如來彼佛授我寶髻陀羅尼是陀羅尼一俱胝佛異口同說有大威力能降吉祥若復有人書寫頂戴讀誦受持我知是人滅一切罪增無量福常自擁護及能利他天主汝常憶念書寫頂戴令汝所作一切隨心此陀羅尼王亦名隨求能與衆生最上善利彼阿脩羅當自息心設來鬬戰退敗降伏我即爲說寶髻陀羅尼曰

那謨引沒馱引野一那謨引達哩摩二合引野二那莫僧伽引野三那莫颯鉢多二合引曩引三藐訖三二合沒馱引曩引四薩室囉二合引嚩哥僧伽引曩引五薩哩嚩二合沒馱冐提薩埵引難引左六怛他引七唵引惹野割哩八沒度引路引囉尼九鉢尾怛囉二合目詰十薩哩嚩二合莽誐羅馱囉左十一𠰷作際切慕引帝引那引那引朗哥引囉尾部引始帝引十二薩賀薩囉二合部𠰷引十三薩賀薩囉二合引你引底哩二合十四薩賀薩囉二合室哩引十五摩尼崐拏隸引十六散那引賀散捺提引十七尾唧怛囉二合冐引梨達哩引十八賛捺囉二合素哩也二合阿底哩引計引十九

阿引哥引舍誐誐那左引哩尼二十莽誐羅室
囉吟慕引帝引二十一鉢尾怛羅二合訖哩二合多莽
誐隸引二十二部引哩彌引駄引羯囉尼引二十三祖
嚕祖嚕二十四稅引多鉢致引二十五彌引嚕彌引
嚕二十六稅引多引嚩那提引二十七虎嚕虎嚕二十
八鉢尾怛囉二合目詰二十九酤嚕酤嚕三十賛捺
囉二合目詰三十一阿引你爹嚩舍嚩哩底二合你
三十二畣作敢切婆你三十三莽誐羅駄引囉尼三十
四塞擔二合婆你三十五薩哩嚩二合尾鞑引達囉
摩引帝引三十六謨引賀你三十七阿謨引伽播引
舍賀悉帝二合引三十八薩哩嚩二合跛野尾謨引左
你三十九囉引惹陬引囉引儗你二合四十尾踈引
那哥跛野鉢囉二合設摩你四十一哥引枯引哩
那二合你嚩引囉尼四十二唵引呬哩呬哩四十三
惹仁左切下同野哥哩四十四嚩羅哥哩四十五達那

哥哩四十六帝引惹塞哥二合哩四十七尾嚩引那
鉢囉二合設摩你四十八沒駄你嚩引囉尼四十九
鉢囉作訖囉二合鉢囉二合設摩你五十鉢囉賽鞑
你嚩引囉尼五十一沒度引路引囉尼五十二鉢
囉二合部引多吠引邏摩尼摩尼五十三摩賀引
摩尼五十四摩尼滿駄你五十五底哩二合路哥引
路哥割哩五十六底哩二合補囉那誐囉五十七尾
特網二合娑你五十八鉢囉賽鞑尾捺囉二合引鉢
尼五十九薩哩嚩二合訖哩二合爹引哥哩摩二合你
素捺你六十咩引提囊引鉢囉二合設摩你引六十一
唵引唧隸引六十二蜜隸引六十三尾隸引娑嚩二合引
賀引六十四唧里蜜里娑嚩二合引賀引六十五左詰里
六十六左詰里娑嚩二合引賀引六十七賛拏引里彌
致你娑嚩二合引賀引六十八烏引哩駄二合計引室
冰誐隸引六十九冰誐邏引嗤引捺提目詰娑嚩

二合引賀引七十娑囉娑囉七十一悉哩悉哩七十二
蘇嚕蘇嚕七十三捫左捫左七十四捫左引鉢野
七十五鉢囉二合設摩野七十六沒度引多引囉尼
發吒半音七十七唧多你哩摩二合羅哥囉尼發吒
半音七十八阿蘇囉你哩伽二合引怛你發吒半音七十
九惹野羯哩發吒半音八十室哩二合引羯哩發吒
半音八十一薩賀薩囉二合室哩引發吒半音八十二薩
賀薩囉二合教吩引發吒半音八十三薩賀薩囉二合
泥去底哩二合引發吒半音八十四薩哩嚩二合尾䩭
引達囉那莫塞訖哩二合帶引發吒半音八十五薩
哩嚩二合設咄嚕二合那引設你發吒半音八十六薩
哩嚩跋野尾謨叉尾發吒半音八十七鉢哩作訖
囉二合你嚩引囉尼發吒半音八十八鉢囉賽顊尾
捺囉二合引鉢尼發吒半音八十九薩哩嚩二合咩引
提鉢囉二合設摩你發吒半音九十薩哩嚩二合屹囉

二合呼引蹉引捺你發吒半音九十一犖叉犖叉摩
摩薩哩嚩二合沒馱冐地薩埵引曩引帝引惹
娑引九十二薩摩引多引必底哩二合赧引九十三薩訥
呬底哩二合赧引九十四素鉢娑他二合引以哥引曩
引九十五薩波哩嚩引囉引赧引九十六帝引惹娑引
薩哩嚩二合咩引提曩引九十七薩哩嚩二合設哩引
覽九十八薩哩嚩二合跋踰引鉢捺囉二合吠引毗
藥二合九十九薩哩嚩二合欲提引毗藥二合一百薩哩
嚩二合咩引提毗藥一百一薩哩嚩二合訥訖哩二合
帝引毗藥二合一百二薩哩嚩二合訖哩二合爹哥引
枯引禰引毗藥二合娑嚩引二合賀引一百三薩哩嚩
二合尾試引毗藥二合一百四薩哩嚩二合哥引野唧
多閉拏引毗藥二合室左二合一百五犖叉犖叉摩
摩娑嚩二合引賀引一百六
時天帝釋得此陀羅尼已歡喜頂戴憶念受

持常與眷屬安樂而住阿難此陀羅尼威力
廣大不獨降伏阿脩羅王乃至一切天龍夜
叉乾闥婆迦樓羅緊那羅及部多吠多拏等
惱亂衆生者以陀羅尼威力擁護不能爲害
又復能除飢饉疾疫毒藥夭歿夢寐不祥惡
魔驚恐或復有人爲求財寶或求子息持誦
此陀羅尼者悉得隨意財富無量眷屬增盛
阿難此陀羅尼功德殊勝我若具說不可窮
盡爾時阿難聞佛說此陀羅尼已至心受持
禮佛而退

佛說消除一切災障寶髻陀羅尼經

佛說妙色陀羅尼經

宋西天譯經三藏朝散大夫試光祿卿明教大師法賢奉　詔譯

爾時佛告阿難言有陀羅尼名曰妙色乃是三世諸佛同共宣說能與衆生作大利益若復有人聞是陀羅尼生難遭想發勇猛心讀誦受持供養恭敬是人現世獲大福聚晝夜安隱又復有人以大悲心於寂靜處持種種飲食而爲出生誦此陀羅尼七徧加持已作如是言我今出生祭於世間一切惡趣諸鬼願食此生者速離惡趣說是言時即三彈指想彼諸鬼得此食者各各飽滿變妙色身發菩提心乃至當來漸成佛果即說陀羅尼曰

那謨引婆誐嚩帝一引蘇嚕播引野二怛他引誐多引野三阿囉曷二合帝引三藐訖三二合没馱引野四怛馳切身他五引唵引蘇嚕蘇嚕六鉢囉二合蘇嚕鉢囉二合蘇嚕七三摩二合囉三摩二合囉八娑囉娑囉九三娑囉三娑囉十薩哩嚩二合必隷引二合多必舍引左引曩引十一阿引賀引嚩捺那引彌婆嚩引二合賀引十二

爾時阿難聞佛說已歡喜信受作禮而退

佛說妙色陀羅尼經

佛說栴檀香身陀羅尼經

宋西天譯經三藏朝散大夫試光祿卿明教大師法賢奉　詔譯

爾時世尊告阿難言有陀羅尼名栴檀香身是陀羅尼有大威力能與衆生廣大福聚若復有人得此陀羅尼發至誠心讀誦受持堅固不退是人所有極重宿業悉得消滅當來獲得殊勝果報又復有人欲見觀自在菩薩者先於清淨之處持誦精熟然後擇吉祥日日初出時用白檀香塗曼拏羅於中焚栴檀香獻殊妙華即起首誦陀羅尼八千徧得數滿已即於曼拏羅前鋪吉祥草虔心而卧如是經於七日即得菩薩出現本身令持誦人所求成就又復有人以業報故身患癩病及惡瘡癬即於佛前誦陀羅尼三徧加持瞿摩夷及香泥作曼拏羅供養佛已然取曼拏羅香泥塗於已身所患瘡癩速得除瘥乃至宿業亦得除滅即說陀羅尼曰

那莫室賛(二合)那曩(引)誐野(一)怛他(引)誐多(引)野(二)阿羅曷(二合)帝(引)三藐訖三(二合)沒馱(引)野(三)那莫室賛(二合)捺囉(二合)鉢囉(二合)婆(引)嚩(引)野(四)酤摩囉部(引)多(引)野(五)那莫阿(引)哥(引)舍誐哩婆(二合引)野(六)冐地薩埵(引)野(七)摩賀(引)薩埵(引)野(八)那莫阿(引)哩也(二合引)嚩路吉帝(引)說囉(引)野(九)冐地薩埵(引)野(十)摩賀(引)薩埵(引)野(十一)摩賀(引)哥(引)嚕尼哥(引)野(十二)阿(引)哩也(二合引)嚩路吉帝(引)說囉寫(上)阿提瑟姹(二合引)你(引)那(十三)你(引)舍曳賒(引)彌(十四)怛𡫸他(引十五)尾誐底摩哩(引)唧計(引十六)訥哩馱(二合)摩彌(引十七)訥囉(引)努鉢囉(二合)尾瑟致(二合引十八)賛捺曩(引)誐嚩(引十九)三滿多波哩輸達你(二十)秫

馱尸梨引二十一佐引哩怛囉合二嚩底二十二摩賀引鉢囉合二多引閉引二十三薩哩嚩合二没馱阿提瑟致合二帝引二十四婆誐嚩底二十五播引波尾那引囉你娑嚩合二引賀引二十六

爾時阿難聞佛說此大陀羅尼已歡喜信受禮佛而退

佛說栴檀香身陀羅尼經

佛說鉢蘭那賒嚩哩大陀羅尼經

宋西天譯經三藏朝散大夫試光祿卿明教大師法賢奉詔譯

爾時世尊告阿難言我觀世間無量衆生多造罪業墮於惡趣經無量時方得出離縱生爲人身肢不具設得完具薄福少慧常爲惡魔及惡鬼神於晝夜中伺得其便種種惱害不得安隱我愍斯等與說鉢蘭那賒嚩哩大陀羅尼辟除惡魔及惡鬼神若有衆生得聞此陀羅尼發至誠心受持讀誦供養恭敬令彼惡魔及惡鬼神悉皆遠離災害消除無諸疾疫所住之處安隱快樂爾時世尊即說陀羅尼曰

那謨引囉怛那二合怛囉二合夜引野一那莫阿引哩也二合阿彌多引婆引野二怛他引誐多引野三阿囉喝二合帝引三藐訖三二合沒馱引野四那謨引阿引哩也二合引嚩路吉帝引說囉引野五冐地薩埵引野六摩賀引薩埵引野七摩賀引哥引嚕尼哥引野八那謨引摩賀引娑他二合引摩鉢囉二合引鉢多二合引鉢多二合引野九冐提薩埵引野十摩賀引薩埵野十一嚩引摩泥去聲呼埵引那莫潙引彌十二怛絅二合引那摩潙引彌嚩引摩泥去聲十三必舍引即鉢蘭那二合舍嚩哩十四鉢蘭那二合舍嚩哩婆誐嚩底十五播引舍鉢囉輸馱引哩尼十六夜引你哥引你左十七訥婆二合夜引你喻二合咄鉢二合殿帝引十八夜哥引唧襧引怛踰引十九夜引哥引唧咄摩二合引踰引二十曳引計引唧訥鉢捺囉二合嚩二十一曳引計引唧訥播引夜引娑引二十二曳引計引唧捺毗皺切身引婆夜引二十三曳引計引唧訥波娑哩誐二合引二十四烏波娑哩誐二合三

嚩無鉢切馱引嚩引二十五烏咄鉢二合殿帝引二十六薩
哩嚩二合引尼多引你二十七薩哩嚩二合引娑多
二合引二十八薩哩徵二合引帝引嚩引羅多二十九伊
舞引咄鉢二合殿三十帝引那半尼多三十一怛捺
泥去聲呼那薩帝引那三十二薩爹嚩引計引那
三十三伊毗半尼多引提瑟吒二合引乃三十四摩
賀引滿怛囉二合鉢柰引三十五惹仁左切下同惹惹惹
三十六摩摩薩波哩嚩引囉寫三十七犖犨酤嚕
三十八玉鉢鼎二合波哩播引羅曩三十九扇引鼎
莎悉爹二合引野曩酤嚕四十怛鞔他引四十一唵引
阿蜜哩二合帝引四十二末說娑當二合引倪引四十三摩
引末囉摩引末囉四十四設末鉢囉二合設末四十
五烏波設末四十六咄努尾咄努四十七咄隸引
咄毋隸引娑嚩二合引賀引四十八唵引鉢蘭那二合
舍嚩哩娑嚩二合引賀引四十九那莫設嚩囉引祓

引五十摩賀引舍嚩囉引祓引五十一必舍引唧鉢
蘭那二合舍嚩哩五十二必舍引唧五十三遏設泥
去聲呼末設泥娑嚩二合引賀引五十四唵引必舍引
唧娑嚩二合引賀引五十五盎酤哩引莾酤哩引五十六
鉢蘭那二合舍嚩哩娑嚩二合引賀引五十七那莫舍
嚩囉引祓引五十八必舍引唧鉢蘭那二合舍嚩哩
五十九必舍引唧娑嚩二合引賀引六十

爾時阿難得聞世尊說此陀羅尼已白言世
尊願勿有慮我當憶持宣流於世使諸衆生
獲大善利作是語已即用頭頂禮世尊足歡
喜而退

佛說鉢蘭那賒嚩哩大陀羅尼經

佛説宿命智陀羅尼經

宋西天譯經三藏朝散大夫試光祿卿明教大師法賢奉詔譯

爾時世尊告阿難言有陀羅尼名宿命智若有衆生聞是陀羅尼能至心受持者所有千劫之中極重罪業皆悉消除若能終身不間斷者是人於七俱胝生常知宿命即説陀羅尼曰

那謨(引)羅怛那(二合)室詰泥(去聲下同一呼)怛他(引)誐多(引)野(二)阿囉曷(二合)帝(引)三藐訖三(二合)沒馱(引)野(三)怛䩕他(引四)唵(引)囉怛泥(二合)囉怛泥(二合五)蘇囉怛泥(二合六)囉怛努(二合引)訥婆(二合)味(引七)摩賀(引)囉怛那(二合)枳囉尼(去聲八)囉怛那(二合)三婆味(引)娑嚩(二合引)賀(引九)

爾時阿難聞佛宣説令諸衆生得宿命智陀羅尼已歎未曾有歡喜無量即以頭頂禮佛而退

佛説宿命智陀羅尼經

佛説慈氏菩薩誓願陀羅尼經

宋西天譯經三藏朝散大夫試光祿卿明教大師法賢奉　詔譯

爾時佛告慈氏菩薩言汝當諦聽有陀羅尼具大威神最上功德能令衆生解脱惡趣轉身當得受勝妙樂時慈氏菩薩白言世尊願爲宣説爾時世尊即説陀羅尼曰

那謨引婆誐嚩帝引一舍引吉也二合毋那曳引二怛他引誐多引野三阿囉曷二合帝引三藐訖三二合沒馱引野四怛鑁他引五阿哜帝引六阿哜當惹曳引七婆囉婆囉八昧怛囉二合嚩路吉帝引九哥囉哥囉十摩賀三摩野悉帝引十一婆囉婆囉十二冐地曼拏徽哧引十三三摩二合囉三摩二合囉十四阿娑摩二合引剛三摩煬十五冐地冐地十六摩賀引冐地娑嚩二合引賀引十七

爾時慈氏菩薩聞佛世尊説陀羅尼已白言世尊是陀羅尼有大利益能令衆生解脱惡趣時慈氏菩薩復發願言若有衆生於未來世末法之時能讀誦受持者設以宿業墮阿鼻獄者我成佛時當以佛力救拔出之復與授於阿耨多羅三藐三菩提記時慈氏菩薩説是語已禮佛雙足歡喜而退

佛説慈氏菩薩誓願陀羅尼經

佛説滅除五逆罪大陀羅尼經

宋西天譯經三藏朝散大夫試光祿卿明教大師法賢奉詔譯

爾時世尊告阿難言有大陀羅尼具大威力功德無量能滅衆生五逆重罪若復有人聞是陀羅尼發至誠心盡此身命常能頂戴受持讀誦是人所獲功德如持千佛無異即説陀羅尼曰

那謨(引)囉(引)怛那(二合)怛囉(二合)夜(引)野(一)那莫阿(引)哩也(二合引)嚩路吉帝(引)説囉(引)野(二)冐提薩埵(引)野(三)摩賀(引)薩埵(引)野(四)摩賀(引)哥(引)嚕尼哥(引)野(五引)怛儞他(六引)唵(引)秫提(七引)尾秫提(八引)蘇尾秫提(九引)嚐尼(去聲下同)鉢哩嚐尼(十)補瑟閉(二合)蘇補瑟閉(二合十一)(引)惹路賀囉尼(十二)訶囉訶囉(十三)薩哩嚩(二合)阿嚩囉拏(引)你(十四)鉢左鉢左(十五)薩哩嚩(二合引)播(引)野薩他(二合引)那(引)你(十六引)鉢訥彌(二合引)鉢訥摩(二合引)叱(十七)鉢訥摩(二合)尾舍(引)隷(十八引)發隷(引)發發發(十九)訶訶訶訶訶(二十)阿倪也(二合引)隷(引)阿倪也(二合引)隷(二十一引)悉馱惹隷(引)娑嚩(二合引)賀(二十二引)

爾時阿難得聞如來宣説滅除五逆罪業陀羅尼已歡喜踊躍禮佛而退

佛説滅除五逆罪大陀羅尼經

佛說無量功德陀羅尼經

宋西天譯經三藏朝散大夫試光祿卿明教大師法賢奉詔譯

爾時世尊告阿難言汝當諦聽我今爲汝及末法衆生宣說無量功德陀羅尼汝當憶念勿得忘失使於當來濁惡世中與諸衆生作大善利阿難若有衆生得聞此陀羅尼每日晨朝誦二十一徧是人於千劫中所積惡業悉皆消滅見身獲得安隱快樂若人至心持誦一洛叉數是人當來得見慈氏菩薩若持誦二洛叉數當來得見觀自在菩薩若持誦三洛叉數當來得見無量壽佛即說陀羅尼曰

那謨引囉怛那二合怛囉二合夜引野一那莫阿引哩也二合阿彌多引婆引野二怛他引誐多引野三阿囉曷二合帝引三藐訖三二合没馱引野四怛鞑他引五阿彌帝引六阿彌覩引訥婆二合味引七阿彌多三婆味八阿彌多尾訖蘭二合引帝引九阿彌多尾訖蘭二合引多誐引彌你十誐誐那計引哩底二合羯哩引十一薩哩嚩二合訖梨二合舍十二刹煬羯哩一合曳引娑嚩二合引賀引十三

爾時阿難得聞如來說是無量功德陀羅尼已歡喜信受禮佛而退

佛說無量功德陀羅尼經

佛說十八臂陀羅尼經

宋西天譯經三藏朝散大夫試光祿卿明教大師法賢奉　詔譯

爾時世尊告阿難言世間衆生昧於實智輪迴三界不知苦本恣身口意造四重罪如是之人深可憐愍我有十八臂大陀羅尼若有衆生得此陀羅尼常持誦者是人所作根本罪業皆悉除滅復能積集無量功德爾時世尊即說十八臂陀羅尼曰

那謨阿彌多引婆引野一怛他引誐多引野二阿囉曷二合帝三藐訖三二合沒馱引野三那莫阿引哩也二合阿嚩路吉帝引說囉引野四冐地薩埵引野五摩賀引薩埵引野六摩賀引迦引嚕尼迦引野七怛鞥他引八唵三滿多伴捺哩二合引九三滿多嚩魯吉帝引十尾尸沙哥哩引十一尾塞怖二合引吒你引十二度那播波尾多哩剛二合十三引摩摩薩哩嚩二合薩埵難左十四婆誐嚩引那引哩也二合引嚩路吉帝引說囉十五嚩羅末隸引嚩羅末隸引十六塞怖二合引乇你塞怖二合引吒你十七達髻達髻十八嗢度你哥引謨髻枳引十九嚩尸哥囉尼引二十薩哩嚩二合訥瑟吒二合引那引嚩哩惹二合野二十一尾嚩哩惹二合野二十二薩哩嚩二合訥瑟鷂二合二十三引嚩設摩引那野娑嚩二合引賀引二十四曷羅曷羅二十五左羅左羅二十六鉢左鉢左二十七嚩尸引黠嚕二十八薩哩嚩二合部引多引難嚩引娑嚩二合引賀引二十九

爾時阿難聞佛世尊說此陀羅尼經已歡喜信受作禮而退

佛說十八臂陀羅尼經

佛說洛叉陀羅尼經

宋西天譯經三藏朝散大夫試光祿卿明教大師法賢奉詔譯

爾時世尊告阿難言汝當諦聽今我與汝宣說洛叉陀羅尼是陀羅尼難得值遇猶如諸佛出於世間阿難若有衆生得此陀羅尼能受持者是人所獲功德如持洛叉佛無異能與衆生成大福聚能滅衆生無量重罪爾時世尊即說洛叉陀羅尼曰

那莫三滿多沒馱(引)曩(引一)唵(引)那謨婆誐嚩帝(引二)尾布羅左那曩剛(引)左努得叱(二合)鉢多(二合三)鉢囉(二合)娑(引)薩計覩毋哩你(二合四)怛他(引)誐多(引)野(五)阿囉曷(引)帝(引)三藐訖三(二合)沒馱(引)野(六)怛鉇他(引七)冐地冐地(八)薩哩嚩(二合)怛他(引)誐多虞(引)左哩(引九)達囉達囉(十)曷囉曷囉(十一)鉢囉(二合)曷囉鉢囉(二合)曷囉(十二)摩賀(引)冐地唧多達哩(引十三)祖魯祖魯(十四)毋魯毋魯(十五)設多薩賀薩囉(二合十六)囉濕弭(二合)散祖(引)你帝(引十七)薩哩嚩(二合)怛他(引)誐多婆(引)始帝(十八)虞尼(引)虞拏嚩底(十九)沒馱虞拏(引)嚩婆(引)細(二十)蜜里蜜里(二十一)薩哩嚩(二合)但他(引)誐多阿地瑟致(二合)帝(引二十二)那婆薩多(二合)隷(二十三)設摩設摩(二十四)鉢囉(二合)設摩鉢囉(二合)設摩(二十五)薩哩嚩(二合)播波鉢囉(二合)設摩你(引二十六)薩哩嚩(二合)播波尾輸達你(引二十七)虎魯虎魯(二十八)冐地摩(引)勒誐(二合)三鉢囉(二合)悉體(二合)帝(引二十九)薩哩嚩(二合)怛他(引)誐多鉢囉(二合)底瑟致(二合)帝(引三十)尾秫提(引)娑嚩(二合)賀(引三十一)唵(引)薩哩嚩(二合)怛他(引)誐多(三十二)吽嚩魯(引)吉帝(引三十三)惹野惹野娑嚩(二合)賀(引三十四)唵(引)虎嚕虎嚕(三十五)惹野目契(引)娑嚩(二合)賀(引三十六)

爾時阿難聞佛説是陀羅尼已歡喜信受作禮而退

佛説洛叉陀羅尼經

佛說辟除諸惡陀羅尼經

宋西天譯經三藏朝散大夫試光祿卿明教大師法賢奉詔譯

爾時世尊告阿難言我見世間災沴起時遂生飛蝗及與毒蟲乃至蚊蝱虎狼處處增盛致傷苗稼或傷菜果遂令國內漸成飢饉惱害衆生不得安隱我今為汝宣說辟除諸惡陀羅尼若有衆生至心持誦非獨自利亦利他人若持誦人欲作成就法者先須潔淨齋戒發誠諦心誦陀羅尼滿十萬徧已成精熟然可隨處作成就法若作法者復潔淨已然誦諸佛菩薩名號請求加被乃將少沙盛淨器中誦陀羅尼八百徧加持前沙於有毒蟲處散擲一切毒蟲皆悉辟除即說陀羅尼曰

曩莫薩哩嚩(二合)沒馱冐地薩埵曩(引一)帝(引)釤(引)曩莫塞訖哩(二合)埵(引二)壹鉿(引)尾寧馳(切身)鉢囉(二合)踰(引)惹夜(引)彌(三)壹煬尾寧馳三蜜哩(二合)迭覩彌(引四)怛寧馳(切身)他(引五)訶訶訶(六)黎黎黎(七)鄰鄰鄰(八)鄰沙野(九)呬呬(十)詰詰(十一)蜜哩蜜哩(十二)鉢囉(二合引)拏迦(引)喃(引十三)敦拏滿唐羯嚕彌娑嚩(二合引)賀(引十四)薩哩微(二合引)釤(引)摩舍迦(引)喃(引十五)薩哩微(二合引)釤(引)莽酤拏(引)喃(引十六)薩哩微(二合引)釤(引)鉢輸迦(引)喃(引十七)薩哩微(二合引)釤(引)遏說(引)喃(引十八)薩哩微(二合引)釤(引)謨(引)沙迦(引)喃(引十九)薩哩微(二合引)釤(引)戍迦舍(引)哩迦喃(引二十)薩哩微(二合引)釤(引)蘇(引)羯囉(引)喃(引二十一)薩哩微(二合引)釤(引)末哩羯(二合)吒(引)喃(引二十二)薩哩微(二合引)釤(引)末羅曩(引)喃(引二十三)薩哩微(二合引)釤薩寫伽(引)怛迦(引)喃(引二十四)敦拏滿馱羯嚕彌娑嚩(二合引)賀(引二十五)

爾時阿難得聞世尊說是辟除諸惡陀羅尼

已歡喜信受禮佛而退

佛説辟除諸惡陀羅尼經

音釋

喘尺兖切疾息也 蝗胡光切蝝也 掩丑寡切 嗪普匹切 㪍蒲没切

酇子管切

佛說大愛陀羅尼經

宋西天譯經三藏朝散大夫試光祿卿明教大師法賢奉詔譯

佛說阿羅漢具德經

宋西天譯經三藏朝散大夫試光祿卿明教大師法賢奉詔譯

佛說八大靈塔名號經

宋西天譯經三藏朝散大夫試光祿卿明教大師法賢奉詔譯

佛說尊那經

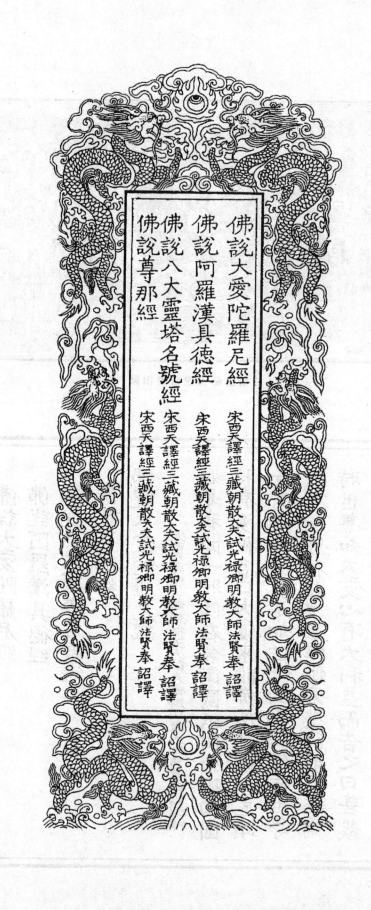

宋西天譯經三藏朝散大夫試光祿卿明教大師法賢奉詔譯

清刻龍藏佛說法變相圖

四經同卷

佛說大愛陀羅尼經

佛說阿羅漢具德經

佛說八大靈塔名號經

佛說尊那經

佛說大愛陀羅尼經

宋西天譯經三藏朝散大夫試光祿卿明教大師法賢奉 詔譯

如是我聞一時佛在舍衛國祇樹給孤獨園時有海神名曰大愛來詣佛所到佛所已頭面著地禮佛雙足却住一面而白佛言世尊我有所願利益衆生惟佛哀愍許我宣說爾時世尊知大愛心有大利益而告之曰善哉善哉汝爲利益隨汝意說爾時大愛蒙佛聽許而白佛言我與眷屬住於大海多見衆生陷於海難愍念此等欲說陀羅尼令彼海難

無能爲害世尊若有善男子善女人乃至苾芻苾芻尼優婆塞優婆夷等聞此陀羅尼讀誦受持及得聞我與眷屬等名者所有大海一切危難悉皆解脱爾時大愛承佛威力即説陀羅尼曰

怛寧也切身他一引祖嚕祖嚕二吐蘭達哩三引摩賀引謗哥悉體二合帝引四酤引你瑟哥二合引你瑟計二合五阿那護六撥鉢黎七祖嚕祖嚕八三滿多跛捺哩二合引九阿屹你二合作訖哩二合引十作訖囉二合多朗十一補囉儗你引娑嚩二合引賀引十二

爾時大愛海神承佛聖旨説此陀羅尼已歡喜踊躍禮佛而退

佛説大愛陀羅尼經

佛說阿羅漢具德經

宋西天譯經三藏朝散大夫試光祿卿明教大師法賢奉　詔譯

爾時世尊在舍衛國給孤獨精舍之內敷座而坐有諸苾芻及天龍八部人非人等圍繞世尊默然合掌聽佛所說爾時世尊告諸苾芻我今稱讚諸大聲聞能於佛法清淨修持而於自果皆具已德汝等諦聽善思念之吾當爲汝次第宣說諸苾芻我弟子中有大聲聞棄捨王位夂爲出家最初悟道梵行第一憍陳如苾芻是復有聲聞少貪常喜持頭陀行大迦葉苾芻是復有聲聞具大辯才智慧第一舍利弗苾芻是復有聲聞修持精進具大神通目乾連苾芻是復有聲聞有所觀矚得大天眼阿你嚕馱苾芻是復有聲聞具足定慧多聞第一阿難苾芻是復有聲聞善解軌儀能持律藏優波離苾芻是復有聲聞於大衆中能說妙法富樓那彌多羅尼子苾芻是復有聲聞坐卧等物悉皆具足捺羅[麻+余]切身末羅子苾芻是復有聲聞說法之音如師子吼賓度羅跋囉墮舍苾芻是復有聲聞善解經律而能論義迦旃延苾芻是復有聲聞能於佛法信解第一末朅哩苾芻是復有聲聞修持得果光顯氏族迦留陀夷苾芻是復有聲聞有所演說具天妙音跋捺哩哥苾芻是復有聲聞善解美語而能談論童子迦葉苾芻是復有聲聞四威儀中具大精進率嚕拏酤胝嚩蹉苾芻是復有聲聞於一切處能具速通嚩哩四哥苾芻是復有聲聞善能進趣悟道得果唧哩野哥苾芻是復有聲聞能具火界神通修伽陀苾芻是復有聲聞捨於上

族而樂出家賢苾芻是復有聲聞釋氏王族而捨出家優樓頻螺迦葉苾芻是復有聲聞於靈塔處而先受請布蘭那苾芻是復有聲聞隨所敷演而有大智俱絺羅苾芻是復有聲聞威儀端謹身貌圓滿烏波細那末羯梨子苾芻是復有聲聞唯於佛法解義第一半託迦苾芻是復有聲聞於四諦理能斷疑惑大半託迦苾芻是復有聲聞言直無隱警誡諸苾芻劫賓那苾芻是復有聲聞常行警誡諸苾芻尼難那哥苾芻是復有聲聞人多歸仰恒得財利細嚩羅苾芻是復有聲聞諸根隱密人所莫測難努苾芻是復有聲聞善持戒律清淨無缺羅睺羅苾芻是復有聲聞於所受身少病少惱末酤羅苾芻是復有聲聞常行布施而能不滅解空第一須菩提苾芻是復有聲聞於一切時而能少語昴誐帝哩野苾芻是復有聲聞於宿命智具足獲得所有往昔種種之事悉能解說輸毗多苾芻是復有聲聞能修淨行善住山巖護國苾芻是復有聲聞坐臥等物悉皆具足憍梵波提苾芻是復有聲聞於進趣中而能得定哩嚩多苾芻是復有聲聞修行能斷已生煩惱那羅陀苾芻是復有聲聞而能止息未生煩惱彌企哥苾芻是復有聲聞常具慈行梨婆多苾芻是復有聲聞能於苦中善行悲行畢陵伽婆蹉苾芻是復有聲聞具大捨行婆那梨苾芻是復有聲聞具大捨力得勝苾芻是復有聲聞於善惡法悉能了達羯諾迦嚩蹉苾芻是復有聲聞於世貪欲悉能速斷難陀苾芻是復有聲聞於所嗔恚便能速除彌嚓羅苾

芻是復有聲聞能修勝果速斷我慢摩那嚩苾芻是復有聲聞於愚癡法而能速斷婆囉隋惹摩那嚩苾芻是復有聲聞清淨修持善解因果摩那嚩苾芻是復有聲聞能修聖果具大利根盎掘摩羅苾芻是復有聲聞三業調順諸根柔輭薩哩波那婆苾芻是復有聲聞於微妙義善能咨問摩喝枳苾芻是復有聲聞有所言論具大辯才囉陀苾芻是復有聲聞以甚深義能問於毋羯羅波苾芻是復有聲聞善閑法義結集伽陀嚩儗舍苾芻是復有聲聞所出語言悉皆真實尾舍珂半左梨子苾芻是復有聲聞以清淨心常樂求法達哩彌哥苾芻是復有聲聞修歡喜行具忍辱力布蘭拏苾芻是復有聲聞自内觀法善達本心野輸那苾芻是復有聲聞於世法中善解占相蜜哩誐尸囉苾芻是復有聲聞以殊勝心善解妙法達磨哥苾芻是復有聲聞於欲自在善了去來補特伽羅苾芻是復有聲聞於一切時而能善語波摩那苾芻是復有聲聞方便善巧能敷妙法達哩彌羅苾芻是復有聲聞得妙法義能次第說誐嚩捺多苾芻是復有聲聞於一切時說法無倦劊閉怛計苾芻是復有聲聞恒肅容儀常懷歡喜無能勝苾芻是復有聲聞常具多喜正覺苾芻是復有聲聞唯於智慧而得解脫善生苾芻是復有聲聞而能獲得定慧解脫嚩涩波苾芻是復有聲聞能斷其貪昝謨哥苾芻是復有聲聞具善解脫吠囉吒星賀苾芻是復有聲聞清淨修持知已信解叉摩哥苾芻是復有聲聞於世間中最得殊勝摩呬哥苾芻

是復有聲聞智解高深能破外論最勝苾芻是復有聲聞能具正見善破魔軍妳訖囉咩吩苾芻是復有聲聞能於智慧善破愚迷惹伽迦葉苾芻是復有聲聞常行平等僕虞哥苾芻是復有聲聞修清淨智漸漸少塵率嚕拏酤胝羯蘭拏苾芻是復有聲聞於進趣中具大清淨烏怛嚕苾芻是復有聲聞身貌無缺諸根圓滿昂儗盧苾芻是復有聲聞而於修持善解空法仙授苾芻是復有聲聞於空法中深生信解尊那苾芻是復有聲聞於自果中唯具神通摩賀哥苾芻是復有聲聞善能觀於八解脫義信重苾芻是復有聲聞於威儀中樂妙色衣謨賀囉惹苾芻是復有聲聞廣談妙理具大眷屬散惹曳苾芻是復有聲聞定慧具足恒受人天供養善現苾芻是復有聲聞發心出家樂修聖行毗舍羅苾芻是復有聲聞因遇苦緣而乃出家沒麤馳哥婆囉特惹苾芻是復有聲聞厭離輪迴而求出家遜那哩哥帝哩野酤苾芻是復有聲聞悟世不堅深生厭離遜那哩哥婆囉特惹苾芻是復有聲聞默然止息容儀端謹薩哂瑟努哥苾芻是復有聲聞清淨修持性淳少辯烏波禰那苾芻是復有聲聞恒獨進修具寂靜行難禰哥苾芻是復有聲聞善於定慧得大解脫頸必羅苾芻是復有聲聞於愚迷者能令清淨龍護苾芻是復有聲聞能修淨行最後出家須跋陀羅苾芻是爾時世尊復說頌曰

梵行少貪欲　智慧與神通　天眼及多聞
清淨能持律　坐卧等安樂　具師子吼音

信解與甚深　善分別經律　光顯於氏族
具大微妙聲　精進力難思　善巧能談論
有大速通力　靈塔先受請　直言無隱行
警誡於僧尼　能隱密諸根　恒持清淨戒
於身少病惱　常行於布施　少語恒默然
具足宿命智　坐卧具豐足　常樂住山巖
已生煩惱斷　未生令止息　恒入三摩地
大慈及利益　過失悉能除　悲心息苦輪
常行善惡法　速除我慢相　能斷貪瞋癡
諸根利清淨　善解因果法　能問甚深理
柔輭一切根　具足大辯才　問毋甚深義
能宣眞實語　善結集伽陀　忍辱力能堅
常樂甚深法　具足忍辱力　善達於本心
占相悉能知　具忍辱歡喜　所欲常自在
深入妙法門　善以慧解心　廣宣微妙法
說法依次第　無倦廣敷宣　歡喜及多喜
證得慧解脫　得定慧解脫　貪欲永已除
深得解脫門　了知自信解　世間得最勝
能破外論師　善開發愚迷　能破諸魔軍
出家捨苦惱　清淨智少塵　圓滿具諸根
解空無二法　具得神通力　善觀八解脫
愛樂妙色衣　有大親眷屬　受人天供養
信心而出家　常行平等行　厭世樂出家
深厭輪迴苦　恒行寂靜心　具少分辯才
止息默然住　解脫行能深　清淨愚迷者
具如是功德　故名阿羅漢

爾時世尊說是頌已復告諸苾芻曰於此衆中而有十大聲聞我今稱說汝應善聽所謂憍陳如苾芻迦旃延苾芻富樓那苾芻薄拘羅苾芻離婆多苾芻盎掘摩羅苾芻耶輸那

苾芻蘇惹多苾芻酤胝羯蘭拏苾芻吠舍羅
苾芻如是十大聲聞於此衆中而爲上首爾
時世尊復告諸苾芻曰我今稱讃諸大聲聞
苾芻尼亦於自果而修巳德於我苾芻尼中
有大聲聞苾芻尼棄於王族久爲出家清淨
威儀常修梵行摩訶波闍波提苾芻尼是少
貪知足行頭陀行鉢吒左囉苾芻尼是智慧
深廣有大辯才善相苾芻尼是能行善行威
德無過蓮華色苾芻尼是於所修持善得天
眼蘇摩苾芻尼是修聞思慧獲大多聞輸婆
羯哩摩囉女苾芻尼是善能持律軌範無虧
說哩舍苾芻尼是能於妙法善巧敷宣施法
苾芻尼是恒以慈心宣揚妙法釋女達磨苾
芻尼是精修聖因光顯族氏大白苾芻尼是
志求大果信心出家室珂羅哥長者母苾芻
尼是宿植良因具大福德羅睺羅母耶輸陀
羅苾芻尼是恒慕修持具大精進螺髻苾芻
尼是而於自果能具速通賢苾芻尼是智慧
甚深善解經律妙頸苾芻尼是如是諸苾芻
尼於大衆中而爲上首爾時世尊復告諸苾
芻曰汝等諦聽我今稱說烏波薩哥於信心
中亦修巳行所謂初發信心歸依三寶布薩
烏波薩哥跋梨烏波薩哥是住烏嚕尾螺具
足能行清淨戒法那酤羅父烏波薩哥是住
於婆凝數而於衆僧常行布施給孤獨長者
是住於舍衛城曩修聖因具大福德善授長
者是住於舍衛城於衆僧中常施飲食最首
長者是住於廣嚴城恒於佛法僧中而能種
種布施同生長者是住於王舍城恒爲病苦
者而施於湯藥大名長者是住迦毗羅城能

於信心中常行慈悲行螽荼哥長者是住於大賢城能以四攝法善化衆會心賀悉多哥長者及阿吒嚩哥是同住於大野從初發信心而能具大智烏波離長者是住那爛陀城能於衆會中談論師子吼勇猛長者是住於王舍城善有大智慧能破外論師訥哩目珂栗蹉尾長者是住於廣嚴城恒於大衆中廣說微妙法唧怛噜長者是住蘇波羅哥城有所談論具大辯才勝軍王是都舍衛城於信心中利根第一哥路王弟是住於舍衛城而於信心中能具大智慧仙授烏波薩哥是住於舍衛城於信心中能持梵行布囉拏烏波薩哥是住於舍衛城珍寶具足庫藏豐盈廣聚人民多聞第一摩伽陀國頻婆娑羅王是都於王舍城常於三寶發菩提心而於世間多饒其子吩嚩哥長者是住於王舍城信心精進能具速通無畏王子是住於王舍城已斷根本而生信解摩伽陀國韋提希子阿闍世王是都於王舍城如是烏波薩哥於大衆中而爲上首爾時世尊復告諸苾芻汝等善聽我今稱說烏波薩吉於信心中亦修已行所謂初發信心歸佛法僧難那烏波薩吉及難那力烏波薩吉是住烏嚕尾螺能起初心信解戒法諾酤羅長者母是住於婆儗數恒於衆僧常行布施毗舍佉母烏波薩吉是住於舍衛城宿施因豐具大福德哩提羅長者母是住於舍衛城修治湯藥施病苦者大軍長者婦是住波羅柰城於疾病者而能承事善愛長者婦是住於波羅柰城久已發信心常行於慈行奢摩嚩帝烏波薩吉是住憍睒

彌國而於衆會中多聞能第一酤没儒怛囉
烏波薩吉是住憍睒彌國善能敷妙法而有
大辯才善意王女是住於舍衛城久發信心
能具大智尊那王女是住於王舍城而於色
相中端嚴居第一正覺王女是住於王舍城
能生信解意善發菩提心没怛囉長者婦是
住於王舍城於所住世多饒其子吟嚩哥長
者婦是住於王舍城恒善能修持而具大精
進卒嚕拏長者婦是住於瞻波城恒於衆僧
中能施住止處難那長者女是住於竹林中
久發信心深解禪定哥路烏波薩吉是住於
竹林中如是烏波薩吉於大衆中而爲上首
爾時大苾芻衆及天人阿脩羅等聞佛所説
皆大歡喜信受奉行

佛説阿羅漢具德經

佛説八大靈塔名號經

宋西天譯經三藏朝散大夫試光祿卿明教大師法賢奉　詔譯

爾時世尊告諸苾芻我今稱揚八大靈塔名號汝等諦聽當爲汝説何等爲八所謂第一迦毗羅城龍彌你園是佛生處第二摩伽陀國泥連河邊菩提樹下佛證道果處第三迦尸國波羅柰城轉大法輪處第四舍衛國祇陀園現大神通處第五曲女城從忉利天下降處第六王舍城聲聞分別佛爲化度處第七廣嚴城靈塔思念壽量處第八拘尸那城娑羅林內大雙樹間入涅槃處如是八大靈塔重説頌曰

淨飯王都迦毗城　龍彌你園佛生處
摩伽陀泥連河側　菩提樹下成正覺
迦尸國波羅柰城　轉大法輪十二行
舍衛大城祇園內　徧滿三界現神通
桑迦尸國曲女城　忉利天宮而降下
王舍大城僧分別　如來善化行慈悲
廣嚴大城靈塔中　如來思念壽量處
拘尸那城大力地　娑羅雙樹入涅槃

如是八大靈塔若有婆羅門及善男子善女人等發大信心修建塔廟承事供養是人得大利益獲大果報具大稱讚名聞普徧甚深廣大乃至諸苾芻亦應當學復次諸苾芻若有淨信善男子善女人能於此八大靈塔向此生中至誠供養是人命終速生天界爾時世尊復告諸苾芻汝等諦聽我今當説遊止國城及於住世而説頌曰

二十九載處王宮　六年雪山修苦行
五歲王舍城化度　四年在於毗沙林

二年惹里巖安居　二十三載止舍衛
廣嚴城及鹿野苑　摩拘梨與忉利天
尸輸那及憍睒彌　寶塔山頂并大野
尾努聚落吠蘭帝　淨飯王都迦毗城
此等聖境各一年　釋迦如來而行住
如是八十年住世　然後牟尼入涅槃

佛說八大靈塔名號經

佛說尊那經

宋西天譯經三藏朝散大夫試光祿卿明教大師法賢奉詔譯

如是我聞一時世尊在憍睒彌國瞿師羅林中爾時有大尊者名曰尊那來詣佛所到已致敬頭面禮足住立一面而白佛言世尊無盡功德還可得不唯願世尊為我敷演爾時世尊告大尊者尊那言善哉善哉汝能問於如來無盡功德汝今諦聽當為汝說尊那此無盡功德甚深微妙名稱普聞若人歸心獲大果報而此功德乃有七種名聞普徧甚深廣大若善男子善女人發至誠心能具足此法是人於四威儀中恒得增長無盡功德所增功德不可思議不可稱量何等為七尊那若有善男子善女人發大信心布施園林池沼充四方衆僧經行遊止尊那此是第一無盡功德有大果報得大稱讚名聞普徧甚深廣大若善男子善女人能具足此法是人於四威儀中恒得增長無盡功德所增功德不可思議不可稱量復次尊那若有善男子善女人發大信心於彼林中建立精舍令衆僧安止尊那此是第二無盡功德有大果報乃至名聞普徧甚深廣大若善男子善女人能具足此法是人於四威儀中恒得增長無盡功德所增功德不可思議不可稱量復次尊那若有善男子善女人發大信心於彼衆僧精舍之內布施坐卧之具所謂牀椅氈褥衣被種種受用之物尊那此是第三無盡功德有大果報乃至名聞普徧甚深廣大若善男子善女人發至誠心能具足此法是人於四威儀中恒得增長無盡功德所增功德不可

思議不可稱量復次尊那若有善男子善女人發大信心於彼精舍之內能布施財穀供養衆僧尊那此是第四無盡功德有大果報乃至名聞普徧甚深廣大若善男子善女人發至誠心能具足此法是人於四威儀中恒得增長無盡功德所增功德不可思議不可稱量復次尊那若有善男子善女人發大信心能於往來衆僧常行布施所須之物尊那此是第五無盡功德有大果報乃至名聞普徧甚深廣大若善男子善女人發至誠心能具足此法是人於四威儀中恒得增長無盡功德所增功德不可思議不可稱量復次尊那若有善男子善女人發大信心於病苦者能行布施及看病者亦行布施尊那此是第六無盡功德有大果報乃至名聞普徧甚深廣大若善男子善女人發至誠心能具足此法是人於四威儀中恒得增長無盡功德所增功德不可思議不可稱量復次尊那若有善男子善女人發大信心或見霜雪嚴凝風雨寒冷而見是已便能修撰種種飲食湯藥卧具衣物鞋履等於衆僧中供給供養如是衆僧風雨不侵不受寒冷承是供養得大安樂尊那此是第七無盡功德有大果報乃至名聞普徧甚深廣大若善男子善女人發至誠心能具足此法是人於四威儀中恒得增長無盡功德所增功德不可思議不可稱量尊那如是七種無盡功德法若有善男子善女人發至誠心具足此法所獲無盡功德不可思議不可稱量功德甚多名大功德蘊尊那譬如五大河恒流其水所謂殑伽河閻母

那河薩囉喻河愛囉嚩帝河末呬河而此河水不可限量如是河水乃至盛水之器百數千數百千億數其水甚多名爲水蘊無盡功德亦復如是尊那此七種無盡功德法悉皆具足是善男子善女人所獲功德不可思議不可稱量具大名聞及大果報功德甚多名爲大功德蘊爾時大尊者尊那復白佛言世尊此無盡功德若人具足此法眞實不虛獲大果報具大稱讃名聞普徧甚深廣大佛告大尊者尊那言如汝所說實獲此無盡功德果報如是佛言尊那復有七種無盡功德法有大果報具大稱讃名聞普徧甚深廣大若善男子善女人發至誠心能具足此法是人於四威儀中恒得增長無盡功德所增功德不可思議不可稱量何等爲七尊那若有淨

信善男子善女人聽聞如來或聞聲聞衆在彼聚落或在城隍經行遊止聞如是已生大歡喜起大善意發菩提心尊那是第一無盡功德法有大果報具大稱讃名聞普徧甚深廣大若善男子善女人能具足此法是人於四威儀中恒得增長無盡功德所增功德不可思議不可稱量復次尊那若有淨信善男子善女人聽聞如來及聲聞衆或往聚落或詣城隍聞如是已生大歡喜起大善意發菩提心尊那此是第二無盡功德法有大果報乃至名聞普徧甚深廣大若淨信善男子善女人能具足此法是人於四威儀中恒得增長無盡功德所增功德不可思議不可稱量復次尊那若有淨信善男子善女人聽聞如來或聲聞衆在於路次聞如是已生大歡喜

起大善意發菩提心尊那此是第三無盡功德法有大果報乃至名聞普徧甚深廣大若善男子善女人能具足此法是人於四威儀中恒得增長無盡功德所增功德不可思議不可稱量復次尊那若有淨信善男子善女人聽聞如來或聞聲聞衆到於聚落或到城隍聞如是已生大歡喜起大善意發菩提心尊那此是第四無盡功德法有大果報乃至名聞普徧甚深廣大若善男子善女人能具足此法是人於四威儀中恒得增長無盡功德所增功德不可思議不可稱量復次尊那若有淨信善男子善女人聽聞如來及聞聲聞衆或於聚落或在城隍自徃親近禮拜瞻仰獲瞻仰已生大歡喜起大善意發菩提心尊那此是第五無盡功德法有大果報乃至

名聞普徧甚深廣大若善男子善女人能具足此法是人於四威儀中恒得增長無盡功德所增功德不可思議不可稱量復次尊那若有淨信善男子善女人到於佛所或至聲聞所禮拜瞻仰聽聞妙法聞是法已生大歡喜起大善意發菩提心尊那此是第六無盡功德有大果報乃至名聞普徧甚深廣大若善男子善女人能具足此法是人於四威儀中恒得增長無盡功德所增功德不可思議不可稱量復次尊那若有淨信善男子善女人於如來所或聲聞所聞是法已起大善意歸佛法僧歸三寶已乃至受於如來清淨戒法尊那此是第七無盡功德法有大果報乃至名聞普徧甚深廣大尊那若善男子善女人發至誠心能具足此法是人於四威儀中

恒得增長無盡功德所增功德不可思議不可稱量尊那如是七種無盡功德法若有善男子善女人能具足此法所獲功德不可限量尊那此七種無盡功德法若有善男子善女人發至誠心能具足此法所獲無盡功德不可限量如是功德名聞稱讚及大果報功德甚多名爲大功德藴復次尊那譬如有五大河恒流其水所謂殑伽河閻毋那河薩囉喻河愛囉嚩帝河末呬河而此河水不可限量如是河水乃至盛水之器百數千數百千億數其水甚多名爲水藴無盡功德亦復如是尊那此七種無盡功德法悉皆具足是善男子善女人所獲功德不可思議不可稱量具大名聞及大果報功德甚多名爲大功德藴爾時世尊而説頌曰

清淨修禪行　唯修聖跡中　採寶無過海
如河濟有情　河水無邊際　衆流還復源
布施獲多福　如河常流海

爾時大尊者尊那聞佛説已歡喜作禮信受奉行

佛説尊那經

音釋

胝（張尼切）　蹉（倉何切）　咩（迷罵切）　腅（失冉切）

佛說頻婆娑羅王經
佛說人仙經
佛說舊城喻經
佛說信解智力經

宋西天譯經三藏朝散大夫試光祿卿明教大師法賢奉　詔譯
宋西天譯經三藏朝散大夫試光祿卿明教大師法賢奉詔譯
宋西天譯經三藏朝散大夫試光祿卿明教大師法賢奉詔譯
宋西天譯經三藏朝散大夫試光祿卿明教大師法賢奉　詔譯

清刻龍藏佛說法變相圖

四經同卷

佛說頻婆娑羅王經

佛說人仙經

佛說舊城喻經

佛說信解智力經

佛說頻婆娑羅王經

宋西天譯經三藏朝散大夫試光祿卿明教大師法賢奉 詔譯

如是我聞一時佛在王舍城中與大苾芻衆俱皆是法中耆舊大阿羅漢諸漏已盡所作已辦除諸重擔逮得己利盡諸有結證得解脫如是之衆滿一千人爾時世尊而起思念我今可往杖林山中靈塔之處作是念已與苾芻衆俱往彼處到彼處已安居其中時摩伽陀國頻婆娑羅王聞佛世尊與諸耆舊大阿羅漢數滿千人住杖林山靈塔之處時王

思念欲往聽法即令嚴駕不同常時乃有從車萬二千乘妙服寶器萬八千牀八樂四兵導前從後眷屬臣佐圍遶而行時王出城往杖林山詣於佛所親近供養復有婆羅門及長者等亦隨於王詣於佛所爾時世尊見王到來亦現五相謂頂相傘蓋相摩尼相拂相寶劒等相莊嚴佛身爾時大王到佛會已除去王者自在之相至於佛前偏袒右肩右膝著地合掌向佛以妙言辭讚於佛德頭面著地禮佛足已遶佛三帀住立佛前自稱已名白世尊言我是摩伽陀國頻婆娑羅王又復白言我是摩伽陀國頻婆娑羅王如是三白佛三報言如是如是汝是摩伽陀國頻婆娑羅王又以輭語勞慰於王請王就座王聞佛言歡喜踊躍退坐一面王之眷屬及與臣佐各各向佛跪膝合掌亦以妙言歎於佛德頭面禮已退坐一面諸婆羅門及長者等有以言辭讚歎禮拜者有但合掌頂禮者有遥觀佛默然者如是等衆各坐一面爾時會中諸婆羅門長者等忽見耆舊優樓頻螺迦葉侍立佛側乃作是念嗚呼尊者耆舊優樓頻螺迦葉却於大沙門處修持梵行世尊知彼婆羅門及長者等心生疑念即便說偈問迦葉曰

汝優樓頻螺迦葉　往昔事火無間斷
見何利故得何法　此義速當爲我說

爾時尊者迦葉說偈答言

世間所有飲食味　乃至欲樂人所樂
我見此利而志求　是故事火無間斷

佛又說偈問迦葉言

云何耽戀欲樂事　乃至貪於飲食味
人間天上心愛樂　是義速當爲我說

尊者迦葉以偈答曰

我於最上寂靜句　由不了故生退屈
唯耽五欲非如理　是故事火無間斷
圍陀事火證解脫　衆生由此心迷惑
盲者無異於死人　退失最上寂靜句
我今見實無爲法　大龍最上師善說
能仁爲大利益故　世尊出現大精進

佛復告言迦葉汝善來善住無諸邪念善能分別最上之法迦葉汝今當可善化衆會於是尊者迦葉受佛勑已即入三摩地現大神通於衆會没於東方虛空中出現四威儀行住坐卧乃至現火三昧於火界中出種種光謂青黄赤白及玻胝迦色等又復身上出水身下出火身下出水身上出火出没顯現相續不斷如是南西北方於虛空中亦復現於行住坐卧四威儀相乃至入火三昧於火界中出種種光謂青黄赤白及玻胝迦色等又復身上出水身下出火身下出水身上出火出没顯現相續不斷爾時尊者迦葉於四方虛空現神變已還攝神力前詣佛所合掌頂禮而白佛言我師世尊我是大聲聞又復白言我師世尊我是大聲聞佛報迦葉言我是汝師汝是大聲聞又復報言我是汝師汝是大聲聞汝可還位而坐爾時衆中婆羅門長者等復作是念如是耆舊尊者優樓頻螺迦葉猶尚於佛大沙門處修梵行耶佛知其意告頻婆娑羅王言大王當知色有生有滅了知此色有生有滅受想行識亦復生滅而彼

蘊法當知有生即知有滅大王此色蘊法若善男子能實了知有生即滅色蘊本空色蘊既空生即非生生既無生滅何所滅色蘊如是諸蘊皆然若善男子了知此已即悟諸蘊不生不滅無住無行即無有我我說是人於無量阿僧祇劫中爲眞寂靜者爾時會中諸婆羅門長者等作如是念以何法故可得了知無我無受想行識何謂有彼我人衆生壽者乃至摩那嚩迦主宰作者生者起者無動者說者分別者知者如是等類何者不生何者不滅又復彼類以何緣故所作善不善業而受果報爾時世尊知彼婆羅門長者等起心念已即告諸苾芻言苾芻若無我說我是即愚癡少聞凡夫異生我相苾芻當知我本無我復無我者而諸苦法若作生想苦蘊即生若作滅想苦蘊即滅及與諸行若作生想諸行即生若作滅想諸行即滅此因此緣生諸行法以此行緣即有生滅我於如是如實了知生滅法已乃可告語一切衆生諸苾芻我以清淨天眼過於肉眼見諸衆生生滅好醜貴賤上下善趣惡趣衆生所作善惡之業所得果報皆如實知又復衆生具身口意三業不善毀謗賢聖起於邪見由此邪見作諸邪業行諸邪法以此因緣命終之後墮於惡趣受地獄苦又復衆生具身口意三業之善不謗賢聖起於正見由此正見作諸善業行諸善法由此因緣命終之後生於天界而爲天人我如實知我如實見諸苾芻我時不言有我有人有衆生有壽者又彼知者等類何生何滅作善惡業而受果報如是等法無有

我想所有五蘊由有法想由彼法想乃生五蘊又彼無明緣於行法諸行法生集法乃生諸行法滅集法得滅諸苾芻如是行苦因集而有因集滅故行苦即滅苦法滅已非法皆滅更不復生如是苦法已盡邊際苾芻滅復何證即此苦邊是真寂滅是得清涼是謂究盡苾芻此寂靜句謂捨一切法愛法若盡欲法得滅是即寂靜涅槃爾時世尊復告王言大王於意云何色是常非常耶王言色滅即是非常佛復告言是苦非苦耶王言世尊苦滅即非苦苦者是顛倒法此顛倒法是彼聲聞少知少聞乃稱我是大聲聞我是大智起此我想彼我想者不也世尊佛又告言受想行識是常非常耶王言滅即非常佛言是苦非苦耶王言苦法因顛倒生此顛倒法是即爲苦是彼聲聞少知少聞而生我想是故稱我是大聲聞我是大智彼我想者不也世尊佛言大王如是如是善思念之此色蘊法所有過去未來現在內外中間若大若小若高若下若近若遠彼一切法本來無有無相無我大王以彼正智當如實見佛復告言大王乃至受想行識所有過去未來現在內外中間若大若小若高若下若近若遠彼一切法本來無有無相無我大王如是以彼正智當如實見是時會中聲聞衆等聞此法已了色無常乃至受想行識亦復了知而生厭離由厭離故即得解脫證解脫已正智現前我得解脫我生已盡梵行已立所作已辦不受後有是時頻婆娑羅王聞說是法遠塵離垢法眼清淨會中復有八萬天人及無數百千婆

羅門長者亦得遠塵離垢法眼清淨爾時頻婆娑羅王法眼清淨得正知見住法堅固離諸所欲離諸苦惱於佛法中得法無畏是時大王即從座起偏袒右肩向佛合掌諦信頂禮而白佛言世尊我得大利我得大利我誓歸依佛法僧衆受近事戒從今已後盡形不殺乃至不飲酒等又復白言我今虔心請佛世尊還王舍城唯願世尊哀受我請當盡此生承事供養乃至衣服飲食卧具醫藥受用等物悉皆具足諸苾芻衆皆亦如是爾時世尊受王請已默然而住大王見佛默然許已頭面著地禮佛而退

佛說頻婆娑羅王經

佛說人仙經

宋西天譯經三藏朝散大夫試光祿卿明教大師法賢奉詔譯

如是我聞一時佛在那提迦城崐左迦精舍中與大衆俱爾時尊者阿難獨止一處起如是念我佛世尊先說所有諸方諸國及諸城隍所謂盎誐國摩伽陀國迦尸國憍薩羅國窣吤沙國大力士國奔拏國蘇摩國阿說迦國嚩帝國俱嚕國半左國嚩蹉國戍囉西那國夜嚩那國甘謨惹國等而彼諸國所有聲聞已入滅者佛皆說彼生於某果報唯彼摩伽陀國所有上首諸優婆塞皆已命終彼摩伽陀國空廓無人我佛世尊未為宣說生於何處是時尊者阿難作是念已即出自舍往詣佛所到佛所已偏袒右肩右膝著地即以頭面禮世尊足住立佛前白世尊言如先所說諸方諸國我從佛聞皆已了知乃至從佛聞所說法亦悉了知乃至那提迦城諸優婆塞所生之處佛亦說已又彼那提迦城次有五百優婆塞亦已命終彼優婆塞善斷三障證須陀洹果逆生死流七來人間七生天上了苦邊際決證菩提又彼那提迦城復有三百優婆塞亦次命終彼優婆塞亦斷三障及貪瞋癡一來人間了苦邊際證斯陀含果又彼那提迦城有二百五十優婆塞復次命終彼優婆塞能斷五種煩惱及隨煩惱證阿那含果不還人間不復輪轉如是等事亦悉了知唯獨摩伽陀國所有諸上首優婆塞命終之後摩伽陀國空廓無人云何世尊獨不說彼諸優婆塞所生之處唯願世尊為我宣說摩伽陀國諸優婆塞今生何處所修行業得

何果報世尊又彼摩伽陀國頻婆娑羅王一心向佛知於正法及奉僧伽盡於壽命常念不忘命終之後國中人民咸讃王德作如是言此是法王願此法王生於善世獲最勝樂世尊云何未說彼王所生之處及心所願乃至果位唯願世尊一一宣說又復白言世尊彼摩伽陀國乃是我佛成正覺地最勝無比而此勝地是王爲主唯願世尊爲說生處爾時世尊受阿難請已默然而住時尊者阿難見佛默然即知受請便以頭面禮世尊足還於本處爾時世尊過夜分已至於來晨食時著衣執持應器入那提迦城次行乞食得品饌已還於本處收衣洗足敷座而食飯食訖已而暫經行復還本座觀察阿難所問摩伽陀國王及諸優婆塞此處滅已當生何處以何行願得何果報作是觀時以佛神通於虛空中有聲稱名世尊我是人仙善逝我是人仙爾時世尊聞空聲已即從座起往聲聞處彼聲聞衆圍遶而坐阿難尊者來詣佛所偏袒右肩禮世尊足住立佛前而白佛言世尊何因何緣倍常適悅爾時世尊告阿難言如汝所請爲摩伽陀國頻婆娑羅王及諸優婆塞此處滅已當生何處以何行願得何果報我以此義說時未至示同世間憶念而住過是夜分至於食時入城乞食迴還本處食訖經行復還本座以汝所問說時已至憶念觀察彼摩伽陀國王及諸優婆塞死此生彼行願果報如是之次以我神通於虛空中有聲稱言世尊我是人仙善逝我是人仙佛復告言阿難汝於往昔聞有如是名否阿難白言

世尊未聞有是名者我聞此名身毛喜竪尊者阿難說是語次又聞空中聲曰世尊我是頻婆娑羅王善逝我是頻婆娑羅王我令向佛二三稱說名字族氏世尊往昔人仙命終之後生於人間得爲人王證須陀洹果令第七生生毗沙門宮爲天王子亦名人仙世尊我爲毗沙門天王之子善能了知佛所說法微妙寂靜安樂之句當來證得斯陀含果佛即讚言善哉善哉而汝人仙甚善甚善汝能如是行無放逸先於何處以何因緣而能獲得須陀洹果人仙答言我别無因亦别無緣唯知佛法微妙最勝深信奉行乃證初果又復白言世尊我受持國天王命往彼南方增長天王處由是見知我佛世尊在峴左迦精舍獨處堂中觀察摩伽陀國王及諸優婆塞從此處滅生於何處以何行願得何果報如是等事我佛欲說世尊我從父王毗沙門所親聞是事憶持不忘是故我令正以此緣來詣佛所欲說斯事佛言人仙令正是時汝當廣說是時人仙承佛聖旨而白佛言世尊一時我聞父毗沙門天告於衆言汝等聖者當一心聽我於往昔在三十三天說法勝會諸天皆集及護世天亦在彼會各處本方持國天王處於東方面西而坐增長天王處於南方面北而坐廣目天王處於西方面東而坐我處北方面南而坐諸聽法衆坐護世前是時諸天及護世等皆爲聽法來赴勝會既聞法已欲還本宮忽有大光普照勝會諸天光明映蔽不現爾時帝釋天主告諸天言汝等當知令此大光普照勝會使我諸天光明色

相映蔽不現是故汝等當知非久大梵天王來此會中於意云何大梵天王凡所行處先現祥瑞汝諸天等勿起本座知彼何緣現此光明時諸天衆及護世天白帝釋言我等承命未起本座乃至了知所現光明時大梵王以童子形於彼勝會忽然出現頭有五髻色相具足於彼會中即便說偈告諸天曰

汝歸佛世尊　世間爲眼目　善說微妙法
令得寂靜句　汝等諸天衆　威力大色相
因持佛梵行　由是生天界　復有淨行者
具色壽名稱　是大智佛子　非久生此界
天衆聞是語　心生大歡喜　歸依佛世尊
信法中妙法　梵王說偈時　具五種妙音
甚深如雲雷　聞者樂眞實

大梵天王說偈之時具五種妙音所謂大梵音迦陵頻伽音大鼓音大雷音及愛樂音等又彼梵王於勝會中攝童子形復現大身於意云何大梵天王隨衆心樂而現其身所現大身有二種福具大色相普聞名稱譬如黄金有二種德謂色及名大梵天王於天衆中二種顯現亦復如是又復梵王到勝會時會中天衆不起本座亦不作禮時彼天衆合掌而住各起所念嗚呼娑婆世界主大梵天王於此會前以所現身復現大身是時梵王知天衆心於大身中倍復現大於彼勝會上虛空中跏趺而坐譬大力士於地而坐大梵天王亦復如是爾時大梵天王復告天衆所現大身是四神足力唯佛世尊悉知悉見能說能修亦復能現是故汝等亦當誠心修彼神足乃至現通作大利益四神足者謂欲勤心

慧是時天衆又復心念嗚呼大梵天王願化我等天衆一一皆如梵天王身一一梵天懷中坐一天王爾時大梵天王知天衆心即以神力攝諸天身化梵王身各於懷中坐一天王是彼天衆所有心念皆悉滿足獲大安樂譬如剎帝利王受父灌頂而紹王位心念滿足獲大安樂彼諸天衆亦復如是爾時大梵復告天衆汝等諸天及護世等當一心聽諸聖者唯佛如來正等正覺於四神足能廣宣說能久修習能大變現是故汝等當發誠心應勤修習自在變現作大利益是時梵王懷中所坐天王各生疑念唯有一大梵王我坐懷中云何言時諸天皆言若彼默時諸天亦默又帝釋天主起如是念嗚呼大梵天王願攝我等天衆本形變一大身坐我懷中時大梵王知帝釋念攝天衆形現一大身帝釋懷中跏趺而坐大梵天王當以如是神足之力種種變現作化事已又復告彼諸天及護世等我佛世尊以此四神足力及聲聞法先所化度者即摩伽陀國八萬優婆塞善斷三障盡苦邊際證須陀洹果於天上人間七返往來有生他化自在天者有生化樂天者有生三十三天者有生四王天者有生人間大剎帝利王宮者有生上首大婆羅門家有生上首大長者家又復諸天衆等有思念者嗚呼云何能得四佛出現於世復有思念嗚呼云何能得八佛出現於世大梵天王知彼天衆心之所念而復告言汝等天衆莫作是念思欲四佛出現於世乃至八佛出現於世是義不然汝等當知我從佛聞無有二佛同出於

世何有四佛八佛同出世耶汝等但願我佛世尊無漏之體壽命增長久住世間時彼諸天又復作念大梵天王云何一一實知我心彼諸天等即生驚怖心懷愁惱特大梵王告彼衆言汝諸天衆及護世等一心諦聽如來應供正等正覺宣說一乘正法令諸衆生遠離憂悲苦惱皆得清淨證眞實理又復告言有三種法如來悉知何名三種所謂有人先作身不善業意不善行後因親近善友聽聞妙法繫念思惟斷身不善造身善業斷意不善行意善行是人樂中生樂悅意中復生悅意譬如有人於喜生喜喜復生喜彼人悅樂亦復如是此謂第一種法復次有人先受五欲作不善業後親善友聽聞妙法繫念思惟棄於欲樂亦復不造諸不善業是人樂中生樂悅意中復生悅意譬如有人喜中生喜喜復生喜悅樂法者亦復如是此謂第二種法復次有人於不善法如實了知亦於善法如實了知乃至苦集滅道亦如實知後復親近善友於不善法及諸善法乃至苦集滅道於是諸法倍復精曉是人樂中生樂於悅意中復生悅意譬如有人喜中生喜喜復生喜悅樂法者亦復如是此謂第三種法復次大梵天王又告諸天及護世等諸聖者當一心聽有四種法彼佛世尊悉知悉見何者爲四謂身受心法如來以慧觀是四法若内若外如實了知智慧現行修習圓滿善說菩提一乘正法令諸衆生咸得清淨離憂悲苦惱證妙法理復次大梵天王又告諸天及護世等言諸聖者當一心聽有八正道法彼佛如來應

供正等正覺悉知悉見何等爲八謂正見正思惟正語正業正命正精進正念正定如是八正道即是三摩地受用法若有如是得正思惟行於梵行修習圓滿獲梵天樂又復正語正一切言滿一切相正說梵行分别顯教得如實旨宣說正語開甘露門示一乘法令諸衆生咸得清淨離憂悲苦證妙法理爾時人仙白佛言世尊如我所說種種法要皆是大梵天王於帝釋宫爲三十三天及四護世諸天衆等如是宣說我父毗沙門天王迴還本宫爲我宣說我悉記憶無所忘失今承如來大威力故爲尊者阿難欲知頻婆娑羅王所生所滅行願果報我今對佛如實宣說佛即讚言善哉善哉汝能善說爾時人仙說是法已阿難尊者及諸會衆得聞是法歡喜信受禮佛而退

佛說人仙經

佛説舊城喻經

宋西天譯經三藏朝散大夫試光禄卿明教大師法賢奉詔譯

如是我聞一時佛在舍衛國祇樹給孤獨園與大衆俱爾時佛告諸苾芻言苾芻我於往昔未證阿耨多羅三藐三菩提時獨止一處心生疑念何因世間一切衆生受輪迴苦謂生老死滅已復生由彼衆生不如實知是故不能出離生老死苦我今思念此老死苦從何因有復從何緣有此老死作是念已離諸攀緣定心觀察諦觀察已乃如實知今此老死因生而有復從生緣而有老死知此法已又復思惟生何因有復以何緣有此生法作是念已離諸攀緣定心觀察諦觀察已乃如實知生因有起復從有緣起此生法知此法已又復思惟有因何起復以何緣起此有法作是念已離諸攀緣定心觀察諦觀察已乃如實知有因取起復從取緣起此有法知此法已又復思惟取何因有復從何緣有此取法作是念已離諸攀緣定心觀察諦觀察已乃如實知取因愛有復從愛緣有此取法知此法已又復思惟愛何因有復以何緣有此愛法作是念已離諸攀緣定心觀察諦觀察已乃如實知愛因受有復從受緣有此愛法知此法已又復思惟受何因有復以何緣有此受法作是念已離諸攀緣定心觀察諦觀察已乃如實知受因觸有復從觸緣有此受法知此法已又復思惟觸何因有復以何緣有此觸法作是念已離諸攀緣定心觀察諦觀察已乃如實知觸因六處有復從六處緣有此觸法知此法已又復思惟今此六處何

因而有復從何緣有六處法作是念已離諸攀緣定心觀察諦觀察已乃如實知而彼六處因名色有從名色緣有六處法知此法已又復思惟今此名色何因而有復從何緣有此名色作是念已離諸攀緣定心觀察諦觀察已乃如實知而彼名色因識而有復從識緣有名色法知此法已又復思惟識何因有復以何緣有此識法作是念已離諸攀緣定心觀察諦觀察已乃如實知如是識法因名色有從名色緣有此識法唯此識緣能生諸行由是名色緣識識緣名色名色緣六處六處緣觸觸緣受受緣愛愛緣取取緣有有緣生生緣老死憂悲苦惱是故一大苦蘊集知此法已又復思惟以何因故得無老死何法滅已得老死滅作是念已離諸攀緣定心觀察諦觀察已乃如實知若無生法即無老死生法滅已老死亦滅知此法已又復思惟何法若無生法得無何法滅已生法得滅作是念已離諸攀緣定心觀察諦觀察已乃如實知若無有法即無生法有法若滅生法亦滅知此法已又復思惟何法若無有法不起何法滅已有法得滅作是念已離諸攀緣定心觀察諦觀察已乃如實知若無取法有法即無取法滅已有法亦滅知此法已又復思惟何法若無取法得無何法滅已取法得滅作是念已離諸攀緣定心觀察諦觀察已乃如實知若無愛法即無取法愛法滅已取法亦滅知此法已又復思惟何法若無得無愛法何法滅已愛法得滅作是念已離諸攀緣定心觀察諦觀察已乃如實知受法若無愛法

即無受法滅已愛法亦滅知此法已又復思惟何法若無受法得無何法滅已受法得滅作是念已離諸攀緣定心觀察諦觀察已乃如實知觸法若無受法即無觸法滅已受法亦滅知此法已又復思惟何法若無觸法即無何法滅已觸法得滅作是念已離諸攀緣定心觀察諦觀察已乃如實知六處若無觸法得無六處滅已觸法亦滅知此法已又復思惟何法若無六處得無何法滅已六處亦滅作是念已離諸攀緣定心觀察諦觀察已乃如實知名色若無六處得無名色滅已六處亦滅知此法已又復思惟何法若無名色得無何法滅已名色亦滅作是念已離諸攀緣定心觀察諦觀察已乃如實知識法若無名色即無識法滅已名色亦滅知此法已又

復思惟何法若無識法得無何法滅已識法亦滅作是念已離諸攀緣定心觀察諦觀察已乃如實知行法若無識法即無行法若滅識法亦滅知此法已又復思惟何法若無行法得無何法滅已行法得滅作是念已離諸攀緣定心觀察諦觀察已乃如實知無明若無行法即無無明滅已行法亦滅由是無明滅則行滅行滅則識滅識滅則名色滅名色滅則六處滅六處滅則觸滅觸滅則受滅受滅則愛滅愛滅則取滅取滅則有滅有滅則生滅生滅則老死憂悲苦惱滅由是一大苦蘊滅一一了知如是法已又復思惟我今已履佛所行道已被昔人所被之甲已到昔人涅槃之城佛復告言諸苾芻譬如有人欲遠所詣即履昔人所行之道又被昔人所被之

甲乃尋昔人舊所都城或行深山或行曠野行之不已到彼舊城其城廣大乃是往昔王之所都而此都城嚴麗依然池沼園苑皆悉殊好人之見者心無厭捨是人見已即自思惟我今迴還詣於本國具以斯事上奏於王既至本國即奏王曰大王當知我被昔人所被之甲乃履昔人所行之道或行深山或行曠野行之不已到一舊城其城廣大乃是往昔王之都聚而彼城隍嚴麗依然池沼園苑皆悉殊好人所見者心無厭捨大王宜應往彼都止王聞語已即允所奏乃與臣佐尋都彼城而彼都城由王居止轉更嚴麗人民熾盛豐樂倍常諸苾芻我亦如是履於諸佛舊所行道被於諸佛所被舊甲行詣諸佛涅槃舊城諸苾芻何謂舊道何謂舊甲何謂舊城即是過去諸佛所行八正之道所謂正見正思惟正語正業正命正精進正念正定諸苾芻此八正道是即舊道是即舊甲是即舊城先佛所行我亦履踐乃可得見彼老死集是故我證得老死滅乃至觀見生有取愛受獨六處名色識等皆滅又觀行集亦令行滅行法滅已無明亦滅無明滅已即無所觀是時我以自神通力成等正覺諸苾芻我所宣說如是正法汝等精勤應如是學應如是行記念修習成諸梵行天上人間宣布法化廣爲衆生作大利益乃至苾芻尼優婆塞優婆夷婆羅門外道尼乾子等亦應如是修習宣布廣爲衆生作大利益爾時世尊說是經已一切大衆聞佛所說信受奉行

佛說舊城喻經

佛說信解智力經

宋西天譯經三藏朝散大夫試光祿卿明教大師法賢奉　詔譯

如是我聞一時佛在舍衛國祇樹給孤獨園與大苾芻衆俱爾時佛告諸苾芻言苾芻汝等當知所有信解力法此法能證眞實之理即是如來無所畏法唯佛能知苾芻或有聲聞作如是言我於此信解力法如實了知精進不虛離諸塵垢又復而言我能善說我善調伏我當說法令正是時是爲最勝令他依止如是眞實應當修學應當勤行又復而言當如是知如是之法最尊最上無有等等當如是見如是聞如是覺如是知佛告苾芻汝等當知所有聲聞作是言者是即虛妄非如是見非如是聞非如是覺非如是知何以故此法即是諸佛眞理唯佛能解不共聲聞之法佛告苾芻信解法者所謂如來五力十力何等爲五一者信力二者進力三者念力四者定力五者慧力信解之法具此五力又復如來應供正等正覺具足如來十力是能了知佛無上處又復於大衆中作師子吼善爲衆生轉妙法輪云何名爲如來十力所謂於處非處如實了知而處非處若如實知是爲如來第一智力而此智力若諸如來應供正等正覺具足智力乃能了知佛無上處於大衆中作師子吼善爲衆生轉妙法輪又復如來智力於過現未來諸法行業因緣果報皆如實知如是如來於過現未來諸法行業因緣果報如實知已是爲如來第二智力而此智力若諸如來應供正等正覺具足智力乃能了知佛無上處於大衆中作師子吼善爲

衆生轉妙法輪復次如來於禪定解脫三摩地三摩鉢底乃至煩惱業苦皆悉清淨如實了知如是如來於禪定解脫三摩地三摩鉢底乃至煩惱業苦皆悉清淨如實知已是爲如來第三智力而此智力若諸如來應供正等正覺具足智力乃能了知佛無上處於大衆中作師子吼善爲衆生轉妙法輪復次如來於諸衆生種種根行皆如實知如是如來於諸衆生種種根行如實知已是爲如來第四智力而此智力若諸如來應供正等正覺具足智力乃能了知佛無上處於大衆中作師子吼善爲衆生轉妙法輪復次如來於諸衆生種種信解皆如實知如是如來於諸衆生種種信解如實知已是爲如來第五智力而此智力若諸如來應供正等正覺具足智力乃能了知佛無上處於大衆中作師子吼善爲衆生轉妙法輪復次如來於種種界趣皆如實知如是如來於種種界趣如實知已是爲如來第六智力而此智力若諸如來應供正等正覺具足智力乃能了知佛無上處於大衆中作師子吼善爲衆生轉妙法輪復次如來於諸衆生所樂欲性皆如實知如是如來於諸衆生所樂欲性如實知已是爲如來第七智力而此智力若諸如來應供正等正覺具足智力乃能了知佛無上處於大衆中作師子吼善爲衆生轉妙法輪復次如來思念過去無邊行法所謂一生十生百生千生及百千生乃至無量無邊增劫減劫如是生數劫數所有衆生名字族姓飲食苦樂壽量長短或復久住死此生彼死彼生此如是

體相業用無量無邊過去等事悉能思念如是如來於彼過去無邊行法所謂一生十生百生千生及百千生乃至無量無邊增劫減劫如是生數劫數所有衆生名字族姓飲食苦樂壽量長短或復久住死此生彼死彼生此如是體相業用無量無邊過去等事如實知已是爲如來第八智力而此智力若諸如來應供正等正覺具足智力乃能了知佛無上處於大衆中作師子吼善爲衆生轉妙法輪復次如來以清淨天眼過於肉眼觀見世間一切衆生生滅好醜貴賤上下善趣惡趣所作之業乃至衆生具身口意諸不善業毀謗賢聖而復邪見作不善業行不善法皆是邪因所起由此邪因緣故命終之後墮於惡趣受地獄苦又復衆生以身口意行十善業不謗賢聖起於正見作諸善業行諸善法皆是正因所起由此正見因緣故命終之後生於天界而爲天人如是等法皆如實知如是如來以清淨天眼過於肉眼觀見世間一切衆生生滅好醜貴賤上下善趣惡趣及所作業乃至衆生具身口意諸不善業謗諸賢聖起於邪見造不善業行不善法由此邪見因緣故命終之後墮於惡趣受地獄苦又復衆生以身口意行十善業不謗賢聖起於正見作諸善業行諸善法由此正見因緣故命終之後生於天界而爲天人是爲如來第九智力而此智力若諸如來應供正等正覺具此智力乃能了知佛無上處於大衆中作師子吼善爲衆生轉妙法輪復次如來盡諸漏法無漏解脫智慧解脫以自神通了一切法我

生已盡梵行已立所作已辦不受後有如是等事皆如實知如是如來盡諸漏法無漏解脱智慧解脱以自神通了一切法我生已盡梵行已立所作已辦不受後有如實知已是爲如來第十智力而此智力若諸如來應供正等正覺具此智力乃能了知佛無上處於大衆中作師子吼善爲衆生轉妙法輪爾時佛告諸苾芻是彼如來處非處力若有問言於處非處云何如來所有智力皆悉見聞覺知乃至成等正覺如是問者當爲實答又復所有一切衆生自業智力云何如來以業智力皆悉見聞覺知乃至成等正覺若有問者當爲實答又復所有禪定解脱三摩地三摩鉢底云何如來以禪定智力皆悉見聞覺知乃至成等正覺若有問者當爲實答又復所有一切衆生種種根性智力云何如來以根性智力皆悉見聞覺知乃至成等正覺若有問者當爲實答又復所有一切衆生種種信解智力云何如來以信解智力皆悉見聞覺知乃至成等正覺若有問者當爲實答又復所有一切衆生種種界智力云何如來以界智力皆悉見聞覺知乃至成等正覺若有問者當爲實答又復所有一切衆生樂欲智力云何如來以樂欲智力皆悉見聞覺知乃至成等正覺若有問者當爲實答又復所有過去思念智力云何如來以思念智力皆悉見聞覺知乃至成等正覺若有問者當爲實答又復所有一切衆生生滅等法云何如來以天眼智力皆悉見聞覺知乃至成等正覺若有問者當爲實答又復所有漏盡智力云何

如來以漏盡智力皆悉見聞覺知乃至成等正覺若有問者當爲實答復告諸苾芻此處非處智力我但爲彼等持者說而不爲彼非等持者之所宣說又此業智力我但爲彼等持者說而不爲彼非等持者之所宣說又此禪定解脫三摩地三摩鉢底智力我但爲彼等持者說而不爲彼非等持者之所宣說又此一切衆生種種根智力我但爲彼等持者說而不爲彼非等持者之所宣說又此一切衆生種種信解智力我但爲彼等持者說而不爲彼非等持者之所宣說又此一切衆生種種界智力我但爲彼等持者說而不爲彼非等持者之所宣說又此一切衆生樂欲智力我但爲彼等持者說而不爲彼非等持者之所宣說又此宿命智力我但爲彼等持者說而不爲彼非等持者之所宣說又此天眼智力我但爲彼等持者說而不爲彼非等持者之所宣說又此漏盡智力我但爲彼等持者說而不爲彼非等持者之所宣說佛告苾芻等持者是正道非等持者是非道是故汝等咸應當知佛說此經已彼諸苾芻聞佛所說信受奉行

佛說信解智力經

音釋

盎 於浪切　跏趺 跏音加趺音夫屈足坐也

大正句王經

宋西天三藏朝散大夫試光祿卿明教大師法賢奉 詔譯

清刻龍藏佛說法變相圖

大正句王經 上下同卷

宋西天三藏朝散大夫試光祿卿明教大師法賢奉　詔譯

如是我聞一時尊者童子迦葉在憍薩羅國遊行次第至於尸利沙大城之北尸利沙林鹿野園中止住是時有王名大正句都尸利沙城其王先來不信因果每作是言無有來世亦無有人復無化生常起如是斷見爾時尸利沙大城中有大婆羅門及長者主等互相謂曰云何此沙門童子迦葉來至此城之北尸利沙林鹿野園中是時尊者迦葉於彼城中名稱普聞而彼城中一切人民素聞迦葉善說法要常說種種深妙之義已得無病常行頭陀是即應供是大阿羅漢今既來此我等宜共往詣彼林禮覲供養於是城中大婆羅門及長者等咸出城北往詣尸利沙林

鹿野園中欲伸參問爾時大正句王在高樓上遥見城中婆羅門長者等同共出城行詣城北住尸利沙林鹿野園中王既見已問侍臣曰云何城中婆羅門長者同共出城詣尸利沙林鹿野園中侍臣白王有一沙門名童子迦葉遊化至此大城之北尸利沙林鹿野園中而爲止住是故城中諸婆羅門及長者等同共出城禮覲供養王聞所奏即謂侍臣汝可往彼宣告彼衆婆羅門及長者等汝宜且止須臾小待我今速至當與汝等同共往彼禮覲沙門童子迦葉何以故如我意者或恐汝等婆羅門長者爲彼沙門童子迦葉邪法引導不依智識妄稱有人及有他世復有化生時彼侍臣受王勑已往婆羅門長者處宣示正勑謂彼衆言正句大王宣告汝等且止須臾我當速至與汝同往禮覲沙門童子迦葉人衆受勑不敢前進爾時侍臣傳王命已復還王處而上奏言臣適奉命往婆羅門長者衆處具傳聖旨令婆羅門與長者等且止須臾王今速至當與汝等同禮沙門童子迦葉彼衆奉命已止不進時正句王嚴整車駕出於宫城與婆羅門及長者衆同共往詣尸利沙林鹿野之園王心憍慢所乘車駕至不通處方乃下車徒步而進行至園中尊者住處時正句王與婆羅門長者衆等見於尊者童子迦葉初未信重不甚恭肅王與尊者互伸問訊退坐一面時婆羅門長者衆等見王如是亦微鄭重咸共相與圍遶而住爾時大王即伸問言尊者迦葉當聽我語如我意者無有來世復無有人亦無化生我意如是

尊者云何迦葉答言王若樂聞如是正義先當誠心諦信而住王即報言唯然受教爾時迦葉告大王言王見日月爲有無耶此世來世於理顯然不委大王當云何見當云何聞王言迦葉若此日月此世來世如我見聞同於尊者迦葉復言如王所見日月爲有來世亦然大王不應執如前見迦葉復言大王如沙門婆羅門乃至應供世間解等須知定有若因若果此世來世以智自通如實了知大王不應如前執於斷見爾時大王迷執未省謂迦葉言汝今云何作如是言如我意者實無來世而汝迦葉勿復强言復次迦葉報大王言即今王身爲有無耶如王此身以爲有者云何斷見言無來世當以何喻證於此理大王答言尊者迦葉我今有喻證於此理今身是有來世即無王言迦葉如我親屬或染疾病纏綿既久將趣命終我時往彼問訊告言汝病深重定知不可若是殞歿切有相囑我聞沙門及婆羅門先有是言若人破戒造惡業者命終之後墮於地獄如沙門婆羅門等言若眞實汝等親屬命終之後必墮地獄何以故汝諸親屬破戒造罪以此當知定落惡趣若在惡趣當遣使來或復自來告語於我今在地獄極受苦楚汝若來報我必往救但有去人曾無來者迦葉如我之意以此爲喻定無來世迦葉報言大王此喻雖陳未爲正說我今問王譬如有人犯於王法爲巡守者執之將至王所而白王言是人違犯如是之罪不敢隱覆王聞所奏即勑有司令將罪人反縛兩手牢固其身驅往四衢多人聚處

鳴鼓告示令此罪人犯如是法東西南北徧於城内咸使聞知後將出城依法處斷有司奉命即將罪人反縛兩手牢固其身驅往四衢多人聚處鳴鼓告示令此罪人犯如是法東西南北徧於城内准王宣命處處告示仕庶知已驅領出城依法處斷如此罪人臨赴法時告監守言願垂哀愍放我少時暫至家中辭別親屬大王彼監守人還敢暫放令歸家不王言不也迦葉設使此人種種哀切彼監守人亦不敢放何以故王法所録無容暫赦尊者迦葉復言大王王諸親屬以罪業故命終之後墮地獄中以其罪業常受苦楚是諸罪人告其獄卒乞暫相放還歸人間至於王所求王救苦大王是地獄卒還肯放不王言不也迦葉復言大王義同世間無暫放理大王勿將此喻同於來世執斷見者非爲正理是故當知有今世者定有來世乃至沙門婆羅門應供世間解以智自通了知眞實不應更執如前之見王復報言尊者迦葉斯言非當我意未允不應更言實有後世復次迦葉報大王言王意如是勿更有喻可爲證耶王言迦葉我今更有親屬之喻可以爲證迦葉如我親屬染於重病將其命斷還當付囑告病人言我聞沙門及婆羅門常作是説若人持戒修諸善法或有惠施三輪清淨見他殊勝不生嫉意是人命盡生於天界若彼沙門及婆羅門所言誠實汝之命終必生天界何以故我觀於汝常具戒品及修善法三輪清淨而行惠施仍於他勝不生嫉意以此當知定生天界若得生天當遣使來或復自來

用報於我即今已得生於其天受於快樂迦葉我諸親屬若實生天必來相報云何親屬但見終殁無來報者以此當知定無來世迦葉告大王言我今亦欲重說譬喻令王得見實有來世大王譬如穢坑臭不可近時有一人悞墮其中臭穢難堪方便得出身既出已即用諸香煑水沐浴復以塗香以塗其身身既香潔又以殊妙迦尸迦衣及珍寶花鬘莊嚴其身住於家中受其快樂大王於意云何如是之人還復樂入前穢坑不王言不也迦葉彼穢惡坑人非所樂迦葉復言大王彼人生天亦復如是既得生天豈復更思還來人間復次大王人間百年等忉利天是一晝夜大王親屬修諸善法既生天界晝夜受樂豈復更思還來報王我生天界晝夜受樂大王汝與天人壽命長短爲相等不王言不也迦葉迦葉復言大王天界人界本自懸隔不應如愚顒望相報然後方可信有後世大王彼沙門婆羅門應供世間解乃至後世須知實有可以自智如實了知不應更作無後世見王報迦葉如尊者言亦未可信何以故所云人間百年等忉利天爲一晝夜有何人來告語於汝人間百年等忉利天爲一晝夜迦葉復言如王所見喻生盲人何以故生盲之人本自不見青黃赤白細妙麤惡長短色相便作是言本無如是青黃赤白細妙麤惡長短色相又言我亦不知我亦不見是生盲人以已不見便乃執云本無如是青黃赤白乃至長短色相大王勿同生盲執無色相王言迦葉如我意者而彼天界若實有者我即言有

既實本無云何令我說云實有復言迦葉汝非善人何以故我見本正云何喻我同彼生盲迦葉汝前所說生天等事我實不信若信此言如食毒藥如刃臨身如上山墜身自害其命如是諸惡我皆遠離復次迦葉報大王言我念往昔有婆羅門家中巨富又乃耆年唯有一子年纔十六母即喪亡彼婆羅門不能鰥獨遂再婚娶未久之間妻乃有妊妻未生產其婆羅門尋亦命終於是其子白繼母言家中財物金銀珍寶乃至一切受用之具悉屬於我更無別人分我財物時彼繼母聞子語已即告子言我今所懷汝父遺體待其長育與汝均分其子時復再言其事母起思念此子年幼情性癡騃雖與深言未能分曉又以貪惜欲疾娩身多設方便求於速產日月未滿返損其孕大王彼之女人以貪嫉故返損其孕大王今者以愚癡故起於斷見王復報言迦葉尊者莫如前言持戒修善及行惠施命終之後得生天上壽命長遠常處快樂我實不信我今若信迦葉之語是食毒藥是受刀劒是墜高山自害其命云何迦葉堅作是語如我之意定無有人無有後世亦無化生復次迦葉告大王言莫復有喻證於斯事王言迦葉我復有喻證於斯事知無有人無有後世亦無化生迦葉如我親屬或染重病我即往彼安慰問訊命未斷者還與我語說其苦惱及命終已無有與我說苦惱者以此可知定無後世亦無化生迦葉告言我念往昔有一聚落其中人民不識螺相亦復未曾聞其螺聲忽有一人從外而來到彼聚落

而便止住是人常持一螺以爲功業每日執螺詣於聖像鳴螺供養供養巳訖復還住處時聚落中一切人民忽聞螺聲咸悉驚怪互相謂曰此是何聲我等衆人本所不聞大王時聚落中一切人衆共往螺處問彼螺言爾從何來可依實答若不言實我當破汝螺知我意速説其由大王彼人民衆於其螺相及與螺聲本所不見本所不聞欲使其螺共爲問答螺既無情豈能言答何以故亦如大王與命終人欲共言論人既命盡豈能再言大王不應執如是見謂無有人及無後世亦無化生迦葉復言有沙門婆羅門具天眼者以淨天眼悉見於人死此生彼受身好惡端正醜陋或得生天或墮惡趣大王如是等事皆可爲證不應更言無有後世亦無化生王言迦葉雖説此喻我意未允如我之見定無有人亦無化生及無後世復次迦葉告大王言若如是者復有何喻可證無人亦無後世及無化生王言尊者譬如官吏執法理人及其臨莅自違條制後被彈奏王遂具知乃勑法司將犯罪人依法斷理王復令言彼犯罪人可縛雙手將赴法處而苦治之以繩繫縛秤稱輕重割皮削肉懸置異處是人命在知其痛苦若命巳斷自無聲息又彼罪人命未斷時身即柔軟命既斷巳其身殭硬至於輕重死活不同尊者我以此知定無來世亦無有人復無化生迦葉復言大王於意云何譬如鐵丸亦有輕重軟硬之異其鐵熱時體輕而軟其鐵冷後體重而硬大王有情無情皆禀四大以彼四大有其合散是有軟硬冷熱之

異勿將此理比於後世及化生等大王須知實有彼沙門婆羅門或具天眼者見於衆生死此生彼乃至端正醜陋或生天上或墮惡趣悉可證知實有來世及化生等王言尊者知汝所言未爲誠信我之意者實無有人無有後世亦無化生

大正句王經卷上

大正句王經卷下

宋西天三藏朝散大夫試光祿卿明教大師法賢奉 詔譯

復次迦葉告大王言勿更有喻證彼無人及無後世亦無化生王言我復有喻可證斯理尊者譬如有人犯極重罪近臣知已即白於王令有此人犯極重罪王既知已乃令所司捉縛罪人依法斷理法司奉命即將罪人縛其兩手鑊中煎煮復宣令曰待其糜爛徹見骨已可於鑊中以杖斸攪子細尋覓彼後世人及化生等出入之者法司奉命一依王旨至糜爛時乃於鑊中斸攪尋覓終不見有後世之人及化生等出入之者乃至展轉重重尋覓亦終不見王言尊者以此喻知實無有人無有後世亦無化生於是迦葉告大王言大王譬如有人於眠睡時夢一殊勝園林園中乃有種種樹木花果茂盛池沼清潔其人夢中甚可愛樂大王是彼園林爲實有不又復看翫及彼出入爲是實不王言不也迦葉如夢所見皆非眞實迦葉報言亦如大王所執斷見非爲眞實大王要須誠諦知實有人有後世有化生乃至實有沙門婆羅門具清淨天眼超越世間見諸衆生死此生彼端正醜陋或得生天或墮地獄斯是眞實不應更執如前斷見王言尊者云何重重作如是說如我之意定知無人無有後世亦無化生復次迦葉報大王言復有何喻可證無人無有後世復無化生王言尊者我復有喻以證斯理譬如有人執行王事自違條格近臣奏聞王乃具知令付法司鞫問情實其罪既重宣令苦治即使先割皮肉後斷筋脉折骨挑髓

尋覓於人及化生者法官奉命准法施行如王所言不敢違越一一次第於皮肉筋脉骨髓之内尋覓於人及化生等始終不見有人及化生等尊者以此喻知實無有人亦無化生復無後世迦葉告言大王我念昔時有一道人住於山中時有商人將多車乘載於財貨近道人菴止宿而去時彼道人乃於明旦觀彼宿處恐遺財物果於是處見一童子纔離乳哺未識東西是衆商人之所遺墜道人慈愍恐彼童子飢渇所損將歸菴中如親養育而彼道人事火爲行常專其心添續柴薪未曾斷滅以彼童子日來月往漸漸長大年十五六道人思惟童子長大堪可委付一日道人以緣事故當入城隍暫拋菴所即誡童子我有事緣要須暫出菴中之火如我每日添續柴薪勿令斷滅言訖便行道人既出童子癡騃由貪戲翫爲貪戲故忘其事火以無添續火遂斷滅爾時童子見火滅已收拾柴薪積於爐内發言祝曰汝火速出若火不出我當壞汝是彼童子苦切求哀火終不出火不出故更發惡言火不出者亦當打汝是時童子求火不出心即憂怖道人歸來必當辱我住在一面思惟火事道人事畢歸還菴中見子默坐便知火滅謂童子言汝貪放逸致火滅耶童子答言我暫忘失火巳滅矣火滅之後積薪於爐以善惡言祈火不出道人言曰汝甚癡騃火若滅巳得火方然未聞積薪於冷灰中有火自出設汝爐中積無量薪作多方便徒自疲勞無由得火大王而此童子於火滅後灰中求火亦如大王愚迷不迴於

死屍中搜求於人及化生者妄執無人起於斷見大王應須知實有人及有化生有於後世王言尊者莫如此言我或從汝言有後世必爲人議何以故今此都人便作是語王自昔來不信因果常作是語云無後世及無有人亦無化生今日却隨迦葉所化迦葉復言大王我念往昔有二商主皆有財寶一國無過後於一時相約爲侶同往他邦貨鬻求利是二商主各集商人以爲伴侶於是各各多裝車乘排比鞍馬同日上路行赴前程去國既遥艱嶮在近一人商主素知此路前有艱嶮告一商主言汝今知不前路艱嶮無有人煙商衆既多宜其預備二主議已一主先行意在少人所須易足所有米麨飲食之用乃至柴薪皆亦持去前行之次忽逢一人相迎而來身大黑色兩目皆赤頂髮稀疎衣服襤縷駕一驢車其狀如鬼商主問言仁者前路還有飲食柴薪等不彼人答言前路之中甚有飲食柴薪等物皆悉無乏汝之所載咸可棄之免汝前行爲重所滯是時商主聞此語已謂商衆曰汝等人衆咸聞所言前路之中飲食等物既不乏少何用賫持分外之物困於車馬商主及伴皆非智人便以所持棄之而去行第一日至於日没唯有曠野不逢人煙四顧杳然無所取給飲食既乏悉受飢渴忍苦終夜强復前進於第二日又行至夜但在曠野餘無所覩商衆共議前所逢者思其相貌定知是鬼我等無智便信彼言妖妄惑人以致如是至第三日人馬俱乏悉不能進相顧無語待死而住彼一商主隔日而進亦

逢是人相迎而來乃問言曰前路之中還有飲食所須物不彼人同前一一妄説飲食所須皆不乏少何用所持重滯車馬是物可棄汝宜知之後一商主智慧聰明凡所施為必先思慮素知此路有大曠野艱嶮之處度其地里嶮難非遥又察是人顔貌不常行李麤惡或恐妖妄不可信之與諸商人議論而進至第三日忽於路次見前商主及衆商人飢乏而住顧問所以果是亦逢醜惡之人妖妄所悞商衆共議即以所持飲食之分均分相濟令彼商衆同度艱嶮大王彼一商主以愚癡故信彼妖妄致於嶮路受大苦惱大王以愚癡故自執斷見必於長夜受大苦惱爾時大王聞此語已告尊者言勿復引喻我心不迴所以者何恐彼國人謂我無定正句大王常作是語實無有人及無化生亦無後世今日翻為迦葉所化是故我今不易前見爾時迦葉又告王言昔有二人薄有財賄結伴經營錢物雖殊有利相報結契已定擇日方行不日之間便達他國彼地多麻價賤可販二人議畢出錢收買如法裝結擔負而行言到他邦有利即貨前至別國見兜羅綿得利倍多可以迴麻作兜羅綿一人有智尋易其麻買兜羅綿一人無智謂同伴言我不易麻為兜羅綿何以故以此麻擔用功裝結遠負而至是故我實不能易也二人即日各負貨物相次前進又至一國彼國多絲復倍綿利彼有智者便貨其綿再易為絲一無智者又説前言不能易麻更求絲利二人持貨再復前行至一國中疋帛至賤比於絲利倍數轉多

其有智者見利倍多便易其絲爲於疋帛一無智者由惜其麻自遠持來不肯迴易二人負貨又復前行至一國中唯有坑冶疋帛甚貴銀價至微易帛爲銀有百倍利一有智者賣帛買銀期利百倍時無智者由謂此麻未得厚價惜而不易彼一智者又聞人言某國出金絶無有銀即呼伴云可往彼國不經時序達彼國中時有智者便易其銀還買黄金買得金已看翫歡喜私自計云我昔離家錢物至寡初始買麻已忻厚利不期至此獲得黄金世之貴重不過於此將至家鄉足以致富即呼伴言歲月已賒可共還國隨其所得濟彼尊親時負麻人謂同伴言我本買麻比望厚利及其至此利轉輕微君今欲迴豈敢相滯亦且擔負相逐而歸或遇價高隨處貨賣議畢已擇日舊路而歸去國匪遥宗親得信家人共出郊外相迎忻喜非常各還所止獲金之家父母妻兒問得何利家主報言得金可富乃至宗親亦可給濟彼負麻者家人亦問自爾經營當獲何利是人報言唯得此麻更無別物家人聞已苦惱其心謂彼人言似汝經營我等宗親不免貧賤大王彼負麻人執性愚迷雖覩真金不肯迴易致令親屬苦惱長時亦如大王不自覺知執於斷見長夜受苦後悔難追王聞此語告尊者言我意不迴蓋有所以緣此國人熟知我見若迴所執國人相議正句大王常言無人無有後世亦無化生今日翻爲迦葉所化我定不能受斯恥也迦葉報言大王我念往昔有不律人畜養群豬求利爲活忽往他處覩糞穢多收

拾負之欲將歸家以飼群豢不期中路值雨淋漓穢汙滿身心便追悔大王彼不律人衆所輕賤以汙身故尚解迴心王處尊位翻顧浮言專執其心不捨斷見爾時迦葉復言大王我前種種巧說譬喻欲令大王捨於斷見知有後世及信三寶大王妄執强對於我今復爲王更說譬喻汝若信者諦聽諦受善思念之王言尊者願爲我說爾時迦葉告大王言我念往昔有豬名曰大腹時彼大腹引以群豬入深山野於山野中忽逢師子師子見豬告而言曰我是獸王汝速避路大腹報言令我避路事當不可要我鬭者必不相違且止須臾待我被甲時師子言汝何上族是何名字敢能如是索我相鬭所要被甲今隨汝意時彼大腹往穢坑中徧塗其身還師子前言與汝鬭是時師子報大腹言我是衆獸中王常以麞鹿等獸而爲食噉或劣弱者尚棄不食况汝不淨穢汙之身若與汝鬭實染汙我爾時師子即爲大腹宣說偈言

汝本不淨身　今復加臭穢　汝意求鬭者
我即墮於汝

迦葉尊者報大王言王之所見猶如彼豬與師子鬭我如師子先墮於汝時正句王聞尊者迦葉說是語已深心慙悔謂迦葉言尊者我從初聞日月喻時早已信伏但爲欲聞尊者智慧辯才故以是言激引宣說唯願尊者察我誠心知我信伏誓願歸依迦葉尊者迦葉報言勿歸依我我歸依處謂佛法僧汝當歸依王復告言依尊者教歸佛法僧受近事戒從今已去誓不殺不盜不婬不妄復不飲

酒終於身命持佛淨戒爾時大王受化導已誠心向佛受三自歸永奉五戒與婆羅門長者等歡喜踊躍禮拜而退

大正句王經卷下

音釋

殞于敏切歿也 顒魚恭切仰也 鰥古頑切無婦曰鰥 娩彌兗切產子也 莅力置切臨也 殭硬居良切硬魚孟切殭硬屍不朽也 攪古巧切擾動也 鞫居竹切推審也 騃五駭切愚癡也 鬻余六切賣也 麪莫甸切 襤褸襤魯甘切褸力主切襤褸衣破敝也 翫五換切翫習也 飼祥吏切餧也 豢乎慣切 鬭都候切競也

七經同卷

清刻龍藏佛說法變相圖

七經同卷

佛說善樂長者經

宋西天三藏朝散大夫試光祿卿明教大師法賢奉　詔譯

如是我聞一時佛在迦毗羅城與大衆俱是時有一釋種長者名曰善樂住在本處而彼長者信重三寶歸依佛歸依法歸依僧唯信

佛法僧不復信於諸餘外道唯求佛法僧善解苦集滅道見眞實理獲大果報而當非久即證菩提時彼長者於所見色忽然不見爾時善樂長者遥向世尊作是願言我佛世尊大慈大悲願施我眼目施我眼光明施我眼清淨除我眼昏暗發是願已又作是言我今歸依佛歸依善逝爾時世尊以清淨天耳過於人耳遥聞彼長者發願言已即告尊者阿難言阿難汝今持我秘密神呪往彼釋種善樂長者處與作救拔護持令得寂靜安樂乃至與彼四衆亦作利益安樂故爾時世尊爲善樂長者等説此清淨眼秘密大神呪曰

怛[革*也]切身下同他引一呬里彌里企里二呬係引多三忽喻忽喻四忽夜引尾底五忽盧忽盧忽盧六訥訥訥訥盧七

以此清淨眼秘密神呪句力眼得清淨除去昏暗除去翳障乃至除去風毒眼病黄毒眼病痰毒眼病癊毒眼病無痛無腫無惱無苦無諸眵淚如是等病皆悉消除復以戒眞實力修行眞實力苦行眞實力秘密神呪眞實力縁生法眞實力苦法眞實力集法眞實力滅法眞實力道法眞實力須陀洹眞實力斯陀含眞實力阿那含眞實力阿羅漢眞實力縁覺眞實力菩薩眞實力佛眞實力法眞實力聖衆眞實力以如是等眞實力故眼得清淨除去昏暗除去翳障所有風毒眼病黄毒眼病痰毒眼病癊毒眼病皆不能侵無痛無腫無惱無苦無諸眵淚等佛告阿難此秘密神呪是過去六正等正覺同共宣説所謂尾鉢尸如來正等正覺室棄如來正等正覺尾

說部如來正等正覺訖嚂葛忖陀如來正等正覺葛那葛牟尼如來正等正覺迦葉波如來正等正覺我今第七釋迦牟尼如來正等正覺亦如是說乃至四大天王謂持國天王增長天王廣目天王多聞天王及帝釋天主娑婆界主大梵天王等皆亦隨喜宣說佛告阿難我未見彼天界梵界及諸魔界乃至沙門婆羅門等界若有人持誦此秘密大神呪三徧者有諸病苦而能侵害所有昏暗內外翳障等乃至天所作病龍所作病夜叉所作病阿脩羅所作病迦樓羅所作病乾闥婆所作病鳩槃荼所作病必隸多所作病富單那所作病羯吒富單那所作病毗舍左所作病羅刹所作病羯枯陀所作病吠多拏所作病星曜所持乃至中毒及諸邪呪法等悉皆消除又復阿難如是秘密大神呪法若有患者日念三徧是人眼得清淨如前見物此如是清淨眼秘密大神呪有大力故眼得如是清淨除去昏暗及內外翳障乃至風毒障黃毒障痰毒障癊毒障等皆悉消除無痛無苦無諸眵淚又復清淨戒眞實力修行眞實力五通仙眞實力賢聖眞實力聖藥眞實力秘密句眞實力緣生法眞實力苦法眞實力集法眞實力滅法眞實力道法眞實力須陀洹眞實力斯陀含眞實力阿那含眞實力阿羅漢眞實力緣覺眞實力菩薩眞實力佛眞實力以如是等眞實力故眼得清淨爾時世尊復說秘密神呪曰

那謨引沒馱寫一句婆誐嚩都引悉殿覩滿怛囉二合鉢那莎引賀二

佛告阿難此秘密大神呪若人日日三時與前神呪同共依法誦念是人所有眼病悉皆消除爾時尊者阿難白佛言世尊我今承佛聖旨持此秘密大神呪往彼善樂長者處廣爲宣説與彼善樂長者及四衆等作大利益佛説是經已尊者阿難及諸大衆聞佛所説皆大歡喜信受奉行

佛説善樂長者經

佛說聖多羅菩薩經

宋三藏法師法賢奉　詔譯

如是我聞一時佛在香醉山五髻乾闥婆王宮彼有種種鼓樂絃歌出微妙音爾時世尊處大殿中與諸菩薩摩訶薩衆俱復有諸大聖衆皆來集會所謂有學無學諸聲聞衆并無量無邊天龍夜叉乾闥婆阿脩羅迦樓羅緊那羅摩睺羅伽人非人等復有無量無邊成就持明持金剛者金剛手及忿怒王持明王百千等衆復有具種種持明寶髻佛頂輪王等衆復有宿曜并母鬼母鬼王及諸釋梵大自在天那羅延天慶自在天大黑天神童子天夜摩天水天風天四天王天并五通仙人等俱來在會作廣大供養圍遶承事合掌恭敬爾時世尊處於衆會譬如須彌顯于大海是時五髻乾闥婆王與七十二百千乾闥婆女作種種妓樂來詣佛所到已頭面禮足遶佛三帀却住一面合掌向佛而作是言世尊我今願聞利益之事唯願世尊爲我宣說彼聖多羅菩薩即是諸佛如來之慈心是大明王降魔最勝是大持明是大輪王廣顯甚深具大勢力唯願世尊悲愍於我及天人阿脩羅等常得利益獲安樂故宣說聖多羅菩薩一百八名爾時世尊受五髻乾闥婆王請已讚言善哉善哉乾闥婆王汝能問於如來如是之義令諸天人一切衆會得大利益獲安樂故汝當諦聽善思念之我今爲汝次第宣說時彼乾闥婆王聞佛語已受教而聽爾時世尊爲彼乾闥婆王及一切衆會先說聖多羅菩薩陀羅尼曰

那莫三滿多那哩始二合毗藥二合一薩哩嚩二合

怛他引誐帝引毗踰二合引二阿囉曷二合訥毗藥

三合三三藐三沒提引毗藥二合四那謨引婆誐

嚩帶曳二合引五阿哩也二合多囉曳引六唵引薩哩

嚩二合怛他引誐多引七怛他多部引多酤引致

八波哩戍提沒提引薩哩嚩二合怛他引誐多

九薩哩嚩二合達哩摩二合多引十誐誐那阿末囉

尾戍馱引達哩摩二合帝引十一摩賀引那野波

哩嚩引哩莎賀引十二

爾時世尊說此陀羅尼已復爲乾闥婆王及一切衆會宣說多羅菩薩一百八名而頌曰

是多羅菩薩　本從阿字生　或生諸行相
不生亦不滅　是相如虛空　虛空性生故
隨應現本相　相一多無礙　色相現無邊
善寂體純一　常現幻化相　密語眞實語
攝大眞實理　眞實行常行　施於無所畏
寂靜常除恚　離諸怖畏苦　善破煩惱籠
能解三有縛　苦海悉永離　成就法能爲
自他俱成就　唯施最上法　總持自在王
亦從總持生　施總持大義　相應大自在
心意具相應　不即相應相　相應相不離
定意常不動　有動皆寂然　常處蓮華座
亦從蓮華生　目淨如青蓮　常爲衆生目
清淨最殊妙　慈眼視衆生　佛慧眼無漏
具純一大悲　常發大悲心　常行大悲行
亦從大悲生　常具大悲心　難伏垂悲愍
以悲普徧降　所有苦惱者　除苦令歡喜
法施甘露味　濟苦獲安樂　苦海意清涼
是明自在母　普世爲照曜　妙容熾盛光
衆寶珠髻冠　清淨光圓滿　摩尼眞珠飾

髮髻色紺青 螺文相右旋 莊嚴無爲體
不善者令善 一切願皆圓 無喻莊嚴身
善意亦善逝 寂靜常安樂 大力如意通
六念具六通 得諸波羅蜜 善說四諦法
開迷大辯才 幻化苦海中 現行幻化相
持劒破煩惱 弓箭與三叉 鉢致仗及槍
都摩囉爍帝 没誐囉金剛 種種諸器仗
觀視所持箭 悉施無所畏 手擲金剛杵
現作無礙通 能伏外敵軍 表刹現幢相
具大智慧力 善破勇猛軍 諸暗煩惱銷
魔冤賊悉破 如日銷昏冥 是爲上最勝
善度輪迴海 最上大吉祥 實際住唯眞
名聞稱普徧 常施愛敬願 自勝復勝他
歡喜施常行 微妙最善寂 是即如來智
普仰如意珍 戒相具足持 以戒行正道
梵音甚微妙 三世最上音 微妙一響聲
如虛空大藏 善生諸世間 無諍依怙者
三乘爲依怙 依行行三乘 解脫三乘教
諸佛依三乘 五面亦五眼 依五智性生
正覺成菩提 即是大正道 一切種種相
殊妙清淨身 皆隨應現生 照世如宿曜
自能達彼岸 亦善渡他人 隨意化百千
巧攝諸善義 百千福具足 純一化世間
善捨一切財 種種幻化相 世間大自在
吉祥諸天尊 持妙青色蓮 具戒施諸願
樂善常寂靜 大靜慧燄光 諸惡障永障
是一切魔主 度難與安樂 無等平等心
鬬諍悉永除 善離怖畏死 部多至宰母
示作夜叉王 現身爲大龍 具百頭千目
百舌大惡相 眞實無畏心 勝種具百千

地天善持世　常樂無畏語　疾疫毒永除
殊妙大光明　無垢常清淨　一切世間母
持法利世間　最勝灌頂王　所作皆已辦
具十波羅蜜　十地位常居　藏顯十法乘
十大真實理　住十金剛句　表刹十法成
十智除暗冥　觀世自在眼　具大妙色相
等虛空無邊　或現五通仙　具戒自在相
離欲身應供　寂靜道常安　正覺所讚揚
是多羅菩薩

爾時世尊說此頌已告乾闥婆王及一切衆會此是多羅菩薩一百八名我已為汝宣說汝等應當至心受持此多羅菩薩一百八名及陀羅尼過去未來諸佛已說當說為一切衆生利益悲愍故若有善男子善女人發至誠心於清旦時或為自他誦此多羅菩薩一百八名并陀羅尼乃至默念或用疋帛為幢或於淨壁依法以最上妙色畫菩薩像或用檀香木作菩薩形以清淨心隨意成辦然後於菩薩像前設種種供養一日三時合掌作禮依法至心而作觀想誦此一百八名及陀羅尼此多羅菩薩具大勢力最上吉祥永銷諸罪善破魔軍於初中善而能施彼成就之法若復有人發至誠心持念一徧七徧乃至二十七徧當念誦時不闕文句是人一切富貴吉祥之事及成就法隨願獲得永無障礙得諸賢聖隱其本身常作擁護又復得天龍夜叉釋梵護世那羅延天大自在天并母鬼主大黑天神頻那夜迦慶自在天等乃至得諸佛菩薩緣覺聲聞一切忿怒王大威德明王等咸作是言善哉善哉善男子汝等具於

諸佛菩薩之行當生蘇珂嚩帝佛刹是時五髻乾闥婆王歡喜踊躍心生信重即從座起自解已身無價瓔珞金銀眞珠摩尼珍寶種種嚴身之具供養於佛合掌恭敬瞻仰世尊而說讚曰

善哉世尊 甚奇善逝 常以悲心 救護一切
而能爲我 及於衆會 說此最上 眞實之義

爾時世尊說是經已彼諸菩薩摩訶薩及諸聲聞并持明者大忿怒主一切明王諸天人衆及五髻乾闥婆等聞佛所說皆大歡喜信受奉行

佛說聖多羅菩薩經

佛說大吉祥陀羅尼經

宋西天三藏朝散大夫試光祿卿明教大師法賢奉　詔譯

如是我聞一時佛在蘇珂嚩帝佛刹與諸大菩薩并部多衆俱爾時觀自在菩薩摩訶薩來詣佛所到已頭面禮足於一面坐復有菩薩摩訶薩名大吉祥亦詣佛所到已遶佛三帀頭面禮足却坐一面爾時世尊見大吉祥菩薩已告觀自在菩薩言此大吉祥菩薩有陀羅尼若閻浮提濁惡世中有比丘比丘尼優婆塞優婆夷等見聞隨喜讀誦受持信解此法思惟記念是貧苦者獲大富貴乃至部多普令愛敬如是功德不可具說時觀自在菩薩聞佛語已歡喜踴躍即從座起合掌白佛言世尊我今樂聞唯願世尊爲我宣說爾時世尊即說大吉祥陀羅尼曰

怛𩕳(切身下同)他(引一)洛叱彌(二合二)室哩(二合)鉢捺彌(二合)嚩呬抳(引三)馱曩(引)提鉢底(引四)鞨哩(引五)摩賀(引)野舍(引六)鉢捺摩(二合)你怛哩(二合七)摩賀(引)你喻(二合)底(八)案曩那(引)曳(九)囉怛曩(二合)鉢囉(二合)婆摩賀(引)室哩(二合十)婆野替(引)那(十一)屹哩(二合)你屹哩(二合)你(十二)薩哩嚩(二合)遏迦哩也(二合)爍彌(引十三)提你提你(十四)悉悉悉悉(十五)你底你底(十六)呬你呬你(十七)阿洛叉彌(二合十八)弥曩舍野(十九)薩嚩洛叉彌(二合)弥娑皽(切身引)那野莎賀(二十)曩莫薩哩嚩(二合)沒馱(二十一)冐提薩怛吠(二合引)毗野(二合)莎(引)賀(引二十二)

爾時世尊說是經已觀自在菩薩大吉祥菩薩并諸菩薩及部多衆聞佛所說皆大歡喜信受奉行

佛說大吉祥陀羅尼經

寶賢陀羅尼經

宋三藏法師法賢奉　詔譯

如是我聞一時佛在舍衞國祇樹給孤獨園與大菩薩衆俱是時有大夜叉主名曰寶賢來詣佛所到已頭面禮足合掌恭敬而白佛言世尊我有大秘密心陀羅尼樂欲宣說唯願世尊加哀覆護世尊此陀羅尼若有比丘比丘尼優婆塞優婆夷等一日三時至心誦念者我爲彼人常作依怙於一切事皆得吉祥乃至飲食衣服卧具金銀珍寶財穀等我常供給及作一切勝利悉使成就亦令一切人衆普得愛敬唯除婬怒癡等惡不善法餘諸所作悉皆隨意爾時世尊知此寶賢大夜叉主誠心信重爲欲安樂一切衆生貧苦惱故而告之言善哉寶賢大夜叉主能爲利益諸衆生故我亦樂聞隨意宣說時寶賢大夜叉主即說陀羅尼曰

那謨引囉怛那二合怛囉二合夜引野一引那謨引摩引尼跋捺囉二合野二摩賀引藥叉西那鉢多曳三薩曳替曩四呬哩摩引尼跋捺囉二合五呬哩呬哩摩引尼跋捺囉二合六枳哩摩引尼跋捺囉二合七枳哩枳哩摩引尼跋捺囉二合八唧哩摩引尼跋捺囉二合九唧哩唧哩摩引尼跋捺囉二合十祖路摩引尼跋捺囉二合十一祖路祖路摩引尼跋捺囉二合十二祖嚕摩引尼跋捺囉二合十三祖嚕祖嚕摩引尼跋捺囉二合十四覩嚕摩引尼跋捺囉二合十五覩嚕覩嚕摩引尼跋捺囉二合十六酤嚕摩引尼跋捺囉二合十七酤嚕酤嚕摩引尼跋捺囉二合十八蘇嚕摩引尼跋捺囉二合十九蘇嚕蘇嚕摩引尼跋捺囉二合二十薩哩嚩

二合阿哩湯二合彌娑引達野莎引賀引二十一怛鞑切身他引二十二鉢多泥二十三蘇鉢多泥二十四蘇嚕彌二十五蘇末帝二十六蘇囉替二十七速刹摩二合閉呬哩計引二十八呬哩哥引哩二十九布蘭尼二合引悉馱跋捺哩二合三十呬哩呬哩莎引賀引三十一伊呬酤引你瑟計二合三十二伊呬細引你瑟計二合引三十三伊呬虞引尼瑟計二合莎引賀引三十四

是時寶賢大夜叉主說是陀羅尼已復白佛言世尊此陀羅尼若有人依法持誦七徧是人所作勝利皆得成就又復有人於白月十五日潔淨持戒一日三時焚沉檀香誦此陀羅尼滿八千徧是人隨願獲得金銀珍寶悉皆如意爾時大夜叉主說是陀羅尼已禮佛而退佛說是經已諸菩薩衆聞佛所說皆大歡喜信受奉行

寶賢陀羅尼經

佛說秘密八名陀羅尼經

宋三藏法師法賢奉　詔譯

如是我聞一時佛在舍衛國祇樹給孤獨園與大比丘衆千二百五十人俱復有諸菩薩摩訶薩衆金剛手而爲上首爾時世尊告金剛手菩薩大秘密主言如汝本部號金剛部於持明藏中最上甚深秘密之法衆生淺識根器狹劣於秘密義難信難解汝已先說難信解法汝不依法非曰聖人得名不善亦曰難調金剛手我今於汝金剛部中略說汝之秘密八名及陀羅尼是陀羅尼若持誦者於諸所求易得成就若人聞此陀羅尼經發至誠心受持讀誦者是人所有無間罪業悉皆消滅持是經時法威力故所有八萬四千俱胝那由他諸惡魔衆退散馳走十方世界若人聞此陀羅尼歡喜願樂者是人不持戒者得戒完具非梵行者得成梵行非寂靜者得成寂靜乃至得見諸佛菩薩歡喜安慰施所求願令得成就爾時金剛手菩薩蒙佛誨責頭面作禮白言世尊我先所說誠如聖旨唯願世尊不捨大悲普爲見在及與未來一切衆生宣說於我八種秘密名字及陀羅尼令諸衆生獲大利益佛告金剛手言諦聽諦聽我於最勝持明藏金剛部中說汝秘密八名一名象耳一名妙莊嚴三名功德寶海四名無動五名眞實雲六名可愛色相七名燄光八名妙色金剛手此即是汝秘密八名即說陀羅尼曰

那謨引沒馱引野一那謨引達哩摩二合野二那謨引僧伽引野三那謨引嚩日囉二合播引

拏野四怛頸他五引遏致六引渴囉致七引蘇引摩

目契八薩哩嚩二合哥引哩也二合尼娑引達野

九呬哩十彌哩十一啞尼十二悉殿覩滿怛囉二合

鉢那引莎引賀引十三

佛告金剛手菩薩言如是秘密名及陀羅尼若復有人受持讀誦者是人於七俱胝那由他百千劫不墮地獄臨命終時諸佛菩薩現身面前安慰說法命終之後生兜率陀天

佛說是經已金剛手菩薩等諸菩薩及一切世間天人阿脩羅乾闥婆人非人等聞佛所說皆大歡喜信受奉行

佛說秘密八名陀羅尼經

觀自在菩薩母陀羅尼經

宋三藏法師法賢奉 詔譯

如是我聞一時佛在廣嚴城與大比丘衆舍利子等五百人俱復有慈氏等大菩薩衆恭敬圍遶數座而坐爾時會中有一菩薩名曰普賢從座而起詣世尊前偏袒右肩右膝著地合掌向佛白言世尊有觀自在菩薩母陀羅尼大明章句乃是過去現在未來諸佛世尊隨喜宣說我佛世尊爲菩薩時爲求正等正覺利益衆生故亦曾宣說此陀羅尼又復此陀羅尼與求菩薩善男子善女人爲父爲母亦如孤獨而得依怙無主宰者當得主宰彼陀羅尼若人得已讀誦受持者一切罪業悉得消滅一切行願皆得圓滿乃至修諸大明亦獲成就佛告普賢菩薩言誠如汝說我念往昔爲菩薩時爲求正等正覺度如誐鵝沙數無量無邊世界彼有佛土名蘇珂嚩帝彼土有佛號無量壽如來應供正等正覺是無量壽佛於今見在常說妙法利益衆生我於彼會爲婆羅門名自在光我時已得證發光地於彼會中已曾宣說此觀自在菩薩母陀羅尼當與百千那由他無量無邊衆生作大利益時在會中一切大衆聞是陀羅尼已有罪業者皆悉消滅未得宿命智者獲宿命智爾時世尊復告普賢菩薩言汝爲利益當來末法五濁惡世百千俱胝無量無邊造無間業罪惡衆生得罪消滅令孤獨者有依怙故欲隨喜宣說觀自在菩薩母陀羅尼善哉善哉汝可宣說普賢菩薩蒙佛許已即說觀自在菩薩母陀羅尼曰

那謨引婆誐嚩帝阿彌多引婆引野一怛他引誐多引野二阿囉曷二合帝三藐三沒馱引野三曩謨阿引哩野引二合嚩路吉帝説囉引野四冐地薩埵引野引摩賀引薩埵野引五摩賀引迦引嚕尼迦引野六引帝毗喻二合曩莫塞訖哩二合埵七伊鉿切身阿引哩野引二合嚩路吉帝説囉摩旦引八摩賀引陀囉尼滿怛囉二合鉢那引你九三鉢囉二合嚩叉也二合彌伊彌引尾鞞切身三蜜哩二合殿覩十怛鞞他引十一伊彌十二彌嚓引十三唧嚓引十四彌隸引十五崐多羅十六崐多嚓引十七尸哩引十八尸尸哩引十九藕哩二十誐埵引哩二十一摩登擬二十二補葛西二十三葛吒引野二十四摩賀引尾鞞二十五昏怛摩引嚓顮二十六唧錄二十七顮唧嚓引二十八虞呬也二合二十九撥藐捺哩捨你引三十捺哩伽二合摩引曩摩引你三十一阿引哩野引二合諾叱拏普吽仁際切三十二薩哩嚩二合尾鞞引難引鉢囉二合尾設也二合彌三十三薩哩嚩二合鞞引你引彌引説哩莎引賀引三十四

爾時普賢菩薩説是陀羅尼已白佛言世尊若復有人至心受持所有罪業悉皆消滅於一切怖畏時常得擁護若有行人欲求見我及諸成就者當加精進心不間斷一日三時專注持誦至滿七日我恖是人為現本身又復行人如是專注心不間斷默念一月當得觀自在菩薩出現本身施所求願乃至得見無量壽佛多聞增長證宿命智所生之處不離佛法具大富貴乃至獲得不退轉地佛説是經已普賢菩薩摩訶薩及諸菩薩聲聞等一切會衆聞佛所説皆大歡喜信受奉行

觀自在菩薩母陀羅尼經

佛説戒香經

宋三藏法師法賢奉　詔譯

如是我聞一時佛在舍衛國祇樹給孤獨園與大比丘衆俱爾時尊者阿難來詣佛所到已頭面禮足合掌恭敬而白佛言世尊我有少疑欲當啓問唯願世尊爲我解說我見世間有三種香所謂根香花香子香此三種香徧一切處有風而聞無風亦聞其香云何爾時世尊告尊者阿難勿作是言謂此三種之香徧一切處有風而聞無風亦聞此三種香有風無風徧一切處而非得聞阿難汝今欲聞普徧香者應當諦聽爲汝宣說阿難白佛言世尊我今樂聞唯願宣說佛告阿難有風無風香徧十方者世間若有近事男近事女持佛淨戒行諸善法謂不殺不盜不婬不妄及不飲酒是近事男近事女如是戒香徧聞十方而彼十方咸皆稱讚而作是言於某城中有如是近事男女持佛淨戒行諸善法謂不殺不盜不婬不妄及不飲酒等具此戒法是人獲如是之香有風無風徧聞十方咸皆稱讚而得愛敬爾時世尊而說頌曰

世間所有諸花果　乃至沉檀龍麝香
如是等香非徧聞　唯聞戒香徧一切
栴檀鬱金與蘇合　優鉢羅并摩隷花
如是諸妙花香中　唯有戒香而最上
所有世間沉檀等　其香微少非徧聞
若人持佛淨戒香　諸天普聞皆愛敬
如是具足清淨戒　乃至常行諸善法
是人能解世間縛　所有諸魔常遠離

爾時尊者阿難及比丘衆聞佛語已歡喜信

受禮佛而退

佛説戒香經

音釋

眵赤脂切目汁凝也　爍書藥切　⿰忄登猪孟切開張畫繒也　咥丑栗切

⿰齒余⿰寧頁⿰齒余尼里切⿰寧頁乃挺切　麝神夜切麝屬臍有香因名麝香

五呪一經同卷

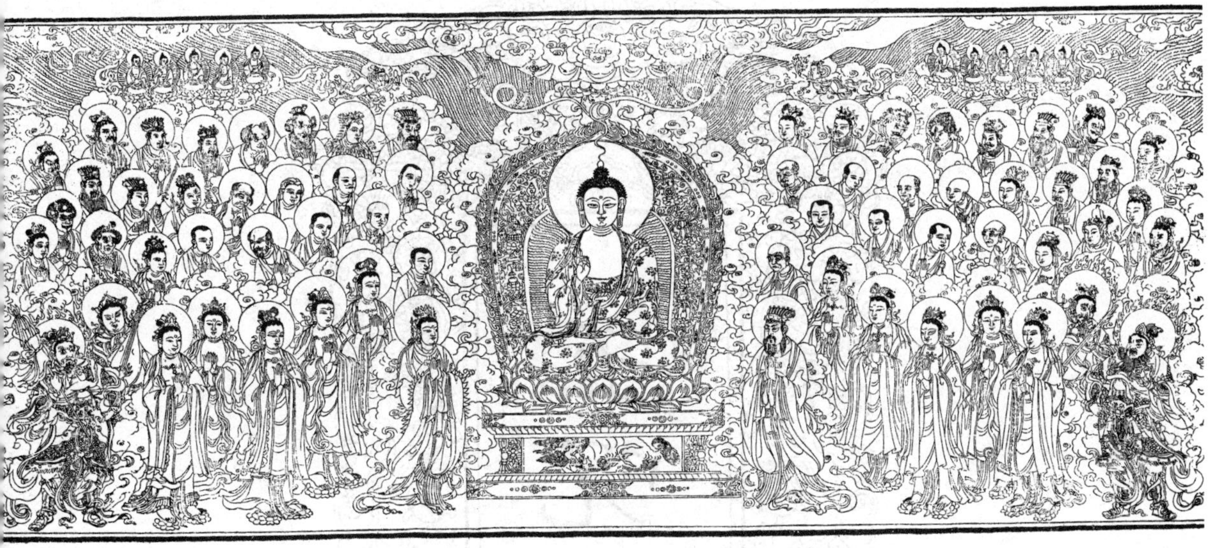

清刻龍藏佛說法變相圖

五呪一經同卷

佛說妙吉祥菩薩陀羅尼

佛說無量壽大智陀羅尼

佛說宿命陀羅尼

佛說慈氏菩薩陀羅尼

佛說虛空藏菩薩陀羅尼

寶授菩薩菩提行經

佛說妙吉祥菩薩陀羅尼

宋三藏法師法賢奉　詔譯

稽首最上普徧智　如來應供正等覺
心意清淨無等等　神通無礙未曾有
普能周徧十方界　隨根化度諸群生

稽首文殊大導師　善除塵垢心已淨
無量功德莊嚴身　廣說妙法濟群品
天龍大力脩羅等　悉皆捧足而頂禮

妙吉祥菩薩陀羅尼曰

那謨引曼儒仁祖切瞿沙引野一摩賀引冒地薩埵引野二摩賀引哥引嚕尼哥引野三尾尾馱阿播引野誐底四耨珂尾那引囉拏引野五怛鞿切身下同他引六唵引菩引菩引七摩賀引末尼八嚕唧囉劄邏波九尾唧怛囉二合十目訖多二合那摩十一阿引朗訖哩二合多設麗引囉十二波囉摩薩埵謨引左哥十三怛他引誐多酤引舍達囉十四鉢囉二合嚩囉達哩摩二合朧没陀二合尾惹仁左切野十五蘇囉多三菩吾引鉢那哩沙二合哥十六訖黎二合舍娑引囉鉢囉二合設摩哥十七戍鞿多引達哩摩二合莎婆引嚩引努娑引黎引十八摩賀引冒提薩埵嚩囉那十九嚩囉難捺那二十唵引摩賀引播引舍鉢囉二合娑囉二十一三摩三磨引難多引三滿多跛捺囉二合二十二三滿多鉢囉二合娑囉二十三娑囉娑囉二十四呼引呼引二十五曼惹囉嚩二十六摩賀引嚩日囉二合朅捺誐二合二十七覩那覩那二十八頻那頻那二十九尾囉惹尾囉惹三十骨哥哩謨二合引鉢設摩三十一哥囉哥囉三十二酤嚕酤嚕三十三度嚕度嚕三十四達囉達囉三十五突突突突三十六摩賀引摩賀引三十七謨引賀野三十八謨引賀野三十九菩引菩引四十毗引摩毗引摩四十一難那難那四十二娑囉娑囉四十三摩賀引冒地薩埵四十四謨左野四十五末摩引那他四十六末耨室哩二合多引四十七播引野誐底四十八訥珂窣亢那那四十九摩賀引哥引嚕尼哥五十訥詰都引欱呼郎

切下同五十一末那引吐欣五十二薩羅儒仁祖切欣五十三尾尾訖都二合引欣五十四骨細引度欣五十五摩囉拏達哩謨二合引欣五十六怛鍐二合跛誐鍐引五十七訥詰多引喃引五十八窣珂那遏那引他引喃引五十九娑引末哩他二合羯囉六十薩囉惹娑引喃引六十一尾囉惹塞哥二合囉六十二烏波訥嚕二合多引喃引六十三薩哩舞二合引鉢捺囉二合嚩訥珂六十四鉢囉二合設摩哥六十五尾尾訖多二合喃引六十六薩哩縛二合酤舍羅達哩摩二合三婆引囉六十七波哩布引囉野多引六十八骨細引那引喃引摩賀引尾哩也二合那引多引六十九摩囉拏達哩摩二合引拏七十阿密哩二合多播引那那引多引七十一末摩引必婆誐鍐引七十二那引吐引婆嚩七十三設囉拏七十四鉢囉引野拏七十五怛囉二合引多引七十六薩哩縛二合訥珂引你彌引那引舍野七十七薩哩縛二合訖黎二合引舍囉惹洗彌引七十八阿波那野七十九薩哩縛二合哥哩摩二合阿縛囉拏八十波哩縛二合多引你彌引八十一尾計引囉拏八十二薩哩縛二合酤舍羅達哩摩二合三婆引囉八十三波哩布引哩引酤嚕八十四摩賀引冒地薩埵八十五細引尾多味引哩也二合八十六播引囉彌多引踰引惹野八十七尾囉引誐八十八尾囉惹達哩摩二合倪也二合引那八十九鉢囉二合布引囉野九十馱引囉野馱引囉尼引九十一三摩珂九十二三摩惹羅你提九十三三摩彌引嚕九十四薩摩賀引冒地薩埵九十五嚩囉那九十六縛囉那娑縛二合引賀引九十七

佛說妙吉祥菩薩陀羅尼

佛說無量壽大智陀羅尼

宋三藏法師法賢奉　詔譯

那謨引婆誐嚩帝引一阿波哩彌多引喻二倪也二合引那酥尾你室唧二合多三帝引儒仁祖切囉引惹仁左切野四怛他引誐多引野五遏囉賀二合帝引三藐訖三二合沒馱引野六怛鞑身切他引七唵引薩哩嚩二合僧塞哥二合引羅八波哩秫馱達哩摩二合帝引九誐誐那三母訥誐二合帝引十涉婆引嚩秫提引十一摩賀引那野十二波哩嚩引哩引娑嚩二合引賀引十三

佛說無量壽大智陀羅尼

佛說宿命智陀羅尼

宋三藏法師法賢奉　詔譯

那謨引婆誐嚩帝引阿努毗夜二合引野一怛他引誐多引野二阿囉曷二合帝引三藐訖三二合没駄引野三怛鑁切身他引四唵惡剎曳引惡剎曳引五惡剎野引嚩羅拏六尾輸引達你引娑嚩二合引賀

佛說宿命智陀羅尼

佛說慈氏菩薩陀羅尼

宋三藏法師法賢奉　詔譯

怛𡫸(切身)他(引一)悉哩悉哩(二)娑囉娑囉(三)酥嚕酥嚕(四)達囉達囉(五)左囉左囉(六)摩賀(引)左囉(七)娑囉娑囉(八)摩賀(引)娑囉(九)紺波紺波(十)摩賀(引)紺波(十一)吽(引)末娑囉達哩摩(二合)阿屹囉(二合)娑(引)誐囉娑嚩(二合引)賀(引十二)

佛說慈氏菩薩陀羅尼

佛說虛空藏菩薩陀羅尼

宋三藏法師法賢奉　詔譯

那謨引尾補羅那曩一鉢囉合二娑引哩多二那野那引嚩婆引娑三酥囉僻叉多四誐誐那曼拏羅五拽寫引阿引哥引舍誐哩婆合二引野六誐誐那悟引左羅引野七薩哥羅部引嚩拏曼拏羅八嚩舍拽帝黎二合引九唵引莎悉帝合二末邏引吒尾補囉三娑嚩十達哩摩合二馱引覩悟引左囉引娑嚩引二合賀引十一

佛說虛空藏菩薩陀羅尼

寶授菩薩菩提行經

宋西天三藏朝散大夫試鴻臚卿明教大師 法賢奉 詔譯

如是我聞一時佛住廣嚴城大林樓閣中與大苾芻衆千二百五十人俱皆是大阿羅漢諸漏已盡無復煩惱逮得己利盡諸有結除諸重擔所作已辦如大龍王心善解脫慧善解脫得深解脫心達正道調伏諸根威儀詳審唯一補特伽羅尊者阿難受於佛記奉持法藏復有大菩薩衆一千人俱皆得不退轉地總持法門平等法忍是大智者具大信重言行相應斷諸疑惑面相圓滿亦無顰蹙常大歡喜具大精進是法王子知法自性說法無倦所說之法離諸戲論化度衆生發起佛智凡所導利功不唐棄得大忍辱離諸顛倒境界之法滿足十地善知三時明了自性不生不滅永斷纏縛威儀具足證得空三摩地無相三摩地無願三摩地雖出生死常行輪迴不樂聲聞緣覺之行唯以發起大菩提心應根說法其名曰慈氏菩薩妙吉祥菩薩辯積菩薩寶手菩薩香光菩薩無邊光菩薩除蓋障菩薩勝義心菩薩得光王菩薩斷一切憂暗菩薩薩哩縛尾沙摩那哩尸菩薩內行菩薩無邊意菩薩具大精進步意菩薩寶海菩薩莊嚴王菩薩具大神通王菩薩無差步菩薩勝意菩薩普滿菩薩阿那嚩囉拏那哩尸菩薩常喜菩薩上金光菩薩觀一切法意菩薩阿秫嚩馱那羅拘酥彌多菩薩首積善薩無憂吉祥菩薩須彌藏菩薩觀自在菩薩香自在王菩薩歡喜王菩薩無邊慧藏菩薩持一切妙法藏菩薩師子吼音菩薩如是等

大菩薩摩訶薩而爲上首爾時世尊食時著衣持鉢與二千苾芻衆而共圍繞入廣嚴城乞食是時世尊入城門時以大慈悲現神通力放大光明照耀一切變廣嚴城而爲瑠璃令四衢道皆悉清淨其有衆生蒙光所照盲者得視聾者得聽瘖瘂之者皆悉能言迷惑之者咸得正念天花如雨降滿城中天樂自鳴妙音清亮下至阿鼻地獄上至阿迦膩吒天其中衆生唯受大樂是時廣嚴城星賀里蹉尾王有子名曰寶授年始三歲乳母抱持在於殿上時彼寶授忽見光明希瑞之相又闔城中種種異事從其懷抱速下於地向乳母前端然而立說伽陀曰

何人威德力　現此希有相　如俱胝日光
照耀三千界　其中諸惡趣　一切得清淨
如是之神通　母速爲我說　天雨衆妙花
徧散於佛刹　復成妙傘蓋　懸覆於空中
十方有異鳥　翔鳴而萃集　男女皆大喜
異常而嚴飾　盲者復瞻見　聾者還聽聞
瘖瘂者得語　迷惑得正念　諸醜陋麤惡
變成妙色相　一切不善人　皆發慈悲心
何人行世間　發起神通力　此爲最上事
母速爲我說

爾時乳母答寶授童子說伽陀曰

功德寶出現　清淨難思議　清淨最上行
無垢無增減　世尊爲眼目　視生如的親
化行於世間　無親踈分別　爲現乞食來
不住世間相　不染世間法　如蓮花在水
能斷衆生疑　慈悲常利物　衆生所有苦
唯佛悉能除　稱讚不生喜　譏謗亦不瞋

無障復無礙　行世如清風　來者世間師
最上大法王　善解甚深法　明了第一義
常說中道法　言離於取捨　法句最寂靜
遠離一切處　智積無我相　最上大福聚
善逝世間解　來者無邊相　佛身如須彌
高顯無倫匹　亦如尼俱陀　上下皆相稱
其色如真金　晃耀而爛爛　清淨若玻瓈
又如秋滿月　頭頂圓如蓋　髮鬢而紺青
髻相若螺紋　一一皆右旋　面相如滿月
湛然而清淨　眉間之白毫　右旋而宛轉
兩目如青蓮　光瑩善觀察　脣妙頻婆果
齒白正齊密　舌相如蓮葉　長廣覆面門
鼻高而脩直　額廣而平正　兩眉色紺青
延袤及於耳　兩耳極端正　輪朶垂至肩
如來梵音聲　清亮如頻伽　美妙復柔軟
眾生聞者喜　所有緊那羅　孔雀鵝鸚鵡
鴝鵒拘枳羅　拘那羅鴛鴦　吩毋多命命
如是等音聲　及彼諸天樂　一切美妙聲
皆不及如來　於十六分中　不及於一分
項細復圓滿　兩臂而傭直　二手指纖長
具輪螺等相　軟如兜羅綿　甲妙赤銅色
胷臆廣平正　臍輪而深密　陰藏若馬王
藏覆而不現　乃至二足下　其色如紅蓮
平滿復柔軟　具千輻輪紋　及與鉤幢等
如是諸相備　百福悉莊嚴　具力大丈夫
一切世間師　常作師子吼　說於不二法
所出諸言辭　真實無差忒　愛語復柔順
眾生聞者喜　覺悟諸眾生　應根而啓發
有義利功德　爲最上第一　具如是莊嚴
名爲佛世尊　十方世界中　凡聖無有比

爾時寶授童子得聞乳母說是伽陀讚歎佛已即白母言云何令我得見於佛佛知其意速往宮門現身而立乳母指言斯即是佛寶授童子乃於殿上遙見世尊舉手頂禮即作是念若有衆生覩見如來如是具足功德之相不發大菩提心者難得已利又復思惟經於百千俱胝劫中難遇於佛我今值遇甚爲希有當捨此身而爲供養是時童子手持千葉金蓮即於殿上投身而下時彼童子佛力所持住於空中捧以金蓮用獻於佛是時金蓮離童子手乃於佛上虛空之中變成花蓋衆寶嚴飾殊妙第一爾時寶授童子即於空中向佛合掌說伽陀曰

我所獻蓮花　不爲斷煩惱　及於一切法
唯爲佛菩提　如菩提不生　非有亦非無
非取亦非捨　我從佛現化　非愚迷所著
相與無相等　我離一切相　供養佛世尊
所獲諸功德　亦離一切相　今奉獻此花
不願證二乘　以彼第一乘　常轉於佛刹

爾時尊者大目乾連侍佛之右見是事已即說伽陀問寶授童子曰

如是釋迦佛　汝信重供養　汝何心顛倒
云菩提不生

爾時寶授答尊者大目乾連說伽陀曰

諸法本不生　所施空無爲　法性本如是
云何有所生　圓頂被袈裟　住於羅漢相
如不能知空　佛智何能了　汝若有妄想
供養俱胝佛　雖供如是佛　實爲非供養
尊者至於今　猶不斷妄想　汝心當云何
無相稱有相

爾時尊者大目乾連復謂童子曰如來不證無上正等正覺耶亦不說法耶寶授童子曰夫大智者不住菩提相不住如來相諸法性無爲法本無有生若如是了知是即知法性不驚不怖捨離親踈無來無去無行無相不住佛法不住緣覺法不住聲聞法亦不住貪法不住瞋法不住癡法乃至不住愚迷衆生無明煩惱等法亦復不住有色無色有想無想有相無相清淨不清淨及身口意平等不平等一切諸法皆無所住爾時尊者大目乾連又復問言寶授童子如來於阿耨多羅三藐三菩提莫有所證耶童子言不也若有所證即住如來相住菩提相住解脫相若住是相即爲愚迷大目乾連言童子我亦無相汝謂有相大目乾連又復告言童子我前所問爲俗諦故童子言大目乾連一切衆生愚迷虛妄乃生諸根不能調適大目乾連言若衆生具足虛妄者法亦虛妄若虛妄者汝云何說童子言大目乾連說法無相是名說法如是說者無有所至亦無所證亦無所知亦無所見大目乾連言童子若如是者汝今何故供養如來童子言大目乾連汝若如是見如來相見施者相時大目乾連聞童子言已默然而住爾時童子又復告言大目乾連若復衆生見有是相者不能解脫不得巳利遠離如來寂靜涅槃必當發趣聲聞乘也爾時大目乾連說伽陀曰

童子雖年幼　智慧如大海　經於幾多時　學成無生法

爾時寶授童子答大目乾連說伽陀曰

所學即非學　一切學無性　大智如是學
我學亦如是　汝之所問我　著於衆生相
衆生本無相　諸法不可得　說有菩提相
愚迷非正見　尊者今云何　猶住於諸見
智者於諸見　一切悉清淨　佛法愚迷法
及彼種種法　如是觀皆空　是知諸法性
若住有無相　求證菩提者　法本非有無
菩提云何得　說法無邊際　衆生亦如是
不住差別相　斯即名涅槃　如是行輪迴
師資無所有　此無相法中　智者不迷惑
愚迷言得證　彼皆住輪迴　無明轉增長
是即爲魔著　安坐菩提場　爲示俗諦故
諸佛之所證　非俗非寂靜　菩提不可說
遠離見非見　若見如是實　彼能解妙法

爾時尊者舍利弗白佛言世尊此寶授童子從於何時於法修行佛言舍利弗我初發阿耨多羅三藐三菩提心時此寶授童子已證無生法忍經三百千劫又舍利弗我於往昔然燈佛處得授記時我初證得無生法忍寶授童子於彼法中爲大菩薩解空第一舍利弗復白佛言世尊寶授菩薩何因何緣經如是時不證阿耨多羅三藐三菩提佛告舍利弗汝將此義自問寶授菩薩必爲汝說時舍利弗承佛聖旨即伸問言寶授菩薩今云何不成佛耶寶授菩薩言尊者阿耨多羅三藐三菩提不可得故由是我不成佛舍利弗言寶授菩薩於意云何如來成佛莫有相耶寶授菩薩言如來若於菩提有所證者即是取相若取相者即是妄想舍利弗言寶授菩薩汝從爾來住何忍何行復以何法化度平等

寶授菩薩言我於一法而尚不住何況有四舍利弗汝勿謂我有法說耶證菩提耶是如來耶得解脫耶舍利弗言希有善男子若能於法如是了知汝向於佛宜可出家爾時寶授菩薩說伽陀曰

諸有出家者　多著出家相　心妄想迷惑
稱謂有所得　執見於事法　修行布施因
欲求無爲果　所證即有爲　不了無相地
見有生不生　得與無得相　謂得甘露味
是人於佛法　乃名破法者　如來釋師子
說法寂無相　不住心非心　不住性無性
若見如是說　是即見佛說　若見有相者
斯人眼非淨　我見非解脫　智者不應行
我見即愚迷　執見有常相　以自有相見
謂得於涅槃　不識夢幻性　及背空無相
佛說如是人　是大無智慧　又復調諸根
持戒著禪定　起於妄想心　住相迷求果
此則法中賊　智者應當知　以斯種種法
我出家何益　法界本湛然　諸法無分別
譬如山響等　智者不見相　當住於如如
無別有性相　若了如是法　何住出家相

爾時妙吉祥菩薩告寶授菩薩言云何說爲菩提寶授菩薩言離諸語言名爲菩提妙吉祥言汝當云何作如是說寶授菩薩言法本無言故作是說妙吉祥言爲初地菩薩當何所說令云何學寶授菩薩言當如是說不斷貪欲瞋恚不捨愚癡不斷煩惱乃至五蘊六處等又復於智慧愚癡不生疑惑不心念佛不思惟法不供養衆亦不持戒不於朋友而求寂靜乃至諸難亦不越度妙吉祥當爲初

地菩薩說如是法令如是學於意云何亦復不應於是諸法而有住相若住相者是爲住法彼即愚迷起生滅法若於是法說無疑惑即於法界知其性也若能如是了法性者是得名爲說菩提也妙吉祥若有菩薩聞斯法已不驚不怖當知是爲得不退轉爾時會中有八苾芻忽聞說此無相正法心不愛樂出於法會吐血命終皆墮阿鼻大地獄中爾時妙吉祥菩薩白佛言世尊云何此八苾芻聞此正法乃有如是大惡相耶佛言妙吉祥莫作是說然此苾芻經十千劫不曾聞法不近善友是故今日聞此正法心不愛樂妙吉祥此八苾芻當來之世於阿鼻獄中忽思正法尋便命終生兜率陀天爲彼天子或生人間爲轉輪王經六十八劫當得承事十那由他佛於彼劫後有佛出世號無垢光如來應供正等正覺彼無垢光佛如我今日住廣嚴城廣爲人天說法授記時彼天子天耳遥聞說法授記即與八萬天子同詣佛所到佛所已散衆天花徧廣嚴城供養瞻禮却坐一面白佛言世尊我等隨喜樂聞正法願佛爲說菩提之行時無垢光如來爲說正法便令發起大菩提心彼諸天子纔發心已應時皆於阿耨多羅三藐三菩提得不退轉是時廣嚴城中有八萬四千人亦於阿耨多羅三藐三菩提得不退轉復有千二百人遠塵離垢得法眼淨爾時世尊告妙吉祥言假使菩薩於百千劫修行六波羅蜜無方便慧不如暫時聞此正法何以故聞此正法功德無量何況愛樂聽受乃至書寫受持讀誦爲他廣說妙吉

祥若復有人樂求阿羅漢果及樂求辟支佛者於此法中不應修學若樂求阿耨多羅三藐三菩提者當學此法爾時寶授菩薩知佛世尊及苾芻衆未有食處乃告乳母可於宮中速取食來用施佛僧於是乳母速取百味飲食盛滿一器授與寶授菩薩菩薩得食即於佛前發誓願言如來之所說一切法無盡斯言眞實者此食亦無盡乃至苾芻衆悉令得飽足爾時寶授菩薩即以飲食盛滿一鉢奉獻佛已告諸苾芻言尊者慈愍我故各各受食又復告言我所施者不以身施不以心施離於三業不求福果不住有爲法不住無爲法亦不著世法亦復不住聲聞緣覺及佛菩薩時彼苾芻衆無有一人伸鉢受食者寶授菩薩言諸尊者當受此食尊者樂乞我今樂施我於尊者亦無所求時寶授菩薩復發願言佛語眞實如妙吉祥及百千俱胝菩薩當來之世於功德莊嚴王佛刹皆得成佛同一名號若眞實者今此器中所有飲食令諸苾芻所持之鉢悉皆充滿此器中食願得無盡以願力故諸苾芻衆各各鉢中自然食滿時寶授菩薩復以器中餘食施廣嚴城中一切人民悉令飽滿器中飲食循尚不盡爾時世尊告寶授菩薩曰有五種寶於菩薩行施能令清淨何等爲五一者行施無有希望二者於施心無所著三者所施不起於相四者不見施之果報五者不令受者有所還報佛言復有四種寶行施菩薩應常思念何等爲四一者常念空三摩地二者常念於佛三者常念大悲四者常念於已不求果報菩薩若

如是行施是爲淨施佛告妙吉祥言此寶授菩薩於當來世過三十劫得成阿耨多羅三藐三菩提號不空力稱如來應供正等正覺明行足善逝世間解無上士調御丈夫天人師佛世尊出興於世彼佛衆會有無邊菩薩是諸菩薩皆住不退轉地威力無邊壽亦無量爾時世尊及大苾芻衆受彼食已還歸本處爾時妙吉祥菩薩白佛言世尊當何名此經我等云何受持佛言此經名爲菩提行亦名一切法爲首如是受持佛說此經已寶授菩薩并諸大衆天人阿脩羅乾闥婆等聞佛所說皆大歡喜信受奉行

寶授菩薩菩提行經

音釋

巘（魚蹇切）蹉（七何切）袤（莫候切延亘也南北曰袤）鴝鵒（鴝共俱切鵒余蜀切鴝鵒鳥名）鎪（七犯切）

五經同卷

清刻龍藏佛說法變相圖

五經同卷

佛說延壽妙門陀羅尼經

一切如來名號陀羅尼經

佛說息除賊難陀羅尼經

佛說法身經

信佛功德經

佛說延壽妙門陀羅尼經

宋西天三藏朝散大夫試光祿卿明教大師法賢奉　詔譯

如是我聞一時佛在摩伽陀國成正覺地金剛座大靈塔處普光明殿大菩提道場與大聲聞衆千二百五十人俱其名曰尊者舍利

子尊者大目乾連尊者大迦旃延尊者大迦葉尊者阿難尊者羅睺羅尊者護國尊者離婆多尊者周利盤陀伽尊者憍梵波提尊者跋羅墮舍尊者迦留陀夷尊者阿泥嚕馱如是等尊者皆是大阿羅漢復有無量無邊大菩薩衆其名曰金剛幢菩薩摩訶薩金剛藏菩薩摩訶薩金剛手菩薩摩訶薩金剛步菩薩摩訶薩慈氏菩薩摩訶薩如是等菩薩摩訶薩皆是賢劫中大菩薩衆爾時金剛手菩薩摩訶薩於大衆中從座而起詣世尊前合掌頂禮而白佛言唯願如來應正等覺當爲利益安樂一切衆生故宣說延壽妙門陀羅尼正法此陀羅尼正法乃與我及衆生作光明照復爲救護使彼一切惡魔伺求便者及諸惡等所謂惡心者瞋怒心者極惡心者罪業心者苦惱心者不慈心者乃至天龍夜叉乾闥婆阿脩羅迦樓羅摩睺羅伽羅刹部多毗舍遮必隷多鳩槃茶人及非人如是等諸惡心者皆不能侵又復刀兵毒藥一切疾病亦不能爲害又復行住坐卧或語或默於一切處救護安隱願爲我等宣說延壽妙門陀羅尼何以故此陀羅尼有大威力承此威力我於如來常深尊重承事供養及救護一切衆生世尊我今爲諸衆生作大利益是故勸請世尊若有善男子善女人求菩薩乘者得此陀羅尼至心受持是人當得如來覆護或在戰陣鬪諍疾病中夭如是等難皆不能侵害爾時世尊即受金剛手菩薩請已讚言善哉善哉金剛手甚善甚善金剛手汝爲利益一切衆生至誠勸請汝今諦聽當爲汝說延

壽妙門陀羅尼正法金剛手若有善男子善
女人欲爲受持讀誦延壽妙門陀羅尼正法
者先須持誦如來灌頂陀羅尼即説灌頂陀
羅尼曰
嚕酤没酤一嚕割羅末尼二滿馱你三末里
左末你四末虎末虎里哥引莎引賀引五
爾時世尊宣説如來灌頂陀羅尼已告金剛
手菩薩摩訶薩言此如來灌頂陀羅尼能令
衆生身器清淨然後持誦延壽妙門陀羅尼
得無障難功德成就即説延壽妙門陀羅尼
曰
怛鞡切身下同他引一嚩日哩二合嚩日哩二合嚩日哩
二合二嚩日囉二合達哩三嚩日囉二合嚩帝四嚩
日羅二合嚩帝五嚩日囉二合嚩帝六作訖囉二合
達里七波哩提呲八你呲哩九毋哩割哩十
虎虎哩十一傍誐哩十二呲呲十三哩哩始十四嚕嚕
十五撈哩撈哩十六社哩十七半拏哩引莎引賀引十
八怛鞡切身他曼抳你十九誐誐哩尼二十曼拏你
二十一蘇鉢囉二合曼拏你二十二曳引計引唧摩
摩播波哥引哩尼夜二合引悉帝二合鈐那引設
你鉢囉二合那舍你莎引賀引二十三摩摩薩哩嚩
二合播波鉢囉二合那引設你二十四遏哥引囉没
哩二合怛踰一合鉢囉二合帝尸達你二十五薩哩嚩
二合設咄嚕二合你嚩引囉尼二十六薩哩嚩二合訥
莎鉢那二合鉢囉二合底尸達你二十七怛鞡他引
曳引計引唧咄半音播引波哥引哩拏二十八悉
帝二合鈐那引設你二十九尾那引設你三十鉢囉
二合拏引設你三十一滿馱你三十二親那你三十三
親那親那三十四尾哩引彌哩三十五唱怛你引三
十六嚩哩引嚩哩引三十七呲引禰呲禰三十八呲哩

毗哩三十九一頻禰頻禰四十阿波哩娑囉尼引四十一左囉左囉尼引四十二左囉哥引拏曳引四十三沒囉二合賀摩二合嚩引哩尼四十四印捺囉二合嚩帝四十五狄提引囉野尼四十六那謨引摩呬引說囉攞野你四十七哩始畔惹仁左切下同你四十八畔惹你四十九哥引羅嚩引你你五十部引多嚩引你你五十一薩爹嚩引你你五十二薩爹割替引五十三薩摩嚩帝五十四蘇摩鉢囉二合毗引莎引賀引五十五摩摩禰引哩伽二合引喻瑟哥二合路引野五十六怛馳他引五十七訶囉訶囉呬引際引莎引賀引五十八摩摩設咄嚕二合鉢囉二合底尸引達那路引野五十九怛馳他引六十議底多六十一鉢底多六十二阿曳那六十三阿哩咎仁感切鼻那六十四割哩二合割哩二合那你六十五沒路引拏你六十六摩引哩議二合引毗嚕唱你六十七虎沙嚩帝六十八

補沙嚩帝六十九呬哩呬哩呬哩七十拽他阿屹你二合七十一拽他阿波蘭唧七十二拽他阿婆野七十二拽他引紇哩二合那野七十四末謨引波哩訥瑟吒二合七十五薩哩嚩二合訥瑟吒二合七十六鉢囉二合底尸達那哆引野七十七

爾時世尊說是延壽妙門陀羅尼已告金剛手菩薩言此延壽妙門陀羅尼乃是過去諸佛正等正覺爲利益一切衆生故常當受持爲人宣說是過去諸佛互相隨喜發誠實誓我亦如是爲欲利益一切衆生故說此陀羅尼正法爾時世尊說是語已即於眉間放一大人相光普照十方一切佛刹而彼佛刹皆同一光光所照處諸佛世尊各離本土須臾之頃悉來至此娑婆世界雲集如來說法之處是十方佛咸皆讚言善哉善哉世尊釋迦

牟尼佛爲利益一切衆生故宣説延壽妙門陀羅尼正法與諸衆生作於明照使令歡喜俾得記念亦能除滅一切魔冤此陀羅尼如佛所説我亦受持復次若有善男子善女人發至誠心常能受持此陀羅尼於清旦時依法讀誦者是人獲得二十種功德若有愛樂如是功德者當勤精進依法讀誦如上功德決定獲得云何名爲二十種功德一者當持諸佛二者承事供養諸佛三者所有一切罪業悉皆消滅四者深解妙法五者獲得長壽六者名稱普聞七者獲大富貴八者獲大勢力九者常得無病十者具大精進十一者諸天見重十二者諸佛憐愛十三者獲得善行十四者獲得善利十五者當作光明十六者令得歡喜十七者令得記念十八者身具相好十九者獲無所畏二十者具足一切善根

復次佛告金剛手菩薩言此即一切如來正等正覺最上祕密法陀羅尼章句是陀羅尼故我宣説善除一切魔冤一切諸佛咸皆受持爾時金剛手菩薩發至誠心向佛合掌白言世尊我今承佛神力欲爲一切衆生而作救護利益故亦隨喜宣説延壽妙門陀羅尼章句世尊若復有人至心受持於清旦時依法讀誦是人常得擁護乃至諸魔伺求便者而不能侵於一切處常得安樂即説陀羅尼曰

怛𡫸他引一始詰始詰二哩唧哩即三左左左左四苾苾苾苾五婆娑婆婆六嚕嚕嚕嚕七囉囉囉囉八吺吺吺吺九惹仁左切下同惹惹惹十屹哩二合屹哩二合屹哩二合屹哩二合十一屹囉二合

屹囉(二合)屹囉(二合)屹囉(二合十二)屹哩(二合)紇哩(二合)紇哩(二合)紇哩(二合十三)訶訶訶訶(十四)摩摩摩摩(十五)訶那訶那(十六)薩哩嚩(二合)鉢囉(二合)爹哩體(二合)崗(引十七)捺訶捺訶(十八)薩哩嚩(二合)設咄嚕(二合)嚩(十九)鉢左鉢左(二十)薩哩嚩(二合引)呬帶室拏(引)莎(引)賀(引二十一)

爾時世尊讚金剛手菩薩摩訶薩言善哉善哉金剛手此延壽妙門陀羅尼最上成就當爲利益安樂一切衆生故我亦受持若復有人以此延壽妙門陀羅尼正法於清旦時依法讀誦及隨喜者是人常得擁護增長壽命

爾時會中有娑婆世界主大梵天王向佛合掌白佛言世尊我亦承佛神力隨喜宣說延壽妙門陀羅尼正法若復有人於清旦時依法讀誦受持者我當於此善男子善女人於一切處常當擁護令得安隱即說陀羅尼曰

怛[寧*也]他(一引)呬哩彌里唧里莎(引)賀(二引)沒囉(二合)賀摩(二合)莎哩(引)莎(引)賀(三引)沒囉(二合)賀摩(二合)鼻(引)莎(引)賀(四引)蘇婆儗(引)莎(引)賀(五引)補瑟波(二合)散悉多(二合)哩(引)莎(引)賀(六引)

世尊若有善男子善女人受持此陀羅尼者所有一切惡魔及諸鬼神等伺求便者使不得便於一切處常當擁護世尊我今爲欲利益安樂諸衆生故復說陀羅尼曰

怛[寧*也]他(一引)唧哩嚩囉尼(二)捺摩蘭尼(三引)哩致致你(四)儆哩钀馱(引)哩(五)薩哩(引)摩賀那挽多嚕尼(六)入嚩(二合引)羅(引)摩(引)里你(七)作訖羅(二合)嚩(引)計(八引)設嚩哩(引)莎(引)賀(九引)

爾時會中有毗沙門天王持國天王增長天王廣目天王等各各向佛頂禮而白佛言世

尊我等四王承佛神力亦欲利益安樂諸善男子善女人等隨喜宣説延壽妙門陀羅尼此陀羅尼若復有人於清旦時發至誠心依法讀誦我等四王常當擁護使無障礙令得安隱即説陀羅尼曰

怛𩋉他(引一)補瑟閉(二合引)蘇補瑟閉(二合引二)度摩波哩賀(引)哩(引三)阿哩也(二合)鉢囉(二合)設悉帝(二合引四)扇(引)帝(引五)莽(引)誐羅也(二合)你目訖帝(二合引)窣覩(二合)帝(引)窣覩(二合)帝(引)莎(引)賀(六)

爾時世尊即舒妙色右臂摩大梵天王及護世四王頂而作是言善哉善哉汝大梵王及護世等爲欲利益安樂一切衆生故及爲護持佛法善説如是陀羅尼微妙章句復次佛告金剛手菩薩摩訶薩言若有善男子善女人發至誠心常於清旦依法讀誦如是等延壽妙門陀羅尼是人當得一切如來加持擁護乃至一切天王龍王夜叉王阿脩羅王迦樓羅王乾闥婆王緊那羅王摩睺羅伽王持明天王乃至一切人非人等悉皆愛重於一切處常當擁護獲得安隱佛説是經已金剛手菩薩摩訶薩及諸聲聞乃至大梵護世一切天人阿脩羅乾闥婆人非人等聞佛所説皆大歡喜信受奉行

佛説延壽妙門陀羅尼經

一切如來名號陀羅尼經

宋西天三藏朝散大夫試光祿卿明教大師法賢奉　詔譯

如是我聞一時佛在摩伽陀國法野大菩提道場初成正覺與諸菩薩摩訶薩衆八萬人俱復有八萬四千大梵天子亦在道場悉皆圍遶瞻仰世尊爾時會中有菩薩摩訶薩名觀自在從座而起偏袒右肩右膝著地合掌向佛而白佛言世尊有一切如來名號陀羅尼彼一切如來名號陀羅尼乃是莊嚴劫賢劫星宿劫中諸佛如來已說當說我今承佛威力亦爲利益安樂諸衆生故樂欲宣說唯願世尊加哀覆護爾時世尊讚觀自在菩薩摩訶薩言善哉善哉觀自在汝能爲利益一切衆生發大悲心如意宣說時觀自在菩薩蒙佛許已復白佛言世尊若人欲誦彼陀羅尼先當至誠誦諸佛如來名號所謂寶師子自在如來寶雲如來寶莊嚴藏如來師子大雲如來雲師子如來須彌如來師子吼如來師子利如來梵音如來善愛如來蓮華上如來然燈如來蓮華生如來遜那囉如來持華如來持寶如來法生如來日光如來日照如來月光如來無量藏如來無量莊嚴藏如來無量光如來蓮華藏如來天妙音如來枸枳羅等如來如是等諸佛如來名號若人得聞爲他宣說是人六十千劫不聞惡趣之名何況墮於阿鼻地獄時觀自在菩薩說是諸佛如來名號已即說陀羅尼曰

怛⿰革也(切身下同)他(引一)摎覩囉(引)尸(引)帝踰(引)惹(仁左切下同)那設多薩賀薩囉(二合引)尼(二)惹吒(引)娑(引)囉末酤吒(引)朗訖哩(二合)多(引三)馱(引)囉尼莎

引賀引四薩哩嚩二合怛他引誐多毋哩底二合多
五馱引囉尼引莎引賀引六阿嚩路吉帝引說
囉引野莎引賀引七薩哩嚩二合怛他引誐都引
烏瑟膩二合沙引八馱引囉尼莎引賀引九薩哩嚩
二合怛他引誐多婆引始多十達哩摩二合塞建
二合馱十一馱引囉尼引莎引賀引十二薩哩嚩二合
怛他引誐多婆引始多十三颯鉢多二合馱引囉
尼莎引賀引十四鉢訥摩二合阿婆你哥野莎引
賀引十五阿瑟吒二合摩賀引跛野馱引囉尼莎
引賀引十六稅引多嚩蘭拏二合引野莎引賀引十
七薩哩嚩二合怛他引誐多那引摩馱引囉尼
莎引賀引十八阿尸引帝鉢訥摩二合引設你哥
引野怛他引誐多馱引囉尼莎引賀引十九鉢
訥摩二合賀悉多引二合野莎引賀引二十薩哩嚩
二合滿怛囉二合馱引囉尼引莎引賀引二十一

爾時觀自在菩薩說是陀羅尼已復白佛言世尊此一切如來名號陀羅尼若有善男子善女人受持讀誦思惟記念爲他人說是人所有五無間業悉得消除命終之後生天爲王壽八十四百千俱胝劫數然後得轉輪王位壽六十中劫過是劫已當得成佛名曰蓮華藏如來應供正等正覺爾時世尊說是經已八萬菩薩摩訶薩衆及八萬四千大梵天子聞佛所說皆大歡喜信受奉行

一切如來名號陀羅尼經

佛說息除賊難陀羅尼經

宋三藏法師法賢奉　詔譯

如是我聞一時佛在摩伽陀國與諸大衆圍遶經行到於菴羅樹園側韋提呬山帝釋巖中時尊者阿難忽見大惡賊衆遥遠而來見已生大恐怖心懷憂惱身毛皆竪時尊者阿難疾往佛所到已合掌而白佛言世尊我今遥見有大惡賊唯願世尊爲作救護爾時世尊聞尊者阿難言已告阿難言汝怖賊耶阿難白佛言甚怖世尊佛言阿難汝勿得怖我有陀羅尼能除賊難是時尊者阿難聞佛語已心生歡喜作如是言唯願世尊爲我宣說

爾時世尊即說大輪結界陀羅尼曰

怛馳(切身下同)他一 阿煬路哥二 鉢囉路計三 伊該阿提鉢底四 藕引哩𡀔馱引哩五 賛拏哩六 摩登儗七 惹虞哩八 補哥細九

爾時世尊說是陀羅尼已告尊者阿難汝今可往以此陀羅尼面十二由旬當作結界令得安隱息除賊難乃至刀劒器仗等悉不能侵又復能令彼諸惡賊不離本處旋如陶家輪又復阿難若人遇賊難時當用淨白線以此陀羅尼加持七徧結作七結過難即解所有賊衆皆如禁縛不能爲難爾時世尊說是經已尊者阿難及諸大衆聞佛所說皆大歡喜信受奉行

佛說息除賊難陀羅尼經

佛說法身經

宋三藏法師法賢奉　詔譯

爾時世尊於大衆中以微妙音作如是言諸佛如來有二種身皆具河沙功德何等爲二所謂化身法身而化身者示從父母所生具三十二相八十種好莊嚴其身以智慧眼普觀衆生智者瞻仰心生適悅三業清淨一一相好百福具足如是莊嚴百千福聚大丈夫相皆色蘊攝又復具足十力四無所畏三不空法三念住法三不護法四無量法具大丈夫一一最勝那羅延力如是略說如來應供正等正覺莊嚴功德具足圓滿是名化身又復諸佛如來應供正等正覺所有法身不可思議不可稱量而無有人能廣宣說假使緣覺及諸聲聞舍利弗等最上利根善解深法大智明達了種種義而亦不能廣大宣說法身功德諸佛如來爲三界師是大悲者爲諸衆生作大利益平等護念無所分別住奢摩他毗鉢舍那而復善解三調伏法善度四難具四神足而於長夜行四攝法離於五欲超五趣苦具六分法圓滿六波羅蜜開七覺花演八正道善解九種三摩鉢底具十智力以此智力名聞十方是故稱爲第一義天於時方處晝三夜三常善觀察如是諸佛內功德法無有能者而爲廣說是故我今略說此法是法身者純一無二無漏無爲應當修證諸有爲法從無爲生如是眞實無淨無染無念無依離諸方便而與衆生作大依止一切衆生所作行法無諸過失是眞善法離諸記念於無邊三摩地門不動不搖而得解脫以二

種奢摩他毗鉢舍那於欲離欲而得解脫無明欲法以慧解脫學無學法以念了知以明解脫善達自性而於諸法深能繫念善以阿鉢底而生阿鉢底法善以三摩鉢底而生三摩鉢底法於一切法無求無證離此二法即無所緣復無所修而以盡智及無生智畢竟成就三究竟法三善根法三方便門離諸妄想得眞實生了三種慧謂聞思修離三雜染謂煩惱業若有三種三摩地謂空無相無願復名三解脫門即空無相無願解脫門三種蘊法謂戒定慧蘊三種學法謂戒定慧學有三種修謂戒修定修慧修有學無學非有學非無學有三種道謂見道修道無學道有三種根謂未知根已知根具知根有三種行法謂聖行天行梵行有三分別謂蘊處界了三法已獲大福聚證得解脫寂靜涅槃三不空念住如來於諸衆生平等覆護三種蘊法有三補特伽羅謂上中下諸佛如來具三種大悲謂無緣大悲微妙大悲爲一切衆生大悲有三種自在謂身自在世自在法自在有三不護法謂諸如來身業清淨離不淨法口業清淨離不淨法意業清淨離不淨法有三種劒謂聞劒思劒修劒有三種最上謂定最上慧最上解脫最上有三種界法謂正斷離欲寂滅復有三界謂欲界色界無色界有三種無學明謂過去宿命明未來天眼明現在漏盡明有三種無爲法謂諸行無常諸法無我涅槃寂靜有三種菩提謂聲聞菩提緣覺菩提無上菩提有三種無學智謂盡智無生智正見智三寶三歸三最上智四念處四正斷

四神足四信心法四解脫向有四種善法謂第一義善自性善發起善相應善四種修法四種智法四聖諦法四禪定四輪藏四法四依止謂親近善友聽聞正法繫念思惟如理修行復有四緣謂因緣等無間緣增上緣所緣緣四加行位謂煖位頂位忍位世第一位有四種道謂方便道無間道解脫道最勝道四沙門果四種聖族有四無量心謂慈悲喜捨復有四生四聖住四記念四威儀有四出生門謂出入寂靜正覺復有四證位有學五蘊五解脫處五度生法五聖智想有五三摩地分謂正斷分調伏分離過分離相分離性分復有五種最上分五現行三摩鉢底五蘊五界復五取蘊六功德法六通六念復六種法五種離欲六種修法六見道位六相續行六諦明想七補特伽羅七大丈夫行七識住七覺支七無過失法七三摩地受用法七種妙法十種界分七善解處七種修道八正道分八種補特伽羅八種別解脫戒復八解脫八處八智八道八戒八會及八種世法如來相續真常精進清淨無所染著復有九種過去三摩鉢底九信心法九證得法九名色滅九衆生住九種依法九無漏地九修道地十種補特伽羅謂四向四果第九緣覺第十正等正覺十大地善法十種有學法十如來力十善業道十惡業道十種聖住十如理作法十一功德相好思念法十一種起善解智具足法十一種具足戒法十二種出生言辭十二處十二緣十二剎那會證得聖法十三喜法十三出生法十三作業地十四種化心十

五心見道十六心正念十七種相有學十七樂欲相十八界十八不共法十九分別地二十二根三十七菩提分法謂四念處四正斷四神足五根五力七覺支八正道四十四智法復七十七智法百六十二道是謂修地如是等無量無邊相續眞常之法離諸煩惱甚深廣大微妙難思是大智者如實了知而此佛法乃是殑伽沙數正等正覺殊妙之法是平等法若有求證正等覺智諸苾芻苾芻尼優婆塞優婆夷及諸外道尼乾子等具正智者如實了知復爲衆生廣大宣說如佛所化令無量無邊阿僧祇衆生悉皆證得寂靜無畏究竟涅槃

佛說法身經

信佛功德經

宋西天三藏朝散大夫試光禄卿明教大師法賢奉　詔譯

如是我聞一時佛在阿拏迦城菴羅園中與大衆俱爾時尊者舍利弗食時著衣持鉢入阿拏迦城於其城中次第乞已復還本處收衣洗足敷座而食飯食訖已往詣佛所頭面禮足於一面立合掌向佛而作是言世尊我今於佛深起信心何以故謂佛神通最勝無比所有過現未來沙門婆羅門等尚無有能知佛神通況復過者豈能證於無上菩提佛言善哉善哉舍利弗汝能善說甚深廣義汝當受持於大衆中作師子吼廣爲宣說舍利弗復白佛言世界我今於佛所起信心乃爲過去未來現在無有能者亦無沙門婆羅門等知於佛通過於佛者豈能證於無上菩提佛告舍利弗於意云何所有三世諸佛如來應供正等正覺具清淨戒智慧解脫神通妙行我以通力皆悉了知彼諸如來應供正等正覺亦復如是知我所有具清淨戒智慧解脫神通妙行舍利弗汝勿謂今釋迦牟尼佛獨具此通舍利弗言不也世尊我不作是言唯佛具此神通我知三世如來應供正等正覺清淨戒法智慧解脫神通妙行皆悉同等佛言舍利弗如是如是所有三世諸佛如來正等正覺皆悉具此神通等法汝但爲彼衆生宣布如是甚深之法一心受持於大衆中作師子吼而爲廣說舍利弗白佛言世尊我佛宣說廣大甚深最勝妙法乃至善不善業及諸緣生法我皆如實一一了知了一法已復修一法修一法已復滅一法滅一法已復

證一法是故我今於佛起信是眞正等正覺佛告舍利弗汝今往問餘人過去世中可有沙門婆羅門而能了知眞實通力等過佛者乃至成佛菩提汝當往問彼作何答復次舍利弗汝復往彼問於餘人未來世中可有沙門婆羅門與佛等者乃至成佛菩提汝當往問彼作何答復次舍利弗汝可往彼復問餘人現在世中可有沙門婆羅門與佛等者乃至成佛菩提復次舍利弗又復往彼問於餘人所有過去未來現在世中沙門婆羅門等歸依何人汝當往問彼作何答爾時舍利弗白佛言世尊是義不然我從佛聞記念受持無有二佛並出於世唯佛世尊是眞正等正覺是正徧知者具足最上神通之力世尊我不見有沙門婆羅門而能知此通力況復過於佛者乃至成佛菩提爾時舍利弗復白佛言我見世尊有種種最勝之法最勝法者謂佛世尊當說法時所得善利佛悉能知若有沙門婆羅門等住於山野樹下塚間及在空舍入三摩地斷諸煩惱修習圓滿增益善法正心記念又彼沙門婆羅門等斷諸惡法而修善法乃至證得果位如是等法佛悉能知是即名爲佛最勝法無有沙門婆羅門知此通力過於佛者乃至成佛菩提復次我佛世尊具最勝法謂佛世尊善能分別十二處法及能爲他廣大宣說無有沙門婆羅門能了知此十二處法及能分別十二處者所謂眼處色處耳處聲處鼻處香處舌處味處身處觸處意處法處如是等法唯佛世尊悉能了知是即名爲佛最勝法無有沙門婆羅門等

過於佛者乃至成佛菩提復次我佛世尊有最勝法謂佛世尊善能了知補特伽羅法理及爲他說無有沙門婆羅門等知如是法及爲他說補特伽羅法者而有七種所謂隨信行隨法行信解見至身證慧解脫俱解脫如是七種補特伽羅最上之法唯佛世尊悉能了知是即名爲佛最勝法復次我佛世尊有最勝法謂佛世尊出眞實語無有虛妄亦無綺語而不兩舌所出言辭是眞大利是最勝法有因有緣能於大衆中出微妙音說甚深義如是最上眞實之法唯佛世尊悉能了知是即名爲佛最勝法復次我佛世尊有最勝法謂佛世尊以三摩鉢底觀有漏身不淨可惡所謂身分上下髮毛爪齒皮肉筋骨如是等種種不淨之物充滿其身佛悉能知是不究竟是可厭離此名第一三摩鉢底復次世尊若有沙門婆羅門等於身上下所有皮肉骨髓諸臭穢等有漏不淨能以智慧如實觀者是爲第二三摩鉢底復次世尊若有沙門以智慧觀有漏身盡此一世而不究竟若能如是觀者是爲第三三摩鉢底復次世尊若有沙門能以智慧觀有漏身今世不究竟乃至後世亦不究竟若能如是觀者是爲第四三摩鉢底復次世尊若有沙門能以智慧如前觀察有漏之身今世後世皆不究竟乃至後後世亦不究竟不淨可惡若能如是觀者是爲第五三摩鉢底復次世尊如是有漏不淨不究竟法唯佛世尊以清淨天眼過於肉眼悉見衆生生滅好醜善趣惡趣乃至生於天界皆如實知是即名爲佛最勝法復次我

佛世尊有最上勝法謂世尊說法時若有沙門婆羅門歸向聽受求寂靜者彼皆依止七覺分七覺分者謂擇法覺分精進覺分喜覺分輕安覺分捨覺分念覺分定覺分如是七法唯佛世尊悉能了知是即名爲佛最勝法復次我佛世尊有最勝法謂善分别四正勤法四正勤者謂已作惡令斷未作惡令止已作善令增長未作善令發生如是等法於天上人間廣大宣說而作利益是即名爲佛最勝法復次我佛世尊有最勝法謂佛世尊能以正智現大神通其神通者謂從一現多攝多爲一或現空無所有或現城隍山石隨身而去或現從地以手捫摸虛空乃至梵界或現履水如地或現空中跏趺而坐或現行相譬如日月行於虛空如是神通若有沙門婆羅門等見此通力生不信者我說彼等皆是愚迷凡夫彼非聖者彼不具通不求正覺亦不樂求寂靜涅槃而此通力是即名爲佛最勝法復次世尊世間所欲喜色善色等有所求者如來爲彼衆生隨根而行是即名爲如來神通復次世尊世間所有喜不喜色善不善色彼二俱離捨而不住善知宿命是即名爲如來神通復次世尊色中見色是即名爲如來神通復次世尊内無色想見諸外色是即名爲如來神通復次世尊身善解脱證得行住是即名爲如來神通復次世尊空無邊處決定證得是即名爲如來神通復次世尊識無邊處決定證得是即名爲如來神通復次世尊無所有處決定證得是即名爲如來神通復次世尊非想非非想處決定證得是

即名爲如來神通復次世尊了知受想受想滅已是即名爲如來神通如是等最勝神通境界唯佛世尊悉能了知是即名爲佛神通力復次我佛世尊有最勝法謂沙門婆羅門等所有過去一生多生所作因緣果報思念等事乃至壽量我於俱胝歲數而不能知唯佛世尊知彼沙門婆羅門於過去時中處處所止或色界中或無色界中或有想處或無想處或非有想非無想處彼種種所作因緣果報等事悉能了知是即名爲佛最勝法復次我佛世尊有最勝法謂世尊說法時皆如實說或有沙門婆羅門等以愚癡故生彼此意起疑惑心謂佛說法皆以事相言說所說之法三世同說若近若遠及心意法亦如是說彼所說法皆不如實作是疑者佛悉能知是則名爲佛最勝法復次我佛世尊說法時若有沙門婆羅門自不生疑後聞人言佛所說法皆不如實聞是言已便復起疑亦謂世尊以事相言說起是謗者佛亦能知是即名爲佛最勝法復次我佛世尊說法時若沙門婆羅門等本不生疑不謂世尊事相言說後聞人言隨彼生疑而復告語他人令他亦生疑惑由疑惑故生彼此意作如是言此事如前皆非眞實此是衆生種種異心佛於如是皆悉了知是即名爲佛最勝法復次我佛世尊見有沙門在三摩地無疑無說佛悉能知彼之行願又復或見沙門從定而出佛亦能知彼所有事及有疑惑故彼出定如是疑惑佛皆決了是即名爲佛最勝法復次我佛世尊有最勝法謂佛世尊善能了知諸不究竟

法若有沙門婆羅門在於山中住等引心以自通力知二十增減劫事彼作是念我於過去世中所有增減劫事我悉能知世尊彼沙門婆羅門而於未來及今現在增減等事而不能知唯佛世尊具知三世增減等事是名了知第一不究竟法復次世尊若有沙門婆羅門等止於深山住等引心以自通力知四十增減劫事彼作是念未來世中所有增減我已悉知世尊彼沙門婆羅門而不知彼過去現在增減劫事唯佛世尊具知三世是名了知第二不究竟法復次世尊若有沙門婆羅門等在於深山住等引心以自通力知人十增減劫事彼作是念所有過去未來增減等事我悉能知世尊彼沙門婆羅門唯今現世所有邊際而不能知唯佛世尊一一了知三世邊際是即名爲了知第三不究竟法如是世尊以清淨天眼過於肉眼悉見衆生生滅之法乃至生於天界是即名爲佛最勝法復次我佛世尊有最勝法謂佛世尊以調伏法了知諸補特伽羅心所樂法隨應爲説是補特伽羅既了知已如理修行斷三煩惱不久證於須陀洹果逆生死流七往天上七來人間盡苦邊際如是世尊皆悉了知又復世尊知彼補特伽羅意樂之法如理修行斷三煩惱及斷貪瞋癡不久證於斯陀含果一來人間盡苦邊際如是世尊悉皆了知又復世尊善知補特伽羅意樂之法如理修行斷五煩惱及隨煩惱不久證於阿那含果如是世尊悉皆了知又復世尊善知補特伽羅如理修行非久漏盡證解脱法我生已盡梵行已

立所作已辦不受後有如是等法世尊一一皆悉了知是即名爲佛最勝法復次我佛世尊有最勝法謂佛世尊善能了知四種胎藏一者不知入胎亦復不知住出二者有知入胎不知住出三者有知入住不知出胎四者有入住出皆悉了知如是四種知有差別唯佛世尊一一了知是即名爲佛最勝法復次我佛世尊有最勝法謂佛世尊善能了知諸補特伽羅隨所斷障而證聖果如是等法佛悉了知是即名爲佛最勝法復次我佛世尊有最勝法謂佛世尊了知有人已具信根戒行清淨智慧具足眞實無妄無我無懈無諸幻惑亦無散亂亦不貪欲不以邪道引示衆生常行正念如是等法唯佛世尊悉能了知是即名爲佛最勝法爾時舍利弗復白佛言世尊世間所有愚癡凡夫貪諸欲樂勞苦已身求無義利諸佛如來於此不然唯樂利他非求自樂善了心法見法寂靜住安樂句無欲無苦得四禪定是故世尊若有上根善男子等當如是見當如是聞當如是覺當如是知是即名爲眞上根者爾時會中有一尊者名曰龍護手執寶拂侍立佛側時尊者龍護白佛言世尊我見諸邪外道尼乾子等於佛世尊先不起信唯於邪道競說勝能是故我今建立表刹宣示於世咸使聞知佛勝功德我佛世尊是大丈夫最尊最上無有等者爾時世尊告尊者龍護言汝莫作是說莫宣示他人佛勝功德我今不欲如是稱揚於是尊者龍護讚世尊言善哉善哉是眞正等正覺爾時佛告尊者舍利弗汝當善以如是正法

廣爲苾芻苾芻尼優婆塞優婆夷及諸沙門婆羅門流布宣說乃至諸魔外道尼乾子等所有邪見不信佛者聞此正法令起深信歸向於佛而生正見了知正法又復告言汝舍利弗應當如是流布宣說爾時世尊謂尊者舍利弗言已默然而住於是尊者舍利弗承佛威力說是法已禮佛而退時諸會衆得聞正法歡喜作禮信受奉行

信佛功德經

音釋

拶（子末切） 煬（餘亮切） 殑伽（梵語也此云天堂來殑其凌切） 捫摸（捫莫奔切摸慕各切） 鍐（亡范切）

佛說解夏經　宋西天三藏朝散大夫試光祿卿明教大師法賢奉詔譯

佛說帝釋所問經　宋三藏法師法賢奉詔譯

清刻龍藏佛說法變相圖

二經同卷

佛說解夏經

佛說帝釋所問經

佛說解夏經

宋西天三藏朝散大夫試光祿卿明教大師法賢奉　詔譯

如是我聞一時佛在王舍城迦蘭陀竹林精舍與五百苾芻衆俱皆是阿羅漢諸漏已盡所作已辦除諸重擔逮得己利盡諸有結心善解脫唯一苾芻現居學位世尊已爲授記見法得法當證滿果爾時世尊安居既滿當解夏時於十五日與苾芻衆敷座而坐會衆坐已是時佛告苾芻衆言我今已得梵行寂靜是最後身以無上藥斷除諸病我之弟子

了知諸法皆已通達是故我今說解夏法諸苾芻衆我於夏中所有身口意業汝等可忍是時尊者舍利弗聞佛語已從座而起偏袒右肩右膝著地合掌向佛而白佛言世尊如佛所說我今已得梵行寂靜乃至身口意業可忍者我等知佛身口意業無諸過失我等苾芻今無可忍於意云何我佛世尊難調者能調無止息者善爲止息無安隱者而善安慰未寂靜者令得寂靜如來善了正道善說正道開示正道乃至我等樂聲聞菩提者佛爲善說令聲聞等如理修行而證聖果是故我等於佛世尊身口意法而無可忍爾時尊者舍利弗白佛言世尊我今對佛身口意業所有不善求佛可忍佛告舍利弗汝今所有身口意業我當忍可於意云何汝舍利弗具戒多聞少欲知足斷諸煩惱發大精進安住正念具等引慧聞慧捷慧利慧出離慧了達慧廣大清淨慧甚深慧無等慧具大慧寶未見者令見未調伏者令得調伏未聞法者而爲說法具瞋恚者而令歡喜能爲四衆說法無倦譬如金輪王子而受灌頂繼紹王位依法而治汝舍利弗亦復如是爲我之子受灌頂法紹法王位如我所轉無上法輪如我漏盡證得解脫是故汝舍利弗所有三業我今忍可時舍利弗聞佛忍可投誠禮謝復白佛言世尊如佛爲我忍可三業於此會中五百苾芻身口意業所有不善唯願世尊亦如是忍佛告舍利弗五百苾芻所有三業我亦可忍於意云何此五百苾芻皆是阿羅漢諸漏已盡所作已辦除諸重擔逮得己利盡諸有

結心善解脱唯一苾芻現居學位而此苾芻我已授記見法得法當證滿果舍利弗是故我於五百苾芻所有三業皆悉可忍爾時舍利弗重白佛言世尊我與五百苾芻衆等所有三業佛已可忍我今有疑當復啓請願佛世尊爲我分别世尊此五百苾芻中幾苾芻得三明法復幾苾芻得俱解脱復幾苾芻得慧解脱佛告舍利弗此五百苾芻中九十苾芻得三明法九十苾芻得俱解脱餘者苾芻得慧解脱舍利弗如是苾芻盡諸煩惱皆住眞實爾時會中有一尊者名嚩儗舍作如是念我今對佛苾芻衆前以解夏伽陀伸於讃歎是時尊者嚩儗舍作是念已從座而起偏袒右肩右膝著地合掌恭肅説伽陀曰

解夏十五日　清淨行律儀　五百苾芻衆

悉斷煩惱縛　皆盡諸漏法　而證聖果位

内寂外善調　解脱而離有　盡生死邊際

所作皆已辦　無明我慢結　斷盡無有餘

我佛最上尊　斷諸邪念法　及斷有漏法

善除愛病苦　愛滅不復生　離取大師子

盡諸有怖畏　唯我佛世尊　譬如金輪王

千子常圍遶　善治四天下　調伏四海邊

又如戰得勝　爲最上調御　聲聞得三明

離死法亦然　佛子皆如是　證滅不復生

我今禮法主　無上大日尊

是時嚩儗舍苾芻説此伽陀已復還本座爾時尊者舍利弗與諸苾芻聞佛宣説解夏之法心生快利踊躍歡喜信受奉行

佛説解夏經

佛說帝釋所問經

宋三藏法師法賢奉　詔譯

如是我聞一時佛在摩伽陀國王舍城東菴羅園大婆羅門聚落之北毗提呬山帝釋巖中與大衆俱爾時帝釋天主聞佛在摩伽陀國毗提呬山帝釋巖中即告五髻乾闥婆王子言汝可知不我聞佛在摩伽陀國毗提呬山帝釋巖中我欲與汝共詣佛所親近供養是時五髻乾闥婆王子聞是語已白帝釋言甚善天主作是言已即持瑠璃寶裝箜篌隨從帝釋時彼天衆聞帝釋天主與五髻乾闥婆王子發心往詣佛所親近供養亦各發心樂欲隨從往詣佛所親近供養爾時帝釋天主與五髻乾闥婆王子及彼天衆從彼天没譬如力士屈伸臂頃即到摩伽陀國毗提呬山側是時彼山忽有大光普徧照耀其山四面所有人民見彼光已互相謂言此山何故有大火然映蔽本相猶如寶山爾時帝釋天主告五髻乾闥婆王子言汝見此山有如是殊妙色不爲佛世尊安止其中四事清淨又復此山所有堂殿悉皆寶成人所居者盡諸煩惱悉證聖果乃至大力諸天亦常止此又復告言是故我等難逢難遇如先所說親近供養今正是時汝五髻乾闥婆王子可以所持之樂當作供養何以故遇此已往實難值遇時乾闥婆王子聞是語已白帝釋言甚善甚善說是言已即起思念諸佛如來具天耳通無遠無近皆悉能聞作此念已即動所持瑠璃寶裝箜篌於其聲中而出伽陀於伽陀中說所樂事彼伽陀曰

汝日光賢女　當請求父王　與我爲眷屬
是知汝賢良　我所戀慕汝　譬如熱惱者
思念於清涼　如渴人思水　如病者思藥
如飢者念食　如大象被鉤　而不能前詣
又如阿羅漢　樂求寂滅法　今我所求願
其義亦復然　貪欲增煩惱　此無有眞實
不果所願求　受種種苦惱　我所作福業
供養阿羅漢　所獲得果報　當與汝共之
我求日光女　是意甚堅固　帝釋諸天主
當施我所願

爾時世尊於帝釋巖中以天耳通遥聞其聲即以神力遥告五髻乾闥婆王子言善哉善哉乾闥婆王子汝善於樂鼓動絃時出微妙音如妙歌聲作歌聲時復如絃音以何因故久發音樂於彼絃中而出伽陀復於伽陀說三種音謂愛樂音龍音阿羅漢音爾時五髻乾闥婆王子承佛神力遥聞佛語即白佛言世尊我念一時有乾闥婆王名凍毋囉其王有女名爲日光我心所樂求爲眷屬我時雖設種種方便亦不果願遂於女前動如是樂於樂絃中而出伽陀於伽陀中說三種音世尊我當動此樂時彼善法會有諸天衆互相謂曰此五髻乾闥婆王子而乃不見不聞我佛世尊十號具足如來應供正遍知明行足善逝世間解無上士調御丈夫天人師佛世尊於是我謂諸天衆言汝等諸天善讃佛德諸天答言五髻乾闥婆王子我等所有讃佛功德與汝共之五髻乾闥婆王子聞諸天言忽有省覺報言仁者我今歸佛世尊我以此事故向於佛動如是樂爾時帝釋天主作如

是念令此五髻乾闥婆王子根緣成熟未至佛前已伸供養作是念已告五髻乾闥婆王子言汝持我語往詣佛所頭面禮足如我詞曰天主帝釋稽首雙足問訊世尊少病少惱起居輕利氣力安不進止無惱不我今與彼忉利天衆欲來詣佛親近供養當聽佛旨是時五髻乾闥婆王子聞此語已白帝釋言甚善天主作是語已往詣佛所頭面禮足住立一面而白佛言世尊帝釋天主與忉利天衆遣我來此禮佛雙足問訊世尊少病少惱起居輕利氣力安不進止無惱不我等今日欲詣佛所親近供養故遣我來聽於佛旨佛即答言汝可迴還告語帝釋及彼天衆今正是時五髻乾闥婆王子承佛聖旨還帝釋處傳世尊言今正是時爾時帝釋及忉利天衆便詣佛所到佛所已禮佛雙足住立一面是時天主即起是念此帝釋巖其相迫窄天衆無數如何坐耶佛知其意即以神力令巖寬廣容諸天衆各不相礙帝釋天主及彼天衆各各禮佛次第而坐衆坐已定帝釋天主合掌白言世尊我於長夜樂欲見佛樂聞正法世尊我念一時佛在舍衛國祇樹給孤獨園入火界三昧是時我在毗沙門宮見彼宮中有一夫人名曰妙臂見佛入是火界三昧合掌恭敬專心念佛我見世尊未出三昧告妙臂言待佛世尊出於三昧傳我至誠問訊於佛少病少惱起居輕利氣力安不進止無惱不又復告言待佛出定傳我至誠勿使忘失世尊是事實不佛言帝釋此事實爾而彼夫人曾代於汝致敬問訊佛又告言天主我在三

昧亦聞汝語其後非久即出三昧爾時帝釋白言世尊我昔曾聞有佛如來正等正覺出現於世作大利益以大方便隨類引導或隱人相或現天身我今自知佛出世間作大利益以善方便隨類引導或隱或顯世尊所有聲聞從佛出家修持梵行命終之後生忉利天而彼天人樂三種事謂壽命色相及與名稱世尊昔有釋女名曰密行從佛出家持於梵行常厭女身求男子相命終之後生忉利天爲我作子名曰密行具大威力是大丈夫世尊復有三苾芻修聲聞行而未能斷貪欲之心命終之後生於天界作尾那乾闥婆子常來爲彼密行天子作承事者時彼密行天向尾那乾闥婆子說伽陀曰

我昔爲女人　具智名密行　厭女求男相
常供佛法僧　時見汝三子　而修聲聞行
今生於下族　爲我作承事　汝等今當知
我爲汝說實　汝昔爲人時　四事咸豐足
不依佛禁戒　今可懷慚恥　了心即正法
唯智者能了　我昔汝同行　近佛聞正法
起信持佛戒　及供養聖衆　我因行正行
得爲帝釋子　具天大威力　自知名密行
止殊勝宮殿　轉女成男相　汝乾闥婆子
從佛持梵行　聞佛最上法　却爲承事者
我於天界中　未見事今見　修持聲聞行
而生於下族　汝乾闥婆子　受我密行化
汝等所受生　非彼諸佛子　乾闥婆子言
天所說誠實　我等因貪欲　墮乾闥婆趣
我今起精進　唯念佛正法　知貪欲生過
斷彼貪欲心　貪爲煩惱縛　其力勝魔軍

棄佛眞實法　故不生勝天　帝釋與梵王
坐於善法會　觀諸天勝行　經遊天界者
見我生下族　經遊於天界　我由行不正
而不獲勝果　爾時密行天　白父帝釋言
父王今當知　我佛最上尊　出現於世間
善降諸魔軍　名釋迦牟尼　此三乾闥婆
是彼佛之子　忘失於正念　墮乾闥婆趣
而於彼三中　唯一不正知　餘二歸正道
常向佛菩提　而行於正法　所見諸聲聞
無有能及者　彼遠離所欲　能斷於煩惱
唯念佛世尊　不復生餘想　所有未了法
彼二悉正知　當得勝果報　而生於梵天

世尊我於爾時聞密行天子說是偈已我於此事有所未決故來佛所欲伸請問願佛垂愍爲我宣說爾時世尊而作是念帝釋天主於長夜中無懈無廢無塵無垢如有所問是眞不知非作魔事彼有所問當爲宣說作是念已即說伽陀告帝釋曰

帝釋今當知　汝心中所樂　欲有所問義
當問我爲說

爾時帝釋天主即說伽陀白世尊曰

今蒙佛聽許　如我意所樂　我今當啓請
願佛爲宣說

帝釋天主說伽陀已白佛言世尊所有天人阿脩羅乾闥婆及諸異生等以何爲煩惱佛言以憎愛爲煩惱帝釋天主所有天人阿脩羅乾闥婆乃至諸異生等而作是念嗚呼我自於他先無侵害亦不怨枉不鬭不諍無訴無訟又不相持云何於我返作是事天主如是之事由憎愛起憎愛起故煩惱遂生帝釋

白言世尊如是如是如佛所說我今從佛了知此義憎愛爲煩惱斷於疑惑滿所樂心爾時帝釋天主得聞佛說歡喜信受復白佛言世尊此憎愛煩惱何因何集何生何緣何因得有何因得無佛言天主此憎愛煩惱怨親爲因怨親而集從怨親生怨親爲緣由怨親故有憎愛煩惱若無怨親憎愛即無帝釋白佛言如是如是如佛所說我今從佛了知此義憎愛煩惱怨親爲因若無怨親即無憎愛又復白言世尊怨親因何有從何集由何生依何緣何因得有何因得無佛告帝釋所欲爲因從所欲集由所欲生依所欲緣因其所欲故有怨親若無所欲怨親即無帝釋白佛言世尊如是如是如佛所說而彼怨親因所欲有又復白言世尊而此所欲何因而有從何而集由何而生依於何緣何因得有何因得無佛言帝釋所欲因疑惑有從疑惑集由疑惑生依疑惑緣因疑惑故而有所欲若無疑惑即無所欲帝釋白言世尊如是如是如佛所說所欲因疑惑有又復白言世尊疑惑何因何集何生何緣而此疑惑何因得有何因得無佛告帝釋以虛妄爲因從虛妄而集由虛妄生依虛妄緣以虛妄故即有疑惑由疑惑故致有所欲因其所欲故有怨親由彼怨親遂有憎愛以憎愛故乃有刀劍相持訴訟鬬諍情生諂曲語不眞實起如是等種種罪業不善之法由此得一大苦蘊集天主若無虛妄即無疑惑若無疑惑即無所欲所欲旣無怨親何有怨親不立憎愛自除憎愛無故刀劍相持訴訟鬬諍諂曲之情不實之語

如是等種種罪業不善之法皆悉得滅如是則一大苦蘊滅帝釋白佛言如是如是如佛所說因疑惑故則有虛妄復白佛言世尊虛妄之法以何法滅乃至苾芻當云何行佛告天主滅虛妄者謂八正道八正道者正見正思惟正語正業正命正精進正念正定由是八法虛妄得滅若諸苾芻行是法者是即名爲滅虛妄行帝釋白佛言如是如是世尊滅虛妄者是八正道帝釋復白佛言世尊所滅虛妄法若苾芻行者當於別解脫法中有幾種法佛言天主虛妄法者於別解脫法中有六種法何等爲六所謂眼觀色耳聽聲鼻齅香舌了味身覺觸意分別法天主眼觀於色有二種義謂可觀不可觀不可觀者謂於一切染法境界而不可觀可觀者謂於一切善法境界而可觀察如是眼觀色境乃至意分別法亦復如是世尊我今從佛了知此義不可觀者所有眼境不善之法若其觀者是即增長染法損減善法其可觀者所有眼境一切善法若其觀者即是增長善法損減染法乃至意分別法亦復如是世尊我今從佛聞是法已滿所願樂斷於疑惑又復白言世尊若復苾芻欲滅虛妄者當斷幾法當行幾法佛言天主若有苾芻欲滅虛妄法者當斷三法當行三法一疑惑二悕望三無義語此三種法亦有可行有不可行不可行者謂於此三種不善之法當斷不行若復行者增不善法損於善法可行者謂於此三種不善之法勤行除斷即得不善損減善法增長帝釋白言世尊如是如是我今從佛了知此義疑惑

悕望無義語等三種之法若復行者損諸善法增長不善若復苾芻於此三法勤行除斷即得不善損減善法增長又復白言世尊若有苾芻行滅虛妄法者有幾種身佛言天主若有苾芻行滅虛妄法有三種身三種身者謂適悅身苦惱身捨身適悅身者有其二義謂可行不可行可行者謂諸善法不可行者謂諸不善法苦惱身捨身亦復如是帝釋白佛言世尊如是如是我今從佛了知此義若彼苾芻行滅虛妄法者於適悅身苦惱身捨身於此三身諸善法等可行諸不善法等皆不可行爾時帝釋復白言世尊所有一切衆生樂欲憶念色相皆悉同不佛言不也天主一切衆生非同一欲非同一念非一色相天主一切衆生雖然各各居其界趣亦各不知界趣差別彼由不知界趣差別是故行於黑暗之道返執癡法以爲眞實此諸衆生不知界趣種種差別所了知者唯黑暗界雖復了知而亦常行於黑暗道堅執癡法以爲眞實帝釋白言世尊如是如是如佛所說我今從佛了知此義一切衆生非同一欲非同一念非一色相由彼衆生不知差別故執癡暗而爲眞實爾時帝釋復白佛言世尊所有一切沙門婆羅門等皆得究竟清淨梵行不佛言不也斯有二義天主若彼沙門婆羅門等不能盡彼愛法決定不獲究竟清淨梵行若彼沙門婆羅門等有能盡彼愛法乃得無上解脫心正解脫是名獲得究竟清淨梵行帝釋白佛言世尊如是如是如佛所說我今從佛了知此義若沙門婆羅門等不盡愛法決定

不獲究竟清淨梵行若有沙門婆羅門等盡彼愛法決定獲得無上解脫心正解脫是名獲得究竟清淨梵行爾時帝釋復白佛言世尊我今云何當得永離諸見之病使不復生是諸見病從心識生我此心識當復云何我雖問佛種種之義云何不能獲聖果報得佛如來應正等覺唯願世尊爲我斷除疑惑根本諸見之病佛言天主汝知之不於往昔時有沙門婆羅門亦問此義帝釋白言世尊我今憶念於一時中有大威力諸天集忉利天善法之會爾時會中有諸天人不知法者輒欲成佛以如是意告白世尊佛察愚暗不與記莂時彼諸天不滿所願心有差別從座而起各還本界本界不現因遂墮落時彼諸天以墮落故即大驚怖心生疑惑各作是念本界不現定知墮落我若得見沙門婆羅門者即往請問汝是如來應供正等正覺不時彼諸天或有見我唯獨經行來詣我所而問我言仁者汝是何人我時答言是帝釋天主時彼諸天心苦惱故白言天主豈不見我受於苦惱以我向佛應當問法而不能問應可歸依而不歸依以差別心遂還本界本界不現定知墮落是故苦惱願見救護天主我從今日誓歸依佛爲聲聞弟子我於爾時即說伽陀答彼天曰

汝等起邪念　所言亦不正　求佛心差別
由是長受苦　或見於沙門　及彼婆羅門
經行即請問　汝是正覺不　若是正覺者
我歸依供養　我即問於彼　當云何供養
所問不能知　佛如實正道　時彼諸天衆

心之所樂欲　心與心所法　疑惑而分別
我知彼心法　如世尊所說　我已當爲說
於彼三界中　唯有佛世尊　是世間大師
善降大魔軍　能度諸有情　到涅槃彼岸
如來大覺尊　於天上人間　無有能等者
無畏大丈夫　善斷貪愛病　如來大日尊
汝今稽首禮

爾時帝釋天主說是事已佛復告言天主汝可知彼過去之事謂分別利及適悦利帝釋白言世尊我今憶念往昔一時天與脩羅而相鬭戰天人得勝脩羅退敗我作是念所有天人快樂及脩羅快樂我今獨受而獲適悦因獲如是適悦之利盡此生中當有鬭諍及刀兵相害是謂因彼適悦之利分別利者盡比一生無鬭無諍乃至刀兵不相持害此爲分別之利帝釋復言世尊我今從佛聞是正法轉復深信發起行願願我壽終若生人間生富貴族巨有財穀多積珍寶輦輿車乘玩好之具眷屬熾盛種種具足常不乏少願我當生如是上族處智者胎身肢圓滿色相殊妙食於上味尊貴自在壽命長遠起正信心向佛出家剃除鬚髮被於法服而爲苾芻常持梵行無所缺犯證須陀洹斯陀含果乃至獲得盡苦邊際世尊我復聞有色究竟天願我終於人間復生彼天佛言天主善哉善哉天主如汝所願何因何緣有此殊勝所證之果帝釋白言世尊我別無因乃是從佛聞於正法發起深信以願力故證如是果世尊我今於此會中聞於正法以法力故增其智慧復增壽命是時帝釋發是願已遠塵離垢得

法眼淨復有八萬天人亦復獲得法眼清淨爾時帝釋天主聞法見法而能了知住法堅固斷諸疑惑如是證已從座而起偏袒右肩合掌頂禮而白佛言世尊我得解脫我得解脫從於今日盡其壽命歸佛法僧持優婆塞戒爾時帝釋天主即於佛前迴語五髻乾闥婆王子言汝今於我快生善利及益多人由汝前來以彼妙樂供養佛故遂令我等聞法得果待我還宮滿汝所願爾時帝釋天主復告忉利天衆言仁者汝等當作梵音三歸於佛於意云何今佛世尊已得梵住寂靜涅槃是時天衆隨於帝釋遶佛三帀即以頭面禮佛雙足住於佛前異口同聲乃作梵音三歸佛曰

那謨那莫一薩多薩昧婆誐嚩帝二怛他引誐多引野三阿囉訶帝引三藐二沒馱野四

帝釋天主與彼天衆三復歸依佛已及彼五髻乾闥婆王子等隱於會中迴還天界爾時娑婆界主大梵天王過是日已至於夜分來詣佛所身光晃耀照帝釋巖到佛前已禮佛雙足却坐一面合掌頂禮說伽陀曰

帝釋爲多利　向佛問正法　佛以微妙音
爲除斷疑惑

爾時梵王說伽陀已白言世尊佛說正法時帝釋天主遠塵離垢得法眼淨八萬天人亦得法眼淨佛言如是如是時娑婆界主大梵天王聞佛語已歡喜信受禮佛足已隱身不現還於天界爾時世尊即於夜分往苾芻衆圍遶而坐告諸苾芻言過是日已於夜分中娑婆界主大梵天王來詣我所禮我足已合

掌恭敬說伽陀曰

帝釋爲多利　向佛問正法　佛以微妙音
爲除斷疑惑

復謂我言帝釋天主聞正法時得法眼淨及八萬天人亦得法眼淨我即告言如是如是時彼梵王聞我所說歡喜信受禮我足已隱身不現還於天界是時諸苾芻衆聞佛說是法已皆大歡喜禮佛而退

佛說帝釋所問經

音釋

儗（魚紀切）呬（虛器切）窄（側革切隘陋也）

佛説未曾有正法經

宋西天三藏朝奉大夫試鴻臚卿傳教大師法天奉　詔譯

清刻龍藏佛說法變相圖

佛說未曾有正法經卷第一 第二同卷

宋西天三藏朝奉大夫試鴻臚卿傳教大師法天奉 詔譯

如是我聞一時佛在王舍城鷲峯山中與大苾芻衆萬二千五百人俱是時有菩薩摩訶薩八萬四千人從諸佛剎而來集會是諸菩薩皆具大智得大總持具無礙辯悉證無生法忍入三摩地總持智門了諸衆生心所樂欲善說法要如法解脫復有四大天王并帝釋天娑婆界主大梵天王及無量百千天龍夜叉乾闥婆阿脩羅迦樓羅緊那羅摩睺羅伽人非人等皆來集會是時有大菩薩名妙吉祥在其山側與二十五大菩薩衆俱其名曰龍吉祥菩薩摩訶薩龍授菩薩摩訶薩吉祥生菩薩摩訶薩吉祥藏菩薩摩訶薩最上蓮華吉祥菩薩摩訶薩蓮華吉祥生菩薩摩

訶薩持世菩薩摩訶薩持地菩薩摩訶薩寶手菩薩摩訶薩寶印手菩薩摩訶薩師子意菩薩摩訶薩師子無畏音菩薩摩訶薩虛空藏菩薩摩訶薩平等心轉法輪菩薩摩訶薩了別一切句義大辯菩薩摩訶薩辯積菩薩摩訶薩海意菩薩摩訶薩妙高王菩薩摩訶薩愛見菩薩摩訶薩喜王菩薩摩訶薩無邊視菩薩摩訶薩無邊作行菩薩摩訶薩破諸魔菩薩摩訶薩無憂授菩薩摩訶薩一切義成菩薩摩訶薩復有四兜率天子其名曰普開華天子光明開華天子曼陀羅華香天子精進法行天子是諸天子以信樂心故各與諸眷屬來詣妙吉祥菩薩所聽受正法是時諸大菩薩及天子衆既至會已次第而坐是時大衆咸作是言佛一切智甚深無量廣大無邊不可思議無有比倫最上無勝不可了知云何菩薩摩訶薩被精進鎧而能趣證阿耨多羅三藐三菩提耶爾時會中有大菩薩名龍吉祥謂諸菩薩言若有菩薩種諸善根心無所著迴向實際是名安住諸善根法被精進鎧是菩薩摩訶薩即能趣證佛一切智能授菩薩言若菩薩發平等心調伏心愛樂心適悅心柔軟心無分別心是名堅固被精進鎧即能趣證佛一切智吉祥生菩薩言若有菩薩於多劫中樂欲了知佛一切智當於無量劫中被精進鎧爲諸衆生難行苦行不自貢高是能趣證佛一切智吉祥藏菩薩言若諸菩薩起利他心不著自樂不樂禪定而能普爲一切作大利益以無量善根迴向一切衆生是能趣證佛一切智最上蓮華吉祥

菩薩言如佛所説若諸菩薩於一切法無自無他無顯無容普能調伏無諸起作於一切行而盡能行是爲菩薩住奢摩他相應之法自能行已復能教他是菩薩即能趣證佛一切智蓮華吉祥生菩薩言若諸菩薩著世間法即不能了知佛一切智若於世間法無所樂著無利無衰無毁無譽無稱無譏無苦無樂即於諸法無增無減是謂菩薩出離世間即能趣證佛一切智持世菩薩言若諸菩薩以諸勝行利益一切衆生而獲自利不以自他而生分别但以善根迴向一切起大精進常爲衆生種諸善根是名菩薩安諸勝行即能趣證佛一切智持地菩薩言譬如大地能生樹木諸藥草等敷榮結實悉能成就乃至萬物皆因地而有而彼大地不作是念我生草木而成熟之及於萬物依止而住一切衆生依法界地而得生長不作是念能生衆生菩薩摩訶薩亦復如是起平等心猶如大地長時利樂一切衆生不作是念我能利樂一切衆生離其分别即能趣證佛一切智寶手菩薩言精進鎧者行諸勝行廣大無量自非具大善根而不能行若諸菩薩住平等心無分别想乃至夢中於諸衆生不生喜恚普令有情被大乘鎧趣證佛智平等而住亦無聲聞縁覺之意是菩薩即能趣證佛一切智寶印手菩薩言所有衆生界各各令起大悲心普施法印是諸衆生無信者令生正信無聞者令其多聞慳貪者令行布施毁禁者令具戒足瞋恚者令行忍辱懈怠者令起精進散亂者令住禪定愚心癡者令具智慧而令常修

善法皆使圓滿具足善根常行菩薩三種寶印何等爲三謂令衆生佛智圓滿所有善根悉能迴向一切衆生是爲第一寶印自所作善普皆利益成就一切衆生善根是爲第二寶印觀有情界猶若虛空自性清淨是名第三寶印若菩薩常行是事無有休息即能趣證佛一切智師子意菩薩言若菩薩精進堅固而無所畏不能破壞無懈怠心無驚怖想勇猛不退於輪迴中捍勞忍苦無怯無懼而能出離趣證涅槃於苦樂法平等而住無有二相夫如是者是爲菩薩被精進鎧即能趣證佛一切智師子無畏音菩薩言譬如世間有力之士難屈難伏所作能辦是名正士其正士者常行正法離諸罪垢不生邪見勤行大行心常柔軟無麤惡相離諸卒暴是名正士常發善言親近善友以殷重心尊敬師長順行正道無所違背是名正士離諸貪愛修正命行以清淨業絶其過失以智慧心斷愚癡見於自三業安住寂靜復於他人不生擾撓不議好惡長短無毁無譽是名正士愍諸貧窮而行惠施無怨親想内心質直外相柔和離諸邪曲守眞實行以無上法娛樂其心寂然堅固平等而住是名正士於諸衆生所有障礙爲其破滅於身命財而能普施於勝義法不生慳恡見諸衆生無福無慧者而爲滅除諸不善法然後施與妙法寶藏貧苦衆生常施珍寶疾病衆生施與醫藥怖畏衆生施其安樂無依怙者爲作主宰墮輪迴者而爲救度在闇瞑者爲作光明而照導之在邪道者示以正道常以法語教導一切見其過

失不生恚怒是名正士諸菩薩當脩是行即能安住奢摩他相應之法而能趣證佛一切智虛空藏菩薩言菩薩等覩衆生行大慈觀猶如虛空無有邊量行大悲觀無量無邊亦復如是常生歡喜守護諸根離其染著於六波羅蜜法行無懈倦行於布施等如虛空無所罣礙持戒忍辱精進禪定智慧皆亦如是菩薩即能趣證佛一切智平等心轉法輪菩薩言若有菩薩行菩提道當於諸法不起諸相及分別心即不爲魔之所惱害當得諸佛之所愛念諸天龍神常所衞護所作善根眞實無失若菩薩於法生有相心起分別想即爲魔境界爲魔所動諸佛不能攝受諸天不能衞護若堅固不動無相無分別者是菩薩當轉無上法輪普爲一切何以故菩薩了諸法無起無作故菩薩雖起諸心而無所著故以無相心證佛菩提乃至轉妙法輪亦復如是此即名爲菩薩摩訶薩被精進鎧而能趣證佛一切智了別一切句義大辯菩薩言諸正士當知一切處是菩提煩惱是菩提諸所作是菩提有爲法是菩提無爲法是菩提有漏法是菩提無漏法是菩提有著心是菩提無著心是菩提善根是菩提不善根是菩提世間法是菩提出世間法是菩提輪迴法是菩提涅槃界是菩提虛妄是菩提眞實是菩提蘊處界是菩提地水火風空是菩提菩薩摩訶薩了一切法自性空故諸有所作皆無自性於一切義如實了知譬如虛空徧一切處菩提之法亦復如是徧一切處若菩薩解了諸法當具辯才而得正智分別句義即能

趣證佛一切智辯積菩薩言若菩薩智慧解脱諸有所作皆不可取心無相故無所增減不動不摇於一切語言如理而解毀謗稱譽亦不能動所有一切外道語言一切如來語言若内若外若隱若顯皆悉平等無有差別知一切法皆歸寂滅心無所著安固不動如妙高山無動轉相若菩薩智慧解脱歸寂滅心者即能趣證佛一切智海意菩薩言菩薩大智慧海萬法所歸平等一味菩薩多聞總持諸法之性一味無異了知諸法本眞自性非無所有從緣生法即眞實義種種善根之所從生應如是法不增不減本末之性福利無盡究竟寂滅非斷非常自如實知復於衆生起無量心無忘無失常生尊重而爲顯說平等宣示不共之法廣爲衆生種諸善根是

菩薩即能被精進鎧趣證佛一切智妙高王菩薩言諸正士應知佛一切智未易可知難可度量豈能趣證所以者何若諸菩薩超過一切世間衆生心行超過一切世間衆生見聞乃至信樂知識悉能超過世間衆生者而能於布施持戒忍辱精進禪定智慧所有福聚踰於須彌者是菩薩即能趣證佛一切智愛見菩薩言菩薩摩訶薩於六塵境觀無所觀乃至緣無所緣何以故若色若心本性清淨故色清淨故眼無所觀聲清淨故耳無所聞香清淨故鼻無所齅味清淨故舌無所了觸清淨故身無所覺法清淨故意無所緣所以者何諸根清淨自性空故無自無他無愛無猒自性平等觀諸衆生無有高下悉皆平等於諸佛法起決定心不生疑惑樂法無猒

得已還施施無悔悋漸能圓滿一切佛法是菩薩摩訶薩若如是者即能趣證佛一切智喜王菩薩言菩薩摩訶薩安住布施忍辱之心若能有人毀罵訶責期剋打擲菩薩於此不生瞋恚心而作歡喜想於諸衆生常爲善友無自他相無能毀者無所毀者諸法皆空内空外空我相人相悉皆空故所以常生歡喜心行布施行設有求頭目手足妻子眷屬乃至身命無悋無惜歡喜布施菩薩樂求妙法若聞一偈設有轉輪王位亦不戀著若得一衆生發菩是心者設有帝釋位亦不愛樂若暫聞希有之法設有梵天王位亦不愛樂若得見諸如來設使三千大千世界滿中珍寶棄如瓦礫樂見諸佛歡喜圓滿諸根具足成就菩提分法即能趣證佛一切智無邊視

菩薩言菩薩摩訶薩無我見相觀一切法悉皆清淨不生疑惑即能得見一切諸佛觀諸色無所著無色想見諸衆生不作衆生想乃至觀諸世間一切色像亦復如是肉眼所見一切佛刹皆悉清淨業報清淨故即得天眼具足具大神通而得慧眼具足圓滿不共佛法即得法眼具足離諸煩惱即得佛眼具足是菩薩當得十力具足即能趣證佛一切智無邊作行菩薩言諸佛一切所作皆是菩提所以者何菩提者一切智之所出生無内想無外想亦無中間是故菩薩於一切法而無所著即得煩惱界滅盡無餘無有魔事出魔境界是菩薩即能趣證佛一切智破諸魔菩薩言若菩薩不起我見即離諸見諸見不生能離魔業即能了悟諸蘊諸蘊皆空我相永

滅我相滅已魔無能爲魔業既滅諸障解脱遠離諸障即得菩提是名趣證佛一切智無憂授菩薩言若人造不善業常生憂懼追悔自責若人造諸善業無所憂懼是故菩薩常行善法無有間斷相續現前即不爲憂惱毒箭之所傷害即能被精進鎧趣證佛一切智一切義成菩薩言若善男子戒法具足行願具足即能安住戒法根本譬如妙香普熏一切而能離諸過失遠離諸惡乃能圓滿菩提分法菩提分法既圓滿已成一切智由是當知戒足爲本菩提分法而得成就菩薩了如是者即能趣證佛一切智如是諸菩薩各説法已會中有兜率天子名普開華作如是言諸菩薩譬如世間有妙華樹開敷茂盛色香鮮美人多愛樂諸菩薩摩訶薩亦復如是若諸法解脱如華開敷莊嚴一切菩薩摩訶薩共所愛樂又如忉利天宫園生之樹廣大嚴麗華開美盛適悦可樂菩薩摩訶薩若具法解脱開華莊嚴一切菩薩及諸人天共所愛樂亦如最上大摩尼寶淨無瑕翳具如意德菩薩摩訶薩内心清淨無諸垢染具法功德如是即能趣證佛一切智光明開華天子言諸菩薩如日舒光能破諸闇一切色像而得顯現菩薩摩訶薩亦復如是具智慧光舒妙法炬普照衆生令除癡闇皆悉明徹慧光顯現無諸闇瞑而不復爲愚盲所覆常履光明道是故菩薩引示一切失道衆生令行正道即能趣證佛一切智曼陀羅華香天子言諸菩薩曼陀羅華妙香遠聞滿百由旬菩薩摩訶薩具戒定慧亦復如是戒香定香慧香徧

於世間普聞一切若諸衆生聞是香者一切煩惱皆悉銷除是菩薩摩訶薩具足如是法功德香即能趣證佛一切智精進法行天子言若諸菩薩暫時懈退即不能修進勝行得佛菩提果若精進心不計劫數長時勇猛種諸善根心無猒足常行八種助道之法何等爲八一者勸助勝行相應之法二者常修四無量行慈悲喜捨之法三者修習五種智通智慧之法四者常行四攝之法謂布施愛語利行同事五者於三解脫門忍法具足六者廣爲他人宣說妙法七者發起無上大菩提心八者作善方便迴向一切攝諸正法菩薩行此八法即能趣證佛一切智爾時妙吉祥菩薩摩訶薩告諸菩薩及天衆言諸菩薩摩訶薩當於諸法離諸分別即證佛智云何離分別謂不分別三界不分別諸見不分別是內是外不分別是聲聞地是緣覺地是愚異生地亦不分別是輪迴是煩惱是能觀是所觀是因是果是境界非境界是增是減是我見是我所見是慳貪是布施是毀戒是持戒是瞋恚是忍辱是懈怠是精進是散亂是禪定是愚癡是智慧亦不分別是善根能生諸善法是不善根能生諸不善法不分別是世間法是出世間法住平等法不分別是有爲是無爲不分別是有著心是無著心不分別是有漏是無漏諸菩薩當知是法無所分別住平等相應即能趣證佛一切智復次諸菩薩摩訶薩諸佛阿耨多羅三藐三菩提本不可得何以故非心所緣非智所知唯佛而證與佛等者一切智亦等於一切智觀無所有

無所有故是故於一切智無所著非色取受想行識皆不可取是名一切智無法相亦無非法相是名一切智無檀波羅蜜可證尸羅波羅蜜可證羼提波羅蜜可證毗離耶波羅蜜可證禪波羅蜜可證般若波羅蜜亦不可證所以者何以諸法無所得是故一切智亦無所得復次諸菩薩一切智非三世可得過去不可得現在不可得未來亦不可得不著三世故非眼識所觀非耳鼻舌身意識所觀何以故離諸境界故諸菩薩摩訶薩成就一切智者當如是住所以者何一切法亦如是住諸法平等一切智亦平等乃至諸佛法凡夫法皆悉平等如是一切法平等是名一切智菩薩摩訶薩當如是住應如是學譬如四大自性皆無本自有性亦不可得何以故自性空故世間諸善不善法自性空故亦不可得何以故非分别故分别既空是眞實義爾時妙吉祥菩薩説是法時會中有二千天子得無生法忍萬二千天子發阿耨多羅三藐三菩提心

佛説未曾有正法經卷第一

佛說未曾有正法經卷第二

宋西天三藏朝奉大夫試鴻臚卿傳教大師法天奉　詔譯

爾時辯積菩薩摩訶薩前白妙吉祥菩薩言今當共詣佛所問菩薩摩訶薩當云何住是時妙吉祥菩薩即於會中不起于座攝菩薩形化如來像相好具足與釋迦牟尼佛等無有異即告辯積菩薩言如來在此汝今當問爾時辯積菩薩不知化相謂即如來前詣佛所而發問言世尊菩薩摩訶薩當云何住化佛答言如我所作菩薩應如是住辯積菩薩言如佛世尊復云何住化佛答言佛世尊者不行持戒忍辱精進禪定智慧之法不著欲界色界無色界不行身業不發語業不起意業如是於一切處無所行善男子一切所行皆悉如化辯積菩薩言如佛世尊亦幻化相耶化佛答言如是如是菩薩摩訶薩當如是住辯積菩薩即白佛言云何世尊亦幻化相耶化佛答言不也善男子一切諸法皆幻化相辯積菩薩言如是如是諸法性空皆幻化相云何我佛世尊亦幻化耶化佛答言善男子豈唯此佛是幻化相所有一切如來皆幻化相辯積菩薩言誰爲能化者化佛答言自業清淨非有能化及所化者亦無我無人無衆生無壽命無士夫無有識無補特伽羅無佛無異生等相辯積菩薩白佛言世尊當云何學而得菩提化佛答言一切法無所學菩薩當如是學諸法無所行菩薩應如是學諸法無所畏菩薩應如是學諸法無疑惑菩薩應如是學諸法無所有無所緣無虛妄無聚集無所作無文字無生無滅無已有無今有

無當有非幻化非色像非智所觀離一切想菩薩摩訶薩應如是學如是學者是名正學無所減失亦無增長若如是學者無所遠離無所戲論無所樂無所猒無喜無恚無來無去若如是學是名正學是故善男子若有樂求阿耨多羅三藐三菩提者當知無輪迴無涅槃無取無捨無施無慳無戒無犯無忍無恚無勤無情無定無亂無智無愚非學非無學非行非不行無所得無所證無菩提無佛法無我想無人想無衆生想無壽者想無補特伽羅想無法想亦無非法想非有想非無想何以故諸法如幻化無二無差別無動轉相一切法非色取相眼不能觀一切法無分别相非心所知諸法性空無法可行無菩提可得是故善男子諸菩薩摩訶薩當如是行如是修

學若有善男子聞是說者不生驚怖不生疑惑是人即能證得阿耨多羅三藐三菩提復次善男子譬如虛空不可侵害火不能焚風不能轉水不能注塵不能坌煙雲雷電皆不能著虛空無罣礙故菩薩摩訶薩亦復如是心無罣礙不爲諸法之所動轉無樂欲無猒捨心若虛空蘊等諸魔所不能動是菩薩當證阿耨多羅三藐三菩提而能普爲衆生作大利益而無窮盡爾時化佛說是法已隱而不現妙吉祥菩薩却復本形辯積菩薩前白妙吉祥菩薩言如來世尊從何所來適當說法今何所往妙吉祥告言本無所來今亦無去又問無來之來從何所來答曰從如是來辯積菩薩言如佛所言一切如來皆幻化相幻化相者非所從來亦無所去耶妙吉祥言

如是如是如所化相無來無去一切法一切衆生亦如是辯積菩薩又問言一切法何所住妙吉祥菩薩言諸法無自性如是住又問一切衆生復云何住答曰一切衆生彼彼業報亦如是住又問一切衆生業報云何答曰諸法無主亦無業報諸法平等今如是住又問無業報者彼彼業報云何答曰如所作業如所受報是爲業報又問衆生業報性空當生亦爾復云何受答曰如眞實法無業無報及無有生非有非無是爲業報然衆生業報無亡無失自業性空是眞實義妙吉祥菩薩說是法時釋迦牟尼佛會中有尊者舍利子阿難及餘聲聞等以佛威力故聞妙吉祥菩薩所說妙法是時舍利子即從座起前白佛言世尊希有彼諸菩薩各以種種善巧方便宣說甚深之法若有聞者其誰不發阿耨多羅三藐三菩提心佛告舍利子菩薩摩訶薩以無著心修學諸行以無懈心宣說正法舍利子如菩薩所行所得果報所有智慧及所說法皆亦如是如汝舍利子所行所學皆聲聞行有所著相所得智慧亦復如是爾時有菩薩名光嚴即從座起前詣佛所而白佛言世尊云何名聲聞行佛言善男子聲聞行者於法有所限量於所修行不能遠離諸相樂離生死趣證涅槃猒捨衆生不能濟度智慧狹劣無廣大心所以菩薩觀聲聞行猶若愚盲是故菩薩心行無所著智慧無限礙而能廣度衆生利益無量是時光嚴菩薩復白佛言世尊彼妙吉祥菩薩及諸大士莫於今時而來此會說妙法耶我等樂聞何以故妙吉

祥菩薩證甚深法入解脱門以無礙辯善説法要爾時釋迦牟尼佛即以神通警覺令妙吉祥菩薩來赴法會是時妙吉祥菩薩與二十五大菩薩及天人衆咸到釋迦牟尼佛所各各頭面禮佛雙足右繞三帀住於一面是時光嚴菩薩即白妙吉祥菩薩言云何大士離於佛所異處説法妙吉祥答言佛所説法甚深難解離諸語言非我能知光嚴菩薩言佛所説法甚深難解如大士者智慧無量尚不能知我等云何當能了解妙吉祥菩薩言唯佛與佛而悉通達非如來者不能信悟是故我今隨力演説其所説法但如法説於眞際法界非離非不離如是所説是名説法於諸語言於諸戲論於諸名相於諸生滅亦非離非不離諸法平等是名説法諸法無自相

無他相無法相亦無非法相非輪迴相非涅槃相是名説法爾時釋迦牟尼佛讚妙吉祥菩薩言善哉善哉如汝妙吉祥所説是眞説法何以故諸法離言離一切想無大法無小法斷諸分别非三昧心所觀所見未有一法若增若減如是説法是名解法即名見佛是時釋迦牟尼佛説此法時會中有八千菩薩證無生法忍有二百天子先發大乘心不久而作是念佛法甚深難解難知不能窮盡而我等終不能解了深義行諸勝行趣證無上菩提不若於聲聞緣覺之果趣求涅槃定無疑惑於是退轉大乘心爾時世尊知諸天子心所思念告諸天子言汝等勿起懈怠心退失大乘行當發阿耨多羅三藐三菩提心堅固無退爾時釋迦牟尼佛爲欲度諸天子故

即化一長者身手持滿鉢衆味飲食來入法會到佛所已以所持食奉上世尊然後頭面禮世尊足而作是言唯願世尊哀愍我故受我此食是時世尊隨長者意而受此食於是妙吉祥菩薩從座而起合掌恭敬前白佛言世尊佛所受食無有限量應徧法界而無所著無施者無受者悉皆平等如法受食爾時舍利子心生疑念施食長者從何所來豈非妙吉祥菩薩所化而作佛事爾時世尊知舍利子心之疑念即告舍利子言汝舍利子勿作是念若來若去佛自知時爾時世尊以所受食擲鉢置地其所擲鉢於下方世界各各佛刹現説法者一一佛前鉢皆至彼諸佛弟子各發問言此鉢從何所來諸佛皆爲告言上方世界名曰娑婆有佛世尊號釋迦牟尼今現説法此鉢從彼而來爲欲教化諸菩薩故其鉢下過七十二殑伽河沙數佛刹有世界名光明佛號光明王如來應供正等正覺現在説法於彼佛前虚空中住爾時釋迦牟尼佛擲是鉢已即告尊者舍利子言汝舍利子當以神力觀所擲鉢今在何處於何所住是時舍利子即入十千三摩地門於其定中以自智力及佛神通力於十千佛刹徧觀此鉢不見所住從定出已而白佛言世尊如我所觀經十千佛刹不見此鉢所住之處爾時世尊即告尊者大目乾連言汝大目乾連當以神力觀所擲鉢何所而住是時尊者大目乾連承佛聖旨即入八千三摩地門於其定中以自通力於下方世界經八千佛刹徧觀此鉢亦不見所住從定出已前白佛言世尊

我以自通力於下方世界經八千佛刹不見此鉢所住之處爾時世尊即告尊者須菩提言汝當以神通力觀所擲鉢今在何處於何處住須菩提承佛聖旨即入萬二千三摩地門於其定中經萬二千佛刹徧觀此鉢不見所住從定出已前白佛言世尊我以自通力經萬二千佛刹徧觀此鉢不見所住如是五百聲聞弟子各各以自神通及天眼力徧觀此鉢皆不能見爾時尊者須菩提前白慈氏菩薩摩訶薩言仁者受一生記當補佛處惟願今時入三摩地觀鉢所往示諸大衆慈氏菩薩告須菩提言尊者然我受一生記當得阿耨多羅三藐三菩提所有妙吉祥菩薩一切三摩地門名字尚不能知何況證入唯妙吉祥菩薩悉能證之所作所行無不通達須菩提諸佛如來所作今我豈能知耶是故我今神通智慧未逮於妙吉祥菩薩而今世尊所擲之鉢唯妙吉祥可知所住降茲已往皆莫能知是時須菩提前白佛言世尊彼妙吉祥菩薩功德尊勝自捨如來無能過者應知世尊所擲之鉢惟願世尊勑妙吉祥菩薩以大神通取鉢赴會示諸大衆而作佛事於時世尊即告妙吉祥菩薩言妙吉祥汝知此鉢當何所往復何所住於是妙吉祥菩薩承佛語已而作是念我今不起于座不離佛會不隱其身當取此鉢示諸大衆作是念已即入三摩地於其定中舒其右手於下方界過一一佛刹於一一佛前其手發聲作如是言我今敬禮諸佛我師釋迦牟尼佛問訊世尊少病少惱起居輕利安樂行不伸問訊已其手

於一一毛孔放百千俱胝光明一一光明有百千蓮華一一華上各有如來坐於其上一一如來各各讚歎釋迦牟尼佛一一世界皆悉六種震動現大光明徧照佛土復現幢旛傘蓋種種嚴飾之具而作佛事如是一一佛刹悉皆如是度七十二殑伽沙數佛刹已到光明王佛所其手發聲致敬問訊亦復如是復放百千光明一一光中有百千蓮華一一華上皆有佛坐諸佛各各讚歎釋迦如來光明交照洞徹無量爾時光明王佛會中有菩薩名曰光幢從座而起前白光明王如來言此手何來現如是相放此光明復於光中現如是蓮華於其華上有諸如來各各讚歎釋迦牟尼佛是相云何願佛宣示爾時光明王如來告光幢菩薩言上方去此七十二殑伽沙數佛刹有世界名娑婆佛號釋迦牟尼應正等覺現在說法教化衆生彼有菩薩名妙吉祥具大功德被不思議精進鎧有大智力已到彼岸是菩薩於彼釋迦牟尼佛會中不起於座舒其右手來取其鉢以是緣故有斯瑞應爾時光明王如來從於眉間放大光明普照七十二殑伽沙數佛刹上至娑婆世界廣大照曜而此世界所有衆生蒙光照者得大快樂如轉輪王所有修菩薩行者蒙光所照皆得其果自行圓滿所有諸大菩薩皆得日光三摩地門所有修聲聞行者皆得八解脫法門彼光明王佛刹諸菩薩乘如來光皆得見此娑婆世界釋迦牟尼佛并妙吉祥菩薩諸聲聞衆圍繞說法爾時光幢菩薩摩訶薩見此娑婆世界衆生業濁而生悲泣即白

光明王如來言世尊我乘佛光明得見彼娑婆世界而此世界穢惡充滿諸大菩薩生於彼處譬如吠瑠璃寶沒於泥中是事云何爾時光明王如來告光幢菩薩言善男子勿作是言我此世界諸修菩薩行者於十劫中修習禪定而不及彼娑婆世界衆生發起一念慈悲喜捨之心便能獲於無量功德滅除一切煩惱重障何以故娑婆世界衆生猛利是故諸菩薩生於彼中爲護佛法故汝今勿應而生悲泣爾時釋迦牟尼佛會中諸菩薩衆蒙光照已即白佛言世尊何緣有此光明普能照曜亦令我等生大適悅諸衆生等滅諸煩惱釋迦牟尼佛告諸菩薩言善男子下方去此七十二殑伽沙佛刹有世界名曰光明有佛如來名光明王應正等覺現在說法教化衆生彼佛眉間放大光明照此世界是時諸菩薩復白佛言世尊我今欲見彼光明世界光明王佛及諸菩薩願佛以神通力令我得見爾時釋迦牟尼佛現其足下千輻輪相於其輪中放大光明下照七十二殑伽沙數世界至光明王佛刹廣大照曜是時諸菩薩衆乘佛光明皆得見彼光明王佛及諸菩薩已而能獲妙高燈三摩地法門於時下方一一佛刹光明普照與此娑婆世界互得相見迴無障礙如是下方諸世界乃至光明王佛刹諸菩薩衆與此娑婆世界諸菩薩互相觀見各得瞻敬譬如日光去其闇瞑一切衆生各得相見亦復如是是時彼諸菩薩各各發起精進之心趣求大果爾時妙吉祥菩薩舒手至光明王如來前住虛空中當取鉢時有

諸佛刹無數百千俱胝那由他大菩薩衆恭敬圍繞隨鉢上至娑婆世界瑞相光明皆悉漸隱妙吉祥菩薩置鉢於釋迦牟尼佛前虛空中住於是出三摩地從座而起前詣佛所禮世尊足而白佛言世尊我承佛旨於下方世界取所擲鉢今在佛前置虛空中願佛納受於是世尊默然而受是時下方世界諸佛刹中菩薩之衆隨鉢至者咸詣釋迦牟尼佛前禮敬雙足各各稱彼佛名某佛如來正等正覺問訊世尊少病少惱起居輕利氣力安不教化衆生無疲勞耶如是伸敬已畢世尊安慰退坐一面爾時世尊告舍利子言汝今諦聽當爲汝說妙吉祥菩薩過去所行及本因緣時舍利子受教而聽佛言舍利子過去無數百千俱胝那由他劫彼時有佛號無能勝幢如來應供正等正覺出現於世彼佛世界名不可毀有八萬四千聲聞之衆萬二千菩薩衆彼佛說三乘法教化衆生是佛亦出五濁惡世爲諸菩薩說六波羅蜜法舍利子彼時有苾芻名曰智王聰慧明達善說法要是苾芻食時著衣持鉢入一王城次第乞食其城名曰廣大得滿鉢衆味食已將出彼城是時城中有長者子名曰淨臂在母懷中見彼苾芻持鉢而過即詣苾芻前欲鉢中飲食是時苾芻見是童子善根純熟是大法器即取鉢中歡喜團而授與之童子得彼食已發歡喜心隨智王苾芻至無能勝幢如來之所時彼童子即詣佛前禮世尊足智王苾芻將所乞食授其童子而告之言汝以此食供養世尊及諸大衆當令汝得無量福聚是時童

子如苾芻言即捧其食添世尊鉢食猶未盡然後次第供諸大衆是會菩薩聲聞咸受其食悉皆飽滿食猶未盡佛告舍利子淨臂童子既供養已心大歡喜即於佛前說伽陀曰

我以無盡食　供佛及大衆　我今供養已
獲福聚無疑　所施食無盡　佛功德無盡
今供養於佛　必獲無盡福　我以無盡食
供養於世尊　增長諸善根　相續無窮盡

如是以一鉢食於七日中供養如來及聲聞菩薩之衆以佛威力故食猶不盡是時智王苾芻告彼童子言汝供養已當歸依佛歸依法歸依僧受佛戒法盡形受持是時童子受苾芻教歸佛法僧既歸依已即生隨喜發阿耨多羅三藐三菩提心是時淨臂父母求覓其子到無能勝幢如來會中到已禮世尊足住立一面淨臂童子見其父母心生歡喜問訊起居於父母前說伽陀曰

父母今善來　諸佛甚難值　我求大菩提
爲一切衆生　普觀佛相好　身放妙光明
諸有智慧者　應求菩提果　我今求出家
願父母聽許　不樂於富樂　以佛難值故

爾時父母即爲其子說伽陀曰

我聽汝出家　趣無上菩提　我以汝因緣
亦當如是學

佛告舍利子是時淨臂童子蒙其父母聽許出家時彼父母深生信樂亦復出家歸佛法僧歡喜信受是時復有五百人同時發阿耨多羅三藐三菩提心皆悉歸佛出家佛皆攝受佛告舍利子汝今當知爾時智王苾芻者豈異人乎即今妙吉祥菩薩是淨臂童子者

令我身是舍利子我往昔時爲長者子因彼妙吉祥菩薩授我鉢故令我發大菩提心又舍利子我從初發大菩提心乃至果滿十力無畏一切功德具無盡智皆因妙吉祥菩薩起發開導何以故我所發心猶如虛空無有邊際又舍利子所有十方無量無數同名釋迦牟尼佛皆如我於妙吉祥所開發菩提心又舍利子過去底沙如來弗沙如來燃燈如來尸棄如來如是諸佛我於無量劫中稱讚其名是諸如來亦同我於妙吉祥菩薩所發起道心得成正覺轉妙法輪又舍利子所有諸修菩薩行者初處兜率天示降生相出現世間初生王宮然後修諸苦行乃至坐於道場皆因妙吉祥菩薩教化示導舍利子當知妙吉祥菩薩爲諸菩薩母出生一切諸菩薩故舍利子如我所說皆是眞實如是往昔因緣應如是知佛說是語時十方一切佛刹悉現種種寶蓋而來供養妙吉祥菩薩於一一蓋中放大光明廣照娑婆世界復於蓋中出妙音聲作如是言如釋迦牟尼佛所說如是如是往昔從彼妙吉祥菩薩發菩提心爾時釋迦牟尼佛會中先退菩提心者二百天子見佛世尊及妙吉祥菩薩現如是種種不思議事及聞佛說本起因緣各作是念一切諸佛無上大法不可得聞何況得見諸佛如來功德如是我今宜於世尊前捨下劣心發起無上大菩提意決趣無上大菩提果作是念已即發堅固阿耨多羅三藐三菩提心不復退轉

佛說未曾有正法經卷第二

音釋

捍 侯旰切衛也

撓 奴巧切擾亂也

礫 郎擊切小石也

瑕 胡加切玷也

坌 蒲悶切塵𡋯也

佛說未曾有正法經卷第三 第四同卷

宋西天三藏朝奉大夫試鴻臚卿傳教大師法天奉　詔譯

爾時世尊釋迦牟尼佛復告舍利子言汝今當發阿耨多羅三藐三菩提心修諸菩薩行不應樂著聲聞之果何以故舍利子一切衆生處輪迴中不生怖畏無由解脫是故諸菩薩當起大精進於輪迴中種種化度令怖生死出於三界汝若唯樂聲聞之果不能起大菩提心救度一切衆生是故一切衆生若得值遇菩薩勸令發起精進即得解脫生死亦能發阿耨多羅三藐三菩提心舍利子過去世時有佛出世號具足功德如來應供正等正覺明行足善逝世間解無上士調御丈夫天人師佛世尊是佛會中有百俱胝聲聞之衆有八千菩薩衆其佛壽十萬歲有二聲聞最爲上首一名出現智慧第一一名迅疾神通第一是時具諸功德如來於其食時著衣持鉢與諸大衆前後圍繞入一王城其城名曰妙音次第乞食佛入城時智慧聲聞居佛右側神通聲聞在佛左側餘聲聞衆俱從佛後諸菩薩衆而導其前復有大梵天王帝釋天主護世四王及諸天衆圍繞世尊入彼王城是時城中有三童子種種莊嚴於其道側而共戲劇是三童子遥見世尊相好端嚴威德無量光明晃曜猶如金山儀容尊重如大龍王見已歡喜心生恭敬第一童子曰汝等見此佛世尊不於諸衆生最尊最上福聚無盡天上人間咸悉尊敬是故我等宜共供養必獲大果共相議已第一童子說伽陀曰

此佛一切衆中尊　天上人間所應供

我等宜伸供養事　獲大果報而不虛
餘二童子說伽陀曰
我伸供養無香華　亦無種種妙供具
但唯有此全身命　當捨供養佛世尊
是時前一童子即脫所著殊妙真珠瓔珞價
直百千兩金向二童子說伽陀曰
我今當以此瓔珞　供佛如來大智尊
願我伸其供養已　當獲無上大福聚
是時餘二童子見此童子獻供養已亦各脫
身所著瓔珞向一童子說伽陀曰
我以瓔珞伸供養　一切最勝正覺尊
發此誠心供養已　誓願求於佛正法
是時前一童子見此二人亦獻瓔珞而告之
曰汝等所作福利無量當於佛法求何等果
第二童子曰我願當來得爲世尊右邊弟子

而得智慧第一第三童子曰我願當來爲佛
左邊弟子而得神通第一二童子各說所願
已復問第一童子曰汝善開導爲我善友汝
獻供養何所求耶答曰我所願者願當得阿
耨多羅三藐三菩提果具一切智放光照曜
使一切衆見者歡喜發菩提心如師子王大
衆圍繞如佛今日等無有異佛告舍利子彼
三童子如是各各發誓願時於虛空中有八
千天子俱發聲言善哉善哉汝等善說此語
所希勝果決定無疑是三童子各持瓔珞前
詣佛所爾時佛告舍利子具諸功德如來見
三童子持諸瓔珞來詣佛所即告海慧苾芻
言苾芻汝見此三童子不海慧白佛言世尊
唯然已見佛言苾芻第一童子心所希求與
二童子不同舉足下足自在特尊如轉輪聖

王假使百千梵王帝釋亦不能及今來佛所開發道心願欲趣證無上菩提故是三童子到佛所已各各頭面禮世尊足各以瓔珞奉上世尊佛既受已其發聲聞心者所獻瓔珞住於佛前其發菩提心者所獻瓔珞在於佛上虛空中住變成四柱寶臺四面嚴飾其上有無量諸佛結跏趺坐現諸相好種種莊嚴殊勝無量是時具諸功德如來即入三昧普觀諸佛如來變化之相從其面門出種種色光所謂青黃赤白紅紫碧緑光明普照無邊世界上至梵天暎蔽日月光明皆悉不現其光照已右繞三帀還復世尊頂門而入是時海慧苾芻前白佛言世尊有何因緣放斯光明惟願世尊示我令知佛告苾芻言汝見此二童子所獻瓔珞於佛前住不苾芻白佛言唯然已見佛言苾芻此二童子爲求聲聞果故樂欲趣證自利涅槃不能發起大菩提心苾芻汝見前一童子所獻瓔珞在於佛上於虛空中作諸變化此人爲欲趣證無上菩提利益一切衆生故彼二童子但樂智慧神通不能普爲利樂是故所獻供養亦無殊勝之相當知發大菩提心者所作福事亦不可量汝今宜應捨聲聞心當求阿耨多羅三藐三菩提佛告舍利子彼時發大乘心童子豈異人乎即我身是樂智慧者即汝身是樂神通者即目乾連是汝等聲聞雖免輪迴唯樂趣於涅槃終不能廣利衆生心等諸佛同若虛空無窮無盡福聚無量功德無量超過聲聞緣覺境界舍利子汝等速發阿耨多羅三藐三菩提心是時舍利子大目乾連大迦葉阿

泥盧馱優波離富樓那須菩提等諸大聲聞異口同音作如是言善哉世尊善能開導令我等發起大菩提心世尊當知善男子善女人種諸善根欲求解脫者應發廣大心及廣大行願是人當得見百千諸佛聽聞正法世尊我等自昔已來智慧狹劣不敢希求佛無邊智而今深自剋責當發大心譬如有人造諸不善業已若不悔過改惡從善無由免諸苦惱我等聲聞唯求自利若不捨下劣心求佛智慧終不能免無餘涅槃又如臨命終人心識昏亂於親愛眷屬不能顧戀我等若求自利涅槃於諸衆生無心化度亦復如是世尊當知阿耨多羅三藐三菩提猶如大地世間一切衆生依地而住依地而生一切善根依阿耨多羅三藐三菩提而得生長亦應如是爾時會中有一萬人聞佛說本事因緣及聞舍利子說是語已皆發阿耨多羅三藐三菩提心爾時摩伽陀國王嚴整其駕來詣佛所到佛會已頭面禮足繞佛三帀坐於一面是時彼王向佛合掌一心恭敬而白佛言世尊一切衆生因何造業造業因緣依何而住佛言大王一切衆生壽者乃至補特伽羅皆依我身見住顛倒分別由分別故起惑造業以造業故不得解脫王復問言世尊我身見者何爲根本佛言無明爲根本又問即此無明孰爲根本佛答曰不如理作意是爲根本又問不如理作意復何爲本佛答曰不平等心是爲根本又問何謂不平等心佛言無始時來不如實知名爲不平等心又問云何名爲不如實知佛言一切衆生無始時來於無

計有是爲不如實知又問云何於無計有佛言分別之法不生不實計而爲有又問若法不生今何所說佛言大王我身尚空法無所說又問世尊身若空者何作何住佛言大王雖有所作亦無所著又問即此無著當云何說佛言無著法者如實而說是聖所說又問云何名爲如實之說復何名爲是聖所說佛言大王於一切法離塵離見是眞實語名如實說如實說者是聖所說聖所說者謂善了諸法本無所生當如是住當如是學是時摩伽陀國王聞佛說法心生歡喜而白佛言希有世尊善說此法實未曾有如佛世尊以無漏智普爲利樂一切衆生故說眞實法一切衆生罪業所纏而不能聽受修行我亦如是世尊應念我自昔來不遇善友以不善心我亦廣作諸不善業是故不能親近世尊聽聞正法我於深宮但樂嬉戲飲食宴樂而於晝夜無暫猒捨故我不能詣佛聽聞正法世尊我今悔過自責昔所作惡深自追想於晝夜中未暇安樂如負罪人常生驚怖世尊大慈爲衆生父無依怙者爲作依怙無眼目者爲作引導諸苦惱者爲作安樂諸失道者爲示正道諸貧匱者爲施珍寶其心平等而無懈倦普能利樂無怨親想世尊惟願哀愍救度於我我念先所造罪實懷怖懼猶如臨墜坑人唯望救拔我恐墮於惡道之中願佛救護滅其罪垢解寤正法

爾時世尊知摩伽陀國王悔昔造惡深生發露愛樂大乘甚深之法而自思念妙吉祥菩薩智慧辯才能爲敷演是時尊者舍利子承

佛威力知佛心念即告摩伽陀國王言大王當知妙吉祥菩薩辯才無量智慧無量善說法要必能爲王宣說正法令王開解獲大安樂宜伸求請於王宮中飯食供養利益無量復令王舍城中一切人民瞻禮讃歎見聞隨喜種諸善根獲殊勝福是時摩伽陀國王如尊者語即前白妙吉祥菩薩言菩薩大慈哀愍我故就於宮中飯食供養惟願今時哀受我請是時妙吉祥菩薩告其王言我受王請當如王願王發勝心我已受供樂欲聽法我當宣說大王當於一切法無所著爲王說法於一切法無疑惑想爲王說法於一切法不著三世相爲王說法於一切法不以聲聞緣覺涅槃爲寂滅相爲王說法王白妙吉祥菩薩言善哉希有惟願菩薩哀愍我故與諸大衆同受供養妙吉祥菩薩言大王且置是語如王以飲食衣服供諸大衆爲哀愍故而爲供養斯亦不爲利不爲福夫供養者於法起希有心無作無我無衆生無壽命無補特伽羅等想不著自相不著他相是爲供養當觀諸法無取無蘊處界無内無外不在三界非離三界亦無善亦無惡無樂欲無猒捨非世間非出世間非有漏非無漏非有爲非無爲非有煩惱非離煩惱非輪迴非寂滅若如是者是爲供養王復白妙吉祥菩薩言菩薩哀愍利樂我故願受供養妙吉祥菩薩言大王當不求利樂無所哀愍是心無所著無動無轉無讃無毀無取無捨無求利樂無所哀愍故法法平等而無所得是名受供大王若如此者是真利樂王白妙吉祥言法本無相而

無動作我獻供養亦應如是妙吉祥言空性無相亦無動作求法者無想無願無行無作亦非無作何以故大王諸法自性本無所動亦無有作衆生自性本空三業無所動作大王當觀一切行皆悉無作了一切法自性空故王言諸行造作云何名無妙吉祥言大王如過去法已滅未來法未至現在無所生諸行有爲亦復如是所以不著三世皆無常故法無增亦無減大王當於諸行如是了知王言聖道煩惱二法平等不妙吉祥言此二平等亦無增減大王日光出時與瞑合乎王言不也日光出時衆瞑皆遣妙吉祥言日光出時而彼衆瞑當歸何處王言而彼闇瞑亦無所往妙吉祥言煩惱聖道亦復如是此二不相待亦不增不減非住非不住大王煩惱平等聖道亦平等此二平等故諸法皆平等大王當知煩惱性空亦無所住以煩惱故而得聖道得聖道故無復煩惱是故此二不增不減亦無差別王言煩惱聖道從何所生妙吉祥言從心所生心若不生煩惱無復生煩惱不生聖道無復生是故當知煩惱如是觀聖道亦如是觀如是觀已則心無所得王言聖道之法歸於涅槃乎妙吉祥言不也諸法無來去涅槃亦如是王言聖道當云何住妙吉祥言聖道如是住王言聖道得非戒定慧之所住耶妙吉祥言諸法無行無相離諸戲論若戒定慧者是即戲論有行有相不應如是住如是住者非住非不住聖道亦如是王言所有善男子善女人修菩提行者得聖道乎菩薩言修菩提者無有少法可得菩提道者

非苦非樂非我非無我非常非無常非淨非穢無輪迴可猒亦非涅槃可證是故一切法皆不可得聖道之法亦不可得王復白妙吉祥菩薩言善哉大士甚爲希有善説法要我悉信解然成誠心敬辦供養當以飲食供諸大衆菩薩今時赴我所請妙吉祥言食無所作施無所受施者受者無二無别王巳誠心當受王供爾時世尊告妙吉祥菩薩言今正是時受王所請當爲多人作大利益妙吉祥菩薩前白佛言我今承佛聖旨巳受王請當與大衆同受供養爾時摩伽陀國王知妙吉祥菩薩受其請巳心生歡喜得大安隱禮敬世尊及妙吉祥菩薩并諸大衆然後詣尊者舍利子所問尊者言妙吉祥菩薩將受我供同來菩薩其數幾何舍利子言當與五百大

菩薩衆同赴王會是時摩伽陀國王先還宫中嚴飾廣殿令諸給使者皆精潔其心備辦種種上味飲食羅列幢旛珍妙寶蓋散諸妙華焚種種香眞珠瓔珞盡其華麗敷設五百座位復於王城令嚴治道路散華燒香無諸塵穢清肅其道是時城中人民聞妙吉祥菩薩赴王宫中受王供養皆生歡喜一心渴仰各以香華伺其道側爾時妙吉祥菩薩於初夜分作是思惟我於來晨赴於王請同我往者菩薩衆少今當往諸佛刹請諸大菩薩衆共赴王宫莊嚴勝會我若爲王説法彼諸菩薩能作證明作是念巳即於本處隱身不現經須臾間東方過八萬佛刹到一世界名曰常聲佛號吉祥聲如來應供正等正覺現在説法爲諸菩薩説大乗法彼諸菩薩皆是不

退轉地其佛刹中有七寶樹出種種華果其樹枝葉常出微妙音聲所謂讃佛聲讃法聲讃不退轉地菩薩之聲常出如是三寶之聲是名常聲世界妙吉祥菩薩既到彼已詣吉祥聲如來前頭面禮足而白佛言我自娑婆世界故來至此爲受摩伽陀國王請於宫中飯食供養爲菩薩衆少故來請諸大菩薩上士來晨與我同赴王宫受其供養令彼一切衆生咸受其福惟願世尊勅諸菩薩令受我請

爾時吉祥聲如來即告八萬大菩薩言善男子今妙吉祥菩薩來請汝等往彼娑婆世界赴摩伽陀國王宫中飲食供養汝今當往同爲佛事是時諸菩薩如世尊敕即當奉行於是妙吉祥菩薩禮辭吉祥聲如來與八萬大菩薩隱身不現即還娑婆世界到本住處是時妙吉祥菩薩與諸菩薩共相坐已即告諸菩薩言我有法門名大總持今爲諸大士分别演説云何名總持法門所謂樂欲趣證總持法門者當住正念心不散亂離諸癡恚於一切法智慧通達行如來道得辯才門住於無相入一切法總持智門相續聖道而能任持三寶有所言論無有滯礙善解一切衆生語言若有論難而爲分别於大衆中心無怖畏所有一切天龍夜叉乾闥婆阿修羅迦樓羅緊那羅摩睺羅伽人非人乃至帝釋梵王下至傍生異類之屬種種言音差别而能隨彼種種言音而爲説法善知衆生根性利鈍隨類得解諸根清淨離諸邪見平等安住總持法門不著世間八種違順之法圓滿一切

出世善法爲諸衆生説其行業因緣果報令其得大安樂於一切處智慧通達能令衆生去除重擔心無憂惱知法自性隨根演説應病之法令起精進獲諸善利菩薩心生歡喜不望果報所有善根但爲迴向一切智故求一切智普爲利樂一切衆生於六度行悉能成就施行圓滿迴向一切智戒行圓滿迴向衆生令其安樂忍行圓滿得佛相好莊嚴具足精進圓滿成熟一切善根禪定圓滿得相應法自在無礙智慧圓滿通達一切法於法自在離諸過失諸善男子如是總持法門得此法門已無所忘失總能任持一切智故復次善男子總持法門復能受持一切法所謂了一切法空無相無願無動無作離其分別不生不滅非斷非常非有非無不來不去非成非壞非聚非散非有性非無性非有想非無想離其戲論非我人衆生壽者補特伽羅無取無捨非見非聞非覺非知是名受持一切法復次善男子又總持法門謂持一切法自性空故如夢所見如水泡如陽焰如虚空等又能持一切法苦空無常無我寂滅等自性無作無樂無苦無得無證又總持法門譬如大地能持世間無大無小悉能持之亦不懈惓菩薩摩訶薩得總持法門亦復如是爲衆生故發菩提心攝諸善根不令散失雖經阿僧祇劫無暫懈退又如大地能育養萬物得總持菩薩能化利一切衆生故又如大地能生草木滋養衆生其得總持菩薩能生一切善法利益衆生又如大地不增不減任持萬物無高無下其得總持菩薩心亦如是不

增不減任持衆生無怨親想又如大地受其甘雨終無猒足其得總持菩薩愛樂聽受佛菩薩法曾無猒足又如大地能持一切種子依時生長終無休息其得總持菩薩能持一切善法種子依時生長亦無休息又如世間勇猛之士威力强盛能伏他軍其得總持菩薩具大精進神通威德能伏魔軍又善男子當知一切法自性無忘無所記念是常無常是苦是樂是淨不淨是我無我是有情非有情是壽命非壽命是補特伽羅非補特伽羅等總持法門亦復如是亦無記念諸法離二相故亦無所忘又善男子總持法門如虛空任持大地無所持想總持一切法無所持相又如日光照曜一切相總持能觀照一切法又如衆生能持一切煩惱種終無散失總持法門能持一切法亦不散失又如諸佛菩薩記心輪能轉一切衆生心意而無能轉相總持法門持一切法亦無能持相諸善男子如前所說種種譬喻無有窮盡諸法無窮盡總持法門亦無窮盡無量無邊如虛空故是時妙吉祥菩薩說此法時會中有五百菩薩摩訶薩得大總持

佛說未曾有正法經卷第三

佛說未曾有正法經卷第四

宋西天三藏朝奉大夫試鴻臚卿傳教大師法天奉　詔譯

爾時妙吉祥菩薩於中夜分復為諸菩薩宣說菩薩藏法門告諸菩薩曰諸大士當須了知菩薩藏法門未有一法非菩薩藏攝所有世間出世間法有為無為若善不善有相無相有漏無漏等法皆是菩薩藏故善男子譬如三千大千世界其中有百億四大洲百億日月百億須彌山百億大海皆不離三千大千世界所攝菩薩藏法亦復如是所有凡夫法聲聞法緣覺法乃至諸佛法亦不離菩薩藏攝所以者何聲聞乘緣覺乘諸佛乘皆同一故譬如大樹莖幹枝葉繁密茂盛皆一本故菩薩藏為本出生三乘法無異無別其量廣大不可度量譬如大海浩無邊際假使阿脩羅王諸藥叉等乃至諸大力士欲酌其海終不可知諸聲聞緣覺一切人天等眾欲知菩薩藏法不可窮盡諸有智者欲知菩薩戒定慧法尚不能知唯入菩薩藏者自所知故又善男子譬如大海所居一切眾生唯飲大海中水不復知江河之味修菩薩乘者唯知菩薩藏法不復樂聲聞緣覺之道善男子菩薩藏中強名曰三謂聲聞緣覺異故但聞四諦理趣證涅槃是名聲聞藏但樂緣生理趣證涅槃是名緣覺藏菩薩藏者證佛一切智故又善男子當知聲聞藏緣覺藏菩薩藏平等無異眾生心所樂欲有三乘學所以學求聲聞者智慧狹劣無所容受怖輪迴苦於四諦法深所樂欲趣證涅槃求安隱故樂求緣覺者心有限礙不能普為眾生無大悲心行

利他行證彼涅槃以為究竟菩薩摩訶薩學菩薩藏其量廣大非聲聞緣覺之所測度唯諸菩薩修學其法悉能了知又善男子聲聞緣覺唯樂自乘修諸善根求二乘果於菩薩法而不能知諸菩薩觀聲聞法於四諦道悉能證知善能分別而不趣證彼果觀緣覺法於十二因緣而悉證知善能分別而不趣證彼果菩薩圓滿諸行而盡通達譬如清淨瑠璃寶器內置諸物咸同一色瑩淨無異聲聞緣覺之法入菩薩藏中本無差異是故諸菩薩摩訶薩入菩薩藏已見法平等無有差別無諸佛法相無菩薩法相無二乘法相於一切法無所思念離諸語言文字無表無示何以故無相故不可觀無義故不可思如是學者攝一切智善男子是名菩薩藏如是通達自在無礙爾時妙吉祥菩薩於後夜分復為諸菩薩摩訶薩宣說金剛句不退轉法輪告諸菩薩曰善男子若菩薩摩訶薩善說法者聽聞解了說者聽者一切皆得不退轉法其無動轉無所散壞善男子不退轉法若乘若乘境界若佛若法若僧皆是不退轉輪何以故不退轉者即法界故不離法界之所生故其輪無轉相是名轉法輪無別無二即法界自性故善男子是故修諸菩薩行者應如是知即得解脫不退轉輪菩薩摩訶薩如是了知如是解脫已當得如來之果普能利樂一切衆生於解脫門無二法可得如來解脫相一切法解脫相皆無異故一切法無解脫相亦無二相何以故身非解脫心亦非解脫二法自性即解脫相故一切法亦復如是諸菩

薩如是了知是即不退轉輪善男子當知不退轉輪而無所轉何以故色與色自性本無所轉故如是受想行識識自性亦無所轉諸法自性皆無所轉是即不退轉輪其輪本來無所斷壞非相非無相非有所得非無所得非說非無說無名無著復次空無相無願解脫門相不可得分別之法從何所得彼一切相猶如虛空無所依附諸法自性無依而住是名金剛句不退轉輪善男子諸法空性不可破壞彼金剛句離一切見當如是住空解脫門彼金剛句離諸分別當如是住無相解脫門彼金剛句離諸疑惑當如是住無願解脫門彼金剛句離諸有著當如是住法界金剛句者離種種法無我無作無貪無著自性安住清淨涅槃是名金剛句爾時妙吉祥菩

薩即於是夜初中後分爲諸菩薩說種種法已是諸菩薩皆得此光明華三摩地法門彼諸菩薩各各舉身於毛孔中出百千光明一一光中出百千諸佛彼一一佛於十方世界廣爲衆生施作佛事爾時摩伽陀國王嚴備種種飲食已於其晨朝來詣妙吉祥菩薩所白菩薩言今正是時往受我供菩薩受請王即還宮是時尊者大迦葉乃於食時著衣持鉢與五百苾芻欲入王舍大城次第乞食於其中路心生思念我今不入此城當往妙吉祥菩薩所聽受正法作是念已即與苾芻衆同詣妙吉祥菩薩所到已歡喜禮敬問訊退住一面

爾時妙吉祥菩薩告尊者大迦葉言迦葉何故食時持鉢住此迦葉白言我欲入王舍大

城乞食故先來此妙吉祥菩薩言我當施汝及同來苾芻飲食迦葉答言不也菩薩我今來此爲聽法故非求飲食妙吉祥言尊者當知諸求道者有二種攝養一者飲食二者妙法迦葉白言如是大士世間有情若離段食非所和合不能資養色身何能聽受妙法妙吉祥菩薩言尊者當受飲食我即施汝其所施已不離輪迴不證涅槃非離異生法非住聖道法何以故所施能施無增無減無法可生無法可滅無法可學亦無所得是故我當施汝飲食迦葉白妙吉祥菩薩言善哉菩薩是大施主如是施者是真布施爾時妙吉祥菩薩作如是念我今入王舍大城爲摩伽陀國王作大佛事作是念已即時入一切神通變化三摩地於此三摩地中放大光明徧照娑婆世界見三千大千世界如觀掌內所有地獄傍生諸有情類蒙光照者皆得離苦無一衆生起三毒心亦無憎嫉怨嫌之想互相愛念如子如母所有三千大千世界皆作六種震動是時欲色界諸天子等皆來供養妙吉祥菩薩奏百千種樂雨天妙華散其道路而爲莊嚴妙吉祥菩薩以神通力令其道路悉皆平坦猶如手掌以無數珍寶而嚴飾之散諸妙華大如車輪謂優鉢羅華俱母陀華奔拏利迦華等復以寶網幔覆於上布諸幢旛傘蓋徧滿虛空復現七寶之臺及諸寶樹其寶樹上皆以瑠璃寶而爲華果以諸寶繩而爲交絡一一寶樹出微妙香徧一由旬其諸樹間復有寶池金沙布底八功德水充滿其中出諸妙華謂優鉢羅華鉢訥摩華俱母

那華奔拏利迦華等復有鴛鴦鳧鴈之屬游止其中諸寶樹寶臺皆有妙香聞者歡喜一一樹下有二十五天女持栴檀香而爲供養妙吉祥菩薩於其定中現如是等奇特事已出三摩地即告尊者大迦葉言我今與汝同赴王舍大城摩伽陀王宮中受食供養耆年大德宜當導前我必從後迦葉白言不也菩薩大士具大智慧神通無量多聞辯才善說諸法我佛世尊常所稱歎衆生見者發菩提心修菩薩行我於聲聞衆中雖稱耆舊無所堪能何敢居前而行願從菩薩之後何以故一切衆生始發菩提心一切聲聞緣覺已所不及何況久行菩薩道者譬如師子之子初生即有大力勇健輕捷無所畏懼其身香氣爲風所吹群獸聞者無不驚怖乃至大象雖有大力一切世間不能制伏聞初生師子之香亦生驚怖衆生若發菩提心勇猛堅固一切魔衆生怖畏想聲聞緣覺所不能及諸菩薩摩訶薩聞佛說大乘法其心不動生大歡喜而能作師子吼降伏一切是故妙吉祥菩薩於眞法中無有三乘但以菩提心而爲尊長一切善法從菩提心生故今菩薩前行猶菩提心生無量善法於是妙吉祥菩薩居前而行諸大菩薩左右圍繞聲聞之衆皆從其後離本住處入王舍城是時天雨衆華於虛空中奏百千天樂放大光明普照大衆於光明中而衆蓮華王舍城中一切人民見菩薩已皆生歡喜持諸香華而伸供養爾時摩伽陀國王聞妙吉祥菩薩與八萬大菩薩衆及五百聲聞而來赴會即作是念我所備辦飲

食五百今此菩薩等衆其數倍多今此少食如何充足又於何處可容其坐作是念時妙吉祥菩薩即敕多聞天王及恭毗羅大夜叉主於刹那頃化童子形詣於王前而白王曰大王勿生憂念妙吉祥菩薩有大方便福德智慧不可思議能以一食普供三千大千世界一切衆生悉皆飽滿食猶不盡今此八萬菩薩五百聲聞其數不多何所慮耶何以故妙吉祥菩薩福德智慧本無盡故食亦無盡是時摩伽陀國王聞是語已心大歡喜適悅快樂即於妙吉祥菩薩起恭敬尊重希有之心與諸宮屬持以香華末香塗香等作諸妓樂出迎菩薩見已拜跪問訊散其香華前引菩薩入於王宮是時妙吉祥菩薩至王宮已即告普照菩薩曰善男子汝當莊嚴道場今正是時普照菩薩受其命已以神通力其王宮殿忽然廣博嚴淨種種莊嚴無所妨礙懸諸華蓋幢旛瓔珞嚴飾第一成大道場復告法上菩薩曰善男子汝可爲吾敷置上妙之座安諸大衆於是法上菩薩作彈指相而爲召集於刹那間有八萬三千妙好之座出現道場種種珍寶而爲莊嚴其座周徧於道場中亦無迫迮爾時妙吉祥菩薩即就於座命諸菩薩聲聞之衆各就其座於時摩伽陀國王即前白妙吉祥菩薩言惟願菩薩大衆哀愍我故從容小待飲食將至爾時四大天王與諸眷屬來詣道場禮敬供養妙吉祥菩薩及諸大衆復有帝釋天主與諸眷屬及彼阿脩羅眷屬等各各持栴檀末香來詣道場供養大衆復有娑婆界主大梵天王變童子相

與諸梵衆左右侍者各持寶拂來詣道場禮敬妙吉祥菩薩已住立其側諸來梵衆亦持寶拂於諸菩薩及聲聞衆右側而住復有無熱惱龍王來詣道場住虛空中不現其身垂諸瓔珞於瓔珞中出八功德水一切大衆用而無盡爾時摩伽陀國王即作是念此諸菩薩皆無鉢器當用何食妙吉祥菩薩知王所念而告王言勿作是念此諸菩薩不持其鉢若須鉢時隨其佛刹所有應器自然而至王大歡喜即白妙吉祥菩薩言此諸菩薩居何佛土從何所來願聞諸菩薩所來國土及佛名字妙吉祥答言大王當知東方有國其名常聲佛號吉祥聲如來應供正等正覺現在說法此諸菩薩從彼而來受王供養亦令大王得見希有之事應時常聲世界遣八萬三千寶鉢以彼佛威神力故及諸菩薩行願力其鉢從空來此娑婆世界至無熱惱池即時有八萬三千龍女以八功德水淨其鉢已各各持至諸菩薩前是時摩伽陀國王見是事已歎不可思議未曾有也心大歡喜是時妙吉祥菩薩即告王言今諸菩薩應器已至王當分布飲食普供大衆時王即以所辦種種飲食奉上菩薩及諸大衆是時道場大衆咸悉滿足無有一人乏少之者觀其飲食猶尚不盡王白妙吉祥菩薩言希有大士我以少食普供大衆食猶不盡菩薩告言大王真實之法而無窮盡食所從生亦無窮盡是時諸菩薩大衆飯食已竟擲鉢向空而住無所動搖王白菩薩言此鉢於何而住菩薩告言大王真實之法有所住不王曰真實之法應無

所住菩薩曰大王當知眞法無所住此鉢亦無所住鉢若無所住諸法亦如是大王當知法性空故應如是住爾時摩伽陀王供養妙吉祥菩薩及諸大衆已住菩薩前生渴仰心欲聽其法即白妙吉祥菩薩言菩薩大慈可能爲我說希有法菩薩告言大王希有法者假使殑伽沙數諸佛如來應正等覺經百千劫說不能盡彼王聞已心生驚懅迷悶不樂是時尊者大迦葉謂其王曰汝勿謂殑伽沙數諸佛不能宣說希有之法妙吉祥菩薩亦不能說耶但以諸佛之法無所窮盡非言說之所能及汝但當隨所樂欲問於妙吉祥菩薩而此大士無量善巧方便之力必能爲王說希有法聞是語已心遂醒寤即白尊者言我適聞菩薩所說心生疑惑承尊者言微當醒寤即前白妙吉祥菩薩言菩薩如何殑伽沙數諸佛亦不能宣說希有之法我聞是語心無所措惟願菩薩決我疑惑妙吉祥菩薩告言大王殑伽沙數諸佛非不能說希有之法法無所說是希有法大王當於一切法但心無所住其法不可說諸佛如來亦不可說大王於諸佛世尊有所見相耶王言不也又問心生可見耶心滅可見耶答曰不也又問有爲法無爲法眞實法虛妄法皆可見不王言皆不可見菩薩言於一切法有所觀相於一切法有所說耶王言不也妙吉祥言大王由是義故我作是言希有之法殑伽沙數諸佛不能宣說復次大王虛空無相亦無動轉煙雲塵霧所不能著虛空本性淸淨無法可染無法可淨諸佛如來了一切法與虛空等

以是義故殑伽沙數諸佛說不能盡復次大王諸佛如來於無住相中凝然不動用而常寂何以故法無可遷離處非處故法不可得離諸取相故大王當知諸法非生亦非無生非大非小非真實非不真實非有想非無想無所作非無作無智無愚無取相非不取相非集非散無來無去非顛倒非離顛倒非即煩惱非離煩惱非自然生非由他生大王諸法如虛空無動轉故諸法無比等離伴侶故諸法無二相無差別故諸法無有邊不可見故諸法無有量非大小故諸法無窮盡常所轉故諸法廣大徧法界故諸法無所住非內外中間故諸法無分別離妄想故諸法是常無遷變故諸法是樂無苦惱故諸法有主宰離妄執故諸法是清淨非垢染故諸法寂靜常湛然故諸法無所得離我相故諸法無樂解脫相故諸法無此彼離我取故諸法無破壞離種種相故諸法一味同解脫性故諸法一相離諸異想故諸法皆空離諸見故諸法無相相清淨故諸法無願離三世故諸法非三世所攝過去現在未來不可得故生死涅槃本平等諸法皆平等大王諸法既如是煩惱疑惑可得生不王言不也諸法皆空煩惱疑惑其何有也妙吉祥菩薩言煩惱無生法亦無說煩惱性空諸法平等生死涅槃本平等煩惱菩提亦平等

佛說未曾有正法經卷第四

音釋

匱（求位切乏也）迫迮（迫博陌切迮側革切迫迮猶陿隘也）懅（其據切驚懅也）

佛說未曾有正法經卷第五 同第六卷

宋西天三藏朝奉大夫試鴻臚卿傳教大師法天奉 詔譯

復次大王希有之法甚深難解即一切法寂滅之相非取非捨非聚非散從因緣生無有主宰以緣生故非自非他諸法無自性自性空故即無所得由無所得故一切法寂靜寂靜相者是眞實相大王當起正信心應如是修學如是觀察如是學者離一切相非有所學非無所學無得無失如是了知是正解脫解脫相者即諸法也諸法性空是眞實義即無所著無所限礙是名最上希有之法復次大王當知眼根非染非淨何以故眼根自性本眞實故耳鼻舌身意根亦非染非淨而彼自性本眞實故大王色非染非淨受想行識亦非染非淨何以故蘊之自性本眞實故乃至一切法亦復如是非染非淨自性眞實故大王當知心無形相非眼所觀心無所住內外中間俱不可得何以故心之自性非染非淨無所增減無所動轉是故大王當如實觀勿生疑惑住眞實法此心眞實故諸法亦如是大王譬如虛空離諸色相亦無動轉若有人言我能以彼煙雲塵霧染於虛空斯爲信不王言不也虛空無相非所染故菩薩自心亦如是本來清淨不受諸垢乃至一切法自性無染亦復如是復次大王一切法與法界非即非離本性平等無有差別若了是者即於諸法無所罣礙亦無增減妙吉祥菩薩說是法時摩伽陀王悟法性空生大歡喜即時獲得無生法忍發希有心合掌恭敬白妙吉祥菩薩言菩薩大慈善巧方便如所說法甚

爲希有微妙深遠昔所未聞我於今日斷諸疑惑心得開曉妙吉祥菩薩曰大王莫作是言疑惑得除作是言者未斷諸相有相於心是大疑惑大王當知諸法寂滅無說無示無聞無得豈有疑惑而可除耶王言菩薩若如是者貪瞋癡等一切煩惱應不礙心耶菩薩曰大王我先所說虛空本淨非所染故其義如是大王心本清淨煩惱性空二俱無得何所礙耶是故不應以罪垢相而生於心大王當知過去心不可得未來心不可得現在心不可得乃至一切法亦復如是於三世中無來無去無住無著無所入無所歸離諸妄想非知見所及離知見法者佛所說也是故智者應如是觀如是解了是時大王白妙吉祥菩薩言如菩薩所說我今解了心之自性諸法自性本來清淨非障所染亦非有相可得是故我今於菩薩前得不壞信菩薩言大王若如是者是即解脫離諸過失爾時摩伽陀王聞妙吉祥菩薩宣說妙法心大歡喜即從座起持上妙細氎價直百千詣妙吉祥菩薩所而奉上之欲以其氎被菩薩身是時菩薩於刹那間隱身不現但聞空中聲曰大王有所見相非我所受如我受者不見自身不見他身無能施無所施乃至一切法亦復如是無所見相離取著心大王其所施氎若有能見身者當可施之時有菩薩名曰智幢其王即時復持其氎而以奉施彼菩薩曰大王有所見相非我所受如我受者不著異生及異生法不住有學及有學法不證無學及無學法不趣緣覺及緣覺法亦不求諸佛如來解

脫涅槃而爲果證如是於一切法無所著相能施所施二種清淨無利無得如是施者而可受之是時大王欲以其氎被菩薩身菩薩即時隱身不現但聞空中聲曰若有能見身者當可施之是時復有菩薩名善寂解脫其王即時持氎奉施彼菩薩曰大王有所見相非我所受如我受者不起我見及我所見非即煩惱非離煩惱非住定心非起散亂非智非愚離諸取捨如是施者而可受之是時大王欲以其氎被菩薩身菩薩即時隱身不現但聞空中聲曰若有能見身者當可施之復有菩薩名最勝作意其王即時持氎奉施彼菩薩曰大王有所見相非我所受如我受者不起諸相不行身業不發語業不起意業不著蘊處界法了一切法皆不可得非智所知非言所及無所依止湛若虚空如是施者而可受之是時大王欲以其氎被菩薩身菩薩即時隱身不現但聞聲曰若有能見身者當可施之復有菩薩名曰上意其王即時持氎奉施彼菩薩曰大王有所見相非我所受如我受者不起取相希求之心若言發於阿耨多羅三藐三菩提心者是爲取相有所希求何以故離有相心即菩薩摩訶薩心此心平等故菩提心亦平等此菩提心即一切如來心由是平等故諸法皆平等無二無差別無取亦無捨離取捨故我相不生我相滅已無所希求如是施者而可受之是時大王欲以其氎被菩薩身菩薩即時隱身不現但聞聲曰若有能見身者當可施之復有菩薩名三昧開華其王即時持氎奉施彼菩薩曰大王

有所見相非我所受如我受者於一切三摩地門證而無相無所分別了一切法自性無動即三摩地如是施者當可受之是時大王欲以其氎被菩薩身菩薩即時隱身不現但聞聲曰若有能見身者當可施之復有菩薩名成就意其王即時持氎奉施彼菩薩曰大王有所見相非我所受如我受者了一切語言文字自性本空無所著相夫欲起心求諸法者墮有相中不名成就若於一切法解無所得即一切義成就一切皆如意如是施者而可受之是時大王欲以其氎被菩薩身菩薩即時隱身不現但聞聲曰若有能見身者當可施之復有菩薩名三輪清淨其王即時持氎奉施彼菩薩曰大王有所見相非我所受如我受者無彼能施無此能受受者無所得施者無果報我尚非有我所亦空如是施者而可受之王即持氎欲被其身時彼菩薩隱身不現但聞聲曰若有能見身者當可施之復有菩薩名曰法化其王即時持氎奉施彼菩薩曰大王有所見相非我所受如我受者不以聲聞緣覺涅槃而爲果證亦不以大般涅槃而爲果證不離輪迴法不求涅槃法何以故生死涅槃二俱平等如是施者當可受之王即持氎欲被其身時彼菩薩隱身不現但聞聲曰若有能見身者當可施之是時大王以所施氎奉如是等諸大菩薩各各隱身皆不納受爾時大王即持其氎詣於尊者大迦葉所作如是言尊者迦葉於聲聞中耆年有德佛所稱讚頭陀第一願受我此上妙細氎滿我施心迦葉答曰大王有所見相非

我所受如我受者不斷貪瞋癡無所染著乃至無明有愛而悉不斷亦不與俱無見苦斷集證滅修道不見佛不聞法不入衆數非盡智無生智可得可證無施者無受者無大果無小果無輪迴可猒無涅槃可證諸法清淨離一切相如是施者而可受之王即持氎欲被其身迦葉亦復隱身不現但聞聲曰若有能見身者當可施之如是大王於五百大聲聞所持氎奉施亦各不受隱身不現爾時大王即作是念今此菩薩聲聞皆不受我所施之氎我今持往後宮施其夫人及諸眷屬彼應當受作是念已持氎入宮而欲施之是時大王不見夫人復思施彼宮嬪眷屬亦復不見如是漸次觀察所有宮城殿宇皆悉不現同彼虛空是時大王復作是念今此上妙細氎無復所施作是念已欲持此氎自被於身其王即時亦自不見其身但聞空中聲曰若有能見身者當可施之大王當自觀身色相今何所在如自觀身不見其相觀他亦然自他之相俱不可得若如是見者即見眞實法眞實法者離一切見以離諸見故即住平等法是時大王聞空中聲已離有相心斷疑惑想如從睡覺而得醒寤即時宮城殿宇后妃眷屬見其色相還復如故即詣菩薩大衆之所悉得瞻覩菩薩之相如本無異是時大王前白妙吉祥菩薩言菩薩大衆適當何往我所不見妙吉祥言大王勿生疑惑今此大衆本相無來其何所往大王於今見此衆不王曰唯然已見菩薩曰何所見耶答言如見眞實法觀此衆亦然又問曰即此眞實亦云何

見答曰眞實法者離一切相非眼所觀不在内不在外不在中間名相二法不可得故爾時妙吉祥菩薩復謂王曰大王當知汝先造惡我聞佛記於當來世墮惡道中王白菩薩言不也大士如佛世尊未曾有說墮惡道者證涅槃者何以故於眞法中無二差別菩薩復言不也大王如佛所說善惡因果報應昭然作是說者其義云何大王答曰菩薩大士如我意者諸佛如來隨順方便巧說生死涅槃令諸衆生猒生死苦趣涅槃樂如實說者生死涅槃二俱平等何以故諸法皆空無有自性彼諸法性即法界性法界性中無二差別由是義故諸法無所生無所往無樂欲無猒捨我今起正信心不生怖畏妙吉祥菩薩言善哉大王善說此語離諸有相王言菩薩我性自空誰爲說者法本無相當何所離如佛所說眞實法中我相本無離情非情諸行無作亦無受者菩薩告言大王汝於眞實法中雖復解了猶生執著王復白言云何離著菩薩曰不壞惡趣相是爲無所著王言菩薩如是如是如我意者惡趣之相無所動轉不壞不著無所畏懼我今得離諸執永不復生有相之見譬如得忍菩薩不復生於三毒之想是時智幢菩薩謂其王曰大王於智慧道已得清淨離諸塵染得忍具足王白菩薩言諸法甚清淨廣大無有量煩惱不能染涅槃不可得唯佛世尊自所證知爾時妙吉祥菩薩及諸大士於王宮中說正法時摩伽陀王獲得無生法忍其王宮中有三十二女人見妙吉祥菩薩神通變化事已皆發阿耨多羅

三藐三菩提心會中復有五百人得法眼淨所有王舍城中一切人民皆悉持諸名華妙香集王宮門逕伸供養妙吉祥菩薩及諸大衆爾時妙吉祥菩薩哀愍城中一切人民爲利樂故以足指按地即時大地皆作吠瑠璃色清淨光潔内外暎徹是時城中若男若女一切人民皆悉得見妙吉祥菩薩及諸大衆無所障礙譬如清淨圓鏡照其面像一切人民瞻菩薩相亦復如是時妙吉祥菩薩各各爲其如應說法時城中八萬四千人得法眼淨五百人發阿耨多羅三藐三菩提心爾時妙吉祥菩薩受摩伽陀王飯食供養及爲廣說法已王之宮屬乃至一切人民皆獲利樂發希有心生大歡喜妙吉祥菩薩即從座起與諸菩薩大衆而共圍繞出於王宮是時摩伽陀王與諸臣從及其眷屬禮敬勞謝隨從菩薩來于佛會是時菩薩既離王宮漸次而行於其中路見有一人在於樹下涕淚悲泣發如是言我造殺業甚可怖畏當來決定墮於地獄我今如何得其救度是時菩薩見此人已觀其根緣而已成熟堪受化度菩薩即化一人與其無異往彼人所既相附近亦復啼泣謂前人曰我造殺業甚可怖畏當來決定墮於地獄前人聞已而即謂言我亦如是造於殺業偶會今時誰生方便能爲救度是時化人即告之言今我等輩造極重罪雖甚怖畏無能救者唯佛世尊有大方便而能救度我等今宜共詣佛所化人言已便即前行其人見已亦復隨從詣於佛所時彼化人到佛會已頭面禮足前白佛言世尊我造殺業

怖墮地獄願佛慈悲救度於我爾時世尊即讚是言善哉善哉善男子今於佛前發誠實語如其所作稱實而言如汝所說造殺業者汝從何心而起罪相爲過去耶未來耶現在耶若起過去心者過去已滅心不可得若起未來心者未來未至心不可得若起現在心者現在不住心亦不可得三世俱不可得故即無起作無起作故於其罪相何所見耶善男子心無所住不在內外中間心無色相非青黃赤白心無造作無作者故心非幻化本眞實故心無邊際非限量故心無取捨非善惡故心無動轉非生滅故心等虛空無障礙故心非染淨離一切數故善男子諸有智者應如是觀作是觀者即於一切法中求心不可得何以故心之自性即諸法性諸法性空即眞實性由是義故汝今不應妄生怖畏是時化人聞佛宣說眞實之法心大歡喜即白佛言希有世尊善說法界自性清淨我今得悟罪業性空不生怖畏我今樂欲於佛法中出家修道持於梵行唯願世尊攝受於我佛言善哉善男子今正是時爲汝攝受是時化人於剎那間鬚髮自落袈裟被身成苾芻相即白佛言世尊我今入般涅槃願佛聽許佛言隨意時化苾芻承佛威神力故即踊身虛空高七多羅樹化火自焚滅盡無餘同彼虛空爾時實造業者見是化人出家及聞佛說法已心生思念此人與我同造罪業彼先解脫我今亦宜求佛化度作是念已即時頭面禮世尊足而白佛言世尊我造殺業怖於當來墮大地獄願佛慈悲而垂救度佛言善哉

善男子今於佛前發誠實語汝所造業於何起心罪業之相其復云何是時此人以善根成熟故聞佛言已身諸毛孔出大火焰旋繞其身即作是言我今歸佛願垂救度爾時世尊舒金色右手於其頂上此人即時身火得滅離其苦惱得大快樂起淨信心向佛合掌而白佛言希有世尊我先聞佛廣說清淨法界離相之法我今得悟罪業性空而不復生怖畏之想我今亦於佛法中樂欲出家修持梵行願佛攝受佛言善哉今正是時爲汝攝受即時此人鬚髮自落袈裟被身成苾芻相如百臘者諸根調適威儀庠序所願圓滿爾時世尊爲其宣說四諦之法彼聞法已即時遠塵離垢得法眼淨而復審觀諦理即於會中證阿羅漢果而白佛言世尊我今欲入涅槃願佛聽許佛言隨意是時苾芻踊身虛空高七多羅樹化火焚身滅盡無餘即時會中有百千天人發希有心各伸敬禮

佛說未曾有正法經卷第五

佛說未曾有正法經卷第六

宋西天三藏朝奉大夫試鴻臚卿傳教大師法天奉 詔譯

爾時尊者舍利子見造殺業人歸佛出家得證聖果如是希有事已前白佛言希有世尊如來大慈善巧方便宣說正法所有造殺業者罪根深重如來於剎那間善爲救度令得解脫斯乃諸佛如來方便之力其所說法皆是諸佛境界唯妙吉祥大士及諸菩薩被精進鎧者而善了知非是我等聲聞緣覺境界何以故諸聲聞人智慧狹劣尚不能分別衆生機宜豈能解了方便之法佛言如是如是舍利子諸佛境界唯諸菩薩得忍法具足者而能趣入汝聲聞人雖離補特伽羅之見唯樂趣求自利涅槃雖復修習頭陀功德亦唯樂求戒定慧具足不樂修學諸佛之法諸所施作有相有礙是故於佛境界莫能思議舍利子汝今當知適所化度造殺業者此人已曾於五百佛所恭敬供養種諸善根亦曾得聞如是之法是故此人今於我前聞說正法以宿善根力得見諸法真實之理如法解脫復次舍利子若人於此正法得聞一四句偈者是人不墮惡趣離苦解脫決定成佛一切智何況受持讀誦如法修行是人所獲功德無量無邊爾時妙吉祥菩薩與諸菩薩摩訶薩衆及迦葉等諸大聲聞摩伽陀國王并其官屬同時還詣鷲峯山中釋迦牟尼佛會到佛會已各禮佛足退住一面爾時尊者舍利子即謂摩伽陀王言汝所愛樂大乘希有之法妙吉祥菩薩已廣爲汝開示演說汝於是法實了解不王言尊者我已解了希有之法

舍利子言汝當如何作了解耶答曰如我意者於一切法離諸染著無得無失非取非捨非心境界無所得相是眞實法如是了知疑惑永滅一切障累無所從生爾時舍利子白佛言世尊此摩伽陀王善根成熟愛樂大乘甚深法味見法無生盡諸業障爲實滅盡爲有餘耶是事云何願佛爲説佛言舍利子此王所有業障皆悉滅盡無餘可得舍利子譬如芥子其量微小須彌山王能摧滅不汝今當知王之業障猶如芥子我所宣説甚深之法如彼山王是故此王聞甚深法豈有障累不滅盡耶舍利子言希有世尊此王利根明達而能聞法解了滅盡諸障如佛所言誠不虛耳佛言舍利子此王曾於過去七十二俱胝佛所恭敬供養種諸善根於彼佛所已聞正法由是善根當來決定得證阿耨多羅三藐三菩提復次佛告舍利子汝見此妙吉祥菩薩不答曰已見佛言今此摩伽陀王與妙吉祥菩薩有大因緣舍利子過去有劫名爲無垢有佛出世號曰妙臂於彼劫中復有三俱胝佛出現於世如是諸佛皆因妙吉祥菩薩開發道心彼諸如來壽命長遠轉大法輪利益衆生此摩伽陀王於彼劫中已得值遇妙吉祥菩薩教化發於阿耨多羅三藐三菩提心王發心已於如是等佛世尊所種諸善根聽受大乘希有之法以是因緣善根深厚舍利子汝今當知摩伽陀王此命終後於上方界過四百佛刹有佛刹名曰莊嚴其佛號寶聚如來應供正等正覺此王生於彼中亦見妙吉祥菩薩聽受甚深之法聞已解了證

無生法忍乃至當來慈氏菩薩於此娑婆世界成正覺已此摩伽陀王從彼莊嚴佛刹而來生此於慈氏如來法中得爲菩薩號曰無動是時亦得見妙吉祥菩薩爾時慈氏如來爲無動菩薩如其過去所聞之法重宣説已告彼衆言汝等見無動菩薩不此菩薩者豈異人乎即過去釋迦牟尼佛法中摩伽陀國王是此人於彼妙吉祥菩薩所聽受正法獲得無生法忍佛告舍利子彼慈氏如來爲無動菩薩説妙法時會中有八千菩薩得無生法忍二萬四千諸小菩薩進入初地舍利子彼無動菩薩從是已後於八百阿僧祇劫中修行淨諸佛刹教化衆生令趣聲聞緣覺菩薩之地令諸衆生滅一切障解悟正法不生疑惑彼無動菩薩過是八百阿僧祇劫已即於無染世界證阿耨多羅三藐三菩提號曰清淨境界如來應供正等正覺十號具足其佛壽命四中劫正法住世一俱胝歲有七十萬聲聞之衆皆悉具足三明六通得八解脫有十二俱胝大菩薩衆而悉具足智慧方便彼土所有衆生皆悉愛樂甚深之法彼佛如來廣爲宣説而諸衆生聞法悟解離諸煩惱身心清淨各各不起我見之想

爾時釋迦牟尼佛爲舍利子説摩伽陀王當成佛事時會中有三萬二千天子發阿耨多羅三藐三菩提心皆發願言願我當得生彼無染世界見彼清淨境界如來成正覺道釋迦牟尼佛即記之曰汝等當得生彼世界見彼如來成正覺道爾時摩伽陀王有一太子名月吉祥年始八歲先隨父王至於佛會聞

說法已即自解頸真珠瓔珞持以奉佛作是願言我今以此供佛善根迴向阿耨多羅三藐三菩提願我當來生彼清淨境界如來刹中爲金輪王乃至命盡以其四事供養彼佛及苾芻衆至彼佛滅後我當收其舍利恭敬供養願我相繼即於彼刹證得阿耨多羅三藐三菩提是時月吉祥太子發誓願已由佛威神力故所獻瓔珞住虛空中在彼佛上變成七寶樓閣中有七寶之座其上有佛結跏趺坐相好具足種種莊嚴爾時世尊從其面門放衆色光所謂青黃赤白紅紫碧緑如是光明普照無邊世界上至梵世光明晃耀暎日月光而悉不現其光復還繞佛三帀從佛世尊頂門而入爾時尊者阿難從座而起偏袒右肩右膝著地向佛合掌說伽陀曰

已到彼岸大牟尼　具足一切勝功德
天人世間共所尊　一切智者離諸著
衆生心行及根性　如來一一皆了知
宣說妙法利群生　一切世間爲最勝
所放希有大光明　普照十方一切刹
俱胝那由他衆生　蒙光照者獲安隱
善逝已具於十力　念慧圓滿出世間
善別衆生心所行　說法斷疑無與等
所有梵王并帝釋　日月星辰及諸天
聞佛宣說妙法門　離諸煩惱得安隱
如來一切衆中尊　衆生有疑悉開決
今日何緣放是光　願佛慈悲爲我說

爾時世尊告阿難言汝見此月吉祥太子不阿難白佛言唯然已見佛言阿難今此太子於過去世中已修菩薩之行供養於我深種

善根由是機緣而已成熟今於我前發阿耨多羅三藐三菩提心起大誓願以是緣故放斯光明阿難此太子當來生於無染世界清淨境界如來法中爲金輪王供養彼佛及苾芻衆至彼佛滅後收其舍利恭敬供養是人於彼命終已後生兜率天至滿一劫生無染世界證於阿耨多羅三藐三菩提名爲月幢如來應供正等正覺十號具足彼佛世尊及菩薩聲聞之衆所有壽量皆悉同等爾時他方來會諸菩薩衆聞授月吉祥太子記已俱白佛言世尊今釋迦牟尼佛與妙吉祥菩薩於一切方處作大佛事利益衆生無有空過何以故佛及菩薩以大悲心起諸方便於國城郡邑乃至聚落處處爲諸衆生説法教化令諸衆生聞法解脱離諸怖畏斷除一切煩惱重障我等今日得於此地聞佛及妙吉祥菩薩宣説妙法及見放光希有之事利益衆生誠無空過爾時世尊告諸菩薩言善男子如是如是若佛菩薩於諸方處爲諸衆生宣説正法施作佛事當觀是處如佛塔廟何以故我於過去世中值遇燃燈如來時我以信重心故垂髮布地承彼佛足我時獲得無生法忍彼燃燈如來知我已得忍法具足即爲我授阿耨多羅三藐三菩提記作如是言汝於來世過阿僧祇劫當得作佛號釋迦牟尼如來應供正等正覺十號具足彼燃燈佛授我記已告彼苾芻衆言汝等宜於此地起尊重想勿生輕慢何以故此地有善男子垂髮布地承世尊足以殊勝力故即得忍法具足是故此地所有天人瞻敬如佛塔廟而無有

異燃燈如來作是言時有八十俱胝天人異口同音白佛言世尊我等今於此地起尊敬想如佛塔廟是時有一長者名曰賢天在彼會中即白燃燈佛言我今於此造七寶塔使諸衆生瞻禮獲福時彼長者即如其言起希有心集諸珍寶造立一塔高廣妙好種種莊嚴其功殊麗不日而成是時長者既造塔已即詣燃燈佛所白言世尊我已造立七寶妙塔於當來世得幾所福佛言長者若有善男子於菩薩摩訶薩證無生法忍之地壂取其土下至水際當持此土恭敬供養所得福聚尚如供養諸佛塔廟等無有異何況汝今起淨信心造七寶塔所獲福聚倍勝於前無量無邊不可較量是時燃燈如來復告賢天長者言汝今於此深種善根於未來世中釋迦牟尼佛所得授阿耨多羅三藐三菩提記爾時釋迦牟尼佛爲他方來會諸大菩薩說是往昔受記因緣復告諸菩薩言汝今當知我往昔時於燃燈佛所種善根已今得成佛彼時我得忍法之地彼諸天人敬如佛塔汝等今日於此地中亦應如是起尊敬想復次諸菩薩汝等當知彼時賢天長者豈異人乎即今賢天長者是於彼法中亦名賢天此人於未來世當得成佛號曰善現如來應供正等正覺十號具足復次諸菩薩我此所說甚深之法若有苾芻苾芻尼優婆塞優婆夷能聽受讀誦爲他演說者是人所居之地天人瞻敬如佛塔廟等無有異復次諸菩薩若有善男子善女人修施行者聚以七寶滿三千大千世界於晝夜六時供養諸佛及苾芻衆如

是乃至劫盡不如於此未曾有正法聽受讀誦一四句偈是人所獲功德倍勝於前又復若人修戒行者於一劫中持佛戒法無有缺犯圓滿一切淨戒功德不如於此正法聽受讀誦此前功德千分不及一又復若人修忍行者於一劫中常行忍辱於一切衆生不生恚害如是獲得忍行圓滿不如於此正法聽受讀誦如法修行獲得法忍具足功德如是而爲最上又復若人修精進者於一劫中勤行教化一切衆生而不暫起懈怠之心如是獲得精進圓滿不如於此正法聽受讀誦所獲功德倍勝於前又復若人修禪定者於一劫中住三摩地一心專住離諸散亂如是獲得定行圓滿不如於此正法聽受讀誦所獲功德倍勝於前又復若人修智慧者於一劫中修諸智慧方便如是獲得智慧圓滿不如於此正法聽受讀誦所獲功德廣大無量速能圓滿一切智果爾時他方來會諸大菩薩聞釋迦牟尼佛宣說此法甚深功德各白佛言世尊我等聽受此法還於本土爲人演說宣通流布使諸衆生各獲利益釋迦牟尼佛言善哉善哉諸善男子汝等宜應宣布此法廣爲衆生施作佛事是時諸來菩薩即散妙花滿三千大千世界供養釋迦牟尼佛及妙吉祥菩薩作如是言願此正法久住閻浮提中利益一切衆生願釋迦牟尼佛及妙吉祥菩薩久住世間放法光明照諸衆生我等今者得入此會見佛世尊聞說妙法皆因妙吉祥菩薩而爲勸導假使我等捨其頭目手足而以奉施猶不能報菩薩之恩今此散花而

亦未爲報恩供養是故若有善男子善女人得見諸佛聞正法者假使捨其頭目手足終不能報諸佛之恩是故當須於佛菩薩及諸經法起淨信心尊敬供養勿生輕易及疑惑想起是想者獲大重罪爾時他方來會諸大菩薩說是語已禮世尊足右繞三帀即於會中隱身不現還本佛土各各住於彼彼佛前作如是言我於娑婆世界聞釋迦牟尼佛及妙吉祥菩薩宣說正法我已受持於此宣布爲衆生說令諸衆生決定證得阿耨多羅三藐三菩提爾時尊者大迦葉白佛言世尊今此正法甚爲希有如我所見妙吉祥菩薩於摩伽陀王宮中受食供養菩薩爲王宣說此法時王證得無生法忍我亦隨喜聽受此法深自剋責生大歡喜世尊於後末世若有衆生聞此正法心生正解者是人乃能知法自性斷諸疑惑當來決定成等正覺佛言迦葉善哉善哉善說此語若諸衆生聞是法已當來決證佛菩提果爾時佛告慈氏菩薩言汝今受持此法於後末世爲諸衆生宣布演說使諸衆生皆獲利益得大快樂慈氏菩薩白佛言如世尊勑我當受持世尊我於過去佛所亦曾聽受此法今於佛前又復得聞深自慶幸我於當來護助宣通令法久住乃至我此命終生兜率天而彼天中若有根熟樂大乘者我亦爲其開示演說令發道心於南閻浮提不令斷絶又末世之中若有男子女人受持讀誦此正法者若爲諸魔之所嬈亂我於彼時密往其中而爲護助使諸魔衆不得其便又復世尊末世之中若有得聞是法聽

受讀誦如法修行者當知是佛威神之所建立爾時佛告帝釋天主言憍尸迦汝今受持記念我此正法於後末世而爲護助何以故此法能斷一切疑能淨諸業障與諸法平等又復有大威力帝釋當知汝若與彼阿修羅鬬戰之時汝當記念此法爾時得勝彼當退敗又復若人於王難賊難虎狼蟲獸惡人等難中若能思惟記念此法者是人即得遠離諸難時帝釋天主白佛言如世尊勑我當護持於後末世若國城邑乃至聚落有是法處我當往彼恭敬供養若有持是法者我乃護助爾時佛告尊者阿難言汝今受持我此正法於後末世爲諸衆生宣布演說何以故此法甚深昔未曾有若男子女人受持此法者彼得離諸疑惑滅除一切煩惱罪垢是故汝當記念受持阿難白佛言世尊我以佛神力之所加護於末世中宣布此法令諸衆生皆獲利益世尊此經何名我等云何奉持佛告阿難是經名爲未曾有正法如是受持爾時世尊付囑菩薩聲聞及帝釋已即於會中佛身左右放大光明普照十方一切世界於其光中出微妙聲普告大衆如來應供正等正覺所說正法乃至劫壞大海枯竭此法不壞能爲衆生作大利益是時光中發其聲已所放光明旋還佛身是時世尊復告阿難言汝持佛語愼勿忘失於後末世宣通此法廣爲利樂一切衆生釋迦牟尼佛說是未曾有正法時有九萬六千天人遠塵離垢得法眼淨七百八十萬人發阿耨多羅三藐三菩提心三萬二千菩薩得無生法忍八十萬苾芻

不受諸法漏盡意解即時三千大千世界六種震動欲色界天於虛空中奏百千天樂供養世尊及所說法釋迦牟尼佛說此正法時所有一切天魔外道聞已驚怖皆悉歸佛如佛初轉法輪降伏天魔今日無異此法是諸佛印是大法印是解脫印諸有智者當如是學如是修行佛說此經已摩伽陀國王及其眷屬妙吉祥等諸大菩薩大迦葉阿難舍利子目乾連等諸大聲聞乃至世間天人阿修羅乾闥婆等一切大衆聞佛所說皆大歡喜信受奉行

佛說未曾有正法經卷第六

佛說大方廣善巧方便經

宋西天三藏朝奉大夫試光祿卿傳法大師施護奉　詔譯

清刻龍藏佛說法變相圖

佛說大方廣善巧方便經卷第一 第二同卷

宋西天三藏朝奉大夫試光祿卿傳法大師施護奉　詔譯

如是我聞一時佛在舍衞國祇樹給孤獨園與大苾芻衆八千人菩薩一萬六千人俱是諸菩薩智慧方便神通具足辯才無礙得大總持爾時世尊處大法座與如是等無數百千大衆恭敬圍遶聽受說法彼時會中有一菩薩摩訶薩名曰智上從座而起偏袒右肩右膝著地禮佛雙足禮已合掌前白佛言世尊我有少法欲伸請問如來應供正等正覺悲愍我故願賜聽許佛告智上菩薩摩訶薩言善男子恣汝所問今正是時諸佛如來隨有問者各各爲其如應演說令彼聞已心生歡喜時智上菩薩摩訶薩即白佛言世尊云何是菩薩摩訶薩善巧方便願佛世尊廣分

別說佛告智上菩薩摩訶薩言善男子汝今當知具善巧方便菩薩摩訶薩以一方便普令一切衆生如理修行何以故具善巧方便菩薩摩訶薩乃至於彼傍生異類諸惡趣中菩薩亦以平等一切智心施其方便即以如是善根迴向一切衆生令諸衆生修行二法何等爲二所謂一切智心迴向心善男子如是名爲菩薩摩訶薩善巧方便復次善男子具善巧方便菩薩摩訶薩於諸衆生所有善根不念破壞常所愛樂生隨喜心即以如是隨喜善根迴向一切衆生復以一切智心廣施一切衆生雖起施心悉無所取亦無所得善男子如是名爲菩薩摩訶薩善巧方便復次善男子具善巧方便菩薩摩訶薩若時往彼十方世界乃至一切方處或見一切微妙可愛香樹華樹菩薩見已不生一念希取之心作是思惟此香樹華樹非我所取當獻十方一切諸佛即以如是善根迴向一切智善男子如是名爲菩薩摩訶薩善巧方便復次善男子具善巧方便菩薩摩訶薩隨所向處或見一切衆生受諸快樂菩薩爾時生隨喜心即以如是隨喜善根迴向一切智又若菩薩隨所向處或見一切衆生受諸苦惱菩薩爾時起悲愍心被精進鎧即作是言一切衆生所有苦惱我當代受普願衆生得安隱樂即以如是善根迴向無上菩提善男子如是名爲菩薩摩訶薩善巧方便復次善男子具善巧方便菩薩摩訶薩隨諸方處若禮一佛如來即同禮彼諸佛如來何以故諸佛如來同一法性同一戒品定品慧品解脫品解脫

知見品亦復同一最上心意菩薩如是了知已乃至恭敬供養一佛如來即同恭敬供養諸佛如來菩薩以廣大心普攝一切善男子如是名爲菩薩摩訶薩善巧方便復次善男子具善巧方便菩薩摩訶薩或時見有修大乘者於大乘法生退沒心菩薩爾時知彼心已即作是念我應爲彼稱讃一四句偈令彼如是如理修學使不退沒念已即言諸有修大乘者若能於此一四句偈解了其義即能於彼一切語言通達義趣如所解了不生退沒又復我此所說一四句偈若有能聽受者是人即得諸佛辯才我當以是善根普施一切衆生悉願得彼多聞具足諸佛無礙辯才所攝善男子如是名爲菩薩摩訶薩善巧方便復次善男子具善巧方便菩薩摩訶薩或

時往彼貧窮乞匃人所菩薩爾時心生悲愍即自念言他業所作受決定報我今於此歡喜和合隨其所欲而悉施與如佛所說於一施中有四行相所謂施大心大等今我此中所施雖少一切智心而復無量若我以是一切智心施此乞人即以如是善根力故當以寶手常出珍寶普施一切衆生如是布施此乞匃人乃能與彼現在佛世尊所布施持戒修禪定者所作福行等無有異善男子如是名爲菩薩摩訶薩善巧方便復次善男子具善巧方便菩薩摩訶薩若時與彼聲聞緣覺同所居止菩薩爾時於彼二乘但生恭敬若彼聲聞緣覺或以二事而生我相何等爲二一者菩薩出生諸佛世尊二者諸佛出生聲聞緣覺彼以是事而自念言我於此中是爲

最上何能於彼生恭敬心而此菩薩雖聞是説以方便故心無異想善男子如是名爲菩薩摩訶薩善巧方便復次善男子具善巧方便菩薩摩訶薩能於一施行中成就六波羅蜜多是相云何所謂菩薩隨諸方處見來求者菩薩爾時攝伏慳心隨其所欲而悉施與此即名爲菩薩成就布施波羅蜜多如是施時菩薩自持戒行復能攝彼諸破戒者普令安住清淨戒地此即名爲菩薩成就持戒波羅蜜多如是施時菩薩以其慈心爲首復起不破壞心救護心等住心起是心時此即名爲菩薩成就忍辱波羅蜜多如是施時若飲若食及諸所欲隨其所施菩薩來去住止於身語心位不生懈倦此即名爲菩薩成就精進波羅蜜多如是施時隨所施處菩薩心住一境不起散亂此即名爲菩薩成就禪定波羅蜜多如是施時菩薩悉知如是施者如是受者得何果報如是知已稱量較計皆悉平等是中無有少法可得此即名爲菩薩成就智慧波羅蜜多善男子如是名爲善巧方便菩薩摩訶薩於一施行中成就六波羅蜜多

爾時智上菩薩摩訶薩復白佛言希有世尊菩薩摩訶薩布施行中乃有如是善巧方便以是方便而能解脱一切衆生輪迴苦惱普攝一切諸佛法藏佛言智上如汝所説如是如是諸菩薩摩訶薩具善巧方便故而能於其一施行中成就無量利益勝行爾時世尊復告智上菩薩摩訶薩言善男子汝今當知具善巧方便菩薩摩訶薩設於異時有極重罪而彼菩薩亦不壞善根云何不壞所謂菩

薩或時值遇彼惡知識勸令退失無上道意得極重罪菩薩爾時即自思惟我今若或即於此身取證涅槃斷後邊際不復堪任被精進鎧何能度脫一切衆生輪迴苦惱我今不應以此因緣自壞其心何以故我欲於輪迴中度脫一切衆生設有極重罪亦不斷善根善男子如是名爲菩薩摩訶薩善巧方便又善男子若出家菩薩有分別心生別異作意彼所得罪過四根本是菩薩若具善巧方便者隨起即悔善男子我說彼菩薩爲無罪者

爾時智上菩薩摩訶薩白佛言世尊云何菩薩亦有罪耶佛告智上菩薩摩訶薩言善男子若言菩薩無有罪者云何菩薩於百千劫中學波羅提木叉戒有破根本罪者善男子汝今當知是等菩薩雖於一切衆生善言惡言皆悉能忍但爲於彼聲聞緣覺法中相應作意是故我說彼所得罪過四根本如彼聲聞乘人犯根本罪已無所堪任取證涅槃出家菩薩亦復如是起是罪已不即悔捨聲聞緣覺相應作意亦復無所堪任不能趣證大涅槃界

爾時尊者阿難在大會中前白佛言世尊舍衛大城有一菩薩名光聚王我於一時入城乞食於其城中不見彼菩薩是時光聚王菩薩別在一聚落中與一女人同坐一處說非法語我往見已彼不覆藏而復別說彼梵行法世尊我佛如來是一切衆生大師無所不知無所不見無不解了我見是相其事云何願佛開示尊者阿難發是言時而此佛會地大震動爾時光聚王菩薩現身虛空高一多

羅樹即於空中問阿難言尊者阿難於汝意云何犯非法者豈能如是住虚空耶是時尊者阿難對如來前向空問言光聚王菩薩如我向者所見事相云何菩薩有此非法耶尊者阿難作是言時世尊即爲垂足按地是時他方世界有佛世尊現虚空中發是聲言菩薩已離非法我知是事我證是事彼佛言已隱空不現爾時世尊告阿難言汝不應於住大乘者菩薩正士生過失想阿難譬如聲聞乘中初二果人求無漏道不以爲難具善巧方便菩薩摩訶薩亦復如是求一切智不以爲難何以故菩薩已離眷屬纏縛故已能安住佛法僧寶不壞淨信不退轉於阿耨多羅三藐三菩提阿難當知若有住菩薩乘者不離一切智心設於五欲法嬉戲而行亦無過失所有諸佛如來得五根具足其義如是阿難如汝所見光聚王菩薩其事因縁我今爲汝如實宣説阿難汝今當知光聚王菩薩向於聚落同處坐者而彼女人於過去世二百生前與此菩薩曾爲夫婦是故今時而此女人見光聚王菩薩吉祥威光戒力具足女人見已由宿習故生麤重想以善根力復作是念我若得此光聚王菩薩來我舍中共坐一處彼能令我發生阿耨多羅三藐三菩提心阿難時光聚王菩薩知彼女人心所念已即於夜分往詣彼舍與其女人共坐一處廣爲宣説無數法門時女人舍内外平正廣博嚴淨時光聚王菩薩既同坐已即復執彼女人右手説伽陀曰

佛不稱讚染欲法　愚癡迷著而所行

若能斷除欲愛心　佛說斯人爲最上

阿難時彼女人聞是伽陀巳心大歡喜即從座起合掌恭敬禮彼光聚王菩薩足說伽陀曰

我本無心實求欲　我知欲法佛不讃

若能斷除欲愛心　佛說斯人爲最上

說是伽陀巳復說伽陀曰

當知如我心所思　所說眞實而無異

若人樂求佛菩提　一切衆生獲利樂

阿難時彼女人得光聚王菩薩善巧方便爲開導故即時女人發阿耨多羅三藐三菩提心時彼菩薩即從座起出離彼舍阿難汝今當知我觀彼女人深心清淨勇猛最勝我今爲彼授菩提記阿難彼女人從此命終巳當轉女身得成男子從是巳後過九十九百千阿僧祇劫當得成佛號曰近事如來應供正等正覺出現世間阿難以是縁故當知菩薩摩訶薩巳離眷屬恩愛纏縛一切非法永不復生爾時光聚王菩薩摩訶薩聞佛世尊如是說巳從空中下頭面著地禮世尊足禮巳合掌前白佛言世尊具善巧方便菩薩摩訶薩住大悲行常所利益世尊我今亦得是行又復世尊若有菩薩能爲一衆生發一善根者於諸色愛不起罪心若如所起罪垢心者當於百千劫中受地獄苦世尊若彼菩薩起是罪心受斯地獄苦者當知是菩薩即捨離衆生所發善根令彼善根不能成就爾時世尊讃光聚王菩薩言善哉善哉菩薩正士如汝所說如是如是若住大悲心者能爲一切衆生斷除一切罪垢善男子我念過去阿僧

祇劫前有一摩拏嚩迦名曰光明於四萬二千歲中修持梵行離諸過失過是四萬二千歲已而於一時以因緣故入一王城其名神通於彼城中見一女人名曰伽吒時彼女人見是摩拏嚩迦色相端正女人見已生欲愛心來詣其前作禮而住光聚王爾時摩拏嚩迦即問彼女人言今汝女人有何所求女人答言我今求汝摩拏嚩迦共爲夫婦摩拏嚩迦言我不於女人而生欲想女人又言我於今時若不得汝爲夫婦者我當不久而趣命終爾時摩拏嚩迦作是思惟我於四萬二千歲中修持梵行不犯禁戒我於今時不應受是染愛非法而此女人我宜遠離作是念已離彼女人而行七步過七步已還復少住爲其女人起大悲心作是念言我於今時發勇悍心設犯禁戒寧當忍受地獄苦報不應遠離令彼失命爾時女人聞是言已心生快樂適本所願不至命終光聚王時彼光明摩拏嚩迦即執彼伽吒女人手作如是言如汝所欲今我與汝隨所應作如是光明摩拏嚩迦與伽吒女人於十二年中共爲夫婦彼摩拏嚩迦過是十二年已又復精進修持梵行從是殁已生梵天界光聚王汝今當知彼時光明摩拏嚩迦者勿起異見今我身是彼時伽吒女人者今耶輸陀羅是所以者何我於爾時但能一念起大悲心又復還修梵行得生梵界如是我於十千劫中受輪迴身雖受是身不生厭倦光聚王諸有衆生不具善巧方便者於輪迴中受地獄苦菩薩以能具足善巧方便是故得生於梵天界光聚王假使舍

利子目乾連大阿羅漢雖復神通智慧於聲聞中而為第一亦未能具善巧方便光聚王令我法中有一苾芻名俱迦梨俱墮地獄中其事云何光聚王我念過去拘留孫佛法中有一苾芻名曰無垢時彼苾芻修阿蘭那行獨止一巖其巖不遠有五通仙人别止一處忽於一時布大黑雲降霔大雨時彼近住五通仙人往詣無垢苾芻巖所欲生惱害破彼梵行是時仙人正入苾芻方出仙人見已起過失心妄生輕謗作是思惟此無垢苾芻退失梵行欲造非法爾時苾芻知彼仙人心所念已即踊身虚空高七多羅樹仙人見是苾芻住在空中仙人告言我持利刀來此巖中破汝梵行汝今何復住空中耶仙人言已苾芻即時從空而下禮彼仙人不復踊身是時

仙人於須臾間全身墮彼大地獄中光聚王於汝意云何彼時無垢苾芻者勿起異見即今慈氏菩薩是彼五通仙人者即俱迦梨俱苾芻是光聚王此因縁者當知非彼聲聞縁覺境界皆是菩薩摩訶薩善巧方便智慧所行光聚王又如世間有誐尼迦人六十四種藝能具足是人愛樂財寶隨所向處以藝能故一切所用皆悉能得於彼彼人所得財利已後復忘恩心生棄捨具善巧方便菩薩亦復如是於一切處設諸方便救度衆生彼彼所向於諸衆生無所希取見彼衆生所有善根勸令增進由彼所作善根力故普令衆生出生勝行菩薩亦復無所取著乃至戲樂等事雖復順行而已捨離不復於心有所繫縛光聚王又如世間傍生異類或見妙華色香

具足時彼傍生不能生起一念愛樂具善巧方便菩薩亦復如是雖受一切戲樂等事未甞暫起一念愛樂無自作無他作一切無著光聚王又如世間肥壤地中植諸種子決定得生芽莖果實具善巧方便菩薩亦復如是修空無相無願解脫法門決定已能離諸染法雖受一切戲樂等事而亦不壞修行佛所稱讚功德成就光聚王又如世間漁捕之人於大池中張以大網捕取其魚隨彼所欲皆悉能取不墜水中具善巧方便菩薩摩訶薩亦復如是修空無相無願解脫法門一切智心堅固所護畢竟不墮生死泥中隨彼彼處滅此身已生梵天界

佛說大方廣善巧方便經卷第一

佛說大方廣善巧方便經卷第二

宋西天三藏朝奉大夫試光祿卿傳法大師施護奉　詔譯

復次光聚王又如持明人善修瑜伽悉地法門於秘密五種縛中而受繫縛隨所作法不越三昧是人以一大明句力悉能斷除彼一切縛而獲安住秘密行門雖在繫縛中常不離三昧具善巧方便菩薩摩訶薩亦復如是於五欲境中嬉戲順行隨其所作不壞正行是菩薩以一智慧明力悉能清淨一切染法於一切智心而能安住雖受五欲樂常生梵天界光聚王又如世間善用劒者於其劒法巧妙精熟是人一時隱覆利劒獨行曠野險難之處於其中路忽見一人單已無伴復無器仗時用劒人見彼人已生悲愍心即相附近而謂言曰汝今獨行一無伴侶又無器仗將何護身汝今同我隨其所往終不令汝有所闕失若忽值遇盜賊等事我當爲汝作大救護言已同行於其中路忽逢賊衆時同行人不知此人先隱利劒見是賊已即生怖畏時用劒人發勇猛心無所怯懼即出其劒與彼賊衆而共鬬敵時彼賊衆皆悉斷命其用劒人自護身已復能防護彼同行者咸得安隱過斯險難具善巧方便菩薩摩訶薩亦復如是而能具足種種方便執智慧劒雖於五欲境嬉戲順行終不暫令身根起放逸事能爲身根作大防護設於異時遇煩惱魔菩薩亦復無所動轉被精進鎧不生怖畏以智慧劒斷煩惱網悉令清淨菩薩常生清淨佛土爾時會中有一菩薩名曰作愛於其食時入舍衛大城而行乞食時彼菩薩次第行至一

長者舍住立門側發聲乞食長者有女名曰上財顏貌端正人所愛樂是時彼女聞菩薩聲即持飲食出施菩薩授其食已即於菩薩生愛樂心若色相若音聲而生取著由此因緣起貪染心作愛菩薩見是女已即知其念菩薩爾時於貪染法無所作意即自思惟於須臾間若起一念貪染心者是大過失何以故今此女人我於何處而生可愛若彼眼根爲可愛者眼是無常敗壞不淨肉團彼自性空何所愛樂若於耳鼻舌身意根爲可愛者彼彼諸根亦復如是自性皆空無有實法何所愛樂如是從足至頂乃至内外中間一一如實審諦觀察是中無有少法可得我今如是如實觀已於一切法悉無所有法無有故即法無生菩薩作是思惟時即得無生法忍菩薩得是利已心大歡喜即於是處踊身虛空高一多羅樹於其城中右遶七帀出舍衛大城乘空往詣佛世尊所爾時世尊見彼作愛菩薩威德巍巍猶如鵝王乘空自在徐緩而來世尊見已謂阿難言阿難汝見此作愛菩薩從空來不阿難白佛言世尊唯然已見佛告阿難言汝今當知此菩薩者於一切法離貪愛心證法無生悉無所得而能降伏一切魔軍廣爲衆生轉正法輪時佛言已而彼菩薩即住空中聽佛說法是時彼上財女人於長者舍忽然命終生三十三天轉女人相得天子身彼天子生時有七寶莊嚴微妙宮殿同時出現縱廣十二由旬復有一萬四千天女眷屬同時而生是諸天女於須臾間自有智生咸作是念我等今時以何善根得生

於此即知先世舍衛城中有長者女於一菩薩起染愛心以是因緣於彼命終生此天中轉女人相而為天子彼得無量勝報神通我等由是天子勝因緣故亦得生此作是念已歡喜而住爾時彼新生天子即作是念我昔人間生染愛心如何今時得是勝報此因緣者乃是作愛菩薩增上善力為開導故我今宜應往詣佛所恭敬供養彼佛世尊及欲瞻禮作愛菩薩爾時彼天子作是念已即時與諸天女眷屬持以種種殊妙香華從彼天界來詣佛所到已頭面禮世尊足即於佛前合掌向空遥伸敬禮作愛菩薩然後以彼所持衆香華等尊重恭敬供養世尊作供養已右遶三帀合掌向佛說伽陀曰

不可思議人中尊　不可思議大菩提
不可思議諸佛行　不可思議諸佛法
我舍衛城長者女　父本立名為上財
色相端嚴衆所欽　父母宗親亦愛念
於一時中有佛子　具大威德名作愛
舍衛城中乞食行　次第來至於我舍
我時聞彼美音聲　適悅歡喜即取食
持食詣彼作愛前　以尊重心施佛子
我時見彼妙色相　心生愛染欲和合
彼因緣故不能成　我於刹那而命斷
我今不能具宣說　作愛佛子大因緣
於染愛法不相應　令我滅已生勝處
世尊我雖捨前報　快哉斷我女人相
轉成男子大威光　又復得生於天界
與我同生諸天女　一萬四千為眷屬
復有最上七寶嚴　微妙宮殿同時現

我時發生如是心　此爲不可思議事
我以染愛心爲因　云何得此清淨報
作愛佛子甚希有　亦名作喜作光明
我身熾盛大威光　由彼勝因獲如是
染因能成如是果　聲聞緣覺不能知
而彼乘中無此法　唯善逝智而能轉
假使殑伽沙數劫　不能修學諸佛智
我今無餘所樂心　唯求無上菩提果
作愛佛子大威德　是我最上善知識
我因彼故得見佛　安住菩提無退轉
我知修行菩提者　於染愛心無所著
如我所轉女人相　普願一切爲男子
我前世中命終後　父母親族懷悲惱
恩愛極苦所纏心　返於沙門生忿恚
我今以佛威神力　於刹那間詣父所
隱身住空而白言　勿於沙門生忿恚
起忿恚者大過失　於長夜中受苦惱
上財女者今我是　已生三十三天中
轉彼女人前報相　得大威光天子身
父母今詣於佛所　應當懺彼忿恚心
佛是衆生大慈父　一切衆生所歸趣
父母聞說佛聲已　即起廣大增勝心
爾時父母承佛力　應聲即詣於佛所
到已頭面禮佛足　懺悔先起忿恚心
白言我今歸依佛　合掌又復伸問言
佛法僧寶最尊勝　當云何作供養事
唯佛能知我心意　如我所問願佛說
發是言已諦誠住　一心渴仰而聽受
佛告上財父母言　汝今諦聽我所說
若欲供養諸佛者　應當發起菩提心

當知汝女上財者　五百生中種善根
令轉女身爲天子　爲汝父母善開導
父母聞佛如是語　即發無上菩提心
歡喜稱讚作是言　人中大僊如實語
爾時佛告阿難言　汝今證知如是事
菩薩方便不思議　於染心中得淨報
如上財女所轉相　一切衆生亦如是
阿難如是勝功德　能令衆生皆離苦
今此天子勝福報　於染愛心常清淨
而能恭敬佛世尊　尊重無上菩提故
多劫已曾供養佛　於諸佛所種善根
堅固安住菩提心　決定當得菩提果

爾時尊者阿難白佛言世尊如我意者譬如須彌山王衆寶所成雖種種寶有種種色彼黄金色而爲最上菩薩摩訶薩亦復如是若清淨心若染汙心若住法心若隱法心雖種種心如是差別彼一切智心而爲最上世尊諸菩薩摩訶薩最初安住一切智心於諸染法悉能清淨又如有藥名曰善現能治世間一切病苦菩薩摩訶薩亦復如是住一切智心已能斷除貪瞋癡等諸煩惱病爾時世尊讚尊者阿難言善哉阿難如汝所說如是如是

爾時尊者大迦葉前白佛言希有世尊菩薩摩訶薩能行最上寂靜之行能於一切衆生起悲愍心常所利益又復能修空無相無願解脫法門不樂聲聞縁覺之法於一切處不離一切智心具不可思議善巧方便世尊諸菩薩摩訶薩一切所行無著無礙於色聲香味觸境中行而不取亦無起作世尊我今樂

說譬喻明菩薩行願佛世尊聽許我說佛言大迦葉樂說當說今正是時大迦葉言世尊譬如世間有無數百千人衆於其曠野險難之處見有一門而彼人衆爾時各各從其門入過見門已次見道路其路懸曠險惡多難彼諸人衆見是路已咸生怖畏是時有一智人具善方便欲爲多人利益安樂即告衆言汝等當知去此不遠有一大城其城廣闊嚴麗清淨人民熾盛安隱豐饒入彼城者適悅快樂誰當愛樂入其城中即能遠離險難怖畏時彼衆中有一類人聞是語已即時發言我今樂入入是城已見其豐饒安隱快樂生希有想愛著不捨即於彼住不復樂出有一類人聞說其城即時發言我亦隨順入彼城中是人雖入不樂彼住後復還出又復衆中有一類人雖聞是語不能前詣入彼城中世尊彼有智人過此城已又復行於曠野險路出是路已見一道徑其徑狹小可一尺量徑之左面有一大坑深百千肘徑之右面復一大坑深百千肘若或有人墮是坑者不能出離彼徑四向有一類人發是聲言我於此處生大怖畏又復去彼狹徑不遠有四衢道一類人衆遊履其道隨其所向彼彼皆能見有大城如如所見彼彼隨應而生愛樂時彼智人見是狹徑已即行其徑到安隱處世尊世間無數百千人者當知即是諸愚異生一門者當知即是取一有身彼曠野險難中見道路者當知即是生死險難之路其路懸曠者當知即是無明有愛爲因受果極懸遠故彼有智人能唱導者當知即是具善巧方便菩

薩摩訶薩彼大城者即是二乘所證涅槃有一類人入彼大城愛樂安住不求出者當知即是聲聞緣覺下劣信解生止息想彼一類人亦欲隨順入其城中不樂安住後還出者當知即是餘諸菩薩成就最上信解心故彼一類人雖聞是語不能前詣入其城者當知即是少福無智諸外道輩彼有智人過此城已又復出彼曠野路者當知即是具善巧方便菩薩摩訶薩精進波羅蜜多故彼一尺量狹徑路者當知即是最上法界左面坑者當知即是彼聲聞地右面坑者當知即是彼緣覺地彼徑四面有一類人發怖畏聲者當知即是諸天魔王及魔眷屬彼四衢道者即是四攝法門隨其所向彼彼皆能見大城者當知即是彼二乘人隨其所應見佛功德見佛所行及佛智慧生愛樂故時彼智人到安隱處者當知即是到一切智地世尊如是等譬喻說者當知皆是菩薩摩訶薩善巧方便引導衆生是爲菩薩最上勝行以是義故我於菩薩摩訶薩所應敬禮爾時世尊讚尊者大迦葉言善哉善哉汝大迦葉善說此語當佛如是讚迦葉時會中有萬二千衆生得天人身皆發阿耨多羅三藐三菩提心佛告大迦葉言汝今當知菩薩摩訶薩具善巧方便者已能成就無量功德於一切時雖有所作不復起彼諸不善業於自於他遠離過失

爾時智上菩薩摩訶薩於佛會中見如是事聞如是法又復恭敬前白佛言云何世尊往昔爲一生補處菩薩時於彼迦葉如來法中曾作是語何故剃鬚髮云何求菩提而此菩

提最上難得昔作是語當有何義願佛于今為我宣說佛告智上菩薩摩訶薩言止善男子勿作是語當知菩薩摩訶薩隨其所行隨有所說非無利益何以故具不可思議方便菩薩見彼彼正士隨所應住於彼彼衆生如應調伏一切所行當知不離菩薩摩訶薩善巧方便復次智上我今為汝廣說菩薩摩訶薩善巧方便甚深正法汝應諦聽如善作意善男子如我往昔為菩薩時於燃燈佛所成就不可思議方便爾時我於彼佛法中證得無生法忍從是已後我為得忍菩薩為菩提故轉復精進若一劫若百劫未嘗懈惓未嘗猒捨未嘗失念數數來此輪迴趣中以善方便救度衆生以自慧力隨諸所作悉得成就於後邊際不作住想為利衆生無有休息當知此是菩薩摩訶薩善巧方便復次善男子我為菩薩時為菩提故雖入聲聞寂靜三摩地乃至入菩薩三摩地若身若心無出没想雖得寂靜樂而不住著雖在三摩地而精進不懈以六波羅蜜多四攝法門教化衆生諸有所作未嘗懈息當知此是菩薩摩訶薩善巧方便又善男子我為菩薩時已得一生補處將欲成道轉大法輪即於兜率天宮如實觀察我今為當於此天中成等正覺轉法輪耶為人間耶如是觀察又復思惟我若即於天中作此利者閻浮提人不得聞法若於閻浮提中作此利者而此諸天不得聞法我今隨其所宜但應下降閻浮提中成等正覺而此諸天亦可利益又復菩薩思惟觀察我若從此兜率天宮没已下生人間不入胎藏現

受生相於須臾間便成正覺者彼閻浮提所有衆生當起疑念此釋迦菩薩從何所來天中來耶乾闥婆中來耶變化來耶以是緣故從天中没下降閻浮隨順世間入母胎藏當知此是菩薩摩訶薩善巧方便復次善男子菩薩雖住胎藏世間衆生不應於此作實住想何以故菩薩本從無垢寂靜三摩地安詳而起從天中没下降人間處胎受生出家苦行乃至坐菩提場成等正覺降伏魔衆轉大法輪如是一切所作菩薩於中清淨無染無動無轉不出不没以是義故應知清淨行菩薩不實住胎藏當知此是菩薩摩訶薩善巧方便又復何緣菩薩但現胎生不現餘生耶所謂菩薩於一切衆生中最上最勝是潔白分純一無雜以如是相現處胎生當知此是

菩薩摩訶薩善巧方便又復菩薩初入母胎其相云何所謂菩薩入母胎時内外清淨安隱無難不苦不惱如昔天中所受快樂菩薩入母胎時樂受相應亦復如是不同世人攬彼父母羯邏藍等穢汙不淨爲入胎相又復何緣菩薩於母胎中住滿十月不增減耶所謂菩薩不同世人住母胎藏日月數量有增有減以增減故胎藏不圓諸根缺減是故菩薩滿足十月胎藏圓滿諸根具足無所增減當知此是菩薩摩訶薩善巧方便又復何緣菩薩不樂宮殿而返於其園林中生所謂菩薩於其長時遠離憒閙樂寂靜處修寂靜行有諸天龍夜叉乾闥婆等常所衛護菩薩欲令迦毗羅城一切人民以諸香華隨喜供養各得瞻覩以是因緣菩薩於其園林中生又

復何緣菩薩之母攀其樹枝生菩薩耶謂菩薩母不同世間所有母人當產生時苦受相應得大苦惱摩耶夫人生菩薩時樂受相應得大快樂以是因緣菩薩之母攀彼樹枝而生菩薩又復何緣菩薩於母胎中能念能知彼三世事乃至菩薩入胎住胎等事悉能知耶所謂清淨行菩薩於三界中最上最勝正念現前於一切法無所忘失是故菩薩雖住胎中能念能知彼一切事又復何緣菩薩生時唯帝釋天主而來衛護菩薩生已即爲捧接爾時無復餘天人耶所謂帝釋天主先發大願菩薩生時爲作守護以彼往昔善根力故是故菩薩生時唯帝釋天主而來衛護又復何緣菩薩生已即於四方各行七步不減至六不增八耶所謂菩薩正士神通變化隨宜方便其相如是由此因緣但行七步無所增減又復何緣行七步已即發是言我於世間最尊最勝已能解脱老病死法謂此梵界諸天子衆聞菩薩生悉來瞻禮各各隨應得其利益菩薩爾時即自思惟但此梵界諸天子衆得知是事我今欲令一切普得聞知作是念言乃發聲言我於世間最尊最勝已能解脱老病死法發是言時所有三千大千世界諸天子衆及諸梵衆聞是聲已於須臾間一切皆來至菩薩所合掌恭敬隨喜稱讚以是因緣乃唱是言我於世間最尊最勝

佛說大方廣善巧方便經卷第二

佛說大方廣善巧方便經卷第三 第四同卷

宋西天三藏朝奉大夫試光祿卿傳法大師施護奉　詔譯

復次善男子何緣菩薩生已現大笑相豈非菩薩以掉舉故現是相耶所謂菩薩生已作是思惟我欲普令一切衆生悉能同我發菩提心我當得菩提已廣度衆生出輪迴苦我於是事無懈怠想我觀一類衆生起下劣心迷亂作意於解脫道不能發起廣大精進此復云何所謂具大悲心者能起精進彼類衆生無如是行我欲令彼成就如是廣大精進得最上解脫是故我取一切智果由此因緣心生歡喜以其喜因現大笑相而非菩薩掉舉相故又復何緣菩薩身本無垢而沐浴耶所謂菩薩無量劫來雖離垢染今此現生隨順世間沐浴其身又復何緣菩薩生已而不便從園中詣菩提場成等正覺復入王宮其事云何所謂菩薩身相圓滿威德具足人所瞻者皆獲利益菩薩乃入王宮令彼宮嬪一切眷屬咸得瞻覩又欲於其宮中隨順世間作嬉戲事受諸快樂雖同有作而無其實乃至一切所有及轉輪王位皆悉棄捨出家修道由此因緣是故菩薩復入王宮又復何緣摩耶夫人生菩薩已七日命終豈非菩薩咎耶所謂菩薩於兜率天將欲下降入母胎藏先以天眼審諦觀察見摩耶夫人所有壽量滿足十月餘復七日即當命盡菩薩如是觀已乃入胎藏住經十月由此因緣摩耶夫人七日命終壽量盡故非菩薩咎又復菩薩未出家時徧學世間一切藝能所謂書筭呪術工巧歌舞乃至弓箭器仗等事如是學者其

義云何所謂菩薩爲欲調伏世間顯最勝故所以者何而此三千大千世界中無有一人所學藝能勝菩薩者以是緣故菩薩未出家時學如是事又復何緣菩薩未出家時納妻有子而復廣有宮嬪婇女諸眷屬等豈非菩薩生貪愛耶所謂菩薩雖同世間起如是相而非菩薩生貪愛心何以故菩薩正士已離貪愛於貪愛中隨所施作而無其實所有菩薩納耶輸陀羅而爲妻者菩薩爲欲令耶輸陀羅滿宿願故彼耶輸陀羅往昔曾於然燈佛所發是願言願我當於釋迦牟尼佛法中爲釋種女種諸善根以彼宿世無虛妄言是故我今納以爲妻令彼速得善根成就隨世間相雖復如是而菩薩心不生過失後當棄捨出家修道所有生羅睺羅子者謂世間人作是謗言若無子息生育相繼者彼非丈夫菩薩息是謗故乃令耶輸陀羅釋種之女即時産生羅睺羅子而此羅睺羅者不從父母羯邏藍等穢汙所生當知從天中没化相生此所有廣集宮嬪婇女諸眷屬者菩薩爲欲各各隨應教化開導悉令獲得最上善利後當棄捨出家修道菩薩於其宮中以阿耨多羅三藐三菩提法教化開導四萬二千宮嬪婇女悉令種是菩提善根餘諸宮女但能信心清淨安住正見是故當知諸菩薩摩訶薩修菩薩行者隨世間相雖處王宮納妻有子廣集宮嬪諸眷屬等乃至於五欲樂嬉戲順行諸有所作皆無其實清淨潔白離諸垢染無愛無著無動無轉菩薩但爲教化一切衆生圓滿宿願成熟善根故即以不可思議善

巧方便神通願力變化所生變化所作於其神通遊戲法中得三摩地寂靜快樂隨應所作皆悉利益菩薩處王宮時雖受一切象馬奴婢而彼一一皆是宿世殊勝願力菩薩爲成就故而乃攝受以是因縁當知菩薩納妻等相非貪愛心又復何縁菩薩一時往閻浮樹下結跏趺坐彼時日光雖轉樹影不移其相云何所謂菩薩欲令七俱胝天人獲利益故其相如是又復何縁菩薩出遊園林見老病死生怖畏耶所謂菩薩已離老病死怖見是相時現恐怖者欲令衆生起猒畏故又復何縁菩薩於中夜分踰城出家而不於彼晝日分耶所謂菩薩取夜分者欲令迦毗羅城一切人民皆不見故又爲菩薩令自善根而得增長白法清淨圓滿具足棄捨一切所有樂事是故菩薩於中夜分踰城出家又復菩薩出王宮已至苦行處自手截髮菩薩之父淨飯大王聞如是事心不生信云何我子便截髮耶後知其實心生苦惱是相云何所謂菩薩以所截髮欲令三千大千世界一切天龍夜叉乾闥婆人非人等見佛吉祥威光最勝髮髻瞻禮恭敬獲大利益以是因縁而自截髮又復菩薩所有迦蹉迦馬王種種莊嚴馭人飡那善能控馭菩薩當乘出王宮時而彼馬王歡喜而行後乃棄捨是相云何所謂菩薩一切所愛歡喜棄捨無所戀著欲令末世一切衆生如我今時離諸愛著於我法中如是修學又復令末世中諸出家者以彼正命出家學道以是縁故棄捨馬王又復何縁菩薩於寂靜處六年苦行歷諸難事豈非菩

薩餘業障故感是報耶所謂菩薩諸障已盡無有苦報諸所作事但是菩薩善巧方便善男子汝前所問我爲一生補處菩薩時曾發是言何故剃鬚髮云何求菩提而此菩提最上難得此因緣者非無利益今當爲汝如實宣說我念往昔於迦葉如來法中而爲菩薩名曰護明我時以善巧方便於諸衆生隨其所宜爲作利益彼時有五婆羅門是大族姓子先於菩薩乘中修諸梵行後因值遇彼惡知識使令忘失大菩提心彼五婆羅門即於一時起如是心我等已能得菩提法起是心者異見相應我於爾時觀知彼心即以方便欲爲開導乃於彼前發如是言何故剃鬚髮云何求菩提而此菩提最上難得彼五婆羅門聞是語時咸作是念何故護明菩薩發如是言我知其念又復告言何故剃鬚髮云何求菩提而此菩提最上難得我時言已安住眞實平等法門即與五婆羅門同往一處時有二人一名竭致迦囉二名頁婆迦囉來詣於我及五婆羅門所先廣稱讚迦葉如來最上功德後復謂我及五婆羅門言今可往詣迦葉如來應供正等正覺所我於爾時作是思惟此五婆羅門善根未熟若今同詣迦葉佛所我或稱讚迦葉如來最上功德彼五婆羅門不能稱讚作是思惟已告彼二人言我自知時作是言已我即於般若波羅蜜多住無所住以般若波羅蜜多力所護故從是出生善巧方便即謂五婆羅門言我向語汝何故剃鬚髮云何求菩提而此菩提最上難得於如是義汝等未解今爲汝說以何義故菩

提難得所謂菩薩若於般若波羅蜜多無所行想無所住想即於菩提無智無得如實而觀悉無所得又菩提者不在內不在外不在中間不可以身得不可以心得畢竟空中一切無得是故我向謂汝等言何故剃鬚髮云何求菩提而此菩提最上難得當知此說是眞實說時五婆羅門聞是法已心得開悟還復安住大乘法中我作是說已住一切法無所得心即離是處又復別詣於一方所彼五婆羅門爾時亦復同於彼住是時竭致迦囉貢婆迦囉二人承佛威神力故復詣彼處方便勸導五婆羅門令彼同往迦葉佛所我時觀彼五婆羅門根緣已熟即時與彼五婆羅門及其二人同詣迦葉如來應供正等正覺所到佛所已各禮佛足時彼二人以宿世善根力故見佛相好爾時各各心得清淨彼五婆羅門得見如來色相光明吉祥威德心生歡喜各以宿世善根力故還發阿耨多羅三藐三菩提心我時白佛言此五婆羅門善根成熟願佛化度爾時迦葉如來應供正等正覺即爲宣說菩薩藏法隨其所應而能解了即時皆得無生法忍迦葉如來即爲我授阿耨多羅三藐三菩提記我得記已即白迦葉佛言以如來應供正等正覺攝受此五婆羅門故而令得見如來復爲宣說菩薩藏法教化開導皆爲得忍菩薩求佛菩提不復退轉復次智上我昔於彼迦葉如來法中爲一生補處菩薩時先所發言何故剃鬚髮云何求菩提而此菩提最上難得作此說者爲開導故由是因緣彼獲利益是故當知諸所言說

非無義利皆是菩薩摩訶薩善巧方便而非過咎非不善法若有衆生少知少見者或於持戒清淨沙門婆羅門所發無義語所謂以智爲非智作是語者不能長夜利益安樂但能與彼苦受相應此等衆生作不善業是過咎者菩薩摩訶薩即不如是一切障累悉已清淨無復少分業障可得但爲衆生滅諸惡法普令堪任趣證解脱智上如昔因緣當如是知又我所有六年苦行歷諸難事但爲降伏諸外道故又欲令諸衆生起精進故一麻一麥爲所食者欲令身器得清淨故由此因緣於六年中修諸苦行而非餘業所感報應我昔如是於六年中修苦行時有五百萬天衆仙衆皆得智通三昧是故當知我修此行以善巧方便爲利益故又復菩薩先受乳糜食已增益勢力方乃行詣菩提場中而取正覺何不但令其身瘦悴往彼道場成正覺耶所謂菩薩悲愍末世一切衆生先受乳糜食已方成正覺何以故末世衆生皆以飲食而爲資助有諸衆生求道果者若無飲食資身彼不能增進感生退屈若得飲食爲資助者皆獲安隱以安隱故於諸善法而悉記念乃能增進趣求道果我欲令彼末世衆生如是學我先受飲食後方進道又爲令彼獻乳糜者牧牛女人圓滿施因成就菩提分法我時食已安坐道場得菩提果能於一三摩地中住經千劫皆由段食力所資故以是因緣受彼乳糜又復菩薩既處菩提樹下金剛座上何不速證阿耨多羅三藐三菩提果而先降伏諸魔軍耶所謂無處可能容受諸惡魔衆

菩薩若不以善巧方便而容受者彼諸惡魔即當嬈亂一切衆生是故菩薩處其座已作是思惟我於今日成等正覺而此三千大千世界諸衆生中有何等衆生心不喜樂念已觀察知諸惡魔心不喜樂欲於菩薩而生嬈害菩薩爾時又復思惟我今不應與魔鬬戰但以神通作變化事使彼降伏又令一切天龍夜叉乾闥婆阿修羅迦樓羅緊那羅摩睺羅伽人非人等衆得見菩薩師子遊戲神通相已發於阿耨多羅三藐三菩提心以是因故普令當得最上涅槃爾時菩薩作是念已即於眉間放大光明其光普照三千大千世界一切魔宫皆悉映蔽於其光中發是聲言今此釋迦種族淨飯王子捨轉輪王位出家修道詣菩提場取證阿耨多羅三藐三菩提發是聲時復有無數天人四衆來菩薩所瞻禮恭敬是時一切魔王及魔眷屬見是事已四散馳走驚怖戰掉憂箭入心生大苦惱時惡魔衆忿恚轉增於須臾間化四兵衆繞菩提場面百由旬種種變現而爲嬈亂菩薩爾時住大慈心雖見是相而無動轉菩薩即以寶網鬘手作降魔相是時諸魔即皆降伏爾時有八十四俱胝天龍夜叉乾闥婆阿修羅迦樓羅緊那羅摩睺羅伽人非人等皆發阿耨多羅三藐三菩提心以是緣故菩薩先現降魔相當知皆是善巧方便又復何緣如來得阿耨多羅三藐三菩提已於七晝夜中結跏趺坐觀彼樹王寂然不動所謂色界有諸天子修寂靜行者見如來應供正等正覺跏趺而坐心大歡喜作是思惟如來於七晝夜

中依止一心寂靜而住是心不可得作是念時有三萬二千色界天子發阿耨多羅三藐三菩提心我爲欲令未來世中諸修道者悉能如是修寂靜行以是因緣如來得菩提已於七晝夜觀彼樹王寂然不動又復如來得菩提已何故最初梵王勸請轉法輪耶此因緣者所謂有諸梵衆勸請梵王隨應說法何以故彼諸梵衆謂能依止梵王復謂梵王能生梵衆於此世間無復最先過梵王者爾時梵王作是思惟如來大師爲世間尊隨應悉能知衆生根是故我應勸請說法作是念已詣菩提場勸請世尊轉正法輪當彼梵王如是勸請時有六百八十萬梵衆發阿耨多羅三藐三菩提心以是緣故梵王最初勸請轉正法輪復次智上如來大圓鏡智悉能顯照一切衆生語言心行一切所作無不容受照見衆生最初邊際有具善根者有不具善根有彼彼衆生彼彼業報大圓鏡中皆悉顯現乃至諸佛如來所作報應亦於中現菩薩詣菩提場成等正覺圓滿一切白法最勝功德如來已斷一切不善之法已能清淨一切障累已能遠離一切過失如是功德大圓鏡智皆悉顯照復次智上如來從大悲心起善巧方便普爲救度一切衆生譬如醫師善解醫藥諸有病者隨其所宜甘苦辛味和合妙藥應病而授皆得除愈如來大師亦復如是具足種種善巧方便爲大醫王善療衆病隨觀衆生有何等病如其所應以善巧方便而爲救療皆令解脫又如世間彼初生子慈母乳哺恩育愛憐不令有少病若所侵若後有病

慈母即爲揀擇良藥授與令服子既服已而得安樂如來大師亦復如是爲一切世間之父觀諸衆生如其子想不令衆生有苦惱者若見衆生造彼彼業得彼彼報如來隨應即以善巧方便而爲救度令得解脫智上如是所說當知是爲善巧方便

佛說大方廣善巧方便經卷第三

佛説大方廣善巧方便經卷第四

宋西天三藏朝奉大夫試光禄卿傳法大師施護奉　詔譯

復次智上我念過去世時有五百商人入海求寶是時别有一商人其性剛强猛利暴惡於海中路而忽相逢彼一商人即生惡心欲謀珍寶彼自思惟我今宜應設其方便悉斷彼諸商人命已當取珍寶還閻浮洲自受快樂是時五百商人衆中有一商主名曰善御其性慈和於一切人常生悲愍商主一時止息而卧忽於夢中見大海神出現其相謂商主言汝今當知諸商衆外别有一人其性暴惡如是色相如是名字彼人起賊害心欲謀珍寶彼作是念應當速斷諸商人命取其珍寶還閻浮洲自受快樂是故我今如彼所念而先語汝汝可思惟作何方便令此惡人不造殺業免地獄報又復商衆得全其命何以故此五百商人皆於阿耨多羅三藐三菩提已住不退轉而彼惡人於如是住菩薩法者若造殺業永墮地獄無有出期是故汝今宜設方便善爲救度爾時善御商主從夢覺已即作是念我於今時有何方便令此惡人不造殺業免地獄報得諸商人各全其命於一日中如是思惟求善方便而未能得乃至七日審諦思惟亦不能得過七日已即作是念我今無復方便可得但當於彼興殺心者先與斷命彼斷命故不造殺業免地獄報又令餘衆得全其命如是念已而復籌量我若與此五百商人共斷其命而五百人皆墮地獄我今宜應起大悲心爲救護故自手當殺此殺因者設於百千劫中獲地獄報亦當忍受

但能令時以如是大悲方便令此惡人不造殺業當免地獄無量劫苦又令住菩薩法者諸商人衆安隱無難爾時商主作是念已即設方便乃斷其命時彼惡人既此命終得生天界智上彼五百商人者當知即是此賢劫中五百如來是時衆中爲商主者即我身是我於百千劫在輪迴中以大悲心出生善巧方便如是種種救度衆生於汝意云何菩薩摩訶薩雖經百千劫在輪迴中皆爲以方便智救度衆生勿謂菩薩摩訶薩有業障可得是故當知諸佛菩薩諸所作業皆悉清淨無復少分障累可得智上又復當知如來應供正等正覺是金剛不壞之身乃至舉足下足皆以神通方便作大利益是時舍衛城中有二十人忽與二十極惡知識而相值遇是諸人等互起惡心欲相謀殺各各伺求彼彼方便時四十人承佛威神力故俱詣佛所到佛所已住立一面爾時如來應供正等正覺爲欲化度彼四十人故於刹那間化一大人在佛會中即白大目乾連言尊者當知今此大地不久出現諸草木相而彼大人作是言時世尊即爲垂其右足於須臾間而此大地即生草木各一尺量時尊者大目乾連白佛言世尊今所出現草木之相我於餘方可能見不佛言不能尊者大目乾連而即隨取少分草木乃自執持時三千大千世界皆悉震動于是如來應供正等正覺以神通力現自身相出過梵界而此草木亦復隨從出過梵界又復如來以神通力現大海中而此草木亦隨彼住又復如來以神通力入大山間而此

草木亦隨彼住爾時如來還本座已即收右足而此草木亦安住不動爾時尊者阿難白佛言世尊如來往昔有何因緣今現是相佛言阿難我於往昔爲大商主入海求寶逢惡知識我時以大悲心而斷其命昔因緣故今有是相爾時世尊說伽陀曰

今此所現如是相　不住虛空及山海
乃至不住諸地方　以宿因故如是住

爾時彼四十人咸作是念如來是大法王無實業障可得我等互起惡心自相謀害今對佛前宜應懺悔作是念已俱白佛言世尊我等先起惡心互欲殺害是故今時各各懺悔爾時世尊即爲如應宣說法要彼四十人皆得智證三昧是時有五百二十萬衆生遠塵離垢得法眼淨智上以此因緣當知諸佛如來舉足下足皆是神通方便作大利益實無少分業障可得又復如來已離諸病何故一時遣諸苾芻詣耆婆所求青蓮華藥汁要當何用所謂我於一時與五百苾芻結夏未久住於林間是時有修左羅摩婆尾迦行者住彼林側是人忽有病生不能進止不能調伏即於我所求以妙藥而救其苦我時作是思惟今不應知是病所宜何以故我若知其病所宜者後末世中破壞聖心于今設何方便得藥與療但當令此諸苾芻衆爲求其藥作是念已即令諸苾芻詣耆婆所求青蓮華藥汁與療其病是諸苾芻雖承佛旨而未即行爾時淨居天子見諸苾芻已白言尊者汝等當如佛旨求如是藥爲作救療勿求別藥令彼服已而趣命終諸苾芻言我等若行求藥

違佛戒法我等寧自喪命終不違佛戒法而行淨居天子復白諸苾芻言如來是大法王以利益心猶故現相服藥除病汝等今時何不如教當行求藥當行求藥淨居天子如是三白已時諸苾芻息疑悔心即詣耆婆所求如是藥得是藥已授彼病人服已除差智上以是因緣我爲利益故乃遣苾芻求如是藥而非如來有諸病惱又復如來諸福藴中最上最勝何故最先執持應器入城乞食所謂如來已離諸障無段食想但爲愍念後末世中有諸苾芻少福德者雖入王城聚落持鉢乞食而不能得乃生退屈不能長時勤行乞食爲令此等苾芻當於爾時作是思惟如來大師於諸世間福聚最勝猶尚隨宜持鉢乞食況復我今末世苾芻薄福德故乞食所難不應生苦但當行乞雖復少得而亦爲足智上如來在世行乞食者又爲隨順作利益故所謂令諸婆羅門長者居士乃至一切人民以佛威神所加持故於現世中飲食豐足不值饑饉之苦何以故如來在世不令諸魔作饑饉難是故如來以善方便隨順世間雖受段食不生愛著不令婆羅門長者乃至一切人民及餘諸天子衆等起如是念沙門瞿曇於其段食愛樂作意如來爲令彼等不生念故於晝夜中與苾芻衆常住三昧依止一心寂而無動無高無下前引於後後如於前正念相應於一時中我住三昧有七萬天子發清淨心禮敬於我我即從三昧出爲其如應宣説法要彼諸天子於諸法中得法眼淨由此因緣是故當知諸佛如來現行乞食但以

善巧方便作利益故又復一時有賛左摩拏嚩迦於佛如來而生惡意當墮地獄佛爲救護其事云何所謂如來怨親平等無復少分障累可得但爲衆生安樂利益我於爾時爲欲救護彼賛左摩拏嚩迦故以我威神力令其得見殑伽沙數世界諸佛如來是諸如來大圓鏡智中現彼所作業以諸如來神通力故令此摩拏嚩迦見自業已即生悔心作如是言今於此中眞實顯現乃自思惟如來一切白法具足云何我今但造惡業於白法分而不能得彼摩拏嚩迦作是念時即得清淨正白梵行於其夢中見佛現身所有先起惡意之罪皆悉銷滅命終已後免地獄報當知皆是如來神力而爲救護何以故所謂如來以大悲方便不捨衆生故又復一時有孫那利梵志於祇陀林中彼以因緣而斷其命佛時不知云何名爲一切智耶所謂如來無礙正智皆悉具足無不知見如來隨諸色相神通等事皆以威神建立令此孫那利梵志者佛觀是人壽量已盡決定命終亦非如來不能了知又欲以是因緣令諸外道攝伏其心止息自罪爾時如來以加持力於七夜中不入聚落是時有六十俱胝天人過七夜已往詣佛所到佛所已乃爲隨應宣說法要即時各得智證三昧又復何緣如來昔曾於三月中食馬麥耶所謂如來欲令婆羅門長者等生希有心又爲成就利益事故所以者何我於一時與五百苾芻見五百馬我觀彼馬宿世善根今已成熟何以故此五百馬於前前世已曾爲人親近供養先佛如來於先佛所

發菩提心後因值遇彼惡知識破壞善法造諸惡業以是報應今受馬身又復此五百馬往昔曾於日藏菩薩所發大誓願以其宿世大願力故今復值遇日藏菩薩以菩提法方便教化令得度脫是五百馬以菩薩威力及自願力故各能思念宿生中事智上我觀彼馬有是因緣生悲愍心欲爲化度乃與苾芻往彼馬所以所食麥即取食之我自食已而復授彼五百苾芻時五百馬以宿善根力故見佛及苾芻衆食是馬麥即時禮佛及諸苾芻彼五百馬過三月已皆悉命終生兜率天即從彼天來詣佛所恭敬尊重瞻禮供養佛即隨應爲說法要是諸天子悉於阿耨多羅三藐三菩提住不退轉如來爲令此五百馬成就如是大利益事故食馬麥智上當知所有一切飲食如來食者皆爲最上食假使三千大千世界土及乳糖如來食者於是二種等無差別皆成上味何以故如來舌根常得上味是大人相以是緣故當知諸佛如來凡所受食皆爲最上食我時謂阿難言汝捨轉輪王位出家修道於諸衆生起悲愍心汝今食此馬麥而得何味阿難白佛言世尊今此馬麥甚爲希有我雖生於王宮昔未曾得此最上味是時阿難食馬麥已於七日中得大喜樂智上我時與彼五百苾芻夏安居已各還所止是時五百苾芻衆中有四十苾芻食是馬麥雖於其味作清淨想還復思念諸苦糲食如是思念已於七夜中各得阿羅漢果智上當知如來雖食馬麥實非宿障報應之事但爲衆生作大利益又令諸修淨戒沙門

婆羅門生希有心復令一切衆生如説能行當知如來一切最勝諸所施作不壞法行又復何縁如來一時謂迦葉言我患背痛汝可爲我説七覺支法此因縁者所謂爾時有八千天子而共集會是諸天子先於佛法僧寶未生淨信當於爾時暫聞迦葉説七覺支法而彼信心漸能開悟即詣迦葉所迦葉重復廣爲分别七覺支法是八千天子即時各得智證三昧乃自思惟衆生有病不能聽法若聞法者病得銷除如來是大法王猶故現病令大迦葉説七覺支法我等云何不樂聽法彼諸天子作是思惟已即於佛法心得清淨以是利益因故如來乃現背痛令大迦葉説七覺支法當知皆是善巧方便實非宿障報應之事又復何縁昔有莊嚴幢婆羅門於一時中向佛世尊發不善語佛於爾時不生恚礙所謂如來於天人四衆大集會中已得忍力具足隨觀諸境不生恚礙如來爾時於諸衆生住平等心救護心安住心柔輭心勇猛心如來住是諸心時有四千衆生發阿耨多羅三藐三菩提心以是利益因故如來乃於莊嚴幢婆羅門不生恚礙當知皆是如來善巧方便實非宿障報應之事復次智上我念昔爲菩薩時彼提婆達多在在處處常隨於我何以故彼提婆達多雖來我所伺求嬈害而能令我圓滿六波羅蜜多能令無量衆生得大利益所謂若時欲令衆生得大快樂我不能行布施攝法提婆達多即來我所乞妻子奴婢頭目手足我於爾時皆悉能捨以能捨故彼作是言如是名爲難行之行能令衆

生起發善根我作是施時有無量衆生起愛樂心於布施行得淨信解又復若時我以菩提願力住淨戒行提婆達多來詣我所欲破淨戒我於爾時堅固不動不壞戒行有無量衆生見是事已悉住清淨戒地又復若時提婆達多於我起其忿恚打罵我於爾時不生瞋恨住忍辱心有無量衆生見是事已皆住忍行所有精進禪定智慧等行以提婆達多故我皆圓滿及令無量衆生得大利益智上當知彼提婆達多雖於我所欲生嬈害而能令我增長善法爲諸衆生作利益事是故應知諸佛如來以善巧方便故於諸衆生隨所施作皆令不壞所有報應又復如來於衆生界普徧觀察有某衆生造如是因得如是報隨所觀已設諸方便而爲化度智上如我上說種種法門皆是最勝善巧方便如是法門不應於彼下劣善根衆生前說所以者何所有衆生雖種聲聞緣覺相應善根而亦不能於此最勝善巧方便中如理修學何以故非法器故但當爲彼修菩薩法者如實宣說譬如盲人於夜分中雖有光明亦不能見一切境相若有目人於其夜分得彼光明而爲照耀一切境相悉能觀見菩薩摩訶薩亦復如是已修菩薩最勝行法又能具足善巧方便所有諸佛勝行解脫法門悉能通達智上若有志求無上菩提諸善男子善女人愛樂法故縱在百千由旬之外若有宣說如是善巧方便法門處而亦不怖遥遠即來聽受何以故若人聞是法已即得廣大光明所行清淨於佛法中離諸疑悔是故當知所有天人四

衆之中是法器者即能愛樂聽受此法非法器者雖復得聞不生愛樂佛說是法時有七萬二千衆生發阿耨多羅三藐三菩提心爾時尊者阿難白佛言世尊此經何名我等云何受持佛言阿難此名善巧方便波羅蜜多正法亦名一切秘密最上波羅蜜多正法如是名字汝當受持於後末世宣通流布令諸衆生得大利益佛說此經已阿難等諸聲聞智上等諸菩薩摩訶薩乃至世間天人阿修羅乾闥婆等一切大衆聞佛所說皆大歡喜信受奉行

佛說大方廣善巧方便經卷第四

音釋

糲盧達切脫粟飯也

佛母出生三法藏般若波羅蜜多經

宋北天竺三藏朝奉大夫試光祿卿傳法大師施護奉詔譯

清刻龍藏佛說法變相圖

佛母出生三法藏般若波羅蜜多經卷第一

第二 同卷

宋北天竺三藏朝奉大夫試光祿卿傳法大師施護奉詔譯

了知諸行相品第一之一

如是我聞一時佛在王舍城鷲峰山中與大苾芻衆千二百五十人俱皆是阿羅漢一切漏盡無餘煩惱心善解脫慧善解脫如大龍王諸有所作皆悉具足捨彼重擔得大善利盡諸有結正智無礙心住寂靜已得自在唯一尊者住補特伽羅所謂阿難爾時世尊告尊者須菩提言隨汝樂欲爲諸菩薩摩訶薩如其所應宣說般若波羅蜜多法門是時尊者舍利子即起是念今尊者須菩提爲以自智慧辯才而爲宣說菩薩摩訶薩般若波羅蜜多耶爲以佛威神及加持力而爲說耶爾

時尊者須菩提承佛威神知舍利子於如是色如是心有所思念旣知是已即告舍利子言汝今當知世尊所有聲聞弟子於諸法中若自宣說或爲他說一切皆是佛威神力何以故佛所說法若於是中能修學者彼能證得諸法自性以證法故有所言說皆與諸法無所違背是故舍利子佛所說法順諸法性諸善男子當如是知爾時尊者須菩提白佛言世尊佛作是言令我隨所樂欲如其所應宣說菩薩摩訶薩般若波羅蜜多世尊以何等義名爲菩薩當說何法爲菩薩法世尊我不見有法名爲菩薩亦不見有法名爲般若波羅蜜多以是義故若菩薩及菩薩法皆無所有不可見不可得般若波羅蜜多亦無所有不可見不可得我當爲何等菩薩教何等般若波羅蜜多世尊若菩薩摩訶薩聞作是說心無所動不驚不怖亦不退沒是即名爲教菩薩摩訶薩般若波羅蜜多是即了知般若波羅蜜多是即安住般若波羅蜜多復次世尊菩薩摩訶薩行般若波羅蜜多時觀想般若波羅蜜多時應如是學而彼菩薩雖如是學不應生心我如是學何以故彼心非心心性淨故爾時尊者舍利子白須菩提言云何須菩提有彼心非心不須菩提言舍利子於汝意云何若心非心於有於無爲可得耶舍利子言不也須菩提是時須菩提告舍利子言若心非心於有於無不可得者汝今何故作如是言有心非心耶舍利子言何名非心性須菩提言一切無所壞遠離諸分別是爲非心性爾時尊者舍利子讚須菩提言善

哉善哉須菩提誠如佛說汝於無諍三昧行中最勝第一若菩薩摩訶薩如是學者即得不退轉於阿耨多羅三藐三菩提當知是菩薩摩訶薩不離般若波羅蜜多若有人欲學聲聞法者當於此般若波羅蜜多聽受讀誦記念思惟如說修行是即於此般若波羅蜜多修學相應若欲學緣覺法者當於此般若波羅蜜多聽受讀誦記念思惟如說修行是即於此般若波羅蜜多修學相應若欲學菩薩法者當於此般若波羅蜜多聽受讀誦記念思惟如說修行是即於此般若波羅蜜多善巧方便而得具足諸菩薩法聚集相應何以故此般若波羅蜜多廣說一切菩薩藏法若菩薩摩訶薩如是學者於菩薩法是即相應若欲修學阿耨多羅三藐三菩提法者當於此般若波羅蜜多聽受讀誦記念思惟如說修行是即於此般若波羅蜜多方便具足集諸佛法何以故此般若波羅蜜多廣說一切阿耨多羅三藐三菩提法若菩薩摩訶薩如是學者於無上法而得相應爾時尊者須菩提白佛言世尊所言菩薩摩訶薩者我不可見亦不可得而菩薩但有名字世尊即此名字亦不可見不可得般若波羅蜜多亦但有名字不可見不可得當為何等菩薩教何等般若波羅蜜多以是義故我即生疑世尊我於名字中求菩薩摩訶薩畢竟不可得而彼名字無住處非無住處無決定無不決定何以故彼名字性無所有故是故無住處非無住處無決定無不決定若菩薩摩訶薩聞此甚深般若波羅蜜多心無所動不驚不怖

亦不退没當知是菩薩摩訶薩不離般若波羅蜜多住菩薩地而不退轉善住無住相應

復次世尊若菩薩摩訶薩行般若波羅蜜多時觀想般若波羅蜜多時不住於色不住受想行識何以故若住於色即行色行非行般若波羅蜜多若住受想行識即行受想行識非行般若波羅蜜多何以故住於諸法即不能受般若波羅蜜多與般若波羅蜜多而不相應不能圓滿般若波羅蜜多不能成就一切智何以故般若波羅蜜多不受於色不受受想行識若不受色即非色不受受想行識即非受想行識是故般若波羅蜜多亦無所受菩薩摩訶薩於無受法中當如是行此即名爲菩薩摩訶薩一切法無受三摩地廣大圓滿無量決定不爲一切聲聞緣覺所壞世尊彼一切智無有相無所取若有相可取者彼室哩尼迦波哩没囉惹迦如是等人於一切智不應生信何以故此人於一切智而生信解以有量智入如是法不受於色不受受想行識不以喜樂法爲智所觀不以内色爲智所觀不以外色爲智所觀不以内外色爲智所觀亦不離内外色爲智所觀如是不以内受想行識爲智所觀不以外受想行識爲智所觀不以内外受想行識爲智所觀亦不離内外受想行識爲智所觀而彼室哩尼迦等於如是法及一切智智深生信解於諸法性而得解脱又於一切法無取無非取乃至涅槃亦無取無非取世尊修菩薩法者雖於色受想行識而無所受彼未圓滿如來十力四無所畏十八不共法亦不中道取證涅槃

是故世尊菩薩摩訶薩應如是了知般若波羅蜜多復次世尊若菩薩摩訶薩行般若波羅蜜多時觀想般若波羅蜜多時應作是觀何法是般若波羅蜜多般若波羅蜜多爲何等相諸法無所生亦復無所得般若波羅蜜多其云何有若菩薩作是觀時心無所動不驚不怖亦不退没當知是菩薩摩訶薩不離般若波羅蜜多爾時尊者舍利子白須菩提言若諸色法離色自性受想行識離受想行識自性般若波羅蜜多離般若波羅蜜多自性一切智復離般若波羅蜜多自性般若波羅蜜多復離一切智自性一切智離一切智自性者云何說菩薩摩訶薩不離般若波羅蜜多須菩提言舍利子如是如是一切色法離色自性受想行識離受想行識自性乃至一切智離一切智自性般若波羅蜜多相離般若波羅蜜多相自性諸相離諸相自性無性亦離自性爾時尊者舍利子復白須菩提言云何須菩提若菩薩摩訶薩是中學者彼能成就一切智不須菩提言如是如是舍利子若菩薩摩訶薩如是學者彼能成就一切智何以故諸法無生亦非無生菩薩摩訶薩能如是了知如是行者即能隨順親近彼一切智身心清淨諸相清淨在在處處嚴淨佛土成熟有情具諸佛法是爲菩薩摩訶薩修行般若波羅蜜多近一切智復次尊者須菩提言若有菩薩摩訶薩行於色法此爲行相若行色相此爲行相若生色行此爲行相若滅色行此爲行相若壞色行此爲行相若空色行此爲行相我行諸行亦是行相我行菩

薩行亦是行相於菩薩法我有所得亦是行相如是若行受想行識此爲行相若行受想行識相此爲行相若生受想行識此爲行相若滅受想行識此爲行相若壞受想行識此爲行相若空受想行識此爲行相我行諸行亦是行相我行菩薩行亦是行相於菩薩法我有所得亦是行相若作是念能如是行乃名行般若波羅蜜多亦是行相若如是行者當知此菩薩未能具足善巧方便爾時尊者舍利子白須菩提言當云何行是爲菩薩摩訶薩行般若波羅蜜多須菩提言舍利子若菩薩摩訶薩不行於色不行色相不行色生不行色滅不行色壞不行色空不行我行不起我行菩薩行如是不行受想行識不行受想行識壞不行受想行識生不行受想行識滅不行受想行識壞不行受想行識空不行我行不起我行菩薩行不作是念若如是行乃名行般若波羅蜜多若如是者是名菩薩摩訶薩行般若波羅蜜多而彼菩薩摩訶薩雖如是行即不念我行不念我不行不念我亦行亦不行不念我非行非不行又復不念有所行不念無所行不念亦有所行亦無所行不念非有所行非無所行何以故一切法無念無取無非取此名菩薩摩訶薩一切法無受三摩地廣大圓滿無量決定不爲一切聲聞緣覺所壞此三摩地徧入一切三摩地行若菩薩摩訶薩能如是行者速得成就阿耨多羅三藐三菩提是時尊者須菩提承佛威神作如是言若菩薩摩訶薩雖行無數三摩地而無行相雖見無數三摩地而無所見

彼菩薩不作是念此三摩地我已入此三摩地我當入此三摩地我今入如是一切時一切處一切種離一切相而無所生若如是者當知是菩薩已從先佛得授阿耨多羅三藐三菩提記爾時尊者舍利子白須菩提言若菩薩摩訶薩於三摩地無所行相彼得如來應供正等正覺與授阿耨多羅三藐三菩提記者而此三摩地爲有所觀不須菩提言不也舍利子何以故彼三摩地性無所有離諸分別及所了知爾時世尊讃言善哉善哉須菩提如是如是須菩提如佛世尊威神辯才及加持力如是宣說諸菩薩摩訶薩當如是行如是修學何以故若菩薩摩訶薩如是學者是爲修學般若波羅蜜多是時尊者舍利子白佛言世尊若菩薩摩訶薩如是修學是

即修學般若波羅蜜多耶佛言舍利子如是如是若菩薩摩訶薩如是學者是爲修學般若波羅蜜多舍利子白佛言世尊若菩薩摩訶薩如是修學當學何法佛言舍利子若菩薩摩訶薩了法無所有亦復無所學是爲修學何以故彼一切法皆無所有而諸愚異生於無法中分別執著舍利子白佛言世尊若法無所有今云何有佛言舍利子諸法無所有今如是有彼諸愚異生於無法中以不了故說爲無明是故執著無明以執著故起分別心由分別故墮於二邊如是展轉於一切法種種分別起所得相彼分別已依於二邊而生執著是故分別過去諸法分別未來諸法分別現在諸法以諸分別故執著名色舍利子彼諸異生不了諸法無所有性起分別

者於如實道不能了知亦不能見由不知見故不出三界於實際法不能安住亦不生信是故墮彼愚異生數爾時尊者舍利子復白佛言世尊若菩薩摩訶薩如是學者是學一切智不佛言舍利子菩薩摩訶薩如是學者非學一切智菩薩摩訶薩如是學者亦學一切智如是學者亦學一切法得近一切智成就一切智是時尊者須菩提白佛言世尊若有幻人作是問言云何修學一切智云何親近一切智云何成就一切智彼若作是問我當云何答佛言須菩提我今問汝隨汝意答須菩提言善哉世尊願樂欲聞佛言須菩提於汝意云何幻異於色色異幻不如是幻異受想行識受想行識異於幻不須菩提言不也世尊異幻非色異色非幻彼幻即色彼色即幻受想行識亦復如是佛言須菩提於意云何所有五取蘊是菩薩不須菩提言如是世尊如是善逝佛告須菩提當知五取蘊即是幻人何以故說色如幻受想行識亦如幻彼色受想行識即是六根五蘊是故菩薩摩訶薩亦如幻若欲修學般若波羅蜜多者當如幻學即得阿耨多羅三藐三菩提須菩提白佛言世尊若有初住大乘菩薩聞作是說得無驚怖耶佛言須菩提彼初住大乘菩薩若隨惡知識即於是法聞已驚怖而彼菩薩若隨善知識即聞是法不生驚怖須菩提白佛言世尊云何名爲菩薩摩訶薩惡知識佛言若有教令遠離般若波羅蜜多者是爲菩薩惡知識何名菩薩善知識佛言若於般若波羅蜜多自所宣說轉教他人復爲他人廣

示魔業及魔過失勸令覺了覺已復令遠離又復勸令不離諸佛須菩提當知是人被大乘鎧大乘莊嚴安住大乘是爲菩薩摩訶薩善知識須菩提白佛言世尊如佛所說菩薩摩訶薩被大乘鎧大乘莊嚴安住大乘世尊當說何句義是菩薩義佛言須菩提當知非句義是菩薩義何以故菩薩於一切法無所障礙於一切法如實了知乃至阿耨多羅三藐三菩提亦無障礙亦如實知此說爲菩薩義又復世尊云何得名摩訶薩佛言於有情聚中而爲最上以是義故名爲摩訶薩爾時尊者舍利子白佛言世尊我亦樂說摩訶薩義佛言隨所樂說今正是時舍利子言所有我見衆生見命者見補特伽羅見諸有趣見斷見常見及有身見若離如是等見爲衆生說法者是爲摩訶薩爾時尊者須菩提白佛言世尊我亦樂說摩訶薩義佛言隨所樂說今正是時須菩提言若菩提心一切智心無漏心無等心無等等心於如是心無礙無著不爲一切聲聞緣覺所壞以是義故名爲摩訶薩由此入於菩薩摩訶薩數時尊者舍利子白須菩提言云何彼心無礙無著須菩提言以無心故心無障礙亦無所著舍利子言心義云何須菩提言舍利子心於有無爲可生耶爲可得耶舍利子言不也須菩提是時須菩提告舍利子言心於有無若不可得者何故於心有所說耶尊者舍利子讚須菩提言善哉善哉須菩提誠如佛說汝於無諍三昧行中最勝第一爾時尊者滿慈子白佛言世尊我亦樂說摩訶薩義佛言隨所樂說今

正是時滿慈子言摩訶薩者所謂被大乘鎧以大乘法而自莊嚴安住大乘是故説爲摩訶薩義是時須菩提白佛言世尊所言菩薩摩訶薩被大乘鎧者以何義故名大乘鎧佛言若菩薩摩訶薩作如是念我應度無量無數衆生令至涅槃雖度如是衆生已於諸衆生無所度想而無一衆生得涅槃者何以故一切法性本如是故離諸起作須菩提譬如幻師於四衢道以其幻法出多人聚出已即隱須菩提於汝意云何是諸幻人有所從來有其實不有所滅去有所壞不須菩提言不也世尊佛言須菩提菩薩摩訶薩亦復如是雖度無量無數衆生令至涅槃而實無衆生有所度者若菩薩摩訶薩聞作是説不生驚怖當知是菩薩摩訶薩被大乘鎧而自莊嚴

爾時尊者須菩提白佛言世尊如我解佛所説義菩薩摩訶薩若如是了知者是爲被大乘鎧勇猛堅固而善莊嚴佛言須菩提如是如是何以故彼一切智是無爲無作法爲利衆生故起諸方便而彼衆生亦是無爲無作法須菩提言誠如佛説所以者何色無縛無解受想行識亦無縛無解世尊色眞如無縛無解受想行識眞如亦無縛無解爾時尊者滿慈子白須菩提言如尊者所説色無縛無解受想行識無縛無解色眞如無縛無解受想行識眞如無縛無解者此中何等是色無縛無解何等是受想行識無縛無解何等是色眞如無縛無解何等是受想行識眞如無縛無解須菩提答言滿慈子汝今當知幻人色無縛無解幻人受想行識無縛無解幻人

色眞如無縛無解幻人受想行識眞如無縛無解何以故無所有故無縛無解離故無縛無解不生故無縛無解若菩薩摩訶薩如是了知者是即安住大乘被大乘鎧大乘莊嚴即時尊者滿慈子聞是說已默然而住爾時尊者須菩提白佛言世尊如佛所言菩薩摩訶薩安住大乘被大乘鎧大乘莊嚴世尊以何義故爲名大乘菩薩云何了知是乘從何所出出已於何所住佛告須菩提大乘者無限量無分數無邊際以是義故名爲大乘菩薩摩訶薩即如是了知又言大乘從何所出住何處者是乘從三界出住波羅蜜多彼無所著故即住一切智從是出生菩薩摩訶薩復次須菩提若法無所出亦復無所住以無住故即一切智無住相應又此大乘亦無所有即無所出無出故如是出所以者何若有所出若無所出如是二法俱不可得而無所生乃至一切法中無法可出亦無非法可出須菩提菩薩摩訶薩般若波羅蜜多如是出生爾時尊者須菩提白佛言世尊如佛所說彼大乘法於一切世間天人阿修羅中而爲最勝與虛空等如彼虛空能受無量無數衆生彼大乘法亦復如是能受無量無數衆生世尊菩薩摩訶薩於大乘法不見有來不見有去亦無住處前際不可得後際不可得中際不可得三世平等無所生故是故大乘義如是說爾時世尊讚言善哉善哉須菩提如是如是須菩提菩薩摩訶薩於大乘法如是修學彼菩薩摩訶薩即得成就一切智

佛母出生三法藏般若波羅蜜多經卷第一

佛母出生三法藏般若波羅蜜多經卷第二

宋北天竺三藏朝奉大夫試光祿卿傳法大師施護等奉詔譯

了知諸行相品第一之二

爾時尊者滿慈子白佛言世尊佛令須菩提
說般若波羅蜜多何故於今說大乘法時尊
者須菩提即白佛言世尊我所說大乘將無
違彼般若波羅蜜多耶佛言不也須菩提如
汝所說隨順般若波羅蜜多是時須菩提承
佛神力白佛言世尊我於前後中際求菩薩
摩訶薩了不可得何以故色無邊故菩薩摩
訶薩亦無邊受想行識無邊故菩薩摩訶薩
亦無邊色是菩薩無所有故不可得受想行
識是菩薩無所有故不可得世尊如是一切
時一切處一切種求菩薩摩訶薩畢竟不可
得般若波羅蜜多亦不可見不可得乃至一
切智亦不可見不可得如是一切法於一切
時一切處一切種皆不可見不可得云何為
法云何為非法當以何法教入般若波羅蜜
多世尊菩薩但有名字般若波羅蜜多亦但
有名字而彼名字亦無所生世尊如說我我
法畢竟無所生我無自性故一切法亦爾此
中云何色無著無生云何受想行識無著無
生一切法無性故無著無生以法無性故一
切法無生是故無生亦無生我今即以無生
法教入般若波羅蜜多世尊若離無生法求
一切法乃至佛菩薩法了不可得何以故若
離無生法者菩薩摩訶薩無能成就彼菩提
行世尊若菩薩摩訶薩聞作是說心無所動
不驚不怖亦不退沒當知是菩薩摩訶薩行
般若波羅蜜多觀想般若波羅蜜多世尊若

菩薩摩訶薩於般若波羅蜜多若行若觀想時不受於色不見色生不見色滅如是不受受想行識不見受想行識生不見受想行識滅何以故若色無生即非色若色無滅即非色此無生與色無二無別無滅與色亦無二無別若說色即是無二法若受想行識無生即非受想行識若受想行識無滅即非受想行識此無生與受想行識無二無別無滅與受想行識亦無二無別若說受想行識即是無二法世尊菩薩摩訶薩於般若波羅蜜多如是觀已即於色受想行識無所受無所生無所滅乃至一切法一切相亦復如是何以故若色受想行識無生無滅即非色受想行識此色受想行識與無生無滅無二無別若說色受想行識即是無二法爾時尊者舍利子白須菩提言如我解尊者須菩提所說義菩薩即是無生法若如是者云何菩薩爲利衆生故有難行行及難行想須菩提言舍利子我不欲令菩薩摩訶薩有難行行及難行想何以故若有難行想即不能利益無量無數衆生若於一切衆生生易想樂想父想母想及彼子想如是即能利益無量無數衆生菩薩摩訶薩於一切衆生當生如是想我於一切時一切處解脱一切苦一切衆生亦如是於一切時一切處解脱一切苦於一切處不捨衆生普令衆生解脱苦蘊於諸心意不生過失菩薩摩訶薩於諸衆生若生如是心即無難行行無難行想舍利子菩薩摩訶薩應生如是心如我於一切時一切處一切種畢竟無所有不可得故彼一切法於一切時

一切處一切種亦畢竟無所有不可得如是即於内外一切法生無所有想若菩薩摩訶薩以如是心行即無難行行無難行想復次尊者舍利子汝先所言菩薩無生如是如是菩薩實無生舍利子言若菩薩無生彼菩薩法豈無生耶須菩提言菩薩法亦無生舍利子言若菩薩法無生者彼一切智爲無生不須菩提言一切智無生舍利子言一切智法爲無生不須菩提言一切智法亦無生舍利子言若一切智法亦無生者彼諸異生是無生不須菩提言諸異生類亦復無生又言彼異生法爲無生不須菩提言諸異生法亦即無生尊者舍利子白須菩提言若菩薩菩薩法一切智一切智法異生異生法皆無生者彼菩薩摩訶薩得一切智即是無生得無生耶尊者須菩提言舍利子我不欲令無生法有所得何以故無生法不可得故舍利子言無生法不得無生耶須菩提言如是如是無生法不得無生舍利子言若彼法無生無生亦無生不須菩提言生法無生無生亦無生舍利子言若無生亦無生者汝所言所樂説爲生爲無生須菩提言樂説亦無生舍利子言若樂説無生者所言無生不須菩提言所言所樂説一切皆無生尊者舍利子讚須菩提言善哉善哉須菩提汝於説法人中最勝第一何以故隨有所問而悉能答於諸法相無動無壞須菩提言舍利子法本如是佛諸弟子於無依止法中隨有所問而悉能答於諸法相無動無壞何以故一切法無所依止舍利子白須菩提言若一切法無所依止菩

薩摩訶薩依何波羅蜜多須菩提言依般若波羅蜜多舍利子當如實知彼一切法無依止故諸波羅蜜多亦復如是若菩薩摩訶薩聞此甚深般若波羅蜜多時應作是念無說無示無聞無得心無所動無所求相無所持相當知是菩薩摩訶薩行無數般若波羅蜜多行不離是念爾時尊者舍利子白須菩提言云何菩薩摩訶薩行般若波羅蜜多不離是念若菩薩摩訶薩不離是念即得不離般若波羅蜜多行若菩薩摩訶薩不離般若波羅蜜多行即得不離是念須菩提若菩薩摩訶薩不離是行不離是念者彼一切衆生亦應得不離般若波羅蜜多行何以故一切衆生亦不離是行不離是念須菩提言舍利子如汝所說成就我義何以故衆生無性故當知念亦無性衆生離故當知念亦離衆生無心故當知念亦無心衆生無覺了故當知念亦無覺了衆生知如實義故念亦知如實義舍利子我欲令諸菩薩摩訶薩如是行般若波羅蜜多

帝釋天主品第二

爾時帝釋天主與四十千天衆俱來會中四大天王與二十千天衆娑婆世界主大梵天王與十千梵衆淨居天子與千天衆如是等皆來集會彼諸天子所有業報光明以佛威神勝光明故皆悉不現是時帝釋天主白尊者須菩提言我等諸天乃至梵衆皆悉來集樂欲聽受尊者須菩提爲諸菩薩摩訶薩宣說般若波羅蜜多令諸菩薩云何安住云何修學云何相應須菩提言憍尸迦今此天子

衆中以佛威神加持力故若有未發阿耨多羅三藐三菩提心者應當發心若已入正位者即不堪任發阿耨多羅三藐三菩提心何以故彼於輪迴有所縛故如是等人若有能發阿耨多羅三藐三菩提心者我亦隨喜勸令發心於其善根使不斷絶爾時世尊讚言善哉善哉須菩提汝善勸導諸菩薩摩訶薩令於般若波羅蜜多而得相應須菩提白佛言世尊佛於衆生有大恩德我今爲報佛恩故如是勸導何以故過去如來應供正等正覺所有弟子亦爲報佛恩故勸導諸菩薩摩訶薩令諸菩薩如其梵行住眞實法亦教成就般若波羅蜜多以如是行故發生無上智世尊我今亦如是攝受護持諸菩薩摩訶薩以我如是攝受護持因緣力故諸菩薩摩訶薩速得成就阿耨多羅三藐三菩提爾時尊者須菩提告帝釋天主言汝等諦聽如理思惟我今宣說菩薩摩訶薩般若波羅蜜多安住空法令諸菩薩被大乘鎧大乘莊嚴當知般若波羅蜜多所謂不住五蘊不住眼根不住色境不住眼識不住眼觸亦復不住眼觸所生諸受如是不住耳鼻舌身意根不住聲香味觸法境不住耳鼻舌身意識不住耳觸乃至意觸亦復不住耳觸乃至意觸所生諸受不住地水火風空識界不住念處正勤神足根力覺道不住須陀洹果不住斯陀含果不住阿那含果不住阿羅漢果不住緣覺果不住佛地以如是不住五蘊乃至不住佛地故不住色受想行識若常若無常不住色受想行識若苦若樂不住色受想行識若空若

不空不住色受想行識若我若無我不住色受想行識若淨若染不住色法有所得空不住受想行識有所得空不住須陀洹無爲果不住斯陀含無爲果不住阿那含無爲果不住阿羅漢無爲果不住緣覺無爲果不住佛法不住須陀洹福田不住須陀洹七往來身不住斯陀含福田不住斯陀含畢竟一來此世盡苦邊際不住阿那含福田不住阿那含不還此世於彼涅槃不住阿羅漢福田不住阿羅漢現世入於無餘涅槃不住緣覺福田不住緣覺出過聲聞不及佛地而趣涅槃不住諸佛最上福田不住佛法出過異生及聲聞緣覺地利益無量無數衆生復令無量無數百千俱胝那庾多衆生不趣聲聞緣覺無餘涅槃決定趣證正等正覺無上涅槃建立佛事諸如是等皆悉不住爾時尊者舍利子即起是念若諸如來出過異生及聲聞緣覺地利益無量無數衆生復令無量無數百千俱胝那庾多衆生不趣聲聞緣覺無餘涅槃決定趣證正等正覺無上涅槃建立佛事於如是法皆不住者當於何住是時尊者須菩提承佛威神知其念已即謂尊者舍利子言舍利子於汝意云何如來應供正等正覺有法可住不舍利子言不也須菩提如來應供正等正覺無法可住何以故彼無住心名爲如來不住有爲界不住無爲界不住彼中故須菩提告言如是如是舍利子諸菩薩摩訶薩應當如彼如來應供正等正覺所住而住如是住者非有所住非無所住非爲決定非不決定菩薩摩訶薩如是學者而善安住無

住相應菩薩摩訶薩如是學者是行般若波羅蜜多行爾時會中有諸天子作是思惟諸夜叉衆所有語言文字章句尚可了知而尊者須菩提所説諸法我等天衆無能解了時須菩提知諸天子於其已心所思念已告諸天子言汝等當知彼一切法無説無示無聞無得離諸分别無所了知是時諸天子衆復作是念如尊者須菩提所説轉復難解廣大深遠最上微妙我等天衆難可得入爾時尊者須菩提又復知諸天子心所念已即時告言汝等當知若欲得須陀洹果欲住須陀洹果者當住是忍若欲得斯陀含果欲住斯陀含果若欲得阿那含果欲住阿那含果若欲得阿羅漢果欲住阿羅漢果若欲得緣覺禾欲住緣覺果若欲得阿耨多羅三藐三菩提果欲住阿耨多羅三藐三菩提果者皆住是忍時諸天子聞是説已又復思惟當有何人能聽受尊者須菩提説法時須菩提承佛威神又知其念重復告言諸天子衆汝等當知彼諸幻人而能聽受我所説法何以故彼於諸法無聞無證是時諸天子衆白須菩提言云何尊者一切衆生爲如幻不須菩提言一切衆生皆悉如幻亦復如夢所以者何一切衆生與其幻夢無二無别以如是故彼一切法亦如幻夢所有須陀洹須陀洹果斯陀含斯陀含果阿那含阿那含果阿羅漢阿羅漢果緣覺緣覺果皆如幻如夢彼阿耨多羅三藐三菩提果亦如幻如夢爾時諸天子衆復白尊者須菩提言若阿耨多羅三藐三菩提説如幻夢者彼涅槃法亦如幻夢耶須菩提

言如是涅槃亦如幻夢況餘法耶諸天子言彼涅槃法何故亦說如幻夢耶須菩提言若復有法過涅槃者我亦說爲如幻如夢何以故而彼幻夢與涅槃法無二無別故爾時尊者舍利子尊者滿慈子尊者摩訶俱絺羅尊者摩訶迦旃延尊者摩訶迦葉如是等大聲聞衆幷諸菩薩摩訶薩衆俱白尊者須菩提言如尊者所說般若波羅蜜多何人能受其義是時阿難即告衆言所有不退轉菩薩摩訶薩具正見人及彼漏盡諸阿羅漢當知是等於須菩提所說般若波羅蜜多能受其義

爾時須菩提告諸衆言我所說般若波羅蜜多無能受者何以故此中無法宣說無法表示無所分別無所了知以無說示無了知故般若波羅蜜多如是宣說如是聽受是時帝釋天主即作是念今尊者須菩提宣說如是甚深正法我當化諸妙華以散其上作是念已即時化出無數妙華散於尊者須菩提上是時須菩提即作是念此所化出無數妙華我於三十三天上曾所未見此華殊妙非樹所生時帝釋天主知尊者須菩提心所念已即白須菩提言此華非生法何以故不從心生不從樹出須菩提言憍尸迦此華若不從樹生又非心出者即是無生若其無生即不名華帝釋天主即作是念此尊者須菩提智慧甚深於名句文而善宣說隨其所說不壞假名說如實義作是念已即白須菩提言如尊者所說菩薩摩訶薩應如是學爾時尊者須菩提告帝釋天主言憍尸迦如是如是菩薩摩訶薩當如是學如是學者不學須陀洹

果不學斯陀含果不學阿那含果不學阿羅漢果不學緣覺果若不學如是果是即學一切智安住佛法如是安住者即學無量無邊佛法如是學者雖學色法無所增減雖學受想行識亦無所增減若於色受想行識不增減學者即不取色學不取受想行識學不捨色學不捨受想行識學若法無取無捨即法無生無滅若了一切法無取無捨無生無滅如是學者是即名爲學一切智出生一切智爾時尊者舍利子白須菩提言若菩薩摩訶薩於法無所取故學無生滅故學者彼一切智亦無所取故學無生滅故學菩薩摩訶薩若如是學者當爲修學一切智不須菩提言如是如是彼一切智乃至一切佛法無所取無生滅如是修學者是爲菩薩摩訶薩學一切智爾時帝釋天主白尊者舍利子言菩薩摩訶薩般若波羅蜜多當於何求舍利子言憍尸迦菩薩摩訶薩般若波羅蜜多當於須菩提所轉中求帝釋天主言尊者舍利子彼須菩提所說般若波羅蜜多是何神力所加持故舍利子言憍尸迦當知是佛神力所加持故是時尊者須菩提告帝釋天主言我所說般若波羅蜜多當知皆是如來神力所加持故所言菩薩摩訶薩般若波羅蜜多當於何求者當知菩薩摩訶薩般若波羅蜜多不應於色中求不應離色中求如是不應於受想行識中求不應離受想行識中求何以故色非般若波羅蜜多離色亦非般若波羅蜜多受想行識非般若波羅蜜多離受想行識亦非般若波羅蜜多帝釋天主言尊者須菩

提大波羅蜜多是般若波羅蜜多耶無量波羅蜜多是般若波羅蜜多耶無邊波羅蜜多是般若波羅蜜多耶須菩提言如是如是憍尸迦大波羅蜜多是謂般若波羅蜜多無量波羅蜜多是謂般若波羅蜜多無邊波羅蜜多是謂般若波羅蜜多何以故色廣大故般若波羅蜜多亦廣大受想行識廣大故般若波羅蜜多亦廣大色受想行識無量故般若波羅蜜多亦無量色受想行識無邊故般若波羅蜜多亦無邊復次憍尸迦緣無邊故即般若波羅蜜多無邊以般若波羅蜜多無邊故衆亦無邊以何義故名緣無邊所謂色受想行識前際不可得中際不可得後際不可得乃至一切法於前後中際亦不可得以是義故名緣無邊即般若波羅蜜多無邊又復以何義故說衆生無邊憍尸迦當知前後中際無衆生可得帝釋天主言云何須菩提彼衆生界豈無邊耶須菩提言衆生無量算數不及以是義故衆生無邊帝釋天主復白尊者須菩提言所言衆生者以何義故名爲衆生須菩提言一切法義是衆生義憍尸迦於汝意云何當說何義爲衆生義帝釋天主言如我意者非法義是衆生義非非法義是衆生義當知衆生無本無因無我無緣而以方便立彼名字須菩提言憍尸迦我先所說衆生無邊於汝意云何實有衆生可說可示不帝釋天主言不也須菩提時須菩提言若諸衆生無有其實不可說示者是故我說衆生無邊憍尸迦假使如來應供正等正覺住壽如殑伽沙劫以方便語言說一切衆生若已

生若現生若當生若已滅若現滅若當滅而能説其邊際不帝釋天主言不也須菩提何以故一切衆生本來清淨須菩提言如是衆生無邊故當知般若波羅蜜多亦無邊是時會中帝釋天主大梵天王及大世主并餘諸天天女神仙衆等俱白佛言快哉善哉如來出世尊者須菩提能善宣説般若波羅蜜多菩薩摩訶薩受持此法若不離諸佛如來般若波羅蜜多者我當尊敬如諸佛想爾時世尊告帝釋天主大梵天王并餘一切天仙衆言如是如是汝等當知我於往昔最上燈城然燈如來應供正等正覺所修菩提行我於爾時亦不離般若波羅蜜多彼然燈如來即爲我授阿耨多羅三藐三菩提記作如是言汝於來世過阿僧祇劫當得成佛號釋迦牟尼如來應供正等正覺明行足善逝世間解無上士調御丈夫天人師佛世尊是時帝釋天主并諸天衆俱白佛言希有世尊希有善逝此般若波羅蜜多能攝一切智菩薩摩訶薩當如是學

寶塔功德品第三之一

爾時世尊普告四衆苾芻苾芻尼優婆塞優婆夷帝釋天主等欲界諸天衆大梵天王等色界諸天衆乃至色究竟天一切天子衆汝等當知若有善男子善女人於此甚深般若波羅蜜多法門能聽受讀誦如説修行者是人不爲魔及魔民人非人等伺得其便不爲惡毒所能傷害不以横夭捨其壽命復次若有善男子善女人於此般若波羅蜜多未能聽受讀誦者所有已發阿耨多羅三藐三菩

提心諸天子衆往彼人所爲作護念勸令於此般若波羅蜜多聽受讀誦如說修行復次若有善男子善女人於此般若波羅蜜多受持讀誦如說修行者是人若在空室若入衆中若在樹下及曠野處若行道路及非道中乃至大海如是等處若行若住若坐若卧離諸怖畏諸天護念爾時四大天王白佛言世尊若有善男子善女人於此般若波羅蜜多聽受讀誦如說修行者我當往彼護念其人使令精進不生退屈爾時帝釋天主白佛言世尊若善男子善女人於此般若波羅蜜多聽受讀誦如說修行者我亦往護其人令無衰惱爾時大梵天王并諸梵衆俱白佛言世尊若善男子善女人於此般若波羅蜜多聽受讀誦如說修行者我當往護其人令無衰惱爾時帝釋天主復白佛言希有世尊此甚深般若波羅蜜多善男子善女人受持讀誦者於現世中獲如是功德云何世尊若人受持此般若波羅蜜多而能攝諸波羅蜜多不佛言憍尸迦如是若人受持此般若波羅蜜多即能攝諸波羅蜜多憍尸迦此般若波羅蜜多若人受持讀誦者所有功德廣大甚深汝當諦聽如善作意當爲汝說帝釋天主言善哉世尊願爲宣說佛言憍尸迦我此般若波羅蜜多法門不爲一切惡法損惱破壞若諸惡法起時欲生損惱彼法即當漸自銷滅雖復暫起而不爲害何以故憍尸迦當知此善男子善女人以受持讀誦般若波羅蜜多功德力故惡法雖生而自銷滅憍尸迦譬如世間有諸毒蛇周行求食見諸小蟲即欲食

噉是時有藥名爲末祇能銷諸毒而彼小蟲即詣藥所是時毒蛇聞是藥氣即自退還彼諸小蟲不爲所食何以故此末祇藥能銷諸毒憍尸迦善男子善女人亦復如是於此般若波羅蜜多受持讀誦自所宣說或爲他說如說修行是人不爲一切惡法所能傷害惡法雖生即自銷滅何以故當知皆是般若波羅蜜多功德力故在在處處無所動轉般若波羅蜜多能除貪等一切煩惱而能趣證無上涅槃憍尸迦若有受持讀誦此般若波羅蜜多者彼四大天王帝釋天主大梵天王乃至諸佛菩薩常護是人令無衰惱復次憍尸迦若善男子善女人受持讀誦此般若波羅蜜多者是人常出信順語言柔輭語言白淨語言不雜語言不生忿怒不爲我慢所覆常生慈心不起恨恚忿等煩惱不令增長彼善男子善女人常作是念我爲趣求阿耨多羅三藐三菩提故於損惱法不應生瞋何以故瞋法若生諸根變異調善色相非所和合作是念已安住正念憍尸迦彼善男子善女人以受持讀誦般若波羅蜜多故於現世中獲如是功德

佛母出生三法藏般若波羅蜜多經卷第二

音釋

補特伽羅（梵語也此云數取趣謂數數往來諸趣也伽丘迦切）惹（爾者切）俱胝（梵語也此云百億胝張尼切）絺（丑知切）旃（諸延切）輭（乳兖切柔也）恚忿（恚於避切恨怒也忿撫吻切懣也）

佛母出生三法藏般若波羅蜜多經卷第三

宋北天竺三藏朝奉大夫試光祿卿傳法大師施護等奉　詔譯

寶塔功德品第三之二

爾時帝釋天主復白佛言希有世尊菩薩摩訶薩爲迴向故修學般若波羅蜜多不以高心而生取相佛言如是如是憍尸迦若善男子善女人於此般若波羅蜜多法門受持讀誦自所宣說或令他說如說修行者是人以其功德力故若入軍陣無所怯懼勇猛堅固勝伏他軍乃至行住坐卧皆得吉祥復次憍尸迦若善男子善女人受持讀誦此般若波羅蜜多者是人於一切處若行若止或遇刀杖等雖於彼人身無所傷害乃至將失壽命不生怖畏何以故此般若波羅蜜多是廣大明此般若波羅蜜多是無量明此般若波羅蜜多是無上明此般若波羅蜜多是無等明此般若波羅蜜多是無等等明若善男子善女人修學如是明者不念自惡不念他惡不念自他惡憍尸迦當知於此般若波羅蜜多受持讀誦者於現世中獲是功德又復菩薩摩訶薩學是明者即能證得阿耨多羅三藐三菩提成就一切智智以得阿耨多羅三藐三菩提故即能觀達一切衆生種種心行所言一切智智者謂諸明法菩薩摩訶薩是中學者無有少法而不能入無有少法不能了知無有少法不能證悟是故得名一切智智復次憍尸迦若有人能以此般若波羅蜜多書寫經卷供養受持若自讀誦或復轉勸他人乃至爲人解說其義是人不爲一切人非人等伺得其便諸佛菩薩常所護念唯除過

去諸業報應憍尸迦譬如大菩提場及菩提樹周帀方隅若人非人乃至傍生異類皆不能入亦不能住不能破壞作其過惡何以故所有過去未來現在如來應供正等正覺皆於是處證佛菩提憍尸迦善男子善女人受持讀誦書寫供養般若波羅蜜多亦復如是若人非人不得其便不能破壞出其過惡何以故若供養此般若波羅蜜多經處隨其方地即同造諸寶塔尊重供養瞻禮稱讚憍尸迦當知此般若波羅蜜多於現世中有是功德爾時帝釋天主白佛言世尊若有善男子善女人書此般若波羅蜜多經尊重恭敬置諸妙華燒香塗香末香及諸華鬘乃至諸妙旛蓋然諸油燈作如是等種種供養若復有善男子善女人於如來應供正等正覺般涅槃後收取舍利起妙寶塔尊重恭敬瞻禮稱讚以諸香華燈塗幢旛寶蓋作如是等種種供養彼善男子善女人所獲福德與前福德何者爲多佛言憍尸迦我今問汝隨汝意說於意云何如來應供正等正覺當學何法得如是身證阿耨多羅三藐三菩提成就一切智智是時帝釋天主白佛言世尊如來應供正等正覺修學般若波羅蜜多法故證得阿耨多羅三藐三菩提成就一切智智佛言憍尸迦是故當知佛不以是身故得如來果以成就一切智智故得成如來當知如來應供正等正覺所有一切智智從般若波羅蜜多生復從般若波羅蜜多善巧方便生如來身是故此身與一切智智而爲依止由一切智智爲所依故即得佛身即得法身得僧伽身

是故一切衆生於如來身得贍禮供養乃至般涅槃後以佛舍利起塔供養憍尸迦彼善男子善女人雖復如是起塔供養如來舍利不如有人書此般若波羅蜜多經尊重恭敬以香華燈塗幢旛寶蓋種種供養是善男子善女人得福甚多何以故供養此般若波羅蜜多者是即供養一切智智是故善男子善女人若欲供養一切智智者於此般若波羅蜜多常當書寫尊敬受持作諸供養爾時帝釋天主白佛言世尊若閻浮提人於此般若波羅蜜多不能書寫受持讀誦不自宣說不令他說又復不能以諸香華幢旛寶蓋尊敬供養世尊如是等人失大善利不能成就廣大果報佛告帝釋天主言憍尸迦於汝意云何閻浮提中有幾所人於佛法僧得不壞信帝釋天主白佛言世尊此閻浮提人於佛法僧得不壞信者其數甚少佛言憍尸迦如是如是閻浮提人少有能於佛法僧寶得不壞信若於須陀洹果斯陀含果阿那含果阿羅漢果及緣覺果其所證者而亦甚少於其阿耨多羅三藐三菩提心若已發者能住不退若現發者勇猛精進若未發者當能發起如是等人轉復甚少又復閻浮提人少能於此般若波羅蜜多善住相應少能於此般若波羅蜜多依法修行少能於此般若波羅蜜多心不退轉住菩薩地少能於此般若波羅蜜多修行趣證阿耨多羅三藐三菩提憍尸迦若有能於此般若波羅蜜多聽受讀誦自所宣說或令他說如說修行乃至尊重恭敬以諸香華燈塗幢旛寶蓋種種供養者當知皆

是已發阿耨多羅三藐三菩提心住不退轉菩薩地者又復憍尸迦此閻浮提中有無量無數無邊衆生發阿耨多羅三藐三菩提心行菩薩道於汝意云何憍尸迦汝今當知雖復有如是無量無數無邊衆生發菩提心行菩薩道於其中間若一若二住不退轉地何以故此閻浮提有諸衆生起下劣心生下劣想智慧信解亦復下劣是故起劣精進於阿耨多羅三藐三菩提作難得想不能趣求而生懈怠憍尸迦若善男子善女人樂欲速證阿耨多羅三藐三菩提果成就最上樂者是故應當於此般若波羅蜜多發猛利心聽受讀誦何以故是善男子善女人應作是念此般若波羅蜜多如來應供正等正覺往昔修菩薩行時亦如是學我今亦學是般若波羅蜜多此般若波羅蜜多是我所師憍尸迦若佛住世若涅槃後諸菩薩摩訶薩應當依止此般若波羅蜜多復次憍尸迦若有善男子善女人於如來應供正等正覺般涅槃後以佛舍利造俱胝數七寶妙塔是人乃至盡壽已來以香華燈塗幢旛寶蓋諸妙衣服作如是等種種供養又復尊重瞻禮稱讚憍尸迦於汝意云何是善男子善女人以是供養因緣得福多不帝釋天主白佛言甚多世尊佛言憍尸迦若有善男子善女人爲欲趣求大菩提故於此般若波羅蜜多發信解心自當受持讀誦記念復爲他人廣說流布普令衆生得大善利使其正法久住世間以是因緣佛眼不斷正法不滅而諸菩薩摩訶薩衆各各受持宣布演說即得法眼不壞不滅又復

書此般若波羅蜜多經置清淨處生尊重心以諸香華燈塗幢旛寶蓋上妙衣服作如是等種種供養憍尸迦當知此善男子善女人得福甚多復次憍尸迦如前所說俱胝寶塔且置是數假使有人以佛舍利造七寶塔滿閻浮提是人乃至盡壽已來以諸香華燈塗幢旛寶蓋上妙衣服作如是等種種供養又復尊重瞻禮稱讚憍尸迦於汝意云何彼善男子善女人以是因緣得福多不帝釋天主白佛言甚多世尊佛言憍尸迦若有善男子善女人為欲趣求大菩提故於此般若波羅蜜多發信解心自當受持讀誦記念復為他人廣說流布普令衆生得大善利使其正法久住世間以是因緣佛眼不斷正法不滅而諸菩薩摩訶薩衆各各受持宣布演說即得

法眼不壞不滅又復書此般若波羅蜜多經置清淨處生尊重心以諸香華燈塗幢旛寶蓋上妙衣服作如是等種種供養憍尸迦當知此善男子善女人得福甚多復次憍尸迦如前所說造七寶塔滿閻浮提且置是數假使有人以佛舍利造七寶塔滿四大洲是人乃至盡壽已來以諸香華燈塗幢旛寶蓋上妙衣服作如是等種種供養又復尊重瞻禮稱讚憍尸迦於汝意云何彼善男子善女人以是因緣得福多不帝釋天主白佛言甚多世尊佛言憍尸迦若有善男子善女人為欲趣求大菩提故於此般若波羅蜜多發信解心自當受持讀誦記念復為他人廣說流布普令衆生得大善利使其正法久住世間以是因緣佛眼不斷正法不滅而諸菩薩摩訶

薩衆各各受持宣布演說即得法眼不壞不滅又復書此般若波羅蜜多經置清淨處生尊重心以諸香華燈塗幢旛寶蓋上妙衣服作如是等種種供養憍尸迦當知此善男子善女人得福甚多復次憍尸迦如前所說造七寶塔滿四大洲且置是數憍尸迦假使有人以佛舍利造七寶塔滿小千世界是人乃至盡壽已來以諸香華燈塗幢旛寶蓋作如是等種種供養又復尊重瞻禮稱讚憍尸迦於汝意云何彼人以是因緣得福多不帝釋天主白佛言甚多世尊佛言憍尸迦若有善男子善女人爲欲趣求大菩提故於此般若波羅蜜多發信解心自當受持讀誦記念復爲他人廣說流布普令衆生得大善利使其正法久住世間以是因緣佛眼不斷正法不滅而諸菩薩摩訶薩衆各各受持宣布演說即得法眼不壞不滅又復書此般若波羅蜜多經置清淨處以諸香華燈塗幢旛寶蓋上妙衣服作如是等種種供養憍尸迦當知此善男子善女人得福甚多復次憍尸迦如前所說造七寶塔滿小千世界且置是數憍尸迦假使有人以佛舍利造七寶塔滿中千世界是人乃至盡壽已來以諸香華燈塗幢旛寶蓋上妙衣服作如是等種種供養又復尊重瞻禮稱讚憍尸迦於汝意云何彼人以是因緣得福多不帝釋天主白佛言甚多世尊佛言憍尸迦若有善男子善女人爲欲趣求大菩提故於此般若波羅蜜多發信解心自當受持讀誦記念復爲他人廣說流布普令衆生得大善利使其正法久住世間以是因

緣佛眼不斷正法不滅而諸菩薩摩訶薩衆各各受持即得法眼不壞不滅又復書此般若波羅蜜多經置清淨處以諸香華燈塗幢旛寶蓋上妙衣服作如是等種種供養憍尸迦當知此善男子善女人得福甚多復次憍尸迦如前所說造七寶塔滿中千世界且置是數憍尸迦假使有人以佛舍利造七寶塔滿三千大千世界是人乃至盡壽已來以諸香華燈塗幢旛寶蓋上妙衣服作如是等種種供養又復尊重瞻禮稱讚憍尸迦於汝意云何彼人以是因緣得福多不帝釋天主白佛言甚多世尊佛言憍尸迦若有善男子善女人爲欲趣求大菩提故於此般若波羅蜜多發信解心自當受持讀誦記念復爲他人廣說流布普令衆生得大善利使其正法久住世間以是因緣佛眼不斷正法不滅而諸菩薩摩訶薩衆各各受持即得法眼不壞不滅又復書此般若波羅蜜多經置清淨處以諸香華燈塗幢旛寶蓋上妙衣服作如是等種種供養憍尸迦當知此善男子善女人得福甚多復次憍尸迦如前所說造七寶塔滿三千大千世界且置是數憍尸迦假使三千大千世界滿中衆生各各以佛舍利造七寶塔若住一劫若減一劫以諸香華燈塗幢旛寶蓋上妙衣服乃至種種妓樂歌舞作如是等廣大供養又復尊重瞻禮稱讚憍尸迦於汝意云何彼諸衆生以是因緣得福多不帝釋天主白佛言甚多世尊佛言憍尸迦若善男子善女人爲欲趣求大菩提故於此般若波羅蜜多發信解心自當受持讀誦記念復

爲他人廣説流布使其正法久住世間以是因緣佛眼不斷正法不滅而諸菩薩摩訶薩衆各各受持即得法眼不壞不滅又復書此般若波羅蜜多經置清淨處以諸香華燈塗幢旛寶蓋作如是等種種供養憍尸迦當知此善男子善女人得福甚多爾時帝釋天主白佛言世尊如是如是誠如佛説若人於此般若波羅蜜多經尊重供養者當知是人即同供養過去未來現在諸佛了諸佛智即同於彼一切世界廣作最極無邊供養世尊如佛所説三千大千世界如前數量我今復置是數世尊假使如彼殑伽沙數三千大千世界而彼世界滿中衆生一一衆生各各以佛舍利起七寶塔若住一劫若減一劫以諸香華燈塗幢旛寶蓋上妙衣服乃至種種妓樂

歌舞如是供養又復尊重瞻禮稱讚世尊彼諸衆生得福雖多不如有人爲欲趣求大菩提故於此般若波羅蜜多發信解心自當受持讀誦記念復爲他人廣説流布普令衆生得大善利使其正法久住世間以是因緣佛眼不斷正法不滅而諸菩薩摩訶薩衆各各受持即得法眼不壞不滅又復書此般若波羅蜜多經置清淨處以諸香華燈塗幢旛寶蓋上妙衣服如是等種種供養爾時世尊告帝釋天主言如是如是憍尸迦能於此般若波羅蜜多經尊重供養者當知是人所獲福德無量無數無有邊際無等無比乃至其福不可思議何以故當知如來應供正等正覺一切智從般若波羅蜜多生復從一切智生如來身憍尸迦是故當知若人以佛舍利起

塔供養與彼受持讀誦尊重供養般若波羅蜜多經者所作福行所獲功德較量是數百分不及一千分不及一百千分不及一俱胝分不及一百俱胝分千俱胝分百千俱胝分百千俱胝那庾多分不及其一數分算分及譬喻分乃至烏波尼殺曇分不及其一爾時先從帝釋天主同來會者四十千天子衆俱白帝釋天主言今當於此甚深般若波羅蜜多法門受持讀誦記念思惟如說修行是時世尊即告帝釋天主言憍尸迦如諸天言汝當於此般若波羅蜜多法門受持讀誦記念思惟如說修行何以故憍尸迦若阿脩羅與彼三十三天子衆共相鬬戰是時汝當思念於此般若波羅蜜多法門彼阿脩羅即當退屈而自隱没帝釋天主白佛言世尊此般若

波羅蜜多是廣大明此般若波羅蜜多是無量明是無上明是最勝明是無等明是無等等明爾時佛告帝釋天主言如是如是憍尸迦此般若波羅蜜多是廣大明是無量明是無上明是最勝明是無等明是無等等明何以故所有過去未來現在如來應供正等正覺從是大明所出生故諸佛阿耨多羅三藐三菩提學是大明得成就故乃至無量無數三千大千世界諸佛世尊阿耨多羅三藐三菩提皆學是般若波羅蜜多廣大明故而得成就憍尸迦當知阿耨多羅三藐三菩提從是般若波羅蜜多中來所有十善法因是大明故出現於世四禪定分四無量分四無色定分五神通分三十七菩提分如是等法皆因是大明故出現於世如是略說乃至八萬

四千法蘊皆從般若波羅蜜多廣大明句所出生故所有佛智自然智不思議智亦復由此大明生故復次憍尸迦若如來應供正等正覺不出世時彼諸菩薩摩訶薩衆出現世間從先所聞般若波羅蜜多出生種種善巧方便悲愍世間諸衆生故爲作利益是故十善法四禪定分四無量分四無色定分五神通分三十七菩提分如是等法出現世間開示衆生憍尸迦譬如月不出時衆星出現如其力勢光照世間菩薩摩訶薩亦復如是如來應供正等正覺不出世時所有正法亦不隱滅何以故若諸法行若平等行若諸善行一一皆從諸菩薩摩訶薩所出生故於菩薩摩訶薩善巧方便中隨順而轉是諸菩薩摩訶薩善巧方便當知皆從般若波羅蜜多生

復次憍尸迦若有善男子善女人能於此般若波羅蜜多法門書寫供養受持讀誦記念思惟如說修行者是人以是緣故於現世中得大利益帝釋天主白佛言世尊是人於現世中當得何所利益佛言憍尸迦當知是善男子善女人不爲諸毒損傷其命不爲火焚不爲水溺不遭刀劒杖苦乃至不爲他力損傷其命又復不爲王法所加設有是難若能誦念般若波羅蜜多者即得解脱又復憍尸迦受持讀誦般若波羅蜜多者若詣國王及其王子王大臣所時彼國王王大臣等見已歡喜隨其所欲一切如意何以故憍尸迦此般若波羅蜜多於一切衆生是大慈心行大慈行是大悲心行大悲行又復憍尸迦受持讀誦此般若波羅蜜多者於一切處不爲一

切虎狼蟲獸所能傷害乃至人非人等伺求短者不得其便唯除先業定應受者爾時有諸外道於彼法中久出家者數滿百人來入會中於佛世尊欲生惱亂是時帝釋天主遠見此人漸近佛會即時天主觀察彼心知其所欲而作是念此諸外道今來佛會欲生惱亂我先從佛所受般若波羅蜜多法門宜應誦念帝釋天主作是思惟已即誦般若波羅蜜多法門時諸外道既入會中遠見世尊是時各各右繞世尊已即離佛會復道而還爾時尊者舍利子即作是念云何此諸外道來入會中向佛世尊右繞而退是時世尊知舍利子心所思念即告尊者舍利子言汝今當知彼諸外道於彼法中而各出家今來佛會欲生破壞違諍損惱帝釋天主以誦般若波羅蜜多故彼諸外道自生慚退舍利子是故當知般若波羅蜜多法門有大威力能除一切外道邪惡爾時復有諸惡魔衆咸作是念今如來應供正等正覺與其四衆并欲色界諸天子等而共集會彼佛世尊與諸菩薩摩訶薩授阿耨多羅三藐三菩提記我等今者宜應往彼時諸魔衆作是念已即化四兵種種莊嚴詣於佛所是時帝釋天主見是四兵嚴整妙好來入佛會即作是念此四兵衆莊嚴殊麗非彼頻婆娑羅王之所有亦非勝軍大王所有又非諸餘國王所有亦復非其長者子有此即是彼諸惡魔衆化現故爾何以故彼諸魔衆於長夜中違背佛法伺求其短欲生破壞我今宜應誦佛所受般若波羅蜜多法門帝釋天主作是念已即誦般若波羅

蜜多法門彼諸魔衆即時各各攝其化現復道而還爾時三十三天子衆即於會中化現無數天曼陀羅華等種種妙華散於佛上其所散華住虛空中時諸天子衆散妙華已作如是言願此般若波羅蜜多正法久住世間與閻浮提衆生作大利益發是言已重復散華散已又言惟願一切衆生於此般若波羅蜜多法門宣布演說如說修行一切魔及魔天人與非人伺求短者不得其便普令衆生善根具足時帝釋天主白佛言世尊若有人能於此般若波羅蜜多隨喜聽受者當知是人已曾供養過去諸佛何況受持讀誦記念思惟轉爲他人解說其義如其所說依法修學如所修行成就相應何以故諸佛一切智皆於般若波羅蜜多法中求從般若波羅蜜多所出生故世尊譬如有人欲求妙寶須入大海勤苦而求方獲無價諸妙珍寶如來應供正等正覺一切智寶亦復如是當於般若波羅蜜多大海中求佛告帝釋天主言如是如是諸佛如來應供正等正覺一切智寶若欲求者當於般若波羅蜜多大法海中勤苦而求如是求者皆得如意

佛母出生三法藏般若波羅蜜多經卷第三

音釋

怯（乞業切長懦也）妓（奇寄切女樂也）鄔波尼殺曇（梵語也此云數之極）鄔（安古切）曇（徒南切）溺（奴歷切沉也）狼（魯當切獸也）

佛母出生三法藏般若波羅蜜多經卷第四

宋北天竺三藏朝奉大夫試光祿卿傳法大師施護等奉詔譯

寶塔功德品第三之三

爾時尊者阿難白佛言云何世尊而不稱讚宣說布施波羅蜜多持戒波羅蜜多忍辱波羅蜜多精進波羅蜜多禪定波羅蜜多如是名字何故唯說般若波羅蜜多稱讚功德佛告阿難言如是如是我於諸波羅蜜多中唯說般若波羅蜜多最上稱讚何以故阿難汝今當知此般若波羅蜜多與五波羅蜜多為導首故阿難於汝意云何若布施不迴向一切智得成波羅蜜多不阿難白佛言不也世尊佛言阿難若持戒忍辱精進禪定不迴向一切智得成波羅蜜多不即此般若不迴向一切智得成波羅蜜多不阿難白佛言不也世尊佛言阿難於汝意云何所有不思議智慧善根迴向一切智不阿難白佛言世尊如是如是所有最上不思議智慧善根而悉迴向一切智佛告阿難是故當知以諸善根迴向一切智故得諸波羅蜜多名以第一義法迴向一切智故得般若波羅蜜多名是故阿難彼諸善根迴向一切智故般若波羅蜜多與五波羅蜜多而為導首彼五波羅蜜多住般若波羅蜜多相應法中由是般若波羅蜜多故諸波羅蜜多皆悉圓滿阿難是故我於般若波羅蜜多而最稱讚譬如大地散諸種子如其時處隨所和合各得生長彼諸種子依地而住若不依地不能生長般若波羅蜜多亦復如是而能攝彼五波羅蜜多如是五法皆依般若波羅蜜多而住由般若波羅蜜

多而得增長是故五法皆得名爲波羅蜜多阿難是故當知般若波羅蜜多與彼五法而爲導首爾時帝釋天主白佛言世尊如佛所說般若波羅蜜多法門有大功德假使如來應供正等正覺以種種言詞稱揚讚歎亦不能盡是故諸善男子善女人應當於此般若波羅蜜多法門受持讀誦記念思惟如說修行佛言憍尸迦善哉善哉如汝所言此般若波羅蜜多法門我不但說能受持讀誦宣布演說者有大功德若有善男子善女人但能以此般若波羅蜜多書寫經卷置清淨處尊重恭敬以諸香華燈塗幢旛寶蓋上妙衣服作諸供養者當知是人宣布佛法久住世間以是因緣佛眼不斷正法不滅而諸菩薩摩訶薩衆各各受持即得法眼不壞不滅憍尸迦彼受持讀誦般若波羅蜜多者於現世中獲是功德爾時帝釋天主白佛言世尊若有善男子善女人但能於此般若波羅蜜多書寫經卷置清淨處以諸香華燈塗幢旛寶蓋等隨力供養者我當往彼護念其人令無衰惱何況於此般若波羅蜜多受持讀誦記念思惟轉爲他人解說其義是人功德無量無邊佛告帝釋天主言善哉善哉憍尸迦若有善男子善女人於諸方處說此般若波羅蜜多時有無數百千天子爲聽法故往詣其所聽受正法若說法人有疲倦心不樂說者彼諸天子增益其力使不退沒令其精進樂欲宣說憍尸迦受持讀誦般若波羅蜜多者於現世中獲是功德復次憍尸迦若受持此正法者善男子善女人於四衆中說此般若波

羅蜜多時心無怯懼不畏難問隨問能荅離諸過失何以故般若波羅蜜多力所護故於此般若波羅蜜多諸求過失者不得其便所以者何是般若波羅蜜多離諸過失是故宣說般若波羅蜜多者亦復不見有其過失以如是故彼善男子善女人於說法時不生驚怖憍尸迦受持讀誦般若波羅蜜多者於現世中獲是功德復次憍尸迦若善男子善女人受持讀誦般若波羅蜜多者是人即爲父母親友乃至沙門婆羅門等尊重敬愛若已起若未起一切言訟鬬諍衰惱等事皆悉遠離憍尸迦受持讀誦般若波羅蜜多者於現世中獲是功德復次憍尸迦若善男子善女人以此般若波羅蜜多書寫經卷安置供養隨諸方地有是經處即有四大王天住阿耨

多羅三藐三菩提心者諸天子衆爲敬法故往詣其所瞻禮稱讚隨喜頂受得瞻禮頂受已即還彼天所有三十三天中住菩提心諸天子衆夜摩天中住菩提心諸天子衆喜足天中住菩提心諸天子衆化樂天中住菩提心諸天子衆他化自在天中住菩提心諸天子衆如是等欲界諸天子衆各各爲敬法故往詣其所瞻禮稱讚隨喜頂受得瞻禮頂受已各各還復彼彼天中又復憍尸迦所有色界諸天所謂梵衆天梵輔天大梵天少光天無量光天光音天少淨天無量淨天徧淨天無雲天福生天廣果天無煩天無熱天善見天善現天色究竟天如是等諸天中住菩提心者諸天子衆爲敬法故往詣其所瞻禮稱讚隨喜頂受得瞻禮頂受已各各還復彼彼

天中復次憍尸迦諸有受持讀誦般若波羅蜜多者善男子善女人應生如是心所有十方無量阿僧祇世界中一切天龍夜叉乾闥婆阿脩羅迦樓羅緊那羅摩睺羅伽人非人等皆悉爲敬法故來詣般若波羅蜜多經所瞻禮聽受彼等若來我當以其法施使令得法各各還復憍尸迦若有是般若波羅蜜多經處我不但說一四大洲欲色界中住菩提心諸天大衆爲敬法故往詣其所瞻禮頂受憍尸迦乃至三千大千世界諸欲色界中住菩提心諸天子衆各各爲敬法故有是般若波羅蜜多經處往詣其所瞻禮稱讃隨喜頂受得瞻禮頂受已各各還復彼彼天中復次憍尸迦受持讀誦般若波羅蜜多者諸善男子善女人隨所住處有是經卷若諸殿堂及諸房舍堅固安隱不能破壞是處即有大威力者天龍夜叉乾闥婆阿脩羅迦樓羅緊那羅摩睺羅伽人非人等常來其所聽受正法

爾時帝釋天主白佛言世尊諸天龍神等衆若來彼善男子善女人當云何知佛告帝釋天主言憍尸迦受持此正法者善男子善女人若見有大光明當知即是諸天龍神等衆來至其所聽受正法又復若聞諸微妙香當知此相亦是諸天龍神等衆來至其所是故憍尸迦受持此正法者善男子善女人隨所住處常應清淨嚴潔其舍去除一切穢惡等物若彼諸天龍神等衆或時來至其所見是清淨等相彼天龍神心生歡喜適悅快樂是中有諸先住小力鬼神皆悉遠避出離其舍何以故彼小力鬼神常所依附大威力者諸

天龍神而彼小力諸鬼神等常所隨從大力諸天龍神等衆往諸方處是故憍尸迦隨有是般若波羅蜜多經處若諸持法者常能清淨嚴潔其所是即尊重正法眼故憍尸迦是善男子善女人以尊敬受持般若波羅蜜多正法力故於現世中獲大功德復次憍尸迦是善男子善女人受持般若波羅蜜多時身無疲倦心不懈怠離諸苦惱適悅快樂卧安覺安於其夢中見勝境像或見如來應供正等正覺安處道場或見如來應供正等正覺轉大法輪或見如來舍利寶塔或見諸聲聞衆或見諸菩薩摩訶薩衆或聞宣說般若波羅蜜多甚深法音或聞宣說菩提分法或復見諸菩薩摩訶薩方證阿耨多羅三藐三菩提或見諸菩薩摩訶薩受持此般若波羅蜜多法門或聞宣說般若波羅蜜多攝一切智或見佛刹廣大清淨或聞諸佛世尊以善巧方便說菩薩法或見某如來應供正等正覺於某方某處及某世界與百千俱胝那庚多菩薩聲聞衆恭敬圍遶而爲說法憍尸迦是善男子善女人於其夢中見是勝相覺已輕安身心適悅彼人得是適悅快樂已於諸甘美飲食不生貪想譬如修相應行苾芻從三摩地起於諸甘美飲食不生念想憍尸迦受持般若波羅蜜多者善男子善女人亦復如是何以故是善男子善女人住般若波羅蜜多觀行相應故即得天龍神等增益色力是故於諸飲食不生念想憍尸迦受持般若波羅蜜多者善男子善女人於現世中獲是功德復次憍尸迦若善男子善女人但能以此

般若波羅蜜多書寫經卷安置供養者當知是人獲大功德況復有人為欲趣求大菩提故於此般若波羅蜜多法門發信解心聽受讀誦廣為他人解說其義使令正法久住世間以是因緣佛眼不斷正法不滅而諸菩薩摩訶薩衆各各受持宣布演說即得法眼不壞不滅又復尊重恭敬以諸香華燈塗幢旛寶蓋上妙衣服作如是等種種供養當知是人以是因緣所獲功德無量無邊是故憍尸迦若善男子善女人樂欲成就如是最勝功德者應當於此般若波羅蜜多法門發信解心受持讀誦記念思惟乃至為人廣說其義又復尊重恭敬以諸香華燈塗種種供養

稱讚功德品第四

爾時世尊告帝釋天主言憍尸迦若以滿閻浮提如來舍利而為一分以此般若波羅蜜多書寫經卷而為一分汝於此二分中當取何分帝釋天主白佛言世尊若以滿閻浮提如來舍利及般若波羅蜜多經卷各為一分者我於此二分中當取般若波羅蜜多分何以故諸佛如來所有化相身實義身說法身如是等身皆從法身所出生故從如實際所出現故如實際者所謂般若波羅蜜多諸佛世尊所有諸身亦復從是般若波羅蜜多生是故得於如來舍利瞻禮供養雖復供養如來舍利不如於此般若波羅蜜多尊重供養所以者何諸如來身從是般若波羅蜜多所出生故世尊譬如我於三十三天善法堂中我處其座為諸天子宣說法要若時我以因緣起離彼座有諸天子或時來者雖不見我

但向其座瞻禮恭敬旋繞而去彼作是念帝釋天主於此座中常爲諸天宣說法要是故我今瞻禮此座世尊如來應供正等正覺亦復如是如來所有一切智依如來身是身復由一切智得以是緣故從如實智出生如來一切智智是智復從般若波羅蜜多所生世尊是故我當於二分中但取般若波羅蜜多分世尊我非於佛舍利不生恭敬以其如來舍利從般若波羅蜜多所生是故我取般若波羅蜜多分是即供養如來舍利世尊置是滿閻浮提如來舍利若滿四大洲若滿小千世界若滿中千世界如來舍利皆置是數假使滿三千大千世界如來舍利以爲一分此般若波羅蜜多書寫經卷以爲一分世尊於二分中我亦但取般若波羅蜜多分世尊我

於如來舍利非不恭敬以其如來應供正等正覺所有舍利從般若波羅蜜多生故諸如來身與一切智爲所依止即此一切智復從般若波羅蜜多生是故我於二分中但取般若波羅蜜多分世尊譬如大摩尼寶具諸色相有大功德在在處處諸非人類求不得便彼諸非人住處若有男子女人持是摩尼寶入其舍中彼非人類即當出離其舍又復此寶若人暫置身中是人即能息諸惡毒苦惱等事又復若有患風癀痰癃等病者當以此寶置其身上是諸病苦皆悉銷除此摩尼寶於夜闇中能爲明照若諸地方盛炎熱時此摩尼寶能作清涼若諸地方極寒冷時此摩尼寶而能温暖若諸地方大毒蟲等作諸惡毒若有是大摩尼寶處自當遠去不能爲害

又若有人爲諸毒蟲所傷害者是人若見此摩尼寶毒即銷滅又復若人患諸眼病不能觀視諸境相者當以此寶置其眼上是人即能明照離諸苦惱又復若以此寶置於水中是寶即與水同一色若以此寶置於青黃赤白衆色水中是寶亦能隨種種色各同其一又復若以此寶置於青黃赤白衆色衣中是寶亦能隨諸衣色各同其一若以此寶置濁水中水即自清世尊彼摩尼寶具諸色相有是功德爾時尊者阿難謂帝釋天主言如汝所說大摩尼寶具諸功德者此爲天上所有寶耶此爲人間所有寶耶帝釋天主白阿難言此是天上大摩尼寶閻浮提人亦有是寶但人少生尊重敬愛唯天中寶人所愛重具諸色相勝功德故若或以其閻浮提寶比天寶者百分不及一千分不及一百千分不及一俱胝分不及一百俱胝分不及一千俱胝分不及一百千俱胝分不及一算分數分及譬喻分乃至烏波尼殺曇分皆不及一是天摩尼寶圓滿一切相若以寶函盛此妙寶若時取其寶去而此寶函亦具諸功德人所尊敬何以故以盛大寶殊妙器故爾時帝釋天主白佛言世尊般若波羅蜜多亦復如是具足一切智智功德所有如來應供正等正覺般涅槃後所有舍利亦得瞻禮供養何以故一切智智依如來身是故如來舍利同彼寶器一切智智如所盛寶以是義故如來舍利得瞻禮供養世尊若佛如來於一切世界宣說般若波羅蜜多有是即出生真實供養若說法師能爲人說般若波羅蜜多者亦即出

生眞實供養世尊譬如王臣受王命出於多人聚中不生怖畏以依其王威德力故諸說法師亦復如是於一切衆中宣說法要不生怖畏以依大法功德力故是故於說法師尊重供養以供養法師故如來舍利亦得供養世尊如前所說滿三千大千世界如來舍利假使如殑伽沙數三千大千世界滿中如來舍利以爲一分般若波羅蜜多經卷以爲一分世尊我於是二分中亦取般若波羅蜜多分世尊我非於如來舍利不生尊重但爲如來舍利從般若波羅蜜多生故與一切智而爲所依是故我當尊重供養般若波羅蜜多是故世尊若供養此般若波羅蜜多者即同供養過去未來現在諸佛復次世尊若善男子善女人樂欲見彼十方無量阿僧祇世界現住說法諸佛如來眞實身者應當於此般若波羅蜜多如法修行於此般若波羅蜜多安住相應如實觀想爾時世尊告帝釋天主言如是如是憍尸迦所有過去如來應供正等正覺皆因修習是般若波羅蜜多故得成就阿耨多羅三藐三菩提未來世中所有無量無數如來應供正等正覺皆因修習是般若波羅蜜多故得成就阿耨多羅三藐三菩提憍尸迦我今現在如來應供正等正覺亦修習是般若波羅蜜多故得阿耨多羅三藐三菩提帝釋天主白佛言世尊大波羅蜜多是謂般若波羅蜜多如來應供正等正覺以修習是般若波羅蜜多故如實了知一切衆生種種心行佛言如是如是憍尸迦諸菩薩摩訶薩於長夜中修行此般若波羅蜜多而

能了知一切衆生種種心行爾時帝釋天主復白佛言云何世尊菩薩摩訶薩但行般若波羅蜜多耶亦行餘波羅蜜多耶佛言憍尸迦菩薩摩訶薩皆行六波羅蜜多復次憍尸迦菩薩摩訶薩行此般若波羅蜜多與諸波羅蜜多而爲導首所謂施波羅蜜多能捨戒波羅蜜多能護忍波羅蜜多能受精進波羅蜜多能增長禪定波羅蜜多能靜住般若波羅蜜多能了知諸法以了諸法故而能開導諸波羅蜜多善巧方便而爲攝受由般若波羅蜜多故迴向一切智迴向最勝清淨法界憍尸迦譬如閻浮提中有種種樹種種色相種種莖榦種種枝葉種種華果雖復如是各各差別而諸樹陰同一無異憍尸迦諸波羅蜜多亦復如是雖復差別而以般若波羅蜜多善巧方便皆悉迴向彼一切智帝釋天主白佛言希有世尊般若波羅蜜多具大功德般若波羅蜜多具無量功德般若波羅蜜多具無邊功德

正福品第五之一

爾時帝釋天主白佛言世尊若有善男子善女人爲欲趣求大菩提故於此般若波羅蜜多法門發信解心聽受讀誦乃至爲人解釋其義使其正法久住世間以是因緣能令佛眼不斷正法不滅而諸菩薩摩訶薩衆各各受持即得正法不壞不滅又復聞已作是稱讚此般若波羅蜜多有大利益是大果報具足無量廣大功德正所了知此般若波羅蜜多是大護持此般若波羅蜜多是所尊重此般若波羅蜜多最上難得此般若波羅蜜多

發生信解是善男子善女人於此般若波羅蜜多自所稱讚尊重恭敬又復以諸香華燈塗幢旛寶蓋上妙衣服作如是等種種供養若復有善男子善女人以此般若波羅蜜多經卷轉授他人令其供養世尊如是善男子善女人所獲福德何者爲多佛告帝釋天主言憍尸迦我當問汝隨汝意答於意云何若善男子善女人於佛如來般涅槃後以其舍利尊重恭敬種種供養若復有善男子善女人以佛舍利自供養已轉授他人令其尊重恭敬供養如是善男子善女人所獲福德何者爲多帝釋天主白佛言世尊若善男子善女人雖自供養如來舍利不如有人以佛舍利轉授他人令其供養此所獲福其數甚多佛言如是如是憍尸迦若善男子善女人以此般若波羅蜜多書寫經卷自所供養不如有人以此般若波羅蜜多書寫經卷轉授他人令其供養此善男子善女人以是因緣得福甚多復次憍尸迦若有善男子善女人於彼滿閻浮提所有衆生各各教令修十善業憍尸迦於汝意云何是人以是因緣得福多不帝釋天主白佛言甚多世尊佛言憍尸迦是善男子善女人以是因緣得福雖多不如有人於此般若波羅蜜多發信解心發菩提心住菩薩法以此般若波羅蜜多書寫經卷受持讀誦生歡喜心爲人演說或復爲人解釋其義於此正法生清淨心離諸疑惑轉勸他人使其受持作如是言汝善男子此般若波羅蜜多是菩薩道汝於是中應當修學如是學者即能速證阿耨多羅三藐三菩提能

盡一切諸有情界普令安住眞如實際憍尸迦是善男子善女人得福甚多復次憍尸迦置是滿閻浮提所有衆生若人以滿四大洲所有衆生各各教令修十善業復置是數若滿小千世界所有衆生而復各各教修十善亦置是數若滿中千世界所有衆生各各教修十善亦置是數若滿三千大千世界所有衆生教修十善亦置是數如是乃至滿殑伽沙數三千大千世界所有衆生一一教化令修十善憍尸迦於汝意云何彼人以是因緣得福多不帝釋天主白佛言甚多世尊佛言憍尸迦是善男子善女人以是因緣得福雖多不如有人於此般若波羅蜜多發信解心發菩提心住菩薩法以此般若波羅蜜多書寫經卷受持讀誦生歡喜心爲人演說或復爲人解釋其義於此正法生清淨心離諸疑惑轉勸他人使其受持作如是言汝善男子此般若波羅蜜多是菩薩道汝於是中應當修學如是學者即能速證阿耨多羅三藐三菩提能盡一切諸有情界普令安住眞如實際憍尸迦是善男子善女人得福甚多

佛母出生三法藏般若波羅蜜多經卷第四

音釋

乾闥婆 梵語也此云香陰闥他達切

摩睺羅伽 梵語也此云大腹行睺音侯

癀 胡光切病也

痰癊 痰徒含切病液也癊於禁切心中病也

佛母出生三法藏般若波羅蜜多經卷第五

第六同卷

宋北天竺藏朝散大夫試光祿卿傳法大師施護等奉詔譯

正福品第五之二

復次憍尸迦若善男子善女人以滿閻浮提所有衆生各各教令修四禪定憍尸迦於汝意云何彼人以是因緣得福多不帝釋天主白佛言甚多世尊佛言憍尸迦是善男子善女人以是因緣得福雖多不如有人於此般若波羅蜜多發信解心發菩提心住菩薩法以此般若波羅蜜多書寫經卷受持讀誦生歡喜心爲人演說或復爲人解釋其義於此正法生清淨心離諸疑惑轉勸他人使其受持作如是言汝善男子此般若波羅蜜多是菩薩道汝於是中如所宣說應當修學如是學者乃名得法即能速證阿耨多羅三藐三菩提能盡一切諸有情界普令安住真如實際憍尸迦是善男子善女人得福甚多復次憍尸迦置是滿閻浮提所有衆生若滿四大洲所有衆生各各教令修四禪定復置是數若滿小千世界所有衆生各各教令修四禪定亦置是數若滿中千世界所有衆生各各教令修四禪定亦置是數若滿三千大千世界所有衆生各各教令修四禪定亦置是數如是乃至若滿殑伽沙數三千大千世界所有衆生一一教令修四禪定憍尸迦於汝意云何彼人以是因緣得福多不帝釋天主白佛言甚多世尊佛言憍尸迦是善男子善女人以是因緣得福雖多不如有人於此般若波羅蜜多發信解心發菩提心住菩薩法以

此般若波羅蜜多書寫經卷受持讀誦生歡喜心爲人演說或復爲人解釋其義於此正法生清淨心離諸疑惑轉勸他人使其受持作如是言汝善男子此般若波羅蜜多是菩薩道汝於是中如所宣說應當修學如是學者乃名得法即能速證阿耨多羅三藐三菩提能盡一切諸有情界普令安住眞如實際憍尸迦當知是人得福甚多復次憍尸迦若滿閻浮提所有衆生各各教修四無量行四無色定乃至普修一切神通梵行諸禪定法及諸福行憍尸迦於汝意云何彼人以是因緣得福多不帝釋天主白佛言甚多世尊佛言憍尸迦是善男子善女人以是因緣得福雖多不如有人於此般若波羅蜜多發信解心發菩提心住菩薩法以此般若波羅蜜多

書寫經卷受持讀誦生歡喜心爲人演說或復爲人解釋其義於此正法生清淨心離諸疑惑轉勸他人使其受持作如是言汝善男子此般若波羅蜜多是菩薩道汝於是中如所宣說應當修學如是學者乃名得法即能速證阿耨多羅三藐三菩提能盡一切諸有情界普令安住眞如實際憍尸迦是善男子善女人得福甚多復次憍尸迦置是滿閻浮提所有衆生各各教修無量無邊神通梵行諸禪定法及諸福行憍尸迦若滿四大洲若滿小千世界若滿中千世界若滿三千大千世界所有衆生各各教修無量無邊神通梵行諸禪定法及諸福行一一皆置是數憍尸迦假使若滿殑伽沙數三千大千世界所有衆生各各教修無量無邊神通梵行諸禪定

法及諸福行憍尸迦於汝意云何是人以是因緣得福多不帝釋天主白佛言甚多世尊佛言憍尸迦是善男子善女人以是因緣得福雖多不如有人於此般若波羅蜜多發信解心發菩提心住菩薩法以此般若波羅蜜多書寫經卷受持讀誦生歡喜心為人演說或復為人解釋其義於此正法生清淨心離諸疑惑轉勸他人使其受持作如是言汝善男子此般若波羅蜜多是菩薩道汝於是中如所宣說應當修學如是學者乃名得法即能速證阿耨多羅三藐三菩提能盡一切諸有情界普令安住真如實際憍尸迦是善男子善女人得福甚多復次憍尸迦若善男子善女人以此般若波羅蜜多書寫經卷自當受持讀誦轉勸他人使其讀誦得福雖多不如有人以此般若波羅蜜多法門廣為他人解釋其義憍尸迦當知是善男子善女人得福甚多爾時帝釋天主白佛言世尊當為何等人解說此般若波羅蜜多佛告帝釋天主言若有善男子善女人於此般若波羅蜜多不能了知者當為彼說何以故憍尸迦未來世中當有人說相似般若波羅蜜多若有善男子善女人為欲趣證阿耨多羅三藐三菩提者聞是相似般若波羅蜜多於中學者則為錯亂非正了知帝釋天主白佛言世尊未來世中云何說彼相似般若波羅蜜多又復云何悉能辯了佛告帝釋天主言憍尸迦未來世中有諸苾芻作如是說色是無常若身若心及戒定慧悉無所有離諸所觀作是說者當知是說相似般若波羅蜜多憍尸迦云

何名爲相似般若波羅蜜多彼作是説壞色故觀色無常壞受想行識故觀受想行識無常若如是求是爲行般若波羅蜜多憍尸迦當知此説皆得名爲相似般若波羅蜜多憍尸迦汝今當知不壞色故觀色無常不壞受想行識故觀受想行識無常作是説者是爲如實宣説般若波羅蜜多憍尸迦以是義故若善男子善女人能爲他人如實解説般若波羅蜜多義者當知是善男子善女人得福甚多復次憍尸迦若善男子善女人以滿閻浮提所有衆生普令安住須陀洹果憍尸迦於汝意云何是善男子善女人以是因緣得福多不帝釋天主白佛言甚多世尊佛言憍尸迦是善男子善女人以是因緣得福雖多不如有人於此般若波羅蜜多發信解心發菩提心住菩薩法以此般若波羅蜜多書寫經卷受持讀誦生歡喜心爲人演説或復爲人解釋其義於此正法生清淨心離諸疑惑轉勸他人使其受持作如是言汝善男子此般若波羅蜜多是菩薩道汝於是中如所宣説應當修學如是學者乃名得法即能速證阿耨多羅三藐三菩提能盡一切諸有情界普令安住眞如實際憍尸迦是善男子善女人得福甚多何以故所有須陀洹果從是般若波羅蜜多所出生故憍尸迦如前所説若人以滿閻浮提所有衆生普令安住須陀洹果所作福行且置是數假使若滿四大洲若滿小千世界若滿中千世界若滿三千大千世界所有衆生普令安住須陀洹果所作福行亦置是數憍尸迦假使若滿殑伽沙數三

千大千世界所有衆生普令安住須陀洹果憍尸迦於汝意云何是人以是因緣得福多不帝釋天主白佛言甚多世尊佛言憍尸迦是善男子善女人以是因緣得福雖多不如有人於此般若波羅蜜多發信解心發菩提心住菩薩法以此般若波羅蜜多書寫經卷受持讀誦生歡喜心爲人演說或復爲人解釋其義於此正法生清淨心離諸疑惑轉勸他人使其受持作如是言汝善男子此般若波羅蜜多是菩薩道汝於是中如所宣說應當修學如是學者乃名得法即能速證阿耨多羅三藐三菩提能盡一切諸有情界普令安住眞如實際憍尸迦是善男子善女人得福甚多何以故所有須陀洹果從是般若波羅蜜多所出生故復次憍尸迦若善男子善女人以滿閻浮提所有衆生普令安住斯陀含果憍尸迦於汝意云何此人以是因緣得福多不帝釋天主白佛言甚多世尊佛言憍尸迦是善男子善女人得福雖多不如有人於此般若波羅蜜多發信解心發菩提心住菩薩法以此般若波羅蜜多書寫經卷受持讀誦生歡喜心爲人演說或復爲人解釋其義於此正法生清淨心離諸疑惑轉勸他人使其受持作如是言汝善男子此般若波羅蜜多是菩薩道汝於是中如所宣說應當修學如是學者乃名得法即能速證阿耨多羅三藐三菩提能盡一切諸有情界普令安住眞如實際憍尸迦是善男子善女人得福甚多何以故所有斯陀含果從是般若波羅蜜多所出生故憍尸迦如前所說若人以滿閻

浮提所有衆生普令安住斯陀含果所作福行且置是數假使若滿四大洲若滿小千世界若滿中千世界若滿三千大千世界所有衆生普令安住斯陀含果皆置是數憍尸迦假使若滿殑伽沙數三千大千世界所有衆生普令安住斯陀含果憍尸迦於汝意云何是人以是因緣得福多不帝釋天主白佛言甚多世尊佛言憍尸迦是善男子善女人以是因緣得福雖多不如有人於此般若波羅蜜多發信解心發菩提心住菩薩法以此般若波羅蜜多書寫經卷受持讀誦生歡喜心爲人演說或復爲人解釋其義於此正法生清淨心離諸疑惑轉勸他人使其受持作如是言汝善男子此般若波羅蜜多是菩薩道汝於是中如所宣說應當修學如是學者乃名得法即能速證阿耨多羅三藐三菩提能盡一切諸有情界普令安住真如實際憍尸迦是善男子善女人得福甚多何以故所有斯陀含果從是般若波羅蜜多所出生故復次憍尸迦若有善男子善女人以滿閻浮提所有衆生普令安住阿那含果憍尸迦於汝意云何此人以是因緣得福多不帝釋天主白佛言甚多世尊佛言憍尸迦是善男子善女人以是因緣得福雖多不如有人於此般若波羅蜜多發信解心發菩提心住菩薩法以此般若波羅蜜多書寫經卷受持讀誦生歡喜心爲人演說或復爲人解釋其義於此正法生清淨心離諸疑惑轉勸他人使其受持作如是言汝善男子此般若波羅蜜多是菩薩道汝於是中如所宣說應當修學如是

學者乃名得法即能速證阿耨多羅三藐三菩提能盡一切諸有情界普令安住眞如實際憍尸迦是善男子善女人得福甚多何以故所有阿那含果從是般若波羅蜜多所出生故憍尸迦如前所說若人以滿閻浮提所有衆生普令安住阿那含果所作福行且置是數假使若滿四大洲若滿小千世界若滿中千世界若滿三千大千世界所有衆生普令安住阿那含果皆置是數憍尸迦假使有人以滿殑伽沙數三千大千世界所有衆生普令安住阿那含果憍尸迦於汝意云何是善男子善女人以是因緣得福多不帝釋天主白佛言甚多世尊佛言憍尸迦是善男子善女人以是因緣得福雖多不如有人於此般若波羅蜜多發信解心發菩提心住菩薩法以此般若波羅蜜多書寫經卷受持讀誦生歡喜心爲人演說或復爲人解釋其義於此正法生清淨心離諸疑惑轉勸他人使其受持作如是言汝善男子此般若波羅蜜多是菩薩道汝於是中如所宣說應當修學如是學者乃名得法即能速證阿耨多羅三藐三菩提能盡一切諸有情界普令安住眞如實際憍尸迦是善男子善女人得福甚多何以故所有阿那含果從是般若波羅蜜多所出生故復次憍尸迦若有善男子善女人以滿閻浮提所有衆生普令安住阿羅漢果憍尸迦於汝意云何此人以是因緣得福多不帝釋天主白佛言甚多世尊佛言憍尸迦是善男子善女人以是因緣得福雖多不如有人於此般若波羅蜜多發言解心發菩提心

住菩薩法以此般若波羅蜜多書寫經卷受持讀誦生歡喜心爲人演說或復爲人解釋其義於此正法生清淨心離諸疑惑轉勸他人使其受持作如是言汝善男子此般若波羅蜜多是菩薩道汝於是中如所宣說應當修學如是學者乃名得法即能速證阿耨多羅三藐三菩提能盡一切諸有情界普令安住眞如實際憍尸迦是善男子善女人得福甚多何以故所有阿羅漢果從是般若波羅蜜多所出生故又此善男子善女人隨所宣說般若波羅蜜多即能隨轉以隨轉故如其所說即能修學得先佛法成就阿耨多羅三藐三菩提是故所有須陀洹斯陀含阿那含阿羅漢緣覺及彼如來應供正等正覺皆悉從是般若波羅蜜多出生如所出生如理而得憍尸迦如前所說若人以滿閻浮提所有衆生普令安住阿羅漢果且置是數假使若滿四大洲若滿小千世界若滿中千世界若滿三千大千世界所有衆生普令安住阿羅漢果皆置是數憍尸迦假使若滿殑伽沙數三千大千世界所有衆生普令安住阿羅漢果憍尸迦於汝意云何此人以是因緣得福多不帝釋天主白佛言世尊是善男子善女人其所得福轉復甚多算數譬喻所不能及佛言憍尸迦是善男子善女人以是因緣得福雖多不如有人於此般若波羅蜜多發信解心發菩提心住菩薩法以此般若波羅蜜多書寫經卷受持讀誦生歡喜心爲人演說或復爲人解釋其義於此正法生清淨心離諸疑惑轉勸他人使其受持作如是言汝善

男子此般若波羅蜜多是菩薩道汝於是中如所宣說應當修學如是學者乃名得法即能速證阿耨多羅三藐三菩提能盡一切諸有情界普令安住真如實際憍尸迦是善男子善女人得福甚多何以故所有阿羅漢果從是般若波羅蜜多所出生故又此善男子善女人隨所宣說般若波羅蜜多即能隨轉以隨轉故如其所說即能修學得先佛法成就阿耨多羅三藐三菩提是故所有須陀洹斯陀含阿那含阿羅漢緣覺及彼如來應供正等正覺皆悉從是般若波羅蜜多出生如所出生如理而得復次憍尸迦若有善男子善女人以滿閻浮提所有衆生若滿四大洲若滿小千世界若滿中千世界若滿三千大千世界乃至若滿殑伽沙數三千大千世界所有衆生普令安住諸緣覺果憍尸迦於汝意云何此人以是因緣得福多不帝釋天主白佛言甚多世尊佛言憍尸迦是善男子善女人以是因緣得福雖多不如有人於此般若波羅蜜多發信解心發菩提心住菩薩法以此般若波羅蜜多書寫經卷受持讀誦生歡喜心爲人演說或復爲人解釋其義於此正法生清淨心離諸疑惑轉勸他人使其受持作如是言汝善男子此般若波羅蜜多是菩薩道汝於是中如所宣說應當修學如是學者乃名得法即能速證阿耨多羅三藐三菩提能盡一切諸有情界普令安住真如實際憍尸迦是善男子善女人得福甚多何以故所有緣覺果從是般若波羅蜜多所出生故又此善男子善女人隨所宣說般若波羅

蜜多即能隨轉以隨轉故即能修學得先佛法成就阿耨多羅三藐三菩提是故所有須陀洹乃至如來應供正等正覺皆悉從是般若波羅蜜多出生如所出生如理而得復次憍尸迦若滿閻浮提中所有衆生皆發阿耨多羅三藐三菩提心若有善男子善女人以此般若波羅蜜多書寫經卷普施一切使其受持不如有人以此般若波羅蜜多書寫經卷與一住不退轉菩薩摩訶薩令其於此般若波羅蜜多修學相應堅固增長廣大圓滿成就佛法憍尸迦當知是善男子善女人得福甚多何以故此般若波羅蜜多出生阿耨多羅三藐三菩提故憍尸迦如前所說若滿閻浮提所有衆生皆發阿耨多羅三藐三菩提心且置是數假使若滿四大洲若滿小千世界若滿中千世界若滿三千大千世界乃至若滿殑伽沙數三千大千世界所有衆生皆發阿耨多羅三藐三菩提心若善男子善女人以此般若波羅蜜多書寫經卷普施一切使其受持憍尸迦不如有人以此般若波羅蜜多書寫經卷與一住不退轉菩薩摩訶薩令其於此般若波羅蜜多修學相應堅固增長廣大圓滿成就佛法憍尸迦當知是善男子善女人得福甚多何以故此般若波羅蜜多出生阿耨多羅三藐三菩提故復次憍尸迦若滿閻浮提所有衆生一切皆住不退轉地若有善男子善女人以此般若波羅蜜多法門普爲一切解釋其義憍尸迦於汝意云何此人以是因緣得福多不帝釋天主白佛言世尊是善男子善女人所獲福德轉復

甚多無量無邊算數譬喻所不能及佛言憍尸迦此人以是因緣得福雖多不如有人爲一將證阿耨多羅三藐三菩提者以此般若波羅蜜多法門解釋其義當知是人得福甚多憍尸迦如前所說滿閻浮提所有衆生皆住不退轉地若人普爲解釋其義且置是數假使若滿四大洲若滿小千世界若滿中千世界若滿三千大千世界乃至若滿殑伽沙數三千大千世界所有衆生一切皆住不退轉地若善男子善女人以此般若波羅蜜多法門普爲一切解釋其義憍尸迦於汝意云何此人以是因緣得福多不帝釋天主白佛言世尊是善男子善女人所獲福德無量無邊算數譬喻所不能及佛言憍尸迦此人以是因緣得福雖多不如有人爲一將證阿耨多羅三藐三菩提者以此般若波羅蜜多法門解釋其義當知是人得福甚多憍尸迦菩薩摩訶薩修學是般若波羅蜜多故速得阿耨多羅三藐三菩提爾時帝釋天主白佛言世尊菩薩摩訶薩隨轉般若波羅蜜多故得近阿耨多羅三藐三菩提隨近阿耨多羅三藐三菩提故當隨教受般若波羅蜜多如所教受故隨近一切智是故當以飲食衣服卧具醫藥種種供養般若波羅蜜多隨其所作一切福行彼獲福德無量無邊何以故得近阿耨多羅三藐三菩提成就一切智爾時尊者須菩提讃帝釋天主言善哉善哉憍尸迦汝善開導諸菩薩摩訶薩復能護念諸菩薩摩訶薩憍尸迦佛諸弟子皆以阿耨多羅三藐三菩提法護念諸菩薩摩訶薩令發阿耨

多羅三藐三菩提心令住阿耨多羅三藐三菩提果何以故過去諸菩薩摩訶薩皆因學是六波羅蜜多故發菩提心住菩提果今佛世尊亦學是六波羅蜜多故得菩提果未來諸菩薩摩訶薩亦復如是是故憍尸迦若菩薩摩訶薩不學是六波羅蜜多即不能得阿耨多羅三藐三菩提果

佛母出生三法藏般若波羅蜜多經卷第五

佛母出生三法藏般若波羅蜜多經卷第六

宋北天竺三藏朝奉大夫試光祿卿傳法大師施護等奉詔譯

隨喜迴向品第六之一

爾時慈氏菩薩摩訶薩告尊者須菩提言若菩薩摩訶薩於此甚深般若波羅蜜多法門隨喜迴向所獲功德比餘衆生布施持戒修定功德最上最極最勝最妙廣大無量無等無等等是故於此甚深正法應當隨喜如理迴向是時尊者須菩提白慈氏菩薩言若菩薩摩訶薩於十方一切處無量無數無邊不可思議不可稱計王千大千世界一一世界中所有過去已入涅槃無量無數無邊如來應供正等正覺是諸如來從初發心乃至成就阿耨多羅三藐三菩提果已入無餘依大涅槃界乃至法滅已來於其中間所有諸佛世尊戒蘊定蘊慧蘊解脫蘊解脫知見蘊及彼六波羅蜜多相應善根諸佛功德相應善根方便願力智波羅蜜多廣大神通相應善根一切智智正行相應出生善根乃至大慈大悲無量無邊利益安樂一切衆生佛功德聚如是一切波羅蜜多法門出生一切最勝神通離障無著種種行法無能勝無等等無限量無所觀如來如實智力如來知見乃至具足圓滿如來十力四無所畏一切勝義法門所有如來轉大法輪執大法炬擊大法鼓吹大法螺作大法樂雨大法雨了大法智以大法財施諸衆生說諸佛法諸緣覺法及聲聞法普令衆生於中修學所有一切最勝善根及彼諸佛爲諸菩薩摩訶薩衆授記當得阿耨多羅三藐三菩提果是諸菩薩所有六

波羅蜜多相應善根又復爲諸緣覺乘人授緣覺記而彼所有一切善根又復有諸聲聞乘人行於布施持戒修定所有功德及諸有學無漏無學無漏如是善根又復所有諸愚異生所種善根及其四衆苾芻苾芻尼優婆塞優婆夷所行布施持戒修定功德乃至天龍夜叉乾闥婆阿修羅迦樓羅緊那羅摩睺羅伽人及非人傍生異類聞佛說法所種善根乃至如來入涅槃後一切衆生於佛法僧所種善根如是等種種善根種種功德盡無盡相和合聚集稱計較量修菩薩者以最上最極最勝最妙廣大無量無等無等等心皆悉隨喜以如是隨喜功德迴向阿耨多羅三藐三菩提作如是言願我以此善根當得阿耨多羅三藐三菩提果而此修菩薩者所有諸緣諸事諸相從心所生如心取相爲可得不爾時慈氏菩薩告尊者須菩提言不也須菩提所有諸緣諸事諸相從心所生如心取相皆不可得須菩提復白慈氏菩薩言若諸緣諸事諸相如心所取不可得者是人將無想顚倒心顚倒見顚倒耶何以故有所生故無常謂常以苦謂樂不淨謂淨無我謂我於疑惑心謂正思惟由是於想心見皆成顚倒若於諸緣諸事諸相一一皆住如實法者即無所生亦無所取由如是故心法亦然諸法亦然菩提亦然若諸緣諸事諸相菩提及心皆無異者即於何所緣取於何相當以何心隨喜功德又復以何善根迴向阿耨多羅三藐三菩提爾時慈氏菩薩摩訶薩謂尊者須菩提言如汝所說此迴向法不應爲彼新發

意菩薩如是宣說何以故彼若聞是說已所有信解愛樂恭敬淨心皆悉隱滅以是義故不應爲說若有住不退轉菩薩摩訶薩隨順善知識者應當爲彼如是宣說而彼菩薩聞是法已不驚不怖亦不退没如是菩薩摩訶薩能以隨喜功德如實迴向彼一切智爾時尊者須菩提白慈氏菩薩言若菩薩起隨喜心迴向心是心即盡即滅即離當以何心而能隨喜復以何心而用迴向阿耨多羅三藐三菩提若以心心能迴向者是二心不俱亦無所有若諸心自性又不能迴向即以何心能迴向耶爾時帝釋天主白尊者須菩提言若有新發意菩薩聞作是說將無驚怖生退没耶尊者今云何是如實隨喜如實迴向應當云何是隨喜法又復云何是迴向心爾時

尊者須菩提以慈氏菩薩摩訶薩威神加持力故復白慈氏菩薩言諸菩薩摩訶薩於過去諸佛道悉已修習已滅戲論去除棘刺捨諸重擔得大善利諸有結縛皆悉已盡正智無礙心得自在諸心善寂是諸菩薩於十方一切處無量無數三千大千世界一一世界中所有過去無量無數已入涅槃諸佛如來是諸如來從初發心乃至成就阿耨多羅三藐三菩提果已入無餘依大涅槃界乃至法滅已來於其中間所有諸佛世尊諸波羅蜜多相應善根及彼種種福行善根諸佛戒定慧解脫解脫知見諸蘊善根乃至大慈大悲無量無邊利益安樂一切衆生佛功德聚及佛所說種種法門一切衆生於是中學信解安住所有善根及佛世尊爲諸菩薩授阿耨

多羅三藐三菩提記是諸菩薩所有六波羅蜜多相應善根又復爲諸緣覺乘人授緣覺記而彼所有一切善根又復有諸聲聞乘人行於布施持戒修定所有功德及諸有學無漏無學無漏如是善根又復所有諸愚異生所種善根乃至天龍夜叉乾闥婆阿脩羅迦樓羅緊那羅摩睺羅伽人及非人傍生異類聞佛說法所種善根乃至如來入涅槃後一切衆生所種善根如是等種種善根種種功德和合聚集稱計較量是諸菩薩一一隨喜以此隨喜功德迴向阿耨多羅三藐三菩提慈氏若菩薩摩訶薩作如是迴向云何當得不墮想顛倒心顛倒見顛倒爾時慈氏菩薩告尊者須菩提言若菩薩摩訶薩所用心隨喜及迴向時於是心中不生心想如實知心無所取相若菩薩摩訶薩能以如是隨喜功德迴向阿耨多羅三藐三菩提者是菩薩摩訶薩即得不墮想心見倒若復於心不如實知以有得想而迴向者是菩薩摩訶薩不能遠離想心見倒又復若諸菩薩摩訶薩以有得心而迴向者是心即盡即滅即離彼盡滅心不能迴向若以無所得心而迴向者是即如實迴向法性若法如是迴向故即法性亦然法性如是迴向故即諸法亦然若菩薩摩訶薩能如是迴向者是爲正迴向不名邪迴向而此迴向法菩薩摩訶薩應當如是學復次尊者須菩提若菩薩摩訶薩如過去諸佛善根如是隨喜迴向若於未來諸佛道悉已修習已滅戲論得大善利是諸如來從初發心乃至成就阿耨多羅三藐三菩提果已入

無餘依大涅槃界乃至法滅已來於其中間所有諸佛世尊諸波羅蜜多相應善根及彼諸佛戒定慧解脫解脫知見諸蘊善根乃至大慈大悲無量無邊利益安樂一切衆生佛功德聚及佛所說種種法門一切衆生於是中學信解安住所有善根及佛世尊爲諸菩薩授阿耨多羅三藐三菩提記是諸菩薩所有六波羅蜜多相應善根又復爲諸緣覺乘人授緣覺記而彼所有一切善根又復有諸聲聞乘人行於布施持戒修定所有善根及諸有學無漏無學無漏如是善根又復所有諸愚異生所種善根乃至天龍夜叉乾闥婆阿脩羅迦樓羅緊那羅摩睺羅伽人及非人傍生異類聞佛說法所種善根乃至如來入涅槃後一切衆生所種善根如是等種種善根種種功德和合聚集稱計較量是諸菩薩一一隨喜以此隨喜功德迴向阿耨多羅三藐三菩提尊者須菩提而彼菩薩所用心隨喜及迴向時若於是心中不生心想如實知心無所取相能以如是隨喜功德迴向阿耨多羅三藐三菩提者是菩薩即得不墮想心見倒若復於心不如實知以有得想而迴向者是菩薩不能遠離想心見倒又復若諸菩薩以有得心而迴向者是心即盡即滅即離彼盡滅心不能迴向若以無所得心而迴向者是即如實迴向法性若法如是迴向故即法性亦然法性如是迴向故即諸法亦然若如是迴向者是爲正迴向不名邪迴向復次尊者須菩提菩薩摩訶薩如未來諸佛善根如是隨喜迴向若於現在諸佛如來從初發

心乃至成就阿耨多羅三藐三菩提果已入無餘依大涅槃界乃至法滅已來於其中間所有諸佛世尊一切善根乃至如來入涅槃後一切衆生所種善根如是等種種善根種種功德和合聚集稱計較量是諸菩薩一一隨喜以此隨喜功德迴向阿耨多羅三藐三菩提尊者須菩提而彼菩薩所用心隨喜及迴向時於是心中不生心想如實知心無所取相若能如是隨喜功德迴向阿耨多羅三藐三菩提者是菩薩即得不墮想心見倒若復以其有所得心而迴向者是菩薩不能遠離想心見倒而彼菩薩摩訶薩當如實知所用心迴向時是心即盡即滅即離彼盡滅心即不能迴向若以無所得心而迴向者是即如實迴向法性若法如是迴向故即法性亦然法性如是迴向故即諸法亦然若菩薩摩訶薩於如是過去未來現在法中能如實知如實迴向者是爲正迴向不名邪迴向復次須菩提菩薩摩訶薩若欲如實迴向阿耨多羅三藐三菩提者當觀諸法猶如虛空離一切相何以故若於諸法如實了知即無心無非心是能知者無法無非法爲所知相若菩薩於如是法中能迴向者是名最上迴向是故得名菩薩摩訶薩正修福行何以故若種種法及種種行皆寂靜故所有隨喜功德迴向阿耨多羅三藐三菩提亦復如是若如實知諸行皆寂無所動者是菩薩摩訶薩即能具足般若波羅蜜多方便於佛世尊入涅槃後所有善根若體若相若自性若法性皆如實知即能迴向阿耨多羅三藐三菩提何以

故諸佛世尊所有一切相應行法非三世故若過去世彼法已離已滅已盡若未來世當所未至若現在世今即無住復無所得非境界相若取相者即於阿耨多羅三藐三菩提住不平等邪念相應生疑惑想不能安住正念正意邪所思覺如是即不名迴向阿耨多羅三藐三菩提若菩薩摩訶薩於諸善根無所取相無所得心以是心迴向者是爲迴向阿耨多羅三藐三菩提如是迴向法菩薩應當學若如是學者彼能具足善巧方便若諸善根有是善巧方便而用迴向者即得近一切智若諸菩薩摩訶薩樂欲修學此方便者應當於此般若波羅蜜多法門聽受讀誦記念思惟請問其義如所解了廣爲他說是爲般若波羅蜜多方便若不得般若波羅蜜多

方便即不能以諸善根迴向阿耨多羅三藐三菩提何以故我相已滅諸行已寂遠離種種有所得想若復有人於一切法而生取相墮疑惑見不能安住如實法中於如實法生有得想若以如是善根迴向阿耨多羅三藐三菩提者諸佛如來非所印可亦不隨喜何以故如是迴向名爲大貪於一切法生疑惑心復於諸相不能寂靜生有得想如來應供正等正覺亦不說爲有大利益而此迴向名爲雜毒苦惱譬如世間上味飲食諸色香味皆悉具足而彼食中爲毒所雜諸有智者知雜毒故而不取食愚癡無智不能覺了但取食之彼初食時色香美味雖所愛樂食力銷已苦報現前以是緣故而趣命終尊者須菩提汝今當知諸有隨喜善根發迴向心者不

能受持讀誦般若波羅蜜多亦復如是何以故不能具足般若波羅蜜多方便故不能解了甚深正義於如實道不能安住自不了知彼如實法復爲他人展轉教授作如是言汝善男子當於過去未來現在諸佛世尊所有戒定慧解脫解脫知見諸蘊善根及彼所有過現未來諸佛世尊從初發心乃至成就阿耨多羅三藐三菩提果已入無餘依大涅槃界於其中間所有功德及爲諸菩薩摩訶薩授記當得阿耨多羅三藐三菩提果是諸菩薩所有善根又復爲諸緣覺乘人授緣覺記是諸緣覺所有善根及諸聲聞修施戒等於佛滅後法滅已來於其中間所種善根乃至愚夫異生所有善根如是等種種善根種種功德和合聚集稱計較量盡無盡相汝等應當一一隨喜以此隨喜善根迴向阿耨多羅三藐三菩提須菩提彼人若作是言勸令如是隨喜迴向者如美食中而雜諸毒此迴向法名爲雜毒苦惱諸修菩薩行者於自所行尚不應起此迴向心況復如是轉勸他人令修此法若於是相取爲實者不名隨喜諸佛功德不名受持不名迴向若諸菩薩樂欲如實隨喜諸佛如來所有最上一切善根如實迴向阿耨多羅三藐三菩提者應當隨順如來應供正等正覺如其佛眼如實觀察如其佛智如實了知於諸善根若體若相若自性若法性如實了知無所生無所得若能如是隨喜善根佛所印可佛亦隨喜諸菩薩摩訶薩如是隨喜者是正隨喜以此善根迴向阿耨多羅三藐三菩提如來應供正等正覺最

上稱讚如是迴向名大迴向迴向法界善得圓滿內心清淨解脫無礙復次諸修菩薩乘善男子等修習如是迴向法者於佛如來所有戒定慧解脫解脫知見無繫無著不繫欲界不繫色界不繫無色界亦復不繫過去未來現在三世不繫諸法不繫迴向法修菩薩者如是知已不壞迴向法是大迴向善得圓滿迴向法界如是迴向不取諸相遠離邪法名正迴向如來應供正等正覺眞實印可亦復隨喜菩薩摩訶薩應當如是學爾時世尊讚尊者須菩提言善哉善哉須菩提汝善作佛事能爲諸菩薩摩訶薩請問其義須菩提諸菩薩摩訶薩若能如是迴向法界法性如佛世尊所有知見於諸善根如實覺了若體若相若自性若法性了無所生復無所得如是迴向我所印可我亦隨喜如是福蘊無量無邊不可稱計須菩提假使三千大千世界所有一切衆生一一皆修十善業道所獲福蘊其數甚多而此菩薩摩訶薩發最勝心迴向法界者所有福蘊比前福蘊最上最極最勝最妙廣大無量無等無等等復次須菩提且置是數假使三千大千世界所有一切衆生一一皆修四無量行一一皆得四禪定法四無色定及五神通如是福行其數甚多而此菩薩摩訶薩發最勝心迴向法界所有福蘊比前福蘊最上最極最勝最妙廣大無量無等無等等

佛母出生三法藏般若波羅蜜多經卷第六

佛母出生三法藏般若波羅蜜多經卷第七

第八同卷

宋北天竺三藏朝奉大夫試光祿卿傳法大師施護等奉 詔譯

隨喜迴向品第六之二

復次須菩提如前所說四無量行乃至五神通行皆置是數假使三千大千世界一切衆生一一皆得須陀洹斯陀含阿那含阿羅漢果如是福蘊亦置是數假使三千大千世界一切衆生一一皆得彼緣覺果如是福蘊亦置是數須菩提假使三千大千世界一切衆生皆發阿耨多羅三藐三菩提心是諸衆生即得名爲發心菩薩而此菩薩一一皆於殑伽沙數劫中以其飲食衣服卧具醫藥及餘樂具普施殑伽沙數世界一切衆生而諸菩薩作是施時一一皆起最勝上心生尊重想須菩提於汝意云何是諸菩薩得福多不須菩提白佛言甚多世尊而此福蘊無量無數無有邊際算分數分及譬喻分乃至烏波尼殺曇分皆不能及佛言不也須菩提若有住菩薩乘諸善男子於此般若波羅蜜多修習方便爲般若波羅蜜多所護者而能以少善根迴向阿耨多羅三藐三菩提是即如實迴向法界如是迴向所有福蘊比前菩薩布施福蘊而彼百分不及此一千分不及一萬億俱胝那庾多分乃至烏波尼殺曇分皆不及一何以故此般若波羅蜜多方便善根勝前菩薩有所得心布施行故以是福蘊不可等比爾時四大王天有二萬天子在佛會中聞作是說合掌恭敬俱白佛言世尊若菩薩摩訶薩於此般若波羅蜜多修習方便爲般若

波羅蜜多所護者能以善根如實迴向彼一切智如是迴向是大迴向所獲福蘊勝前菩薩有所得心布施福蘊爾時三十三天有十萬天子即時雨衆天華天香塗香及末香等幷餘種種幢旛寶蓋天妙音樂乃至一切寶嚴天衣天諸珍寶以如是等恭敬供養而作是言世尊若菩薩摩訶薩於此般若波羅蜜多修習方便爲般若波羅蜜多所護者能以善根迴向法界如是迴向是大迴向所獲福蘊勝前菩薩有所得心布施福蘊世尊我等諸天子衆皆於如是菩薩摩訶薩所生最勝心恭敬供養尊重稱讚彼諸天子發是言時其聲普聞一切世界是時夜摩天中十萬天子知足天中十萬天子化樂天中十萬天子他化自在天中十萬天子如是等欲界諸天子衆復有色界梵衆天梵輔天大梵天少光天無量光天光音天少淨天無量淨天徧淨天無雲天福生天廣果天無煩天無熱天善見天善現天色究竟天如是等天中諸天子衆各各合掌恭敬而白佛言希有世尊若菩薩摩訶薩於此般若波羅蜜多修習方便爲般若波羅蜜多所護者能以善根迴向法界如是迴向勝前菩薩有所得心布施福蘊爾時世尊告淨居天等諸天子言如前所說三千大千世界所有發心菩薩一一於其殑伽沙數劫中廣施衆生如是福蘊且置是數天子假使殑伽沙數三千大千世界一切衆生皆發阿耨多羅三藐三菩提心是諸發心菩薩一一於其殑伽沙數劫中以其飲食衣服卧具醫藥及餘樂具普施殑伽沙數三千大

千世界一切衆生若菩薩摩訶薩於此般若波羅蜜多修習方便爲般若波羅蜜多所護者能於過去未來現在諸佛所有戒定慧解脱解脱知見諸藴善根及緣覺聲聞所有善根如是等種種善根和合聚集稱計較量以最上最極最勝最妙廣大無量無等無等等心皆悉隨喜以此隨喜善根如實迴向阿耨多羅三藐三菩提須菩提此菩薩如是隨喜福藴比前菩薩布施福行而彼百分不及此一千分不及一萬億俱胝那庾多分乃至烏波尼殺曇分皆不及一何以故具足般若波羅蜜多方便者勝前菩薩有所得心布施行故爾時尊者須菩提白佛言世尊如佛所言菩薩摩訶薩修習般若波羅蜜多方便爲般若波羅蜜多所護諸於諸善根能以最上最極最勝最妙廣大無量無等無等等心如實隨喜迴向阿耨多羅三藐三菩提世尊當云何是最上最極乃至無等等心又復何名如實隨喜佛告須菩提若菩薩摩訶薩於過去未來現在諸法不取不捨無念無得離諸疑惑不生分别無過去法已生已滅無未來法未生未滅無現在法即生即滅當觀諸法猶如虚空離一切相無所動轉不生不滅不來不去彼諸法相即諸法性如其法性如實隨喜如所隨喜迴向亦然須菩提若菩薩於一切法能起此心者是即名爲最上最極最勝最妙廣大無量無等無等等心即以此心而隨喜者乃可得名如實隨喜以此隨喜善根迴向阿耨多羅三藐三菩提者是故名爲如實迴向復次須菩提如前所説殑伽沙數三

千大千世界所有一切發心菩薩一一於其殑伽沙數劫中修布施行且置是數須菩提若殑伽沙數三千大千世界一切衆生皆發阿耨多羅三藐三菩提心是諸發心菩薩一一於其殑伽沙數劫中修持淨戒身善所作語善所作意善所作彼諸菩薩於殑伽沙數劫中如是持戒不生過失若菩薩摩訶薩於此般若波羅蜜多修習方便爲般若波羅蜜多所護者能於過去未來現在諸佛所有戒定慧解脫解脫知見諸蘊善根及緣覺聲聞所有善根如是等種種善根和合聚集稱計較量以最上最極最勝最妙廣大無量無等無等等心皆悉隨喜以此隨喜善根迴向阿耨多羅三藐三菩提須菩提此菩薩如是隨喜福蘊比前菩薩持戒福行而彼百分不及

此一千分不及一萬億俱胝那庾多分乃至烏波尼殺曇分皆不及一何以故具足般若波羅蜜多方便者勝前菩薩有所得心持戒行故復次須菩提如前所說殑伽沙數三千大千世界所有一切發心菩薩一一於其殑伽沙數劫中持淨戒行且置是數須菩提若殑伽沙數三千大千世界一切衆生皆發阿耨多羅三藐三菩提心是諸發心菩薩一一於其殑伽沙數劫中持忍辱行不忿不恚乃至不起一切惡念彼諸菩薩於殑伽沙數劫中如是忍辱不生忿恚若菩薩摩訶薩於此般若波羅蜜多修習方便爲般若波羅蜜多所護者能於過去未來現在諸佛所有戒定慧解脫解脫知見諸蘊善根及緣覺聲聞所有善根如是等種種善根和合聚集稱計較

量以最上最極最勝最妙廣大無量無等無等等心皆悉隨喜以此隨喜善根迴向阿耨多羅三藐三菩提須菩提此菩薩如是隨喜福蘊比前菩薩忍辱福行而彼百分不及此一千分不及一萬億俱胝那庚多分乃至烏波尼殺曇分皆不及一何以故具足般若波羅蜜多方便者勝前菩薩有所得心忍辱行故復次須菩提如前所說殑伽沙數三千大千世界所有一切發心菩薩一一於其殑伽沙數劫中持忍辱行且置是數須菩提若殑伽沙數三千大千世界一切衆生皆發阿耨多羅三藐三菩提心是諸發心菩薩一一於其殑伽沙數劫中修精進行勇猛堅固不退不失遠離惛沉睡眠及諸障法彼諸菩薩於殑伽沙數劫中如是精進不生懈退若菩薩摩訶薩於此般若波羅蜜多修習方便爲般若波羅蜜多所護者能於過去未來現在諸佛所有戒定慧解脱解脱知見諸蘊善根及緣覺聲聞所有善根如是等種種善根和合聚集稱計較量以最上最極最勝最妙廣大無量無等無等等心皆悉隨喜以此隨喜善根迴向阿耨多羅三藐三菩提須菩提此菩薩如是隨喜福蘊比前菩薩精進福行而彼百分不及此一千分不及一萬億俱胝那庚多分乃至烏波尼殺曇分皆不及一何以故具足般若波羅蜜多方便者勝前菩薩有所得心精進行故復次須菩提如前所說殑伽沙數三千大千世界所有一切發心菩薩一一於其殑伽沙數劫中修精進行且置是數須菩提若殑伽沙數三千大千世界一切衆

生皆發阿耨多羅三藐三菩提心是諸發心菩薩一一於其殑伽沙數劫中修四禪定安住寂靜彼諸菩薩於殑伽沙數劫中如是修定遠離一切動亂等相若菩薩摩訶薩於此般若波羅蜜多修習方便爲般若波羅蜜多所護者能於過去未來現在諸佛所有戒定慧解脫解脫知見諸蘊善根及縁覺聲聞所有善根如是等種種善根和合聚集稱計較量以最上最極最勝最妙廣大無量無等無等等心皆悉隨喜以此隨喜善根迴向阿耨多羅三藐三菩提須菩提此菩薩如是隨喜福蘊比前菩薩修定福行而彼百分不及此一千分不及一萬億俱胝那庾多分乃至烏波尼殺曇分皆不及一何以故具足般若波羅蜜多方便者勝前菩薩有所得心修定行故佛告須菩提若諸菩薩摩訶薩樂欲於其過去未來現在諸佛六波羅蜜多法門如理修學如實隨喜者當於諸法住如實義如實義者謂解脫性如所解脫布施亦如是如所解脫持戒忍辱精進禪定智慧皆亦如是如所解脫解脫亦如是如所解脫解脫知見亦如是如所解脫隨喜心及隨喜福行亦如是如所解脫迴向心及迴向法亦如是如所解脫過去已滅法未來未生法現在無住法皆亦如是如所解脫十方三世無量無數一切諸佛及諸佛法亦如是如所解脫所有菩薩縁覺聲聞及彼諸法亦如是如是等乃至一切法無縛無解無住無著所解脫性即諸法性須菩提菩薩摩訶薩於一切法如是知者當於六波羅蜜多法門如是修學如是隨喜

以此隨喜善根如實迴向阿耨多羅三藐三菩提

地獄緣品第七之一

爾時尊者舍利子白佛言世尊般若波羅蜜多出生一切智智一切智性即般若波羅蜜多耶佛言舍利子如是如是如汝所說舍利子復白佛言世尊般若波羅蜜多所應敬禮般若波羅蜜多所應尊重般若波羅蜜多是大光明般若波羅蜜多清淨無染般若波羅蜜多廣大照曜般若波羅蜜多攝三界相即三界性般若波羅蜜多爲清淨眼能照一切煩惱染法般若波羅蜜多是所依止般若波羅蜜多是無上法般若波羅蜜多廣攝一切菩提分法般若波羅蜜多爲大法炬普照世間一切闇瞑般若波羅蜜多是無所畏能救一切怖畏衆生般若波羅蜜多是即五眼能照一切世出世道般若波羅蜜多爲智慧光照破一切癡闇等法般若波羅蜜多爲諸導首引示衆生趣入聖道般若波羅蜜多是一切智藏普攝煩惱等障爲作斷滅般若波羅蜜多是無生法無滅法無起法無作法般若波羅蜜多自相本空般若波羅蜜多是諸菩薩母般若波羅蜜多爲諸法眼照明諸佛所有十力四無所畏般若波羅蜜多是所依怙能救一切無依衆生般若波羅蜜多是安樂法能斷衆生生死苦惱般若波羅蜜多能示諸法眞實自性般若波羅蜜多隨順法相圓滿三轉十二行輪世尊般若波羅蜜多有如是等種種功德諸菩薩摩訶薩於此法門應當云何瞻禮恭敬佛告尊者舍利子言菩薩

摩訶薩於此般若波羅蜜多法門應如師想如諸佛想尊重恭敬瞻禮稱讚如是瞻敬般若波羅蜜多故是即瞻敬諸佛世尊爾時帝釋天主即起是念尊者舍利子今以何緣而生此問作是念已前白尊者舍利子言尊者有何因緣如是問佛舍利子言憍尸迦如佛所説諸菩薩摩訶薩修習般若波羅蜜多方便爲般若波羅蜜多所護者即能於彼一切善根如實隨喜如實迴向彼一切智而此般若波羅蜜多有大功德勝諸菩薩有所得心布施持戒忍辱精進禪定福行以是緣故我作此問憍尸迦汝今當知此般若波羅蜜多與五波羅蜜多而爲導首引示令入一切智道譬如世間有其盲人雖聚百千萬衆欲有所往而皆不能知所行道若無導師彼終不能進趣城邑聚落方處若有目人爲作先導彼諸盲者即能達彼一切方處憍尸迦所有布施持戒忍辱精進禪定猶如盲人雖復修習無量福行欲至一切智果若不以此般若波羅蜜多而爲導首畢竟不能如實趣向一切智道況復能得一切智果若此布施等法得般若波羅蜜多爲導首者即得智慧之眼而能照達一切智道即得趣證一切智果又復布施持戒忍辱精進禪定爲般若波羅蜜多力所助者是故此五即得名爲波羅蜜多爾時尊者舍利子白佛言世尊般若波羅蜜多爲何法故生佛言舍利子般若波羅蜜多不見有色不爲色故生不見受想行識不爲受想行識故生若此五蘊有所生相即般若波羅蜜多爲彼故生而此五蘊既無所生是

故般若波羅蜜多不爲諸法故生舍利子復白佛言世尊若般若波羅蜜多如是生者當於何法有所成耶佛言舍利子般若波羅蜜多雖如是生無少法可成由無法成故乃得名爲般若波羅蜜多爾時帝釋天主聞是說已即白佛言世尊般若波羅蜜多豈不成於一切智耶佛言憍尸迦如汝所言般若波羅蜜多亦成一切智然非有所得故成亦非名相起作故成帝釋天主言世尊當云何成佛言憍尸迦諸法無所成如是成帝釋天主復白佛言希有世尊今此般若波羅蜜多無所生無所滅彼一切法亦無生無滅無住無著是即般若波羅蜜多爾時尊者須菩提白佛言世尊若生如是心有所分別者即遠般若波羅蜜多即失般若波羅蜜多即不成就般若波羅蜜多佛言須菩提如是如是有是因緣即遠般若波羅蜜多即失般若波羅蜜多即不成就般若波羅蜜多何以故此般若波羅蜜多於色無所表示受想行識亦無所表示須陀洹斯陀含阿那含阿羅漢緣覺菩薩及佛世尊皆悉無所表示故尊者須菩提復白佛言世尊大波羅蜜多是般若波羅蜜多耶佛言須菩提於汝意云何以何因緣謂大波羅蜜多是般若波羅蜜多須菩提白佛言世尊色無大無小無集無散離諸起作受想行識亦無大無小無集無散離諸起作所有如來十力等法不作有力不作無力亦無集散乃至一切智亦無大小集散諸起作等何以故一切法無大小無集散離起作住平等若菩薩於一切法有所分別而作是念我得

具足一切智果我爲衆生說諸法門能度若干衆生令至涅槃而彼菩薩作是念者即不名行般若波羅蜜多所以者何般若波羅蜜多無如是相不見衆生有所度者有所得者以衆生無性故般若波羅蜜多亦無性衆生離相故般若波羅蜜多亦離相衆生不生故般若波羅蜜多亦不生衆生不滅故般若波羅蜜多亦不滅衆生不思議故般若波羅蜜多亦不思議衆生無覺了故般若波羅蜜多亦無覺了衆生如實知勝義故般若波羅蜜多亦如實知勝義衆生力集故如來力亦集世尊我以如是因緣謂大波羅蜜多是般若波羅蜜多爾時尊者舍利子白佛言世尊若諸菩薩摩訶薩於此甚深般若波羅蜜多法門聞已諦受不疑不難生淨信解者此諸菩薩於何處没而來生此佛告舍利子當知此菩薩已於他方諸佛刹中聽受此法請問其義隨順解了從彼没已而來生此復次舍利子若人暫得聞此甚深般若波羅蜜多法門即生信解踊躍歡喜尊重恭敬如佛想者當知是人已於無數佛世尊所聽受此法久修菩薩最勝妙行如是等人佛所稱讚

佛母出生三法藏般若波羅蜜多經卷第七

佛母出生三法藏般若波羅蜜多經卷第八

宋北天竺三藏朝奉大夫試光祿卿傳法大師施護等奉詔譯

地獄緣品第七之二

爾時尊者須菩提白佛言世尊般若波羅蜜多可聞可得耶若聲若相有所說耶佛言不也須菩提般若波羅蜜多無說無示無聞無得非蘊處界有所見相何以故彼一切法離種種性而蘊處界即般若波羅蜜多何以故由蘊處界空故離故寂滅故般若波羅蜜多亦空亦離亦寂滅而般若波羅蜜多與蘊處界無二無二分無相無分別爾時尊者須菩提白佛言世尊若有人於佛會中聞說此甚深般若波羅蜜多法門不生信解心無愛樂從法會起不能聽受者彼人以何因緣起如是相佛言須菩提我今爲汝如實分別若有人聞此甚深般若波羅蜜多法門不生信解不樂聽受當知是人雖於百千佛所修諸梵行而不愛樂聽受此法於諸佛所若聞說是般若波羅蜜多法門時從會起者須菩提彼人於先佛所已種如是障法因緣是故今時於我法中聞說甚深般若波羅蜜多法門亦復不生愛樂信解無尊重想捨離而去當知是人若身若心不能和合是故於此般若波羅蜜多法門不生一念清淨信解不起如實正知見想於甚深法生疑惑心造無智業由是積集無智業故聞此般若波羅蜜多法門生違背心起毀謗業以違背毀謗般若波羅蜜多故是即違背毀謗過去未來現在諸佛一切智須菩提我說是人少智少慧無正福業不能成就淨信善根於一切時一切處自

壞其身復壞他身斷諸衆生大利樂因須菩提彼人以是謗法因緣故當來決定墮大地獄經多百歲多千歲多百千歲多俱胝百歲多俱胝千歲多俱胝百千歲多俱胝那庾多百千歲中受諸苦惱從一大地獄至一大地獄又復展轉從一至一若此大地獄劫火燒時彼謗法人即於他方世界大地獄中受諸苦惱亦復從一大地獄至一大地獄若他方界所有地獄劫火燒時又復展轉於他方界大地獄中受諸苦惱亦復如是從一至一又若彼界劫火燒時此界還成而復來此大地獄中亦復從一至一受諸苦惱如是展轉此界他界一一獄中如前數量經爾所歲受諸苦惱乃至最後此界地獄劫火復起所焚燒時受苦方盡何以故須菩提彼人以語不善業毀謗甚深般若波羅蜜多法門故獲如是果爾時尊者舍利子白佛言世尊所有衆生造五無間極重罪業與此謗法罪業而相似耶佛言舍利子汝勿謂彼五無間業與此謗法重罪而得相似舍利子違背毀謗甚深正法者其罪甚重過五無間所有罪業何以故彼謗法者聞說般若波羅蜜多法門即作是言此非佛說我今不能於是中學彼人自壞淨信復壞他人所有淨信自飲諸毒復令他人亦飲其毒自所破壞亦復令他作其破壞自於般若波羅蜜多法門不信不受不知不解而不修習復令他人不生信受不正知解亦不修習舍利子我說是人爲破法者其性濁黑而不清淨於白法中爲羯商摩毀壞淨信又復得名爲汙法者舍利子以是因緣此

謗法罪最極深重五無間業不可等比舍利子白佛言世尊如佛所說彼謗法人墮大地獄不知是人當受苦身其量云何佛言止舍利子不須問其受苦身量何以故彼人若聞所受苦身大小分量是時即有熱血從口門出將及命終如是轉生憂愁苦惱身分內外乾枯銷瘦生大怖畏是故我今不說彼人受苦身量舍利子重白佛言世尊願爲宣說彼謗法者受苦身量與末世中一切衆生而爲明照有所表示令於正法不生毀謗佛言舍利子止不須說爾時尊者舍利子如是慇懃第二第三重復勸請佛言舍利子止止是事汝今當知如我所說若謗法者墮大地獄爾所歲中受極重苦即以是緣與諸衆生足爲明照是故不應說其身量爾時尊者須菩提白佛言世尊諸善男子善女人於一切時常當善護身語意業不令作諸不善業行何以故如佛所說墮地獄者由其語不善業能作如是最極廣大非福蘊故世尊謗正法者實由語業感是罪報耶佛言如是如是須菩提由彼語業起不善故即於正法而生毀謗以是因緣受斯罪報須菩提我說是人於我法中不應出家何以故彼人違背毀謗般若波羅蜜多故是即毀謗阿耨多羅三藐三菩提以謗阿耨多羅三藐三菩提故是即毀謗一切佛寶謗佛寶故即謗過去未來現在諸佛一切智謗一切智故是即毀謗一切法寶謗法寶故即謗聲聞一切僧寶如是即於一切種一切時一切處毀謗三寶積集無量無數不善業行當墮地獄受大苦惱須菩提白佛

言世尊彼人以何因緣於此般若波羅蜜多法門生輕謗心佛告須菩提當知彼人有四種因何等爲四一者爲魔所使二者自所積集無智業因破壞所有清淨信解三者隨順一切不善知識於非法中生和合想四者執著我相不生正見隨彼邪心作諸過失須菩提由是四種因緣故於此甚深般若波羅蜜多法門而生毁謗須菩提是故諸善男子善女人當於諸佛所說正法起淨信解勿生輕謗謗正法者是即破法若破法者斷滅壽命起無智業當墮地獄受大苦惱

清淨品第八之一

爾時尊者須菩提白佛言世尊若有隨順惡知識遠離善根及不精進者於此甚深般若波羅蜜多法門極難信解耶佛告須菩提如是如是如汝所言如是等人少見少聞遠離善根修劣智慧不能精進又復隨順諸惡知識是故於此甚深法門極難信解須菩提白佛言世尊而此般若波羅蜜多法門以何義故難信難解佛言須菩提色受想行識無縛無解何以故色自性是色故無縛無解受想行識自性是識故無縛無解色前際無縛無解何以故前際色自性即是色故色後際無縛無解後際色自性即是色故色中際無縛無解中際色自性即是色故受想行識前後中際無縛無解何以故前後中際識自性即是識故般若波羅蜜多以是義故甚深難解須菩提白佛言世尊般若波羅蜜多法門難信難解如佛所說最極甚深轉復難解世尊若有懈怠劣精進者失念無智慧者應知此

等於般若波羅蜜多法門難解難入佛告須菩提如是如是如汝所言復次須菩提色清淨故即果清淨果清淨故即色清淨若色清淨若果清淨無二無分別無斷無壞故受想行識清淨故即果清淨果清淨故即識清淨若識清淨若果清淨無二無分別無斷無壞故復次須菩提色清淨故即一切智清淨一切智清淨故即色清淨若色清淨若一切智清淨無二無分別無斷無壞故受想行識清淨故即一切智清淨一切智清淨故即識清淨若識清淨若一切智清淨無二無分別無斷無壞故爾時尊者舍利子白佛言世尊般若波羅蜜多最上甚深佛言性清淨故舍利子言般若波羅蜜多是大光明佛言性清淨故舍利子言般若波羅蜜多廣大照曜佛言性清淨故舍利子言般若波羅蜜多無和合佛言性清淨故舍利子言般若波羅蜜多無所得佛言性清淨故舍利子言般若波羅蜜多無所證佛言性清淨故舍利子言般若波羅蜜多畢竟不生欲界色界無色界佛言性清淨故舍利子言般若波羅蜜多畢竟不滅佛言性清淨故舍利子言般若波羅蜜多無所了知佛言性清淨故舍利子言般若波羅蜜多云何無所了知佛言舍利子般若波羅蜜多不知色不知受想行識何以故色受想行識性清淨故舍利子言般若波羅蜜多於一切智無起無作佛言性清淨故舍利子言般若波羅蜜多無法可取無法可捨佛言性清淨故爾時尊者須菩提白佛言世尊我清淨故色清淨佛言畢竟淨故我清淨故受想

行識清淨佛言畢竟淨故須菩提言我清淨故果清淨佛言畢竟淨故須菩提言我清淨故一切智清淨佛言畢竟淨故須菩提言我清淨故無所得無所證佛言畢竟淨故須菩提言我無邊故色亦無邊佛言畢竟淨故須菩提言我無邊故受想行識亦無邊佛言畢竟淨故須菩提言菩薩摩訶薩於般若波羅蜜多無所覺了佛言畢竟淨故須菩提言般若波羅蜜多非此岸非彼岸非中流自性無所住佛言畢竟淨故爾時尊者須菩提白佛言世尊若菩薩摩訶薩於一切法有所分別者即失般若波羅蜜多即遠般若波羅蜜多佛讚須菩提言善哉善哉須菩提如是如是如汝所言何以故若於一切法起分別者是即名相有所著故須菩提白佛言世尊若於所説般若波羅蜜多名中有所分別此説爲著是時尊者舍利子謂須菩提言云何名爲著相須菩提言若菩薩分別色空分別受想行識空是爲著相又若分別是過去法是未來法是現在法是初發菩提心者得若干福蘊是久修菩薩行者成幾所功德作此分別者名爲著相爾時帝釋天主白尊者須菩提言以何緣故菩薩得福蘊名爲著相須菩提言憍尸迦若初發心菩薩以心分別此是菩提心即以發心善根迴向阿耨多羅三藐三菩提若能迴向即不名迴向如是分別乃爲著相憍尸迦若有菩薩欲令諸善男子善女人安住菩薩乘者應於阿耨多羅三藐三菩提以真實法如理表示如實教授如所利益如理生喜若菩薩能以如是法示教利喜者

自無所傷諸佛所印諸佛所教彼善男子善女人亦復離著爾時佛讚須菩提言善哉善哉須菩提汝善宣說離著法門令諸菩薩摩訶薩於一切法不生執著須菩提我復爲汝宣說微妙離著法門汝當善聽如善作意須菩提白佛言善哉世尊願爲宣說佛告須菩提若有人於如來應供正等正覺作有得想而生取著此即名爲大貪著法何以故不離諸相故須菩提若有菩薩於過去未來現在諸佛世尊所有諸無漏法起隨喜心以此隨喜善根迴向阿耨多羅三藐三菩提者亦即是著何以故須菩提諸法非過去未來現在可得彼隨喜心亦非三世當以何心隨喜何法是故當知一切法無相無見無聞無覺無知須菩提白佛言世尊諸法性甚深佛言離種種性須菩提言般若波羅蜜多性甚深佛言般若波羅蜜多自性清淨離種種性須菩提言般若波羅蜜多離性我今敬禮佛言一切法離性須菩提由一切法離性故即般若波羅蜜多離性何以故如來應供正等正覺如實證得一切法無性須菩提白佛言世尊如來應供正等正覺證法無性耶佛告須菩提無性亦非無性彼一切法若性若無性和合一相所謂無相須菩提是故諸佛如是證得彼一切法何以故諸佛法眼無分別故一切法性唯一無二彼一切法若性非性所謂無性彼無性性是名一性即此一性亦不可得須菩提若菩薩如是了知者得離諸著須菩提白佛言世尊般若波羅蜜多最上甚深佛言如虛空甚深即般若波羅蜜多甚深須

菩提言般若波羅蜜多難知佛言無知者故須菩提言般若波羅蜜多不可思議佛言非心所知出過心數故須菩提言般若波羅蜜多離諸所作佛言作者不可得故須菩提白佛言世尊菩薩摩訶薩當云何行般若波羅蜜多佛言若菩薩摩訶薩不行於色是行般若波羅蜜多不行受想行識是行般若波羅蜜多不行色無常是行般若波羅蜜多不行受想行識無常是行般若波羅蜜多不行色空是行般若波羅蜜多不行受想行識空是行般若波羅蜜多不行色滿足不滿足相是行般若波羅蜜多何以故若行色滿足不滿足相即非色不行受想行識滿足不滿足相是行般若波羅蜜多何以故若行受想行識滿足不滿足相即非識若如是不行諸法是名行般若波羅蜜多爾時尊者須菩提白佛言希有世尊善爲諸菩薩摩訶薩於著法中說無著法佛言若不行色有著無著是行般若波羅蜜多不行受想行識有著無著是行般若波羅蜜多不行眼觸乃至不行意觸爲緣所生諸受有著無著是行般若波羅蜜多不行地界乃至不行識界有著無著是行般若波羅蜜多不行布施持戒忍辱精進禪定智慧諸波羅蜜多有著無著是行般若波羅蜜多不行三十七菩提分法及佛十力四無所畏十八不共諸功德聚有著無著是行般若波羅蜜多不行須陀洹斯陀含阿那含阿羅漢緣覺如來有著無著是行般若波羅蜜多不行一切智有著無著是行般若波羅蜜多須菩提若菩薩摩訶薩能如是於色不生

著受想行識不生著眼觸乃至意觸爲縁所生諸受不生著地界乃至識界不生著布施持戒忍辱精進禪定智慧諸波羅蜜多不生著三十七菩提分法及佛十力四無所畏十八不共諸功德聚皆不生著須陀洹斯陀含阿那含阿羅漢縁覺如來乃至一切智亦不生著何以故一切法無縛無解由過諸著是故得名離著無礙一切智須菩提諸菩薩摩訶薩應如是行般若波羅蜜多須菩提白佛言希有世尊般若波羅蜜多是甚深法若説不增不説亦不減説亦不減不説亦不增佛讚須菩提言善哉善哉須菩提如是如是若如來應供正等正覺盡其壽量稱讚虛空而彼虛空讚亦不增不讚亦不減讚亦不減不讚亦不增譬如稱讚幻所化人讚亦不喜不讚亦不恚讚亦不增不讚亦不減須菩提諸法性如是離説非説不增不減須菩提白佛言世尊般若波羅蜜多廣大甚深菩薩摩訶薩所行甚難譬如虛空無動無轉無相無作般若波羅蜜多亦復如是世尊菩薩爲衆生故被大鎧甲而作莊嚴何以故菩薩爲欲成就阿耨多羅三藐三菩提果度諸衆生是故修學般若波羅蜜多世尊如人被甲與彼虛空共相鬭戰而彼虛空本來平等法界平等衆生平等而諸菩薩雖復勇猛成就精進波羅蜜多畢竟不能戰空得勝是故諸菩薩摩訶薩難行般若波羅蜜多爾時帝釋天主白尊者須菩提言若如是者即般若波羅蜜多行而無所生云何相應須菩提言憍尸迦如虛空行所生般若波羅蜜多行亦如是生憍

尸迦諸菩薩摩訶薩欲學般若波羅蜜多行者當如虛空行如是學者是即相應爾時會中有一苾芻聞是法已從座而起合掌向佛作如是言般若波羅蜜多無少法可生無少法可滅是故我今敬禮般若波羅蜜多

佛母出生三法藏般若波羅蜜多經卷第八

音釋

惛 呼昆切心不明也 闇瞑 闇烏紺切與暗同瞑莫經切幽也

佛母出生三法藏般若波羅蜜多經卷第九

第十
同卷

宋北天竺三藏朝奉大夫試光禄卿傳法大師施護奉詔譯

清淨品第八之二

爾時帝釋天主白佛言世尊若有人受持此般若波羅蜜多法門者我當守護其人及此法門時尊者須菩提謂帝釋天主言憍尸迦汝見有法可守護耶帝釋天主言不也須菩提時須菩提言天主若菩薩摩訶薩如所說般若波羅蜜多如理而行隨順相應者是即名爲眞實守護若時遠離般若波羅蜜多於一切處即爲人及非人伺得其便復次憍尸迦若菩薩摩訶薩爲欲守護般若波羅蜜多者當如守護虛空是爲行般若波羅蜜多憍尸迦於汝意云何彼呼聲響能守護耶帝釋天主言尊者須菩提彼呼聲響不能守護須菩提言如是如是憍尸迦當知一切法如呼聲響若如是知即於諸法無所觀無所示無所生無所得是爲菩薩摩訶薩行般若波羅蜜多爾時三千大千世界一一界中從四天王天乃至大梵王天彼彼所有娑婆界主大梵天王帝釋天主幷餘天子以佛威神加持力故即時各各來詣佛所頭面著地禮世尊足右繞三帀退住一面是時世尊以威神力令彼一切梵王帝釋及諸梵衆幷餘四天王天諸天子等各各得見千佛世尊於諸方處一一如應宣說般若波羅蜜多法門如是名句文皆同一說相所有般若波羅蜜多法門品類章句皆悉無異彼受法者皆名須菩提其請問者亦如帝釋天主爾時佛告彼諸梵

王帝釋天主等言汝等於此他方今見諸佛如是宣說般若波羅蜜多法門所有慈氏菩薩摩訶薩當成阿耨多羅三藐三菩提果已於此他方亦復如是宣說般若波羅蜜多法門

歎勝品第九

爾時尊者須菩提白佛言世尊般若波羅蜜多甚深微妙於其名中畢竟不可得非彼語言而能宣說如般若波羅蜜多名不可得故般若波羅蜜多法亦不可得而此般若波羅蜜多名字及法無二差別皆無所生俱不可得世尊如佛所言慈氏菩薩摩訶薩當成阿耨多羅三藐三菩提果已於此他方亦復如是宣說般若波羅蜜多者此法甚深彼云何說爾時佛告尊者須菩提言彼慈氏菩薩摩訶薩當成阿耨多羅三藐三菩提果已於此他方說般若波羅蜜多時不說色若常若無常若解若縛不說受想行識若常若無常若解若縛說色受想行識畢竟清淨須菩提彼菩薩以如是名句文如實宣說般若波羅蜜多爾時須菩提白佛言世尊般若波羅蜜多清淨佛言須菩提色清淨故般若波羅蜜多清淨受想行識清淨故般若波羅蜜多清淨色不生不滅不著煩惱不出世間故清淨般若波羅蜜多亦如是清淨受想行識不生不滅不著煩惱不出世間故清淨般若波羅蜜多亦如是清淨色無染故般若波羅蜜多清淨受想行識無染故般若波羅蜜多清淨一切法無染故般若波羅蜜多清淨虛空清淨故般若波羅蜜多清淨一切法如虛空如聲

響故清淨般若波羅蜜多亦如是清淨爾時尊者須菩提白佛言世尊若有善男子善女人於此般若波羅蜜多法門發清淨心聽受讀誦爲人演說當知是人得大善利眼耳鼻舌身根清淨離諸病苦一切惡毒不能傷害壽命增長無中天難常得千天子衆或時導前或時從後於一切處密爲守護世尊諸持法者善男子善女人應於白月八日十四日十五日清淨身語心業於諸方處讀誦此般若波羅蜜多法門或爲他人解說其義當知是善男子善女人得福甚多佛告須菩提言如是如是如汝所說若有善男子善女人於一切處讀誦解說此般若波羅蜜多法門時常有千天子衆往彼持法人所爲欲聽受正法大利益故密護其人何以故此般若波羅蜜多法門於天上人間爲最勝寶以是緣故善男子善女人能受持者得福甚多復次須菩提若有受持讀誦解說此甚深般若波羅蜜多法門者於現世中得大善利獲最勝寶天上人間共所尊重何以故此般若波羅蜜多法門能與衆生廣大利樂須菩提彼一切法不生不滅不染不淨無取無捨無所有無所得般若波羅蜜多亦不生不滅不染不淨無取無捨無所有無所得何以故色無染故般若波羅蜜多亦無染受想行識無染故般若波羅蜜多亦無染菩薩摩訶薩若於諸法不生分別是爲行般若波羅蜜多須菩提般若波羅蜜多非内非外不出不入無法可示無法可覩爾時三千大千世界所來集會一切梵王帝釋及諸天子各各踊躍歡喜咸作

是言我等今日於閻浮提中得聞世尊第二轉此甚深般若波羅蜜多法輪彼當來世慈氏菩薩成正覺已轉此法輪時願我亦復得聞此法佛告須菩提言法非初轉非第二轉當知諸法畢竟無所有而不可轉須菩提菩薩摩訶薩修學般若波羅蜜多亦復如是爾時尊者須菩提白佛言世尊大波羅蜜多是般若波羅蜜多所以者何彼一切法離諸著故而諸菩薩摩訶薩修一切法乃至證得阿耨多羅三藐三菩提果亦無法可證雖轉法輪亦無法可示無法可得以無證無示無所得故一切法空畢竟離著由離著故即一切法無還無轉何以故世尊一切法離性是故無還無轉佛告尊者須菩提言如是如是如汝所說須菩提彼空解脫門無還無轉無相無願解脫門亦無還無轉須菩提雖於諸法如是宣說而諸法性畢竟寂滅無說無示無聞無得無法可證以無所證故亦無證者是故諸法無滅無非滅爾時尊者須菩提白佛言世尊無邊波羅蜜多是般若波羅蜜多虛空無邊故無等等波羅蜜多是般若波羅蜜多一切法不可得故離波羅蜜多是般若波羅蜜多畢竟空故不可破波羅蜜多是般若波羅蜜多一切法性不可得故無句波羅蜜多是般若波羅蜜多諸法無名無相故無性波羅蜜多是般若波羅蜜多諸法無來故無言波羅蜜多是般若波羅蜜多諸法無分別故無來波羅蜜多是般若波羅蜜多諸蘊不可得故無去波羅蜜多是般若波羅蜜多諸法無來故無集波羅蜜多是般若波羅蜜多

諸法無取故無盡波羅蜜多是般若波羅蜜多諸法無盡相故無生波羅蜜多是般若波羅蜜多諸法無著故無作波羅蜜多是般若波羅蜜多作者不可得故無知者波羅蜜多是般若波羅蜜多諸法無主宰故無所至波羅蜜多是般若波羅蜜多無退没故不滅波羅蜜多是般若波羅蜜多前後中際不可得故夢幻影響陽焰等波羅蜜多是般若波羅蜜多諸法不生故無煩惱波羅蜜多是般若波羅蜜多貪瞋癡等性清淨故無出世波羅蜜多是般若波羅蜜多所依止不可得故無染汙波羅蜜多是般若波羅蜜多虚空清淨故無戲論波羅蜜多是般若波羅蜜多諸法平等故無念波羅蜜多是般若波羅蜜多諸念不生故無動波羅蜜多是般若波羅蜜多

諸法性常住故離欲波羅蜜多是般若波羅蜜多諸法性眞實故無起波羅蜜多是般若波羅蜜多諸法無疑故寂靜波羅蜜多是般若波羅蜜多諸法相不可得故無過失波羅蜜多是般若波羅蜜多具足諸功德故無衆生波羅蜜多是般若波羅蜜多衆生際不可得故無斷波羅蜜多是般若波羅蜜多諸法不起故無二邊波羅蜜多是般若波羅蜜多諸法離著故無異波羅蜜多是般若波羅蜜多諸法無和合故無著波羅蜜多是般若波羅蜜多不分別聲聞緣覺地故不分別波羅蜜多是般若波羅蜜多分別平等故無量波羅蜜多是般若波羅蜜多量法平等故如虚空波羅蜜多是般若波羅蜜多一切法無障礙故無常波羅蜜多是般若波羅蜜多一切

法有爲故若波羅蜜多是般若波羅蜜多虛空平等故空波羅蜜多是般若波羅蜜多一切法不可得故無我波羅蜜多是般若波羅蜜多我不可得故無相波羅蜜多是般若波羅蜜多一切法不可轉故空性波羅蜜多是般若波羅蜜多畢竟無邊故念處正勤神足根力覺道波羅蜜多是般若波羅蜜多三十七菩提分法不可得故空無相無願波羅蜜多是般若波羅蜜多三解脫門不可得故內有色觀外色等波羅蜜多是般若波羅蜜多八解脫不可得故初禪定等波羅蜜多是般若波羅蜜多九先行法不可得故苦集滅道波羅蜜多是般若波羅蜜多四聖諦法不可得故布施等波羅蜜多是般若波羅蜜多十波羅蜜多不可得故十力波羅蜜多是般若波羅蜜多不可破壞故四無所畏波羅蜜多是般若波羅蜜多不怯不懼不退不沒故離繫波羅蜜多是般若波羅蜜多一切智智無著無礙故如來無量功德波羅蜜多是般若波羅蜜多過諸數法故如來眞如波羅蜜多是般若波羅蜜多一切法眞如平等故自然智波羅蜜多是般若波羅蜜多一切法自性平等故一切智智波羅蜜多是般若波羅蜜多一切法性一切法相不可得不可知故

讚持品第十之一

爾時帝釋天主作是念諸善男子善女人若得暫聞此般若波羅蜜多法門者是人於諸佛所已種善根何況有人於此般若波羅蜜多法門能受持讀誦記念思惟爲人演說如所說學如所說行如理相應是人已於無量

無數佛世尊所恭敬供養種諸善根又若有人聞此般若波羅蜜多法門不驚不怖不退不沒者是人久於過去如來應供正等正覺所已曾聽受此甚深法請問其義於是法中如理修習是故今聞不生驚怖如所說學如所說行如理相應爾時尊者舍利子知帝釋天主心所念已即白佛言世尊若有人聞此甚深般若波羅蜜多法門發信解心尊重恭敬受持讀誦爲人演說如所說學如所說行如理相應者是人應如不退轉菩薩摩訶薩功德無異何以故此甚深般若波羅蜜多法門若人以少善根不能得聞又若於先佛所不曾修習者是故今時即不能生清淨信解又復世尊若有人聞此甚深般若波羅蜜多法門生違背毀謗者當知是人於先佛所曾聞是法爾時已生違背毀謗何以故是人雖復以少善根先得聞此甚深般若波羅蜜多法門而爲懈怠所覆不起精進無信無忍於甚深法不生愛樂由不樂故不能解了以其不了又復不能請問諸佛及佛弟子由是緣故今聞此法起違謗者當知往昔已生違謗爾時帝釋天主白佛言世尊若人敬禮般若波羅蜜多者是即敬禮諸佛一切智智佛告帝釋天主言如是如是憍尸迦若人敬禮般若波羅蜜多是即敬禮諸佛一切智智何以故從一切智智生般若波羅蜜多般若波羅蜜多復生一切智智諸菩薩摩訶薩行般若波羅蜜多時當如是住般若波羅蜜多如是習般若波羅蜜多爾時帝釋天主復白佛言世尊菩薩摩訶薩行般若波羅蜜多時云何

得名如是住如是習佛讚帝釋天主言善哉善哉憍尸迦汝今善問如來應供正等正覺此甚深義然汝能問皆是如來神力護念憍尸迦若菩薩摩訶薩行般若波羅蜜多時不住色不住色相菩薩若不住色不住色相是爲習色不住受想行識不住識相菩薩若不住識不住識相是爲習識憍尸迦菩薩若不習色不習色相是爲不住色若不習受想行識不習識相是爲不住識憍尸迦菩薩摩訶薩如是行般若波羅蜜多時得名如是住如是習爾時尊者舍利子白佛言世尊般若波羅蜜多最極甚深般若波羅蜜多不能得其邊際源底般若波羅蜜多廣大無量佛言舍利子如是如是若菩薩摩訶薩行般若波羅蜜多時不住色甚深不住色相甚深菩薩若不住色甚深不住色相甚深是爲習色甚深不住受想行識甚深不住識相甚深菩薩若不住識甚深不住識相甚深是爲習識甚深舍利子菩薩若不習色甚深不習色相甚深是爲不住色甚深若不習受想行識甚深不習識相甚深是爲不住識甚深爾時尊者舍利子白佛言世尊此甚深般若波羅蜜多法門應爲住不退轉已得授記諸菩薩摩訶薩如理宣說何以故彼諸菩薩若聞所說不疑不悔離諸障礙帝釋天主即白尊者舍利子言如尊者所說其事如是設復爲彼未得授記菩薩說者當有何咎尊者舍利子言憍尸迦若爲未授記菩薩說者而亦無咎何以故彼菩薩雖未授記若得聞此般若波羅蜜多法門隨喜信受瞻禮恭敬不驚不怖不退不

没當知是菩薩久已安住大乘法中成熟善根不久當於一二三如來應供正等正覺所得授阿耨多羅三藐三菩提記憍尸迦彼菩薩雖於現在佛世尊所未得授記未來世中決定得見諸佛如來應供正等正覺瞻禮供養得授阿耨多羅三藐三菩提記修諸善法乃至證得阿耨多羅三藐三菩提果爾時尊者舍利子白佛言世尊若菩薩暫得聞此般若波羅蜜多法門瞻禮信受者尚說此菩薩人已安住大乘法中成熟善根何況有能於此法門讀誦思惟爲人演說如理修行者其事云何爾時佛告尊者舍利子言如是如是如汝所說若菩薩暫得聞此般若波羅蜜多法門瞻禮信受者我說是菩薩久已安住大乘法中成熟善根況復有能於此法中讀誦思惟爲人演說如理修行者決定速能成就阿耨多羅三藐三菩提果爾時尊者舍利子白佛言世尊我今樂說譬喻以明其義佛言舍利子隨汝意說舍利子言世尊譬如有住菩薩乘者勤求菩提或時夢已處菩提座世尊彼菩薩得是夢已當知漸近阿耨多羅三藐三菩提果諸求菩提者亦復如是若得聞此般若波羅蜜多法門隨喜信受當知是人久已安住大乘法中成熟善根決定當得授菩提記何況有能讀誦思惟爲人演說如理修行者當知是人決定速證阿耨多羅三藐三菩提果何以故世尊有諸衆生以業障故背如實智是故遠離此般若波羅蜜多法門不能發生清淨信解由是不能成熟善根有諸衆生久於此法聽受信解安住實際成熟

善根世尊當知是人住如實際不復退轉漸近阿耨多羅三藐三菩提果世尊又如有人欲過百由旬乃至五百由旬曠野險路於其路中若進若退怖畏疑惑是人漸行欲出險路忽見有諸守牛羊人即知此去城邑不遠是人即時心得安隱無復起諸盜賊等怖何以故是人得見守牛羊者即知漸近城邑聚落世尊求菩提者亦復如是若得聞此般若波羅蜜多法門當知漸近阿耨多羅三藐三菩提果不久得授大菩提記不復墮於聲聞緣覺之地何以故得聞般若波羅蜜多法門瞻禮信受爲前相故是故諸菩薩摩訶薩應當於此般若波羅蜜多法門尊重恭敬如理修行

佛母出生三法藏般若波羅蜜多經卷第九

佛母出生三法藏般若波羅蜜多經卷第十

宋北天竺三藏朝奉大夫試光禄卿傳法大師施護等奉詔譯

讃持品第十之二

爾時世尊讃尊者舍利子言善哉善哉舍利子如是如是如汝所說善引譬喻汝今以佛神力復說譬喻而明此義舍利子白佛言世尊又如有人欲見大海漸次而行若見有樹或見樹相若見有山或見山相當知是人去海尚遠又復前行若不見樹及樹相不見山及山相當知是人去海漸近何以故大海深遠廣闊無涯近大海邊無有一切山樹等相是人雖未至海以不見彼山樹相故即知漸次近於大海世尊菩薩摩訶薩亦復如是若得聞此般若波羅蜜多法門瞻禮供養者是人雖於現在如來應供正等正覺所未得授記當知漸近阿耨多羅三藐三菩提而將授記何以故以聞此般若波羅蜜多法門爲前相故世尊又如世間有種種樹於其春時枝葉繁茂青潤可愛閻浮提人是有邊受想行識是有邊我及世間是無邊亦有邊亦無邊非有邊非無邊受想行識是無邊亦有邊亦無邊非有邊非無邊又復死後色如去不如去亦如去亦不如去非如去非不如去如是受想行識死後如去不如去亦如去亦不如去非如去非不如去又復身即是神身異神異如是色受想行識即身即神色受想行識異身異神是見皆依五蘊所起此等皆是補特伽羅別異癡見如來一一如實了知須菩提以是義故如來應供正等正覺因般若波羅蜜多故能知無量無數衆生及諸異見補

特伽羅如是出没復次須菩提如來因般若波羅蜜多故如實了知無量無數衆生色受想行識相云何如來知衆生色相耶須菩提所謂了知色如如云何如來知衆生受想行識相耶須菩提所謂了知受想行識如如須菩提以是義故如來所説衆生出没如即五蘊如五蘊如即世間如何以故五蘊及世間如無力所護是時尊者須菩提白佛言希有世尊如來應供正等正覺善所護念諸菩薩衆能善宣説諸菩薩法佛告須菩提言諸菩薩摩訶薩於長夜中多所饒益一切衆生以善方便與其利樂悲愍世間爲救度故而諸菩薩勤求阿耨多羅三藐三菩提果得證果已欲爲一切衆生如其所應宣説法要是故諸佛共所護念須菩提白佛言世尊諸菩薩摩訶薩行般若波羅蜜多時當云何觀即得般若波羅蜜多具足佛言須菩提若菩薩摩訶薩行般若波羅蜜多時不見色法有所增相不見受想行識有所增相是行般若波羅蜜多不見色法有所減相不見受想行識有所減相是行般若波羅蜜多乃至不見是法非法是行般若波羅蜜多須菩提菩薩摩訶薩行般若波羅蜜多時若如是觀即得般若波羅蜜多具足須菩提白佛言世尊如佛所説般若波羅蜜多不可思議佛言須菩提色受想行識不可思議若菩薩不分別色不可思議是行般若波羅蜜多不分別受想行識不可思議是行般若波羅蜜多爾時尊者舍利子白佛言世尊般若波羅蜜多法門最上甚深何人當能如實信解佛告舍利子言若

久行菩薩道者聞此般若波羅蜜多法門即能信解舍利子白佛言世尊何等是久行菩薩道者佛言舍利子若菩薩摩訶薩不分別如來十力四無所畏不分別如來諸功德法乃至不分別一切智若如是不分別諸法是爲久行菩薩道者何以故所有如來十力四無所畏不可思議諸功德法乃至一切智皆不可思議是故菩薩於一切法無所分別由如是故菩薩摩訶薩於法無所行而行是行般若波羅蜜多爾時尊者須菩提白佛言希有世尊此甚深般若波羅蜜多法門是大寶聚最上無染般若波羅蜜多猶如虛空自性清淨世尊有諸善男子善女人於此般若波羅蜜多法門受持讀誦記念思惟乃至爲人演說者云何多難事起而爲障礙佛告尊者須菩提言如是如是如汝所說善男子善女人於此般若波羅蜜多法門受持讀誦記念思惟乃至爲人說其義時多難事起而爲障礙須菩提汝今當知難事起時是其惡魔作諸魔障是故善男子善女人諸有受持讀誦乃至爲人演說者應當速疾如理所作又復有諸善男子善女人若欲自書若使人書此般若波羅蜜多法門者當於一月乃至一年速疾書成何以故此般若波羅蜜多大法寶中多有怨賊常欲侵害復次尊者須菩提白佛言世尊諸有善男子善女人受持讀誦乃至書寫此般若波羅蜜多法門時若諸魔衆伺求其便欲生破壞當於爾時作何遠離佛告須菩提汝今當知若有人受持讀誦乃至書寫此法門時但當志心如理所作彼諸惡

魔雖復長時以壞法心於此法門欲作斷滅及持法者欲生破壞縱經多劫彼終不能伺得其便爾時尊者舍利子白佛言世尊諸善男子善女人受持讀誦此正法時若得遠離諸魔業者是人即能讀誦通利乃至書寫皆無障礙世尊如佛所說彼諸惡魔伺求其便不能得者當以何力能致如是佛告尊者舍利子言汝今當知皆是如來應供正等正覺威神之力加持護念制伏諸魔不得其便是故能令諸持法者讀誦通利乃至如所說學如所說行如理相應皆悉無礙何以故今此甚深正法攝諸法相即諸法性所有十方無量阿僧祇世界現住說法諸佛如來皆同宣說此般若波羅蜜多法門是故諸佛如來以其神通威力共所護念諸持法者使令受持讀誦通利乃至書寫供養如所說學如所說行如理相應皆得無礙舍利子諸有持法善男子善女人若爲諸佛所護念者我不見有諸惡魔衆而能爲害是時尊者舍利子白佛言世尊若諸菩薩摩訶薩於此般若波羅蜜多法門受持讀誦書寫供養乃至如所說學如所說行如理相應而能遠離諸魔障者亦是如來神通威力所護念耶佛告尊者舍利子言如是如是諸菩薩摩訶薩已得一切如來神通威力加持護念是故於此甚深般若波羅蜜多法門而能受持讀誦通利乃至如所說學如所說行如理相應悉得遠離一切魔障舍利子當知是菩薩得諸如來神力加持是諸如來所知所念爲諸如來共所觀察復次舍利子若菩薩摩訶薩於此般若波羅

蜜多法門能受持讀誦記念思惟廣爲他人解釋其義乃至如所説學如所説行如理相應者當知是菩薩摩訶薩已近阿耨多羅三藐三菩提不久得成阿耨多羅三藐三菩提果又舍利子若人於此般若波羅蜜多法門但能受持讀誦者是人得福雖多不如有人於此法門如所説學如所説行如理相應舍利子當知是人得諸如來神力加持是諸如來所知所念爲諸如來共所觀察是人現世有大威德有大名稱當來決定獲大果報何以故此般若波羅蜜多是第一義勝妙法門與一切法如理相應普攝衆生住眞實際復次舍利子此般若波羅蜜多相應法門如來應供正等正覺以威神力加持護念後末世中先於南方廣大流布從是南方流布西方復從西方流布北方如是展轉流布諸方舍利子佛涅槃後法欲滅時爲欲令諸善男子善女人於此般若波羅蜜多法門受持讀誦記念思惟轉爲他人解釋其義乃至書寫供養獲大利益是故如來加持護念使令流布又舍利子若善男子善女人有能受持此正法者當知是人得諸如來神力加持是諸如來所知所念爲諸如來共所觀察舍利子白佛言世尊此般若波羅蜜多法門最上甚深於後末世云何北方亦流布耶佛言舍利子後末世中此法亦當流布北方而彼方處有修菩薩行者諸善男子善女人聞此甚深般若波羅蜜多法門而能受持讀誦記念思惟書寫供養舍利子白佛言世尊而彼北方有幾所人當能受持此甚深般若波羅蜜多法

門有幾所人能讀誦通利如所說學如所說行如理相應佛言舍利子而彼北方雖多有諸修菩薩行者善男子善女人能受持此甚深般若波羅蜜多法門少能於中讀誦通利如所說學如所說行如理相應者又舍利子彼方若有善男子善女人聞此般若波羅蜜多法門不驚不怖不退不没者當知是人久住大乘修菩薩行已曾於其過去如來應供正等正覺所請問其義是人久已修習具足菩薩道法爲欲利樂諸衆生故廣修諸行勤求阿耨多羅三藐三菩提果何以故我今已爲是善男子善女人宣說一切智相應般若波羅蜜多法門是人轉身亦復樂聞此般若波羅蜜多法門歡喜信受勤修阿耨多羅三藐三菩提法善住三摩呬多相應勝行乃至諸魔不能壞其阿耨多羅三藐三菩提心況復一切人非人等能破壞耶何以故是人堅固勇猛不退轉於阿耨多羅三藐三菩提心又復是人聞此般若波羅蜜多法門心大歡喜心得清淨普令衆生種諸善根如理修行成就阿耨多羅三藐三菩提果何以故是善男子善女人能於佛前作如是言我當以此法門爲無量百千萬億俱胝那庾多衆生如理表示如實教授如所利益如理生喜如實覺了無所退轉普令安住阿耨多羅三藐三菩提果舍利子是善男子善女人住菩薩乘廣大利益我觀其心則生隨喜我亦以此甚深正法示教利喜無量百千萬億俱胝那庾多衆生令住阿耨多羅三藐三菩提果如是善男子善女人廣大信解愛樂大乘願生諸

佛刹中現在佛前聞說妙法相續得聞說此甚深般若波羅蜜多法門於彼佛刹亦復以此甚深正法示教利喜無量百千萬億俱胝那庾多衆生令住阿耨多羅三藐三菩提果爾時尊者舍利子白佛言希有世尊如來應供正等正覺於過去未來現在一切法中無有少法不見不聞不知不解一切衆生種種行相皆悉了知諸菩薩法無不通達乃至未來世中有諸菩薩摩訶薩衆爲菩提故發大精進勤求此般若波羅蜜多得是法門受持讀誦如所說學如所說行如理相應者如來悉知有諸菩薩摩訶薩衆於此般若波羅蜜多法門不求而得者如來亦知佛告尊者舍利子言如是如是如汝所說舍利子如來應供正等正覺於過去未來現在一切法中無有少法不見不聞不知不解乃至未來世中諸菩薩摩訶薩於此般若波羅蜜多法門有求而得有不求而得者如來悉知何以故如來應供正等正覺於諸菩薩過去善根及所樂欲乃至菩薩所行道法皆悉了知復次舍利子白佛言世尊餘諸深經與此般若波羅蜜多相應者亦不勤求而自得耶佛言如是如是舍利子所有餘諸深經與此般若波羅蜜多相應者亦有不求而自獲得舍利子白佛言世尊所有餘諸深經與六波羅蜜多相應者未來世中善男子善女人亦不勤求而自得耶佛言舍利子所有餘諸深經與六波羅蜜多相應者未來世中亦有不求而自獲得何以故法本如是諸修菩薩道者善男子善女人常當以法示教利喜無量百千萬億

俱胝那庾多眾生令住阿耨多羅三藐三菩
提果亦自於中如理修學是人轉身於餘深
經與六波羅蜜多無所得相應與一切法自
性相應者是人亦復不求自得

佛母出生三法藏般若波羅蜜多經卷第十

佛母出生三法藏般若波羅蜜多經卷第十一（第十二同卷）

宋北天竺三藏朝奉大夫試光祿卿傳法大師施護等奉詔譯

惡者障法品第十一之一

爾時尊者須菩提白佛言世尊佛先已說受持讀誦般若波羅蜜多法者諸善男子善女人所有功德而彼善男子善女人受持讀誦此法門時將無惡魔爲難事耶佛告尊者須菩提言如是如是甚多須菩提有諸惡魔而爲難事於一切時伺求其便須菩提復白佛言如佛所說諸難事者其相云何佛告須菩提若有住菩薩乘修習此般若波羅蜜多法者欲爲他人說此法時不即爲說及說不止應當覺知是爲魔事又復若說法者於說法時生其我慢貢高心者應當覺知是爲魔事若有人書持讀誦此法門時生輕慢心而戲笑者應當覺知是爲魔事若有諸持法者心生散亂應當覺知是爲魔事若有諸持法者互相非說應當覺知是爲魔事若有諸持法者記念不明多所忘失應當覺知是爲魔事若有諸持法者互相障礙不能和合於此法門不生敬信應當覺知是爲魔事若人書持讀誦此法門時於自諸根不能調伏應當覺知是爲魔事若有諸聽法者忽作是念我於此般若波羅蜜多法中不得其味無所解了棄捨此法從座而起應當覺知是爲魔事又聽法者若作是念此般若波羅蜜多法中不爲我等說授記事我不能生清淨信解念已棄捨從座而起應當覺知是爲魔事又聽法者若作是念此般若波羅蜜多法中不說我

名不說我等所住城邑聚落方處及不說我所生族姓父母名字以是因緣不能聽受此般若波羅蜜多法門我當棄捨隨所起念即於若干劫數有所退墮後復以其勝因緣故於此般若波羅蜜多法門還得修習何以故諸菩薩摩訶薩若不聽受此般若波羅蜜多法門即不能成就世間出世間法是故須菩提若起退失心者應當覺知是爲魔事復次須菩提若有住菩薩乘者不能於此般若波羅蜜多法中求一切智智而返於彼聲聞緣覺法中修習趣求一切智智者應當覺知是爲魔事復次須菩提若有人欲學欲成就世間出世間法而不學般若波羅蜜多法門返於聲聞緣覺法中而生趣求須菩提若不學般若波羅蜜多法者即不能成就世間出世間法是人起顛倒慧於此般若波羅蜜多法中不能修習如實了知棄捨根本取其枝葉須菩提如世有人飢行求食棄捨其主而返於彼作務人所求索飲食須菩提未來世中所有退失菩薩法者諸善男子善女人亦復如是棄捨般若波羅蜜多一切智智根本法門而返於彼聲聞緣覺法中取其枝葉須菩提此因緣者應當覺知是爲魔事何以故是人少智少慧謂此般若波羅蜜多法門不能至彼一切智智以是因緣而生棄捨返謂聲聞緣覺法門即能成就一切智智是故於中取其枝葉須菩提菩薩摩訶薩應當覺知如是等相覺已遠離不應於中愛樂修學如是學者非所相應若有愛樂聲聞緣覺法者即如是學云何彼等如是學耶須菩提所謂聲

聞法中而但修習調伏我相證得我空寂靜涅槃自謂已得究竟果法不能於彼最上法中精進修行亦復不能廣爲衆生作大利益是故菩薩摩訶薩不應如是學云何名爲菩薩學耶須菩提若菩薩摩訶薩所行所學皆自安住如實法已廣修一切相應善根普攝世間無量無邊一切衆生悉令安住眞如實際一一證得最上涅槃是即名爲菩薩學法復次須菩提譬如有人欲觀其象雖復得見不能眞實觀其形相是人即自返尋象跡觀取象相須菩提於汝意云何是人爲智不須菩提言不也世尊佛告須菩提未來世中所有退失菩薩法者亦復如是是人先已安住菩薩乘中於此甚深般若波羅蜜多法門雖復修習不能於中請問其義不能如實了知勝行於此法門生棄捨心以棄捨般若波羅蜜多故即不能取證阿耨多羅三藐三菩提果是故返於聲聞緣覺法中取證涅槃自謂已得究竟果法須菩提此因緣者應當覺知是爲魔事復次須菩提譬如世間諸求寶人詣彼大海欲求珍寶到已不能於大海中採取其寶而返於彼牛跡水中求諸珍寶自謂與其海水相等須菩提於汝意云何是人爲智不須菩提言不也世尊佛告須菩提未來世中所有退失菩薩法者亦復如是是人先已安住菩薩乘中於此甚深般若波羅蜜多法門雖復修習不能於中請問其義不能如實了知勝行於此法門生棄捨心而返於彼聲聞緣覺法中愛樂趣求調伏我相取證我空寂靜涅槃所謂須陀洹斯陀含阿那含阿

羅漢及緣覺果於諸果中見如是法證如是理得諸漏盡心善解脫彼彼果中而得離繫須菩提此因緣者應當覺知是爲魔事復次須菩提菩薩摩訶薩即不生如是心何以故而諸菩薩已得安住大乘法中被精進鎧作大莊嚴長時修習諸波羅蜜多相應法門悲愍世間廣爲衆生作大利益是故須菩提所有心不調柔起顛倒慧於此甚深般若波羅蜜多法門不能修習不覺不知生棄捨心不能安住菩薩法中不與諸波羅蜜多勝行相應但樂聲聞緣覺法者當知此等皆是善根未成熟者復次須菩提又如世間有巧業者本欲造立如天帝釋殊勝宮殿而返度量日月宮殿大小分量須菩提於汝意云何彼日月宮殿能勝帝釋妙宮殿耶須菩提言不也

世尊佛告須菩提未來世中所有退失菩薩法者亦復如是是人先已安住菩薩乘中於此甚深般若波羅蜜多法門雖復聽受修習不能於中請問其義不能如實了知勝行由不了故於此法門生棄捨心而返於彼聲聞緣覺法中愛樂趣求調伏我相取證我空寂靜涅槃自謂已得究竟果法須菩提此因緣者應當覺知是爲魔事復次須菩提又如有人樂欲見彼轉輪聖王雖復得見不能真實觀其色相威神福德而返觀彼諸小王等所有色相自謂與彼轉輪聖王等無有異須菩提於汝意云何彼轉輪聖王色相威德與諸小王爲相等不須菩提言不也世尊佛告須菩提未來世中所有退失菩薩法者亦復如是是人先已安住菩薩乘中於此甚深般若

波羅蜜多法門雖復聽受修習不能於中請問其義不能如實了知勝行由不了故於此法門生棄捨心而返於彼聲聞緣覺法中愛樂趣求須菩提此因緣者應當覺知是爲魔事復次須菩提如來爲諸菩薩摩訶薩故而以種種善巧方便宣說甚深般若波羅蜜多法門令諸菩薩於中修學即能成就阿耨多羅三藐三菩提果須菩提是故如來以此般若波羅蜜多法門爲諸菩薩摩訶薩如理表示如實教授如所利益如理生喜趣入安住勝義法門令諸菩薩摩訶薩不退轉於阿耨多羅三藐三菩提復次須菩提如是住不退轉菩薩摩訶薩於此大乘法中已安住者設復棄捨而返於彼聲聞緣覺下劣乘中起趣求心於汝意云何是人爲智不須菩提言不也世尊佛告須菩提此因緣者應當覺知是爲魔事復次須菩提又如有人飢渴所逼周行求食見彼百味精妙飲食生棄捨心而不能取返取於彼六十日飯食已愛樂須菩提於汝意云何是人爲智不須菩提言不也世尊佛告須菩提未來世中所有退失菩薩法者亦復如是是人先已安住菩薩乘中於此甚深般若波羅蜜多法門雖復聽受修習不能於中請問其義不能如實了知勝行由不了故於此法門生棄捨心而返於彼聲聞緣覺法中愛樂趣求須菩提此因緣者應當覺知是爲魔事復次須菩提又如有人見彼無價摩尼珠寶即不能取而返取其水精之寶自謂與彼摩尼珠寶等無有異須菩提於汝意云何是人爲智不須菩提言不也世尊佛

告須菩提未來世中所有退失菩薩法者亦復如是是人先已安住菩薩乘中於此甚深般若波羅蜜多法門雖復聽受修習不能於中請問其義不能如實了知勝行由不了故於此法門生棄捨心而返於彼聲聞緣覺法中求一切智自謂與彼菩薩法門等無有異須菩提此因縁者應當覺知是爲魔事復次須菩提若有人書寫受持讀誦演說此般若波羅蜜多法門時若進若退其心散亂一一當知皆是魔事爾時尊者須菩提白佛言世尊般若波羅蜜多爲可書寫耶佛言不也須菩提般若波羅蜜多非文字可得所有文字但爲顯示此法門故而般若波羅蜜多離文字相畢竟於文字中求不可得若有人作是言我書文字即是書寫般若波羅蜜多須菩提此因縁者應當覺知是爲魔事復次須菩提若有人書持讀誦此般若波羅蜜多法門時心不專一起諸思念所謂城邑聚落園林池沼父母師長及諸親友自身他身若内若外一切所有飲食衣服卧具醫藥歌舞戲笑苦樂憂喜愛非愛境乃至貪瞋癡等如是種種起思念者一一當知皆是惡魔作諸障難使令行者心生散亂不得於此般若波羅蜜多法門書持讀誦須菩提此因縁者應當覺知是爲魔事是故諸菩薩摩訶薩覺已遠離不令諸魔伺得其便又復若人書持讀誦此般若波羅蜜多法門時思念王事以此因縁而爲障難是故不能於此法門書持讀誦應當覺知是爲魔事又復若人書持讀誦此般若波羅蜜多法門時籌計財寶資生等物以

此因緣而為障難是故不能於此法門書持讀誦應當覺知是為魔事又復若人書持讀誦此般若波羅蜜多法門時思念世間語言章句以此因緣而為障難是故不能於此法門書持讀誦應當覺知是為魔事復次須菩提若有人書持讀誦此般若波羅蜜多法門時有諸惡魔現苾芻相來住其前作如是言我有法門汝等當學如是書寫受持讀誦如是修習即能至彼一切智果須菩提此因緣者應當覺知是為魔事復次須菩提若有住菩薩乘者樂欲通達菩薩摩訶薩善巧方便者不能於其菩薩法中如實了知而返於彼聲聞緣覺法門起趣求心是人知彼法中亦說空無相無願謂與菩薩法門等無有異須菩提若欲了知菩薩摩訶薩善巧方便最勝

智者應當於此甚深般若波羅蜜多法中如實趣求若復於餘聲聞緣覺法門而修習者應當覺知是為魔事復次須菩提此般若波羅蜜多法門若聽者樂聞說者懈倦應當覺知是為魔事又復若時說者樂說聽者懈倦應當覺知是為魔事又復若時彼聽法者樂欲聽受此般若波羅蜜多法門聽已書寫讀誦而說法者不即為說以戲論心說餘經法由此因緣不能和合令聽法者不得般若波羅蜜多書持讀誦應當覺知是為魔事又復若時彼說法者心不懈退樂欲宣說般若波羅蜜多法門而聽法者住於異方以此因緣不能和合應當覺知是為魔事又復若時彼說法者少欲歡喜離無義語忻樂說法而聽法者身力疲懈心識惛重以此因緣不能和

合不得般若波羅蜜多書持讀誦應當覺知是爲魔事又復若時彼聽法者有信樂心欲聞此法而說法者作諸留難不欲爲說以此因緣不能和合令聽法者不得般若波羅蜜多書持讀誦應當覺知是爲魔事又復若時彼聽法者欲聞此法而說法者誦習不利聽者不喜樂聞以此因緣不能和合不得般若波羅蜜多書持讀誦應當覺知是爲魔事又復若時彼說法者樂欲爲說而聽法者以餘緣故不樂聽受由此因緣不能和合不得般若波羅蜜多書持讀誦應當覺知是爲魔事又復若時彼說法者樂欲說法而聽法者睡眠所覆惛重疲懈不能聽受以此因緣不能和合不得般若波羅蜜多書持讀誦應當覺知是爲魔事又復若時彼聽法者樂欲聞法而說法者睡眠所覆惛重疲懈不樂說法以此因緣不能和合不得般若波羅蜜多書持讀誦應當覺知是爲魔事復次須菩提若有人書持讀誦此般若波羅蜜多法門時或有人來作如是說汝等當知地獄餓鬼傍生及阿脩羅彼彼趣中有種種苦如是若受應當遠離不如修習出諸趣類盡苦邊際取證涅槃須菩提作此說者應當覺知是爲魔事復次須菩提若有人書持讀誦此般若波羅蜜多法門時或有人來作如是說諸天界中有勝妙樂所謂欲界有五欲樂色界有禪定樂無色界有寂滅定樂如是諸樂皆悉有爲無常敗壞諸相畢竟無實三界悉空諸法無我汝諸智者應當了知不如取證須陀洹斯陀含阿那含阿羅漢果得是果已不復更受後

身須菩提作此說者即爲障礙菩薩勝行應當覺知是爲魔事復次須菩提若說法者獨止一處心念徒衆即作是言若人有能隨從我者我即當與般若波羅蜜多不隨我者我不與其般若波羅蜜多有諸善男子等爲求法故尊重正法爾時各往隨從法師而彼法師忽於異時心不樂欲爲諸徒衆說般若波羅蜜多即當往詣饑饉枯涸虎狼蟲獸盜賊怖畏諸險難處時彼法師告徒衆言諸善男子此處饑饉險難極甚怖畏汝等何能受是苦耶應自籌量無宜後悔其說法者以此微細因緣方便遠離諸聽法衆爾時諸人知是事已互相謂言此遠離相非與般若波羅蜜多相是故諸人各各退還不復隨從須菩提以是因緣不能和合不得般若波羅蜜多書持讀誦應當覺知是爲魔事復次須菩提若說法者或時欲詣極大怖畏諸惡蟲獸非人聚中或詣饑饉枯涸險難等處謂聽法者言諸善男子汝等當知我所往處極大險惡汝等不應隨從於我須菩提說法者以是微細因緣方便遠離諸聽法者不能和合不得般若波羅蜜多書持讀誦應當覺知是爲魔事復次須菩提若說法者於親友家常所往返而於後時謂聽法者言我有親族汝等應往求乞所須飲食衣服受用等物由此因緣妨廢聽受般若波羅蜜多法門是故不得書持讀誦應當覺知是爲魔事佛告須菩提如是等相一一當知皆是惡魔作諸方便而爲障難欲令諸修菩薩法者不得此般若波羅蜜多法門聽受修習書持讀誦是故諸修菩薩

法者於一切時常所覺知覺已遠離令彼諸
魔不得其便

佛母出生三法藏般若波羅蜜多經卷第十
一

佛母出生三法藏般若波羅蜜多經卷第十二

宋北天竺三藏朝奉大夫試光祿卿傳法大師施護等奉　詔譯

惡者障法品第十一之二

爾時尊者須菩提白佛言世尊何故惡魔於其長時勤作方便起諸障難而令諸修菩薩法者不得般若波羅蜜多正法聽受修習書持讀誦佛告尊者須菩提言汝今當知此般若波羅蜜多出生諸佛一切智從一切智而復出生諸佛正法從諸佛法出生無量無數衆生諸佛以其方便智力普令衆生斷諸煩惱煩惱斷故彼諸惡魔伺不得便由不得便作障難故心生苦惱以苦惱心是故長時勤作方便爲諸難事而令諸修菩薩法者不得般若波羅蜜多正法聽受修習書持讀誦復次須菩提彼諸惡魔或作方便於其初住大乘善男子前作如是言汝所聽受非眞般若波羅蜜多我有經法是眞般若波羅蜜多汝當隨我如是修學須菩提彼諸惡魔以是方便欲壞善法而初住大乘善男子等少智少信未得阿耨多羅三藐三菩提記其心怯弱爲魔所攝魔所攝故即不得此般若波羅蜜多正法聽受修習書持讀誦須菩提此因緣者應當覺知是爲魔事復次須菩提彼諸惡魔或時現身作苾芻相以壞法心妄修菩薩甚深勝行而返於中以聲聞果謂證實際須菩提此因緣者應當覺知是爲魔事復次須菩提彼諸惡魔以如是等種種方便於此般若波羅蜜多正法作諸障難不令有人書持讀誦是故修菩薩法者常當覺知覺已遠離

即起勇猛勝精進心堅固安住正念正知爾時尊者須菩提白佛言如是世尊如是善逝譬如大珍寶聚多有怨賊常欲伺求而爲竊盜何以故珍寶難得價直無量以是因緣多諸怨賊今此般若波羅蜜多大法寶聚亦復如是多諸障難常有惡魔伺求其便是故所有初住大乘善男子等少智少信其心怯弱於此甚深廣大法中不得聽受修習書持讀誦者知彼皆是魔力所加世尊若復有人於如是等諸難事中勇猛精進心不懈退於此法門堅固修習書持讀誦者豈非諸佛神通威力所加持耶佛言須菩提如是如是如汝所說若有人能於如是等諸難事中得此法門聽受修習書持讀誦者當知皆是諸佛如來神通威力共所護念何以故彼惡魔衆雖復長時勤作方便於此法門起諸難事如來應供正等正覺亦復長時勤作方便於此般若波羅蜜多法門以威神力加持護念

顯示世間品第十二之一

佛告須菩提如世母人生育諸子若一若十若百若千忽於一時其母有疾諸子各各勤求方便多所療治咸作是念云何令母速得遠離風癀痰癊種種病苦眼耳鼻舌身意諸根輕安調適云何令母飲食增進色力堅固離諸苦受得大快樂云何令母壽命長遠久住世間何以故令我此身處於世間從母所生生育甚難以是因緣母恩爲重須菩提所有十方現在如來應供正等正覺亦復如是各各以其神通威力加持護念此般若波羅蜜多甚深法門悲愍世間一切衆生普令得

聞書持讀誦彼諸如來咸作是念云何得此般若波羅蜜多正法久住世間云何得此般若波羅蜜多正法離破壞相云何得此般若波羅蜜多正法普令世間書持讀誦宣通流布使諸惡魔不得其便須菩提如來應供正等正覺於一切時勤作方便稱讚護念般若波羅蜜多法門何以故此般若波羅蜜多是諸佛母彼諸如來應供正等正覺所有一切智從般若波羅蜜多真實出生而此般若波羅蜜多能示諸佛及能顯示諸世間相所有過去未來如來應供正等正覺若已得若當得皆因是般若波羅蜜多故成就阿耨多羅三藐三菩提果及今現在十方無量阿僧祇世界一切如來應供正等正覺住世說法廣爲衆生作利益者亦因是般若波羅蜜多故成就阿耨多羅三藐三菩提果須菩提當知三世諸佛皆從般若波羅蜜多中來般若波羅蜜多能善出生是故般若波羅蜜多能示諸佛及能顯示諸世間相爾時尊者須菩提白佛言世尊如佛所說般若波羅蜜多而能顯示世間相者如來應供正等正覺當云何說爲世間相願佛世尊廣爲開示佛告尊者須菩提言佛說五蘊爲世間相所謂色受想行識般若波羅蜜多顯示如是相須菩提復白佛言世尊云何般若波羅蜜多示五蘊法爲世間耶佛告須菩提當知般若波羅蜜多顯示五蘊壞無壞相五蘊自性無作無生壞無所壞何以故彼空自性無作無生壞無所壞無相無願自性無作無生壞無所壞法界自性亦無作無生壞無所壞而此五蘊亦復

如是是故如來應供正等正覺說般若波羅蜜多示世間相復次須菩提如來從般若波羅蜜多中來能隨無量無數衆生性悉如實知云何如來如實知耶所謂衆生自性即如實性從般若波羅蜜多出生如來亦復從般若波羅蜜多出生是故如來能隨無量無數衆生性皆如實知由實了知衆生性故乃至無量無數衆生一切心行亦如實知以了知無量無數衆生心行故是故佛說般若波羅蜜多示世間相復次須菩提如來因般若波羅蜜多故如實了知無量無數衆生攝心亂心云何如來知衆生攝心耶所謂若集若散住法性中如實了知若如實知是即了知衆生攝心是故如來因般若波羅蜜多故能知無量無數衆生如是攝心云何如來知衆生亂心耶所謂住法性中知心無相心無相故即無盡無不盡若如實了知盡無盡相是即了知衆生亂心是故如來因般若波羅蜜多故能知無量無數衆生如是亂心復次須菩提如來因般若波羅蜜多故如實了知無量無數衆生無盡心云何如來知衆生無盡心耶須菩提所謂知心無壞心無壞故即心無生滅無生滅故即無住無依無有盡相猶如虛空廣大無盡而心相亦然是故如來因般若波羅蜜多故能知無量無數衆生如是無盡心復次須菩提如來因般若波羅蜜多故如實了知無量無數衆生染心云何如來知衆生染心耶須菩提所謂了知染心如實相即非染心是故如來因般若波羅蜜多故能知無量無數衆生如是染心復次須菩提如

來因般若波羅蜜多故如實了知無量無數衆生離染心云何如來知衆生離染心耶須菩提所謂了知染心自性即離染心中無離染心相是故如來因般若波羅蜜多故能知無量無數衆生如是離染心復次須菩提如來因般若波羅蜜多故如實了知無量無數衆生諸能緣心云何如來知衆生能緣心耶須菩提所謂了知阿賴耶等諸能緣心無能緣心相是故如來因般若波羅蜜多故能知無量無數衆生如是能緣心復次須菩提如來因般若波羅蜜多故如實了知無量無數衆生諸能取心云何如來知衆生能取心耶須菩提所謂了知無所取相取相離故即不可取是故如來因般若波羅蜜多故能知無量無數衆生如是能取心復次須菩提如來因般若波羅蜜多故如實了知無量無數衆生諸有漏心云何如來知衆生有漏心耶須菩提所謂了知心無自性無自性故即無分別是故如來因般若波羅蜜多故能知無量無數衆生如是有漏心復次須菩提如來因般若波羅蜜多故如實了知無量無數衆生諸無漏心云何如來知衆生無漏心耶須菩提所謂了知心無自性即非心分是故如來因般若波羅蜜多故能知無量無數衆生如是無漏心復次須菩提如來因般若波羅蜜多故如實了知無量無數衆生貪心云何如來知衆生貪心耶須菩提所謂了知若住貪即心不如實若心如實即不住貪於平等法中無貪心可得是故如來因般若波羅蜜多故能知無量無數衆生如是貪心復次須菩

提如來因般若波羅蜜多故如實了知無量無數衆生離貪心云何如來知衆生離貪心耶須菩提所謂了知心如實相若貪若離貪皆不可得由不可得故即無離貪心相是故如來因般若波羅蜜多故能知無量無數衆生如是離貪心復次須菩提如來因般若波羅蜜多故如實了知無量無數衆生恚心云何如來知衆生恚心耶須菩提所謂了知心住空寂離所縁相無諸分別是故如來因般若波羅蜜多故能知無量無數衆生如是恚心復次須菩提如來因般若波羅蜜多故如實了知無量無數衆生離恚心云何如來知衆生離恚心耶須菩提所謂了知心法無二從眞實生是故如來因般若波羅蜜多故能知無量無數衆生如是離恚心復次須菩提

如來因般若波羅蜜多故如實了知無量無數衆生癡心云何如來知衆生癡心耶須菩提所謂了知若心住於癡即心不如實若心如實即不住於癡是故如來因般若波羅蜜多故能知無量無數衆生如是癡心復次須菩提如來因般若波羅蜜多故如實了知無量無數衆生離癡心云何如來知衆生離癡心耶須菩提所謂了知若心有所著即心隨癡相若心住如實即不隨癡相由如是故無離癡心相可得是故如來因般若波羅蜜多故能知無量無數衆生如是離癡心復次須菩提如來因般若波羅蜜多故如實了知無量無數衆生過失心云何如來知衆生過失心耶須菩提所謂了知若心生過失即心不如實若心如實即不生過失於平等法中無

過失心可得是故如來因般若波羅蜜多故能知無量無數衆生如是過失心復次須菩提如來因般若波羅蜜多故如實了知無量無數衆生離過失心云何如來知衆生離過失心耶須菩提所謂了知若心有所著即過失隨生若心住如實即不生過失由如是故無離過失心相可得是故如來因般若波羅蜜多故能知無量無數衆生如是離過失心復次須菩提如來因般若波羅蜜多故如實了知無量無數衆生廣心云何如來知衆生廣心耶須菩提所謂了知是心不增不減無住無著是故如來因般若波羅蜜多故能知無量無數衆生如是廣心復次須菩提如來因般若波羅蜜多故如實了知無量無數衆生非廣心云何如來知衆生非廣心耶須菩提所謂了知心無處所無處所故即無起作亦無增廣是故如來因般若波羅蜜多故能知無量無數衆生如是非廣心復次須菩提如來因般若波羅蜜多故如實了知無量無數衆生大心云何如來知衆生大心耶須菩提所謂了知是心平等自性無差別是故如來因般若波羅蜜多故能知無量無數衆生如是大心復次須菩提如來因般若波羅蜜多故如實了知無量無數衆生非大心云何如來知衆生非大心耶須菩提所謂了知心無來去是故如來因般若波羅蜜多故能知無量無數衆生如是非大心復次須菩提如來因般若波羅蜜多故如實了知無量無數衆生無量心云何如來知衆生無量心耶須菩提所謂了知心無依止無依止故即無限

量是故如來因般若波羅蜜多故能知無量無數衆生如是無量心復次須菩提如來因般若波羅蜜多故如實了知無量無數衆生現心云何如來知衆生現心耶須菩提所謂了知諸心自性無所顯現是故如來因般若波羅蜜多故能知無量無數衆生如是現心復次須菩提如來因般若波羅蜜多故如實了知無量無數衆生非現心云何如來知衆生非現心耶須菩提所謂了知心無形相自性離故由性離故非現非不現是故如來因般若波羅蜜多故能知無量無數衆生如是非現心復次須菩提如來因般若波羅蜜多故如實了知無量無數衆生勝上心云何如來知衆生勝上心耶須菩提所謂了知若心住如實即無所生亦無所有是爲勝上是故

如來因般若波羅蜜多故能知無量無數衆生如是勝上心復次須菩提如來因般若波羅蜜多故如實了知無量無數衆生無上心云何如來知衆生無上心耶須菩提所謂了知心無所得離諸戲論是故如來因般若波羅蜜多故能知無量無數衆生如是無上心復次須菩提如來因般若波羅蜜多故如實了知無量無數衆生定心云何如來知衆生定心耶須菩提所謂了知是心平等平等法中無定亂相猶如虛空寂無所動是故如來因般若波羅蜜多故能知無量無數衆生如是定心復次須菩提如來因般若波羅蜜多故如實了知無量無數衆生非定心云何如來知衆生非定心耶須菩提所謂了知心無等等即心平等心平等故而不可得非定心

相是故如來因般若波羅蜜多故能知無量無數衆生如是非定心復次須菩提如來因般若波羅蜜多故如實了知無量無數衆生解脫心云何如來知衆生解脫心耶須菩提所謂了知衆生自性解脫彼衆生性即解脫性是故如來因般若波羅蜜多故能知無量無數衆生如是解脫心復次須菩提如來因般若波羅蜜多故如實了知無量無數衆生非解脫心云何如來知衆生非解脫心耶須菩提所謂了知心性無來無去無住非過去未來現在三世可得解脫性離即不可得非解脫相是故如來因般若波羅蜜多故能知無量無數衆生如是非解脫心復次須菩提如來因般若波羅蜜多故如實了知無量無數衆生不可見心云何如來知衆生不可見心耶須菩提所謂了知彼衆生心無所生無所滅無分別無所取離諸相不可見慧眼天眼尚不能觀豈況肉眼是故如來因般若波羅蜜多故能知無量無數衆生如是不可見心佛告須菩提如是等諸心如來因般若波羅蜜多故一一如實了知以是義故般若波羅蜜多而能顯示諸世間相

佛母出生三法藏般若波羅蜜多經卷第十二

音釋

惛（呼昆切心不明也）　涸（下各切竭也）　怯（去劫切畏懦也）

佛母出生三法藏般若波羅蜜多經卷第十三 第十四同卷

宋北天竺三藏朝奉大夫試光祿卿傳法大師施護等奉 詔譯

顯示世間品第十二之二

佛告須菩提又復如來因般若波羅蜜多故如實了知無量無數衆生及諸異見補特伽羅諸行出沒云何如來知諸衆生及諸異見補特伽羅諸行出沒耶須菩提所謂了知衆生所起諸行出沒依色而生依受想行識而生云何依色受想行識生耶謂諸異見補特伽羅起如是見我及世間是常色是常我及世間是無常亦常亦無常非常非無常 如是我及世間是常受想行識是常我及世間是無常亦常亦無常非常非無常受想行識是無常亦常亦無常非常非無常又復我及世間是有邊色是有邊我及世間是無邊亦有邊亦無邊非有邊非無邊色是無邊亦有邊亦無邊非有邊非無邊如是我及世間是有邊受想行識是有邊我及世間是無邊亦有邊亦無邊非有邊非無邊受想行識是無邊亦有邊亦無邊非有邊非無邊又復死後色如去不如去亦如去亦不如去非如去非不如去如是受想行識死後如去不如去亦如去亦不如去非如去非不如去又復身即是神身異神異如是色受想行識即身即神色受想行識異身異神是見皆依五蘊所起此等皆是補特伽羅別異癡見如來一一如實了知須菩提以是義故如來應供正等正覺因般若波羅蜜多故能知無量無數衆生及諸異見補特伽羅如是出沒復次須菩提如

來因般若波羅蜜多故如實了知無量無數衆生色受想行識相云何如來知衆生色相耶須菩提所謂了知色如如云何如來知衆生受想行識相耶須菩提所謂了知受想行識如如須菩提以是義故如來所説衆生出没如即五蘊如五蘊如即世間如何以故五蘊及世間如無異故是故五蘊如如世間如世間如如一切法如一切法如如須陀洹果如須陀洹果如如斯陀含果如斯陀含果如如阿那含果如阿那含果如如阿羅漢果如阿羅漢果如如縁覺果如縁覺果如如如來如是故如來與彼聲聞縁覺果及五蘊世間乃至一切法同一如如是諸如如非一性非多性即種種性離種種性無二無分別無作而無盡須菩提如來因般若波羅蜜多故得是如如證是如故故名如來以是因縁如來應供正等正覺説般若波羅蜜多能示世間般若波羅蜜多爲諸佛母出生諸佛由從是生故即如實了知彼一切法如如無異證是如故出現世間成就阿耨多羅三藐三菩提果爾時須菩提白佛言世尊如佛所説如如法者最上甚深佛因是如故得菩提果世尊此法甚深何人能信解豈非住不退轉菩薩摩訶薩滿願阿羅漢正見補特伽羅乃能信解耶佛言須菩提如是如是如汝所説復次須菩提如如法者是無盡相最勝甚深如來應供正等正覺如實宣説彼無盡相爾時帝釋天主及欲界中餘天子衆色界二萬梵衆天子來詣佛所到已頭面禮佛雙足退住一面時諸天子各白佛言世尊佛所説法最上

甚深此中云何作相耶佛言諸天子諸法以空爲相無相無願爲相是相無生無滅無染無淨法界寂靜猶如虛空無所依止即相無相如來應供正等正覺說色受想行識亦如是相即相無相而此諸相相不能壞世間天人阿脩羅等所不能壞何以故彼天人阿脩羅等是有相故諸天子若有人問虛空誰所作是人爲正問不諸天子白佛言不也世尊虛空無所作何以故虛空無爲誰能作者佛告諸天子言如是如是如來應供正等正覺從無二法生說諸法相亦無二相何以故如來得是相故即無所住是故佛說諸法無作相爾時尊者須菩提白佛言世尊是相甚深如來得是相故成等正覺以無礙智說般若波羅蜜多而此般若波羅蜜多乃是諸佛之所行處佛告尊者須菩提言如是如是如來應供正等正覺因般若波羅蜜多故如實顯示彼世間相須菩提如來應供正等正覺依止於法供養恭敬尊重讚歎於法所謂法者即般若波羅蜜多有佛無佛此法常住是故如來依止般若波羅蜜多由依止故如來修習般若波羅蜜多以修習故得一切智復次須菩提汝今當知佛是知恩能報恩者正使有人作是問言誰是知恩能報恩者應當答言佛是知恩能報恩者何以故如來因所行道所學法故得阿耨多羅三藐三菩提今復護念是道是法須菩提如來所行所學者即是般若波羅蜜多以是義故如來名爲真報恩者復次須菩提如來知一切法無作無作相故得阿耨多羅三藐三菩提今復如實說

一切法無作無作相亦是如來眞報恩者復次須菩提如來知一切法皆從般若波羅蜜多中來今復如實說般若波羅蜜多顯示世間亦是如來眞報恩者須菩提白佛言世尊彼一切法無知者無見者云何如來應供正等正覺說般若波羅蜜多顯示世間佛告尊者須菩提言善哉善哉汝能問佛此甚深義須菩提如是如是一切法無知者一切法無見者云何一切法無知者無見者所謂一切法空一切法無依止是故一切法無知者無見者如來應供正等正覺得是法故乃說般若波羅蜜多能示世間云何示世間耶須菩提若不見色不見受想行識是爲顯示世間須菩提白佛言世尊云何名不見色不見受想行識佛言須菩提若不緣色生識是名不見色若不緣受想行識生識是名不見受想行識須菩提若不見色受想行識即不見世間若如是不見世間是名眞見世間云何眞見世間耶所謂世間空故世間離相故世間寂靜故世間無染故般若波羅蜜多如是顯示如來應供正等正覺亦如是說

不思議品第十三

爾時尊者須菩提白佛言世尊此般若波羅蜜多最上甚深爲大事故出爲不可思議事不可稱事不可量事不可數事無等等事故出佛言須菩提如是如是般若波羅蜜多最上甚深爲大事故出爲不可思議事不可稱事不可量事不可數事無等等事故出須菩提云何爲不可思議事故出所謂如來法佛法自然智法一切智法如是諸法不可思議

非心非心數法可轉此中無分別是故般若波羅蜜多爲不可思議事故出須菩提云何爲不可稱事故出所謂如來法佛法自然智法一切智法如是諸法非心所稱是故般若波羅蜜多爲不可稱事故出須菩提云何爲不可量事故出所謂如來法佛法自然智法一切智法如是諸法出過諸量無有限量是故般若波羅蜜多爲不可量事故出須菩提云何爲不可數事故出所謂如來法佛法自然智法一切智法如是諸法出過諸數非數所及是故般若波羅蜜多爲不可數事故出須菩提云何爲無等等事故出所謂如來法佛法自然智法一切智法如是諸法無有等者況復過上是故般若波羅蜜多爲無等等事故出復次須菩提白佛言世尊若如來法佛法自然智法一切智法如是諸法不可思議不可稱不可量不可數無等等者彼色亦不可思議不可稱不可量不可數無等等受想行識亦不可思議不可稱不可量不可數無等等耶佛告尊者須菩提言如是如是須菩提色不可思議不可稱不可量不可數無等等故受想行識不可思議不可稱不可量不可數無等等乃至一切法亦不可思議不可稱不可量不可數無等等何以故色於法性中無心無心數法故受想行識於法性中無心無心數法乃至一切法於法性中亦無心無心數法須菩提色受想行識於法性中以無心無心數法故不可思議不可稱乃至一切法亦不可思議不可稱須菩提色受想行識不可量故乃至一切法亦不可量何以

故色受想行識量不可得乃至一切法量亦不可得以不可得故即色受想行識乃至一切法無所作以無所作故即色受想行識乃至一切法無所生以無所生故是故色受想行識乃至一切法皆不可量須菩提色受想行識不可數故乃至一切法亦不可數何以故出過數分故須菩提色受想行識無等等故乃至一切法亦無等等何以故如虛空平等故一切法亦然復次須菩提於汝意云何虛空有心心數法不須菩提言不也世尊佛言須菩提彼一切法亦復如是虛空不可思議故一切法亦不可思議虛空不可稱故一切法亦不可稱虛空不可量故一切法亦不可量虛空不可數故一切法亦不可數虛空無等等故一切法亦無等等是故諸法離諸分別若分別者皆是識業須菩提滅諸籌量名不可思議非所稱故名不可稱無有量故名不可量過諸數故名不可數如虛空故名無等等以是緣故當知如來法佛法自然智法一切智法乃至一切法皆如虛空不可思議不可稱不可量不可數無等等說是不可思議乃至無等等法門時會中有五百苾芻二十苾芻尼不受諸法得諸漏盡心善解脫六十優婆塞三十優婆夷遠塵離垢得法眼淨即於佛前皆得授記二十菩薩悉證無生法忍而諸菩薩於此賢劫當得成就阿耨多羅三藐三菩提果爾時尊者須菩提白佛言世尊般若波羅蜜多最上甚深佛先所說為大事故出其相云何佛言須菩提般若波羅蜜多為大事故出者汝今當知所謂佛法緣

覺法聲聞法皆住般若波羅蜜多中須菩提譬如世間剎帝利王子得灌頂已處於王位所有王事及國城事人民事等皆付大臣臣受命已統攝而行般若波羅蜜多亦復如是所有佛法緣覺法聲聞法皆住般若波羅蜜多中而般若波羅蜜多統攝諸法如是等法名爲大事是故般若波羅蜜多爲大事故出

復次須菩提般若波羅蜜多不受不著色故出不受不著受想行識故出不受不著須陀洹果斯陀含果阿那含果阿羅漢果故出不受不著緣覺果故出不受不著一切智故出

須菩提白佛言世尊云何般若波羅蜜多不受不著一切智故出耶佛言須菩提於汝意云何汝所證得阿羅漢法有所見耶可受可著耶須菩提言不也世尊我所證法是中無見亦不可受亦不可著佛言須菩提般若波羅蜜多亦復如是所有如來法乃至一切智法是諸法中悉無所見不受不著是故般若波羅蜜多不受不著一切智故出爾時尊者須菩提白佛言世尊如佛所說般若波羅蜜多不受不著最上甚深希有難得世尊彼初住大乘菩薩摩訶薩若聞是說不驚不怖亦不退失生信解者當知是菩薩具足正因於先佛所已種善根是故於今得聞此甚深般若波羅蜜多亦復不生驚怖心淨信解佛言須菩提如是如是如汝所說爾時欲色界諸天子等白佛言世尊此般若波羅蜜多正法最上甚深難解難入若人得聞此甚深般若波羅蜜多正法生信解者當知是人於先佛所已種善根世尊正使三千大千世界所有

衆生一一已住信行地者是諸衆生若滿一劫若減一劫如理修行不如有人能一日中於此般若波羅蜜多正法如理思惟安住忍法是人功德倍勝於前佛告諸天子言如是如是般若波羅蜜多正法最上甚深正使三千大千世界所有衆生一一已住信行地者若滿一劫若減一劫如理修行不如有人於此般若波羅蜜多正法如理思惟安住忍法是人功德倍勝於前是故汝等於此正法尊重恭敬如理修行是時欲色界中諸天子等各白佛言世尊大波羅蜜多是般若波羅蜜多最上甚深希有難得我等各各隨喜頂受彼諸天子如是稱讚已即各頭面禮世尊足右繞三帀出離佛會去此不遠隱身不現各各還復彼彼天中

佛母出生三法藏般若波羅蜜多經卷第十三

佛母出生三法藏般若波羅蜜多經卷第十四

宋北天竺三藏朝奉大夫試光祿卿傳法大師施護等奉　詔譯

譬喻品第十四

爾時尊者須菩提白佛言世尊若菩薩摩訶薩聞此甚深般若波羅蜜多正法不驚不怖不退不失不疑不難不悔不沒心生信解者是菩薩於何處沒而來生此佛告須菩提若菩薩摩訶薩聞此甚深般若波羅蜜多正法不驚不怖不退不失不疑不難不悔不沒心生信解者是菩薩於彼最上人中沒已而來生此復得聞是甚深般若波羅蜜多正法愛樂聽受不暫捨離彼說法者譬如新生犢子不離其母須菩提菩薩摩訶薩亦復如是於此甚深般若波羅蜜多正法心淨信解愛樂聽受而不暫離彼說法者以不離其說法者故即不棄捨般若波羅蜜多須菩提白佛言世尊若有菩薩摩訶薩具足如是功德者豈不從於他方佛剎沒已生此耶佛言須菩提如是如是若有菩薩摩訶薩具足如是功德者當知已於他方佛剎彼彼佛所恭敬聽受此甚深法而復於中請問其義從彼沒已而來生此以是因緣今得聞此甚深般若波羅蜜多正法時亦復具足如是功德復次須菩提有諸菩薩於知足天上慈氏菩薩摩訶薩所聞此甚深般若波羅蜜多正法不疑不難而復於中請問其義以是因緣於彼沒已而來生此今得聞此甚深般若波羅蜜多正法時亦復具足如是功德復次須菩提若菩薩摩訶薩於先世中雖復曾聞此甚深法不能

如實請問其義心生疑悔者當知是菩薩轉身生此設得聞是甚深正法亦復於中心生疑悔何以故以其先世不問所致故復次須菩提若菩薩摩訶薩於先世中聞此甚深般若波羅蜜多正法時能一日二日三四五日發生淨信請問其義者是菩薩轉身生此聞是正法心即信解離諸疑悔亦復於中請問其義何以故法爾如是故復次須菩提若有菩薩於先世中雖得聞此甚深般若波羅蜜多正法不能決定請問其義亦復不能隨所說行是故今時於此甚深般若波羅蜜多正法或時樂聞或不樂聞其心輕動不能決定猶如輕妙氎衣隨風所轉須菩提當知此菩薩初住大乘法中心不清淨不能發生決定信解不取般若波羅蜜多不隨般若波羅蜜多行是故於彼聲聞緣覺二地之中隨墮一處復次須菩提譬如有人乘船入海船忽破壞是人若不取彼浮囊或木或板等當知是人即於中路沒水而死由此因緣不到彼岸須菩提菩薩摩訶薩亦復如是於阿耨多羅三藐三菩提有信有忍有愛有欲有解有行有喜有樂有捨有精進有尊重有深心有淨心離放逸不散亂雖具如是功德若不得般若波羅蜜多善巧方便所護念者是菩薩即不能成就一切智果於其中路有所退失須菩提云何名爲中路又復退失何法須菩提中路者所謂聲聞緣覺之地所退失者謂一切智果須菩提又如有人乘船入海於其中路船忽破壞是人即時取彼浮囊或木或板等當知是人得離難事不爲海水所溺而死

獲大安隱到於彼岸須菩提菩薩摩訶薩亦復如是於阿耨多羅三藐三菩提有信有忍有愛有欲有解有行有喜有樂有捨有精進有尊重有深心有淨心離放逸不散亂具足如是功德已復得般若波羅蜜多善巧方便所護念者是菩薩於其中路無所退失不墮聲聞緣覺之地即能成就一切智果復次須菩提又如有人持以坏瓶詣於河池井泉欲取其水是瓶不久中路破壞以是因緣水不能得何以故瓶未成熟是故破壞還歸於地須菩提菩薩摩訶薩亦復如是於阿耨多羅三藐三菩提有信有忍有愛有欲有解有行有喜有樂有捨有精進有尊重有深心有淨心離放逸不散亂雖具如是功德若不得般若波羅蜜多善巧方便所護念者是菩薩於其中路有所退失墮於聲聞緣覺之地不能成就一切智果須菩提又如有人持以熟瓶詣於河池井泉欲取其水是人隨所往處即能得水得已持歸是瓶堅牢無所破壞何以故瓶已熟故須菩提菩薩摩訶薩亦復如是於阿耨多羅三藐三菩提有信有忍有欲有愛有解有行有喜有樂有捨有精進有尊重有淨心有深心離放逸不散亂具足如是功德已復得般若波羅蜜多善巧方便所護念者當知是菩薩於其中路無所退失不墮聲聞緣覺之地即能成就一切智果復次須菩提又如世間有諸商人少智少慧於大海邊隨取一船載諸財物入於海中是船不久踈漏破壞何以故本所造作不能堅牢船諸所用亦不能備由彼商人無智慧故不能覺了

取以載物於其中路船既破壞財復散没商人爾時徒自憂惱須菩提菩薩摩訶薩亦復如是於阿耨多羅三藐三菩提有忍有信乃至離放逸不散亂雖具如是功德若不得般若波羅蜜多善巧方便所護念者當知是菩薩於其中路有所退失須菩提中路退者所謂墮於聲聞緣覺之地失者所謂失彼一切智寶於自利行及利他行皆不成就須菩提又如有諸商人有智有慧於大海邊求妙好船知本造作堅固圓滿船諸所用悉已備者取以載物入於大海是船無難隨所往處皆悉得至而彼財物亦不散没何以故由彼商人有智慧故於其中路不生憂惱須菩提菩薩摩訶薩亦復如是於阿耨多羅三藐三菩提有信有忍乃至離放逸不散亂具足如是功德已復得般若波羅蜜多善巧方便所護念者當知是菩薩於其中路無所退失不墮聲聞緣覺之地即能成就一切智果復次須菩提又如世間百二十歲老人忽於一時爲彼風癀痰癊諸病侵惱以是因緣忍苦于牀須菩提於汝意云何是人若時無人扶侍當能從牀而自起不須菩提言不也世尊佛言須菩提是人設或能從牀起亦不能行一里二里乃至由旬何以故已爲老病所侵惱故須菩提菩薩摩訶薩亦復如是於阿耨多羅三藐三菩提有信有忍乃至離放逸不散亂雖具如是功德若不得般若波羅蜜多善巧方便所護念者當知是菩薩於其中路有所退失墮於聲聞緣覺之地不能成就一切智果又須菩提而彼百二十歲老人雖復有疾

忍苦于牀若時有二力士來謂其言我等二人各於左右扶侍於汝汝速當起隨有所往令汝得至勿憂中路有所退失時老病人受其語故能從牀起隨往得至須菩提菩薩摩訶薩亦復如是於阿耨多羅三藐三菩提有信有忍乃至離放逸不散亂具足如是功德已復得般若波羅蜜多善巧方便所護念者當知是菩薩於其中路無所退失不墮聲聞緣覺之地即能成就一切智果何以故法爾如是故須菩提若諸菩薩摩訶薩於阿耨多羅三藐三菩提有信有忍乃至離放逸不散亂具足如是功德已復得般若波羅蜜多善巧方便所護念者當知是菩薩決定不墮聲聞緣覺之地即能成就一切智果皆悉以是功德迴向阿耨多羅三藐三菩提

賢聖品第十五之一

爾時尊者須菩提白佛言世尊彼初學菩薩於此甚深般若波羅蜜多當云何學佛告尊者須菩提言諸初學菩薩若欲學此甚深般若波羅蜜多者應當親近彼善知識尊重恭敬修學般若波羅蜜多是善知識應當爲彼初學菩薩如理教授如實宣說般若波羅蜜多義作如是言善男子汝所修習布施波羅蜜多持戒忍辱精進禪定智慧波羅蜜多所有功德皆當迴向阿耨多羅三藐三菩提又善男子汝以布施功德迴向阿耨多羅三藐三菩提時不應取著阿耨多羅三藐三菩提果勿取著色謂是菩提勿取著受想行識謂是菩提何以故彼一切智無取著故善男子汝所修習於戒能護於忍能受精進不懈禪

定寂靜智慧勝解以如是等功德迴向阿耨多羅三藐三菩提時不應取著阿耨多羅三藐三菩提果勿取著色謂是菩提勿取著受想行識謂是菩提何以故彼一切智無取著故善男子以是義故汝亦不應取著聲聞緣覺之地須菩提彼善知識應爲初學菩薩如是教授使令漸入甚深般若波羅蜜多中須菩提復白佛言世尊菩薩摩訶薩趣求阿耨多羅三藐三菩提爲欲普令一切衆生斷諸苦惱安住涅槃而諸菩薩所爲甚難謂布施波羅蜜多如是相持戒忍辱精進禪定智慧波羅蜜多如是相諸相甚深所爲甚難是故菩薩摩訶薩爲欲成就阿耨多羅三藐三菩提者於輪迴中當發精進勿生驚怖佛言須菩提如是如是菩薩摩訶薩所爲甚難須菩提而諸菩薩摩訶薩爲欲利益安樂悲愍諸世間故趣求阿耨多羅三藐三菩提彼作是念我若成就阿耨多羅三藐三菩提時當爲世間作大救護當爲世間作所歸向當爲世間作所住舍當爲世間作究竟道當爲世間作廣大洲當爲世間作大光明當爲世間作善導師當爲世間作眞實趣以是義故菩薩摩訶薩於阿耨多羅三藐三菩提發大精進須菩提云何菩薩摩訶薩得阿耨多羅三藐三菩提時能爲世間作大救護所謂菩薩摩訶薩欲令世間一切衆生斷輪迴苦是名菩薩摩訶薩能爲世間作大救護須菩提云何菩薩摩訶薩得阿耨多羅三藐三菩提時能爲世間作所歸向所謂菩薩摩訶薩欲令世間一切衆生悉得解脫生老病死憂悲苦惱

如是等法是名菩薩摩訶薩能爲世間作所歸向須菩提云何菩薩摩訶薩得阿耨多羅三藐三菩提時能爲世間作所住舍所謂菩薩摩訶薩得菩提時爲諸衆生以不著故說法須菩提白佛言世尊云何名爲不著耶佛言須菩提若色不縛即色不著若色不著即色不縛色不縛故即色不生不滅由色不生不滅故即無所著以無所著故無縛亦無解受想行識亦復如是若識不縛即識不著若識不著即識不縛識不縛故即識不生不滅由識不生不滅故即無所著以無所著故無縛亦無解彼一切法亦復如是於諸知見悉無所著須菩提菩薩摩訶薩得阿耨多羅三藐三菩提時爲諸衆生如是說法是名菩薩摩訶薩能爲世間作所住舍須菩提云何菩薩摩訶薩得阿耨多羅三藐三菩提時能爲世間作究竟道所謂菩薩摩訶薩得菩提時爲諸衆生作如是說若色究竟即非色若受想行識究竟即非識由色受想行識如是故一切法亦然須菩提白佛言世尊若色受想行識究竟一切法亦然者彼菩薩摩訶薩皆不應得阿耨多羅三藐三菩提耶何以故一切法中無分別故佛言須菩提如是如是彼一切法無所分別及分別者由如是故菩薩摩訶薩得阿耨多羅三藐三菩提是故一切法最上甚深微妙難入安住寂靜無得無證無動無轉須菩提菩薩摩訶薩得阿耨多羅三藐三菩提時爲諸衆生如是說法是名菩薩摩訶薩能爲世間作究竟道順菩提云何菩薩摩訶薩得阿耨多羅三藐三菩提時能

爲世間作廣大洲此復云何名爲洲耶須菩提譬如水中陸地斷流之處故名爲洲彼一切法亦復如是色前際斷故後際亦斷受想行識前際斷故後際亦斷乃至一切法前際斷故後際亦斷以如是斷故即一切法皆斷而此斷相非顛倒相涅槃寂靜須菩提菩薩摩訶薩得阿耨多羅三藐三菩提時爲諸衆生如是說法是名菩薩摩訶薩能爲世間作廣大洲須菩提云何菩薩摩訶薩得阿耨多羅三藐三菩提時能爲世間作大光明所謂菩薩摩訶薩於長夜中廣爲衆生作大方便欲令衆生拔無明箭出生死苦以一切智光破諸癡暗是名菩薩摩訶薩能爲世間作大光明須菩提云何菩薩摩訶薩得阿耨多羅三藐三菩提時能爲世間作善導師所謂菩

薩摩訶薩得菩提時爲諸衆生說色自性不生不滅說受想行識自性不生不滅說異生法自性不生不滅說聲聞緣覺法自性不生不滅說菩薩法自性不生不滅說諸佛法自性不生不滅乃至說一切法自性不生不滅須菩提菩薩摩訶薩得阿耨多羅三藐三菩提時爲諸衆生如是說法是名菩薩摩訶薩能爲世間作善導師須菩提云何菩薩摩訶薩得阿耨多羅三藐三菩提時能爲世間作眞實趣所謂菩薩摩訶薩得菩提時說色趣空說受想行識趣空說一切法趣空即一切法不來不去如彼虛空不來不去無作無相無住無所住無住法無生無滅而一切法亦不來不去無作無相無住無所住無住法無生無滅以是義故即無分別及分別者何以

故色住空性故不來不去受想行識住空性故不來不去乃至一切法住空性故不來不去此中云何而彼空趣即一切法趣是趣無轉無相趣即一切法趣是趣無轉無願趣即一切法趣是趣無轉無作趣即一切法趣是趣無轉無生趣即一切法趣是趣無轉無趣趣即一切法趣是趣無轉無性趣即一切法趣是趣無轉夢趣即一切法趣是趣無轉我趣即一切法趣是趣無轉無我趣即一切法趣是趣無轉無邊趣即一切法趣是趣無轉寂靜趣即一切法趣是趣無轉涅槃趣即一切法趣是趣無轉無起趣即一切法趣是趣無轉無還趣即一切法趣是趣無轉無住趣即一切法趣是趣無轉不動趣即一切法趣是趣無轉色趣即一切法趣是趣無轉受想行識趣即一切法趣是趣無轉阿羅漢果趣緣覺果趣阿耨多羅三藐三菩提果趣即一切法趣是趣無轉須菩提菩薩摩訶薩得阿耨多羅三藐三菩提時爲諸衆生如是宣說諸法趣空爾時須菩提白佛言世尊此般若波羅蜜多最上甚深何人當能如實信解佛告須菩提言若有菩薩摩訶薩已於過去如來應供正等正覺所成熟善根久修菩薩甚深勝行者於此甚深般若波羅蜜多即能信解須菩提言能信解者當云何相佛言須菩提若離貪瞋癡性是信解相具是相者即能信解甚深般若波羅蜜多須菩提白佛言世尊菩薩摩訶薩所得甚深般若波羅蜜多亦如是趣得是趣已爲諸衆生如實宣說令諸衆生亦得是趣佛告須菩提言如是如是須

菩提甚深般若波羅蜜多亦如是趣菩薩摩訶薩得是趣已爲諸衆生如實宣説令諸衆生亦得是趣須菩提菩薩摩訶薩得阿耨多羅三藐三菩提時爲諸衆生如是説法是名菩薩摩訶薩能爲世間作眞實趣

佛母出生三法藏般若波羅蜜多經卷第十四

音釋

補特伽羅梵語也此云數取趣伽丘迦切 氎徒協切細毛布也 溺奴歷切沒也 坏鋪杯切未燒陶瓷也

佛母出生三法藏般若波羅蜜多經卷第十五 第十 大 同卷

宋北天竺三藏朝奉大夫試光祿卿傳法大師施護等奉　詔譯

賢聖品第十五之二

爾時尊者須菩提白佛言世尊菩薩摩訶薩所爲甚難爲無量無數衆生故被精進鎧作大莊嚴普令衆生得大涅槃而衆生相了不可得佛告須菩提言如是如是須菩提菩薩摩訶薩所爲甚難爲無量無數衆生故被精進鎧作大莊嚴普令衆生得大涅槃而衆生相了不可得須菩提菩薩摩訶薩不爲色若解若縛故作大莊嚴不爲受想行識若解若縛故作大莊嚴不爲聲聞地緣覺地佛地若解若縛故作大莊嚴何以故菩薩摩訶薩不爲莊嚴一切法故而作莊嚴是名作大莊嚴

須菩提白佛言世尊菩薩摩訶薩若如是行甚深般若波羅蜜多是即菩薩摩訶薩作大莊嚴而諸菩薩摩訶薩雖行是甚深般若波羅蜜多不於三處而生取著何等爲三所謂聲聞地緣覺地佛地佛言須菩提如汝所說菩薩摩訶薩若如是行甚深般若波羅蜜多是大莊嚴而諸菩薩摩訶薩雖行是甚深般若波羅蜜多不於聲聞地緣覺地佛地而生取著者須菩提汝見何義作如是說須菩提白佛言世尊般若波羅蜜多最上甚深無有少法可得修習無所修無修者何以故甚深般若波羅蜜多是中無法可出生故即無所修如修虛空是修般若波羅蜜多不修一切法是修般若波羅蜜多修無著是修般若波羅蜜多修無邊是修般若波羅蜜多即修無

修是修般若波羅蜜多修無取是修般若波羅蜜多佛告尊者須菩提言如是如是此般若波羅蜜多微妙甚深須菩提諸菩薩摩訶薩能修習者當以此法而爲試驗表示其相若有菩薩摩訶薩於此甚深般若波羅蜜多不生貪著無所希望亦復不隨他所言論其心清淨不起異信聞說此甚深般若波羅蜜多時不驚不怖不退不失不疑不難不悔不没心大歡喜清淨信解者當知是菩薩摩訶薩於阿耨多羅三藐三菩提得不退轉於先佛所已曾得聞此甚深法而復於中請問其義由此因緣今復得聞此甚深法不驚不怖乃至心生歡喜信解須菩提白佛言世尊若菩薩摩訶薩聞此甚深般若波羅蜜多不驚怖已應當云何觀此甚深般若波羅蜜多佛言須菩提菩薩摩訶薩欲觀般若波羅蜜多者當隨一切智心觀須菩提言云何名爲隨一切智心觀佛言須菩提若隨虛空觀即隨一切智心觀云何名爲隨虛空觀須菩提隨虛空觀者即無所觀由如是故乃得名爲隨一切智心觀般若波羅蜜多何以故無量是一切智須菩提若無量即無色無受想行識無得無證無道法無道果無智無識無生無滅無成無壞無觀無所觀無作無作者無去無來無方無趣無住非無住是即無量若見是無量即隨無量數若不見是無量即如虛空無量一切智亦無量如是無量即無得無證是故不可以色得不可以受想行識得不可以布施波羅蜜多得不可以持戒波羅蜜多忍辱波羅蜜多精進波羅蜜多禪定波羅

蜜多智慧波羅蜜多得此中云何所謂色即是一切智受想行識即是一切智布施波羅蜜多即是一切智持戒波羅蜜多忍辱波羅蜜多精進波羅蜜多禪定波羅蜜多智慧波羅蜜多即是一切智爾時娑婆世界主大梵天王與色界天子衆俱帝釋天主與欲界天子衆俱來詣佛所到已頭面各禮佛足右繞三帀退住一面各白佛言世尊般若波羅蜜多最上甚深不能得其邊際源底難見難解如來應供正等正覺以何義故安處道場成就阿耨多羅三藐三菩提果說此甚深般若波羅蜜多耶佛告梵王帝釋諸天子言如是如是般若波羅蜜多最上甚深不能得其邊際源底難見難解如來應供正等正覺於此甚深般若波羅蜜多見是義故安處道場成就阿耨多羅三藐三菩提果宣說甚深般若波羅蜜多諸天子如來雖得菩提而無得者及無所得雖說般若波羅蜜多無能說者無法可說何以故我法甚深非所演說如虛空甚深故此法甚深我甚深故此法甚深一切法無來故此法甚深一切法無去故此法甚深是時梵王帝釋及諸天子復白佛言希有世尊希有善逝佛所說法世間諸行難可得信難可得解何以故世間行有著佛說法無著是故一切法離諸有著

眞如品第十六

爾時尊者須菩提白佛言世尊佛所說法隨順一切法離諸障礙而一切法了不可得猶如虛空離障礙相世尊諸法如虛空故一切句不可得諸法平等故二法不可得諸法無

生故生法不可得諸法無滅故滅法不可得諸法無相故取相不可得諸法無處故一切處不可得爾時梵王帝釋及諸天子俱白佛言世尊長老須菩提隨如來生何以故長老須菩提諸所說法皆悉空故是時長老須菩提即謂梵王帝釋及諸天子言汝等所言須菩提隨如來生者當知隨如如行故如如無生是故須菩提隨如來生諸天子如如來眞如不來不去故須菩提眞如亦不來不去如來眞如本來不生故須菩提眞如亦本來不生何以故如來眞如即是一切法眞如一切法眞如即是如來眞如一切法眞如亦是須菩提眞如是諸眞如無所生故是故須菩提於是眞如法中隨如來生而彼眞如即非眞如諸天子如如來眞如無住非無住須菩提眞如亦無住非無住如如來眞如無作非無作無分別非無分別須菩提眞如亦無作非無作無分別非無分別以須菩提眞如無作非無作無分別非無分別故即如來眞如無作非無作無分別非無分別無障礙以無障礙故一切法亦無作非無作無分別非無分別離諸障礙何以故以如來眞如以一切法眞如同一眞如是如無二無二分無相無分別彼無二眞如即非眞如非不眞如即彼非眞如非不眞如是如無二無二分無相無分別是故須菩提隨如來生諸天子如來無作眞如非無作眞如無所有眞如非無所有眞如是如無二無二分無相無分別是故須菩提隨如來生諸天子如如來眞如一切處常不斷不壞須菩提眞如亦一切處常不斷不

壞一切法眞如亦一切處常不斷不壞如來眞如無相無動無所得須菩提眞如亦無相無動無所得一切法眞如亦無相無動無所得是故須菩提隨如來生諸天子如來眞如不異一切法眞如須菩提眞如不異一切法眞如彼一切法不異眞如即非眞如彼非眞如即一切法眞如如是眞如無來無去無二無別是故須菩提隨如來生諸天子如如來眞如非過去未來現在須菩提眞如亦非過去未來現在一切法眞如亦非過去未來現在是故須菩提隨如來生諸天子如來眞如即不來不去不住眞如如來眞如即過去眞如不去過去眞如即如來眞如不去如來眞如即未來眞如不來未來眞如即如來眞如不來如來眞如即現在眞如不住現在眞如即如來眞如不住如來眞如即過去未來現在眞如過去未來現在眞如即如來眞如若如來眞如若過去未來現在眞如若須菩提眞如是諸眞如無二無二分無相無分別一切法眞如亦無二無二分無相無分別諸天子若如來眞如若菩薩地眞如若阿耨多羅三藐三菩提眞如是諸眞如無二無二分無相無分別了不可得皆是名字所分別故須菩提復謂諸天子言汝等當知須菩提隨如來生者不隨色生不隨受想行識生不隨須陀洹果生不隨斯陀含果生不隨阿那含果生不隨阿羅漢果生不隨緣覺果生不隨佛果生何以故諸法無生非無所生諸法無得非無所得諸天子以是義故須菩提隨如來生須菩提說是眞如法時而此大地六種震

動有十八相所謂震徧震等徧震動徧動等徧動涌徧涌等徧涌擊徧擊等徧擊爆徧爆等徧爆吼徧吼等徧吼現如是等十八相已即時大地還復如故爾時尊者舍利子白佛言世尊眞如法者最上甚深微妙難解佛告尊者舍利子言如是如是眞如法者最上最勝甚深微妙難解難入當佛讚是眞如法時會中有三百苾芻不受諸法證得漏盡心善解脱五百苾芻尼遠塵離垢得法眼淨五千天子得無生法忍六千菩薩不受諸法證得漏盡心善解脱爾時尊者舍利子知彼六千菩薩證得漏盡心解脱已即白佛言世尊此諸菩薩修菩薩行以何因緣今此會中返得漏盡心解脱耶佛言舍利子汝今當知此諸菩薩往昔曾於五百佛所親近供養而各修習布施持戒忍辱精進禪定等法雖復如是修諸行法而不得般若波羅蜜多善巧方便所護念故以是因緣返證此果又舍利子有諸菩薩雖修空無相無願法門行菩薩道若不得般若波羅蜜多善巧方便所護念者當知是菩薩得聲聞果謂證實際舍利子譬如世間有彼飛鳥其身長大或一由旬至五由旬翅羽未成飛不能遠而欲從彼三十三天上投身下至閻浮提地而彼飛鳥於其中道心生是念我今欲還三十三天上或作是念願我得至閻浮提地身無損傷離諸苦惱舍利子於汝意云何而彼飛鳥欲還天上可得還不欲至閻浮提地身無損傷可得如願不舍利子言不也世尊何以故而彼飛鳥身量既大翅復未成身必損傷或復至死佛告舍

利子言菩薩亦復如是雖復有能發阿耨多羅三藐三菩提心已於殑伽沙數劫中廣修諸行於施能捨於戒能護於忍能受精進不懈禪定寂靜而復能於阿耨多羅三藐三菩提發大心大願若不得般若波羅蜜多善巧方便所護念者是菩薩必墮聲聞緣覺之地復次舍利子有諸菩薩雖念過去未來現在諸佛世尊所有戒定慧解脫解脫知見諸蘊善根是菩薩取相念故即不能知亦不能見諸佛世尊所有戒定慧解脫解脫知見諸蘊善根以不知不見故聞說一切法空是菩薩取音聲相而生信解即以是取相功德迴向阿耨多羅三藐三菩提是菩薩必墮聲聞緣覺之地何以故不得般若波羅蜜多善巧方便所護念故舍利子白佛言世尊如我解佛所說義有諸菩薩雖復長時廣修諸行若或遠離彼善知識不得般若波羅蜜多善巧方便所護念者是菩薩即不能成就阿耨多羅三藐三菩提果是故諸菩薩若欲成就阿耨多羅三藐三菩提果者應當修習此般若波羅蜜多善巧方便佛告舍利子言如是如是若諸菩薩欲成就阿耨多羅三藐三菩提果者應常親近彼善知識即能修習此般若波羅蜜多善巧方便以是義故乃能成就阿耨多羅三藐三菩提果爾時梵王帝釋及諸天子俱白佛言世尊般若波羅蜜多甚深阿耨多羅三藐三菩提難得爾時世尊告梵王帝釋及諸天子言如是如是般若波羅蜜多甚深阿耨多羅三藐三菩提難得若諸無智起劣精進生劣信解無善巧方便親近惡知識

者即於阿耨多羅三藐三菩提轉復甚難爾時尊者須菩提白佛言世尊佛言阿耨多羅三藐三菩提難得者如我解佛所說義阿耨多羅三藐三菩提不爲難得何以故一切法空無法可得無能得者佛所宣說諸法皆空爲有所斷而所斷法是法亦空彼阿耨多羅三藐三菩提若所得法若所用法若知若解一切皆空無得無證是故阿耨多羅三藐三菩提不爲難得佛告須菩提言阿耨多羅三藐三菩提無所得故難得無得者故難得無分別故難得爾時尊者舍利子即謂尊者須菩提言如汝所說阿耨多羅三藐三菩提不爲難得者彼殑伽沙數求菩提者諸菩薩摩訶薩不應於阿耨多羅三藐三菩提有所退轉何以故汝說菩提不難得故須菩提言尊

者舍利子色於阿耨多羅三藐三菩提有退轉不舍利子言不也須菩提須菩提言受想行識於阿耨多羅三藐三菩提有退轉不舍利子言不也須菩提須菩提言離色有法於阿耨多羅三藐三菩提有退轉不舍利子言不也須菩提須菩提言離受想行識有法於阿耨多羅三藐三菩提有退轉不舍利子言不也須菩提須菩提言色眞如於阿耨多羅三藐三菩提有退轉不舍利子言不也須菩提須菩提言受想行識眞如於阿耨多羅三藐三菩提有退轉不舍利子言不也須菩提須菩提言離色眞如有法於阿耨多羅三藐三菩提有退轉不舍利子言不也須菩提須菩提言離受想行識眞如有法於阿耨多羅三藐三菩提有退轉不舍利子言不也須菩

提須菩提言色於阿耨多羅三藐三菩提有所證不舍利子言不也須菩提須菩提言受想行識於阿耨多羅三藐三菩提有所證不舍利子言不也須菩提須菩提言離色有法於阿耨多羅三藐三菩提有所證不舍利子言不也須菩提須菩提言離受想行識有法於阿耨多羅三藐三菩提有所證不舍利子言不也須菩提須菩提言色眞如於阿耨多羅三藐三菩提有所證不舍利子言不也須菩提須菩提言受想行識眞如於阿耨多羅三藐三菩提有所證不舍利子言不也須菩提須菩提言離色眞如有法於阿耨多羅三藐三菩提有所證不舍利子言不也須菩提須菩提言離受想行識眞如有法於阿耨多羅三藐三菩提有所證不舍利子言不也須

菩提須菩提言色於阿耨多羅三藐三菩提有所覺了不舍利子言不也須菩提須菩提言受想行識於阿耨多羅三藐三菩提有所覺了不舍利子言不也須菩提須菩提言離色有法於阿耨多羅三藐三菩提有所覺了不舍利子言不也須菩提須菩提言離受想行識有法於阿耨多羅三藐三菩提有所覺了不舍利子言不也須菩提須菩提言色眞如於阿耨多羅三藐三菩提有所覺了不舍利子言不也須菩提須菩提言受想行識眞如於阿耨多羅三藐三菩提有所覺了不舍利子言不也須菩提須菩提言離色眞如有法於阿耨多羅三藐三菩提有所覺了不舍利子言不也須菩提須菩提言離受想行識眞如有法於阿耨多羅三藐三菩提有所覺

了不舍利子言不也須菩提須菩提言乃至一切法一切法眞如於阿耨多羅三藐三菩提可退轉不舍利子言不也須菩提須菩提言舍利子於汝意云何若有法於阿耨多羅三藐三菩提可退轉者是法即有所住以一切法無住當有何法而可退轉舍利子眞如可退轉不舍利子言不也須菩提須菩提言舍利子如是一切法實求不可得即無法於阿耨多羅三藐三菩提可得退轉爾時尊者舍利子白尊者須菩提言如尊者所説義即無菩薩於阿耨多羅三藐三菩提有所退轉須菩提若如是者如佛所説求三乘人應無差別耶爾時尊者滿慈子語尊者舍利子言汝當問尊者須菩提如須菩提意欲令唯有一乘人耶是時舍利子即如所説語尊者須菩提言汝須菩提欲令唯有一乘人耶須菩提言舍利子汝於眞如法中有一乘人而可見不舍利子言不也須菩提須菩提言又舍利子汝於眞如法中有三乘人而可見不舍利子言不也須菩提須菩提言舍利子眞如法中有一相三相而可得不舍利子言不也須菩提須菩提言舍利子汝今當知眞如法中一菩薩法尚不可得何況聲聞緣覺之法而可得耶是故無有少法於阿耨多羅三藐三菩提有所退轉舍利子若菩薩摩訶薩聞作是説不驚不怖不退失者當知是菩薩摩訶薩即能成就菩提爾時世尊讚尊者須菩提言善哉善哉須菩提汝所樂説皆是如來威神護念如汝所説如是如是若菩薩摩訶薩聞作是説不驚不怖不退失者當知是菩

薩摩訶薩即能成就菩提爾時尊者舍利子白佛言世尊若菩薩摩訶薩聞作是說不驚怖退失者當得成就何等菩提佛言舍利子當得成就阿耨多羅三藐三菩提爾時尊者須菩提白佛言世尊若菩薩摩訶薩欲得成就阿耨多羅三藐三菩提者應云何住云何修學佛言須菩提若菩薩摩訶薩欲得成就阿耨多羅三藐三菩提者當於一切衆生起平等心無毒心慈心利益心善知識心無障礙心謙下心無惱心不害心當生如是等心又於一切衆生作父想毋想諸親友想又復長時廣修諸行所謂於施能捨於戒能護於忍能受精進無懈禪定寂靜智慧勝解修如是等種種勝行隨順緣生觀察諸法不於諸法取斷滅相如是了知諸法眞實即能過菩薩地具諸佛法成熟無量無數有情普令安住大涅槃界菩薩摩訶薩若如是修學即無障礙相乃至一切法亦得無障礙須菩提是故菩薩摩訶薩欲得阿耨多羅三藐三菩提者當如是住如是修學如是學者所爲一切衆生作大依怙

佛毋出生三法藏般若波羅蜜多經卷第十五

佛母出生三法藏般若波羅蜜多經卷第十六

宋北天竺三藏朝奉大夫試光祿卿傳法大師施護等奉　詔譯

不退轉菩薩相品第十七

爾時尊者須菩提白佛言世尊不退轉菩薩摩訶薩當有何相我等云何而能識知是不退轉者佛告須菩提言汝今當知不退轉菩薩摩訶薩有種種相須菩提所有異生地聲聞地緣覺地菩薩地如來地如是諸地於眞如中無二無別無疑無壞菩薩從是眞如入諸法性雖入是法而亦於中不生分別此是眞如此眞如相出是如已設聞餘法亦復於中不疑不難不悔不沒無是法無非法菩薩隨諸法相入諸法性須菩提當知不退轉菩薩摩訶薩於一切時諸所言說有義有利而終不說無益語言亦不觀察他人美惡長短須菩提若有具足如是相者是爲不退轉菩薩摩訶薩復次須菩提當知彼不退轉菩薩摩訶薩雖聞諸餘沙門婆羅門外道等衆所說語言而不取爲實知實見是菩薩亦不禮事諸餘天等不以香華燈塗飲食衣服種種供具供養彼等亦復於彼不生信敬須菩提若有具足如是相者是爲不退轉菩薩摩訶薩復次須菩提彼不退轉菩薩摩訶薩畢竟不墮諸惡趣中不受女人之身又須菩提是菩薩於一切時常行十善道所謂自不殺生復教他人持不殺生自不偷盜復教他人持不偷盜自不邪染復教他人持不邪染自不妄言復教他人持不妄言自不兩舌復教他人持不兩舌自不惡口復教他人持不惡口

自不無義語復教他人持不無義語自不貪愛復教他人持不貪愛自不瞋恚復教他人持不瞋恚自不邪見復教他人不起邪見如是不退轉菩薩摩訶薩自行十善道復以此法廣爲他人如理表示如實教授如所利益如理生喜是菩薩於十善法堅固而行無所退失於一切行一切種一切時一切處不生瞋恚心乃至夢中亦行十善而不暫起十不善行須菩提若有具足如是相者是爲不退轉菩薩摩訶薩復次須菩提彼不退轉菩薩摩訶薩隨自所聞所得一切法門即爲一切衆生如理宣說令諸衆生得大利樂菩薩以是法施隨諸衆生心所樂欲普令衆生圓滿意願菩薩自所得法與一切衆生共之須菩提若有具足如是相者是爲不退轉菩薩摩訶薩復次須菩提彼不退轉菩薩摩訶薩聞甚深法不疑不悔心生信解是菩薩於一切時語言柔和善順少於惛沉睡眠行住坐卧威儀具足諸根調寂離諸動亂行不卒疾平足履地安詳徐步視地而行所向方處離諸過失又須菩提彼不退轉菩薩摩訶薩身所著衣及諸卧具清淨香潔無有垢穢身得安隱離諸病惱又人身中有八萬戶大小諸蟲菩薩身中無是諸蟲何以故菩薩善根超出世間廣大增長隨其善根所增長已菩薩即得身清淨身既清淨心亦清淨須菩提白佛言世尊云何名爲菩薩心清淨佛言須菩提隨其菩薩所有善根既增長已即彼一切諂曲欺誑諸不善法而自銷滅以是滅故得心清淨由心清淨故即能過於聲聞緣覺之地

如是名爲菩薩心清淨須菩提若有具足如是相者是爲不退轉菩薩摩訶薩復次須菩提彼不退轉菩薩摩訶薩遠離貪愛無慳嫉心不求世間名聞利養不樂多畜飲食衣服卧具醫藥及餘資具而但愛樂甚深正法於深法門能一心聽不生驚怖智慧堅固諦信諦受隨所聞法皆與般若波羅蜜多相應菩薩因般若波羅蜜多故乃至世間一切種事而不見有與般若波羅蜜多不相應者皆悉安住實相法中須菩提若有具足如是相者是爲不退轉菩薩摩訶薩復次須菩提有諸惡魔來菩薩所化作八大地獄一一地獄其中各有百千萬數不退轉菩薩魔作是言汝今當知此諸菩薩皆是住不退轉者如來一一已爲授記今還生此大地獄中汝今亦復如是住不退轉地如來已爲授記汝亦當生此大地獄汝今若能悔是心者當得不墮地獄轉生天上須菩提若菩薩聞是語已心不動轉即作是念若不退轉菩薩摩訶薩墮地獄者無有是處我今覺知斯爲魔事須菩提若有具足如是相者是爲不退轉菩薩摩訶薩復次須菩提有諸惡魔化沙門相來菩薩所作如是言汝先所聞可讀誦者皆不眞實非佛所說汝應悔捨勿復受持汝今若能悔先所聞我當常時來詣汝所以我所聞共相習誦我所聞者眞是佛說若菩薩聞是說已心動轉者當知是菩薩未從諸佛得授阿耨多羅三藐三菩提記未能安住不退轉性若有菩薩聞是說已心不動轉住法實相不生不滅不起不作其心堅固不隨他語譬如漏

盡阿羅漢現前證法實相不生不滅不起不作不隨他語不爲惡魔所能動轉菩薩亦然已得安住不退轉者不爲聲聞緣覺法門而能動轉終不取證聲聞緣覺之果決定趣求阿耨多羅三藐三菩提成就一切智安住不退轉性須菩提若有具足如是相者是爲不退轉菩薩摩訶薩復次須菩提有諸惡魔來菩薩所作如是言汝所修行是輪迴行非菩薩行汝今宜應於現生中盡苦邊際取證涅槃勿復於是生死法中受諸苦惱汝今若不此生盡苦取涅槃樂何能更受後世身耶須菩提若菩薩聞是說已覺知魔事心無動轉其魔即時復作是言汝豈不見彼諸菩薩摩訶薩衆各各於其殑伽沙數劫中親近諸佛以其飲食衣服卧具醫藥供養殑伽沙數諸佛世尊於諸佛所修持梵行敬事諸佛聽受正法爲菩提故於諸佛所請問菩薩所行道法應云何住云何行云何學隨其所應諸佛爲說菩薩當如是住如是行如是學是諸菩薩隨諸佛教如理修行求一切智如是勤行尚不能得況復汝今云何能得阿耨多羅三藐三菩提耶須菩提若菩薩聞是說已覺知魔事心無動轉其魔即時復化作彼諸苾芻衆住菩薩前魔作是言此等苾芻皆是漏盡阿羅漢先發道意各各爲求阿耨多羅三藐三菩提而不能得今還取證如是阿羅漢果況復汝今云何能得阿耨多羅三藐三菩提耶須菩提是菩薩聞是說已無所動轉不生異想而能覺知斯爲魔事即作是念若菩薩摩訶薩隨諸佛教如理修學如實安住諸有

所作應諸波羅蜜多不離是道不離是念若不得一切智者無有是處菩薩作是思惟已其心決定轉復堅固而諸惡魔不得其便是菩薩覺知如是諸魔事已於彼所聞而無所失須菩提若有具足如是相者是爲不退轉菩薩摩訶薩復次須菩提彼不退轉菩薩摩訶薩於諸法中不作色想不生色想不作受想行識想不生受想行識想何以故是菩薩了知諸法自相空故於一切法畢竟無所得無作無生於諸法中得無生忍須菩提若有具足如是相者是爲不退轉菩薩摩訶薩復次須菩提有諸惡魔化苾芻相來菩薩所作如是言當知一切智同彼虛空無所生無所成無所得法無所用法無知者無證者無得法者無用法者如是觀一切智同虛空已汝所趣求爲無義利若有人言得阿耨多羅三藐三菩提者當知彼說是爲魔事非佛所說須菩提彼菩薩聞是說已即起是念今此說者令我遠離一切智果是爲魔事菩薩即時起堅固心無動心無壞心彼諸魔衆不得其便須菩提若有具足如是相者是爲不退轉菩薩摩訶薩復次須菩提彼不退轉菩薩摩訶薩爲求一切智故不隨聲聞緣覺地轉是菩薩若欲入初禪二禪三禪四禪諸定於是諸定心轉調柔隨意能入雖入是諸定而不隨禪生還取欲界法須菩提若有具足如是相者是爲不退轉菩薩摩訶薩復次須菩提彼不退轉菩薩摩訶薩不著世間名聞利養亦不愛樂稱揚讚歎於諸衆生心無恚礙常於衆生起利樂心若來若去若動若止心不

散亂威儀具足菩薩雖復在家不著諸欲於諸欲境不生愛樂設受諸欲常生怖畏譬如有人經過險難多諸賊盜於險難中雖有飲食常生怖畏但念何時過斯險難彼不退轉菩薩摩訶薩亦復如是雖復在家受諸欲境而常覺知諸欲過失爲衆苦本不生愛樂常所怖畏而生猒捨不以邪命非法自活寧失身命於諸衆生而不損惱何以故在家菩薩是名正士亦名大丈夫亦名可愛士夫亦名最上士夫亦名善相士夫亦名士夫中僊亦名吉祥士夫亦名士夫中衆色蓮華亦名士夫中白蓮華亦名士夫正知者亦名人中龍亦名人中師子亦名調御者菩薩雖復在家而能成就種種功德常樂利樂一切衆生菩薩以其般若波羅蜜多力故獲得一切勝相成就須菩提若有具足如是相者是爲不退轉菩薩摩訶薩復次須菩提彼不退轉菩薩摩訶薩於一切時有執金剛大藥叉主常隨衛護不令非人伺得其便是菩薩心不散亂威儀寂靜諸根具足無所缺減人中牛王諸相圓滿修賢善行常行正法不以世間邪幻呪術藥草等事引接於人不爲他人占相所有若吉祥事不吉祥事亦不與人占相世間男女生長如是相如是事若善若惡亦復不於女人而生敬愛常修淨命不邪命活遠離一切鬬戰諍訟不壞正見戒行具足菩薩於諸惡法不自所作不勸他作於一切時離諸過失須菩提若有具足如是相者是爲不退轉菩薩摩訶薩復次須菩提彼不退轉菩薩摩訶薩於一切時不說世間種種雜事所謂

不說王事不說盜賊事不說軍衆事不說戰陣事不說國城聚落方處等事不說父母親族男女等事不說園林臺觀池沼諸悅意事不說龍神夜叉鬼魅非人等事不說飲食衣服香華瓔珞莊嚴等事不說歌舞倡妓嬉戲等事不說大海洲渚江河等事不說諸異生事菩薩不說如是世間種種雜事但樂宣說蘊處界等與般若波羅蜜多相應諸法常不離一切智如理作意常樂正法不樂非法樂和諍訟不樂讒謗樂近善友不樂怨惡樂說利益語不說無義語樂生他方清淨佛刹親近諸佛如來瞻禮恭敬尊重供養常得見佛不暫遠離須菩提若有具足如是相者是爲不退轉菩薩摩訶薩復次須菩提當知不退轉菩薩摩訶薩多從欲界色界諸天命終而來生此閻浮提中當知是菩薩少生邊地設復生者亦在大國明解世間經書伎術工巧等事無不通達須菩提若有具足如是相者是爲不退轉菩薩摩訶薩復次須菩提彼不退轉菩薩摩訶薩不自生疑我是不退轉者我非不退轉者菩薩於其自地所證法中決定無疑譬如須陀洹人於自地中證所得果決定無疑須菩提不退轉菩薩摩訶薩亦復如是自所證法已得安住決定不退無復生疑隨諸魔事悉能覺知覺已不隨須菩提又如有人造無間罪常生疑懼乃至命盡不能捨離如是罪心彼不退轉菩薩摩訶薩亦復如是已得安住不退轉性於其自地所證法中決定堅固無所退失不爲世間天人阿修羅等而能動轉隨諸魔事悉能覺知覺已不

隨乃至轉身亦復不疑更發聲聞緣覺之心乃至轉身亦復不疑不得阿耨多羅三藐三菩提何以故菩薩已得不壞智已住不壞心故又須菩提若諸惡魔化作佛身來菩薩所作如是言汝當取證阿羅漢果何用勤求阿耨多羅三藐三菩提耶何以故諸求阿耨多羅三藐三菩提者有菩提相汝今無如是相唐設其功終不可得是菩薩聞作是說若於自心有異轉者當知未從先佛如來應供正等正覺所而得授記未能安住不退轉性須菩提若菩薩聞作是說心無異轉即作是念此爲異相非佛所說是佛說者應無有異當知皆是彼惡魔衆化作佛身來住我前作如是說意欲令我遠離阿耨多羅三藐三菩提菩薩作是念已其魔即時伺不得便隱復魔身須菩提當知是菩薩已從先佛如來得授阿耨多羅三藐三菩提記已能安住不退轉性復次須菩提彼不退轉菩薩摩訶薩作是念我常護持過去現在諸佛正法爲菩提故勤行精進爲正法故不惜身命以守護正法故是即尊重恭敬諸佛法身須菩提是菩薩摩訶薩而不但護過去現在諸佛正法亦護未來諸佛正法何以故彼菩薩作是念我亦在於未來數中亦當得授阿耨多羅三藐三菩提記是故我當守護未來諸佛正法縱經長時亦不懈怠乃至不惜身命而不退轉須菩提若有具足如是相者是爲不退轉菩薩摩訶薩復次須菩提彼不退轉菩薩摩訶薩得聞如來應供正等正覺宣說正法隨所聞已不疑不悔深生信解須菩提白佛言世尊

彼菩薩摩訶薩但聞佛所說法不生疑悔亦聞餘法不疑悔耶佛告須菩提言彼菩薩摩訶薩設聞聲聞人所說諸法亦不疑悔何以故彼菩薩摩訶薩已得無生法忍於一切法離諸疑悔入諸法性住法平等須菩提若有具足如是相者是爲不退轉菩薩摩訶薩須菩提若菩薩摩訶薩成就如是等種種相者當知是菩薩佛所護念先佛如來應供正等正覺已爲授記而能決定堅固安住不退轉性何以故惡魔所作皆爲異相菩薩隨諸異相悉能覺知覺已不隨不爲諸魔而能動轉須菩提以是相故汝當識知是爲不退轉菩薩摩訶薩

佛母出生三法藏般若波羅蜜多經卷第十六

音釋

爆（布教切）殑伽（梵語也此云天堂來殑其京切）𩲡（靡寄切）

佛母出生三法藏般若波羅蜜多經卷第十七 第十八同卷

宋北天竺三藏朝奉大夫試光祿卿傳法大師施護等奉　詔譯

空性品第十八

爾時尊者須菩提復白佛言希有世尊彼不退轉菩薩摩訶薩乃能成就如是功德又復世尊能善宣說諸菩薩摩訶薩無量無邊不退轉相佛告須菩提言如是如是何以故彼不退轉菩薩摩訶薩已能成就無邊智故須菩提白佛言世尊如佛所說彼不退轉菩薩摩訶薩殑伽沙等不退轉相是即顯示諸菩薩摩訶薩甚深勝相甚深相者即般若波羅蜜多相佛讚須菩提言善哉善哉須菩提如是如是甚深相者即般若波羅蜜多相般若波羅蜜多相者即是空義無相無願無生無作無性無染涅槃寂靜等義須菩提白佛言世尊如佛所說甚深相者但是空義乃至涅槃寂靜等義非一切法義耶佛言須菩提一切法義亦即甚深相何以故色甚深受想行識甚深云何名爲色甚深如如甚深故色甚深云何名爲受想行識甚深如如甚深故受想行識甚深須菩提若無色是爲色甚深若無受想行識是爲受想行識甚深須菩提言希有世尊能以微妙方便障色顯示涅槃障受想行識顯示涅槃佛言須菩提若菩薩摩訶薩於此甚深般若波羅蜜多相如般若波羅蜜多住如是住如般若波羅蜜多教如是學如般若波羅蜜多行如是行須菩提菩薩摩訶薩能一日中如是思惟如是觀察如是修習如是相應是菩薩摩訶薩一日所有功

德不可思議不可稱量須菩提譬如世間有多欲人欲覺亦多而於一時與端正女人共爲期會是時女人以餘緣故障礙失期須菩提於汝意云何彼多欲人當於是時爲與何法相應須菩提白佛言世尊是人但與欲覺邪思而共相應彼作是念我於何時當得此女而爲集會快哉相與嬉戲娛樂佛言須菩提於汝意云何彼人於一日中所起欲念而爲多不須菩提言甚多世尊佛言須菩提菩薩摩訶薩亦復如是於此甚深般若波羅蜜多法門能一日中如是思惟如是觀察如是修習如是相應者能捨若干劫數輪迴苦惱復得遠離諸退轉失畢竟得成阿耨多羅三藐三菩提何以故順菩提菩薩摩訶薩能一日中思惟修習般若波羅蜜多不離是念與般若波羅蜜多相應是菩薩一日所有最勝功德過餘菩薩於殑伽沙數劫中遠離般若波羅蜜多普於一切廣行布施所有功德復次須菩提若菩薩摩訶薩於殑伽沙數劫中遠離般若波羅蜜多布施供養須陀洹斯陀含阿那含阿羅漢緣覺菩薩如來應供正等正覺不如菩薩能一日中於此甚深般若波羅蜜多法門思惟修習如所說行此所獲福無量無邊不可稱計復次須菩提若菩薩摩訶薩於殑伽沙數劫中遠離般若波羅蜜多於須陀洹乃至如來應供正等正覺所布施供養已又復修持戒行具足不如菩薩能一日中隨順般若波羅蜜多行如理作意思惟修習宣說是法此所獲福無量無邊不可稱計復次須菩提若菩薩摩訶薩於殑伽沙數

劫中遠離般若波羅蜜多於須陀洹乃至如來應供正等正覺所布施持戒已復能修習忍辱精進禪定等法不如菩薩能一日中隨順般若波羅蜜多行法施衆生此所獲福無量無邊不可稱計復次須菩提若菩薩摩訶薩於殑伽沙數劫中遠離般若波羅蜜多於須陀洹乃至如來應供正等正覺所修行布施持戒忍辱精進禪定如是法已又復修習三十七菩提分法不如菩薩能一日中隨順般若波羅蜜多行以是法施功德迴向阿耨多羅三藐三菩提此所獲福無量無邊不可稱計又須菩提若菩薩摩訶薩能一日中隨順般若波羅蜜多行以是法施功德如般若波羅蜜多相迴向阿耨多羅三藐三菩提是菩薩所獲福德無量無邊不可稱計又須菩提若菩薩摩訶薩能一日中隨順般若波羅蜜多行以是法施功德如般若波羅蜜多相迴向阿耨多羅三藐三菩提已復能如所說行修習相應是菩薩所獲福德無量無邊不可稱計又須菩提若菩薩摩訶薩能一日中隨順般若波羅蜜多行以是法施功德如般若波羅蜜多相迴向阿耨多羅三藐三菩提如所說行修習相應已復能護持般若波羅蜜多不暫遠離般若波羅蜜多是菩薩所獲福德無量無邊不可稱計爾時須菩提白佛言世尊諸起作法是相分別云何世尊作如是說得福多耶佛言須菩提諸菩薩摩訶薩行般若波羅蜜多時而自了知諸起作法是相分別虛妄不實空無所有於是法中無所分別須菩提菩薩摩訶薩了一切法求不可

得隨其菩薩了一切法求不可得故即不離般若波羅蜜多隨其菩薩不離般若波羅蜜多故是即無量無數須菩提白佛言世尊無量與無數有何差別佛言須菩提無量者過諸分量無數者不可數盡須菩提白佛言世尊頗有因緣色無量受想行識亦無量佛言須菩提如是如是色無量受想行識亦無量須菩提白佛言世尊無量者何義佛言須菩提無量者是空義無相義無願義須菩提白佛言世尊無量者但是空無相無願義非一切法義耶佛言須菩提於意云何汝豈不聞佛說一切法空耶須菩提白佛言如是世尊佛說一切法空佛言須菩提空即是無量是故此中一切法義無所分別離諸所作須菩提如是說者是佛所說何以故若如是說即是無量無量即無數無數即空空即無相無相即無願無願即無生無生即無滅無滅即無作無作即無知無知即無性無性即無染無染即涅槃寂靜如是法門是即如來應供正等正覺所說如是說者是即一切法無所說須菩提白佛言世尊如我解佛所說義彼一切法皆不可說佛言須菩提如是如是一切法無說何以故一切法空性不可以言說須菩提白佛言世尊不可說義有增減不佛言不也須菩提不可說義無增無減須菩提白佛言若不可說義無增無減者即布施波羅蜜多持戒波羅蜜多忍辱波羅蜜多精進波羅蜜多禪定波羅蜜多智慧波羅蜜多亦無增無減世尊若諸波羅蜜多無增無減者云何菩薩摩訶薩以是無增無減諸波羅蜜

多法得近阿耨多羅三藐三菩提成就阿耨多羅三藐三菩提若不圓滿諸波羅蜜多菩薩摩訶薩即不能近阿耨多羅三藐三菩提不成就阿耨多羅三藐三菩提佛言須菩提如是如是諸波羅蜜多義無所增減何以故須菩提具善巧方便菩薩摩訶薩修行般若波羅蜜多時能行布施波羅蜜多而不作念我行布施波羅蜜多有所增減作是念彼布施波羅蜜多但以名字所分別故而不見彼施相可得菩薩以是善根迴向阿耨多羅三藐三菩提以阿耨多羅三藐三菩提如相迴向故名爲眞實迴向復次須菩提具善巧方便菩薩摩訶薩修行般若波羅蜜多時能行淨戒波羅蜜多而不作念我行淨戒波羅蜜多有所增減作是念彼淨戒波羅蜜多但以名字所分別故而不見彼戒相可得菩薩以是善根迴向阿耨多羅三藐三菩提以阿耨多羅三藐三菩提如相迴向故名爲眞實迴向復次須菩提具善巧方便菩薩摩訶薩修行般若波羅蜜多時能行忍辱波羅蜜多而不作念我行忍辱波羅蜜多有所增減作是念彼忍辱波羅蜜多但以名字所分別故而不見彼忍相可得菩薩以是善根迴向阿耨多羅三藐三菩提以阿耨多羅三藐三菩提如相迴向故名爲眞實迴向復次須菩提具善巧方便菩薩摩訶薩修行般若波羅蜜多時能行精進波羅蜜多而不作念我行精進波羅蜜多有所增減作是念彼精進波羅蜜多但以名字所分別故而不見彼有相可得菩薩以是善根迴向阿耨多羅三藐三菩提

以阿耨多羅三藐三菩提如相迴向故名爲眞實迴向復次須菩提具善巧方便菩薩摩訶薩修行般若波羅蜜多時能行禪定波羅蜜多而不作念我行禪定波羅蜜多有所增減作是念彼禪定波羅蜜多但以名字所分別故而不見彼定相可得菩薩以是善根迴向阿耨多羅三藐三菩提以阿耨多羅三藐三菩提如相迴向故名爲眞實迴向復次須菩提具善巧方便菩薩摩訶薩修行般若波羅蜜多時而不作念是法有所增減作是念彼般若波羅蜜多但以名字所分別故而不見彼可修可行菩薩以是善根迴向阿耨多羅三藐三菩提以阿耨多羅三藐三菩提如相迴向故名爲眞實迴向爾時尊者須菩提白佛言世尊阿耨多羅三藐三菩提者是何義佛言須菩提阿耨多羅三藐三菩提者即如如義如如者無所增無所減菩薩摩訶薩於是法中應如實住如理作意修習相應是菩薩即近阿耨多羅三藐三菩提即成就阿耨多羅三藐三菩提無所增減須菩提是故當知不可說義無增無減乃至一切諸法亦無增無減須菩提菩薩摩訶薩知如是相如是作意如是修行即近阿耨多羅三藐三菩提即成就阿耨多羅三藐三菩提

甚深義品第十九之一

爾時尊者須菩提白佛言世尊菩薩摩訶薩所得阿耨多羅三藐三菩提爲前心得耶爲後心得耶世尊若前心得者彼前心後心而各不俱若後心得者後心前心亦各不俱云何菩薩摩訶薩而能增長諸善根耶佛言須

菩提於汝意云何譬如世間然以燈炷爲前焰然爲後焰然須菩提言不也世尊非前焰然亦不離前焰非後焰然亦不離後焰佛言須菩提於汝意云何是炷實然不須菩提言是炷實然佛言須菩提如是如是菩薩摩訶薩所得阿耨多羅三藐三菩提其義亦然菩薩非前心得阿耨多羅三藐三菩提亦不離前心非後心得阿耨多羅三藐三菩提亦不離後心又非此心得非異心得亦非無得於中亦復不壞善根爾時尊者須菩提白佛言世尊如佛所說菩薩摩訶薩所得阿耨多羅三藐三菩提非前心得亦不離前心非後心得亦不離後心又非此心得非異心得亦非無得不壞善根是緣生法微妙甚深最上甚深佛告尊者須菩提言於汝意云何若心滅已是心更生不須菩提言不也世尊佛言須菩提若心生已是滅相不須菩提言是滅相佛言須菩提彼滅相法而可滅不須菩提言不也世尊佛言須菩提是心有法可生可滅不須菩提言不也世尊心無法可生亦無法可滅佛言須菩提即心生法及心滅法是二可滅不須菩提言不也世尊佛言須菩提一切法自性而可滅不須菩提言不也世尊佛言須菩提如如所住汝亦如是住耶須菩提言如如所住亦如是住佛言須菩提若如如所住亦如是住者即是常耶須菩提言不也世尊佛言須菩提於汝意云何眞如甚深耶須菩提言不也世尊佛言須菩提眞如即是心耶心即是眞如耶須菩提言不也世尊佛言須菩提異眞如是心耶須菩提言不也世

尊佛言須菩提汝於眞如有所見耶須菩提言不也世尊佛言須菩提若菩薩摩訶薩如是行者是甚深行不須菩提言若如是行是無處所行何以故菩薩不行一切行如是行佛言須菩提若菩薩摩訶薩行般若波羅蜜多當於何處行須菩提言當於第一義中行佛言須菩提於汝意云何菩薩摩訶薩若於第一義中行是菩薩相行不須菩提言不也世尊佛言須菩提於汝意云何菩薩壞諸相不須菩提言不也世尊菩薩不壞諸相佛言須菩提云何名爲菩薩摩訶薩行般若波羅蜜多時得不壞諸相須菩提白佛言世尊若菩薩摩訶薩作如是念我修菩薩行而斷諸相者當知是菩薩未能具足諸佛法分若菩薩摩訶薩有善巧方便心不住相雖了是諸相菩薩過諸相而不取無相是爲菩薩不壞諸相爾時尊者舍利子白尊者須菩提言若菩薩摩訶薩於其夢中修三解脫門所謂空無相無願以是善根能增益般若波羅蜜多不須菩提言尊者舍利子若菩薩摩訶薩修般若波羅蜜多即有般若波羅蜜多相是故於其夢中亦可增益又舍利子若晝日增益夢中亦增益何以故佛說晝夜夢中等無異故舍利子言若有男子女人於其夢中作善惡業是人當有善惡報不須菩提言如佛所說一切法如夢即不應有報若復是人於夢覺已有分別想生彼善惡報而亦應有舍利子若人夢中造殺生業是人當得殺生罪不舍利子言須菩提是人從夢覺已有分別想生作如是言我於夢中所殺是快當知是人

隨夢所殺亦得殺罪舍利子言尊者須菩提如佛所說乃至一切法不應分別若起分別即有想生想從分別生罪從想心現須菩提言尊者舍利子若彼一切分別斷故即心如虛空是故當知有緣則有業有緣則思生無緣則無業無緣思不生若心行於見聞覺知法中有心取垢有心取淨即有因緣起業非無因緣有因緣思生非無因緣舍利子言尊者須菩提如佛所說一切法離諸所緣云何今說有因緣思生非無因緣耶須菩提言佛所說者離所作相故說有因緣思生非無因緣舍利子諸緣法離相是相亦離如是無明緣行行緣識乃至生緣老死等因緣諸法皆悉離相是故佛說一切法離諸所緣舍利子言尊者須菩提若菩薩摩訶薩於其夢中而行布施以是功德迴向阿耨多羅三藐三菩提是為迴向不須菩提言尊者舍利子今慈氏菩薩在此會中如來為授阿耨多羅三藐三菩提記知如是義證如是法汝今以如是義而白請問爾時尊者舍利子即白慈氏菩薩言如我所問須菩提法彼尊者作是言慈氏菩薩知如是義遣我伸問惟願菩薩為我宣說爾時慈氏菩薩摩訶薩告尊者須菩提言彼舍利子所問如汝所言我知是義我今不知以何法答須菩提不可以慈氏名字而答不可以色答不可以受想行識答不可以色空答不可以受想行識空答須菩提彼色受想行識空中悉無所答須菩提我不見有能答法及能答者亦不見有所答法及所答者乃至所用答法皆不可見乃至一切法皆

無所見法無見故而無所答亦無法可得授阿耨多羅三藐三菩提記爾時尊者舍利子白慈氏菩薩摩訶薩言如菩薩所說證是法耶慈氏菩薩言舍利子我不證是法我於諸法中不見有法而可得證不可以身得不可以心得亦非語言分別思惟可得於是義中畢竟無得是故舍利子一切法無性法自性如是

佛母出生三法藏般若波羅蜜多經卷第十七

佛母出生三法藏般若波羅蜜多經卷第十八

宋北天竺三藏朝奉大夫試光祿卿傳法大師施護等奉　詔譯

甚深義品第十九之二

爾時尊者舍利子作是念慈氏菩薩摩訶薩已得甚深智慧於長夜中勤行般若波羅蜜多爾時世尊知舍利子心所念已即告舍利子言汝今何故起如是念汝於自法中有法可見而取證阿羅漢果耶舍利子言無法可見亦無所證佛言舍利子菩薩摩訶薩亦復如是雖行般若波羅蜜多而無法可得授記亦無法得阿耨多羅三藐三菩提是故不應有法取甚深相菩薩摩訶薩如是行般若波羅蜜多時不驚不怖諸力具足應作是念我於法無所得無所證是中如理修習相應若有如是行者是行般若波羅蜜多復次舍利子菩薩摩訶薩若在惡獸難中不生驚怖何以故菩薩一切皆悉能捨普爲衆生作大利益是菩薩當於爾時作如是念若諸惡獸欲食噉我我當施與願我當得圓滿布施波羅蜜多得近阿耨多羅三藐三菩提如是勤行精進當得阿耨多羅三藐三菩提時佛刹清淨國土無有諸惡蟲獸牛畜等類一切衆生不相食噉復次舍利子菩薩摩訶薩若在怨賊難中不生驚怖何以故菩薩一切所有乃至已身皆悉能捨無所吝惜是菩薩當於爾時作如是念若諸怨賊來相劫取一切所有隨彼所欲我悉施與乃至於我奪命我亦不生瞋恨怨惡爾時不起身業不發語業不動意業於是三業離諸過失願我當得圓滿持

戒波羅蜜多忍辱波羅蜜多得近阿耨多羅三藐三菩提如是勤行精進當得阿耨多羅三藐三菩提時佛剎清淨國土無有一切怨賊及餘諸惡而彼衆生不相刼奪復次舍利子菩薩摩訶薩若在無水難中不生驚怖何以故菩薩善爲衆生說法除渴是菩薩當於爾時作如是念我應爲衆生宣說法要令諸衆生斷除渴愛心得清淨設我此身爲渴所逼趣命終者我轉生於他世界中亦復於彼一切衆生起大悲心作如是念此諸衆生薄福德故還復生此無水難中我時爲諸衆生說法除渴如是堅固勤行精進願我當得圓滿精進波羅蜜多得近阿耨多羅三藐三菩提如是勤行精進得阿耨多羅三藐三菩提時佛剎清淨國土衆生無所渴乏彼諸衆生福德具足自然而有八功德水適悅充足復次舍利子菩薩摩訶薩若在饑饉難中不生驚怖何以故菩薩被精進鎧身心清淨是菩薩當於爾時作如是念令此衆生受饑饉苦深所悲愍願我當得圓滿禪定波羅蜜多得近阿耨多羅三藐三菩提如是勤行精進得阿耨多羅三藐三菩提時佛剎清淨國土衆生無饑饉苦隨意所欲一切皆得適悅快樂譬如三十三天自在快樂一切所欲隨心即現願我當來彼土衆生亦得成就如是樂事於一切時身心清淨正命堅固不邪命活心住寂靜離諸散亂復次舍利子菩薩摩訶薩若在疾疫難中不生驚怖何以故菩薩已能思惟觀察是中無法可病是菩薩當於爾時作如是念令此衆生受諸病苦深所悲愍願

我當得圓滿智慧波羅蜜多得近阿耨多羅三藐三菩提如是勤行精進得阿耨多羅三藐三菩提時佛刹清淨國土衆生離諸病苦舍利子菩薩摩訶薩若能如是勤修衆行即得阿耨多羅三藐三菩提復次舍利子菩薩摩訶薩不應於阿耨多羅三藐三菩提生如是心久遠修習乃得成就又復於中不應驚怖何以故世界前際即是久遠前際菩薩若心刹那相應雖爲久遠而非久遠是故菩薩摩訶薩不應生難行想不應起久遠念又復於中不應退没又舍利子菩薩摩訶薩於如是法及餘諸法若見若聞不應驚怖是諸菩薩摩訶薩應當堅固發精進行如所説學如所説行即得般若波羅蜜多相應圓滿爾時會中有一女人名昂誐禰嚩從座而起前詣佛所偏袒右肩右膝著地合掌恭敬頂禮佛足而白佛言世尊如所聞法我於是中不生驚怖於未來世我亦當爲一切衆生説如是法作是語已即持金華散於佛上佛神力故其華自然住虚空中爾時世尊即放金色淨妙光明普徧無量無邊一切刹土乃至梵界廣大照耀其光旋復繞佛三帀還從世尊頂門而入爾時尊者阿難從座而起偏袒右肩右膝著地合掌恭敬而白佛言世尊何因何緣放是光明諸佛如來應供正等正覺若無因緣不放光明佛言阿難今此昂誐禰嚩女人終此身已轉生當得男子之身生於妙樂世界阿閦佛刹中於彼如來應供正等正覺所恭敬供養修持梵行於彼殁已復生他方諸佛刹中如是從一佛刹至一佛刹世世所

生不離諸佛常得瞻禮親近供養譬如轉輪聖王尊貴自在從一宮殿至一宮殿自生至終足不履地今此女人亦復如是從一佛刹至一佛刹不離諸佛乃至於未來世星宿劫中當得成佛號金華如來應供正等正覺明行足善逝世間解無上士調御丈夫天人師佛世尊出現世間爾時尊者阿難作如是念今此女人當成佛時於彼刹中所有衆會諸菩薩等如諸佛會等無異不爾時世尊知彼阿難心所念已告阿難言汝今當知此昂誐禰嚩女人得成佛已彼佛刹中所有菩薩聲聞衆會其數甚多無量無邊不可稱計如諸佛會等無有異又復阿難彼佛刹中所有衆生安隱快樂無諸惡獸盜賊饑饉諸惡病惱枯涸等難於一切時離諸怖畏阿難是金華如來應供正等正覺得阿耨多羅三藐三菩提時而能成就如是功德爾時尊者阿難白佛言世尊此昂誐禰嚩女人最初於何佛世尊所發菩提心種諸善根佛言阿難此昂誐禰嚩女人最初於彼然燈如來應供正等正覺所發阿耨多羅三藐三菩提心爾時我於然燈如來應供正等正覺所持以五莖優鉢羅華而爲供養我時證得無生法忍彼然燈如來知我善根成熟即爲授阿耨多羅三藐三菩提記作是言善男子汝於未來世當得作佛號釋迦牟尼如來應供正等正覺明行足善逝世間解無上士調御丈夫天人師佛世尊阿難爾時此女在彼佛會聞佛授我阿耨多羅三藐三菩提記時彼女人即持金華亦供養佛華供養已即作是念快哉此善男

子今得授記願我當來得授記時亦如此人今日無異阿難是故當知此昂誐禰嚩女人發菩提心而甚久遠阿難白佛言世尊善哉善哉今此女人久已修習阿耨多羅三藐三菩提行佛言阿難如是如是今此女人久已修習阿耨多羅三藐三菩提行是故我今爲授阿耨多羅三藐三菩提記

善巧方便品第二十之一

爾時尊者須菩提白佛言世尊若菩薩摩訶薩欲行般若波羅蜜多應云何學空云何入空三摩地佛言須菩提若菩薩摩訶薩欲行般若波羅蜜多應觀色空觀受想行識空應以不散亂心諦觀諸法空無所有若一切法若一切法性悉不可見雖復如是觀法性空不應於中證空實際須菩提白佛言世尊如佛所說菩薩摩訶薩不應證空者世尊菩薩住空三摩地而復云何不證空耶佛言須菩提菩薩摩訶薩雖一切相具足觀空但修學空而不於中取空爲證彼菩薩如是觀時應作是念我今但是學時非是證時是故不住三摩呬多不深攝心繫於緣中彼菩薩摩訶薩以般若波羅蜜多力所護故雖不證空亦不退失菩提分法亦不盡漏住寂滅心是故菩薩摩訶薩雖行空三摩地解脫門而不證空雖入無相三摩地解脫門亦不證無相不住有相何以故是菩薩摩訶薩智慧甚深善根具足能作是念今是學時非是證時是故雖復觀空而無所礙雖住空三摩地亦不於中證空實際以得般若波羅蜜多力所護故須菩提譬如有人色相端正最上勇猛精

進堅固富樂自在自他語言有所義利辯才無礙智慧明了知時知方知處所向所行通達善惡明解筭數一切技術善能成就勇健多力能敵他軍乃至世間一切種事而悉曉了人所愛樂瞻視親近尊重恭敬此人以是緣故一切所向皆得大利心意調柔適悅快樂是人一時有小因緣與其父母妻子眷屬經過曠野極大怖畏險惡道中彼有盜賊非人等類時諸眷屬皆悉驚怖毛竪戰掉是人即時謂其父母諸眷屬言汝諸眷屬勿生驚怖我有方便能令安樂過諸險難即化多人執持種種鋒利器仗衛護眷屬過是險難彼諸盜賊非人等類皆悉退散無所侵惱彼諸眷屬過是難已安樂吉祥到彼所向州城聚落何以故是人有智有慧最勝勇猛大力成就堅固不退彼盜賊等不能敵故菩薩摩訶薩亦復如是悲愍利樂一切衆生常行慈悲喜捨四無量行得般若波羅蜜多力所護故具善巧方便以諸善根迴向一切智雖修空無相無作三摩地解脫門而不證實際菩薩摩訶薩過諸煩惱及煩惱分過諸惡魔及助魔者過聲聞地及緣覺地住三摩地亦不盡漏何以故菩薩摩訶薩諸力具足精進堅固得般若波羅蜜多力所護故菩薩不捨一切衆生普令成就阿耨多羅三藐三菩提又菩薩摩訶薩緣一切衆生入慈心三昧復入最上無緣慈三昧修習最上波羅蜜多又須菩提菩薩摩訶薩雖行空三摩地解脫門而於是中不證無相不墮有相須菩提譬如飛鳥行於虛空而不墮地雖行於空而不依空亦

不住空菩薩摩訶薩亦復如是雖行空學空行無相學無相行無作學無作未具足佛法終不墮空無相無作須菩提又如有人於射師所學彼射法學已精熟而復巧妙即時仰射虛空初箭發已後箭即發箭箭相拄隨意久近是箭不墮菩薩摩訶薩亦復如是爲欲成就阿耨多羅三藐三菩提善根得般若波羅蜜多力所護故若未成就阿耨多羅三藐三菩提善根終不取證實際乃至善根成已得圓滿阿耨多羅三藐三菩提菩薩爾時乃證實際是故須菩提菩薩摩訶薩行般若波羅蜜多時修般若波羅蜜多時應如是諦觀諸法甚深實相雖復觀已而不取證爾時尊者須菩提白佛言世尊菩薩摩訶薩所爲甚難最上甚難雖行空學空入空三摩地而不於中證空實際世尊甚爲希有甚爲希有佛告尊者須菩提言如是如是菩薩摩訶薩雖行空學空入空三摩地而不於中證空實際斯爲甚難最上甚難斯爲希有最上希有何以故須菩提彼菩薩發如是最勝大願我應度一切衆生不捨一切衆生菩薩發是願已即入空三摩地解脱門無相三摩地解脱門無作三摩地解脱門菩薩雖入是諸解脱門而不於中取證實際何以故是菩薩已得善巧方便力所護故能作是念我不捨一切衆生未具足佛法終不於中證空實際復次須菩提菩薩摩訶薩若欲入甚深空性者所謂應入空三摩地解脱門無相三摩地解脱門無作三摩地解脱門菩薩若欲入是諸三摩地解脱門者應生如是心一切衆生於長夜

中著衆生相起有所得見我得阿耨多羅三藐三菩提已當爲衆生宣說法要斷除是相即入空三摩地解脫門無相三摩地解脫門無作三摩地解脫門菩薩以如是心及先方便力故不於諸三摩地中取證實際亦不減失慈悲喜捨諸三昧法何以故是菩薩已得善巧方便力所護故轉復增益所有善法諸根通利諸力覺道亦悉增益復次須菩提又菩薩摩訶薩若欲入空三摩地解脫門者應生如是心一切衆生於長夜中而生我相著有所得我得阿耨多羅三藐三菩提已當爲衆生宣說法要斷除我相即入空三摩地解脫門菩薩以如是心及先方便力故不證實際亦不減失慈悲喜捨諸三昧法何以故是菩薩已得善巧方便力所護故轉復增益所有善法諸根通利諸力覺道亦悉增益復次須菩提又菩薩摩訶薩若欲入無相三摩地解脫門者應生如是心一切衆生於長夜中著諸有相生取相想我得阿耨多羅三藐三菩提已當爲衆生宣說法要斷除有相即入無相三摩地解脫門菩薩以如是心及先方便力故不證實際亦不減失慈悲喜捨諸三昧法何以故是菩薩已得善巧方便力所護故轉復增益所有善法諸根通利諸力覺道亦悉增益復次須菩提又菩薩摩訶薩若欲入無作三摩地解脫門者應生如是心一切衆生於長夜中著常想樂想我想淨想起如是等諸顛倒想是所作相我得阿耨多羅三藐三菩提已當爲衆生宣說法要所謂是無常非常是苦非樂是無我非我是不淨非淨

如是當令斷除常想樂想我想淨想離所作相即入無作三摩地解脫門菩薩以如是心又先方便力故不證實際亦不減失慈悲喜捨諸三昧法何以故是菩薩已得善巧方便力所護故轉復增益所有善法諸根通利諸力覺道亦悉增益又須菩提菩薩摩訶薩應生如是心一切衆生於長夜中著諸有相所謂先行有所得令行有所得先行常想令行常想先行顛倒行令行顛倒行先行和合想令行和合想先行不實想令行不實想先起邪見令起邪見先作諸過失行令作諸過失行如是一切衆生於一切時一切處作如是行我得般若波羅蜜多力所護故具足善巧方便如是勤行精進得阿耨多羅三藐三菩提時當爲衆生說如是法令諸衆生得入諸法甚深實相所謂空無相無願無作無起無生無性須菩提若菩薩摩訶薩生如是心具足如是智慧返墮起作法住三界者無有是處又須菩提若菩薩摩訶薩修相應行者應問餘菩薩言若欲成就阿耨多羅三藐三菩提者應云何學空當云何生心即得入空不證空入無相無願無作無起無生無性不證無相乃至無性而能修習般若波羅蜜多耶若菩薩作是言欲成就阿耨多羅三藐三菩提者但應念空念無相無願無作無起無生無性如是答者是即捨離一切衆生未能具足善巧方便當知是菩薩未於先佛如來應供正等正覺所得授阿耨多羅三藐三菩提記未住不退轉地何以故是菩薩不能宣說不退轉菩薩摩訶薩不共相不能於其所問

法中正示正答須菩提白佛言世尊應云何知是不退轉菩薩摩訶薩佛言須菩提當知彼不退轉菩薩摩訶薩者於此甚深般若波羅蜜多法門若聞若不聞隨有所問皆能於中正示正答具是相者是爲不退轉菩薩摩訶薩須菩提白佛言世尊菩薩多行菩提少能正答佛言須菩提少有住不退轉者是故不能正答須菩提若有已住不退轉者彼能正答當知是菩薩善根明淨具足方便不爲一切世間天人阿修羅等而能動壞是菩薩能善觀察一切法如夢而於是中不證實際須菩提當知此爲不退轉菩薩摩訶薩相

佛母出生三法藏般若波羅蜜多經卷第十八

音釋

疫 營隻切 疫癘也 誐禰 誐虐加切 禰乃禮切 掉 徒弔切 搖動也